FANTASY

Buch

Peirol ist ein schneidiger Glücksritter, ein pfiffiger Herumtreiber – und ein Zwerg. Gewisse Schwierigkeiten in seiner Heimat haben ihn veranlasst, den Auftrag eines Zauberers anzunehmen, der ihn weit fort führen wird. Weiter, als er glaubt, denn die Suche nach einem sagenumwobenen, mächtigen Juwel führt ihn bis an den Rand der Welt. Tausend Gefahren erwarten ihn, aber auch die Liebe schöner Frauen. Das launische Schicksal macht ihn zum Galeerensklaven, Kanonier, Banditen und zum Todfeind eines Barons. Er überlebt grausame Magie und eifersüchtige Geliebte, doch seine wahre Bewährungsprobe naht erst, als er endlich die Spur des Edelsteins findet …

Autor

Chris Bunch ist mit Allan Cole Schöpfer der erfolgreichen STEN-Chroniken und der Fantasy-Saga um die FERNEN KÖNIGREICHE, die in den USA zu Bestsellern wurden. Die Trilogien um den SCHATTENJÄGER Joshua Wolfe und den MAGIER VON NUMANTIA sind seine ersten großen Solo-Projekte. Chris Bunch lebt im US-Bundesstaat Washington.

Von Chris Bunch bereits erschienen:

DER MAGIER VON NUMANTIA: 1. Der dunkle Thron (24899), 2. Der Preis der Macht (24900), 3. Fluch der Wiederkehr (24901) • DER SCHATTENJÄGER: 1. Der Stein der Lumina (25022), 2. Die Wächter der Lumina (25023), 3. Der Herr der Lumina (25021)

Zusammen mit Allan Cole:

DIE SAGA VON DEN FERNEN KÖNIGREICHEN: 1. Die Fernen Königreiche (24754), 2. Das Reich der Kriegerinnen (24755), 3. Das Reich der Finsternis (24756) *Außerdem lieferbar von Allan Cole:* 4. Die Rückkehr der Kriegerin (24757) • DIE STEN-CHRONIKEN: 1. Stern der Rebellen (25000), 2. Kreuzfeuer (25001), 3. Das Than-Kommando (25002), 4. Division der Verlorenen (25003), 5. Feindgebiet (25004), 6. Morituri – Die Todgeweihten (25005), 7. Vortex – Zone der Verräter (25006), 8. Tod eines Unsterblichen (25007)

Weitere Bände sind in Vorbereitung.

FANTASY

Chris Bunch

Der Stein der Macht

Roman

Aus dem Amerikanischen
von Bernhard Schmid

BLANVALET

Die Originalausgabe erschien unter dem Titel
»The Empire Stone«
bei Warner Books, New York

Umwelthinweis:
Alle bedruckten Materialien dieses Taschenbuches
sind chlorfrei und umweltschonend.
Das Papier enthält Recycling-Anteile.

Blanvalet Taschenbücher erscheinen im Goldmann Verlag,
einem Unternehmen der Verlagsgruppe Bertelsmann GmbH.

Deutsche Erstveröffentlichung 12/2000

Published in agreement with the author,
c/o BAROR International, Inc., Armonk, New York, USA

Umschlaggestaltung: Design Team München
Umschlagillustration: Agt. Schlück
Satz: deutsch-türkischer fotosatz, Berlin
Druck: Elsnerdruck, Berlin
Verlagsnummer: 24965
Redaktion: Cornelia Köhler
V. B. · Herstellung: Peter Papenbrok
Printed in Germany
ISBN 3-442-24965-1
www.blanvalet-verlag.de

1 3 5 7 9 10 8 6 4 2

Mein Dank geht an Jerry Keenan, Mr. Diamond, Astoria, Oregon, sowie Tim und Jim Gannaway, Gannaway Brothers Jewellers, Warrengton, Oregon.

*Für Margaret Macrae und Cunégoude
und Doctor Panglos*

Prolog

Sie nannten ihn den Reichsstein. War ein Mordsbrocken ... *ist* einer, falls es ihn noch gibt, und wo immer sie ihn auch hin verschleppt haben. Doppelt so groß wie meine beiden Fäuste zusammen«, sagte der Vater des Jungen. »Meines Großvaters Großvaters Großvater hat ihn einmal gesehen, als er in Thyone gewesen ist und der König mit Soldaten und Spielleuten und Gold und Trara durch die Stadt zog.« Der Mann lachte aus rauer Kehle, tat einen Zug aus dem Zinnseidel, der von keinem in der Familie benutzt werden durfte außer ihm. Eine eisige Bö pfiff durch die Ritzen der morschen Hütte im Hochmoor, und der Junge roch den kommenden Schnee. Seine Brüder und Schwestern lagen schlummernd, eingerollt wie ein Wurf Katzen, um ihre Mutter herum. Sein Vater war nicht betrunken. Nicht nüchtern, aber auch nicht voll des siedenden Zorns, der ihn dazu trieb, um sich zu schlagen.

»Ist lange her«, fuhr er fort. »Als das Land noch einen König hatte und Thyone eine Stadt und kein Steinhaufen war.«

»Wie hat der König den Stein denn getragen?«, fragte der Junge, der sich später Peirol nennen sollte. Er war darauf gefasst, sich vor einem Schlag ducken zu müssen. »In seiner Krone?«

»Ha! Sein törichter Hals wäre gebrochen, hätte er's versucht. Auf einem beidhändigen Zepter hatte er ihn.«

»Hat dein Großvater auch gesagt, wie er aussah?«

»Etliche meinen, es ist ein klarer Stein, der Farben einfängt und zurückwirft, viele Farben, nicht bloß die sechs, die wir kennen, Farben, wie es sie sonst auf dieser Erde nicht gibt. Und dass er leuchtet, behaupten sie, wie Elmsfeuer.

Er ist rund, von vollkommenem Schliff. Es heißt, er hat tausend Facetten, aber das ist Mumpitz, denn wär's ein Diamant von mehr als den idealen achtundfünfzig, so hätte er das Licht nicht zurückgeworfen, sondern geschluckt.«

Der Mann sprach nicht wie sonst mit dem barschen Gebrumm des Zinnschürfers, und der Junge hätte ihm ewig zuhören können.

»Wer hat den Stein denn geschliffen? Weiß man das?«

»Götter... oder vielleicht auch Dämonen«, erwiderte sein Vater und lachte dann trocken auf. »Eher aber ein recht nervöser Mensch mit dem blanken Schwert irgendeines Herren im Nacken, der nur darauf wartet, dass ihm auch nur ein einziger Fehler unterläuft.«

»Und wo kommt er her?«

»Das weiß keiner.«

»Als die Seeräuber Thyone plünderten, haben sie ihn da gestohlen?«

»Allerdings. Und als der Reichsstein mit den Männern auf den schwarzen Schiffen verschwand, waren die, die Thyone wieder aufzubauen versuchten, dazu verdammt, sich von jedem Barbaren bezwingen zu lassen, der auf der Suche nach etwas Beute oder ein paar Sklaven war.«

»Hat der Reichsstein denn Kräfte gehabt?«

»Natürlich«, antwortete der Mann und verfiel wieder in seinen üblichen Ton. »Ein solcher Klumpen muss ja wohl Kräfte haben, wo kämen denn sonst die Legenden her? Der Reichsstein bringt Reichtümer, Macht – Macht, Böses zu tun, denn welcher Gesetzlose würde schon Gutes tun, wenn er nicht muss?«

»Ist er denn für immer verschwunden?«, wollte der Junge wissen.

»Wer weiß. Man erzählt sich von unerschrockenen Helden, die auszogen, um den Stein zu suchen, aber es kam nie einer zurück.

Und das ist eine verdammt gute Lektion für jeden, der genug Verstand hat und lieber einer anständigen Arbeit nachgeht.«

Der Mann leerte seinen Krug, stieß das kleine Holzfass neben sich an und lauschte auf den hohlen Ton.

»Scheiße«, sagte er einmal mehr. »Gehen wir schlafen.«

Er blies die beiden tropfenden Kerzen aus, schob ein paar Kinder beiseite und streckte sich neben der Mutter des Jungen aus.

Der Junge saß da und lauschte auf den Wind. »Unerschrockene Helden, die auszogen...«

1 Von toten Göttern und Schlangen

Zwölf Wölfe hockten in der Mitte des großen Hofes. Rundum ragten angeschlagene Säulen zum abnehmenden Wintermond hinauf. Peirol vom Hochmoor kauerte hinter einer umgestürzten Säule und grübelte bitter darüber nach, wie wenig Gutes ihm doch beschieden war in diesem Jahr, dem Jahr der Maus.

Zunächst hatte er sich Koosh Begee und seiner Bande von Gaunern nur deshalb angeschlossen, weil die Gemahlin des Fürsten der Diebe ihn einmal – ein einziges Mal! – nach oben gebeten hatte, als Begee einer seiner ruchlosen Unternehmungen wegen nicht in Sennen geweilt hatte. Die Nacht war ermüdend gewesen, voller Ekstasen, und hatte, wie er widerwillig einräumen musste, scheinbar tausend Jahre gewährt. Gleichwohl hätte Peirol nicht bleiben sollen, um auf eine weitere Chance auf Lorns Wonnen zu warten, während er vorgab, sich fürs Hasardspiel zu interessieren. Aus der Täuschung war Faszination geworden, das gelbe Filzrund des Kartentisches zu einer übleren Falle als jede Frau. Stunden und Aberstunden, ganze Tage hatte er in seinem Banne verbracht und verloren, immer wieder verloren.

Urplötzlich durchschaute er alles, von Lorns nur zu bereitwillig dargebotenen Reizen bis hin zu Begees vorgeblicher Freundschaft, und sah die Falle darin. Erst hatte er sein bescheidenes Geschäft verloren, dann die Gelegenheit verpasst, mit einer Gruppe von Händlern zu den legendären Diamantenfeldern von Osh zu ziehen. Eine Falle – und an diesem Abend war sie durch Zutun von Peirols eigener, viel zu flinker Zunge zugeschnappt, und man hatte ihn in die angeblich von Ungeheuern bewohnten Ruinen von Thyone geschickt, um eines Gottes Saphir zu suchen.

Einer der Wölfe kläffte scharf auf, und seine Artgenossen trotteten, Peirol den Rücken zuwendend, auf ihren Anführer zu. Die leichte Brise, die den Duft einer ihm unbekannten übersüßen Blüte mit sich trug, wehte in seine Richtung, sodass die Tiere ihn nicht wittern konnten. Peirol schlich durch die Schatten in Richtung seines Ziels.

Der Mond sorgt ja für wunderliche und irreführende Bilder, aber Peirols Schatten entsprach der Wirklichkeit. Oberhalb der Gürtellinie war Peirol vom Hochmoor so gut wie vollkommen mit seinem langen, sorgsam gepflegten Blondhaar, der edlen Stirn und dem klaren Blick eines jungen Staatsmannes, den schimmernden Zähnen, die bei dem verschwenderischen Lächeln seiner sinnlichen Lippen aufblitzten, und dem Grübchen im Kinn.

Sein Brustkorb war der eines Kriegers, und die kräftigen, sich deutlich abzeichnenden Muskeln verjüngten sich zu einer schmalen Taille.

Dann jedoch begann der Scherz, den die Götter sich mit ihm erlaubt hatten. Seine Beine waren kurz, missgestaltet und gekrümmt, wenn auch sehr kräftig. Er maß fast eine Spanne unter fünf Ellen, und sein Schatten im Mondlicht verhöhnte das Auf und Ab seines Hinkegangs.

Einer der Wölfe wandte den Kopf, Peirol duckte sich hinter einen Trümmerhaufen und wurde eins mit dem toten Gestein. Die Wölfe, wären sie normale, vernunftbegabte Kreaturen gewesen, hätten diese absurde Wache aufgegeben und sich auf die Jagd gemacht. Aber sie blieben in der Ruine des Tempels. Peirol sperrte sich gegen das Eingeständnis, aber sie warteten auf … auf etwas.

Er dachte daran, sie zu rufen; vor vielen Jahren hatte er von einer Moorhexe, die seine Verwandte gewesen sein mochte oder auch nicht, das Kläffen, ja selbst das Heulen der Wölfe aus dem Moor nachzuahmen gelernt, und das leidlich genug, um sie zu rufen oder ihnen, wie schon ein-, zweimal, die Witterung zu vergällen. Aber das war lange her, fast fünfzehn Jahre, und die Folgen einer schlechten Imitation wären schlimm gewesen. Er lehnte sich zurück, um abzuwarten… und Rückschau zu halten.

Kunstfertig hatte Koosh Begee das Netz gesponnen mit seiner Frage, ob Peirol sich denn vor Dämonen fürchte, und das nach einem langen weinseligen Abendmahl in der Gesellschaft eines halben Dutzends von Begees Kreaturen, deren Metzen und Begees hinreißender Frau.

»Ich habe nie einen gesehen«, hatte er aufrichtig geantwortet, »und es ist doch arg töricht, sich Gedanken über das Unbekannte zu machen, das doch zumeist nichts weiter ist als das Hirngespinst von Narren und alten Frauen.«

»Und was ist mit den Göttern«, drängte Begee ihn. »Die fürchtest du natürlich.«

Peirol hatte gelächelt – wenn auch gequält. »Aufgrund dessen, was sie mir bei meiner Geburt angetan haben, fürchte ich sie natürlich. Ich fürchte und hasse sie. Meiner Ansicht nach sind sie arglistige Mordbuben, und man sollte ihnen mit Verachtung begegnen wie jedem anderen tückischen Gezücht.«

Die Tischgesellschaft verstummte, und einer von Begees Leuten warf einen Blick nach oben, als erwarte er, einen Donnerkeil durch das Dach der Schenke fahren zu sehen. Selbst Begee fuhr sich nervös mit der Zunge über die Lippen. »Es gibt da eine Geschichte«, sagte Begee, eindeutig um das Thema zu wechseln, »über eine große Gemme, einen mächtigen blauen Sternsaphir, der irgendwo in den Ruinen von Thyone liegt, einen Saphir –«

»Ich habe die Geschichte gehört«, fiel Peirol ihm ins Wort, und aus ihm sprach der Wein. »Als die schwarzen Schiffe kamen und die Stadt dem Erdboden gleichgemacht wurde, haben die Priester des Gottes, dem der Saphir gehörte, angeblich um Rettung gefleht. Der Gott erbarmte sich ihrer, die Erde tat sich auf, und der Tempel fuhr hinein. Worauf der Gott Dämonen schickte, um den Tempel zu verbergen, und binnen ein, zwei Stunden bedeckte eine große Steinplatte die Grube, wo vorher der Bau gestanden hatte.

Die Invasoren haben weder den verborgenen Eingang zu dem vergrabenen Tempel gefunden noch den Saphir, erschlugen aber die Priester so wie alle anderen in der Stadt und bemächtigten sich der Beute, die sich ihnen bot.«

Wie des Reichssteins, flüsterte Peirols Verstand ihm ganz plötzlich ein, und die Geschichte, die ihm sein Vater vor so vielen Jahren erzählt hatte, kam ihm in den Sinn. Mit einem Achselzucken tat Peirol die Erinnerung ab.

»Das Juwel ließ man in der Dunkelheit zurück, und der Tempel wird bewacht, welche Teufel auch immer der trunkene Verstand des jeweiligen Erzählers heraufzubeschwören vermag.«

»Meine Schwester hat mir die Geschichte erzählt«, sagte Lorn. »Der Gott hieß Slask, und er war – ist – der Fürst der Unterwelten.

Und man hat tatsächlich Wächter aufgestellt. Große Schlangen, so lang wie das Haus hier, die doppelten Fänge mit einem Gift gefüllt, das einem schon bei der bloßen Berührung mit der Haut den Garaus macht, wenn einen so eine Schlange nicht einfach in ihren Schlingen zermalmt. Sei vorsichtig, Peirol«, warnte sie, »unsere Schöpfer zu freveln ist eine Narretei.«

Peirol fuhr sich mit der Hand durch das seidige, sorgfältig gebürstete Blondhaar und wandte das Haupt, auf dass Lorn ihn bewundern konnte. Er hoffte, ihr könnte noch einmal nach dem Druck seiner geölten, duftenden Brustmuskeln zumute sein.

»Dann bin ich in der Tat ein Narr«, sagte er. »Denn ich glaube nicht, dass die Götter, falls es überhaupt welche gibt, auf unsere Gebete noch auf unser Gejammer hören. Und überhaupt ist mit jeder Gemme, die größer als mein Daumennagel ist, irgendeine üble Geschichte verknüpft.

Ich habe sie gekauft, ich habe sie verkauft, und seht mich an. Sehe ich verflucht aus? Verdammt? Von Dämonen gehetzt?« Alles lachte.

»Es braucht nur einen, um Euch ins Verderben zu stürzen«, meinte Lorn hartnäckig.

»Wo ist er denn nun, dieser Stein?«, fuhr Peirol fort. »Irgendwo unter Thyone? Und weshalb sprichst du mir davon, Koosh? Hältst du mich für einen Bergmann wie meinen Vater? Soll ich mich wie der Gott der Maulwürfe durch die Ruinen bohren?«

»Du stehst in meiner Schuld«, knurrte Begee.

»Und das nicht zu knapp«, gab Peirol zu.

Begee nahm eine Pergamentrolle von seinem Stuhl, und Peirol spürte einen Knoten in seinem Bauch. Zu leicht, zu schnell, zu praktisch, flüsterte es in seinem Verstand.

»Ein anderer, der in meiner Schuld steht, hat sie mit dieser Karte bezahlt«, erklärte er und reichte die Rolle Peirol.

»Na so was«, entfuhr es Peirol beim Öffnen des Bands. »Eine ordentliche Schatzkarte sollte doch alt sein, zerfleddert und – so möchte man meinen – mit dem Blut so manchen Mannes befleckt. Du hältst dich nicht an die Fabel, Koosh.«

Koosh Begees Lächeln, von Haus aus nicht weniger flüchtig als seine gute Laune, verschwand. »Sie wurde vor kaum einem Jahr gezeichnet«, sagte er. »Zuerst hatte mein ›Freund‹ einen Traum, und dann, nachdem er den Mut hatte, Thyone tagsüber ein halbes Dutzend Mal zu besuchen, bezahlte er einen Zauberer, um diesen Plan hier zu zeichnen.

Er zeigt deutlich den Weg, der durch die Ruinen zu nehmen ist, um an den Eingang des unterirdischen Tempels zu gelangen und hinab in die große Kammer, wo Slasks Ebenbild harrt, den Saphir in der ausgestreckten Hand.«

Peirol nahm das Pergament in Augenschein. »Der Weg scheint klar«, stellte er fest. »Offensichtlich willst du, dass ich nach Thyone gehe und diesen Stein für dich hole.«

»Das will ich«, bestätigte Begee. »Damit wäre deine große

Schuld bei mir getilgt, und einen Beutel Gold von der Größe meines Kopfes gäbe es obendrein.«

»Und wenn kein Saphir da ist?«, fragte Peirol. »Dann habe ich mein Leben für nichts und wieder nichts aufs Spiel gesetzt.«

»Das ist eben das Risiko«, sagte Begee und lächelte wieder, wenn auch nicht amüsiert.

Peirol warf ihm das Pergament wieder zu. »Nichts zu machen«, erwiderte er. »Ich bin doch kein Narr.«

»Dann muss ich meine Schuld bei dir einfordern«, meinte Begee. »Du hast binnen einer Woche zu zahlen, oder ich gehe zu den Ältesten und lasse dich festnehmen und zu meinem Sklaven erklären, bis die Schuld bis aufs Letzte abbezahlt ist, und das wird lange Jahre dauern.«

Peirols Miene blieb ungerührt. »Ich hielt dich für gescheit, Koosh. Offensichtlich habe ich dich überschätzt. Was für Dienste könnte ich dir als dein Sklave erweisen? Hübschen Zierrat zu fertigen für die Fesseln und Handgelenke deiner Frau? Das wäre kaum eine harte Pflicht, aber ich glaube nicht, dass dir das von Nutzen wäre.«

In Lorns Augen flackerte es.

»Das würde ich dir nun ganz gewiss nicht auftragen«, entgegnete der Fürst der Diebe. »Ich würde dich einfach nach Thyone schicken – nur dass du dann nichts davon hättest, wenn du mir den Stein bringst.«

»Glaubst du wirklich, ich würde das tun«, antwortete Peirol, »und nicht einfach stiften gehen?«

»Ich würde dir in diesem Falle Jäger nachschicken. Ich bringe ein Tausend davon auf.«

»Bis die sich nach Thyone gewagt hätten, wäre ich längst über alle Berge«, hielt Peirol dagegen. »Also lass mich dir ein anderes Angebot machen. Ich gehe nach Thyone und suche nach dieser Gemme. Ich gehe noch heute Abend, um genau zu sein«, fuhr er fort, erkühnt durch den Wein. »Aber zu unserem Handel: Ich bin frei, ob ich die Gemme nun finde oder nicht.«

»Du bist wohl vom Dämonen gebissen! Ich müsste doch ein Narr sein, das zu akzeptieren«, höhnte Begee. »Du könntest ihn doch verstecken, falls du ihn entdeckst, und behaupten, nichts gefunden zu haben, um später noch mal hinzugehen.«

»Und wie sollten wir je erfahren«, mischte sich einer der Diebe mit blödem Grinsen ein, »ob du überhaupt bis ganz in diesen Hof gehst? Zu einer solchen Aufgabe gehört eine Menge Mut. Vielleicht würdest du ja nur innerhalb der Mauern von Thyone warten, um dann wiederzukommen und zu behaupten, dass du nichts gefunden hast.«

»Willst du damit sagen, dass es mir an Mut fehlt, Reim?«, fragte Peirol, die rechte Hand am Knauf des Schwerts, dessen Scheide hinter seinem Rücken baumelte. Reim schüttelte hastig den Kopf. Er hatte wie alle hier Peirol im Zorn gesehen und wusste, dass der Zwerg nicht nur die ranke Klinge und den üppig mit Gemmen besetzten Dolch am Gürtel hatte, sondern auch noch andere tödliche Überraschungen bereithielt.

»War nur ein Scherz«, murmelte er.

»An dem, was dein Beutelschneider da sagt, ist was dran«, sagte Peirol. »Um also sicherzugehen, dass wir ›Freunde‹ sind und uns über den Weg trauen können, gehen wir doch mit einem halben Dutzend Leute nach Thyone – und ich hoffe doch, ihr schließt meinen wackeren Freund Reim hier mit ein –, und die können dann auf mich warten. Ich steige in den Tempel hinab, immer vorausgesetzt, dass es diesen Tunnel oder was auch immer tatsächlich gibt, und nachschaue, was es dort zu sehen gibt. Ich komme dann von da unten entweder mit dem Stein zurück oder mit einer Hand voll Staub.

Ich wette, der Zauberer, der das Pergament hier angefertigt hat, könnte den Staub prüfen und feststellen, ob ich tatsächlich da war, wo ich hinzugehen versprach.«

»Der Zauberer ist tot«, sagte Begee. »Einer seiner Zauber hat ihm nicht gut getan. Aber es gibt wohl keinen Grund, weshalb nicht andere Magier tun könnten, was du da vorschlägst. Vielleicht der alte Abbas, der der Beste ist, den ich in diesem flüchtigen Metier kenne?«

Peirol verkniff sich ein Lächeln. Er hatte einmal ein Zauberarmband für die Enkelin des alten Abbas gemacht, und der Zauberer hatte geschworen, sich eines Tages mit einem Dienst zu revanchieren. »Eine ausgezeichnete Wahl«, stimmte er zu. »Abbas ist ein redlicher Mann.«

»Sehr gut«, meinte Begee. »Wir nehmen zehn Mann. Einer davon bist du, Reim.«

Der Dieb stöhnte auf, und es wurde wieder gelacht.

»Und ich selbst gehe auch mit«, erklärte Begee. »Wir brechen noch in dieser Stunde auf.«

Ohne irgendein Signal erhoben sich die Wölfe, trotteten über den großen Hof und eine von Trümmern übersäte Straße entlang.

Peirol hinkte eilig über den Hof bis zu der Stelle, wo dem Pergament zufolge der Eingang des Tempels lag. Ihm fiel auf, wie glatt die Platten waren, über die er da ging, und musste daran denken, dass der Tempel angeblich »unter einer großen Steinplatte« versteckt war. Er kam zu dem Schluss, dass man in der alten Zeit ausgezeichnete Maurer gehabt haben musste, und konzentrierte sich dann auf den Haufen Steine, der vor ihm lag. Sie hatten einmal zu einem Altar gehört, der, wie es in der Pergamentrolle hieß, errichtet worden war, nachdem man Thyone gebrandschatzt hatte, aber die Stürme, die über die Steilküste vom Meer herauf tobten, hatten ihn im Lauf der Jahrhunderte wieder zerstört. Im Schutz des Steinhaufens kauernd, ließ sich Peirol die Anweisungen der Rolle durch den Kopf gehen, in denen von einem sechsseitigen Stein die Rede war. Unter diesem befände sich eine schmale Treppe, die den Weg nach unten bildete.

Geröllblöcke, Kiesel, Felsbrocken, dachte er. Einige behauen, andere naturbelassen, einige poliert, als hätten sie in der Brandung gelegen. Nichts. Natürlich nicht! Und schon starb eine weitere Legende – aber dann sah er den großen Stein oder, besser gesagt, das Paar großer Steine, in das er gespalten war. Zusammengenommen hatten sie sechs Seiten, kein Zweifel, jede Seite wies noch die Meißelspuren auf. *Aber ganz gewiss*, so dachte er, als er darauf zukroch, *ist da doch wohl nichts darunter oder in der Nähe…*

Hinter dem gesprungenen Stein fand sich ein Spalt, kaum breiter als eine Elle. Peirol spähte hinab, aber eine Treppe war nicht zu sehen. Er zog sein Schwert und fuhr damit tief in den Riss, aber es war nichts zu spüren. Er nahm den kleinen Ranzen ab, holte Flint, Stahl und Zunder heraus, schnitt ein wenig Zunder ab und schlug Feuer. Er warf den brennenden Zunder in den Spalt. Die kleine Flamme fiel eine geraume Weile, schlug dann auf und ging aus.

Peirol holte ein Seil heraus, das besprochen war, um ihm größere Festigkeit zu verleihen, als man ihm angesehen hätte, und in das in Abständen von Armlängen Knoten geknüpft waren. Er legte es um den zerbrochenen Felsblock und zog daran. Der Stein rührte sich nicht. Peirol knotete Scheide, Gurt und Ranzen ans äußerste Ende des Seils und ließ es hinab in die Dunkelheit. In der Ferne schlug das Ganze dumpf auf.

Peirol wischte sich die mit einem Mal feuchten Hände an seiner Tunika ab, dann ließ er sich hinab in den Spalt. Er glitt hinein, bis seine Rippen auf einer Höhe mit dem Stein im Hof waren, dann saß er fest. Er kämpfte gegen die Panik an, als er daran dachte, was passieren könnte, wenn er sich nicht wieder zu befreien vermochte, bevor die Wölfe wieder da waren, schob dann fest und rutschte zur Gänze in den Spalt, hinein in eine vollkommene Dunkelheit. Er bewegte die Beine, fand aber nichts, und schließlich umfing er mit einem Arm das Seil, hielt sich daran fest und kletterte rasch, eine Hand unter die andere setzend, hinab. Ein Fuß berührte den Boden; er setzte den anderen nach, konnte aber nichts spüren, wäre um ein Haar abgerutscht und kam dann unsicher auf etwas zu stehen.

Nur worauf, das hätte er nicht sagen können. Er streckte das freie Bein aus, spürte etwas Festes und verlagerte vorsichtig sein Gewicht darauf. Er kniete nieder, öffnete ausgesprochen vorsichtig seinen Ranzen und entnahm ihm einen Stab aus versteinertem Holz. Dieser hatte eine Vertiefung an einem Ende, die mit Öl poliert und mit Stahl und Stein berührt worden war.

Koosh Begee hatte behauptet, der Zauber funktioniere immer und bei jedem. Was bedeutete, so dachte Peirol, jedesmal außer jetzt und für jeden außer mir. Er begann zu murmeln:

»Erinnere dich, Holz
Du hast gelebt
Bist gewachsen
Gealtert
Gestorben.
Stirbst noch.
Erinnere dich: Leben – Tod
Funken
Schlag Feuer
Funken
Schlag Feuer
Brenne jetzt
Brenne immer
Erinnere dich an das Feuer.
Holz!«

Nichts. Er begann zu knurren, beruhigte sich wieder, wiederholte die Beschwörung noch einmal und ein drittes Mal und dachte schon daran, das Seil wieder hinaufzuklettern, sich durch den schmalen Spalt zu zwängen und zu melden, er hätte versagt.

Peirol blinzelte. Seine Augen spielten ihm einen Streich. Aber nein, es kam ein Glühen vom Ende des winzigen Stabs, ein Glühen und schließlich ein starkes, flackerndes Licht, als hielte er eine Pechfackel; dann bewegte sich der Stab in seiner Hand und wuchs.

Er sah sich um, der Atem stockte ihm, und er wäre beinahe gestürzt. Er stand auf einem Sims – kaum einen Fuß breit ragte es aus einer mit Figuren und Inschriften übersäten Wand. Auf den anderen drei Seiten war nichts zu sehen als schwarze Nacht. Er kratzte ein Steinchen aus der Wand, ließ es fallen, zählte mit. Peirol kam bis dreißig, bevor er es aufprallen hörte, tief, tief unter ihm. Peirol wünschte, er hätte das Seil oben nicht verknotet, sodass er es hätte herunterziehen und zum weiteren Abstieg hätte hernehmen können. Dann schalt er sich selbst einen Narren – *das wäre ja wohl interessant, wie du dann wieder nach oben kommen würdest, was? Bereitet es dir Spaß, dir das Leben absichtlich schwer zu machen?*

Er legte den Gurt wieder um, steckte sein Schwert in die Scheide, nahm den Ranzen über die Schulter. Peirol entschied sich für eine Richtung und tastete sich dann vorsichtig das Sims entlang; mit einer Hand hielt er die Fackel hoch, mit der anderen krallte er sich in den Fries. Er kam zehn Fuß weit, dann war das Sims zu Ende. Fluchend machte er kehrt, und diesmal ging das Sims weiter und führte schier endlos, Stufe um Stufe, hinab.

Er riskierte es, sich über das Sims hinauszulehnen, und hielt die Fackel dabei weit weg von der Wand. Er sah, dass das Sims bis an eine Stelle führte, wo ein Einsturz eine schmale Treppe zerschlagen hatte. Außerdem ließen sich nun einige in Stein gehauene Figuren ausmachen. Er erschauerte. Entweder hatten die Priester dieses vergessenen Gottes – Slask, so hatte er geheißen – eine lebhafte Fantasie gehabt, oder es war dem Gott egal, wer ihn anbetete, schien er doch geradezu die fantastischsten Missgestalten der Menschheit zu bevorzugen. In der Tat war hier die Menschheit dargestellt – einerseits bei der Bestrafung durch die unmenschlichen Kreaturen dieses Gottes, zum anderen bei sexuellen Handlungen, wie sie noch nicht einmal ein Akrobat zustande bringen würde.

Peirol ging weiter, bis keine Stufen mehr übrig waren, nach denen es sich tasten ließ. Er befand sich auf fester, ebener Erde –

nein, auf einem Steinboden, korrigierte er sich. Die Steine warfen den Schein seiner Fackel zurück. Er kniete nieder. Polierter Quarz, Turmalin, Jadeit – jeder der Katzenköpfe unter seinen Füßen war ein polierter Halbedelstein.

Peirol strich sich übers Kinn. Wenn diese Priester es sich hatten leisten können, ihren Tempel mit solchen Steinen zu pflastern… Nein, dachte er. Derlei Geschichten sind ja doch niemals wahr. Also schau dich rasch um und mach, dass du rauskommst. Allein dadurch, dass du den Mut aufgebracht hast, so weit zu gehen, hast du Begees Schuld mehr als getilgt.

Er hielt die Fackel nach oben. Der Raum, in dem er sich befand – Kammer, Höhle, was immer es sein mochte – war riesig. Über ihm ragte etwas auf, und er hielt darauf zu. Nach einigen Schritten zog er vorsichtshalber das Schwert. Das Objekt war fast zwanzig Fuß hoch. Es war die Grauen erregende Statue eines Gottes, der auf vier mit Krallen bewehrten Beinen kauerte. Sein mit Lanzenspitzen besetzter Schwanz nagelte sich in die Höhe, der Körper war schuppig, und aus dem Gesicht ragten die Hauer eines Ebers. Seine Züge jedoch waren merkwürdig, die eines Menschen vielleicht, aber lang gestreckt, als befände sich darunter der Schädel eines Hundes. Aus den Schultern ragten zudem zwei Arme, deren Klauen das Ungeheuer in Augenhöhe hielt. Slasks Gesichtsausdruck lag irgendwo zwischen höhnischer Arroganz und geifernder Lust und erinnerte Peirol ein bisschen an Koosh Begee.

Zwischen den Vorderbeinen der Götzenstatue drang ein Schimmern hervor. Peirol griff zu und schöpfte eine Hand voll Edelsteine auf. Alle waren sie ungespalten und nicht poliert. Schwarzgrüne Smaragde, dunkle Rubine, citringelber Topas. Er wog sie in der Hand und schätzte, dass der größte davon poliert und geschliffen gut und gerne über fünf Varjas groß sein mochte. Ganz offensichtlich hatte der Gott der Unterwelt auf Juwelenopfer reagiert.

Pah! Ein großmächtiges Idol, tief unter der Erde, eine monströse Gottheit in einem Geistertempel. Jetzt, so dachte er, fehlt, um die Situation vollends absurd zu machen, nur noch, dass der von den Göttern verdammte Saphir sich tatsächlich in Slasks Händen befindet. Aber wenn, dann …

Das Schwert in der Scheide, kletterte Peirol Slasks Beine hinauf und schwang sich nach oben, bis er auf dem Unterarm der Statue kauerte.

Slasks Hände waren leer. Peirol lachte ärgerlich auf. Sein Lachen hallte von den Wänden wider, bis ihm das Haupthaar zu Berge stand.

Was jetzt? Ich muss einen Beutel voll Gemmen einpacken, nehme ich wohl an, Koosh Begee die Wahrheit sagen und dann den alten Abbas aufwecken, auf dass er mich, um Begees Verdacht zu zerstreuen, einer Prüfung unterzieht. Vielleicht lässt Begee mich die Steine schleifen und damit handeln, und womöglich bringt das ja genug, um mich von meiner Schuld ihm gegenüber zu befreien – immer vorausgesetzt, er geduldet sich ein, zwei Zeiten, anstatt mich auf der Stelle als Sklaven sehen zu wollen. Möglicherweise. Also, wenn ich nur die Hälfte der Steine mitnehme und den Rest hier lasse, um bei Tageslicht wiederzukommen –

Ein lautes Zischen drang an Peirols Ohr, und er erstarrte zu Eis. Langsam wandte er den Kopf, und die Schlange zischte noch einmal, lauter jetzt, drohender. Ihr Kopf war grün und schwarz befleckt und etwa von der Größe seines Brustkorbs; ihr Körper, so dick wie ein Schiffsmast, verlor sich in der Dunkelheit.

Nein, Lorn, raste es in seinem Kopf. *Ich könnte nicht sagen, ob sie zweifach mit Fängen bestückt ist … Die, die ich sehen kann, scheinen mir tödlich genug, selbst wenn sie nicht vor Gift triefen, noch kann ich sagen, ob sie fünfzehn oder zwanzig Fuß misst.*

Das Maul der Schlange klaffte weiter auf, und Peirol stieß die Fackel hinein, rollte sich rücklings von der Hand der Statue, landete auf dem Tempelboden, zückte das Schwert. Die Fackel fiel neben ihn und schickte im Rollen ihren Schwindel erregenden Schein durch die riesige Gruft.

Die Schlange stieß zu, er sprang auf, und funkelnd zuckte seine Klinge in den Hals des Untiers und wieder heraus. Siedend vor Zorn schlug das Reptil mit den Fängen wie mit Säbeln nach ihm. Er duckte sich, schlug noch einmal zu, dann ringelte sich der Schlangenkörper aus der Dunkelheit um ihn; sein Schwert flog davon, als das Untier einen seiner Arme umschlang.

Die Schlange riss ihn in die Luft. Hilflos trat er nach ihr, sah die aufgerissenen Kiefer herankommen, roch die saure Schuppenhaut des Ungeheuers, den Gestank der Verwesung in seinem Atem.

Peirols freie Hand zuckte zu seiner Taille, hinter die kunstvoll gearbeitete Schnalle des Gürtels, und fand einen kleinen metallenen Wurfpfeil, nicht viel länger als ein Finger. *Jetzt heißt es treffen,* dachte er sich, *es ist nur ein Schenkenspiel, eine Geschicklichkeitsprüfung, eine Frage der Konzentration.* Fast behutsam warf er den vergifteten Pfeil der Schlange ins Auge.

Die Schlange krümmte sich, schleuderte ihn hoch in die Luft, bis er, sich um die eigene Achse drehend, wieder fiel, dann schlug er auf dem Schlangenkörper auf, hart, aber besser als auf Stein. Er rollte sich ab, während das Untier, schrill zischend im Todeskampf, wild um sich schlug. Wie eine leckgeschlagene Dampfmaschine, dachte er.

Irgendwie fand er sein Schwert wieder und kam zu einem weiteren Angriff auf die Beine, aber die Schlange wälzte sich, krümmte sich so arg, dass kein Näherkommen war; dann verschwand sie, Peitschenhiebe verteilend, in der Dunkelheit, aus der sie gekommen war.

Er nahm die Fackel auf, lauschte, wie er hoffte, auf den Todeskampf des Untiers. Ein Lächeln erschien auf seinem Gesicht, aber dann hörte er Laute, ein Flüstern aus einer anderen Richtung; Laute, die eine andere Schlange im Näherkommen von sich geben mochte, größer noch als die, die er halb geblendet hatte.

Er begann zu laufen, fing sich jedoch – *Aber nicht ohne irgendwas!* Er holte einen weichen Lederbeutel aus seinem Packen und schaufelte ihn hastig randvoll mit Edelsteinen, die er unter Slasks Füßen fand. Dann lief er auf die Stufen zu, die zu dem Sims führten, stieg hinauf, so schnell er sich nur getraute, während das Flüstern näher kam. Nicht einmal einen halben Klafter neben ihm drosch etwas gegen den Fels, und er warf die Fackel danach. Sie prallte von der Wand ab, fiel unter Geklapper die Treppe hinab und dann auf den Boden. Was immer da unten war, gerade außerhalb seines Gesichtskreises, schlug jedenfalls danach. Schon hatte er das Seil in der Hand und kletterte, eine Hand über die andere setzend, so rasch nach oben, wie er nur irgendwann in seinem Leben etwas – selbst die Felszinnen seines heimatlichen Hochmoors – erklommen hatte. Dann schlug etwas nach ihm, traf das Seil, worauf er wie ein Pendel zu schwingen begann. Er spürte den Fels über sich, einen schmalen Spalt, und krallte sich mit einer Hand fest, schüttelte Ranzen und Schwertgurt ab, zwängte sich in den Riss, ohne die schartigen Kanten zu spüren, die ihm die Haut zerrissen. Er schoss aus der Öffnung, hinaus in das willkommene Mondlicht der verwunschenen Ruinenstadt von Thyone.

Schließlich kam sein Atem wieder zur Ruhe.

Jetzt brauche ich mich nur noch um die Wölfe zu sorgen, dachte er. *Die zwei- wie vierbeinigen.*

Peirol hatte eben die Trümmer von Thyones Onyxtor passiert, als sich aus der Dunkelheit neben der von Unkraut überwucherten Straße zehn einzelne Schatten lösten.

»Es gibt ihn also, den Tempel«, stellte Koosh Begee fest. »Du warst viel zu lange fort, als dass es anders sein könnte.«

»In der Tat«, antwortete Peirol. »Wie auch die Statue. Lorn wird sich freuen, dass es auch ihre Freundin, die Schlange, gibt.«

»Und der Saphir?«, zischte Begee und hörte sich wie ein Verwandter der Schlangen da unten an.

»Der, mein teurer Koosh, war entweder nie da oder wurde von den Priestern gestohlen, wenn sie gescheit genug waren – oder es kam mir einer, nicht weniger tapfer als ich, zuvor.«

»Durchsucht ihn!«, befahl Begee, und zwei der Diebe hielten Peirol bei den Schultern, während ein dritter ihn abtastete. »Hier«, verkündete er, als er den Beutel fand, und reichte ihn seinem Herrn. Begee öffnete ihn und schüttete sich einige Gemmen in die Hand, die er im Mondlicht in Augenschein nahm. »Du hast sie gefunden.«

»Ich habe diesen Tand hier gefunden«, korrigierte ihn Peirol. »Aber mit dem großen Stein scheint sich der alte Slask eine Sauftour geleistet zu haben.«

»Du lügst!«

»Warum sollte ich wohl?«, beklagte sich Peirol. »Sei kein Narr. Wenn ich schon in diese Hölle hinabsteige, wie diese Klunker ja wohl beweisen, hätte ich dann den Saphir, wäre er da gewesen, nicht hüpfend und singend mit nach oben gebracht?«

»Du hast ihn irgendwo versteckt.«

»Wo? In Thyone? Und dann komme ich zurück, um dich zu verwirren? Du bist ja noch dümmer, als es den Anschein hat«, sagte Peirol fast schon knurrend. Seine einzige Entschuldigung war, dass es schon sehr spät war; außerdem machten ihn Schlangen grundsätzlich nervös.

Begee schlug ihm mit dem Handrücken ins Gesicht, wobei einer seiner Ringe einen blutigen Streifen hinterließ. Peirol leckte sich das Blut von den Lippen.

»Mach das nie wieder«, sagte er ruhig.

Begee schlug zwei weitere Male zu.

»Jetzt schafft ihn vom Weg«, begann er. »Wir machen ein kleines Feuer und halten die Füße des verlogenen Bastards hinein –« Peirol nahm beide Füße von der Erde. Die Diebe, die ihn hielten, waren viel zu überrascht, um ihn loszulassen, als er Begee vor die Brust trat. Der Herr der Diebe geriet ins Taumeln.

Peirols Füße kamen wieder auf die Erde, und er schlug dem einen Dieb die Faust in die Hoden. Der heulte auf und taumelte, sich mit beiden Händen in den Schritt greifend, davon. Peirol stieß mit dem Kopf zu und zerschmetterte dem zweiten Dieb die

Nase, dann war er frei. Dann kam auch schon flüsternd seine Klinge hoch, als Begee noch an dem schweren Schwert zerrte, das ihm so gefiel. Es war noch nicht einmal aus der Scheide, als Peirols Schwert dem Herrn der Diebe in die Gurgel fuhr. Noch einmal stieß Peirol zu, als Begee, Verwirrung, Zorn, Schmerz und Überraschung auf den vom Tod gezeichneten Zügen, zu Boden ging.

Peirol fuhr herum, der Dolch fand den Weg in seine Hand, sein Schwert fing den Hieb eines dritten Diebes ab, als der Dolch auch schon in den Wanst des Mannes fuhr. Mit einer Drehung entkam er einem weiteren Streich, und als er Reim erkannte, spießte er den Kerl auf und lief los. Er sah einen Funken, als einer eine Lunte herausholte und an die Pfanne seiner Muskete hielt. Ein Blitz, ein Krachen, und ganz in seiner Nähe sirrte eine Kugel vom Fels.

»Schnappt euch den kleinen Bastard! Der kommt nicht weit! Macht schon – Koosh ist tot! Macht schon, ihr Hornochsen!« Peirol jedoch hörte längst nicht mehr hin, sondern legte den Kopf in den Nacken und stieß den lauten, langgezogenen Beuteschrei eines Moorwolfs aus.

Hinter einige Trümmer geduckt, huschte er zwischen zwei eng stehenden Felsen hindurch und sah sich in einer Sackgasse; er saß in der Falle. Er fletschte knurrend die Zähne und wartete, das Schwert bereit, auf den ersten Mann, der zufällig in den schmalen Gang kam. Da er seine Gebete vergessen hatte, heulte er noch einmal hoffnungsvoll in den Nachthimmel und wartete ab.

»Er ist hier drin – los rein da, ihm nach! In alle Höllen mit dir, na schön, geh eben ich und spieß ihn auf, den Punzenlecker, als wär –«

Die Wölfe hatten sein Heulen gehört und kamen wie damals, als er sie auf dem öden, vom Regen durchnässten Moorland gerufen hatte. Einer der Diebe hörte ihr Heulen und schrie, von Panik ergriffen, auf. Eine zweite Muskete knallte, dann sprangen dunkelgraue Schatten aus der Dunkelheit und fielen zähnefletschend über Begees Räuber her.

Schließlich war das Todesröcheln des letzten Diebes verklungen. Zweimal schnüffelten Wölfe an seinem Gang, und er stieß ein finsteres Knurren aus, um sie wissen zu lassen, dies hier sei sein Bau, den er ohne Kampf nicht aufgäbe. Dann herrschte Stille, aber Peirol wartete noch einige Zeit, bevor er ins Freie kroch.

Leichen lagen im abnehmenden Mondlicht verstreut, und er ging von einem zum anderen, nahm Gold, Silber, Ringe und Edelsteine, bis er schließlich vor Koosh Begees Kadaver stand.

Peirol klaubte die verstreuten Steine zusammen, gab sie zurück in den Beutel und steckte ihn weg. Er warf einen Blick auf Koosh Begee, aus dessen Gesicht ihn ein totes Augenpaar anfunkelte.

»Siehst du«, sagte Peirol leise, »ich begleiche meine Schulden. Auf die eine oder andere Weise.«

Sein Lächeln erstarb. »So, jetzt brauche ich mich nur noch um tausend – nein, neunhundertneunundneunzig – Banditen zu sorgen, die mir ans Leder wollen, um der Witwe ihres Anführers einen Gefallen zu tun.«

2 Von Grünen Smaragden und einem Tal

Es dämmerte, als Peirol vom Hochmoor den gewundenen Pfad zum Turm von Abbas, dem Zauberer, auf den Höhen über Sennen hinaufstieg. Die Flügel des Tors standen offen, denn wer sollte schon über den Mut – oder die Dummheit – verfügen, einen Magier zu bestehlen? Neben der Tür aus vielfarbigem Holz stand zwar, auf Lafetten montiert, ein Paar Schleudern mit einer Pyramide polierter Kanonenkugeln daneben, aber sie dienten weniger dem praktischen Zweck als der Zurschaustellung.

Peirol ging die Worte durch, mit denen er seine Bitte vortragen wollte, hob dann den Klopfer, und die Tür tat sich auf.

Ein wunderschönes Mädchen stand vor ihm. Sie mochte sechzehn sein, und ihr schwarzes Haar umrahmte in Kaskaden ihr puppenhaftes Gesicht. Ihr Porzellanteint hob das diskrete Rouge auf den Lippen und das Grün der einladenden Augen hervor. Sie trug einen Morgenmantel aus Seide und Spitze, und sie lächelte. Der Hauch eines smaragdgrünen Seidenschals wand sich um ihren Hals. Trotz seiner Müdigkeit bemerkte Peirol, nicht ohne eine gewisse Regung, die sanfte Rundung der kleinen Brust.

»Sei willkommen, Peirol«, sagte sie. »Mein Großvater erwartet dich schon.«

Peirol stieß den Anflug eines lüsternen Gedankens von sich. Wenn schon niemand einen Zauberer bestahl, so sollte er nun ganz gewiss nicht daran denken …

»Und du bist …« Er ließ seine Stimme verklingen, weil ihm der Name des Mädchens entfallen war.

»Kima«, antwortete sie. »Du hast das Armband für mich gemacht, vor drei Jahren.« Sie hielt ihm ihr Handgelenk hin, und Peirol ergriff, wider besseren Wissens, die Hand und gab vor, das Schmuckstück zu inspizieren.

»Wenn ich gewusst hätte, dass du so schön werden würdest«, erwiderte er, »ich hätte kein Geld dafür verlangt, sondern hätte es dir geschenkt.«

Kima kicherte. »Als du's gemacht hast, da hast du schon gesagt, du würdest eines Tages mit mir flirten. Wie ich sehe, hast du die Gabe dazu.«

»Nicht doch«, meinte Peirol. »Nur gesunden Menschenverstand.« Er riss sich zusammen. »Abbas erwartet mich? Wie konnte er wissen –« Er verstummte. »Wie dumm von mir. Ein Zauberer.«

»Ja«, sagte Kima. »Und jetzt geh in die erste Kammer rechter Hand und mach dich frisch. Du siehst aus, als hättest du die ganze Nacht mit Wölfen getanzt.«

»Würdest du mir glauben, wenn dem so wäre?«

»Nein. Großvater hat mich vor dir gewarnt.«

»Pah.« Trotzdem gehorchte Peirol, und als er einige Minuten später zurückkam, fühlte er sich um einiges besser.

Kima führte ihn drei gewundene Treppen hinauf, vorbei an Gemälden von Zeitaltern und Städten, die er nicht einmal in seinen Träumen gesehen hatte, auf einen Balkon, der sich über Sennen öffnete und den Fluss, der sich an den Ruinen von Thyone vorbei ins Meer von Ismai'n wand. Ein schön gearbeiteter Tisch mit drei Gedecken stand bereit, und hinten auf dem Balkon wartete der Magier Abbas auf ihn.

Peirol hatte nie erfahren, warum man Abbas stets als »alt« bezeichnete, denn er schien Mitte fünfzig und sah genau aus wie damals vor fünf Jahren, als Peirol ihn nach seiner Ankunft in Sennen kennen gelernt hatte. Abbas war hoch gewachsen mit seinen sechseinhalb Fuß, er hatte kräftige Arme und muskulöse Beine, und sein sorgfältig gerollter und geölter Bart, pechschwarz wie das Haupthaar, fiel über das Weinfass von einem Brustkasten auf einen stolz genährten Bauch.

Er war der mächtigste und gefürchtetste Zauberer in Sennen. Dreimal hatten Barbaren Sennen bedroht, und jedesmal hatte er sie durch Zauberhand abgelenkt und verwirrt; er konnte sich also der Dankbarkeit der Leute gewiss sein, trotzdem suchte ihn keiner ohne triftigen Grund auf. Es war schon vorgekommen, dass Blitze seinen Turm umzuckten und in einem klaren Nachthimmel Donner grollte. Einige behaupteten, in mondlosen Nächten das Geschrei von Dämonen gehört zu haben, und wie niemandem entgehen konnte, hatte so manchen von Abbas' Feinden ein ebenso jähes wie unseliges Schicksal ereilt.

Peirol zog es vor, mit Magiern so wenig wie möglich zu tun zu haben. Er fürchtete sie ihrer Macht wegen, verachtete sie insgeheim aber auch ein wenig, nachdem er drei Jahre lang ihren Rat gesucht und sie dafür bezahlt hatte, nur um zu erfahren, die Götter hätten ihn dazu verdammt, ein Zwerg zu bleiben, und kein

Zauber der Welt vermöge etwas dagegen zu tun. Peirol hatte sich stets gefragt, wie die Antwort wohl ausgefallen wäre, hätte er mehr Geld gehabt. Manchmal wünschte er sich die Gabe, wenn auch nicht oft bei all den Geschichten, die er gehört hatte, nach denen Magier von den Dämonen verschlungen worden seien, die sie heraufbeschworen. Und so nahm er sie eben in Anspruch wie die meisten anderen auch, wann immer er ihrer Dienste bedurfte, von den billigsten Dorfhexen bis hin zu den tödlichen Thaumaturgen wie Abbas.

»Ich dachte mir«, brummte der Zauberer, »du bist womöglich hungrig nach deinen Abenteuern.«

Peirol wollte schon sagen, dass er keine Zeit hatte, fing sich aber dann. Er wartete, bis Kima Platz genommen hatte, und setzte sich ebenfalls. Es gab drei Sorten Eier, in bunte Schalen aus Onyx gebettet, die verführerisch dampften; ein Dutzend Sorten Brot, angewärmt oder kalt; eine Platte mit geräuchertem Fleisch und Fisch; eine zugedeckte Schüssel mit pochiertem Fisch; ein halber Schinken; Nieren pikant; Marmeladen, Konfitüren und Zuckerwerk. Peirol beendete seine Inventur der Leckereien und aß.

»Ich sah meine Aufmerksamkeit diese Nacht nach Thyone gezogen. Koosh Begee wird also nicht weiter die Straßen der Stadt unsicher machen. Jammerschade«, sagte Abbas sarkastisch.

Peirol warf einen Blick auf Kima.

»Mach dir keine Sorgen, dass sich ihr der Magen umdrehen könnte«, bemerkte der Magier. »Sie weiß, dass Männerhände nur selten nicht von Blut befleckt sind.«

»Von Koosh Begees Tod zu hören tat gut – Großvater hat es mir gesagt«, meinte das Mädchen. »Ich habe einmal bezahlt, um von seiner Bande den Ring einer Freundin auszulösen. Der Mann, den er schickte, erkühnte sich zu denken, ich sei von ihm angezogen, und machte mir ein ungehobeltes Angebot.«

»Jammerschade«, sagte Abbas, »dass der Mann ausrutschen und sich den Hals brechen musste, nachdem der Ring ausgelöst war. Wirklich jammerschade.«

Peirols Blick war einige Male an dem Schlitz in Kimas Gewand hängen geblieben, und er konzentrierte sich rasch wieder auf seine Finger, als er ein Stück Brot mit roter Marmelade bestrich. Urplötzlich glich die Marmelade dem Blut, das aus Koosh Begees Gurgel gequollen war. Ihm verging der Appetit, und der Magen drehte sich ihm um.

Abbas bemerkte seinen Ausdruck. »Trink doch etwas von dem Kräuterwein aus dem Krug mit dem langen Hals«, befahl er. »Er wird deinen Magen beruhigen.«

Peirol tat wie geheißen.

»So ist Koosh Begee also tot durch dein Tun, und es war nichts außer kleinen Gemmen in Slasks Tempel. Begees Spießgesellen – oder besser die Frau, die nun Begees Witib ist und in Zukunft über seinen Haufen zu herrschen hofft – werden nach deinem Blut schreien, und du hast keine Ahnung, was du tun oder wohin du dich flüchten sollst. Oder ob du überhaupt davonlaufen sollst.«

»Genauso ist es«, brachte Peirol hervor. »Ihr scheint allwissend zu sein.«

»Ein Zauberer, der das nicht ist, wird in der Regel bald seine Existenz verändert sehen, und gewiss nicht zum Besseren«, bemerkte Abbas grimmig. »Also, denkst du, die kleine Schuld, die ich bei dir habe, wiegt meine Beschäftigung mit diesem Diebsgesindel auf?«

Peirol schüttelte rasch den Kopf. »Nein, Herr. Ich bin kein Hohlkopf. Ich dachte nur, da Ihr nun mal gescheiter und weltkundiger seid als ich, könntet Ihr mir vielleicht einen Vorschlag machen, was ich tun soll.«

Abbas nahm eine Scheibe mit Butter bestrichenen Toastbrotes, legte eine Schnitte Räucherfisch darauf und kaute dann in Gedanken versunken vor sich hin.

»Unter normalen Umständen«, sagte er, »könntest du einfach für einige Wochen in die Hügel gehen, bis diese Schakale einen neuen Herrn und Meister gefunden haben. Halunken mögen von

Rache schwafeln, führen sie jedoch selten aus, es sei denn im Blutrausch oder wenn dabei etwas herauszuschauen verspricht. Aber« – der Magier räusperte sich geziert – »da ist noch seine Frau, ehrgeizig und aus Gründen, auf die wir hier nicht näher eingehen wollen, obendrein auch noch rachsüchtig.«

Kima kicherte wieder. »Er wird ganz rot.«

Peirol senkte den Blick auf den Boden und nahm einen Schluck Wein.

»Ich fürchte, die Witwe wird dafür sorgen, dass man dich nicht vergisst«, fuhr Abbas fort. »Und da sie aus einer Familie von Dieben stammt, wird man auch auf sie hören.

Also, mein junger Peirol, du musst Sennen wohl verlassen. Die Frage ist nur, in welche Richtung? Du könntest dich, sofern du dich beeilst, der Karawane nach Osh anschließen, was du dummerweise nicht getan hast. Wenn wir mal davon ausgehen, du kommst den Banditen unterwegs aus. Und, dass du es irgendwie zu mehr Gold bringst, als die Juwelen einbringen werden, die du unter Thyone gefunden hast.

Ich könnte dafür sorgen, wenn ich wollte. Aber ich bin kein Menschenfreund. Vor allem nicht, wenn sich etwas weit Interessanteres anbietet.

Lass mich dich etwas fragen. Hast du jemals von einer Gemme mit dem Namen Reichsstein gehört?«

Peirol fuhr zusammen. Es war das zweite Mal binnen weniger Stunden, dass man ihm die Erinnerung an die Geschichte aufzwang, die sein Vater ihm in jener vom Wind geschüttelten Hütte tief im Süden erzählt hatte.

»Ja«, antwortete er.

»Wie die meisten«, räumte Abbas ein. »Er verleiht die Macht von Königreichen, kann seinen Besitzer ins Verderben führen oder zum Heil und so weiter und so fort. Und ich nehme an, dass du gehört hast, dass schon viele auf der Suche danach ausgezogen sind, von denen auch nicht einer wieder zurückgekehrt ist?«

Peirol nickte.

»Also. Ich habe aufgrund einiger Weissagungen eine gewisse Ahnung, wo danach zu suchen wäre. Bist du daran interessiert?«

Unerschrockene Helden, die auszogen…

»Könnte schon sein«, erwiderte Peirol vorsichtig, während ihm – wie schon seinerzeit als Junge – das Blut im Kopf zu pochen begann. »Dann wollen wir doch über die Einzelheiten des Handels reden, bevor ich Genaueres dazu sage. Ich würde vorschlagen, dir für deine Ausgaben eine gewisse Summe Goldes vorzustrecken, vielleicht auch einige Talismane und Tränke, dann könntest du dich übermorgen gen Osten einschiffen. Über das Meer von Ismai'n.

Ich möchte dich schon jetzt davor warnen, dass dich die Reise weit in den Osten führen wird, in Länder, von denen keiner hier aus Sennen, weder Mann noch Frau, je auch nur geträumt hat, geschweige denn, dass einer dort gewesen wäre.«

Peirol lächelte schief. »Ich bin fast fünfundzwanzig, Herr, und ich bin kaum über die drei Länder hinausgekommen, die an das meiner Geburt grenzen. Und es ist dies nicht, was ich mir erträumte, als ich noch ein Junge war.«

»Gut. Natürlich brauche ich nicht weiter zu erwähnen, dass man einen Zauberer nie übers Ohr hauen sollte, da seine Rache unsichtbar ist und schneller reist als das schnellste Schiff oder Pferd. Und man kann ihr selten entgehen.«

Peirol bekam schmale Lippen. »Und ich«, so sagte er bedacht und sah Abbas dabei direkt in die Augen, »hätte mein Wort erst noch zu brechen, nachdem ich es erst einmal ernsthaft gab.«

»Gut!«, sagte Kima und klatschte dabei in die Hände. »Er kneift nicht, Großpapa.«

»Allerdings«, pflichtete Abbas ihr bei. »Wenn du also den Reichsstein an dich gebracht hast, so kehre damit hierher zurück, und ich mache dich reicher, als du es dir vorstellen kannst.«

»Ich habe viel Fantasie«, meinte Peirol.

»Spielt keine Rolle«, entgegnete Abbas. »Mit dem Reichsstein kann ich alles – und ich meine alles und jedes – haben.«

Ein merkwürdiges Funkeln trat in seine Augen. Er ging zu einem Schrank und kam mit einem Beutel aus Ölzeug zurück an den Tisch.

»Alles, was ich zu tun habe«, sagte Peirol sarkastisch, »wäre, diesen Stein von seinem gegenwärtigen Besitzer zu... erwerben. Und da ich davon ausgehe, dass er daran hängt, so heißt das wohl, dass ich ihn stehlen muss.«

»Genau«, sagte Abbas. »Ich wünschte, ich wüsste, wer ihn besitzt.«

Peirol verzog das Gesicht. »Das kompliziert die Dinge etwas.«

»Ein wenig. Ich weiß, der Reichsstein befindet sich in einer Stadt namens Restormel, über die kein Mensch auch nur das Geringste weiß. Ich nehme an, dass man dort mächtige Zauberer hat, da meine Versuche, dort mit magischer Hilfe zu forschen, allesamt abgewehrt wurden, als versuchte ich, durch einen Sturm zu spähen.«

»Der Legende nach kann sich jeder, der den Stein besitzt, zum König machen«, erklärte Peirol. »Wärt Ihr nicht besser beraten, eine magische Armee zu schicken oder gar eine richtige, statt eines Zwergs?«

»Einem Mann kann gelingen, wobei eine Armee versagt«, meinte Abbas lächelnd. »Außerdem finde ich es amüsant, einen einzigen Mann auszuschicken, um einen Stein zurückzubekommen, dessen Wert den einer Nation übersteigt.«

»Ich hoffe«, so erwiderte Peirol, »ich kann Euer Amüsement noch teilen, erzählt Ihr mir erst einmal mehr.«

Peirol las die letzte Seite Notizen zu Ende und verstaute dann den Packen Papier wieder in dem Beutel aus Ölzeug. Abbas saß neben ihm, die Arme verschränkt, und wartete geduldig. Kima, die sich auf dem Boden zusammengerollt hatte, sah ihnen zu.

»Eine weite Reise«, stellte Peirol fest.

»Ich hab's dir gesagt«, antwortete Abbas.

»Die Länder im Osten über Sennen hinaus oder wenigstens

die, von denen ich gehört habe, haben einander an der Gurgel, so berichteten jedenfalls die Händler.«

»Es braucht einen gescheiten Mann, sich da durchzuschlagen«, pflichtete Abbas ihm bei.

»Einen gescheiten Mann oder einen reichen. Aber ich glaube nicht, dass ein einzelner Mann genug Gold mitnehmen könnte, um sich auf diese Entfernung mit Bestechungen freies Geleit zu erkaufen.«

Abbas äußerte sich nicht dazu.

Peirol lächelte trocken. »Aber als Händler, als Künstler oder als Reisender in Gemmen, da wäre so eine Reise vielleicht möglich.«

»Dein angestammtes Metier«, warf Kima ein.

»Dazu bräuchte ich natürlich die Werkzeuge meines Berufs: Waage, Glas, Schneidewerkzeuge, Materialien für meine besonderen Leime, einige Lösungen, Schleifmaterial, Tuschen, Spaltmesser und dergleichen. Es befindet sich alles bei mir zu Hause, aber da wage ich mich nicht hin, schließlich erwarten mich Begees Totschläger dort. Wenn ich Eure Aufgabe annehme, dann werde ich mich drauf verlassen müssen, unterwegs Ersatz dafür zu finden.«

»Nicht unbedingt. Warte.« Abbas verließ den Raum.

Peirol gähnte; die Anstrengungen der Nacht und das üppige Mahl begannen ihren Tribut zu fordern. Er trat auf den Balkon und blickte über das Land. »Was für ein schöner Tag«, sagte er.

Kima trat neben ihn. »Allerdings«, bestätigte sie.

»Stünden die Dinge nicht so, wie sie nun mal stehen«, fuhr Peirol fort und mied es dabei geflissentlich, sie anzusehen, »wäre es ein Tag für drei Pferde – eins für dich, eins für mich und eines für unser Picknick. Wir könnten in die Hügel reiten. Ich kenne da ein Tal mit einem murmelnden Bach mittendrin, ein Tal mit einem Weiher in der Mitte, in dem Ottern sich tummeln und Fische springen.«

»Wie viele andere hast du dorthin mitgenommen?«

»Keine. Merkwürdigerweise. Ich habe die Stelle selbst entdeckt, jenen Ort, an dem die Zeit stehen geblieben ist, wo ich immer zum Nachdenken hin bin… und zum Träumen. Ich hatte nie den Wunsch, jemand anderen dorthin mitzunehmen.«

Kima wandte sich ab, als Abbas wieder ins Zimmer kam.

»Man hat deine Räume noch nicht geplündert«, sagte er. »Aber es warten vier Männer an deiner Treppe und drinnen vier weitere. Zwei andere verstecken sich hinter dem Haus.«

»Ganz wie ich befürchtet habe«, seufzte Peirol.

»Du hast nichts zu befürchten. Ich habe bereits meine… Handlanger ausgeschickt, deine Werkzeuge zu holen – mit etwas Kleidung, die dir auf der Reise dienlich sein wird. Es wird keinerlei Probleme geben.«

Peirols Augenlider zuckten.

»Da ich reichlich mit Juwelieren zu tun habe, kann ich mir vorstellen, dass meine Vertreter recht gut wissen, was sie mitnehmen sollen«, fuhr Abbas fort. »Ich hoffe nur, du kannst meinen Geschmack in Sachen Kleidung akzeptieren.«

»Ihr geht also davon aus, dass ich Euer Angebot annehme?«

Abbas lächelte übers ganze Gesicht. »Siehst du eine andere Möglichkeit?«

»Dieser Tag hat meinen Glauben an den freien Willen doch ziemlich erschüttert«, brummte Peirol.

»Willst du damit sagen, du glaubst noch immer daran?«

Peirols Lächeln spiegelte das von Abbas wider und wurde schließlich zu einem lauten Gelächter.

Kima führte Peirol in ein Gästegemach und bedeutete ihm, so lange zu schlafen, wie er nur wolle. Der Haushalt sei, wie es sich für einen Magier gehöre, im Allgemeinen nachts geschäftig. Abbas habe sich auf ein Nickerchen hingelegt, und sie würde es ihm gleichtun.

»Zu Abend essen wir nach Einbruch der Dunkelheit«, erklärte sie. »Aber vielleicht willst du ja etwas früher aufstehen und mir

Gesellschaft leisten, während Großpapa in seinem Arbeitszimmer weilt.«

Peirol befleißigte sich einer unschuldigen Miene. Kima trat ihm kichernd gegen den Knöchel.

»Ich wette, ich weiß, was du denkst, und du solltest dich schämen. Wir kennen einander doch kaum!«

»Ich habe gar nichts gedacht«, behauptete Peirol. »Nur wie schön das Bett aussieht, das du mir da zeigst.«

»Nur das Bett, der Herr?«

»Schlaf gut, Kima.«

Die untergehende Sonne schien in die Kammer, als Peirol erwachte. Aber nicht sie war es, die ihn aus dem Schlaf und unruhigen Träumen geweckt hatte.

Vage, von irgendwo über ihm, drang das Murmeln einer Stentorstimme zu ihm herab, weit tiefer noch und kräftiger als die von Abbas. Er lauschte, konnte aber die Worte nicht verstehen. Er hörte den Magier antworten, was ihn erschauern ließ.

Dann spürte er wieder die Wärme des zur Neige gehenden Tages und stellte fest, dass die Stimmen verstummt waren. Peirol stieg aus dem Bett, streckte sich und erblickte seine Werkzeuge nebst seiner Kleidung auf einem Tisch. Er war sehr stolz auf seinen leichten Schlaf, zumal wenn er nicht zu Hause war, aber welcher von Abbas' dienstbaren Geistern auch immer die Sachen gebracht haben mochte, er hatte ihn nicht gestört.

Er ging in den Raum nebenan, fand eine Wanne, die nicht nur gefüllt war, sondern sogar dampfendes Wasser enthielt, und einmal mehr sträubten sich seine Nackenhaare ob des Wissens um die Zauberei, die da im Spiel war.

Peirol badete, bediente sich des Rasiermessers und der Seife, die er vorfand, bürstete sein Haar ein halbes Hundertmal und ging dann nach oben in den Raum, wo gespeist wurde.

Es war niemand da, und im Haus herrschte Totenstille. Peirol dachte schon daran, sich eines der Zauberbücher aus dem Regal zu nehmen, vielleicht auch eine der Schriftrollen, unterließ es dann aber aus Furcht, sich Abbas Unmut zuzuziehen, oder, schlimmer noch, aus den Tiefen ein furchtbares Ungeheuer heraufzuzitieren, indem er eine der Beschwörungen sprach. Peirol wusste sehr wenig darüber, wie Zauberei funktionierte, und wünschte, noch nicht einmal das zu wissen.

Stattdessen nahm er das Säckchen mit den Edelsteinen, die er aus Slasks Tempel gestohlen hatte, und sah sie sich eingehend an. Einige waren geschliffen, andere roh. Er überlegte, welche sich in Geschmeide einarbeiten ließen, die leicht zu verkaufen wären, hätte er erst einmal Arzamas erreicht, den ersten Anlaufhafen des Schiffes.

Er schreckte aus seinen Gedanken auf, als hinter ihm eine leise Stimme sagte: »Ist es nicht wunderschön, wie sie das letzte Licht der Sonne einfangen und halten?«

Kima trug jetzt ein schwarzes Kleid aus feinster, weichster Wolle, das, angefangen vom Hals, jeder Linie ihres Körpers folgte bis zu den Knien, um ihr dann auf die Füße zu fallen. Es war ein Kleidungsstück, das eher für eine ältere Frau geeignet war; andererseits war Kima ganz offensichtlich die Frau im Haus.

»Einen schönen Nachmittag wünsche ich«, sagte Peirol. »Ich hoffe, du hast gut geschlafen.«

»Bis Großpapa anfing, mit seinen Dämonen oder Geistern zu reden oder was auch immer diese schrecklichen Laute von sich gab.«

»Das hat mich auch geweckt.« Peirol wollte das Thema wechseln. Er rollte die Edelsteine über den Tisch. »Um genau zu sein, sie fangen und halten mehr als die Hälfte des Lichts, ganz im Gegensatz zu Kristall oder Glas«, erklärte er. »So jedenfalls hat man mich das gelehrt.«

»Gelehrt?«

»Ja, denkst du, ich bin rein zufällig mit meinem Wissen um Gemmen geboren? Zwerge«, er verzog das Gesicht zu einer lächelnden Fratze, »lernen ja merkwürdige Dinge, während sie groß werden – oder, in meinem Fall, klein bleiben. Aber das gehört nicht dazu. Ich ging von meinem zwölften Lebensjahr an für fünf Jahre in die Lehre, und das beim besten Juwelier der Welt, einem Mann namens Rozan in Ferfer, südlich von hier. Dann war ich noch zwei weitere Jahre sein Geselle. Manche sagen, die Götter hätten mich zu dem gemacht, was ich bin.« Peirol verzog erneut das Gesicht. »Die Leute, die das behauptet haben, gehören zu denen, die der Ansicht sind, die Götter nähmen nie mit der einen Hand, ohne mit der anderen zu geben. Ich selbst denke, ich habe einfach härter gearbeitet als alle anderen.

Wie auch immer, ich habe eine Prüfung vor der Juweliersgilde in Ferfer abgelegt, man hielt mich für würdig, den Titel eines Juweliers zu erhalten, und ich begann zu reisen: Manchmal habe ich verkauft, manchmal eingekauft, manchmal machte ich Schmuck. Vor drei Jahren kam ich nach Sennen und habe kurz darauf dich kennen gelernt, als du noch ein kleines Ding warst. Und jetzt«, Peirol imitierte die zittrige Stimme eines alten Mannes, »bin ich grau und gebrechlich, und du erblühst gerade zur Frau.«

»Wer hat dir beigebracht, so zu sprechen?«, fragte Kima. »Deine Worte hören sich an wie aus einem Liebesroman.«

»Und was wäre wenn?«

»Liebesromane werden von alten Knackern für dicke Frauen mittleren Alters geschrieben, die nie einen … die keine Männer kennen.«

»Weshalb du auch nie auch nur einen einzigen gelesen hast.«

Kima lachte wieder.

»So weißt du nun alles, was es Interessantes über mich zu wissen gibt«, meinte Peirol. »Wie bist du denn nach Sennen gekommen? Leben deine Eltern noch?«

»Aber ja«, antwortete sie. »Mein Vater – Großpapas einziger Sohn – verfügte, wie sich herausstellte, nicht über die geringste Spur der Gabe. Aber er mochte Vieh, und so hat Großpapa ihm einen großen Hof im Oberland gekauft und einen Titel, als dort jemand kinderlos starb.

Ich könnte bei ihm da oben wohnen und bei meiner Stiefmutter, wenn ich wollte.«

»Aber du willst nicht?«, fragte Peirol. »Warum?«

»Kühe? Bullen? Heuschober? Und die einzige Aufregung, wenn jemand ein paar Rinder zu stehlen versucht und die Männer die Diebe aufspüren und an der Straße entlang aufhängen? Oder gerade mal drei-, viermal in die Stadt zu kommen, wenn man das eine Stadt nennen kann?« Kima streckte die Zunge heraus und schielte. »Ich bin jeden Tag gestorben vor Langeweile.«

»Merkwürdig. Du siehst mir ganz lebendig aus.«

»Mein Großpapa kam zu Besuch, und ich nehme an, er hat wohl gespürt, dass die Langeweile mich wirklich umbringen würde. Und Papa und Mama dachten ohnehin, ich sei zu wild für den Hof und dass mich vielleicht ein Magier zu zähmen vermöchte.« Kima blickte zum Balkon und lächelte geheimnisvoll in sich hinein. »Und er denkt immer noch, dass er das kann.« Bevor Peirol antworten konnte, wandte sie sich ihm wieder zu. »Du kennst dich doch aus mit Steinen. Es heißt, dass sie eine geheime Bedeutung haben. Stimmt das?«

»Es wäre kein Geheimnis mehr, würde ich dir das sagen.«

»Peirol! Was würde es bedeuten, schenktest du mir, sagen wir mal, diesen Stein hier?«

Sie nahm eine geschliffene blaue Gemme zur Hand.

»Das ist ein Saphir«, sagte er. »Er steht für Freundschaft.«

»Oh.« Kima legte ihn weg und nahm einen anderen auf.

»Was ist mit dem schönen Schwarzen hier?«

»Das ist ein Opal. Er hat keine Bedeutung, wenigstens nicht in der Art, wie sie dich interessiert. Schwarze Opale bringen angeblich Unglück.«

Kima ließ den Stein hastig fallen. »Und der hier? Ein Smaragd, richtig?«

»Stimmt. Der bedeutet Treue und Tugendhaftigkeit.«

»Und die beiden Roten hier?«

»Die sind nicht gleich. Der eine ist ein Rubin, der andere ein

Feueropal. Siehst du, in der Mitte des Opals, was da wie eine Flamme aussieht? Halt ihn mal gegen die Sonne.«

»He! Und was bedeuten sie?«

»Tja, hm, Leidenschaft«, meinte Peirol.

»Man würde ihn also jemandem geben, dem man den Hof machen will?«

»Oder jemandem, mit dem man bereits etwas hat und mit dem man die Affäre fortsetzen möchte.«

Kima drehte den Feueropal zwischen den Fingern. »Das ist schön«, sagte sie. »Das gefällt mir.«

Zögernd legte sie ihn beiseite und nahm einen anderen auf. »Den kenne ich, das ist ein Diamant. Aber warum ist er nicht durchsichtig wie die, die ich habe?«

»Das ist eine so genannte Fantasiefarbe«, erklärte Peirol. »Die klaren Steine sind im Allgemeinen die teuersten, aber es gibt welche, die sogar noch seltener sind. Der gelbe, den du da hast, ist gar nicht so wertvoll. Die Exoten sind blau, je tiefer, desto wertvoller. Es gibt auch rote Diamanten. Ich habe in meinem ganzen Leben nur einen gesehen, und zwar in der Privatsammlung meines Meisters.

Am seltensten sind die grünen. Manche sagen, sie kommen in der Natur vor, andere meinen, dass ein Diamant durch Zauberei zu verändern ist. Ich weiß es nicht.«

»Und wofür stehen Diamanten?«

Peirol war mit einem Mal ein wenig nervös.

»Sie sollen angeblich das Böse fernhalten. Sie vertreiben einem die Sorgen. Und sie heilen den Wahnsinn.«

Kima hob den Blick von dem Stein und sah Peirol tief in die Augen.

»Diamanten sind mir die liebsten«, sagte er mit tiefer, kehliger Stimme; sie hörte sich um Jahre älter an, als sie war.

Tags darauf ging Peirol seine Notizen durch, sah sich Abbas' Karten an und überlegte, welche Schwierigkeiten ihn wohl erwarten mochten. In der Hauptsache jedoch ruhte er sich aus. Er merkte, dass die paar Zeiten, die er im Schoß von Begees Unterwelt zugebracht hatte, ihn so fest aufgezogen hatten wie ein Federwerk.

Dessen Spannklinke war mit Begees Tod gebrochen, und er spürte, wie die Anspannung sich löste und ihn die Aufregung wegen des Abenteuers zu füllen begann.

Am frühen Nachmittag fand er sich in Abbas' Turmgemach ein. Des Nachts wäre es unheimlich gewesen, dem großen Zauberer zu lauschen, während er seine Beschwörungen sprach, auf die ihm Sterne und Kometen antworteten und wo die Luft voller Dämonen war.

Aber an diesem Tag schien die Sonne herab, und die Winde vom Meer her kamen gegen die Brustwehr nicht an. In kurzer Hose lagerte er bequem auf einem niederen, breiten Diwan, ein Glas mit Eis, Limone und etwas Zucker griffbereit. Auf einem anderen Diwan ruhte Kima, die zu schlummern schien. Sie trug eine Filzbinde über den Augen.

Peirol hatte sie eine ganze Weile beobachtet; er bemerkte, dass sein Körper seine Gedanken verriet, und wälzte sich auf den Bauch.

Kima hob den Kopf. »Sprich mit mir, Peirol. Abbas hält mich immer noch für ein Kind und spricht über nichts Interessantes mit mir.«

»Was findest du denn interessant?«

»Erzähl mir eine Geschichte… über eine Königstochter und über Juwelen.«

Peirol überlegte; dann machte er sich an die Geschichte von einer selbstverständlich schönen Königstochter, die in einem großen einsamen Palast wohnt, der von einem großen geheimnisvollen Garten umgeben ist. Die Dienstboten waren alle unsichtbar –

»– wie die unseren.«

Peirol dachte, *ich hoffe nicht,* da er Angst vor den Diensten hatte, die Dämonen für Zauberer erledigten. Der König jedenfalls befürchtete, seine Tochter könnte jemanden unter ihrem Stand heiraten, und das war für ihn jeder, und so war die arme Prinzessin denn schrecklich allein.

Dann fand sie eines Tages während eines Spaziergangs im Garten einen Diamanten. Aber niemand war in der Nähe zu sehen. Tags darauf fand sie wieder einen und am dritten Tag einen weiteren.

Das ging eine halbe Zeit so, und die arme Prinzessin, deren Sammlung von Juwelen sich häufte, war schier außer sich. Dennoch ging sie jeden Tag aufs Neue in den Garten und fand jedesmal eine schöne Gemme neben einem winzigen Teich.

Dann eines Tages saß neben dem Diamanten ein Frosch von ziemlicher Größe.

Sie hob den Stein auf und sagte dem Frosch sehnsüchtig, sie wünschte, er könnte sprechen, um ihr von ihrem unbekannten Verehrer zu erzählen.

›Aber das kann ich doch‹, sagte der Frosch, und das Mädchen fuhr vor Überraschung zusammen. ›Ich bin von edlem Geblüt, ein Prinz, von einem bösen Dämon dazu verflucht, ein Frosch zu werden‹«, erzählte Peirol weiter. »›Es war schieres Glück, dass die Götter mich in Euren Garten springen ließen und ich Eure Einsamkeit sah.‹

›Frösche haben gewisse Kräfte‹, fuhr das Tier fort, ›oder wenigstens ich, und eine davon besteht darin, Gemmen hervorzaubern zu können. Ich habe für dergleichen keine Verwendung, aber ich dachte mir, Eure Schönheit verdient Geschenke, wie ich sie Euch gemacht habe.‹

›Du bist ein wunderschöner Frosch‹, erwiderte die Prinzessin, ›und ich wünschte, ich könnte dich dafür belohnen.‹

›Nun‹, meinte der Frosch, ›das könntet Ihr schon. Denn der Fluch kann durch den Kuss einer schönen Jungfrau aufgehoben werden.‹

Die Prinzessin rümpfte ein wenig die Nase, denn sie war in der Tat noch Jungfrau, schließlich hatte sie kaum Gelegenheit gehabt, daran etwas zu ändern, und sie war alles andere als glücklich über ihr Los.

›Wenn ich dich küsse, Frosch, dann wirst du wieder ein großer Prinz? Ich nehme an, du warst jung und schön, als der Dämon dich verflucht hat.‹

›Natürlich‹, antwortete der Frosch.

Und so nahm die Prinzessin den Frosch auf und betrachtete ihn. Es war ein ungemein hässliches Tier, selbst für einen Frosch. Aber schließlich kamen nicht jeden Tag schöne Prinzen vorbei – eigentlich überhaupt keine, wenn man es recht bedenkt.

Sie spitzte die Lippen und gab dem Frosch den leidenschaftlichsten Kuss ihres Lebens.«

Peirol nahm sein Glas und trank einen tiefen Schluck.

»Und dann?«

»Sie bekam eine schreckliche Warze auf der Unterlippe«, sagte Peirol. »Was beweist, dass man nie einem sprechenden Frosch trauen sollte.«

Kima setzte sich abrupt auf; fast hätte sie das Augenband verloren.

»Das ist doch zu blöd!«

»Du hast doch gesagt, Liebesgeschichten gefallen dir nicht.«

Kima blickte ihn groß an; dann musste sie lachen. Sie hielt inne und starrte ihn eine ganze Weile an.

»Mein Großvater ist noch weiser, als er selbst weiß«, sagte sie. »Du bist gefährlich. Du kannst Frauen zum Lachen bringen.«

Peirol nahm den schweren Packen auf die Schultern. Er enthielt drei Garnituren robuster Kleidung, Stiefel, den Öltuchbeutel mit des Zauberers Notizen, Peirols Handwerkszeug, die Edelsteine aus Thyone und einen schweren Beutel Gold von Abbas. Der Magier hatte von sich aus nicht erklärt, wie man Peirols Habseligkeiten hergeschafft hatte; dem Zwerg bot sich noch nicht einmal die Möglichkeit, sich bei Abbas' unsichtbaren Dienern zu bedanken. Irgendwie war er durchaus dankbar dafür, ihre Bekanntschaft nicht machen zu müssen. Abbas hatte Peirol ein zusammen passendes Paar Pistolen, Pulver und Kugeln angeboten, aber er hatte abgelehnt – sie waren zu schwer, zu unzuverlässig und würden ihn zu reich erscheinen lassen; man würde ihn zu bestehlen versuchen, kaum, dass man sie bei ihm sah.

Eines jedoch nahm er an. Abbas wirkte mit Hilfe von Kräutern, die er in einem Mörser vermischte, einen Zauber; dann zerstieß er ein Steinchen aus dem hohen Norden und rieb Peirol murmelnd den Sand auf die Zunge.

»Das verleiht dir die Gabe des Wortes«, erklärte Abbas. »Du wirst jede Sprache verstehen und sprechen – oder besser gesagt jede Sprache, die dein Gegenüber spricht und versteht. Das bedeutet, du bist in der Lage, in seinem Dialekt, ja selbst mit seinem Akzent zu sprechen.

Du solltest dich davor hüten«, fügte der Magier trocken hinzu, »mit jemandem zu sprechen, der einen Sprachfehler oder einen Wolfsrachen hat – wenigstens nicht, wenn er jähzornig ist, denn du sprichst die Sprache genauso wie er, und er könnte denken, dass du dich über ihn lustig machst. Ich könnte auch einen komplexeren Zauber wirken, der dich alle Sprachen sprechen lässt, die der Mensch spricht, und vielleicht gar noch die des einen oder anderen Dämonen, aber so etwas dauert zwei Tage und ist etwas schmerzhaft, da dazu etwa ein Dutzend Schnitte in die Zunge vonnöten sind.« Peirol sagte hastig, er sei schon zufrieden mit dem Zauber, so wie er sei.

Peirol blickte die Straße nach Sennen hinab, dann wandte er sich wieder an Kima.

»Na denn«, sagte er.

Kima öffnete den Knoten des grünen Schals um ihren Hals und reichte ihn ihm. »Hier. Eine kleine Gunst… ein Zeichen.«

Peirol nahm ihn, blickte in ihre smaragdgrünen Augen, deren Farbe der ihres Geschenks glich und führte den Schal an die Lippen. »Ich danke dir«, sagte er. »Wenn ich wiederkehre, dann trägst du ihn wieder.«

»Auf unserem Picknick vielleicht«, erwiderte sie.

Unvermutet beugte sie sich vor und küsste ihn auf die Lippen; dann löste sie sich von ihm, ging in das Gebäude zurück und schloss die Tür.

Peirol stand einen Augenblick da, die morgendliche Brise zauste sein Haar; er war bereit für den Kreuzzug, welcher Art auch immer er sein mochte. Er spürte den Reichsstein irgendwo da draußen, irgendwo in der Ferne; er spürte, dass er auf ihn wartete.

Wenn ich kein solcher Schwachkopf wäre, dachte er, ich würde das Gold des Magus nehmen und gen Osten fliehen. Nur ein Narr nimmt den Auftrag eines Zauberes an, Peirol.

»Du hast Recht«, sagte er laut. »Nur ein Narr.«

Fidel pfeifend, machte er sich unter der Wintersonne auf den Weg die Straße hinab, die zum Hafen von Sennen führte; dort würde noch am selben Tag der Kauffahrer mit Ostkurs in See stechen.

3 Von Stürmen und Intrigen

Während der ersten beiden Tage hatten sie guten Wind, der sie rasch über das Meer von Ismai'n gen Osten trug.

Einer der Seeleute maulte, dass Zwerge Unglück brächten, und zwei andere machten ein besorgtes Gesicht. Einer meinte, es sei vielleicht das Beste, ihn über Bord zu werfen.

Peirol hatte die Geschichte bald entschärft, indem er sagte, er habe immer gehört, dass kleinwüchsige Männer eher Glück brächten, und der Maat, ein auf finstere Weise ganz ansehnlicher Spitzbube namens Edirne, pflichtete ihm da bei; er zeigte Peirol ein Grinsen, zu dem er eine Braue hochzog, und meinte, ihre rasche Überfahrt gebe dem Zwerg doch ganz offensichtlich Recht.

Damit war die Sache erledigt, aber Peirol hielt dennoch einen Dolch griffbereit. Der Kauffahrer, die *Petrel*, war eine vorzüglich gebaute dreimastige Karavelle mit Lateinersegeln an jedem Mast. Über seine Stauräume hinaus verfügte die *Petrel* über recht luxuriöse Kabinen für sechs Passagiere, von denen zwei belegt waren.

Kapitän des Fahrzeugs und einziger anderer Offizier war eine ausgesprochen erfahrene ältere Frau namens Todolia. Die Mannschaft bestand aus einem Dutzend Mann, die Ladung aus einer ganzen Reihe von Luxusgütern für die große Stadt Arzamas, die laut Abbas' Karten – die im Übrigen immer vager wurden, je weiter sie sich von Sennen entfernten – etwa auf einem Viertel des Wegs nach Restormel lag, wo der Reichsstein sich angeblich befand.

Das Prachtexemplar an Bord der *Petrel* war Zaimis Nagyagite, gerade achtzehn Lenze alt, von wilder Schönheit, die Verlobte des Baron Aulard, eines steinreichen Mannes, der irgendwo im Süden von Arzamas zu Hause war. Sie war eher klein, schlank, hatte aber volle Brüste; sie war kaum anderthalb Kopf größer als Peirol, blond, grünäugig und mit einem makellosen Teint.

Zaimis hatte neben ihrer beträchtlichen Mitgift, die in zwei der anderen Kabinen untergebracht war, auch so gut wie alles andere: Charme, Haltung, Säuselstimme und die Fähigkeit, jedem Mann, mit dem sie sprach, ihre volle Aufmerksamkeit zu widmen. Vom Intellekt her genügte sie Peirol zwar nicht, aber der Großteil der reichen Männer schien in einer Frau ohnehin weniger die Gefährtin zu suchen als eine Zierde.

Zaimis war selbstredend Jungfrau, so sagte man ihm, und Peirol nickte ernsthaft dazu – die Reichen heirateten nie etwas anderes, es sei denn, die Auserkorene war reicher oder von höherem Stand als der Mann. Um dafür zu sorgen, dass dies so blieb, wurde Zaimis von einem großen finsteren Eunuchen namens Libat bewacht.

Zaimis bewunderte eines Nachmittags, als er an Deck seine Übungen machte, Peirols Kraft, und danach ließ er die täglichen Leibesübungen vor der großen Kabine, egal wie das Wetter sein mochte, nicht ein einziges Mal aus. Er wusste, er machte sich ein bisschen zum Narren, aber fast alle anderen hielten es ebenso, rissen sich schier alle Beine aus, um ihr Quartier zu passieren, nur um sich den finsteren Blick des Eunuchen einzufangen, der seinem Schützling nicht von der Seite wich und nachts gleich in der Kabine gegenüber schlief. Nur Edirne schien sich nicht für sie zu interessieren.

Sie erreichten die gegenüberliegende Küste des Meeres von Ismai'n und suchten sich ihren Weg durch ein Labyrinth von Inseln.

Dreimal kamen aus irgendwelchen schäbigen Dörfern kleine Boote heran, von denen aus man ihnen Drohungen entgegenrief, aber die *Petrel*, vom Wind begünstigt, fuhr ihnen problemlos davon. Peirol achtete darauf, nur bewaffnet an Deck zu gehen für den Fall, dass diese Möchtegernpiraten auftauchten, bereit, sich und Zaimis zu verteidigen, und in der Hoffnung, dass ihr seine tapfere Vorsorge nicht entging. Außerdem traf er insgeheim Vorkehrungen, indem er einen kleinen Lederbeutel auftrieb, der unten wie oben zu schnüren war. In diesen gab er die besten seiner Gemmen und band ihn sich hinter das linke Knie, wo einer, der ihn durchsuchte, sie womöglich nicht fand.

Keiner dachte auf dem Weg durch die Inseln an Schlaf, und als sie sie endlich hinter sich hatten und ins Meer von Cotehl einfuhren, feierten sie dies mit einem kleinen Fest.

Edirne gab zwei Weisen aus seiner Heimat zum Besten, traurige Melodien, begleitet vom Tappen seiner Füße; einige aus der Mannschaft sangen den Chor dazu und hielten das letzte Wort einer jeden Zeile. Peirol erzählte drei Geschichten, zwei komische und eine von romantischer Tragik, die Zaimis offenkundig erfreuten, da sie ihm den Handrücken tätschelte, als er geendet hatte, und ihre Hand dann auf der seinen beließ. Dadurch erkühnt, rutschte er auf der Bank ein Stück auf sie zu, sah dann Libat die Stirn furchen und mit der Hand nach dem Knauf seines Schwerts tasten, und Peirol rückte wieder ab. Sie wandten sich nach Süden und fuhren etwa eine Woche an der Küste entlang. Sie überquerten die Wasser der Straße von Susa, um die Halbinsel von Manoleon zu erreichen, da sie es nicht wagten, das weiter südlich gelegene Meer des Zorns zu befahren. Von der Halbinsel aus segelten sie im Bogen am Rand einer großen Bucht entlang wieder nach Norden und schließlich in Richtung Arzamas.

Eines Nachmittags kam Zaimis mit Peirol ins Gespräch; sie gestand ein, nicht das Geringste über Zwerge zu wissen und bisher nur welche auf Jahrmärkten gesehen zu haben.

»Einige meiner weniger glücklichen Brüder und Schwestern landen dort, in der Tat«, sagte Peirol, erbost über die Andeutung, er sei eine Art Missgeburt oder Monstrosität. Zaimis schien nichts zu bemerken. Sie blickte das Deck hinauf und hinab, sah jedoch kein Mannschaftsmitglied, das nahe genug gewesen wäre, um sie zu belauschen.

»Ich habe gehört, dass große Herren – wie etwa mein Verlobter Lord Aulard – sich zuweilen Zwerge im Schlafgemach halten, von denen sie sich kosen lassen, bevor sie zu ihren Damen gehen. Ich habe gehört, es fördere ihr Verlangen.«

»Keine Zwerge, meine Dame«, meinte Peirol, dessen Zorn sich, belustigt wie er mit einem Mal war, verflüchtigte. »Ihr denkt da an Bucklige. Und es befördert in der Tat ihr Verlangen – auf den Buckligen.«

Sie kicherte. »Ihr seid gewitzt. Was macht Ihr denn?«

»Ich reise in Gemmen.«

»Ein Juwelier?«

»Manchmal Steinschleifer, manchmal Händler.«

»Dann kennt Ihr Euch also mit Gemmen wirklich, wirklich gut aus?«

»Ich halte mich durchaus für damit vertraut.«

»Kommt mit.« Peirol, dessen Interesse geweckt war, kam ihrer Aufforderung nach, und der Eunuch trottete schweigend hinterdrein. Sie gingen unter Deck, erst in die große Kabine, dann in Zaimis', die nachgerade ein Nest aus drapierter Seide und

Kaschmir war. Zaimis hieß den Eunuchen mit den Schlüsseln, die sie um den Hals trug, eine dreifach verschlossene Schatulle öffnen. Peirol riskierte einen Blick, sah einen vielversprechenden Busen. Zaimis ertappte ihn dabei und kicherte, machte aber keinerlei Anstalten, ihn zurechtzuweisen.

Sie öffnete eine Hülle aus weichem Stoff, nahm eine Halskette heraus und hielt sie Peirol hin.

Der Atem stockte ihm ob des Gefunkels, als das Licht, das durch zwei Bullaugen hereinfiel, sich darin fing; Blitze durchzuckten den Raum.

»Blaue Diamanten«, murmelte er. »Ich habe zwei-, dreimal welche gesehen, aber nie mehr als einen auf einmal, meist in einer Fassung als das Prunkstück eines Diadems oder in einem Ring.«

»Sind sie nicht prachtvoll? Es ist ein Verlobungsgeschenk von meinem künftigen Mann, und er sagt, es sei dies nur ein kleiner Teil der Juwelen, mit denen er mich schmücken wolle, wären wir erst vermählt.« Sie reichte Peirol das Kollier. »Vielleicht wollt Ihr so gut sein, mir zu sagen, was es wert sein könnte – auch wenn es mich eigentlich gar nicht wirklich interessiert, einfach nur aus Neugier.«

Das Funkeln in ihren Augen war alles andere als beiläufig.

»Blau«, murmelte Peirol zu sich selbst, und instinktiv regte sich ein Verdacht in ihm. »Eine Goldkette, natürlich, schön gearbeitet, jedes Glied handgeschmiedet, reines Gold, ganz weich. Zweiunddreißig Steine von, hm, acht *Varjas* bis hin zu einem an der Schließe – Scherenschliff, etwas altmodisch, aber trotzdem von schönem Blau, so was von blau aber auch.« Er zündete eine Kerze an und schloss einen Vorhang. »Immer noch sehr blau.«

»Ist das von Nachteil?«

»Ganz im Gegenteil«, erwiderte Peirol. »Es erhöht den Wert und in meinen Augen die Schönheit. Augenblick. Lasst mich doch etwas von meinem Handwerkszeug holen, damit ich eine ordentliche Schätzung vornehmen kann.«

Er kam schließlich mit seiner Werkzeugrolle zurück, holte eine

Lupe heraus und nahm jede der Gemmen in Augenschein. »Jeder der Steine ist makellos – Euer Lord muss Euch sehr lieben.«

Zaimis lächelte affektiert. Peirol kratzte sich am Kinn, nahm dann eine andere Lupe aus seiner Rolle. Diese war alt, in angelaufenes Silber gefasst, etwas mitgenommen, und hatte obskure Lettern rundum. Sie hatte Peirol ein halbes Dutzend Smaragde gekostet, zudem eine Woche Arbeit, die Steine für den Händler zu fassen, der die Lupe verkauft und ihm den Zauberspruch beigebracht hatte, der zu ihr gehörte.

Er steckte sie sich in die Augenhöhle und flüsterte leise den Spruch, als er die Linse vor den kleinsten der Steine hielt.

»Sieh klar
Saubere
Ehrliche Arbeit
und ehrliches Licht.«

Der Stein verlor auf der Stelle seine Brillanz und war nur mehr ein fein polierter Brocken Gesteins, vermutlich Quarz.

»Na sieh mal einer an«, stellte Peirol fest und nahm die Lupe weg, worauf der Stein auf der Stelle sein altes Strahlen annahm.

»Was meint Ihr?«

»Ich meine«, erklärte Peirol und wählte seine Worte mit Bedacht, »ich meine, Ihr habt da ein einzigartiges Stück Arbeit, dessen Wert in Worten gar nicht auszudrücken ist, und Euer künftiger Gatte dürfte ein Mann von höchst ungewöhnlichen Qualitäten sein.«

Zaimis' Strahlen übertraf das ihrer falschen Steine.

Tags darauf verfinsterte sich der Himmel ganz bedrohlich, und ein Wind baute sich auf, der alsbald durch das Takelwerk zu pfeifen begann.

Peirol suchte die Schiffsführerin auf.

»Das sieht mir gar nicht gut aus«, murmelte Todolia. »Ich rate Euch, Eure Habseligkeiten zu vertäuen, junger Mann. Wir werden vom Meer des Zorns her einen ordentlichen Sturm bekommen, und alles, was wir tun können, ist, die Segel zu streichen, einen Seeanker zu werfen und vor dem Sturm zu laufen in der Hoffnung, dass es uns nicht zu weit nach Norden abtreibt.

Seht zu, dass Ihr in die Kombüse kommt und Euch herzhaft verköstigen lasst, denn wenn der Sturm zuschlägt, wird es nichts Warmes mehr geben.«

Peirol gehorchte und aß die dicke Erbsensuppe, die der Koch auftrug, bis schlicht nichts mehr hineingehen wollte; dann vergewisserte er sich, dass sein Ranzen gepackt und der Schwertgurt bereit war für den Fall, dass sie in die Korkflöße müssten, die zu beiden Seiten des Achterdecks festgemacht waren.

Er half Libat, dem Eunuchen, und Zaimis, ihre Habseligkeiten zu sichern, und wäre am liebsten geblieben, um ihr zu versichern, dass alles in Ordnung sei. Er war aber nicht so töricht sich einzubilden, er könne den Eunuchen davon überzeugen, sie getrost allein lassen zu können. Also ging er wieder an Deck und machte sich nützlich.

Der Seemann, der ihn über Bord hatte werfen wollen, musste nun neben dem Zwerg eine Leine einholen. Widerwillig gestand er ein, selten jemanden gesehen zu haben, der so stark war wie Peirol, und musste zugeben, sich wohl geirrt zu haben. »Obwohl wir noch sehen werden, was der Sturm bringt.«

Die Winde nahmen zu, und Todolia, Edirne, der Bootsmann und die beiden Rudergänger drehten das Schiff, mit dem Ruder ringend, nach Norden, den Weg zurück, den man gekommen war, dann nach Nordost.

»Die offene See ist besser«, rief Edirne, »dort werden wir wenigstens nicht gegen eine Landzunge geworfen.«

Übers Achterschiff brachten sie eine lange Leine aus, in die eine große Schlinge geknüpft war, um einen Treibanker zu haben; sie strichen alle Segel bis auf einen kleinen Hadern am Fockmast, um den Bug im Wind zu halten; dann warteten sie ab.

Der Sturm fuhr gewaltig auf sie nieder, und sie konnten nichts anderes tun, als unter Deck zu gehen und sich festzuhalten. Zweimal sah Peirol sich aus seiner Koje geworfen; knurrend vor Wut auf die Götter zog er sein Bettzeug auf den Boden, borgte sich einen Strick, band sich in einer Ecke fest und versuchte zu schlafen.

Er konnte nicht – die Karavelle stampfte, gierte, ächzend meuterte das Holz des Rumpfs, das sich selbst entzweizureißen versuchte. Er stolperte hinaus auf den Passagiergang und fand, von Schott zu Schott fallend, einige Seeleute, die sich in Eimer erbrachen, wenn nicht gar über sich selbst, und er spürte, wie sich sein Magen zu heben begann.

Er stieß die Luke auf und warf einen Blick hinaus auf das unter der grünen See begrabene Deck; als er eine noch größere Welle kommen sah, warf er die Luke rasch zu und kehrte in seine Kabine zurück.

Schließlich schlief er dann ein, wachte wieder auf und fand etwas trockenen Schiffszwieback, an dem sich nagen ließ; dann klopfte er bei Zaimis an, um zu sehen, ob er etwas tun konnte; man hieß ihn wegzugehen, eine Aufforderung, die von einem Ächzen begleitet war. Er legte seinen schweren Mantel an und ging auf Deck und den Niedergang zum Achterdeck hinauf. Die Brecher, die darüber hinweggefahren waren, hatten die Reling mitgerissen, und auch die Flöße waren nicht mehr zu sehen. Edirne stand am Kompasshaus, hinter ihm zwei Matrosen am Ruder. Sie waren nass bis auf die Knochen, ihre Augen gerötet von der salzigen Gischt und dem Mangel an Schlaf.

Peirol fragte, ob er nicht helfen könne, und fragte sich insgeheim, weshalb er ein solcher Trottel war.

Edirne beugte sich zu ihm herab und rief über das Getöse des Winds: »Gut! Lös einen Mann am Ruder ab. Der andere kann den Kurs halten. So haben wir beide Gelegenheit, nach unten zu gehen und zu verschnaufen.«

Peirol gehorchte, und sein Universum schrumpfte auf seinen Kameraden von der Wache zusammen, dessen Namen er nicht erfuhr; auf die mit Leder umwickelte Ruderpinne; die tosenden Wogen, die Winde, die von Angst und Ertrinken heulten; auf seinen Kampf, eine Stunde lang, eine Woche, bis ihn schließlich jemand fortzog und sagte, dass seine Wache nun zu Ende sei.

Er stolperte unter Deck, aß etwas, zog sich die durchweichten Stiefel aus, schlief, wachte auf, stieg benommen wieder in die Stiefel und ging wieder an Deck, um sich an das verdammte Ruder zu stellen.

Er wusste nicht, ob es Tag war oder Nacht. Die tosenden Wellen leuchteten, der Himmel hellte nicht einen Augenblick auf. Zweimal hörte er einen schwachen Schrei, einmal sah er einen Mann von einer Welle in die Höhe gehoben und in die Finsternis geworfen. Die Welt schlief, aß und ertrank dabei fast, Tag für Tag für Tag.

Peirol wusste nicht, ob er sich an die überanstrengten Muskeln gewöhnte, an das Krachen der Wellen, oder ob der Sturm nachzulassen begann. Schließlich hieß Edirne den zweiten Mann am Ruder nach unten zu gehen, Peirol käme schon damit klar. Echter Stolz wallte in ihm auf, und als er Edirne angrinste, sah er sich mit einem Lächeln bedacht. Der Maat klopfte ihm auf die Schulter und trat wieder ins Kompasshaus, wo er einen Blick auf die schwankende Kompassrose warf.

Peirol blickte nach Backbord auf die kabbeligen Wellen, an deren Kronen nach wie vor der Wind zerrte, das Wasser vor Schaum ganz weiß. Dann sah er noch etwas anderes, etwas Finsteres, und er begann zu schreien – Felsen! –, sie waren kurz vor dem Zerschellen, aber dann hob das dunkle Etwas den Kopf, und unter einem federbestandenen Kamm, der dem eines ungeheuren Gockels glich, blickten ihn – weise und wissend, mächtig, gut zwei Fuß oder mehr im Durchmesser – zwei Augen an. Sie sahen ihm auf den Grund seiner Seele, dann war das Ungeheuer auch schon wieder fort.

Edirne stand neben ihm, rüttelte ihn an seiner Schulter und rief: »Was ist denn, Mann?«

Peirol setzte zu einer Erklärung an, schüttelte dann aber den Kopf.

»Halt den Kurs, verdammt noch mal«, knurrte der Maat, und Peirol nickte ihm zu.

Schließlich wachte er eines Tages auf, und das Meer hatte sich wieder beruhigt. Er ging an Deck und sah, dass die *Petrel* unter Leichtwettersegeln auf eine Küste zuhielt.

»Wo sind wir denn, Kapitän?«, rief er Todolia zu.

»Ich weiß nicht«, erwiderte sie. »Wir gehen vor der Küste vor Anker, und ich werde mal sehen, ob ich sie auf den Karten habe, während wir uns von dem Sturm erholen.«

Das taten sie denn auch, und zwar in einer Bucht, die sie umschloss wie eine schützende Hand. Die Sonne kam heraus, und sie führten ihre Reparaturen durch, kochten, aßen, schliefen wieder und hielten schließlich Totenzeremonien für die beiden ertrunkenen Seeleute ab.

Todolia sagte, ihrer Meinung nach sei die *Petrel* weit nach Norden abgetrieben, weitab vom Kurs; ihrer Meinung lagen sie vor Parasso, einer großen Insel, und sie müssten erneut gen Süden segeln. Sie machte einen besorgten Eindruck, und Peirol fragte nach dem Grund. Sie schüttelte den Kopf und weigerte sich zu antworten. Er fragte sich missmutig, wie weit ihn der Sturm wohl vom Kurs seiner eigenen Reise abgebracht hatte und wie viel Zeit wohl vergehen würde, bevor er seine Suche fortsetzen konnte.

Unfähig zu schlafen, blieb Peirol noch eine Zeit lang an Deck und lauschte dem leisen Gespräch der drei Seeleute auf Wache. Er hörte einen von ihnen etwas von »schwarzen Schiffen« sagen, den anderen etwas von »den Seeteufeln von Bashkirs«, während der dritte meinte: »besser die als das blutrünstige Gesindel der Sarisser aus dem Norden«; schließlich bemerkten sie Peirol und sagten nichts mehr.

Er ging unter Deck und wollte eben in seine Kabine, um sich schlafen zu legen, als ihm zwei interessante Dinge auffielen. Das erste war das Licht in Zaimis' Kabine, das zweite, dass der Eunuch nicht zu sehen war.

Peirol wurde klar, dass er sich von dem Sturm erholt haben

musste, als er die Regung seines Körpers verspürte. Er wollte schon an die Tür klopfen, als er sich eines Besseren besann. Er durchkämmte das Schiff nach dem Eunuchen. Er konnte ihn nicht finden, und so ging er mit einem verbissenen Grinsen zur großen Kabine zurück.

Er öffnete leise die Luke – gerade rechtzeitig, um Edirne in Zaimis' Kabine schlüpfen zu sehen; dann schloss sich die Tür hinter ihm. Peirol wartete auf das zornige Toben des Eunuchen, hörte aber eine ganze Weile nichts – eine geraume Weile.

Peirol ging in seine eigene Kabine, zog sich aus und kroch in die Koje. Kurz vor Tagesanbruch gelang es ihm einzuschlafen, aber die beiden in der anderen Kabine waren sehr munter und machten einen beträchtlichen Lärm.

Er wachte einige Stunden später auf, zog sich die Hose an und ging an Deck, um sich zu waschen. Zaimis' Kabinentür war geschlossen. Edirne war an Deck, nackt, und er sah ziemlich ausgepumpt aus. Er zog einen Eimer Wasser aus dem Meer und begann seinen Körper mit einem Stück Seife einzureiben. Peirol zog sich aus, nahm die Leine und holte sich selbst einen Eimer Wasser herauf. Edirne warf ihm die Seife zu. »So segeln wir also jetzt nach Norden, nach Arzamus, um die Ladung zu löschen«, sagte Peirol. »Nach einem Sturm wie dem, den wir hinter uns haben, ist wohl kaum anzunehmen, dass der eine oder andere Besitzer sich aufregt, wenn ein wenig... Schaden angerichtet wurde.«

Edirne brüllte vor Lachen auf.

»Mein Freund, so einiges von der Ladung kommt in genau dem Zustand an, in dem sie in See gestochen ist.«

»Oh.«

»Der Mann, der keiner mehr ist und eine bestimmte Ladung bewachen sollte, ist übrigens verschwunden. Uns geht ein kleines Fass Wein ab, einige Trockenrationen. Ich nehme an, er ist letzte Nacht an Land geschwommen und stiften gegangen.«

»Dann war meine Vorsicht also gar nicht nötig«, sagte Peirol.

»Sie hat Euch arg aufgehalten«, pflichtete Edirne ihm bei.

»Und weil wir gerade davon sprechen, die Dame hat mir gesagt, Ihr hättet den Wert ihrer Geschenke geschätzt, und sie hat mir Wort für Wort gesagt, wie Ihr Euch ausgedrückt habt. Ihr seid wirklich ein vorsichtiger Mann.«

»Es scheint sich auszuzahlen.«

»Manchmal, manchmal nicht«, erklärte Edirne. »Bei Eunuchen vielleicht nicht, vielleicht aber bei jähzornigen Baronen und Schwertkämpfern, die der Betreffende im Dienst hat.

Ich finde die Situation amüsant. Lord Aulard ist bekannt für seine Liebe sowohl für Frauen als auch Edelsteine. Wie ich gehört habe, kam er zu einigen seiner Gemmen… nun, auf recht interessante Weise. Aber das sei, wie es sein mag. Wenn er eine seiner Frauen nach Arzamas bringt, dann kleidet er sie in funkelndes Geschmeide, so sagt man jedenfalls. Aber wenn etwas gestohlen wird oder verloren geht, dann scheint ihm das nie etwas auszumachen. Das lässt doch einiges vermuten.«

Peirol schwieg sich aus.

»Was für ein Witz. Falsche Gemmen für eine falsche Tugend.«

Wieder lachte Edirne auf. »Ich könnte mir vorstellen, dass eine gewisse Person an Bord dieses Schiffes gelernt haben könnte, wie eine Jungfrau zu stöhnen und sich zum rechten Zeitpunkt einen kleinen Schnitt beizubringen, wegen des Bluts, Ihr nicht auch?«

Peirol antwortete nicht, aber nicht nur weil er sich für einen Gentleman hielt, sondern auch weil ihm etwas von dem, was Edirne eben gesagt hatte, zu denken gab.

»*Eine* von Lord Aulards Frauen, sagt Ihr?«

»Allerdings. Ich denke, einer gewissen jungen Frau steht da eine Überraschung ins Haus, was gewisse manoleonische Gebräuche angeht, was meint Ihr?«

Peirol nahm eine Bewegung wahr und zog rasch die Hosen hoch, als Zaimis, rein wie eine Tempeljungfrau, das Deck betrat.

Edirne, der lauter lachte denn je, zog sich eher gemütlich an, und Zaimis guckte ihm dabei so ruhig zu, als betrachte sie eine gut proportionierte Statue.

Zwei Wendungen des Glases später stach die *Petrel* mit Südkurs in See. Einen halben Tag später griffen die schwarzen Schiffe an.

4 Von Vergewaltigung und Piraterie

Es waren vier schwarze Langboote; jedes maß fast zweihundert Fuß. Sie kamen hinter einer Landzunge hervor und schossen mit gleichmäßig geführten Ruderschlägen auf die *Petrel* zu.

Todolia warf einen Blick hinauf zu den Segeln der Karavelle, die sich noch nicht einmal blähten bei dem leichten Wind; sie murmelte ein Gebet und rief den Männern zu, sich zu bewaffnen, um für einen Enterversuch gerüstet zu sein.

Peirol gehorchte und eilte in seine Kabine. Von draußen drangen Schreie und das Donnern von Fußgetrampel herein.

»Was ist los?«, fragte Zaimis mit großen Augen.

»Piraten, Milady«, antwortete der Zwerg. »Ihr bleibt besser unter Deck und lasst sie Eure Schönheit nicht sehen, um sie nicht noch entschlossener zu machen.«

Selbst in diesem Augenblick gelang es Zaimis, die blasse Kokette zu spielen, bevor sie in ihre Kabine zurückging und die Tür schloss.

Peirol ging wieder an Deck. Die Mannschaft war jetzt mit einem Sammelsurium an Lederrüstungen, Säbeln und Messern bewehrt. Der eine oder andere hatte einen Wurfspeer, zwei weitere trugen Bogen.

Jemand sagte leise: »Am besten einfach ergeben. Wir sind doch bloß eine Hand voll gegen wie viele Soldaten?«

»Ich zähle dreißig, vielleicht mehr«, meinte ein anderer. »Und ein paar Hundert Rudersklaven auf jedem Boot. Und eine Kanone. Aber wir werden die weiße Flagge nicht hissen. Wenn die Alte Recht hat und wir vor Parasso sind, dann kommen die Schiffe wahrscheinlich aus Beshkirs.

Der Maat hat ein halbes Dutzend Jahre auf ihren verdammten Galeeren verbracht, und ich habe noch keinen gesehen, der für die gerudert ist und nicht Stein und Bein schwört, lieber zu sterben, als es noch mal zu tun.«

»Da muss Edirne aber einen ganz schön geärgert haben«, warf ein weiterer Matrose ein. »Keiner von uns würde als Galeerensklave enden, solange wir einen Mast hochklettern können und den Kompass beherrschen. Beshkirs braucht dringend Seeleute, das war schon immer so und wird immer so sein. Und was die Sklaverei anbelangt, wer ist nicht schon in einem schönen Hafen davongelaufen, um von einem Arschloch von einem Skipper wegzukommen? Ketten halten weder mich lange noch einen von euch, das möchte ich wetten.«

»Da hast du's doch«, sagte ein anderer. »Wenn ich die Wahl habe, dann ziehe ich allemal das Leben dem Tod vor.«

Man murmelte beifällig, aber die Seeleute schleppten auf Edirnes Geheiß schwere weitmaschige Netze herauf und legten sie lose über die Rahnock hin zur Reling, auf dass sich ein enternder Pirat darin verfing.

Peirol starrte den herankommenden Galeeren fasziniert entgegen. Sie waren sehr schmal, und das Schanzkleid war über den Rumpf hinaus gebaut, die Ruderbänke ruhten darauf. Er zählte fünf Sklaven an jedem Ruder. Auf dem Bug stand auf einer niederen Lafette eine glänzende Bronzekanone, zu beiden Seiten davon je eine kleine Drehbasse. Auf den Laufplanken eilten Männer mit Peitschen hin und her und schlugen auf die Ruderer ein, während das dumpfe Dröhnen von Trommeln den Rhythmus angab. Die Galeeren waren zweimastig mit je einer mächtigen Rahnock an jedem Mast, die im Winkel abstand, die Segel eingerollt, am Ende einer jeden ein großes Banner. Am Heck der Galeeren befand sich ein Schutzdach, das den Offizieren und Rudergängern Schutz bot und über dem eine riesige, reich verzierte Laterne aufgehängt war.

Peirol bewunderte ihre merkwürdige Anmut – bis der Wind den Gestank von den Schiffen herübertrug: die ungewaschenen, zusammengepferchten Männer, ihr Kot und ihr Blut. Der Magen drehte sich ihm um.

Einer der Seeleute betete laut um Wind, darum, dass ein Seeungeheuer aufsteige, um sie zu retten, aber die Götter schienen nicht zuzuhören.

Peirol stieg auf das Achterdeck, das Schwert in der Hand. Er hoffte nur, nicht genauso verängstigt auszusehen wie der Mann am Ruder.

Er sah einen Mann in Robe am Bug der zweiten Galeere, der die Hände bewegte. Schwäche befiel ihn, Panik; Peirol wurde klar, dass man auch noch Zauberei gegen sie einsetzte.

Ein Mann am Heck der ersten Galeere rief etwas durch ein Sprachrohr. Peirol verstand, was er sagte, und sah, dass da Abbas' Zauber am Werk war: die Worte veränderten sich, während er sie hörte, und wurden vertraut.

»Was sagt er?«, fragte Todolia. »Ich spreche die heidnische Sprache nicht, in der er da blökt.«

»Er will, dass wir uns ergeben«, antwortete Peirol, noch bevor Edirne dolmetschen konnte.

Der Maat sah ihn argwöhnisch an, aber für mehr hatte er keine Zeit, da die Kanone der vordersten Galeere losdonnerte; weißer Rauch stieg auf, dann schoss eine Kugel über das Wasser und landete direkt vor ihrem Bug.

Edirne nahm einen Langbogen hoch, legte einen Pfeil auf die Kerbe und sandte ihn auf die erste Galeere zu. Er fuhr kurz vor dem Schiff in die See.

»Das ist Antwort genug«, meinte er, dann klang Kanonendonner von zwei anderen Schiffen herüber. Der eine Schuss verfehlte sie, aber der zweite fuhr in die Takelage der *Petrel*; Taue rissen, Rahen fielen krachend aufs Deck.

»Schlimm«, sagte Todolia. »Habt Ihr das Surren gehört? Sie nehmen Kettengeschosse, für die Takelage. Sie versuchen unsere Masten zu kappen, damit sie das Schiff intakt nehmen können, wegen der Ladung.«

»Und uns als Sklaven«, fügte Edirne hinzu.

»Verdammt, aber ich wollte, diese Dreckseigner hätten wenigstens ein Geschütz gekauft, ein verfluchtes Falkonett, aber wir haben noch nicht mal eine armselige kleine Moyenne«, schimpfte Todolia. »Krepieren sollen sie, die geizigen kleinen Krämerseelen.«

»Eine Muskete würde auch nicht viel ausrichten gegen diese Geschütze«, meinte Edirne.

»Nein, aber ich hätte wenigstens das Gefühl, etwas zu tun.«

Todolia schrie der Galeere einige Obszönitäten entgegen und drohte mit der Faust. Peirol sah eine kleine Rauchwolke aufsteigen, hörte die Skipperin schnauben wie einen zornigen Bullen. Als sie sich umwandte, stockte Peirol der Atem. Die Frau hatte kein Gesicht mehr, die Musketenkugel hatte nur eine blutige Masse hinterlassen. Sie nahm eine Hand hoch, aber sie fiel schlaff wieder herab; dann sackte sie zusammen, als hätte man ihr die Knochen aus dem Körper gesaugt.

»Männer!«, brüllte Edirne die Seeleute an. »Schießt zurück! Sie haben den Skipper umgebracht!«

Aber die Warnung war unnötig. Zwei der Seeleute wälzten sich in ihrem Blut. Ein anderer schleuderte seinen Speer durch das Netz. Er platschte weit vor der Galeere, auf die er gezielt hatte, ins Wasser, und die beiden Bogenschützen ließen Pfeile von der Sehne schnellen.

Die Kanonen sämtlicher Galeeren feuerten, eine lose Salve, und der Großmast der *Petrel* brach, sackte in sich zusammen und kippte dann langsam über die Seite. Die Karavelle bekam Schlagseite.

»Schneidet die Takelage ab, kappt den Mast«, befahl Edirne. »Holt Äxte! Wir müssen um sie herum!«

Er warf seinen Bogen weg, trat an eine Werkzeugtruhe und holte eine schwere Axt heraus. In hohem Bogen kam ein Wurfspeer angeflogen und traf ihn direkt unterhalb der Rippen; die blutige Speerspitze stak ihm aus dem Kreuz. Edirne schrie schrill auf, umklammerte den Schaft des Speers, geriet ins Stolpern und fiel.

»Hisst die von den Göttern verdammte weiße Flagge«, rief der Seemann, der ihn aufgespießt hatte. »Bevor sie uns alle umbringen!«

Peirol trat an Edirne heran, sah in seinen Augen einen letzten Lebensfunken aufflackern und dann verlöschen, da schoss ihm auch schon das Blut aus dem Mund.

»Bist du auch so scharf darauf zu kämpfen?«, verlangte eine andere Stimme zu wissen, und Peirol erblickte einen Matrosen, der den Säbel bereit hatte. Wegen des Zorns, der seine Schläfen pochen ließ, schwieg Peirol lieber, ließ sein Schwert fallen, stand auf und wich zurück.

»Es gibt Schlimmeres, als Ruderer zu werden«, sagte der Seemann. »Nicht, dass du je eines ziehen wirst bei deinem Talent mit Juwelen. Schon auf dem ersten Sklavenmarkt schnappt einer dich weg.«

Zwei der Galeeren gingen längsseits, dann bohrten sich auch schon Enterhaken ins Schanzkleid der *Petrel.* Männer in Rüstung schwärmten am Rumpf herauf und hieben sich durch das Netz. Sie trieben die Seeleute mitsamt Peirol auf eine Seite und brachen die große Kabine auf. Peirol hörte das Holz bersten, dann einen Schrei.

Ein grinsender Kerl steckte den Kopf aus der Luke. »Kommt, Jungs, wir haben hier Fleisch zu teilen! Stellt euch an!«

Freudenrufe erschallten, und zwei der Kerle zogen eine um sich schlagende Zaimis heraus. Ein weiterer kam mit einem kleinen Fass Wein, das er in der Kabine gefunden hatte, schlug mit dem Knauf seines Dolchs den Zapfen heraus und genehmigte sich ein Maul voll. Um den Hals trug er das grüne Seidentuch, das Kima Peirol geschenkt hatte.

Einer der Männer packte Zaimis' Kleid am Mieder und riss es der aufkreischenden Frau vom Leib. Die Kerle brüllten vor Amüsement.

Dann knallte eine Pistole, und der erste der anstehenden Vergewaltiger krümmte sich, als Blut unter seiner Panzerweste hervorquoll. Er zuckte ein paarmal wie ein gestrandeter Fisch, dann lag er still.

Unter den anderen herrschte Totenstille, als ein großer junger Mann mit Blondhaar und kalten Augen vortrat. Er trug kostbar gearbeitetes Rüstzeug und einen Hut mit einer Straußenfeder. Er hatte in jeder Hand eine Pistole, von denen die eine noch rauchte; im Bund seiner Hose befand sich ein weiteres Paar. Er steckte die abgefeuerte Pistole hinter den Gürtel, zog und spannte eine andere und blies Leben in die Lunte.

»Ich glaube, mein Befehl lautete, mir die Frau lebend und unversehrt zu bringen, oder irre ich mich da? Keiner widersetzt sich ungestraft meinem Befehl. Ich hätte schwören mögen, ihr Wichte hättet das mittlerweile gelernt.«

Der Blonde nickte den beiden Kerlen neben ihm zu, offensichtlich seine Offiziere, da sie nicht weniger kostbar gekleidet waren als er. »Helft dem Weibsstück auf und seht zu, dass sie sich anzieht. Ich werde entscheiden, ob wir sie auf mein Schiff bringen oder ob sie es dort bequemer hat, wo sie ist.«

Er wandte sich Zaimis zu. »Hab keine Angst, Kleine. Ich habe dich wegen des Lösegeldes ausgesucht, nicht wegen deiner Reize. Dir wird nichts geschehen – wenigstens nicht, wenn dein Herr mich rasch genug dafür entlohnt, dir das Leben gerettet zu haben.«

Zaimis' Eunuch Libat kam angesprungen und strahlte dabei, als hätte er seine Manneskraft wieder. Lüstern beäugte er Zaimis, und sie wandte sich bitterlich schluchzend ab. Der Mann lachte, sah dann Peirol und kam auf ihn zu, als erwarte er von ihm Applaus.

Peirol sagte sich, dass er dumm und dies zweifelsohne sein Tod wäre, aber seine Finger waren zu schnell; schon glitten sie hinter die Gürtelschnalle, dann schleuderte er unter der Hand einen Wurfpfeil wie den, der das Auge der Schlange geblendet hatte. Aufblitzend fuhr er dem Eunuchen seitlich in den Hals. Libat schrie vor Zorn auf, riss den Pfeil heraus und hob das Schwert. Dann, als das Gift rasch zu wirken begann, trat ein überraschter Ausdruck auf sein Gesicht. Er griff sich an den Hals, riss drei-, viermal das Maul auf und fiel.

Schon hatte Peirol ein halbes Dutzend Schwertspitzen vor dem Bauch, und der Blonde hielt die Pistole auf ihn gerichtet und zielte mit ruhiger Hand zwischen seine Augen. »Eine böse Überraschung«, meinte er, nachdem Peirol sich nicht rührte. »Hast du noch mehr solche Gerätschaften bei dir?«

»Nein«, antwortete Peirol. Er hatte keine Zeit gehabt, einen zweiten Wurfpfeil zu verbergen. Der Mann trat nach der Leiche des Eunuchen. »Wir haben wohl was gegen Verräter, was?« Er schien keine Antwort zu erwarten. »Dann höre gut zu, Zwerg. Ich werde dir das durchgehen lassen, da ich ohnehin nicht die Absicht hatte, den Kerl dafür zu belohnen, dass er uns von seiner Herrin und ihrem Wert erzählt hat. Ein treuloser Diener hat nicht mehr verdient als den Tod.

Aber denkst du daran, deine zweifelsohne ehrenwerte Beschäftigung fortzusetzen und weiter auf Rache zu sinnen? Falls dem so ist, dann ist dein Wert für mich zu gering, so sehr der Hodenlose hier von deinen gewiss brauchbaren Fertigkeiten geschwärmt hat – ich werfe dich auf der Stelle über Bord.«

»Nein«, sagte Peirol müde. »Mein Blutdurst ist gestillt.«

Der Blonde verlor das Interesse an Peirol und bellte seinen Männern Befehle zu.

Und so wurde Peirol vom Hochmoor ein Sklave.

5 Von Märkten und Wahnsinnigen

Als Peirol in Beshkirs auf den Sklavenmarkt kam, wusste er etwas mehr als zuvor und mehr, als er eigentlich hätte wissen wollen. Er war nun das Eigentum – allein das Wort ließ ihn zusammenfahren – von Kanen dem Sporaden, einem von Beshkirs Kriegsherren. Und der Mann trug seinen Namen zu Recht.

Beshkirs, eine Parianation von Sklavenhändlern, Dieben, Hehlern und Piraten, existierte seit einem halben Jahrtausend als Stadtstaat ohne richtige Regierung. Stattdessen vergab man sämtliche Dienste, von der Abfallbeseitigung bis hin zum Krieg an den, der das günstigste Angebot machte, und seine Leistung beurteilten von Jahr zu Jahr die Haus- und Grundbesitzer der Stadt. Waren sie unbefriedigend, so wurde der Auftrag erneut ausgeschrieben und der bisherige Vertragsinhaber einem Götterurteil ausgesetzt, falls seine Leistung über die Maßen inkompetent und korrupt gewesen war.

Beshkirs hatte ein halbes Dutzend Schiffsherren. Kanen galt als einer der kühnsten – was dadurch bewiesen wurde, dass er mit einigen seiner Galeeren trotz der Stürme noch vor der Raubsaison in See gestochen war – und als ein Mann von großem Glück, was dadurch bewiesen wurde, dass Zaimis' Eunuch seine Schiffe gefunden hatte, als sie zum Übernachten am Strand lagen, um ihn dann zur *Petrel* zu führen.

»Raubsaison?«, erkundigte sich Peirol.

»Wenn wir unseren Lebensunterhalt verdienen«, sagte einer seiner Häscher. »Wir kapern meist Handelsfahrer von der manoleonischen Halbinsel.«

»Aber dieses Jahr verdienen wir uns vielleicht noch mehr«, fügte ein anderer hinzu. »Wir segeln wahrscheinlich gegen die Sarisser, so wie die uns den Verdienst schmälern, und die Bonzen vertragen so was nicht lange.«

Die anderen Männer machten ängstliche Mienen, und als Peirol fragte, was es denn mit diesen »Sarissern« auf sich habe, gebot er ihm zu schweigen; allein die Erwähnung ihres Namens könnte sie auftauchen lassen – aus dem Nichts.

Peirol wollte wissen, ob es die schwarzen Schiffe von Beshkirs gewesen seien, die vor Jahrhunderten Thyone geplündert hatten. Einer der Seeleute meinte, Beshkirs hätte sich diese Geschichte vermutlich angeeignet, um ihre Opfer noch mehr zu verängstigen, und dass die richtigen schwarzen Schiffe, die aus der Legende, entweder längst verschwunden oder weit aus dem Westen wären.

All dies hatte Peirol erfahren und mehr, da er außer den sechs Mann Prisenbesatzung der Einzige auf der *Petrel* war. Kanen war zu dem Schluss gekommen, dass Zaimis in seiner Nähe besser aufgehoben wäre und den Seeleuten der *Petrel* nicht zu trauen sei, noch nicht einmal in Ketten, und so hatte man sie auf eine der Galeeren gebracht. Von einem Zwerg war schließlich nichts zu befürchten. Die Leichen warf man über Bord, der gebrochene Mast wurde gekappt und dann nahmen drei Galeeren die *Petrel* ins Schlepptau, mit nur einem Fockmastsegel, um ein Gieren zu verhindern.

Peirol hatte nach wie vor den kleinen Beutel Diamanten hinter dem linken Knie, war jedoch nicht so dumm, die Prisenbesatzung bestechen zu wollen. Man wusste, dass er Juwelier war, und seinen Beutel Gold und die geringeren Gemmen hatte man längst entdeckt. Wenn er nun einen weiteren Edelstein zum Vorschein brächte, so würde man ihn wahrscheinlich ausziehen, durchsuchen und mit dem »Lächeln von Beshkirs« – einer von Ohr zu Ohr aufgeschlitzten Gurgel – versehen.

Wenigstens hatte er seine Werkzeugtasche wiederbekommen, die die Plünderer, die seine Kabine durchsuchten, als wertlos beiseite geworfen hatten. Wenn alles gut ging und er einen Herrn gefunden hätte, so könnte Peirol, wie er von allen zu hören bekam, sein Handwerk ausüben und darauf hoffen, seinen Herrn und Meister so gewaltig zu beeindrucken, dass der ihn laufen ließ.

Die Piraten erreichten schließlich Beshkirs und liefen in den Hafen ein. Er lag an der Spitze einer Halbinsel, einer felsigen Hand, die sich um einen tiefen Ankerplatz krümmte. Zu beiden Seiten der Hafeneinfahrt hatte man niedrige, aber umso dickere Steinwälle errichtet, hinter denen sich die Stadt über die Hügel hinzog. Auf der einen Seite des fast rechteckigen Hafens hatte man, die Hecks einer Kaimauer zugewandt, über fünfzig Galeeren aneinander gereiht. Hinter dem Hafendamm ragte eine große Steinkaserne auf.

»Das ist das Quartier der Galeerensklaven, wenn sie nicht zu Wasser sind«, erklärte einer der Seeleute. »Die freien Schiffe liegen hier drüben.« Er wies auf die andere Seite des Hafens, wo Handelsschiffe vor Anker lagen oder an Pieren vertäut waren. »Der Kübel hier wird mitsamt Ladung versteigert, und Lord Kanen und wir bekommen unseren Anteil. Du und deine Freunde kommen unter den Hammer.«

Für Peirol war die Sklaverei immer ein ganz natürlicher Bestandteil der Welt gewesen wie Sonnenaufgänge und Wein – er selbst würde schließlich nie Sklave sein. Natürlich tat ihm der Sklave mit einem strengen Herrn ebenso Leid wie der arme Reisende oder Soldat, der einem Sklavenhändler ins Netz ging. Mit einem Mal ging ihm auf, dass die Allgewalt des Schicksals ihn dazu verurteilt hatte, Eigentum eines anderen zu sein, dessen Geheiß er fortan zu folgen hätte. Einen Augenblick dachte er daran, sich über Bord zu werfen, aber sein gesunder Menschenverstand hielt ihn davon ab. Es gab immer einen Ausweg für einen klugen Menschen, immer etwas, was sich zur Änderung oder gar Besserung seines Loses tun ließ. Und Peirol vom Hochmoor war nun gewiss ein gewitzter Mann…

Der Sklavenmarkt war ein natürliches Amphitheater in der Mitte von Beshkirs. Aufgemauerte Hürden für die Sklaven, die von einem bis zu hundert Körper fassten, befanden sich hinter dem Block, der groß genug für ein Bühnenstück gewesen wäre. Vor dem Block bewegte sich die Masse der Händler und ihrer Kletten; lauthals tauschte man höhnische Seitenhiebe, Beleidigungen und Zoten aus. Hinter ihnen befand sich, Reihe über Reihe, eine Tribüne, auf der – mit etwas mehr Würde – das kaufende Publikum saß.

Die Pferche waren voll Männer und Frauen von gut einem Dutzend Schattierungen, hundert Rassen, wie es schien. Kinder waren wenige dabei, und nur zwei oder drei ältere Männer und Frauen. Peirol vermutete, die Alten hatten wohl eine Fertigkeit, die sich vermarkten ließ; er war sich ziemlich sicher, was mit den Hässlichen und denen mittleren Alters geschah.

Er fragte einen der Wächter nach Zaimis, aber keiner kannte sie, weder dem Namen noch der Beschreibung nach. Peirol nahm an, dass Kanen die Frau entweder behalten, oder, da seine angebliche Liebe eher dem Gold galt als der Lust, von Aulard, ihrem Künftigen, Lösegeld für sie bekommen hatte. Er wünschte ihr alles Gute und hoffte, ihre Ehe würde glücklicher, als er auf Edirnes Worte hin befürchtete.

Der Auktionator, Jirl, war ein dicker, jovialer Mann, der einen schweren Stock mit sich trug und für eine rasche Abwicklung sorgte. Zwei Wärter mit Nieten an ihren beschwerten Handschuhen und Knütteln und Dolchen im Gurt stießen einen die Treppe hinauf, wo er verwirrt blinzelte oder sich an einem Lächeln versuchte, während Jirl die Einzelheiten zur Person herunterrasselte und die Gebote aus dem Publikum bekannt gab.

Junge Männer, junge Frauen erzielten die höchsten Preise. Manchmal gestattete Jirl dem einen oder anderen Händler – samt und sonders Männer – auf den Block zu kommen, auf dass sie die Ware gebührend in Augenschein nehmen und anfassen konnten. Peirol entging jedoch nicht, dass man den Händlern diese Unwürdigkeit verwehrte, wenn der Mann oder die Frau besonders attraktiv war, zweifellos um die Ware nicht zu besudeln.

Er sah einen Händler von mittlerer Größe, der zwar recht normal aussah, aber nur bei Kindern mitbot. Peirol fragte sich, wofür man sie wohl hernehmen würde, sah dann den Ausdruck des Mannes, nachdem er erfolgreich für einen recht hübschen Jungen von vielleicht acht Jahren geboten hatte, und wandte sich schaudernd ab.

»Zwei Mädchen!«, bellte Jirl, und man brachte zwei junge Mädchen – hellhäutig, weißblond, kaum viel älter als zwölf – hinauf. »Cirmantierinnen, garantierte Jungfrauen.«

Aus den Reihen der Händler ertönte ein ungläubiges Geheul.

»Angeblich auch von edlem Geblüt. Lord Whaal hat sie gebracht, einer unserer ehrenwertesten Händler, der darauf hinweist, dass sie frisch aus ihrer Heimat kommen und keine von beiden je Sklavin gewesen ist. Eine Bedingung ist, dass sie zusammen verkauft werden. Das ist feinste Ware, meine Freunde, sodass ich bei fünfhundert Goldstücken beginne. Pro Nase.«

Weitere lüsterne Rufe; zwei Männer schrien Gebote herauf, und der Preis stieg und stieg. Ein reich gekleideter Mann bewegte einen Fächer.

»Sehr gut, meine Freunde, das ist ja richtig aufregend«, rief Jirl. »Baron Clarmen gibt sich die Ehre, schon mal auf zweitausend zu gehen ... wartet, ich sehe noch ein Gebot von Lord Nonac für drei, drei-fünf, vier, vier-fünf, acht – acht sind geboten, zum zweiten, zum dritten«, und schon fuhr Jirls Stab auf den Block, »und Baron Clarmen hat zwei der schönsten, ah, Hausmädchen, die ich seit geraumer Zeit gesehen habe.«

Und so ging es weiter. Nur einer der Männer setzte sich zur Wehr, wurde aber rasch niedergeknüppelt; dann zerrte man ihn zurück in seinen Pferch.

Man brachte die Seeleute von der *Petrel* auf den Block, und von den oberen Rängen her wurde lebhaft geboten. Sie gingen an einen Mann, den Jirl Kap'tän T'hang nannte, und verschwanden für immer aus Peirols Leben.

Dann war die Reihe an ihm.

»Hier haben wir ein interessantes Exemplar«, rief Jirl. »Wie schon der vorangehende Posten stammt auch er von Lord Kanen.

Dieser Mann ist angeblich ein geschickter Juwelier und würde seinen Besitzer ganz gewiss reich machen. Ansehnlich, gesund, jung – ich fürchte, ich muss beginnen mit ... sechshundert Goldstücken.«

»Zwerge bringen Unglück«, rief jemand.

»Das glaube ich nicht«, antwortete Jirl. »Bietet um den Mann und widerlegt dies Altweibergeschwätz!«

»Wenn er Juwelier ist, hat er dann auch eine Prüfung vor der Gilde abgelegt?«, fragte ein gut gekleideter Mann. »Hat Niasbeck seinen Verkauf genehmigt? Es wäre mir gar nicht recht, die Arbeit des Mannes hier ohne Genehmigung der Gilde anzubieten.«

Jirl machte ein besorgtes Gesicht. »Magnat Niasbeck sollte hier sein, aber sein Erscheinen scheint sich verzögert zu haben.«

»Der ist unterwegs, um mit seinem Spielzeug Krach zu machen«, rief einer.

»Unter der Bedingung, dass Magnat Niasbeck seine Genehmigung erteilt, höre ich fünfhundert Goldstücke?«

»Ist das der Kerl, der bei seiner Gefangennahme einen umgebracht hat? Nachdem sein Schiff die Flagge gesenkt hat?«

»Ich, ah, ich bin darüber nicht unterrichtet«, sagte Jirl, der etwas ins Stottern geriet.

Es herrschte Schweigen.

»Vierhundert. Höre ich vierhundert? Dreihundert? Zwei... nun kommt schon, jemand, irgendjemand, macht denn keiner ein Gebot für diesen wertvollen Handwerker?«

Aber niemand tat den Mund auf. Jirl stieß mit dem Stock auf. »Schafft ihn fort – nächstes Gebot.«

Man gab Peirol vom Hochmoor an Lord Kanen zurück – und steckte ihn auf eine Galeere.

Man verbrachte ihn in die weiße Steinbaracke, gab ihm eine nummerierte Metallscheibe an einer Kette, die er sich umzuhängen hatte, und sagte ihm, dies sei seine Appellnummer und er bekäme die Peitsche zu spüren, falls man ihn je ohne sie sah. Man öffnete eine

Tür mit Riegel und führte ihn in einen langen Käfig, von dem aus es in die dreigeschossige Kaserne ging, die auf jeder Ebene einen großen Raum in der Mitte hatte, zu dem hin sich die Zellen öffneten. Dieser Raum war voller Männer, bärtig, das Haar ungeschnitten; sie trugen alles Mögliche von Lumpen bis hin zu verschmutztem Feiertagsstaat. Einige wenige – und wie Peirol bemerkte, waren sie schmächtiger als die anderen – waren nackt.

Er seufzte; nach dem, was einige von Koosh Begees Dieben über Gefängnisse erzählt hatten, wusste er, was jetzt aller Wahrscheinlichkeit kommen würde. Die Innentür war unverschlossen; Peirol trat in den Hauptraum, und die Tür schlug zu. Rufe ertönten, anzügliche Bemerkungen über Zwerge, nichts, was Peirol nicht auch schon seit Jahren von Straßengören gehört hätte. Er hielt sich mit dem Rücken zum Käfig und wartete ab.

Großspurig kam einer der besser angezogenen Raufbolde herüber; er war von drei anderen flankiert. »Zahlen oder ausziehen!«

»Wie meinen?«, fragte Peirol höflich.

»So wie die Dinge stehen«, erklärte einer der Verbrecher neben ihm, dessen Stimme durchaus Bildung verriet. »Wenn du Kupfer hast oder etwas Silber, dann werden Guran und ich dafür sorgen, dass man dich zufrieden lässt, dir nichts tut und du zu essen bekommst, wenn es etwas gibt. Wenn du pleite bist, dann lassen wir deine Kleidung als Bezahlung gelten. Mir gefällt der Rock – die Stickereien werden mir recht gut stehen.«

»So gib schon her«, verlangte Guran.

»Und«, sagte einer der anderen, »wir wollen uns mal die kleine Rolle ansehen, die du da mitschleppst.«

Peirol machte sich daran, aus der Jacke zu schlüpfen. Guran strahlte, und Peirol spuckte ihm ins Gesicht. Guran wich zurück, und Peirol stieß die Fußkante auf das Schienbein des Mannes hinab. Der schrie auf, beugte sich vor, und Peirol fuhr ihm mit dem Kopf ins Gesicht. Guran stolperte, fiel auf den Rücken. Seine Helfer waren wie erstarrt. So ungern er tat, was er nun tun musste, er tat es trotzdem: Peirol sprang vor und stieß Guran die Fußkante gegen den Hals. Er spürte knirschende Knorpel, Knochen, der Mann zuckte auf und war tot.

Ein Laut ertönte, ein Laut zwischen dem Brüllen eines Raubtiers über der getöteten Beute und Erstaunen.

»Du hast ihn umgebracht«, flüsterte Gurans ehemaliger Speichellecker.

»In der Tat«, pflichtete Peirol ihm bei und zwang sich, nach einem harten Kerl zu klingen, wo er sich doch am liebsten übergeben hätte. Er behielt die anderen drei im Auge, ohne sich große Sorgen darüber zu machen, dass sie ihn anfallen könnten, kniete nieder, ging rasch die Taschen der Leiche durch, fand eine Anzahl Kupferlinge, vier Silbermünzen, eine aus Gold, darüber hinaus ein recht praktisches kleines Messer, das er sich in die Tasche schob.

»Lord Kanen wird dich häuten lassen«, sagte einer der Männer, die ihm zusahen.

»Nein, wird er nicht«, erwiderte Peirol. »Guran ist auf der Treppe ausgerutscht und gefallen. Jammerschade. Ich habe doch gesehen, dass er alle Qualitäten eines richtigen Anführers hatte. Und jetzt hört gut zu«, erklärte er, wobei er die Stimme erhob. »Wenn einer mit den Wachen redet – ich kriege ihn, noch bevor man mich wegbringt. Aber es redet keiner. Wer brauchte Guran denn überhaupt? Die Arschlöcher, die ihm die Stiefel geleckt haben? Sonst keiner. Neue Regel: Jeder lässt die anderen in Ruhe. Sonst hetze ich meine neuen Schakale hier auf euch.«

»Also, du hier –«

»Habr«, sagte Gurans ehemaliger Handlanger.

»Habr. Zeig mir Gurans Zelle. Die wird's für mich tun.«

Wie Peirol erwartet hatte, interessierte sich keiner der Wärter groß für die näheren Umstände von Gurans Ableben. Er behielt die Gorillas um sich, damit sie ihm Bescheid gaben, wann immer die Wachen die obere Etage inspizierten und es etwas zu essen und zu trinken gab. Er warnte sie, dass jede Art von Schinderei gegenüber anderen genauso geahndet würde, wie er mit Guran verfahren war. Peirol war nicht so naiv zu denken, dass das Gefängnisleben damit zu einem Ausbund an Zivilisiertheit geworden war, aber es schien ruhiger zuzugehen.

Nachdem er einen Tag überlegt und tief ins Herz seines besten Diamanten geblickt hatte, was angeblich Kraft verlieh, kam Peirol eine Idee. Er breitete sein Werkzeug aus und wünschte, er hätte entweder eine pedal- oder durch Zauberkraft angetriebene Drehscheibe gehabt. Und außerdem fehlte ihm ein Ofen zum Schmelzen und Formen, also gab er einem seiner Schläger eine Silbermünze und einen eisernen Löffel und hieß ihn, mit dem Löffel den Rand der Münze zu klöppeln, Stunde um Stunde, und sie dabei regelmäßig zu drehen. Langsam, aber sicher wurde der Rand breiter und die Münze zu einem Ring von etwa zwei Fingern Breite, bei dem nur noch die Mitte auszubohren war.

Peirol mischte Leim aus seiner Werkzeugrolle, befestigte einen der Diamanten an einem Kittstock, improvisierte einen winzigen Schraubstock und begann den Diamanten dann gegen einen anderen zu drehen, einen vollkommeneren grünlich-gelben Stein, sodass dieser langsam rund wurde; in seinem Handwerk bezeichnete man dies als Rundieren; im Falle der bereits bearbeiteten Gemme schliff er die »bärtige«, das heißt etwas unregelmäßige Rundiste – den Äquator eines Steins sozusagen – fein säuberlich nach.

Als er damit fertig war, markierte er mit Tusche die Stelle, wo er zu schneiden gedachte, dann klebte er den Stein in eine kleine Tasse. Den Arbeitsstein nahm er dazu her, entlang der Markierung eine Kerbe in den ersten Stein zu schneiden. Mit einem speziell gefertigten Messer schickte er sich an, den Diamanten zu spalten.

Als er so weit war, mit einer Eisenstange, die eben noch zum Gitter der Zelle gehört hatte, den Schlag auf das Messer zu führen, flüsterte er ein Gebet an welchen Gott, welche Götter auch immer man in diesem Land glaubte und die er nicht sonderlich ernst nahm. Er schwitzte wie immer, wenn er einen Stein das erste Mal spaltete.

Peirol war ausgesprochen froh, dass er nie einen großen Diamanten zu spalten gehabt hatte; er musste an die Geschichte des Meisterschleifers denken, dem man einen großen Stein gegeben hatte: Ein Jahr lang studierte er dessen Innenleben, dann machte er sich bereit, ihn das erste Mal zu spalten, schaffte dies auch vollkommen und fiel dann nach all der Belastung tot um. Peirol glaubte die Geschichte zwar nicht, und er hatte ein sehr kräftiges Herz; dennoch war er froh, dass er es bislang nie auf die Probe hatte stellen müssen.

Er schlug zu, und der Diamant brach wie gewollt. Er spaltete ihn wieder und dann ein drittes Mal und prüfte dabei jede Facette. Dann brauchte er den Stein nur noch mit Diamantpulver und Olivenöl zu schleifen, das Silber zu bearbeiten und die Mitte herauszubohren; in diese könnte er den Stein setzen, und er hätte seinen Köder.

Am nächsten Morgen jedoch kam es zu einem Tumult – die Sklaven mussten ausrücken. Lord Kanen war bereit, wieder in See zu stechen, auf einen weiteren Raubzug außerhalb der Saison; und damit begann Peirols Lehre.

Eine Flotille – zehn Galeeren – legte vom Kai ab; Peirols Galeere war die *Ocean Spell*, sie flankierte Lord Kanens *Slayer*. Er hörte den Gesang der Magier sowohl auf den Galeeren als auch an Land; Kapellen spielten, und von den Befestigungsanlagen stieg vielfarbiger Rauch auf, sammelte sich, wand sich zu einer magischen Rune, die großes Glück verhieß.

Peirol erfuhr, er habe ziemliches Glück gehabt, nicht auf Lord Kanens Galeere abkommandiert zu werden, da der Lord die Schlacht noch mehr liebte als Gold und darauf bestand, sein Schiff immer an der Spitze zu sehen. Aber so viel Glück hatte er auch wieder nicht, weil Callafo, Kanens Zauberer, fast ebenso rauflustig war wie sein Herr und überdies der Ansicht, Zwerge brächten ihm Glück.

Peirol fragte sich, wo im Namen aller Dämonen nur diese Geschichten über Zwerge her waren. Er hatte weder in den Mooren von Cenwalk noch in Sennen welche gehört und dachte sarkastisch, es würden sich wohl ernsthafte Zweifel an dieser Behauptung einstellen, wenn ihn einer in seiner jetzigen Lage sah.

Er erfuhr weitere Namen, vor denen er sich in Acht zu nehmen hatte: Barnack, der Rudermeister; Runo, Chef der Wache, und Penrith, der Kapitän des Schiffs. Letzter, so sagte man ihm, ließ sich selten dazu herab, auch nur einen Gedanken an Galeerensklaven zu verschwenden, »aber wenn er's tut, dann bist du verratzt«. Callafo und Barnack waren die Gefürchtetsten, Barnack, weil er ihr unmittelbarer Vorgesetzter und Zuchtmeister war; Callafo, weil er zu gern die Peitsche herabschießen sah; er nahm mit Freuden den geringsten Anlass wahr, einen Ruderer auspeitschen zu lassen, ja er tat dies selbst ohne Grund. Ein besonderer Genuss war es für Callafo, wenn der Sklave unter den Streichen starb; man hatte ihn schon sagen hören, es fördere seine Zauberei.

Auf jeder der Bänke, die auf einem hölzernen Aufbau knapp über den sanften Bogen des Bootsrumpfes hinausragten, saßen fünf Sklaven. Auf der Außenseite dieses überragenden Decks, am Ende jeder Bank, waren kräftige Dollen angebracht. Die Riemen selbst bestanden aus drei Teilen, dem Blatt und dem Schaft, der selbst wiederum aus zwei Teilen bestand und mit Tauen an der Dolle befestigt war, und dem dritten, der leichter als die beiden anderen Teile und mit eisernen Klampen beschlagen war, an denen der Ruderer zog. Darüber, was das beste Holz für die Ruder sei, ließ sich streiten, altgediente Galeerensklaven jedoch schworen ihrer Festigkeit und Biegsamkeit wegen auf die Buche. Gerade die Nachgiebigkeit spielte eine besondere Rolle, da geringeres Holz unter einer Sturmwelle entzweibrechen konnte, worauf dann das gezackte Ende wie ein mächtiger tödlicher Knüttel über die Bänke schlug.

Jeder Sklave trug eine eiserne Schelle um den Knöchel, von dem aus eine Kette zu einer Krampe führte, die in die Bank eingehauen war. Abgesehen von den außenstehenden Männern, die eine gebeugte Haltung einnehmen mussten, zogen die Sklaven an den Rudern, bis sie mit dem Rücken gegen die Bank stießen; dann lehnten sie sich weit zurück, drückten den Schaft nach unten, stemmten sich wieder hoch und führten ihn nach vorn zum nächsten Schlag. Sklaven stritten sich endlos, wenn auch flüsternd und mit einem Auge nach dem Aufseher und seiner Peitsche schielend, darüber, welche Position beim Rudern wohl die schlimmste sei.

Im Allgemeinen kam man überein, dass die Außenposition die ekelhafteste sei; zum einen wurde man nasser als die anderen, und dann ging die Arbeit dort mächtig auf den Rücken, da jeder Mann von normaler Größe halb gebückt rudern musste. Die zweitschlimmste Position war gleich am Mittelgang, da man dort der Peitsche des Rudermeisters am nächsten war. Dazwischen war es dafür ziemlich eng.

Wobei »eng« entschieden relativ zu nehmen war, schließlich ging es bei dreihundert oder mehr Rudersklaven und zweihundert Soldaten, Seeleuten, Offizieren und Wärtern auf der ganzen Galeere eng zu, gerade wenn sich bei Einbruch der Dunkelheit auf See alles wie schläfrige Schlangen nach den besten Plätzen zu winden begann. Es war dies auch einer der Gründe, weshalb man eine Galeere nach Möglichkeit nachts an den Strand zog, obwohl die Brüchigkeit dieser Schiffe ihre Enge noch übertraf. Eine Galeere, so hörte Peirol, machte einem Konstrukteur schon alle Ehre, wenn sie auch nur ihre sechste Saison überstand.

Er fragte, was denn in der siebten passierte. Einer der anderen Sklaven sah ihn verächtlich an. »Ersaufen tust du, Dummkopf, wenn das Schiff bricht. Oder, wenn du Pech hast, dann treibst du an deiner Bank herum, und die Haie nagen an dir. Und wenn du ein richtiger Pechvogel bist, dann fischen sie dich lebend heraus, oder sie machen deinen Kahn zu Feuerholz und du landest auf einer neuen Bank. Das Beste ist, du kommst schon bei der ersten Beutefahrt um.« Der Sklave war, wie Peirol herausfand, siebenunddreißig Jahre lang auf Galeeren gefahren.

Ein gängiger Sklavenscherz besagte, dass man sich keine Sorgen ums Rasieren zu machen brauchte, da das Ruder das beste Rasiermesser war, das man sich vorstellen konnte; völlig unmöglich, dass das Kraut im Gesicht einem bis über die Brustmitte wuchs.

Peirol hatte, wie er erfuhr, zudem das Pech, von den fünfundzwanzig Riemen, die es auf jeder Seite gab, an den dritten Riemen der Steuerbordseite zu kommen. Auf See konnte es so nah am Bug ausgesprochen nass werden, und bei einer Schlacht war die Wahrscheinlichkeit, beim Rammen durch ein feindliches Schiff umzukommen, besonders hoch. »Oder«, so erfuhr er, »du kriegst deine Eingeweide um die Ohren, weil du direkt neben der großen Kanone sitzt und der von allen Göttern verdammte Kanonier sich in seiner Blödigkeit mit zuviel Pulver in die Luft jagt – oder es nimmt dich der Mann an der Drehbasse neben ihm in seiner Begeisterung zwischen Mündung und Ziel.«

Da er so klein war, dass er seinen Schlag im Stehen beginnen konnte, bekam Peirol die Position »ganz außen«. Ihm persönlich schien es besser, halb zu ersaufen, als die Peitsche zu spüren. Er war nicht so dumm zu sagen, dass er die Peitsche nicht hinnehmen würde, musste aber an die Prügel denken, die er von seinem Vater bezogen hatte.

Peirols Welt bestand nunmehr aus nichts als dem Riemen, an dem er zu ziehen hatte, bis er entweder tot umkippte, worauf man ihn ohne Zeremoniell über Bord werfen würde, oder bis er sich ein Lächeln der Götter einfing. »Und dreimal darfst du raten, kleiner Mann«, sagte einer der Aufseher grinsend, »was aller Wahrscheinlichkeit als Erstes passiert.«

Peirol beobachtete seine Kameraden und lernte, dass beim ersten Trommelschlag das Ruder ins Wasser einzutauchen und durchzuziehen war; dann, beim zweiten Dröhnen der Trommel, hob man es aufgedreht an und schob es zum nächsten Schlag vor. Anfangs war es nicht weiter schlimm, aber dann begannen sich seine Muskeln zu verspannen, um schließlich zu schreien. Peirol verspürte bei all seiner Kraft bald höllische Schmerzen und machte sich Sorgen um des Rudermeisters Peitsche.

Dann jedoch donnerten die Trommeln zweimal. Die Riemen wurden angehoben und an Bord gezogen, wo die Seeleute sie festzurrten. Peirol hörte ein gewaltiges Klatschen, als die mächtigen Rahsegel fielen und sich mit Wind füllten.

Dann war nichts weiter zu tun, als sich zu unterhalten, was den Zauberer Callafo nicht störte. Peirols Ruderkameraden waren – von innen nach außen zu ihm – Baltit, ein schlaksiger ehemaliger Matrose, der zur Galeere verurteilt wurde, nachdem er bei einer Keilerei am Hafen einen Mann umgebracht hatte. (»Er hatte ein Messer, ich einen Hocker, und es wäre weiter nichts passiert, wäre er nicht der Günstling eines Edelmanns gewesen und ich nicht.«); dann kam Cornovil, ein Soldat ohne erkennbare Fertigkeiten, der Beshkirs bei einem seiner endlosen Kriege in die Hände gefallen waren; dann Ostyaks, über den keiner groß etwas wusste, da er selten den Mund aufmachte, und schließlich Quipus, der von edler Herkunft war, und, wie Peirol rasch aufging, ziemlich verrückt, wenn auch auf eine harmlose Art. Quipus wandte sich, nachdem man ihnen gesagt hatte, sie könnten sich ausruhen, an Peirol, stellte sich vor und fragte nach seinem Namen; dann erklärte er ruhig: »Als es getan ward, ward es wohl getan, wenn auch nicht mit Absicht, denn ganz gewiss hegte ich für keinen größere Treue als für Lord Poolvash, einen Mann von großen Talenten, schließlich hat er meine Fertigkeiten erkannt und mir eine Stellung über allen anderen zugewiesen, und du, als Zwerg von Intelligenz, wirst mich wohl kaum für dessen schuldig halten, was man mir vorwirft.«

»Und das wäre?«, fragte Peirol vorsichtig.

»Nein, nein«, fuhr Quipus fort, »du hast Recht, es gibt da gar keine andre Möglichkeit, als dass die Kanone schlecht gegossen war – oder vielleicht hat dieser verdammenswerte Kanonier auch doppelt geladen. Oder, oh ja, ich hab's, es muss eine fehlerhaft gegossene Kugel gewesen sein, die Teufel sollen mich dafür holen, überhaupt eine von den neuen gegossenen herzunehmen anstatt der alten, zuverlässigen aus Stein, an deren Gewicht ich gewöhnt war. Vielleicht hat das größere Gewicht der gegossenen Kugel die Bronze aufgetrieben, oder nein, nein, es muss ein schlechter Guss gewesen sein, der Guss war's, ich schwöre es, der Handwerker, und es ist mir arg, den verdammenswerten Narren damit zu belasten, aber der Mann in der Gießerei muss seine Augen auf einem Hurenrock gehabt haben oder, schlimmer noch, er hat seinen Posten verlassen, um irgendwo nach Lust und Laune zu vögeln, und überlässt mich der Schande, der Schmach dieser ganzen Geschichte, dass man mich für einen Mörder hält, einen Verschwörer, ach, die Schande, die Schmach.«

Peirol blinzelte, aber Quipus war bereits in einer eigenen Welt versunken »Schande, Schmach, Schande«, murmelte er immer wieder, ohne weiter auf seinen Rudergenossen zu achten.

Zwei Dinge machten Peirols Neugier ein Ende: die *Ocean Spell* begann zu rollen, tauchte backbord ein, und eine Welle durchnässte ihn; dann rief der Schrank von einem Kerl auf der Laufplanke: »Du! Zwerg! Dein Herr will dich sehen!«

Peirol sperrte den Mund auf; der Mann hob knurrend die Peitsche.

»Er ist neu«, sagte Quipus, mit einem Mal ganz vernünftig. »Er lernt noch. Habt Gnade, Barnack.«

Barnack knurrte noch einmal, sprang hinter Peirol von der Planke, trat an seine Kette, hob sie an und flüsterte einen Zauber. Mit einem Mal sprang die Krampe auf, und Peirol blieb ein Augenblick, sich zu geloben, in Erfahrung zu bringen, wie dieser Spruch ging, irgendwann, irgendwie. Dann hatte Barnack die Kette in der einen Hand und zerrte Peirol schier zum Mittelgang. Dort warteten zwei Aufseher, die Wurfspeere bereit. Sie trieben Peirol damit ans Heck des Schiffs.

Er sah sich von einem feisten Mann in kunstvoll gearbeiteter

Rüstung erwartet, Kapitän Penrith, wie er erfuhr. Neben ihm stand ein Mann, der kaum zehn Jahre älter sein mochte als Peirol, ebenfalls in Rüstung, die jedoch mit ihren Sternen und Tierkreiszeichen eher dekorativer Art war. Dies war Callafo, der Magier.

»Knie nieder«, befahl Barnack, und Peirol gehorchte.

»Steh auf, Zwerg«, sagte der Zauberer. »Wer bist du?«

»Peirol vom Hochmoor«, antwortete der Zwerg.

»Du behauptest, Juwelier zu sein?«

»Ja, Herr.«

»Bist du gut?«

»Sehr gut, Herr. Ich habe unter dem Meister Rozan gelernt, von dem Ihr sicher gehört habt. Dann habe ich in der großen Stadt Sennen gearbeitet, meine Werkstatt wurde von Edelleuten bevorzugt, und selbst Zauberer wie –«

»Genug«, sagte Callafo. »Alle Sklaven sind Aufschneider.«

»Ich sage die Wahrheit.«

Barnack hob die Peitsche.

»Nicht doch«, meinte Callafo. »Es amüsiert mich zu sehen, dass einer von seiner Größe solchen Schneid hat.«

Peirol wollte schon sagen, das sei auch alles, was ihm geblieben war, begriff aber dann, das er bereits so kühn gesprochen hatte, wie man es ihm nur durchgehen lassen würde, und nickte darauf.

»Ich habe dich für meine Galeere genommen, weil ich glaube, dass kleine Leute unmäßiges Glück haben«, sagte Callafo. »Außerdem frage ich mich, ob deine Talente mir nicht im Laufe der Zeit von Nutzen sein könnten. Ich könnte mir vorstellen, dir eine Werkstatt im Hafen aufzumachen, so wie man das auch anderen Handwerkern erlaubt – aber nur, wenn du dich nicht widerspenstig zeigst wie bei dem Eunuchen, den du bei deiner Gefangennahme umgebracht hast.«

Peirol sah einen kleinen Hoffnungsschimmer für die Zukunft. »Nicht doch, Herr, ich bin ein friedfertiger Mensch.«

»Wir werden sehen.« Callafo nahm etwas von einer Spange an seiner Rüstung, berührte damit eine Niete, die darauf zu einem

Zauberstab aus schwarzem Onyx von fast zwei Fuß Länge wuchs; gelegentlich flackerten Lichter an ihm entlang. »Aber es gibt einen wichtigeren Grund dafür, mit dir reden zu wollen. Als ich unseren Segelzauber sprach, roch ich, entdeckte ich, wenn dir das lieber ist, Zeichen eines anderen Zaubers um mich herum. Ich habe diese Zeichen bis hin zu dir verfolgt. Verfügst du etwa über die Gabe, Zwerg?«

»Nein«, antwortete Peirol und bedachte Callafo mit seinem aufrichtigsten Blick, schließlich wusste er nichts, was den Magier interessieren könnte; er konnte nur vermuten, dass es auf diesem Schiff nur einen Magier geben dürfe.

»Vielleicht kennst du einen Grund, weshalb ich an dir Zauberei riechen sollte?«

Peirol, der sah, dass das Land bloß ein dunstiger Streifen am Horizont war, dachte sich, dass die Wahrheit – oder wenigstens eine Version davon – das Beste sein mochte.

»Das liegt daran« – er senkte die Stimme –, »dass ich im Auftrag eines Zauberers unterwegs bin. Eines großen, großen Zauberers. Ihr könntet mich eigentlich ebenfalls für diese Suche einspannen, anstatt mich hier in der Sklaverei die Möglichkeit des Reichtums für alle vergeuden zu lassen.«

»Welcher Suche?«

»Habt Ihr«, Peirols Stimme war zu einem bloßen Flüstern geworden, »von dem Reichsstein gehört?«

Welche Reaktion er auch immer erwartet hatte, Callafos war eine Enttäuschung für ihn. Der Mann lachte laut genug auf, um, wie Peirol dachte, die Segel des Schiffes zu blähen.

»Große Götter«, stieß der Zauberer hervor. »Du verlangst von mir zu glauben, die Magier in deinem Teil der Welt glaubten noch immer an diese Narretei?«

»Wir... sie glauben in der Tat daran, Herr«, erwiderte Peirol leicht erbost.

»Dein großer, großer Zauberer ist auf der Suche nach einer Schimäre, etwas, das es nie gegeben haben kann. Bedenke Folgendes, kleiner Mann«, sagte Callafo, »warum sollten die Götter die Existenz eines solchen Steines erlauben, falls es ihn je gegeben hat, eines Steines mit der Macht, die Ordnung umzuwerfen, die sie geschaffen haben, indem er einen Menschen fast zu ihresgleichen macht?«

Peirol hätte ihm sagen können, dass er schon lange überlege, ob es überhaupt Götter gab; er hätte fragen können, warum sie, falls es sie gab, mit den Menschen nicht ihr Spiel treiben sollten, so wie grausame Jungen mit flügellahmen Spatzen spielen? Aber er hielt auch diesmal den Mund.

Callafo starrte ihn an, und zu seiner eigenen Überraschung hielt Peirol diesem Blick stand.

»Ich denke«, so sagte Callafo, »du erzählst mir, was du für die Wahrheit hältst. Und nein, Zwerg, ich werde dich nicht von der Kette nehmen und dich auf irgendein sinnloses Unternehmen schicken. Ich behalte dich als Ruderer, vielleicht eines Tages als Juwelier.

Oder vielleicht brauche ich eines Tages für einen meiner größeren Zauber einen… der mir dabei zur Hand geht.« Callafo lachte wieder. »Barnack, bring ihn auf seinen Posten zurück.«

An jenem Abend, man hatte ihnen gerade ihren Eintopf mit Brot serviert, riskierte Peirol, nachdem er sich sicher sein konnte, dass Quipus eingeschlafen war, eine Frage: »Was bei allen Höllen hat er denn getan?«

Er hatte erwartet, dass Baltit, der eine Menge zu wissen schien, antworten würde, aber zu seiner Überraschung war es Ostyaks, der Mann, der sonst nie sprach. »Lord Quipus hatte eine Schwäche für die Artillerie. Er hatte eine eigene Kompanie Kanoniere. Er gab mit seinen Schießkünsten vor dem Lord an, der ihn angestellt hatte, einem der Großen von Beshkirs namens Poolvash, mitsamt dessen Damen und Gefolge, und da lief wohl irgendwas schief. Die Kanone ist explodiert, und der Lord, zwei, drei von seinen Weibern und zwanzig aus seinem Gefolge gingen drauf. Seither darf Quipus Ruder ziehen. Er kann von Glück reden, dass man ihn nicht vierteilen ließ.«

Ostyaks verstummte, und es dauerte einen ganzen Tag, bevor er wieder sprach.

In Formation durchquerten sie das offene Wasser zwischen Parasso und der Halbinsel Manoleon, an der entlang es auf der Suche nach Beute gen Süden ging. Viermal sichteten sie Segel, und die Sklaven mussten sich mächtig ins Zeug legen, bis ihnen das Herz im Halse schlug, wobei die Peitsche einen härteren Rhythmus als die Trommel vorgab.

Einmal wäre Peirol fast in Ohnmacht gefallen, aber Barnacks Peitsche brachte wieder Leben in ihn.

Einmal stießen sie auf eine großartige Galleasse, und die Aufseher und Rudermeister gaben ihnen nur Essig getränkte Schwämme zu schmecken und trieben sie dann noch ärger an, und diesmal wusste Peirol, dass er sterben würde, aber die Galleasse segelte ihnen davon und verschwand. Aufseher und Rudermeister, bitter enttäuscht, schlichen über den Mittelgang, die Peitschen bereit, und nicht einer der Ruderer wagte es, den Mund aufzumachen oder auch nur jemanden anzusehen, der kettenlos war.

Sie fuhren weiter, aber das Meer vor ihnen blieb leer, nicht ein Kauffahrer weit und breit, der aufzubringen gewesen wäre. Einmal plünderten sie ein Dorf, aber man hatte wohl ihre Segel herankommen sehen, denn als die Soldaten an Land wateten, war das Dorf, von einem Dutzend zähnefletschender Hunde abgesehen, ganz und gar leer. Die Soldaten töteten die Hunde, stießen Löcher in die Fischerboote und versuchten die Hütten abzubrennen, was aber bei Lehmhütten schlecht ging; das Einzige, was Feuer fing, waren die leicht zu ersetzenden Dächer aus Stroh.

»So viel wissen wir«, sagte Baltit eines Abends, »ein Muskel, den du nicht benutzt, funktioniert auch nicht mehr.« Cornovil und Ostyaks sagten gar nichts; Quipus nickte weise und meinte: »Bei einer leichten altmodischen Kanone wie zum Beispiel einer leichten Schlange musst du immer darauf achten, dass die Gießerei um einer schnelleren Schussfolge willen für zwei Kammern sorgt, ansonsten weigere dich, mehr als die Hälfte zu zahlen.«

»Das hat Hand und Fuß«, erklärte Peirol. »Was *du* gesagt hast, Baltit, meine ich.

Und mit dem Verstand verhält sich das nicht anders. Wir unterhalten uns, und dann stellen wir Fragen, als wären wir in der Schule. Früher oder später haben wir ja vielleicht eine Möglichkeit, wieder... wieder unseren eigenen Geschäften nachzugehen«, fuhr er fort und sah sich um. »Es ist also wohl nur zum Besten, wenn wir lernen, unsere Kopfmuskeln auszubilden.«

»Ja, ja«, warf Quipus aufgeregt ein. »Und wir haben jemand Neuen, jemand Intelligenten, jemanden, dem man was beibringen kann.«

Und so lernte Peirol denn etwas über Kanonen, da Quipus vor Wissen nur so übersprudelte. Falls die anderen eine Ahnung von Kanonen hatten, so sagten sie jedenfalls nichts. Quipus stellte dem Zwerg nach jedem Monolog Fragen, als halte er ihn für einen Soldaten unter seinem Befehl.

»Kanonier«, bellte Quipus. »Lad er mir diesen Mörser hier.«

Gehorsam antwortete Peirol, oft nicht sicher, was die Ausdrücke, mit denen er da um sich warf, eigentlich bedeuteten. »Als Erstes bringe ich das Rohr mit Hilfe eines Quadranten in den Winkel, den ich benötige, um das Ziel richtig zu treffen, spüle das Rohr ordentlich mit Wasser aus und trockne es, und nachdem das Geschütz gesäubert ist, gebe ich Pulver in die Kammer und ramme danach einen Pfropfen – Werg, Heu oder was auch immer – hinein. Dann folgt ein Stück Sode, das absichtlich etwas weiter ausgestochen ist als die Mündung des Geschützes und etwas angefeuchtet, um eine vorzeitige Zündung zu verhindern, und schließlich die Granate. Bin ich dann feuerbereit, setze ich die Lunte der Granate in Brand, sehe zu, dass sie auch ordentlich brennt, und führe dann den Luntenstock an das Zündloch...«

Oder: »Kanonier! Wenn er bei einer großen Kanone Befehl hat, über die eigene Truppe hinweg zu feuern, wo baut er das Geschütz am besten auf?«

»Ah... als Erstes versucht man eine höher gelegene Stelle zu finden und hält über die Köpfe des Fußvolks, was am sichersten ist, weil man so vor einer feindlichen Kavallerieattacke geschützt ist, oder man baut, falls entsprechender Befehl ergeht, vor der Infanterie auf, oder, falls es die einzige Möglichkeit ist, das Ziel auch richtig zu treffen, zwischen ihren Brigaden.«

Oder: »Kanonier! Nenn er mir die Kanonentypen und das Gewicht ihrer jeweiligen Geschosse.«

»Der Basilisk, sechsundsechzig Pfund; die Scharfmetze, fünfzig Pfund; die Kartaune, vierzig Pfund; die Mittlere Kartaune, dreiunddreißig Pfund; Große Couleuvrine, zwanzig Pfund; Bastardfeldschlange, fünfzehn Pfund; Halbe Schlange, acht Pfund; Saker... ah... dreieinhalb Pfund?«

»Er rät! Eine Saker verschießt ein sieben- oder fünfeinhalbpfündiges Geschoss, je nachdem, ob es sich um eine große oder eine kleine handelt. Beginn er von vorn!«

Hin und wieder träumte Peirol gar von Kanonen, von Schießpulver, davon, damit den einen oder anderen seiner Feinde in Stücke zu sprengen – ein Traum, der für einen Sklaven höchst befriedigend war.

Die zehn Galeeren lagen beigedreht vor einer Landzunge in der Hoffnung, bei Sonnenaufgang das eine oder andere Schiff zu überraschen. Das Meer war ruhig, der Mond zu drei Vierteln voll. Quipus war der Einzige auf der Bank, der zu schlafen schien.

»Wo bist du denn eigentlich her?«, fragte Baltit Peirol.

»Cenwalk«, antwortete Peirol. »Eine hübsche Strecke südlich von hier. Südwestlich. Noch hinter dem Königreich Rokelle und seiner Hauptstadt Sennen.«

»Wie ist es denn da so?«, fragte Cornovil.

»Öde«, erwiderte Peirol. »Und fad.«

Und so war es auch: Werst über Werst endlosen hügeligen Ödlandes oder felsiger Höhen, hier und da ein Gutshof oder ein winziges Dorf. Der Regen fuhr in Wänden über das Land, und der Wind schien unaufhörlich zu wehen. Der Reichtum der Grundbesitzer, die Cenwalk beherrschten, bestand in schwarzgesichtigen Schafen, schlauen Ausreißern, die gern das Sumpfland durchstreiften, und von den Hirten, die hinter ihnen herzogen, zweimal im Jahr zum Scheren zusammengetrieben wurden.

»Du kommst aus einer Hirtenfamilie?«

»Nein, wir waren Bergleute.«

»Unten im Loch, so wie du aussiehst?«, fragte Cornovil. »Als Sklave der Blaublüter?«

»Nein«, sagte Peirol. »Wir waren freie Leute.«

»Frei?« Ostyaks schnaubte ungläubig.

»Ich hätte nicht gedacht, dass außer Seeleuten jemand frei sein könnte, und wir haben uns größtenteils selbst was vorgemacht«, meinte Baltit.

Ein Zinnschürfer konnte aufgrund eines uralten Freibriefs des weit entfernten Herrschers von Cenwalk kommen und gehen, wie es ihm passte, er konnte graben, wo und wie es ihm gefiel. Er suchte sich einen viel versprechenden Flecken Land, versicherte sich der Dienste eines fahrenden Magiers, der ihm eine Analyse machte, und begann dann zu graben. Andere Bergleute konnten sich ihm gegen Anteile anschließen. Der Grundbesitzer bekam einen Anteil, konnte aber gegen das Schürfen an sich nichts tun.

Wenn eine Ader ausgebeutet war, zogen der Zinnschürfer und seine Familie weiter. Sie hatten eine eigene Satzung und eigene Gerichte, und besteuern konnte man nur das Metall. Hin und wieder lebten sie in Dörfern, häufiger jedoch gleich neben der Schürfstelle, wo sie Flusssteine zu einer primitiven Hütte aufschichteten, wenn sie nicht eine Ruine mit Soden deckten und Heidekraut hineinlegten, um darauf zu ruhen. Während die Männer unter Tage waren, stachen Frauen und Kinder Torf und trockneten ihn. Das Zinnerz kam jeweils zum nächsten Schmelzer und dann in eine Stadt mit einer Münze.

»Kein schlechtes Leben«, räumte Baltit ein.

Kein schlechtes Leben? Peirol musste an seinen Vater denken, einen saufenden Raufbold, an seine acht Brüder und Schwestern, die alle von normaler Gestalt waren, an seine Mutter, an die er sich praktisch nur erinnerte, wie sie sich vor einem Schlag duckte. Zinnschürfer waren für ihre Gewalttätigkeit, ihren Jähzorn bekannt, und nicht selten wurden sie Gesetzlose, Straßenräuber, die Reisende ausraubten und umbrachten und ihre Leichen dann in einen verlassenen, wassergefüllten Steinbruch warfen. Nur vorsichtige und tapfere Männer bereisten die Moore, und auch sie nur in Gruppen.

»Wie ist deine Familie denn damit fertig geworden, wie du aussiehst?«, wollte Ostyaks wissen.

Für seine älteren Brüder und Schwestern hatte er etwas von einem Schoßtier, einem Wunderding, zumal er geistig beweglicher war als sie. Aber er fand im Heranwachsen heraus, dass er mit keinem tauschen wollte, wenn er, die Traurigkeit des Winds in seiner Seele, durch die nebelverhangenen Hügel lief. In den murmelnden Bächen fand er schöne Kiesel, Geschenke, die seiner Mutter und den Schwestern große Freude machten. Später dann behielt er einige der schönsten für sich und entdeckte, dass sie sich mit bestimmten Sorten Sand grob schleifen ließen; dann hängte er sie in die Stromschnellen, und das Wasser besorgte den Rest. Manchmal redete er sich ein, auf der Suche nach dem Reichsstein zu sein.

Sein Vater brummte hin und wieder, Peirol entstamme nicht seinen Lenden, dass er ein Wechselbalg oder von einem Inkubus gezeugt und ein Graumännchen sei. Letztere waren böse kleine Geister von etwa drei Fuß Größe mit zusammengekniffenen Augen und Mäulern von Ohr zu Ohr; sie zogen in Gruppen umher, konnten ihre Gestalt ändern, verschwinden oder sich in schwarze hüpfende Geißen verwandeln, falls ihnen ein Zinnschürfer zu nahe kam.

Wenn seine Mutter dann gegen derlei Hirngespinste protestierte, fing sie sich einen Schlag ein.

Sein Vater schien Peirol zu hassen, unterhielt sich aber aus irgendeinem Grund öfter mit ihm als mit den anderen Kindern und erzählte ihm Geschichten über den Bergbau, unterirdische Kobolde, von den Legenden des Landes wie ebenjene vom Reichsstein und der Großartigkeit Thyones, bevor die schwarzen Schiffe gekommen waren.

Seiner Mutter war er das Nesthäkchen und, wie sie sagte, der hübscheste ihrer Söhne; sie sorgte auch dafür, dass er lesen und schreiben lernte.

Als Peirol älter wurde, begann er sein Los zu fürchten – unter die Erde zu müssen wie sein Vater, eine Kerze auf dem Schirm seines Helms, vom Fels umschlossen, sein Verstand ob der Plackerei mit dem Pickel Schlag um Schlag weggehauen, bis er wie alle anderen war; ein grunzendes, bösartiges Tier.

Abwechslung vom unfruchtbaren Land und dem Leben darauf boten die Versammlungen in den Münzstädten viermal im Jahr, wenn die Offiziere des Königs Zinn kaufen kamen, es mit dem königlichen Stempel versahen und dann wegbrachten, auf dass es gerollt und zu Münzen verarbeitet ward. Die größte dieser Zusammenkünfte war das Mittsommerfest, eine Zeit trunkener Lustbarkeiten, wo man Hahnen- und Ringkämpfe veranstaltete und um die Wette warf. Händler boten ihre Waren feil, sowohl Notwendiges als auch überflüssigen Tand.

Peirol erinnerte sich an das Fest in seinem zwölften Lebensjahr; untröstlich, nachdem er festgestellt hatte, dass er wahrscheinlich nicht weiter wachsen würde, hatte er einen von Meisterjuwelier Rozans Gesellen kennen gelernt. Der Mann – jung, schlank, etwas geckenhaft – hatte für die Zeit des Festes einen kleinen Laden gemietet, in dem er Ringe, Ketten, Halsreifen aus Gold und Silber sowie Edel- und Halbedelsteine ausgestellt hatte, sodass die torkelnden Zinnschürfer ein weiteres Mal Frauen und Töchter beschwichtigen konnten, damit sie ihnen für eine weitere Saison in die Trostlosigkeit ihrer Leere folgten.

Peirol wollte seiner Mutter etwas kaufen, besaß aber natürlich nur einige Kupferlinge, von Silber ganz zu schweigen. Er sah ein diskret angebrachtes Schild – KAUFE EDELSTEINE – neben einer Kette, von der er wusste, dass sie seiner Mutter gefallen würde; sie hatte einen kleinen blitzenden Diamanten in der Mitte, um den herum andere, rote Steine gesetzt waren. Er dachte an seine Sammlung schöner Steine, und obwohl er wusste, dass keiner davon wirklich etwas wert war, so lief er doch zurück ins Zelt seiner Familie, das gleich vor der Stadtmauer aufgeschlagen war, und kam mit seinen Schätzen zurück.

Der junge Mann, er hieß Ty Lanherne, ging sie mit flinken Fingern durch, schob die meisten beiseite, während er einige wenige liegen ließ. »Also, dieser grüne hier, das ist ein Granat. Nicht besonders wertvoll, er ist ziemlich weich, aber er ist groß, was immer gut ist, und lässt sich für ein Schmuckstück für die Tochter eines Kaufmanns verwenden. Ist er erst einmal gespalten und geschliffen, ist er weit schöner, als sein Preis vermuten ließe... Ah, also der hier ist gewiss etwas Silber wert, ein Katzenauge. Hübsch, rötlich, das ist eher selten, das Auge ist gut zu sehen... sieht ganz so aus, als hättest du ihn recht ordentlich poliert... Du siehst, wie klar er ist, hältst du ihn gegen das Licht... Er gibt eine schöne Gemme für den Ring eines Herren – oder schmückt vielleicht den Knauf eines Dolchs.«

»Ich dachte mir schon, im Herz des Steins was gesehen zu haben, als ich ihn fand«, erklärte Peirol stolz. »Und ich habe so sorgfältig gearbeitet wie nur möglich, dass man den farbigen Schlitz, das Katzenauge, wie Ihr es nennt, auch gut sieht.«

»Ihr habt durchaus Talent«, murmelte Lanherne und ging weiter die Steine durch. »Diese hier sind Tansanite, schau, wie blau sie sind, fast wie Saphire... der rosafarbene hier ist ein Beryll... Hmm. Ich gebe Euch fünf Silberstücke für alles zusammen.«

Es war natürlich nicht genug, um die Halskette zu kaufen, aber es war mehr Geld, als Peirol je gesehen hatte; sein Vater verdiente manchmal so viel beim Verkauf seines Zinns. Er suchte sich denn eine mindere Kette aus und gab die Münzen zurück.

Er wollte nicht wieder hinaus in den Nieselregen und das Geschrei, zurück in die enge Behausung, um darauf zu warten, dass sein betrunkener Vater ins Zelt gewankt kam, und so verweilte er denn noch ein wenig in dem Geschäft. Lanherne schien es nicht weiter zu stören; er beantwortete sogar Peirols Fragen nach den verschiedenen Steinen.

»Was ist mit denen hier«, fragte Peirol schließlich und wies auf zwei kleine Diamanten. »Wo findet man die?«

»Nicht hier in der Gegend«, erklärte Lanherne. »Aber an so manch anderem Ort. Manchmal in Adern tief unter der Erde, heißt es, in Röhren, wie man dies nennt; nicht dass ich jemals welche gesehen hätte. Einige der größten Röhren befinden sich in Osh und, wie man von einigen Leuten hört, im Osten. Manchmal finden sich Diamanten in Bächen und Flussbetten. Aber Ihr werdet sie nicht so einfach erkennen, da es Geschickes und großer Kunstfertigkeit bedarf, Diamanten im Rohzustand in Gemmen wie die hier zu verwandeln.«

Mit einem Mal platzte Peirol heraus: »Ich könnte mein ganzes Leben so zubringen wie Ihr – reisen und mit Edelsteinen umgehen.«

»Ich habe fünf Jahre als Lehrling bei meinem Meister Rozan gelernt, bevor ich ihn auf einer Verkaufsreise wie dieser auch nur begleiten durfte«, meinte Lanherne. »Und es dauerte drei weitere Jahre, bis er mir so weit traute, mich allein loszuschicken. In zwei, vielleicht drei Jahren werde ich die Prüfung vor meiner Gilde ablegen, und dann gestattet man mir vielleicht, mich selbst einen Edelsteinschleifer nennen zu dürfen.«

»Wie seid Ihr denn in den Dienst Eures Meisters gekommen?«

Lanherne grinste wie ein Junge.

»Ich bin einem Gesellen auf die Nerven gegangen, der wie ich jetzt in unser Dorf Steine verkaufen kam, bis er die Geduld verlor und mir sagte, ich solle mich trollen. Als er abreiste, bin ich ihm gefolgt, bis er nach Ferfer kam, wo Rozan zu Hause ist. Dann saß ich drei Tage lang auf der Schwelle des Meisters und ließ mich treten, wann immer er ein und aus ging. Schließlich nahm er mich als Lehrling an, ich schlief auf Stroh, bekam nur zweimal am Tag zu essen und hatte nur zehn Tage im Jahr frei.«

Für Peirol hörte sich das weit besser an als sein bisheriges Leben.

»Lass mich dich was fragen, Kleiner. Wer ist *dein* Meister?«

»Ich habe keinen«, antwortete Peirol.

»Und was ist mit deinen Eltern?«

»Die interessiert es kaum, was ich mache«, meinte er, und als sich beim Gedanken an seine Mutter ein schlechtes Gewissen einstellte, schob er es fort.

»Und wie alt bist du?«

»Fünfzehn«, antwortete Peirol.

Lanherne blickte ihn skeptisch an und verzog dann das Gesicht. »Als wäre ich ein Experte darin, das Alter kleiner Leute zu schätzen.« Er überlegte einen Augenblick. »Es ist harte Arbeit, und man braucht ein gutes Auge und viel Liebe fürs Kleine, und dann musst du mit den Leuten umgehen lernen, mit den Reichen. Denen musst du zuhören können, all ihrem Geplapper, und ihre Hochnäsigkeit ertragen, ohne zu widersprechen.«

Peirol sagte nichts.

»Nimm deinen Einkauf, mein Freund«, sagte Lanherne recht freundlich. »Und viel Glück auf deinem weiteren Weg.«

Zwei Tage später ging das Mittsommerfest zu Ende, und Peirols Familie zog wieder gen Süden, zurück zu ihrer Mine im Moor. In der Schlafrolle seiner Mutter befand sich, ohne dass sie davon gewusst hätte, eine silberne Halskette, in deren Mitte eine Gemme eingearbeitet war. Peirol hoffte, dass sie über sein Weggehen trauern würde, aber nicht zu lange.

Ty Lanherne reiste, seinen Packen auf dem Rücken, das Silber im Beutel und das Schwert lose in der Scheide, wieder nach Norden, Richtung Ferfer. Als er einen Blick zurückwarf, trottete da nicht – vielleicht einen Viertelwerst weiter hinten – die kleine Gestalt eines Zwergs hinter ihm her? Grinsend stimmte er ein Lied an.

Peirol war noch immer hinter ihm, stolpernd, halb verhungert, die Sohlen seiner Stiefel durchgelaufen, als Lanherne in Ferfer eintraf.

Peirol kam in die Gegenwart zurück, zu den Galeeren, als Ostyaks murmelte: »Wie Baltit gesagt hat. Kein schlechtes Leben.«

Quipus erklärte plötzlich: »Weil du frei warst.«

Den Rest des Abends sprach keiner mehr und schließlich schlief Peirol ein.

Am nächsten Morgen kam Lord Kanens Galeere längsseits, und man legte eine lange Laufplanke zwischen die Schiffe. Sicheren Fußes kam Kanen über die schmale Planke. Er sah ergrimmt aus, die Lippen geschürzt.

Callafo kam ihm entgegen und versuchte sich dabei seine Besorgnis nicht anmerken zu lassen, und die beiden gingen in Callafos Kabine im Achterdeck. Sklaven in der Nähe des Hecks behaupteten, Kanens Stimme gehört zu haben – zornig und scharf.

Eine Wendung des Glases später kam Kanen heraus und kehrte zurück auf sein Schiff. Zwei Aufseher brachten ein junges Mädchen, ein sehr junges Mädchen, aus seiner Kabine. Sie trug Pantöffelchen und ein schweres Gewand und sah zu Tode erschreckt aus. Einer der Aufseher warf sie sich über die Schulter und kam über die Laufplanke herüber auf die *Ocean Spell*, führte sie zum Vorderdeck und wartete dort neben der glänzenden Bronzekanone.

Callafo kam in der traditionellen Robe des Zauberers aus seiner Kabine; er hatte einen Lederkoffer und seinen Zauberstab dabei. Er ließ das Vorderdeck räumen und die Aufseher ein kleines, mit merkwürdigen Symbolen besticktes Zelt aufstellen. In dieses stieß er das verängstigte Mädchen und zog die Zeltklappe hinter sich zu. Einige Minuten später begann er seinen Singsang. Räucherwerk in verschiedenen Farben und Düften kam aus dem Lüftungsschlitz an der Spitze des Zelts. Der Singsang wurde lauter, und man hätte meinen können, es befinde sich ein ganzer Chor in dem Zelt, so viele Stimmen hörte Peirol bei dem Gesang, der fast wie ein Choral klang.

Er warf einen Blick auf die anderen auf der Bank und sah ihre Angst. Die Richtung des Gesangs änderte sich; er schien nun aus der Luft rund um die Galeere zu kommen, ja aus dem Meer selbst.

Dann schrie das Mädchen auf, schrill, markerschütternd, in Höllenqualen, und als er am lautesten war, brach der Schrei abrupt ab.

Eine Weile herrschte Stille bis auf das Klatschen der Wellen am Rumpf der Galeere.

Callafo kam heraus, und alle Mann, Seeleute, Sklaven, Soldaten, Offiziere, wandten sich ab. Peirol glaubte, dunkle Flecken auf der Robe des Magiers sehen zu können. Callafo rief nach Lord Kanen. Der Korsar kam an den Bug seiner *Slayer*.

»Südlich, vier Strich vom letzten Stern des Kriegers«, sagte Callafo ohne Umschweife. »Zwei Schiffe, schwer beladen. Wir sichten sie kurz vor der Dämmerung.«

Man setzte die Segel und befahl den Ruderern zu schlafen, da man sie während der Nacht brauchen würde. Peirol glaubte nicht, dass er dazu in der Lage wäre, aber als er die Augen öffnete, war es dunkel, und eine Glocke markierte das dritte Glas der zweiten Wache. Er schob Quipus' Fuß von seinem Bein und versuchte, eine bequemere Lage zu finden.

Er sah eine Bewegung auf dem Vorderdeck, wo noch immer das Zelt stand. Er hörte das Murmeln von Männern, sah die Rüstungen der Wachen. Das Zelt fiel in sich zusammen und wurde hastig zusammengerollt. Die beiden Männer hoben etwas auf, etwas Schlaffes, trugen es an die Reling und warfen es über Bord. Platschend schlug es auf dem Wasser auf, und dann gaben die Wolken den Mond frei.

Peirol blickte ins Wasser, sah für einen Augenblick ein weißes Gesicht darauf hüpfen, ein Gesicht voll blutiger Striemen, dann wurde die Leiche unter den Kiel gezogen und war verschwunden.

Es waren in der Tat zwei Schiffe, ganz so, wie Callafos Zauber es geweissagt hatte, fette dreimastige Fleuten; langsam und schwer folgten sie dem Bogen der Küste. Ihre Kapitäne sahen die zehn schwarzen Schiffe, welche weit schneller als die Fleuten waren, herankommen, setzten alle Segel, machten sich zur Schlacht bereit und beteten dabei zweifelsohne heftig.

Die Götter hörten genauso wenig zu, wie sie auf die Gebete von der *Petrel* gehört hatten.

Kanens Signalflaggen gingen hoch, und die Sklaven bemannten die Ruder. Ein weiteres Flaggensignal, und ein Flügel schwenkte seitwärts weg, zog an den Fleuten vorbei, machte dann kehrt wie ein Rudel Wölfe und trieb die Schiffe auf die Küste zu. Die Schiffe versuchten langwärts davon zu kommen, aber sie hatten den Wind gegen sich.

Peirol hörte ein böses Knurren von den Soldaten, die sich zum Entern bereit machten, von den Soldaten, den Seeleuten und sogar von einigen der Sklaven.

Eine Kanone donnerte los, und in hohem Bogen flog eine Kugel durch die Luft, das Ganze noch nicht einmal als Warnschuss kaschiert, und fuhr krachend in die hinterste der Fleuten.

»Immer drauf, Kanonier, verpass er ihr eine ordentliche Ladung, sie gehört noch vor der Mittagszeit uns«, rief Quipus vergnügt und schrie dann auf, als Barnack ihm die Peitsche über die Schultern zog.

»Geschieht dir gerade recht«, brachte Cornovil noch hervor, bevor der Rhythmus der Trommeln anzog und sie sich zu sehr ins Zeug legen mussten, um noch groß etwas zu sagen oder zu denken; sie spürten nur mehr das Zerren in den Muskeln, die eiserne Klampe in den Händen, die ihnen die Schwielen aufriss, für neue Blasen sorgte und auch die wieder aufplatzen ließ. Die Aufseher übergossen sie mit Eimern voll Salzwasser, das aufs höchste willkommen war. Ihre eigene Kanone feuerte, und wiederum jubelte Quipus auf, und dann fiel urplötzlich ein Schatten über sie, und sie befanden sich längsseits der Fleute, während sich eine weitere Galeere an deren Heck schob. Soldaten schrien, hasteten über den Bug der *Ocean Spell* und kletterten die Seite der Fleute hinauf. Peirol hörte Geschrei, die Rufe kämpfender Männer, sterbender Männer, ein Wurfspieß fuhr neben ihm in das Deck, aber keiner der Sklaven achtete auf die Schlacht, sie hingen über den Riemen und schnappten nach Luft.

Es wurde um Gnade geschrien, nach Kapitulation, dann war alles vorbei. Der zweite Kauffahrer wurde nicht allzu weit von ihnen zum Beidrehen gezwungen; drei der Galeeren standen längsseits, eine davon die *Slayer*. Die Ladung dieses Schiffes unterschied sich von den Ballen und Kisten des Fahrzeugs, das die *Ocean Spell* aufgebracht hatte.

Das Schiff hatte Passagiere an Bord. Kaufleute, Edelleute, wer wollte es sagen? Peirol jedenfalls sollte es nie erfahren. Dafür sah er die kaltblütige Art, in der Kanen seine Wahl unter ihnen traf. Junge Männer und Frauen wurden für den Sklavenmarkt auf eine Seite getrieben, alles, was reich gekleidet war und womöglich Lösegeld brachte, auf eine andere. Es befanden sich einige Knaben an Bord, die sich offensichtlich nicht für den Block eigneten, da Peirol ihre Schreie hörte, als die Schwerter sie aufspießten; dann warf man ihre Leichen über Bord.

Er sah vier Frauen dastehen, abgesondert, nahe genug, um zu sehen, dass sie mittleren Alters waren; er sah, wie Kanen auf diese vier wies. Die Soldaten auf dem Schiff brachen in Jubel aus, liefen aus den Reihen und fielen über die Gefangenen her. Peirol wandte sich ab und versuchte, seine Ohren vor dem Geschrei zu verschließen.

Zwei Frauen, so erfuhr er, lebten lange genug, um als Belohnung für die Ruderer in die *Slayer* geworfen zu werden, und Peirol hörte das neidische Murren unter den Ruderern auf der *Ocean Spell.*

Die Flotille machte sich mitsamt ihren Prisen an die Rückfahrt nach Beshkirs, wo man Lord Kanen den Sporaden einmal mehr seines Glücks und seiner Fertigkeiten wegen pries.

Peirol musste an die Schreie denken und an das Antlitz des namenlosen Mädchens, das Callafo für dieses »Glück« hatte opfern lassen.

Zwei Tage nachdem die Galeere nach Beshkirs zurückgekehrt war, legte Peirol letzte Hand an seinen Köder. Er hatte einen der Aufseher der Kaserne beiseite genommen, hielt ihm den Ring hin und drehte ihn mit Bedacht so, dass sich die Sonne, die durch die Oberlichter des Gebäudes kam, im Silber fing und von dort ins Herz des Diamanten blitzte, der es in einer Kaskade von Rot, Orange, Gelb, Grün, Blau und Violett zurückwarf.

»Wo hast du den her?«, wollte der Aufseher wissen.

»Ich habe ihn gemacht.«

»Aus was denn?«

»Aus der Sonne, dem Mond, aus den Metallen der Erde«, antwortete Peirol. »Wir Zwerge haben viele Talente.«

»Davon habe ich gehört. Was brauchst du mich dazu? Willst du ihn mir schenken?«

»Nein. Aber ich werde Euch reich belohnen.«

In den Augen des Aufsehers blitzte es auf.

»Ich habe da von einem Mann namens Niasbeck gehört«, erklärte Peirol.

»Kein Wunder. Magnat Niasbeck. Juwelen gilt sein großes Interesse, aber auch noch anderem.«

»Ich möchte, dass Ihr ihm den hier bringt, in seinen Laden, ihn ihm zum Kauf anbietet. Sagt ihm oder seinem Vertreter, einer der Männer auf den Galeeren hat ihn gemacht, und dass er noch viel mehr machen könnte, weit schönere noch, wenn er in anderen Umständen wäre.«

»Du meinst, schwanger werdet ihr Zwerge auch?«

»Ach was, Arbeit, meine ich. Das Leben.«

»Du meinst, ich soll ihm sagen, dass du sein Sklave werden willst?«

»Ja.«

»Wenn die mich dabei erwischen, dass ich so was sage, dann lässt Lord Kanen oder Callafo mit meinem Fell einen Schild bespannen.«

»Ihr könnt die Hälfte von dem behalten, was der Ring bringt.«

Aus der Gurgel des Aufsehers kam ein abgründiger Laut.

»Und dass Ihr mich nicht bescheißt«, warnte Peirol. »Wie gesagt, wir Zwerge haben Talente. Merkwürdige Kräfte. Eines Nachts könnte Euer Schwert zum Leben erwachen, in Euren Händen zu tanzen beginnen und Euch in die Gurgel fahren. Oder Euer Dolch macht eines Tages beim Schärfen eine plötzliche Wendung und springt Euch in den Bauch. Oder Euer Speer –«

»Nun halt schon das Maul! Hört sich ja an, als würdest du mich verfluchen! Her mit dem Ring!«

Er hielt ihn eine Weile und drehte ihn hin und her. Er wollte ihn behalten, so viel war klar, warf aber aus Angst vor dessen Fluch immer wieder einen besorgten Blick auf Peirol.

»Ich mach's«, schnaufte er schließlich. »In der ersten freien Schicht, die ich habe.«

Peirol verkniff sich ein Grinsen. Wenn sein Plan aufging, dann war er vielleicht einen Schritt näher dran, seine Suche nach dem Reichsstein fortsetzen zu können. Auf jeden Fall aber erginge es ihm besser als jetzt.

Nur hörte Peirol nichts mehr, und den Aufseher sah er erst wieder, kurz bevor die Sklaven erfuhren, dass sie sich bereit zum Auslaufen machen sollten.

Diesmal ging es gegen die Sarisser, und zwar in den Krieg.

6 Von Sarissern und schwarzen Städten

Noch nicht einmal im Traum hatte Peirol je eine solche Menge von Schiffen gesehen. Sämtliche Galeeren und übrigen Kriegsschiffe von Beshkirs waren für den Beutezug dieses Sommers klar gemacht worden, darüber hinaus praktisch jedes Fahrzeug, jeder Kauffahrer, auf dem sich ein paar winzige Robinetten montieren ließen oder gar die eine oder andere Moyenne; dazu Schiffe, die mit derzeitigen Verbündeten Beshkirs' bemannt waren – sie stammten aus einigen der kleinen Seekönigreiche, die wie Krebsgeschwüre überall auf der manoleonischen Halbinsel zu finden waren und die nach Prestige und Beute gierten.

Die Galeeren stachen als Erste in See, um dem Flottenverband die Flanken zu sichern, was auf See zu geschehen hatte, da der Hafen von Beshkirs gerade ein Viertel der Flotte zu fassen vermochte. Die Schiffe trafen einzeln oder in Flottillen ein. Jemand sagte, es seien fünfhundert, ein anderer meinte gar tausend.

Peirol hörte einen der Offiziere sagen, ihnen wäre besser gedient mit der Hälfte der Schiffe und einem zehnten Teil der Kriegsherren, hatte aber keine Ahnung, wie das zu verstehen war.

Jedermann war von Ehrfurcht ergriffen ob der Pracht, und selbst Barnack peitschte einen gaffenden Sklaven weniger hart, als es sonst seine Art war.

Baltit sagte trocken: »Sagt es nicht so einiges über den Menschen, dass er seine größte Pracht dann entfaltet, wenn er zum Brudermord auszieht?«

»Falls«, so warf Quipus mit einem Mal höchst nüchtern ein, »die Sarisser tatsächlich Menschen und damit Brüder sind.«

Man gebot ihm rasch zu schweigen.

Inzwischen hatte Peirol sich aus Gemurmel und Flüstern so einiges über das merkwürdige Volk aus dem Norden zusammengereimt. Es war hoch gewachsen, von majestätischer Erscheinung, einen Kopf größer als ein Mensch. Die Kreaturen waren mit langem blonden bis kastanienbraunen Seidenhaar bedeckt. Sie sahen ein bisschen wie die Löwen aus den fernen Wüsten im Norden aus, stünden Löwen auf zwei Beinen und hätten sie Arme und Hände und blitzende Schlitze als Augen – wie große Schlangen. Ihr Geschlecht verbarg sich entweder im Körper oder unter dem Haar, da keiner wusste, welche die Männer, welche die Frauen waren oder ob es mehr oder weniger als zwei Geschlechter bei ihnen gab.

Fest stand, sie waren wüste Krieger und schienen noch verliebter in die Schlacht als der Mensch. Weder ließen sie in der Schlacht Gnade walten, noch erflehten sie sie.

Manchmal plünderten sie, manchmal eroberten sie, aber hinter ihren Plänen schien keinerlei logische Absicht zu stehen. Keiner wusste, was mit den Völkern geschah, die sie überrannten, aber die Länder, die sie plünderten, waren nach ihrem Weiterziehen schwarz und kahl.

Die Sarisser waren vor kaum mehr als einer Generation noch nicht einmal bekannt gewesen; damals erst waren sie aus den Dschungeln der Unbekannten Länder im Norden aufgetaucht. Man schien noch nicht einmal zu wissen, woher ihr Name stammte, schließlich hatte kein Mensch je ihre Sprache gelernt. Jedenfalls eroberten sie die Unbekannten Länder und erbauten entlang der Küste mächtige Städte, und das über Nacht, wie es schien, was als Beweis dafür galt, dass sie nicht menschlich waren.

So erstarkt, bauten sie merkwürdige Schiffe und plünderten jedes menschliche Dorf, auf das sie stießen, jedes Schiff. Zunächst hatten sie noch keine Kanonen gehabt und sich noch auf die alten Taktiken des Rammens und Enterns verlassen, aber sie lernten rasch, und mittlerweile hatten sie Kanonen, die nicht weniger gewaltig als die größten von Beshkirs waren.

»Ja, ja«, hatte Quipus verträumt hinzugefügt, »große, große Kanonen mit gegossenen Kugeln, und keiner kennt das Geheimnis ihres Pulvers, sei es nun natürlicher oder magischer Art. Es heißt, sie mischen es mit Seewasser, aber das kann nicht sein, das ist unmöglich, nasses Pulver brennt weder noch explodiert es. Vielleicht nehmen sie ein geheimes Holz für die Holzkohle oder benutzen nur das reinste Salpeter, oder sie kennen uns unbekannte Zauber, aber keiner weiß es, keiner weiß.«

Es hatte Versuche gegeben, Friedensgespräche zu beginnen, aber keiner der Diplomaten war jemals von den Verhandlungen zurückgekehrt. Es herrschte große Angst, die Sarisser könnten sich erkühnen, die Welt beherrschen zu wollen, wo doch jedermann wusste, dass sie für den Menschen da war. Da die Insel Parasso und die Stadt Beshkirs unweit der Unbekannten Länder gelegen waren, sprachen die Beshkirser sich – obwohl sie keinen Profit darin sahen – am lautesten für ihre Vernichtung aus. Waren die Sarisser erst einmal ausgelöscht oder zurückgedrängt, könnte Beshkirs wieder seine angestammte Stellung als Königin der Freibeuter einnehmen.

»Der arme Lord Kanen«, sagte Cornovil. »Sich mit Ruhm zufriedengeben zu müssen anstatt mit Gold. So habe ich auch mal gedacht, lang ist's her.« Er rasselte mit seiner Kette, um klar zu machen, was er meinte.

Die Kriegsflotte sollte östlich um die Spitze von Parasso segeln und dann nach Nordwesten über offenes Meer, bis man nahe den Unbekannten Ländern wäre. Dann sollte sie in der Nähe der Küste bleiben, bis man auf Schiffe zum Angreifen stieß – oder besser noch auf eine Gelegenheit, eine der steinernen Städte der Sarisser zu plündern, die angeblich riesig waren und aus einem einzigen Stein.

Das Wetter war klar, die Sonne warm, die See gefleckt, man hatte den Wind hinter sich, sodass die Ruder nur in der Dämmerung und im Morgengrauen bemannt waren, wenn die Galeeren an den Strand gebracht wurden und der Rest der Flotte in Küstennähe vor Anker ging.

Ostyaks brach das Schweigen: »Ich spüre Glück ringsum,

Glück und Gold.« Peirol schnaubte. Er war zu dem Schluss gekommen, dass es in seiner Welt kein Glück, sondern nur Unglück gab. Dasselbe galt für Quipus. Als die Flotte den letzten Zipfel Parassos erreichte und sich auf den Sprung übers offene Meer vorbereitete, segelte die *Ocean Spell* gleich hinter Kanens *Slayer*.

Callafo hielt in seiner beeindruckenden Robe eine Zeremonie an der Vorpiek des Schiffes ab, um für die Überfahrt der Männer zu den Unbekannten Ländern Führung und Beistand von Parassos Göttern zu erflehen. Wie üblich stieg dabei Rauch in verschiedenen Farben auf, Räucherwerk in den verschiedensten Düften wurde verbrannt, Singsang ertönte, aus dem Wasser fuhren merkwürdige Blitze empor, als mitten in der Zeremonie Quipus zu lachen begann.

Callafos Singsang brach ab, und er blickte den Sklaven ungläubig an. »Ruhe da unten!«, brüllte er. Quipus sah den Magier mit Eulenaugen an und schüttelte dann weiter lachend den Kopf.

»Bringt ihn zum Schweigen!« Und schon sprangen Barnack und zwei Soldaten vom Mittelgang herbei und droschen auf den Wahnsinnigen ein.

Callafo brachte seine Zeremonie zu Ende, kam vom Bug herauf und blickte auf Quipus hinab. »Zwei – nein, drei Dutzend Streiche«, knurrte er. »Als Lektion für seine Unverschämtheit.«

»Aber er ist wahnsinnig, Herr«, sagte in seiner Blödheit Baltit.

»Und ein Dutzend für diesen Mann da. Unverschämtheit ist offensichtlich ansteckend. Barnack, ich möchte die Streiche auf dem Achterdeck hören, also lang er mir ordentlich zu!«

Callafo funkelte die anderen auf der Bank an, die eine entsprechend demütige Miene aufsetzten.

Einige Minuten später schnürte man eine Gräting an den Mast, und das Knallen der Peitschenhiebe begann. Baltit ertrug die Streiche schweigend, wie es sich für einen Seemann geziemte, aber als Quipus der erste Schlag traf, da begann er merkwürdigerweise zu lachen, und sein Gelächter wollte nicht enden, bis die Strafe vollzogen war und man ihn vom Rost schnitt.

Peirol beobachtete nicht die Gepeinigten, sondern den Magier, bemerkte sein entrücktes Lächeln, und wie ein Blitz fuhr ihm ein absurdes Versprechen durch den Kopf, dann war es auch schon wieder vorbei.

Man schleifte die beiden zu ihrer Bank zurück und kettete sie wieder an. Man übergoss sie mit einem Eimer Salzwasser, das in ihrem Falle weniger zusätzliche Strafe als Balsam war; dann setzte man die Überfahrt fort.

Jetzt erst, auf offener See, bemerkte Peirol die unzureichende Seetüchtigkeit der Galeeren, als die *Ocean Spell* rollend und stampfend grünes Wasser schluckte, wann immer eine Sturzwelle über sie hinweg ging. Ostyaks war seekrank und übergab sich auf der Bank; anderen Sklaven erging es nicht anders. Peirol versuchte, den Gestank zu ignorieren, indem er sich auf den blauen Himmel und das grüne Meer darunter konzentrierte. Er war dankbar für die Wellen, da sie die Sklaven säuberten. Die fluchenden Seeleute an den Pumpen hinter dem Hauptmast jedoch sahen das anders.

Von Land war keine Spur mehr zu sehen, deshalb hatte man auch keine Möglichkeit, die Galeeren zu stranden, und so schliefen sie Kopf an Zeh, und die Segel knarrten über ihnen im kräftigen Wind.

Vier Tage später rief die Wache in der Quersaling des Hauptmastes: »Land!«, und Peirol bekam zum ersten Mal die Unbekannten Länder zu sehen. Sie machten nicht unbedingt viel her: flach, mit hügeligen Dünen, hier und da ein grüner Fleck. Das Land war nicht direkt eine Wüste, schien aber auch nicht weiter fruchtbar zu sein.

Die Flotte wandte sich gen Osten, hielt sich dabei aber ein gutes Stück von der Küste entfernt aus Angst davor, auf Sandbänke oder Riffs aufzulaufen, die in den Karten nicht verzeichnet waren, und Kapitän Penrith stellte zwei erfahrene Seeleute an die Rüsten, auf dass sie nach Veränderungen der Wasserfarbe und somit auf rasch auftauchende Untiefen Ausschau hielten. Die *Slay-*

er zog ganz nah an ihnen vorbei, und Peirol sah Lord Kanen am Bug, in Rüstung, ganz erpicht auf die Schlacht.

Obwohl sie nahe an der Küste fuhren, strandeten die Galeeren nicht für die Nacht noch ankerten sie; sie trieben mit gestrichenen Segeln dahin, und die Hälfte der Mannschaft hatte Wache zu schieben. Aber es passierte nichts, und im Morgengrauen setzte man Segel und setzte die Fahrt fort, und die Flotte kam in kunterbunter Formation hinterdrein.

Es war fast Mittag, und Peirol verspürte Appetit auf den Eintopf, den er bereits roch, als eine Mastwache schrie: »Segel auf zwei Strich Steuerbord, zwei feindliche Schiffe, nein, mehr!« Damit hatten sie die Sarisser gefunden. Peirol fragte sich, wie die Mastwache sagen konnte, dass es feindliche Fahrzeuge waren, aber schon pochten die Trommeln, knallten die Peitschen, und einmal mehr bissen die Riemen sich ins Wasser.

Peirol, der aus dem Schlag zu kommen riskierte, sah, weshalb die Mastwache so sicher gewesen war. Die vier Schiffe, die da vor den Beshkirsern flohen, waren nicht von Menschenhand gebaut. Ihr Hauptmast ragte vom Vorpiek aus im Winkel nach hinten, und es hing nur ein Lateinersegel daran. Mittschiffs ragte ein zweiter Mast auf, der nach vorne wies und zu beiden Seiten mit vier dreieckigen Segeln bestückt war, deren Leinwand von Bäumen gespannt wurde, die an Bug und Heck befestigt waren. Ein fünftes Segel, auch dieses dreieckig, ging von der Spitze des Hauptmastes zu einem weiteren Baum am Heck, der geradewegs nach hinten hinausging.

Baltit, dessen Gesicht kreideweiß war vom Schmerz der durchs Rudern gespannten Schmisse, sagte: »Sie bewegen sich entweder mit Zauberkraft, oder ich habe keine Ahnung von Segeln. Die verdammten Dinger sollten einander doch den Wind stehlen.« Die Peitsche knallte über ihm, und er presste die Kiefer zusammen und zog umso härter an.

Langsam schlossen die Galeeren zu den vier Schiffen auf, und Peirol sah die gelb-braunen Punkte an Deck.

»Kanoniere auf Gefechtsstation«, rief Kapitän Penrith, und die Männer sausten los. »Macht die Geschütze klar!«

Quipus begann wieder zu lachen. »Jetzt, jetzt werden wir sehen, werden wir den Drachen sehen«, stieß er aus, und Peirol, der sich fragte, von was bei allen Höllen er nun wieder faselte, stieß ihn mit dem Ellenbogen an, auf dass er den Mund hielt.

Quipus lachte weiter, aber verhalten, in sich hinein.

»Hat er eine Entfernung, Kanonier?«, rief Penroth.

»Noch nicht, Herr.«

»Wenn er so weit ist, dann ziel er ordentlich nach der Takelage, um ihre Masten zu kappen. Ich gebe ihm dann den Feuerbefehl.«

Die vier feindlichen Schiffe hielten wie bei einem Wettsegeln backbord auf die Küste zu. Das Land hatte sich verändert, ohne dass Peirol es bemerkt hatte. Es waren jetzt Landzungen in Sicht. Hier und da erblickte Peirol bei den Untiefen etwas, was nach Bojen aussah.

Die Sarisser hielten in voller Fahrt auf die Küste zu – um zu stranden und dann zu fliehen, wie Peirol glaubte. Dann sah er sie durch die Bojen kreuzen, offensichtlich in ausgebaggertem Fahrwasser, mit Kurs auf die breite Mündung einer Bucht. Vom Achterdeck her kamen Rufe, und schon fielen rasselnd die Segel herab. Weitere Kommandos an die Rudermeister auf Backbord und Steuerbord folgten.

»Wenn wir bei dieser Geschwindigkeit das Fahrwasser verfehlen und auf Grund laufen«, murmelte Baltit, »dann reißt es uns den Kiel weg, und wir können nur hoffen, es ist seicht genug, um zu stehen.«

Aber weder der Kapitän der *Slayer* noch Penrith machten Fehler, und die anderen Galeeren folgten in Linie hinterdrein; dann waren sie durch den Kanal, hatten zu beiden Seiten Land, und die Bucht tat sich auf. Sie war riesig, einige Werst von Küste zu Küste, groß genug, um mit der ganzen Flotte vor Anker zu gehen – und der einen oder anderen dazu. Dann verschlug es Peirol den Atem.

Auf der entgegengesetzten Seite der Bucht erhob sich, schwarz und dräuend, eine mächtige steinerne Stadt; und auf diese schossen die feindlichen Schiffe zu. Die Rudermeister riefen nach mehr Fahrt, Peitschen knallten auf Fleisch, aber die Schiffe der Sarisser zogen dennoch davon. Pieren tauchten auf, aber die Schiffe drehten keineswegs bei, sondern strandeten mit geblähten Segeln auf dem schwarzen Sand; bei einem der Fahrzeuge brach ein Mast durch den Aufprall und kippte um. Die Seeleute sprangen von Bord, wateten an Land und schrien etwas, was wohl Flüche sein mussten.

»Feuer!«, rief Penrith. Die große Kanone donnerte, und die Kugel flog hinauf und krachte in ein steinernes Gebäude am Ufer, aber offensichtlich ohne Schaden anzurichten.

Die Sarisser plapperten in einer fremden Sprache, die eher aus einem Adlerschnabel hätte kommen müssen, und Abbas' Sprachzauber bot ihm noch nicht einmal eine Übersetzung an. Einer der Sarisser warf einen Speer, der einige Faden vor der *Slayer* ins Wasser fuhr. Dann liefen sie die Straßen der Stadt hinauf und waren alsbald verschwunden.

»Streicht die Riemen!«, rief Penrith, als die Kanoniere nachluden, und die beiden führenden Galeeren wurden langsamer, machten noch eine Länge Fahrt achteraus und lagen schließlich rollend in der sachten Brandung.

»Da sitzen wir ja sauber, sauber in der Falle«, sang Quipus, »da keiner der Banditen daran gedacht hat, dass der Feind Kanonen haben könnte, oh, aber die haben sie, die haben sie, große Kanonen, weit größere, als ein Ruderboot wie das unsere sie zu tragen vermag, und die werden uns jetzt in Stücke reißen, als wären wir Spielzeug auf einem Teich.«

Aber es passierte nichts, nicht eine Kanone wurde aus verborgenen Arsenalen geschoben, um die Galeeren in Stücke zu schießen. Peirol warf einen Blick zurück zur Landspitze, sah aber keinerlei Anzeichen dafür, dass Befestigungsanlagen die Mündung zur Bucht, das Tor zu dieser riesigen Stadt bewachten. Vorsichtig fuhren die größeren Schiffe der Flotte in den Hafen ein, verteilten sich, bereit zur Schlacht. Aber es kam nicht dazu.

Geraume Zeit geschah überhaupt nichts. Die Sklaven saßen da, die Ruder ausgebracht, und warteten ab. Die Soldaten standen da, die Waffen bereit, und warteten. Die Seeleute auf ihren Posten standen da und warteten. Die Kanoniere standen wartend da, Lunten in der Hand.

»Wenn man rumlungert, die Daumen im Arsch, und auf den Ellenbogen rumläuft, wenn der Feind in der Nähe ist, dann werden bald Leute sterben«, murmelte Cornovil. »So haben sie mich auch gekriegt, bei den Verlierern unter einem Lord, der erst scheißen ging, wenn er die Hosen voll hatte.«

Schließlich begannen kleine Boote zwischen den Flaggschiffen hin und her zu rudern. Lord Kanen kam von einer Besprechung auf einem davon zurück, ließ sein Schiff neben der *Ocean Spell* längsseits gehen und rief: »Freiwillige, Männer! Man hat uns ausgewählt, die Stadt auszuspähen.«

»Ausgewählt«, schnaubte Baltit, »oder der Bastard hat den kürzeren Strohhalm gezogen.«

»Ach was«, sagte Quipus munter. »Er hat sich freiwillig gemeldet, ganz und gar. Solche Männer sind nun mal so.«

»Mmh«, machte Baltit. »Da hast du wahrscheinlich Recht.«

»Natürlich habe ich Recht, habe Recht, wenn es um so was Wichtiges wie sterben geht, habe ich immer Recht. Ihr werdet sehen, ihr werdet sehen, ihr werdet im letzten Augenblick bei mir sein.«

Offensichtlich waren Seeleute und Soldaten zu demselben Schluss gekommen, denn abgesehen von den Offizieren herrschte ein entschiedener Mangel an Freiwilligen. Vergeblich brüllte Callafo an Bord der *Ocean Spell*, er musste schließlich aus den Reihen der Soldaten zwanzig Mann, darunter zehn Musketiere, abkommandieren. Man warf Laufplanken ins seichte Wasser, auf denen die Männer klappernd hinabliefen, um dann ans Ufer zu waten.

Als er Peirol sah, hielt Callafo inne.

»Du, Zwerg! Wir sind hinter den Schätzen der Sarisser her. Du kommst mit. Wenn du dich mit Gemmen und Metallen auskennst, so sollst du belohnt werden. Wenn nicht…« Er sprach nicht zu Ende, sondern folgte seinen Männern.

Barnack eilte herbei, kniete nieder und flüsterte den Schlüsselspruch. Peirol saß vornübergebeugt und bekam drei der vier Worte – »Toas cugs namde…« – mit, nur das letzte entging ihm. Er konnte es nicht erraten, da der Satz in keiner Sprache gesprochen worden war, die er je gehört hatte, und Abbas' Sprachzauber half ihm auch nicht. Die Schellen fielen ab, und Peirol richtete sich auf.

»Komm schon, Zwerg«, rief Kapitän Runo von der Wache ihm zu. Peirol wankte den Mittelgang hinauf, fast wäre er gefallen, aber dann befand er sich am Land, auf trockenem Land, und das ohne die von den Göttern verdammten Ketten. Er sah, dass man an einigen der Schiffe aus der Flotte Boote voller bewaffneter Männer zu Wasser ließ.

»Folge dem Zauberer«, befahl Runo.

»Könnte ich nicht eine Waffe haben?«

Runo lachte scharf. »Sklaven kriegen keine Waffen, also halte dich mal besser an den Rockzipfel des Zauberers und hoffe darauf, dass er dich verteidigt, wenn unsere haarigen Freunde Ärger machen.«

Peirol verzog das Gesicht und trottete hinter Callafo her. Andere Galeeren liefen auf den Strand und brachten weitere Soldaten an Land. Andere, größere Schiffe segelten näher an die Küste heran und drehten sich so, dass die Stadt mit einer Breitseite aus ihren Kanonen zu erreichen war.

Was für eine großartige Stadt, dachte Peirol. Vielleicht so groß wie Sennen. Gewiss sind die Häuser, die ich sehe, nicht weniger großartig als alles, was ich an Sennens Docks gesehen habe; und zudem weit höher. Aber wo sind nur die Leute – die Sarisser? Die sollten doch eigentlich davonlaufen; und wir sollten Schreie hören; und ihre Soldaten sollten uns zurückzutreiben versuchen. Aber es rührte sich nichts. Ein Schauer überlief ihn.

Die Häuser rings um ihn herum schienen aus massivem Stein zu bestehen. Legenden über mythische Baumeister fielen ihm ein, die mächtige Steinblöcke mit Hilfe von Magie abbauten und formten, um sie dann mit anderen Zaubern aufeinander zu schichten, sodass kein Mörtel vonnöten war und dennoch auch nicht ein Fingernagel zwischen die Steine passte. Er trat an eines der Gebäude, sah merkwürdig dankbar den Mörtel, der hier und da hervorgequollen und getrocknet war, sodass man eine gut fingerbreite Spalte zwischen den Blöcken erkennen konnte. Die Pflastersteine, auf denen er ging, waren von merkwürdiger Beschaffenheit und vollkommen glatt. Er kniete nieder, berührte sie und fand sie poliert, etwas fettig, federnd. Merkwürdigerweise erinnerten sie ihn an Fleischwürfel in Aspik.

»Zwerg!«, rief Callafo. »Zu mir!«

Peirol eilte los, und die Kolonnen drangen tiefer in die Stadt ein. Die Straßen waren zunächst breit, verengten sich dann aber und wurden zum Labyrinth. Die Soldaten hielten sich eng beieinander und hielten Ausschau nach einem Hinterhalt. Aber es kam keiner.

Die Geschäfte, in die Peirol einen Blick warf, falls es sich um Geschäfte handelte, waren voller sauber gestapelter Gegenstände, wie er noch keine gesehen hatte. Dreieckige Flaschen, merkwürdig gefärbtes Tuch in Knäueln statt Ballen, Gerätschaften und Werkzeuge, deren Zweck ihm nicht eingehen wollte.

Im Wirrwarr der Straßen, die immer tiefer in die Stadt führten, fühlte er sich an die Fallen erinnert, die die Schafhirten aus den Hochmooren aufstellten, wenn es Zeit wurde, ihre verschlagenen Herden zu scheren: breite, trichterförmig angeordnete Reihen aus Ginster mit Steinen dahinter, die die Schafe unwissend entlangtrotteten, etwas beunruhigt, um nicht zu sagen, gehetzt durch die schreienden Männer und kläffenden Hunde hinter ihnen, bis sie schließlich – zu spät – sahen, dass sie in einem der Scherpferche gelandet waren.

Oder, so dachte er, im Schlachthaus, als die Straßen in einen riesigen Platz mündeten, der nicht weniger groß war als so manche der Städte, die er gesehen hatte. In der Mitte stand ein gewaltiges, gedrungenes Gebäude, in dem merkwürdige Einlässe gähnten. Sie waren nicht für Menschen gedacht, und schlitzartig und niedrig wie sie waren, konnte auch ein Sarisser wohl nicht so ohne Weiteres hinein. Aus dem Inneren schimmerte ein seltsames Licht.

Die Jagdkommandos strömten aus mehreren Straßen hinaus auf den Platz, wo sie dann herumstanden und sich fragten, was als Nächstes zu tun war.

Peirol bemerkte, dass in regelmäßigen Abständen runde Pfähle, nicht höher als er selbst, in das glatte Pflaster des Platzes eingelassen waren, nicht unähnlich den Pfosten, an denen man Pferde, Ochsen oder Zebras festband.

Er sah, dass sie glitzerten, als jemand etwas rief. Callafo war einer der Ersten, der auf einen davon zuschritt, um ihn in Augenschein zu nehmen.

»Zwerg! Was ist das?«

Peirol bekam große Augen, als er näher herantrat. Der Pfosten war aus irgendeiner Art Kristall, das wie Gemmen bearbeitet und geschliffen war. Nur, dass Peirol sich nicht vorstellen konnte, wieso jemand Juwelen als Anbindepfosten verwenden sollte. Er versuchte auszurechnen, wie viele *Varjas* jeder dieser Steine wohl haben mochte, kam aber zu keinem Resultat. Er kniete nieder, versuchte tief in den Kristall zu schauen, versuchte auf einen konventionellen Stein zu kommen, dem er glich, aber es fiel ihm keiner ein.

»Was wäre so einer wohl wert?«, wollte Callafo wissen.

»Gespalten und zu normalen Steinen geschnitten... falls die Steine in den Augen der Gemmenliebhaber einen Wert haben, lässt sich ihr Preis noch nicht einmal schätzen. Aber wer weiß, vielleicht finden sie auch keinen Gefallen daran.«

Callafo fuhr sich gierig mit der Zunge über die Lippen.

»Wenn diese Ungeheuer Juwelen von diesem Wert einfach ins Freie stellen, was wird dann wohl in diesen Gebäuden sein?«

Peirol bedachte ihn mit dem hohlen Blick der Dummheit, den ein Sklave aufsetzt, wenn er seinen Besitzer ärgern will, ohne so weit zu gehen, dass es für eine Bastonade reicht, und wurde mit dem Vergnügen, Callafo knurren zu sehen, belohnt. Er stapfte auf den nächstgelegenen Eingang zu, als Lord Kanen, an der Spitze einer Hundertschaft Soldaten, auf den Platz kam. »Hier, Männer«, rief Kanen. »Hier ist ihr Palast. Binnen einer Stunde sind wir steinreich. Mir nach!« Er lief geduckt in den Eingang, seine Männer hinter ihm drein. Peirol bemerkte, dass Callafo am Eingang zögerte. Kapitän Runo steckte den Kopf aus dem Bau.

»Herr! M'lord befiehlt, sich ihm anzuschließen.«

Callafo sah sich um, vielleicht auf der Suche nach Peirol, der sich hinter eine Gruppe Soldaten geduckt hatte. Callafo schnaubte unwirsch und ging dann hinein.

Peirol bemerkte, dass gerade noch ein halbes Dutzend Soldaten auf dem Platz geblieben waren – der Rest hatte Kanens Aufruf, sich das Gold zu holen, gehört und war ihm zu Hunderten gefolgt. Peirol sah die Möglichkeit auszubüchsen. Aber wohin? Tiefer hinein in die Stadt der Sarisser in der Hoffnung, auf Gnade zu stoßen? In die Wüste in der Hoffnung, bei Sanddämonen Beistand zu finden?

Die Luft schien mit einem Mal zum Schneiden dick und begann obendrein auch noch zu verschwimmen, als fülle ein unsichtbarer Tiegel den Platz mit seinem Dampf. Dann erschallte ein Schrei, schrill und langgezogen, als käme er von einer Frau, aber Peirol wusste, dass er aus der Kehle eines sterbenden Mannes kam.

Ein weiterer Schrei hallte aus dem mächtigen Bau, und diesem folgte das Klirren von Stahl auf Stahl, das dumpfe Donnern von Musketenschüssen und lautes Geschrei. Der Platz war abgesehen von der Hand voll Soldaten noch immer leer, und der Lärm der fernen Schlacht erklang ganz deutlich und hallte von den mächtigen Steinen ringsum wider.

Ein Mann in reich geschmückter Rüstung, der eine abgefeuerte Pistole schwenkte, kam aus einem der Einlässe gestolpert. Peirol kannte ihn nicht; er schätzte, er mochte wohl von einer der anderen Galeeren, vielleicht auch von einem der Kriegsschiffe sein. Der Mann blutete im Gesicht, und auch aus seinem linken Unterarm – wo einst eine Hand gewesen war – spritzte das Blut. Der Mann redete irre vor Entsetzen und Schmerz. »Da drinnen!«, bekam er hervor. »Sie warteten drinnen auf uns, und –«

Ein dunkles Seil schoss aus dem Einlass, wand sich zweimal um ihn und riss ihn dann mit sich fort. Es war jedoch kein Seil, wie Peirol bemerkte, sondern ein Fangarm wie der jener winzigen Tintenfische, die er zu Ringen geschnitten und in Knoblauch und Öl gebraten für sein Leben gern aß – nur dass dieser hier von fünffacher Mannslänge war oder mehr.

Die Schreie häuften sich, und weitere Soldaten strömten wie die Ameisen eines unter Wasser gesetzten Haufens aus den Türen des Baus, der Peirol aus welchen Gründen auch immer wie ein Tempel vorkam. Einige rannten davon, viel zu verängstigt, um auch nur um sich zu blicken; andere kamen rückwärts heraus, die Waffen bereit. Fangarme kamen aus dem Gebäude, ergriffen sie und zogen sie wieder hinein. Musketiere schossen auf die Fangarme, aber man schien ihnen nichts anhaben zu können.

Lord Kanen stolperte aus einer der Pforten, das Schwert in der einen Hand, in der anderen eine Pistole. Ein Fangarm schlängelte sich hinter ihm heraus; er schoss darauf, und der Arm zuckte zurück. Ein weiterer Arm erschien, hob sich, bog sich wie eine Schlange kurz vor dem Biss. Kanen fixierte ihn mit festem Blick, das Schwert gehoben, als ein zweiter Fangarm ihn in Hüfthöhe umfing.

Kanen schlug darauf ein, aber der Arm schien keinen Schmerz zu spüren, und schließlich kam der andere Arm herab, wickelte sich zweimal um seinen Helm und riss Kanen den Kopf vom Leib. Das Blut schoss auf in einer hohen Fontäne, und das Ding warf den Körper fort.

Peirol sah ein Schwert auf dem Pflaster liegen, gleich in der Nähe eine geladene Pistole, und er ergriff beides. Er wollte eben davonlaufen, als Callafo an ihm vorbeirannte. »Götter, Götter«, schluchzte der Mann, dessen Würde ebenso dahin war wie seine Magie. »Die Sarisser sind nicht die Herrscher, nein, nein, andere stehen hinter ihnen, größere – wir müssen fort, fort von hier... betet, betet zu Göttern, die ich nicht kenne, von denen ich noch nicht einmal zu träumen wagte! Welche Macht – sie haben alle Macht, meine Zauber fruchteten nichts, keine Warnung, kein Hinweis, nur Leere, Leere ...«

Peirol, der keine Ahnung hatte, was Callafo da faselte, und den es auch nicht interessierte, folgte ihm; er lief, so schnell er nur konnte, und verfluchte dabei nicht zum ersten, auch nicht zum hundertsten Mal seine Stummelbeine. Andere Soldaten liefen mit ihnen davon, und dann kamen Fangarme aus den Geschäften, aus den Fenstern über ihnen und machten fette Beute unter den fliehenden Männern. Peirol duckte sich unter einem der Tentakel hindurch, hieb auf ein weiteres ein und sah drei, nein, vier Straßenzüge vor sich den Hafen; nur eine Hand voll Männer waren noch am Leben und auf der Flucht.

Eine Mauer öffnete sich, wo eben noch keine Öffnung gewesen war, und die Sarisser griffen sie an. Sie schwangen merkwürdige Schwerter mit gekräuselten Spitzen, von denen jeder zwei trug. Einer rannte auf Peirol zu, und der Zwerg erschoss ihn und ließ sich zu Boden fallen, als ein Schwert über ihn hinwegpfiff. Er kam mit einer Rolle wieder auf die Beine, schlug mit seinem Schwert ungeschickt zu. Die Klinge biss sich tief in eine lohfarbene Brust, und in den geschlitzten Augen loderte es vor Zorn, bevor ihr Licht erlosch und die Kreatur beim Fallen Peirols Klinge freigab.

Peirol warf sich herum und lief, so schnell es nur gehen wollte, auf den Strand zu, vorbei an Verwundeten und Männern, die völlig außer Atem waren. Irgendwie schaffte er es, Callafo noch zu überholen, und schließlich waren nur noch einige wenige der ihren übrig. Peirol hörte einen Entsetzensschrei. Er wandte sich um und sah das Unmögliche. Die Straße wurde flüssig, gerade wie Aspik in der Sonne, und Callafo versank bis zu den Hüften im Stein.

»Hilf mir, Zwerg! Hilf mir, bei der Liebe der Götter!«

Er streckte ihm die Hand entgegen, und Peirol hätte sie gerade noch erreichen können ...

... als ihm das tote Antlitz des namenlosen Mädchens in den Sinn kam, in Fetzen geschlitzt, wie es im Sog des Kiels der Galeere verschwand... Quipus' in Streifen gepeitschte Haut, das Blut, das ihm den Rücken herunterrann...

Peirols Hand zuckte zurück, als hätte er in Feuer gefasst, und Callafo schrie wieder, diesmal nicht weniger im Zorn als vor Angst, und dann kam etwas durch den Stein, das einem großen Fisch ähnelte, und riss den Magier in die Tiefe, während sich der flüssige Stein rot einzufärben begann – als verbreite sich Blut im Wasser nach dem Biss eines Hais.

Peirol rannte weiter, spürte, wie die Steine an ihm zogen, bis er waten musste, aber schließlich kam er, die Galeeren direkt vor sich, auf festen Sand; die Schiffe dahinter lichteten schon die Anker, um vor dem Alptraum zu fliehen.

Barnack stand am oberen Ende der Laufplanke, achtete aber nicht auf Peirol; seine Augen waren vor Entsetzen weit aufgerissen, als er sah, was immer hinter dem Zwerg herkam. Schon war Peirol an ihm vorbei, den Mittelgang der Galeere hinauf, sprang auf die Bank und war an seinem Platz, wo er mit den anderen am Riemen zog, als der Kiel der *Ocean Spell* sich knirschend vom Sand löste, bis das Schiff frei im Wasser schwamm.

Andere Galeeren lösten sich vom Strand, machten kehrt, ihre Ruder wie die Beine verängstigter Wasserflöhe auf ihrer verzweifelten Flucht. Galeeren krachten ineinander, kenterten und warfen Sklaven, Soldaten, Seeleute über Bord in die Bucht, in der sie mit Fängen bewehrte Kreaturen in Empfang nahmen, die plötzlich im seichten Wasser aufgetaucht waren.

Vor der *Ocean Spell* tat sich offenes Wasser auf, und weit weg, einige Werst vor ihnen, gähnte die Mündung der Bucht. Die anderen, größeren Schiffe der Flotte setzten alles, was sie an Segel hatten; Leinwand breitete sich knatternd aus und griff nach dem sanften Wind.

Peirol warf einen Blick zurück und schrie beinahe auf, angesichts dessen, was er da sah. Die Stadt war zu einem Gebilde geworden, das einer finsteren Seeanemone glich, deren Tentakeln sich winkend wanden – aber es war keine, es war nach wie vor schwarzer Stein. Aus jedem Fenster, so schien es, streckte sich ein Fangarm, und für einen Augenblick dachte er, die Steine bewegten sich und die ganze Stadt käme auf das Wasser zu und hinter ihnen drein. Aber das lag am Schimmern, und die Sinnestäuschung, falls es eine war, verschwand, und dann standen die Häuser mit einem Mal wieder reglos da; nur die Fangarme ragten noch um sich tastend heraus.

Die Trommeln donnerten, die Rudermeister schrien, Kapitän Penrith und seine Maate brüllten, als aus dem Nichts die Flotte der Sarisser in Sichtweite kam. Nicht ganz aus dem Nichts, wie Peirol klar wurde, sondern aus Höhlen in den niederen Hügeln, Meereshöhlen mit Eingängen, geschickt durch sandfarbene Netze verborgen, auf denen mit grüner Farbe Buschwerk gemalt war. Die Schiffe waren von derselben merkwürdigen Bauart wie die vier, die sie in diese Falle gelockt hatten, aber weitaus größer, mindestens so groß wie die größte ihrer eigenen Galleassen; ihre Seiten waren von Kanonen gesäumt. Sie befanden sich zu beiden Seiten der Flotte der Menschen und kamen wie Greifzangen auf sie zu, während die Mündung der Bucht noch unendlich weit entfernt war. Wie schon die vier Köderschiffe bewegten sie sich, wie Peirol jetzt feststellte, ganz exakt wie auf Schienen, ganz in der Art der kleinen Loren, wie er sie von den Minen her kannte, oder als ziehe ein unsichtbarer Puppenspieler sie an Fäden voran.

Kanonen donnerten los, und Rauch kam vom Bug der Sarisser-Schiffe. Man schoss sich ein, dann kamen auch schon Kugeln geflogen, fuhren krachend in das eine oder andere Schiff. Die Menschen erwiderten das Feuer, und hier und da trafen sie ein feindliches Schiff, das daraufhin wie ein Spielzeug aus Leichtholz zerbrach.

Jetzt verstand Peirol die Klage des Offiziers über zu viele Admirale, als kleine Flottillen sich von der Flotte lösten und aufeinander gedrängt, alle Segel gesetzt, wie gefangene Fliegen den Flaschenhals zu erreichen versuchten, ohne zu sehen, dass ihr Heil einzig und allein in der Einheit bestand; Angst brach sie nur auseinander, riss sie entzwei. Rufend zog er an seinem Riemen, und die anderen zogen mit; es bestand weder eine Notwendigkeit für die Peitsche noch für die Trommel. Wenn sie nicht herauskämen aus dieser Falle, dann würden sie denselben grauenhaften Tod sterben wie die Seeleute in der Stadt, wenn nicht gar einen schlimmeren.

Die große Kanone direkt vor ihnen donnerte los, und Quipus jauchzte vor Freude auf. Die Kanoniere luden nach, als die beiden Drehbassen krachten. Peirol wurde klar, dass da etwas auf sie zukommen musste, konnte aber nicht, wollte den Kopf nicht heben, wollte nichts anderes sehen als die eiserne Klampe in seinen Händen, das Buchenholz, das ihm die Knöchel aufschürfte, während ihm der Atem seufzend im Rhythmus des Ruderschlages ging. Dann hörte er einen Schrei, der ihn dazu brachte, den Kopf zu heben. Die Galeeren hatten das Durcheinander, das einst eine Flotte gewesen war, zur Hälfte passiert, und vor ihnen lag die Mündung der Bucht.

Aber sie war blockiert. Etwas erhob sich aus dem Wasser, und für einen Augenblick des Wahnsinns dachte Peirol an ein Ungeheuer, ein finsteres Seemonster, einen Verbündeten oder gar den Gott der Sarisser. Dann jedoch sah er, dass es nicht aus Fleisch war, sondern aus dunklem Holz und Metall – ein mächtiges Schiff, eine Galeere mit zwei, nein drei Decks, die irgendwie unter Wasser zu reisen imstande war – oder vielleicht hatte sie auch nur ein Zauber der Sarisser kaschiert.

Er dachte schon, sie sei gekentert, als er erkannte, dass die Galeere überdacht und an den Seiten mit gebogenen Spanten gepanzert war; sie sah aus wie eine Schildkröte, Stumpfmasten ragten über das gepanzerte Schanzkleid hinaus, in dem die Rachen ungeheurer Kanonen drohten. Der Rauch aus diesen Kanonen kräuselte sich über dem Meer.

Peirol sah, dass eine ihrer eigenen Galeeren auf sie zuschwenkte, die Masten trunken über die Seite geneigt, eines der Segel noch vom Wind gebläht; die Ruder zerschmettert, wand sie sich wie ein verkrüppeltes Insekt. Dann war sie auch schon heran, schürfte krachend und mit splitterndem Holz auf der Steuerbordseite die Ruderbank lang; Riemen flogen durch die Luft wie gebrochene Zahnstocher, Männer schrien auf. Irgendetwas erwischte Peirol, warf ihn von der Bank, und da er nach wie vor ohne Ketten war, landete er nach einigen Überschlägen auf dem Mittelgang der *Ocean Spell*, als die andere Galeere sich an der Seite seines Schiffs entlangrieb.

Peirol sah seine Bank, seine Welt, seine einzigen Freunde ins brodelnde Wasser gerissen, sah, wie sie sich einen Augenblick lang im Kielwasser drehten, bis das schwere Holz und die Ketten die Bank in die Tiefe zog.

Das Letzte, was er sah, war Quipus, dessen rudernden Arm, und er hätte schwören können, das Lachen des Wahnsinnigen zu hören; dann war er verschwunden, und Wasser strömte in die *Ocean Spell*.

Die Galeere hatte sich im Kreis gedreht, machte aber immer noch Fahrt. Barnack stand am Bug neben der Kanone, und über ihm ragte das ungeheure Schiff des Feindes auf, dessen Kanonen ihnen – nein *ihm*! – entgegenbrüllten; sie hatten es auf ihn, Peirol, abgesehen. Ein Schrapnell fegte über den Bug der *Ocean Spell* und zerfetzte Barnack, dessen Leiche mit den toten Kanonieren über Bord ging.

Peirol sah dem Tod ins Angesicht, dem Tod in Form von weißem Rauch und rundem schwarzem Metall.

Er schwankte unter dem wahnsinnigen Rollen der *Ocean Spell*, stolperte auf den Bug zu, in Richtung der großen Kanone. Ihm war fast, als hätte er Quipus neben sich stehen, der ihn mit ruhiger Stimme belehrte, wie er das so viele Stunden, ja Tage getan hatte, während sie nebeneinander an dem mörderischen Riemen gesessen hatten.

– Wenn die Kanone in einer Batterie steht –

»Steht sie!«, rief Peirol.

– sieh er zu, dass sie ordentlich gereinigt wird, dann lad er sie mit Pulver –

Peirols Hände machten sich an den Pulversäcken zu schaffen, rissen sie auf, schütteten etwas von dem Inhalt ins offene Rohrende der Kanone; er fand den Setzkolben, ziemlich verbogen, hoffte, dass er ihn nicht im Geschütz brach, und stieß das Pulver bis ans Rohrende hinein, dann suchte er sich ein Stück Baumwolle …

– Pfropfen, nennt man das –

Pfropfen, schön, dann nahm er eine der Kugeln auf, eine schwere Steinkugel, und schob sie mit dem Setzkolben tief in das Geschütz, bis sie sich schlicht nicht mehr weiter hineinschieben ließ.

– mit äußerster Vorsicht gebe er etwas Zündpulver ins Licht, verstopf es dann mit dem Holzdaumen, auf dass es nicht zu einer Fehlzündung kommt –

»Zu nass«, rief Peirol, »und ich habe keine Zeit, nach dem verdammten Holzdaumen zu suchen!«

– dann wird die Kanone in Feuerbereitschaft gebracht –

Aber wie sollte er den Flaschenzug bedienen, mit dem die Kanone in Position gezogen wurde? Unmöglich – nur dass die Galeere derart stampfte, dass die Mündung der Kanone schier ins Wasser eintauchte und die Lafette von selbst nach vorne fuhr, soweit das Sicherungstau dies zuließ; dann war sie feuerbereit. Die *Ocean Spell* tauchte wieder mit dem Achterschiff ein, sodass ihr Bug fast mit dem Rumpf der riesigen Sarisser-Galeere in Berührung kam.

– üb er besondere Vorsicht im Umgang mit dem Glimmspan, und beim Kommando »Feuer!« führe er den Glimmspan ans Licht –

Hastig suchte er den Eimer mit den Glimmspänen und rammte einen davon ins Licht der Kanone.

Die Kanone brüllte auf, bockte nach hinten weg, und die Kugel durchschlug die Panzerung des feindlichen Schiffs und drang tief in dessen Herz; die *Ocean Spell* drehte ab und rieb sich an der Riemenreihe des anderen Fahrzeugs entlang. Schließlich war sie frei, auch wenn sie zu sinken drohte, als kleine Wellen über das Schandeck schwappten.

Peirol achtete nicht weiter darauf, sondern folgte der Geisterstimme, die ihm sagte, wie er die Kanone auszuwischen und nachzuladen hatte, immer schön vorsichtig, den Feind in der Schusslinie. Dann hieß es noch einmal »Feuer!«, und wieder ging das Geschütz los, dann ein drittes Mal. Die Welt, das Universum, die Zeit selbst explodierte, und er hörte nichts mehr, bekam einen Schlag ab, der ihn umwarf, spürte Blut im Mund. Er zwang sich wieder aufzustehen, hielt das Schandeck der ruinierten *Ocean Spell* umklammert, spürte sie unter sich sinken, als weiße Flammen von schier unmöglicher Hitze aus der Galeere der Sarisser schossen und das Schiff sich unter einer Reihe von Explosionen zu krümmen schien.

Er sah Soldaten neben sich, Seeleute, und vage hörte er sie schreien, als sie auf das mit einem Zauberspruch belegte Schiff der Sarisser wiesen, als es außer Kontrolle geriet, sich drehte und gegen die Schiffe der Menschen krachte, zerbrach, die Schnüre des Puppenspielers gerissen; und irgendjemand – Kapitän Penrith – brachte einen Jubel aus auf Peirol. Ihm sagte das alles nichts mehr. Peirol vom Hochmoor war zu dem Schluss gekommen, der Krieg sei vorbei; ihn interessierte nicht, wer gewonnen hatte, er ließ sich fallen und stürzte in eine Dunkelheit, die ihm nur allzu willkommen war.

7 Von den Familien und Steckenpferden der Magnaten

Die Flotte zerbarst wie explodierendes Kristall, die Kapitäne riefen nach vollen Segeln; auf den Galeeren peitschte man die Ruderer in ein Tempo, dass ihnen schier das Herz brechen wollte; jedes Schiff versuchte, auf eigene Faust aus der Falle zu entkommen, die Männer hatten Angst davor, sich umzusehen, Angst davor, die Sarisser und ihre finsteren Herren oder Götter könnten hinter ihnen her sein. Aber niemand verfolgte sie.

Peirol kam an Bord eines mit Kanonen bestückten Kauffahrers, auf dem man ihm völlige Bewegungsfreiheit ließ, bis das Schiff im Heimathafen einlief. Er fragte sich, wie wohl seine Belohnung ausfallen würde, träumte schon von Gold, von Titeln und einer Eskorte für seine Suche nach dem Reichsstein. Aber es gab nichts von alledem; man ließ ihn noch nicht einmal frei.

Die Sarisser hatten Beshkirs und seine Verbündeten vernichtend geschlagen. Ob es in einem Monat, einem Jahr vielleicht eine weitere, größere Expedition geben oder ob man mit Zauberei gegen sie vorgehen würde, sprach keiner auch nur an. Die löwengleichen Eroberer verschwanden schlagartig aus der Konversation.

Peirol wurde zurück in die weiße Kaserne gebracht; man sagte ihm, er sei selbstverständlich nach wie vor Sklave und käme alsbald mit dem Rest von Lord Kanens Besitz auf den Block; er gehörte nun dessen einziger Erbin, einer spitzgesichtigen Nichte, die Tempeljungfrau bei Aballave, der Göttin der Barmherzigkeit und der Geknechteten, war. Peirol ließ sich diese Ironie durch den Kopf gehen, aber ihm wurde rasch klar, dass diese den Bewohnern Beshkirs' nicht einleuchten würde, und fiel einem finsteren Trübsinn anheim.

Ein Traum, falls es denn ein Traum war, riss ihn aus seiner Niedergeschlagenheit. Er sah nichts als wirbelnde Wolken und sanfte Farben, verspürte nichts als Zufriedenheit und Glück. Er hörte eine leise Stimme: »Peirol, du musst durchhalten. Nichts kann ewig dauern. Du wirst bald frei sein, frei, deine Suche fortzusetzen, frei, die Gemme zu finden, frei, andere Reichtümer zu entdecken und nach Hause zurückzukehren.«

Lächelnd wachte er auf, roch Jasmin und Rosen, erinnerte sich an die Stimme von Kima. Er fragte sich, ob es ein Traum gewesen war oder ein Zauber von Abbas zur Stärkung seiner Moral.

Peirol besann sich auf seine Kräfte und seinen Verstand und überlegte, was zu tun war. Noch immer hatte er den winzigen Beutel Edelsteine hinter dem Knie, aber seine Juweliertasche war beim Untergang der *Ocean Spell* verloren gegangen, was freilich keine Rolle spielte. Werkzeuge ließen sich kaufen oder anfertigen, Zauber ließen sich erneut wirken. Zwei Tage später brachte man ihn und die anderen aus Kanens Besitz zurück auf Jirls Sklavenmarkt.

Man hielt Peirol abseits von den anderen, während Jirl deren Tugenden pries und schließlich das erforderliche Eröffnungsgebot bekannt gab.

»Ein Zwerg«, intonierte Jirl schließlich. »Ein guter Mann an den Rudern, aber wichtiger noch ein Held aus der Begegnung, die seinen Herrn das Leben gekostet hat – meine Herren, dieser Mann verfügt über den Mut eines Löwen und die Beharrlichkeit eines Adlers, er sieht gut aus, ist gesund, in den besten Jahren. Ich muss bei einem Mann seiner Erfahrung und Fertigkeit auf einem Eröffnungsangebot von eintausend Goldmünzen bestehen.«

Peirol spürte, wie sich ihm der Magen umdrehte.

»Eintausend – für einen Mann, den jeder Seemann unter Euch mit Stolz als Rudermeister auf seiner Galeere sähe... Ich sehe eintausend, zwölfhundert, fünfzehnhundert, zweitausend, zweitausend zum ersten, zweitausend zum zweiten ... und ein weiteres Gebot – zweitausendfünfhundert von Lord Whaal, gibt es noch weitere Gebote...«

Peirol hatte Lord Whaal als Sklavenhäscher in Erinnerung, und er verfluchte den Traum, der für einen Augenblick seine Hoffnung beflügelt hatte. Rudermeister zu werden – der Mann mit der Peitsche? Niemals. Peirol schwor sich, lieber über Bord zu springen und sein Glück mit den Musketieren und den Haien zu versuchen.

»Zweitausendfünfhundert zum ersten, zum zweiten, und –«

Jirl verstummte, als ein kleiner, geschäftiger Mann in grüner Robe herbeigeschusselt kam.

»Einen Augenblick, edle Herren.«

Jirl kam vom Block, um sich flüsternd mit dem kleinen Mann zu unterhalten, und in der Menge brachen interessierte Spekulationen aus. Jirl nickte, und der kleine Mann in der grünen Robe eilte auf einen ungeheuer fettleibigen Mann zu, der in Begleitung von vier grimmigen Schwertkämpfern gekommen war. Sie besprachen sich, und der Dicke hob die Hand. »Der Zwerg ist hiermit vom Markt genommen«, sagte Jirl. »Es wurden anderweitige Arrangements getroffen.«

»Von wem?«, rief jemand, und eine andere Stimme rief: »Und für wie viel?«

Jirl ignorierte sie, nickte in Richtung der Aufseher, und sie führten Peirol wieder die Treppe hinab, wo der Mann in Grün wartete.

»Muss ich dich in Ketten legen lassen?«, fragte der Mann.

»Nein«, erwiderte Peirol und fragte sich, welches Los ihn wohl nun ereilt hatte.

»Gut, gut. Ich bin Guallauc.«

»Und ich bin –«

»Ich weiß, wer du bist«, erklärte Guallauc. »Peirol vom Hochmoor, ehedem Juwelier. Folge mir, um deinen neuen Herrn kennen zu lernen.«

»Wer ist es?«

»Magnat Niasbeck natürlich, der, dem du das Stück Silber hast zukommen lassen. Ich bin sein Haushofmeister.«

Peirol spürte, wie sich die Welt um ihn herum veränderte.

Magnat Niasbeck war der dickste Mann, den Peirol je gesehen hatte. Sein Kopf mit seinen lustigen Falten glich dem eines Spanferkels, wie es sie am Feiertag gab, sein Körper einem Weinfass, seine Beine den Keulen eines mythischen Vogels, seine Schenkel Rollbraten, seine Finger sahnegefüllten Makronen.

Er lächelte Peirol aus seiner Equipage heraus strahlend an und wirkte wie die Fröhlichkeit in Person. »Tut mir Leid«, sagte Niasbeck mit einer solch schrillen Stimme, die gar nicht zu ihm passte, dass Peirol sich fragte, ob der Mann angesichts seiner Masse nicht ein Kapaun war. »Ich konnte dich nicht retten, bevor du in den Krieg zogst, aber andererseits hätte man dann auch dein großes Geheimnis nicht enthüllt.«

»Mein Geheimnis, Herr?«

Niasbeck lachte. »Kein Grund, sich zu verstellen. Man hat mir ausführlich Bericht erstattet über deine Fertigkeit im Umgang mit der großen Kanone. Warum hast du dem verstorbenen Lord Kanen nichts von deinen Talenten gesagt? Er hätte dir mit Sicherheit eine Stelle als Kanonier gefunden, anstatt an den Riemen.«

»Ich glaube nicht, dass mir jemand geglaubt hätte, Herr«, entgegnete Peirol. »Außerdem ist der Gott der Artillerie nicht gerade der, dem ich bevorzugt diene.«

Niasbecks Lächeln wurde kalt. »Und was passt dir nicht an einem ehrenwerten Dienst wie diesem? Vergiss mir nicht, Junge, das ist der Hauptgrund, weshalb ich eine so unverschämte Summe bezahlt habe – sowohl Lord Whaal, damit der sich aus der Auktion zurückzieht, als auch Jirl, damit er eine Ausnahme macht.«

»Ich halte mich für kaum mehr als einen Gesellen«, schwindelte Peirol. »In meiner Heimat, Herr, sind die Kanoniere so geschickt, so talentiert, dass ich die Euren für wenigstens ebenso geschickt hielt, schließlich ist Euer Königreich größer, und ich wollte nicht als Narr oder Aufschneider dastehen.«

Niasbeck maß ihn mit seinem Blick. »Das ist interessant, in der Tat. Wo ist deine Heimat?«

»Ich komme aus Cenwalk, aber das bisschen, was ich von der Großen Kunst weiß, habe ich in Sennen gelernt.«

»Ich habe nie gehört, dass Sennen für seine Kanoniere bekannt wäre«, meinte Niasbeck. »Ihr vielleicht, Guallauc?« Der kleine Mann riss den Kopf hin und her.

»Ich dachte, es sei ein Land der Magier, Beutelschneider und anderer Wüstlinge«, fuhr Niasbeck fort.

»Und der Juweliere, Herr«, fügte Peirol hinzu. »Das ist der Beruf, den ich vorzog.«

»Und in dem dich zu betätigen du jede Gelegenheit haben wirst«, erklärte Niasbeck. »In dem Metier habe ich meinen Ruf und meine ersten Millionen erworben. Aber diese Gelegenheit wird noch vor dem Herbst unterbrochen werden«, meinte er. »Und du wirst wieder in deinem alten Metier dienen, denn uns droht ein Krieg.«

»Krieg? Wieder mit den Sarissern?«

»Nein«, erwiderte Niasbeck. »Mit denen wird es keinen Krieg geben, bevor nicht jemand mit einer besseren Strategie aufwartet als Lord Kanen. Unser Schicksal liegt im Süden, jenseits des Kanals auf der manoleonischen Halbinsel. Es geht gegen das schamlose Volk von Arzamas.«

»Schamlos«, sagte Guallauc, »und glücklicherweise schwimmen sie auch im Gold.«

Niasbeck bedachte ihn mit einem strengen Blick, und das Faktotum schien zu schrumpfen. »Ich für meinen Teil, ich brauche keine weiteren Reichtümer«, verkündete Niasbeck. »Ich habe eine Kompanie Artillerie aufgestellt, weil ich, mag ich auch adoptiert sein, ein wahrer Sohn Beshkirs' bin, und ich wünsche uns wachsen, expandieren, in das Land unseres angestammten Schicksals einmarschieren zu sehen, um den armen Wichten südlich von uns Freiheit und Frieden zu bringen und den räuberischen Kriegen dieser Banditenkönigreiche ein Ende zu machen.«

Er sah Peirol eindringlich an. »Ich nehme an, du hast Geschichten über das Böse von Arzamas gehört?«

»Das habe ich, Herr«, bestätigte Peirol rasch. »Ich hatte ziemliche Angst, als ich diese Geschichten auf dem Schiff von Sennen her hörte, schließlich war Arzamas mein Ziel, bevor Eure Pibevor Lord Kanens Kriegsschiffe mich gefangen nahmen.«

»Was hattet Ihr denn dort für Geschäfte?«

»Ich hatte mich auf die Suche nach einem großen Stein gemacht, Herr, irgendwo weit im Osten, in einer Stadt namens Restormel, die wir in Sennen nur dem Namen nach kennen.«

»Einem einzigen Stein?«

»Man nennt ihn den Reichsstein, Herr«, antwortete Peirol.

»Sagt mir nichts«, sagte Niasbeck. »Vergesst ihn. Diene mir gut, und ich gebe dir die Möglichkeit, mit größeren Gemmen zu arbeiten, als du dir je erträumt haben kannst. Diene mir schlecht, und…« Niasbeck zuckte die Achseln und sagte nichts mehr.

Peirol kam zu dem Schluss, dass er Niasbeck trotz seiner jovialen Art ganz und gar nicht mochte.

Niasbecks Anwesen, eines von vielen, war um eine felsige kleine Bucht gebaut, die von Natur aus gut zu verteidigen war. Dreißig Fuß hohe Mauern, breit genug für einen Wachposten, schlossen es zum Land hin ab. Zur See hin war die Bucht vor den Angriffen von Piraten oder Konkurrenten durch Ketten geschützt, die zwischen drei Leuchttürmen aufgehängt waren. Das Wasser war warm, grün und klar, und der Sand am Strand schien unmöglich weiß. Innerhalb der Mauer befanden sich üppige Gärten mit Teichen rund um das weitläufige Haus, das über zwei Geschosse und viele, viele Räume verfügte. Beleuchtet und geheizt wurde das Anwesen einiger Leute Ansicht nach durch raffinierte Technik, andere nannten es Zauberei: Kohle, die man aus dem Inneren des Landes heranschaffte, wurde von Niasbecks Zauberer, einem stillen Mann namens Tejend, in Gas verwandelt, mit Hilfe von Kupferröhren verteilt und schließlich verbrannt. Auf der einen Seite des Herrenhauses befanden sich Treibhäuser mit exotischen Blumen, auf der anderen die Arbeitsräume und das Sklavenquartier. In der Nähe der Außenmauer gab es einen Geschäftsraum, der von der Außenseite her durch einen gewundenen tunnelartigen Gang zu erreichen war.

Niasbecks Gemmen waren so kostbar, dass er es sich leisten könnte, die Elite Beshkirs' zu sich kommen zu lassen, anstatt in der Stadt einen pelebejischen Laden zu eröffnen. Dummerweise machte es dies Peirol unmöglich, eine Flucht zu planen – nicht, dass er auch nur die geringste Ahnung hatte, wie er von der Insel und auf die manoleonische Halbinsel kommen sollte, schon gar als er erfuhr, dass die Bauern von Parassa für die Rückgabe entlaufener Sklaven reich belohnt wurden und dass es dabei keine Rolle spielte, ob diese noch am Leben waren oder bereits tot.

Man brachte Peirol in sein Quartier, eine Zelle, die zehn Fuß in der Breite und etwa dreißig in der Länge maß und die sich in einen Gemeinschaftsraum öffnete. Möbliert war die Zelle mit Bett, Tisch und Stuhl, dazu gab es einige Haken, an denen man Kleidung aufhängen konnte. Eine Waschgelegenheit befand sich in einem gekachelten Raum gleich neben dem Gemeinschaftsraum, die Mahlzeiten, so erklärte Guallauc, kamen aus Niasbecks eigener Küche. Er habe noch eine Stunde bis zur Mahlzeit und solle sich zur Schneiderin begeben, wo er neue Kleidung bekommen würde.

Die Schneiderin kicherte und amüsierte sich königlich, als sie Maß für die blaue Kleidung nahm, die die Sklaven bei Niasbeck trugen und die am Morgen fertig sein sollte. Sie fand schließlich fürs erste eine Tunika, die ihm passte, und kürzte eine Hose. Peirol bat darum, die Galeerenkleidung verbrennen zu lassen, und begab sich in den Waschraum.

Es gab Seifen mit drei verschiedenen Düften, Mittel zum Haarewaschen und Duftwässer, woraus er schloss, dass hier Männlein und Weiblein gemeinsam untergebracht waren. Peirol zog sich aus, fand eine Wanne voll heißem Wasser, übergoss sich zweimal mit einem Eimer, spülte das Haar dreimal aus und entdeckte schließlich einen fast zahnlosen Kamm, mit dem er die schlimmsten Knoten in seinem Haar entwirrte, bevor er sich für einige Minuten in die Wanne legte. Er begann bald zu gähnen, zwang sich zum Aufstehen und trocknete sich ab. Die Hintertür des Waschraums führte auf einen smaragdgrünen Rasen hinaus. Er musste an smaragdgrüne Augen denken, an den Duft von Jasmin und Rosen, und ging hinaus, streckte sich, spürte die warme Lenzluft auf seiner Haut.

Peirol fühlte sich beobachtet und merkte, wie töricht er doch war, hier nackt herauszulaufen, wo er doch mit den Gepflogenheiten des Hauses Niasbeck nicht vertraut war. Er schlüpfte wieder ins Haus und suchte seine Hose. Im zweiten Geschoss des Haupthauses sah er eine Bewegung, das Sonnenlicht blitzte von einem Schopf roten Haares. Vage hörte er das Klacken von Metall, dann öffnete und schloss sich eine Tür. Er fragte sich, wer ihn da wohl ausspioniert hatte, und hoffte, niemanden vor den Kopf gestoßen zu haben. Noch mehr Sorgen bereitete ihm der Gedanke, womöglich jemandem gefallen zu haben.

Keiner in der Juwelierwerkstatt wusste so recht, was er von Peirol halten sollte, schließlich hatte der Magnat persönlich ihn gekauft. Aber er hatte schon in genügend Werkstätten gearbeitet, um zu wissen, wie er sich verhalten musste. Die ersten beiden Wochen über hielt er einfach den Mund, beeilte sich, jeder Aufforderung nachzukommen, und achtete darauf, nur die niedrigsten Arbeiten zu verrichten. So wurden die Sklaven denn langsam warm mit ihm und akzeptierten ihn als einen der ihren.

Der Aufseher über die Werkstatt war ein gewitzter alter Kerl namens Klek, der schon seit zwanzig Jahren Sklave bei Niasbeck war, und Peirol mochte ihn ganz gut leiden. Er fragte so beiläufig, wie nur möglich, wie es Niasbeck mit der Freisetzung hielt.

Klek schnaubte verächtlich. »Falls er oder sein Vater vor ihm jemals einen freigelassen haben, so weiß ich jedenfalls nichts davon.« Er beugte sich zu Peirol und senkte die Stimme: »Der Magnat ist eher dafür bekannt, einen rasch wieder auf den Markt zu schicken, wenn man ihm missfällt.«

»Was gäbe denn Anlass dazu?«

Klek lächelte schief. »Der Einzige, der hier die Regeln zu kennen scheint, ist Magnat Niasbeck selbst.«

Der Magnat kam kaum ein-, zweimal die Woche in die Werkstatt und verbrachte die meiste Zeit in seinem Landsitz weiter die Insel hinauf, wo auch seine Kompanie Artilleristen stationiert war. Aber wenn er kam, so bemerkte Peirol, dann sah er sich die Werkstatt wie auch die Bücher genauestens an.

Er erfuhr, dass Niasbeck, der an schweren Verdauungsstörungen litt und deshalb von seiner großen Weinsammlung bestenfalls kosten und nur die schlichtesten Speisen zu sich nehmen konnte, seine Familie wie seine Gäste jedoch aufs Üppigste verköstigen ließ.

Seine Familie bestand aus nur zwei Personen, seiner Tochter Reni, die etwa siebzehn sein mochte – sie war die mit dem roten Haar –, und Ellena, Niasbecks dritter Frau. Ellena war etwa in Peirols Alter, und Peirol hob eine Braue.

Klek erklärte es ihm. »Die erste, die nach allem, was ich so gehört habe, nicht schlecht aussah, hat sich zugrunde gearbeitet, als sie ihm das Geschäft aufbauen half; die zweite hätte einer Schlange Angst machen können, hat aber die Reichtümer mit in die Ehe gebracht, durch die er zu einem so vielseitig interessierten Magnaten hat werden können, dann ließ er sie gehen; und jetzt hat er die neue. Sie wurden erst vor zwei Jahren getraut.«

»Und keine Kinder?«, fragte Peirol.

»Keine Kinder«, nickte Klek. »Obwohl sie es feste probieren. Die Zimmerleute mussten schon einige Male das Bett reparieren. Und ich kann dir nur einen Vorschlag machen, was Frau und Tochter angeht – sieh zu, dass du mit denen nicht in ein Zimmer mit Ecken gerätst.«

»Wie soll ich das verstehen?«

Klek grinste, weigerte sich aber, näher darauf einzugehen.

Peirol ging seine Möglichkeiten durch. Eine Flucht von dem Anwesen hielt er für keine sonderlich gute Idee; sie war eher unwahrscheinlich. Er hoffte, dass Niasbeck sich irrte und es nicht zum Krieg kommen würde, sodass er sich nicht noch einmal als Kanonier versuchen müsste. Aber das Jahr zog sich hin, und der Reichsstein schien ihm ferner denn je.

Am besten wäre es, die Verhältnisse zu ändern, unter denen er jetzt lebte. Peirol holte von Klek die Erlaubnis ein, sich nach einem eigenen Projekt umzusehen.

»Obwohl«, so meinte Klek, »ich dich warnen muss, nicht zu künstlerisch zu sein. Es kommt schon mal vor, dass der Magnat recht verdrossen ist, wenn ein kleineres Licht das seine in den Schatten zu stellen droht.«

»Und was passiert dann?«

»Du warst schon zweimal bei Jirl«, antwortete Klek. »Ich nehme an, ein dritter Besuch wäre doch recht lästig, nicht wahr?«

In einem Lager, in dem Niasbeck Bruchsteine und mangelhaftes Material aufbewahrte, fand Peirol etwas Interessantes: einen großen Brocken violetten Amethysts, der die Spanne eines ausgewachsenen Mannes maß. Er war teilweise geschliffen, und eine Facette wies einen großen Riss auf. Diesen Stein trug er zu Klek. Der Mann verzog das Gesicht.

»An den erinnere ich mich sehr gut. Niasbeck hat einst einen Mann gekauft, der behauptete, ein Juweliergeselle zu sein. Ich erinnere mich nicht mal mehr an seinen Namen. Wie auch immer, er hat den Magnaten von seinen Talenten überzeugt und wurde gekauft. Magnat Niasbeck hatte kurz zuvor diesen Stein hier erworben und gedachte daraus ein Kelchglas machen zu lassen, da er gehört hatte, dass man durch Amethyst gegen Gift gefeit sei.«

»Das habe ich auch gehört«, nickte Peirol. »Ohne Zauber freilich hört sich das nicht sehr wahrscheinlich an.«

»Ganz meine Meinung, aber ich bin nun sicher keiner, der mit dem Magnat zu streiten gedenkt. Jedenfalls ging der Geselle mit

Feuereifer ans Werk und begann den Stein zu schleifen. Du siehst, was passiert ist. Zu steiler Winkel, zu viel Kraft, und der Stein war ruiniert.«

»Was ist aus dem Mann geworden?«

»Der war binnen einer Stunde dahin«, antwortete Klek. »Ich habe Guallauc gefragt, was passiert ist, ob man ihn wieder auf den Sklavenmarkt gebracht hat, und er sah mich nur mit großen Augen an, als hätte ich ihn an eine Ungeheuerlichkeit erinnert. Er bat mich, nicht mehr danach zu fragen, noch die Angelegenheit je wieder zu erwähnen.«

»Das ist ja nett«, meinte Peirol. »Und natürlich wollte keiner sich daran versuchen zu retten, was zu retten war.«

»Natürlich nicht«, zischte Klek. »Gemmen sammeln Glück wie Pech in sich an. Diese hier ist bereits einem Mann zum Verhängnis geworden, und vielleicht geschieht das wieder.«

»Daran glaube ich nicht«, entgegnete Peirol. »Hätte jemand etwas dagegen, wenn ich den Stein für etwas hernehme?«

»Nicht im Geringsten. Und wenn du ihn ruinierst, so braucht Magnat Niasbeck es noch nicht einmal zu erfahren, obwohl ich bezweifle, dass es ihn interessieren würde, wenn er es denn wüsste.«

»Ich habe also freies Feld«, sagte Peirol vergnügt, »und es kann sich nur Glück einstellen.«

»Wenn du meinst«, erwiderte Klek zweifelnd und gab ihm eine eigene Werkbank und das nötige Werkzeug.

Peirol klemmte den mangelhaften Stein in seine Doppe, eine Greifzange, und starrte ihn dann einen Tag und eine halbe Nacht hindurch an, machte Skizzen, verwarf sie, machte neue. Keiner kam ihm nahe, was dem Zwerg während der Entwurfsphase nur recht war. Schließlich ging er zu Klek und fragte, ob Niasbeck wohl einen Zauberer habe. »Es muss noch nicht einmal ein erstrangiger sein«, sagte er. »Aber ich glaube, ich brauche ein wenig Magie.« So erfuhr er denn von Tejend, dem stillen Zauberer, und ging in dessen Stube am hinteren Ende des Gartens.

Der Zauberer musterte Peirol aufmerksam. »Magnat Niasbeck hat mir schon erzählt, er hätte einen Zwerg gekauft, einen mit großen, fast magischen Talenten. Wie soll dir meine Magie denn helfen, junger Mann? Ich muss dich aber warnen, ich stehe unter Eid, jeden zu melden, der mich besucht. Und sei es nur wegen eines simplen Liebestranks. Der Magnat ist ein äußerst vorsichtiger Mann.«

»Mich interessiert weder Liebe noch Schurkerei«, erwiderte Peirol und erklärte sein Begehr.

Tejend nickte. »Das ist überhaupt kein Problem, und ich kenne sogar einen noch einfacheren Spruch als den, den du da vorschlägst. Zuerst freilich muss deine Gemme facettiert und fertig zum Fassen sein, wie ihr Leute vom Fach das wohl nennt. Dann kommst du damit zu mir.«

Peirol machte sich an die Arbeit. Klek verzog das Gesicht, als er merkte, welche Barbarei Peirol da vorhatte. Er benutzte einen Keil, um den Stein den Riss entlang zu spalten. Dann sägte er den Stein parallel zur ersten Spaltstelle durch, so dass er einen gezackten Teller von der Größe einer Kinderhand und von Fingerstärke bekam. Immer wieder spaltete er den Stein, dann klebte er ihn an seinen Kittstock und hielt ihn an die Schleifscheibe, bis er zu einer Scheibe geschliffen war. Diese Scheibe maß er, markierte sie mit Tusche und schliff dann Facetten in die Seite. Inzwischen hatte der Stein nur mehr die Größe des Rings, der entsteht, wenn ein Mann die Kuppen von Daumen und Zeigefinger aneinanderlegt, was etwa fünfzig *Varjas* entsprach.

»Wozu nach innen gerichtete Facetten?«, fragte Klek. »Das schluckt doch nur Licht.«

»Vielleicht auch nicht«, meinte Peirol, der den Kopf hin und her bewegte, um die Verspannungen los zu werden. »Vielleicht wirft er auch Licht heraus.«

»Welches Licht denn?«, erkundigte sich Klek. »Kein Stein kann mehr als das aufnehmen und zurückwerfen, was es an Licht in seiner Umgebung gibt.«

»Nicht in Sennen«, erklärte Peirol selbstgefällig.

Schließlich waren die Facetten fertig und poliert. Peirol fertigte aus Gold einen Armreif und verwendete drei Tage darauf, ein kompliziertes abstraktes Muster in das Metall zu gravieren. Er überredete Klek, ihm – jedenfalls aus dem Abfall – zwanzig winzige Diamanten zu überlassen. Sie hatten einen altmodischen Schliff mit lediglich siebzehn Facetten, der von oben kommendes Licht durch die Seiten austreten ließ, anstatt es zu konzentrieren, was sie zu »schlafenden« Steinen machte. Da sie zu klein waren, um sie zu schleifen, waren sie so gut wie wertlos für einen Juwelier wie Niasbeck, der nur kostbarste Schmuckstücke feilbot. Schließlich suchte Peirol noch einmal den Zauberer auf.

Der Pfad, der über das Anwesen führte, wand sich durch Blumen, und die Welt erstrahlte im Leuchten des Frühsommers; das Sonnenlicht sprenkelte die kleinen Wellen der Bucht. Peirol nahm sich einen Augenblick Zeit, um sich woanders hin zu wünschen, an einen Ort ohne Sklaven, an dem es sich – nun ja, vielleicht mit Kima – alleine sein ließ.

»Und wo wir schon dabei sind«, murmelte er, »warum nicht gleich mit dem ordentlichen Paar Beine, das die Götter mir von vornherein hätten geben sollen?«

Er sah es rot aufblitzen, als er um eine Ecke bog, und hatte urplötzlich Reni vor sich, die einen Korb voll Blumen trug. Da er nicht sicher war, wie sich ein Sklave laut Protokoll den Kindern seines Herrn gegenüber zu verhalten hatte, sprang er eiligst von den Pflastersteinen und zog den Kopf ein, wie es sich für einen ordentlichen Untertanen seiner Ansicht nach gehörte.

Reni lachte auf, ein recht angenehmer Laut in dieser stillen Umgebung, und Peirol dachte, es gehe wohl in Ordnung, wenn er wieder aufsah. Sie war nicht viel größer als er, für ihre Größe vollkommen proportioniert, und das Haar fiel ihr, am Hinterkopf von einer goldenen Schleife gerafft, bis auf die Mitte des Rückens. Sie trug ein mit Blumen besticktes Linnenkleid und Sandalen, deren Bänder ihr bis zu den Knöcheln reichten.

»Du brauchst nicht so förmlich zu sein, Zwerg.«

»Ich bin noch dabei, meinen Stand zu lernen, Herrin.«

»Ich habe auch einen Namen, weißt du.«

»Ich wusste nicht, ob ich Euch damit anreden darf, Reni.«

»Und wer bist du?«

»Peirol vom Hochmoor«, sagte er so förmlich, als wären sie von gleichem Rang.

»Mein Vater hat mir von dir erzählt, und ich hatte mich schon mit dem Gedanken getragen, die Werkstatt zu besuchen, um zu sehen, wie du aussiehst.« Sie kicherte. »Obwohl ich bereits eine recht gute Vorstellung davon habe.«

Peirol tat, als wisse er von nichts, obschon er schätzte, dass das metallische Geräusch, das er gehört hatte, als ihr klar wurde, dass man sie entdeckt hatte, vom Zusammenschieben eines Fernrohres gekommen war.

»Du siehst gar nicht aus wie der Krieger, der du laut meinem Vater bist.«

»Der bin ich auch nicht«, bestätigte Peirol. »Was ich getan habe, geschah nur, um nicht umzukommen. Meine erste Liebe gilt edlem Gestein.«

»Und deine zweite?« Reni blickte ihn verschmitzt an. In Peirols Kopf läuteten die Feuerglocken Sturm.

»Das ist eine gute Frage, Herrin«, sagte er vorsichtig. »Und ich muss Eure Klugheit bewundern, denn noch nie hat mich jemand danach gefragt, und so habe ich denn auch keine Antwort parat.«

»Dann denk drüber nach«, meinte sie. »Ich habe nämlich … interessante Dinge über Zwerge gehört.«

In der Hoffnung, sie missverstanden zu haben, senkte Peirol wieder den Kopf. »Wenn Ihr mich jetzt entschuldigen wollt.«

»Sehr interessante Dinge«, wiederholte Reni und leckte sich über die Lippen.

Peirol wieselte davon und wünschte, er hätte eine bessere Beschreibung für die Art gewusst, wie er sich entfernte.

»Du bist über eine Zeit nicht mehr hier gewesen«, empfing der Zauberer Tejend den Zwerg. »Ich dachte schon, du hättest versagt oder das Interesse verloren.« Er nahm die Scheibe in Augenschein. »Jetzt sehe ich, was dir vorschwebt. Ausgesprochen interessant, in der Tat. So wollen wir also die Vorbereitungen treffen.«

Er zeichnete eine Reihe von Kreisen auf den Boden seines Arbeitsraumes und malte in jeden davon ein anderes Symbol. Er stellte in gleichen Abständen voneinander drei kleine Kohlebecken auf und dann ein viertes in die Mitte.

»Wir verbrennen junge Eiche, die, wenn sie feucht ist, leichter in der Art zu formen ist, wie du deine Gemme haben willst. Zypresse ihrer Kräfte wegen, einige Fichtenknorren, da sie hell brennen, und die Feuer bestäuben wir mit, mal sehen, Helmkraut und Eisenkraut der Bewegung wegen, dazu Rosmarin, Wintergrün und Schneeampfer.

Und nun zur Formel. Hmmm. Ah ja, ich hab's. Also, setz deinen Stein in die Mitte des großen Beckens. Keine Bange, die Flammen werden ihn nicht zerstören.«

Tejend machte eine Geste, und Flammen schlugen aus den vier Kohlebecken. Rauch kräuselte auf und wand sich durch den Raum. Er skandierte:

»Brenne, Feuer,
Bring dein Geschenk
Ein Geschenk der Erinnerung
Wärme damit das Herz dieses Steins!
Alarat, Mentmana, Carral.«

Er wiederholte die Namen, falls es Namen waren, dreimal, dann folgte, etwa eine Minute lang, ein Singsang in einer Sprache, die Peirols Zauber ihm nicht übersetzen wollte. Er gestikulierte mit beiden Händen, und die Feuer loderten dreimal im Einklang auf und erloschen dann.

»Nimm die Gemme aus dem Kohlebecken. Sie ist nicht heiß.«

Peirol gehorchte. »Also, sieh sie dir an. Ist es der Effekt, der dir vorschwebte?«

»Es ist wunderbar, Herr«, stieß Peirol hervor. »Sehr schön, wunderschön, besser noch, als ich es mir vorgestellt hatte.«

»So bist du also zufrieden?«

»Das bin ich und darüber hinaus«, antwortete Peirol. »Aber … wie soll ich Euch bezahlen? Oder besser gesagt, da die Gemme ja zum Verkauf bestimmt ist, wie sollte man Euch entlohnen?«

Tejend lächelte ein wenig traurig. »Das vergiss mal. Es war eine gute Übung für meinen Verstand. Wie ich schon gesagt habe, ich verbringe zu viel Zeit mit nichts als Liebestränken.«

Peirol hielt es nicht für ziemlich, zu fragen, für wen, und so dankte er dem Magier noch einmal und ging. So hilfreich und freundlich Tejend auch sein mochte, die Gegenwart von Magiern machte Peirol nervös.

Er arbeitete die Scheibe in den Reif ein und setzte die Diamanten in regelmäßigen Abständen ringsherum.

»Hier«, sagte Peirol und reichte den Armreif neben einem Fenster Klek. Der starrte ihn ebenso hypnotisiert an wie Peirol selbst. Im Herzen der Scheibe loderte ein violettes Feuer. Die Diamanten fingen das Sonnenlicht, konzentrierten es und warfen es in die Scheibe, was das Feuer noch stärker auflodern ließ.

»Ich habe nie dergleichen gesehen, Peirol. Du warst weit mehr als ein Geselle dort, wo du herkommst.«

Peirol nickte.

»Nie habe ich so was gesehen«, flüsterte Klek und drehte den Armreif dabei hin und her. »Unglaublich. Einfach unglaublich. Magnat Niasbeck wird vollkommen begeistert sein.«

Drei Tage lang hörte Peirol nichts, dann gab Klek allen in der Werkstatt bekannt, ihnen würde die Ehre eines Besuches von Magnat Niasbeck und einer Kundin zuteil. Die Kundin hieß Vel, sie war noch jünger als Reni, wunderschön, wenn auch auf eine berechnende Weise; sie hatte ihren Zukünftigen dabei, einen Magnaten, der vielleicht viermal so alt war wie die Frau.

Sie bestand darauf, den Mann kennen zu lernen, der den Armreif gemacht hatte, der ihr Herz zu erobern vermochte; ganz zu schweigen davon, dass das Schmuckstück sie um so williger machte, die zweite Frau des Händlers zu werden. Klek stellte ihnen Peirol vor, der sich tief verbeugte.

»Dein Talent übersteigt deine Größe bei weitem«, sagte Vel. »Nie habe ich ein Geschmeide von solcher Schönheit gesehen. Du bist ein Künstler.«

»Ich danke Euch«, erwiderte Peirol und verbeugte sich gleich noch einmal. »Aber der wahre Künstler ist mein Meister. Ich bin nur ein Handwerker, der seine Entwürfe ausführt.«

Niasbeck war verblüfft, verbarg dies aber gut. Klek musste sich abwenden, um einen leichten Hustenanfall zu kaschieren.

»Vielleicht«, meinte Vel, »wirst du oder Magnat Niasbeck wieder einmal etwas von ähnlicher Schönheit entwerfen, und mein lieber zukünftiger Gatte könnte es für mich erstehen.«

Der Händler machte einen leicht besorgten Eindruck. Vel schien es nicht zu bemerken und ging an den Werkbänken entlang, um säuselnd die Arbeiten der anderen zu bewundern. Der Händler beugte sich an Peirols Ohr.

»Meine Vel hat die Möglichkeit angesprochen, dass du oder besser Magnat Niasbeck eines Tages etwas ähnlich Umwerfendes machst. Nun, ein solches Stück könnte mir wohl gefallen, auf der Stelle. Aber nicht für sie, sondern für meine erste Frau, die sich – wie ich fürchte – reichlich unvernünftig und eifersüchtig gebärdet, was unsere Heiratspläne angeht.«

»Etwas, was mein Aufseher Klek mir über die frühen Arbeiten von Magnat Niasbeck erzählt hat, hat mich auf eine Idee gebracht«, log Peirol. »In einer Woche, vielleicht auch zwei, habe ich vielleicht etwas, was Eurer Aufmerksamkeit nicht völlig unwürdig ist.«

Strahlend eilte der Händler hinter seiner zukünftigen Frau her.

Magnat Niasbeck musterte Peirol. »Du bist ein kluges Kerlchen.«

»Nicht doch, Herr«, wehrte Peirol ab. »Ich meinte, was ich sagte. Ihr habt mir Gelegenheit gegeben, meinen Horizont zu erweitern, zu wachsen, und ich will verflucht sein, wenn ich meine Dankbarkeit nicht zum Ausdruck bringen will.«

»Ich verstehe«, antwortete Niasbeck. »Keine Sorge. Wenn du diesem Geizkragen da einen weiteren Auftrag entlocken kannst, nun denn, so sollst du auch angemessen belohnt werden. Das verspreche ich dir.«

Peirol verbeugte sich und stand auf, als Niasbeck davonwatschelte; wie er bemerkte, stand Klek immer noch da. »Raffiniert, sehr raffiniert«, sagte der ältere Mann. »Ich hoffe nur, nicht zu raffiniert.«

»Ich werde mich bemühen.«

Klek nickte. »Was brauchst du für dein nächstes Meisterwerk? Wenn wir davon ausgehen, dass du wirklich eine Idee hast.«

»Das habe ich«, erklärte Peirol. »Als Erstes brauche ich einen farblosen Diamanten von anständiger Größe, vielleicht drei *Varjas.* Und vielleicht ein Dutzend Mondsteine. Große. Diesmal mache ich ein Kollier.«

Peirol selbst hatte es gar nicht so sehr gefallen, was er mit dem Amethyst angestellt hatte. Es war raffiniert, sicher, aber viel zu protzig für seinen Geschmack. Aber er hatte schon vor langer Zeit – kurz nachdem Rozan ihn als Lehrling akzeptiert hatte – gelernt, dass Reichtum in keiner Weise auf guten Geschmack schließen ließ. Ja, der Juwelier hatte sogar gesagt, je frischer der Reichtum, desto größer sollten die Klunker sein, »denn die meisten Menschen, die gerade reich geworden sind, wollen das zeigen, und zwar – mit Ausnahme des Steuereintreibers – der ganzen Welt«.

Peirol überlegte, was der ersten Frau des Händlers gefallen könnte, und machte sich an die Arbeit. Er wählte den klarsten und zweitgrößten von Niasbecks Diamanten, der bereits zu einer Pendeloque geschliffen war, und ging damit zu Tejend um eine Dosis Magie. Der Zauber war einfach, aber der Effekt genauso, wie Peirol ihn sich vorgestellt hatte.

Da der Magier keine Entlohnung akzeptieren wollte, fertigte ihm Peirol, der nun mal nicht aus seiner Haut konnte, einen kleinen Zauberstab aus zweifarbigem Turmalin mit schlichten Facetten und aufs Beste poliert. Er sagte dem Zauberer, er habe zwar keine magischen Kräfte, könnte sich aber vorstellen, dass Tejend selbst dafür zu sorgen imstande war. Dann machte er sich, eingedenk ihrer Empfindlichkeit, vorsichtig an die Bearbeitung der Mondsteine: schlichte Ovale, die er in Silber rund um den Diamanten fasste. »Kein Gold«, erklärte er Klek, »mag die Klientin ein noch so vulgäres Luder sein. Ein paar Prinzipien habe ich schon.«

Als das Kollier fertig war, zeigte Klek es Niasbeck, der freudig zu glucksen begann und auf der Stelle nach dem Händler und seiner ersten Frau schicken ließ. Peirol stellte belustigt fest, dass die Frau dreißig Jahre zuvor wohl eine Zwillingsschwester von Vel gewesen sein dürfte. Die Frau schluckte dreimal, bevor sie das Kollier in die bebenden Finger nahm. Der Händler schloss es in ihrem Nacken und hielt ihr dann einen Spiegel hin.

»Oh gnädige Göttin«, flüsterte die Frau.

Es war durchaus etwas Besonderes. Während Tejend den Diamant besprochen hatte, bewegte Peirol eine Folge von Kerzenflammen in verschiedenen Farben über den Stein und dann in die Dunkelheit, wobei er jeweils einen Augenblick wartete, bevor er eine andere darüber hielt. Deren Reflexionen würden für jeden, der in seine Tiefen blickte, auf ewig ein Echo in diesem Stein bilden.

Die Mondsteine waren ebenfalls besprochen, um kleine Lichter des Kerzenscheins zu reflektieren, nicht mehr.

Der Händler war nicht weniger beeindruckt als seine Frau. »Magnat«, sagte er, »Ihr wart immer schon ein Genie, wie mir scheint.«

Niasbeck setzte eine bescheidene Miene auf.

»Also, Magnat, Ihr könntet mir wirklich einen großen Gefallen tun«, fuhr der Händler fort. »Lasst Euch nicht noch mehr Meisterstücke einfallen – oder jedenfalls nicht, bevor ich nicht mindestens ein Dutzend erfolgreiche Geschäfte getätigt habe, damit ich Eure Schmuckstücke bezahlen kann.«

Alles lachte, aber Peirol fragte sich, wie viel Gold Niasbeck wohl für das Geschmeide verlangt hatte.

»Du sollst deine Belohnung bekommen«, teilte Klek am folgenden Morgen Peirol mit. Guallauc stand hinter ihm.

»Ich danke Euch, Herr.«

»Folg mir«, sagte der Haushofmeister und ging hinaus. Peirol gehorchte und sah, dass auf der Auffahrt vor dem Herrenhaus eine Kutsche stand.

Allein schon ein Blick über diese Welt hinaus ist Belohnung genug, dachte er. Vielleicht genügt das, um mir die Anfänge eines Planes einzugeben, wie ich von hier fliehen kann.

Kein schlechtes Steckenpferd, dachte Peirol.

»Ich wusste«, sagte Niasbeck, »die rechte Belohnung für dich wäre kaum Gold oder dergleichen, sondern die Möglichkeit, die Manöver meiner Artilleristen zu sehen.«

»Wie gut Ihr mich doch versteht«, erwiderte Peirol, der sich bemühte, in dem frischen Wind, der von der See hereinkam, nicht zu zittern. An den grasbewachsenen Hängen über dem Wasser standen sechzig Mann, in Gruppen hinter den vier Objekten von Niasbecks Bewunderung versammelt: geriffelten Rohren von elf Fuß Länge, von denen jedes mehr wog als die jeweils acht Mann, die sie bedienten.

Niasbeck hatte es sich nicht nehmen lassen, Peirol die »Ehre« zu erweisen, die Artillerie zu inspizieren – eine Batterie, wie er es nannte –, die er persönlich aufgestellt und ausgerüstet hatte und auch unterhielt. »Einige denken, es sei ein albernes Steckenpferd, aber sie werden bald sehen, dass ich den Wind gut zu deuten weiß und mir nur das Beste für mein Wahlkönigreich am Herzen liegt.«

Die Artilleristen hatten eine schwindelerregende Anzahl von Metiers, vom Kanonier und Unterkanonier über Schmied, Harnischmacher, Zimmermann, Pionier, Wachposten, Koch, Marketender und Trompeter, alle in der von Niasbeck selbst entworfenen Uniform aus violettem und weißem Tuch mit grünen Schaftstiefeln. Wenn er sich, so dachte Peirol, in diesem Haufen ein Handwerk aussuchen müsste, so wäre er am liebsten einer der Kesselpaukenschläger gewesen, die ihren eigenen Wagen für die große Trommel hatten, während die Trompeter die Pferde führten.

Die Männer, einer wie der andere, blickten Peirol finster an; sie dachten zu Recht, wäre da nicht dieser verfluchte Zwerg, sie würden jetzt in einer gemütlichen Wirtschaft bei einem Krug Glühwein sitzen und könnten versuchen, eine Dirne aufs Knie zu bekommen und dann zu prellen. Die Pferde, doppelt so viele wie die Männer, waren weit freundlicher.

»Deine Meinung, Peirol?«, fragte Niasbeck.

»Ein erstaunlicher Aufmarsch«, sagte Peirol aufrichtig.

»Aber du, ein Mann, der weit mehr praktische Erfahrung im Geschützwesen hat, dürftest wohl sofort sehen, dass da etwas nicht ganz stimmt«, hakte Niasbeck nach.

Peirol hätte am liebsten aufgestöhnt, wollte sich schon wieder herausreden, als er den harten, prüfenden Blick in Niasbecks Augen sah. Hastig warf er einen Blick auf die versammelte Truppe und zwang sich dazu, sich an das Wissen des wahnsinnigen Quipus zu erinnern. Die Kanonen sahen aus wie Feldschlangen – Bastardfeldschlangen, so dachte er, nannte man sie. Die Bohrung war etwa so groß wie seine Faust, das bedeutete, sie feuerten eine Steinkugel von etwa neun Pfund. *Aha.*

»Ihr habt Euch für Eisenguss entschieden statt für Bronzegeschütze?«

Niasbeck verzog das Gesicht. »Die beste Gießerei, die ich ausfindig machen konnte, um mir meine Büchsen in Bronze gießen zu lassen, ist auf der Halbinsel Manoleon, was mir gar nicht schmeckte, weil dies Vorkasse bedeutet hätte und außerdem eine Wartezeit von zwei Jahren.«

Peirol ahmte seine Grimasse nach und wandte seine Aufmerksamkeit wieder den Kanonen zu. Ihm kam ein weiterer Gedanke.

»Ah ja, aber ich sehe Eure Weisheit«, meinte er. »Obwohl Ihr nicht das beste Material bekommen konntet, habt Ihr doch die Armierungen kräftiger anfertigen lassen, als es allgemein üblich ist.«

»Du hast es bemerkt«, sagte Niasbeck stolz. »Ja, der Meistergießer machte den Vorschlag, und für einige Silberlinge mehr bekam ich mehr Sicherheit. Du bist ein wahrer Kanonier, Peirol, mit einem Auge für so eine Büchse. Möchtest du den Feuerbefehl geben?«

Peirols Gedanken hasteten zurück – er erinnerte sich an die Drills an Bord der Galeere.

»Kanoniere, habt Acht«, rief er, und die acht Mann pro Kanone liefen nach vorn.

»Die Kanonen laden und Meldung!«

»Wir benutzen den Befehl ›Die Kanonen geladen und zurückgetreten!‹«, warf Niasbeck ein. »Aber fahre fort.«

»Ich sagte, ›Meldung‹!«

Vier Männer meldeten, dass die Kanonen geladen seien.

»Ziel –« Peirol wandte sich um und blickte hinaus auf das Meer. »Der treibende Baum, hundert Schritt vor euch! Kanoniere, Ziel erfassen und Meldung!«

Man benutzte Metallstangen als Hebel, um die Kanonen seitlich zu verschieben; je ein Mann visierte das Rohr entlang.

»Habt ihr das Ziel?« Es wurde gerufen. »Dann tretet weg von den Kanonen … Kanoniere, ihr könnt feuern, wenn ihr so weit seid!«

Die Kanoniere nahmen ein Stück rauchender Lunte aus einem Eimer und hielten es ans Zündloch. Die Kanonen krachten, fuhren auf ihren Lafetten zurück, und die Luft drückte gegen Peirols Trommelfelle. Vier Wasserfontänen spritzten auf, sauber um den Baumstamm herum.

»Gut, sehr gut geschossen, fürwahr«, sagte Niasbeck. »Ich nehme an, Guallauc hat dir gesagt, dass du außerdem Gast am Tisch der Familie bist?«

Peirols Miene hellte sich auf. Das könnte doch wirklich etwas bedeuten; besser jedenfalls, als frierend um diese Metallklötze herumzutanzen.

Peirol war ausgesprochen neugierig darauf, wie es bei Magnaten zu Tische zuging. Er hoffte doch, dass die Geschichten, die er gehört hatte, richtig waren und der Magnat seine Gäste nicht dazu zwang, auf seinen kranken Magen Rücksicht zu nehmen, sodass man nur hart gekochte Eier, Buttertoast und Milch zu essen bekam. Er war sich sicher, wenn er nach all der Zeit als Sklave auch nur noch eine Schale Schleimsuppe essen musste, zumal am Tisch eines reichen Herrn, dann bräche er in Tränen aus.

Aber so war Niasbeck nicht. Während er tatsächlich in Milch geweichtes Brot und weich gekochte Eier in Butter aß, bestand das Mahl für die anderen aus einer scharf gewürzten Gemüsesuppe, gebackenem Fisch mit Nussfarce, Spargel in Essig und Öl, Kirschtomaten in Rahmsoße und schließlich Lenzbeerengebäck. Niasbeck wählte zu jedem Gang einen neuen Wein; überhaupt schien er sich am Genuss der anderen nicht weniger zu erfreuen, als esse und trinke er selbst. Peirol nippte vorsichtig am Wein, obwohl er von Zeit zu Zeit dem Alkohol gerne kräftig zusprach. Wegen seiner langen unfreiwilligen Nüchternheit hatte er Angst vor den möglichen Folgen.

Am Tisch saß ein halbes Dutzend Angehörige des Haushalts, von denen Peirol Guallauc kannte, Tejend, den Magier, Niasbeck, dessen Frau Ellena und Reni. Peirol hatte sich instinktiv zur Dienerschaft setzen wollen, aber Niasbeck hatte sich das verbeten, schließlich sei er der Ehrengast an diesem Abend, und so sei es nur billig, dass er mit Tejend und der Familie am oberen Ende der Tafel saß.

Niasbecks Frau war hoch gewachsen, stattlich, etwas herrisch;

es war offenkundig, dass sie aus edlem Geschlecht stammte. Sie war ziemlich neugierig, was Peirols Geschichte anbelangte. Der Zwerg kam nicht darauf, ob das daran lag, dass sie nie jemanden wie ihn um sich gehabt hatte oder ob sie die Geschichten aller anderen zur Genüge kannte, sodass sie verzweifelt nach etwas Neuem gierte. Vielleicht war dieser vielgerühmte Landsitz ja eine Falle – Tag für Tag dieselben Gesichter zu sehen, dieselben Stimmen zu hören. Vielleicht tat er gut daran, sich an die Stadt zu halten. Wenn Peirol erst einmal seine Millionen verdient hatte, vielleicht wollte er dann etwas anderes. Oder vielleicht auch nicht.

Niasbeck begann eine Geschichte aus seinen frühen Jahren, als er einmal unseligerweise als Sicherheit eine berüchtigte Gemme angenommen hatte, für die schon ein halbes Dutzend Männer gestorben waren. Peirol bat interessiert um die ganze Geschichte und dann um weitere, als diese zu einem eher langweiligen Höhepunkt kam. Der Magnat gab sie bereitwillig zum Besten, und Peirol sah sich dabei nach der Reaktion der anderen um in der Hoffnung, einen Schlüssel für seine Situation zu erspüren. Reni tat, als hätte sie die eine oder andere davon noch nicht gekannt, Ellena verhielt sich, als hätte sie alle schon zweimal gehört, aber sie war so unglaublich geduldig, sie sich ein weiteres Mal anzuhören, weil sie wollte, dass alle Anwesenden sie erfuhren. Tejend, der während der Mahlzeit kaum mehr als höflich gewesen war, entschuldigte sich, so rasch es nur ging. Die Dienerschaft hörte hingerissen zu, als hätte man seit Menschengedenken nichts so Kluges und Aufregendes erzählt.

Niasbeck warf einen Blick auf die Karaffe mit dem Dessertwein, als stecke seine Seele darin, und seine rosige Katzenzunge fuhr jedes Mal über seine Lippen, wenn er jemandem ein Glas davon eingoss.

Reni sorgte dafür, dass Peirols Glas gefüllt blieb, und bestand trotz all seines Protestes darauf, dass er mit ihr mithielt. Sie schenkte ihm abermals nach, und Peirol wusste, dabei musste es bleiben, da der Wein von einer gewissen Bitterkeit war, und wenn ein Getränk den Geschmack wechselte, dann war es an der Zeit, den Abend zu beenden.

Niasbeck befand sich mitten in einer an sich durchaus interessanten Geschichte über die Banditen, die man entlang der Handelsrouten im oberen Bereich der manoleonischen Halbinsel fand, als sich der Raum um Peirol sachte hob und in einem steten und gesetzten Rhythmus zu pendeln begann. Peirol blinzelte, kniff ein Auge zusammen, bis der Raum sich wieder stabilisiert hatte, und hielt bis zum Ende von Niasbecks Erzählung durch.

Er stand auf, eine Hand fest auf dem Tisch. »Magnat, es tut mir f-furchtbar Leid, aber die Ans-trengungen des Tages schei-scheinen ...« Der Raum drehte sich einmal in eine ganz unerwartete Richtung, und Peirol kippte nach hinten weg. Er verfehlte den Stuhl und setzte sich unsanft auf den Teppich.

Ah Götter, jetzt hab ich's mir aber verdorben, dachte er, und das nur wegen dem kleinen Luder Reni. Ich hätte sagen sollen, dass ich überhaupt nicht trinke ...

Obwohl weder Beine noch Augen so recht wollten, seine Ohren waren wenigstens intakt:

»Betrunken, was?« Das war die Stimme von Guallauc.

Jemand kicherte. Reni? Ellena?

»Das macht doch nichts«, erklang Niasbecks herzliche Stimme. »Er hat uns fast eine Million eingebracht mit nur zwei Schmuckstücken, da kann er von mir aus meinen halben Keller leer trinken und sich auf dem Tisch übergeben, ohne dass er sich zu genieren braucht.«

»Ich rufe ein paar Leute, damit sie ihn in sein Quartier bringen«. Guallauc.

»Nicht nötig«, und das war Reni. »Ruft ein paar Diener, die können ihn in eines der freien Gästezimmer schaffen. Lasst ihm doch noch einen letzten Rest von Ehre, bevor er mit seinem Brummschädel wieder ins Sklavenquartier zurück muss.«

»Na, warum nicht?«, meinte Ellena. »Zumal Ihr, mein Herr, so große Stücke auf ihn haltet.«

»In der Tat, warum nicht?« Niasbeck lachte wieder auf, und Peirols Ohren kamen zu dem Schluss, es sei wohl ungefährlich, dem Rest seines Körpers zu folgen und schlafen zu gehen.

Peirol kam langsam wieder zu sich – in einem großen weichen Bett mit seidenen Laken. Er hätte erwartet, dass ihm schlecht wäre, und stellte zu seiner Freude fest, dass sein Magen noch immer intakt war, auch wenn die Welt um ihn herum ein wenig schwamm. Außerdem war er, wie er feststellte, ziemlich erregt.

Lippen huschten über seinen Bauch, und ihm wurde klar, dass dies nicht das erste Mal war, dass sie ihn küssten. Schlagartig riss er die Augen auf. Er war nackt, und es brannte auf seiner Brust, und die Lippen arbeiteten sich weiter nach unten. Er schnaubte überrascht, und der Kopf hob sich.

»Ich dachte doch, das würde dich wecken«, säuselte Reni.

»Aber das geht doch nicht«, flüsterte Peirol heiser.

»Warum nicht?«

»Weil … weil Euer Vater mich zum Eunuchen machen lässt, wenn er uns findet!«

»Du meinst, ich sollte nicht schreien und behaupten, ich hätte nur nach dir sehen wollen, als du über mich herfielst?«

»Ah … nein. Nein, das würde mir ganz und gar nicht gefallen.«

»Gefällt dir das?« Reni küsste ihn noch einmal und ließ die Lippen liegen, weit unterhalb der Stelle, bei der er sie erwischt hatte.

»Ich … natürlich … aber …«

»Dann sei still. Spar deine Kräfte, denn du wirst sie gleich brauchen.«

Kurz bevor Renis Körper ihn schluckte, musste er an Tejend denken und dessen Klage über Liebestränke und an den bitteren Beigeschmack jenes letzten Glas Weins.

Jemand zog an Peirols Knöchel. »Du bist ja unersättlich«, murmelte er.

»Was sagst du?« Die Stimme war heiser, gehörte aber dennoch einer Frau. Peirols Augenlider öffneten sich. Es war helllichter Tag, und die Frau, die da an seinem Bein zog, war mittleren Alters und hatte einen Schnurrbart, der einen Soldaten stolz gemacht hätte. »Mach, dass du aus dem Bett kommst, Nichtswürdiger«, schimpfte das Hausmädchen, und es hörte sich ganz so an, als gurgele sie mit zerbrochenem Glas. »Und verziehe dich zurück in dein Quartier. Da gibt man einem Arbeitssklaven für eine Nacht eine Vergünstigung und lässt ihn mit der Herrschaft speisen, und die Götter allein wissen, was für Frechheiten er sich als Nächstes rausnimmt!«

Peirol hoffte, die Nacht mit Reni sei nichts weiter als eine Laune gewesen, musste aber feststellen, dass er sich getäuscht hatte, als sie tags darauf in den Laden kam und ihm ein Briefchen zuschob: Er sollte sich mit ihr nach dem Abendessen in einem der Gewächshäuser treffen. Da er keinen Ausweg sah, gehorchte er.

Reni war nackt; sie lag auf einem Bett aus Blütenblättern, hübsch anzusehen im Licht der untergehenden Sonne. »Komm her«, flüsterte sie. »Beweis mir, dass es nicht der Liebestrank war.«

Und so begann ihre Affäre. Reni war nicht nur fast unersättlich, sie trieb es auch gern in riskanten Situationen. Zweimal befahl sie Peirol, die Nachtwache zu umgehen und zu ihr ins Schlafzimmer zu klettern; dreimal in der Bucht fast noch in Hörweite der Wache; einmal im Stehen im Flur des Herrenhauses, nur Augenblicke vor der Rückkehr ihres Vaters. Peirol nahm an, dass sowohl Sklaven wie Dienerschaft Bescheid wussten über das, was da vor sich ging, aber er wusste, sie würden nichts sagen, wenn sich daraus nicht ein großer Vorteil für sie ergab; es kümmerte sie, wie fast alle Sklaven, herzlich wenig, was ihre Herrschaft, die ohnehin schlecht war und böse, so trieb.

Es hatte jedoch ganz den Anschein, als sei keiner der Aufseher im Bilde, insbesondere nicht Guallauc. Peirol machte sich indessen weniger Gedanken um seine Entdeckung als um das, was seinen Vorgängern zugestoßen war. Er war nicht Renis erster noch, so schätzte er, zwanzigster Liebhaber. Er verbrachte Stunden und Aberstunden damit, sich zotige Geschichten, unanständige Stiche ins Gedächtnis zu rufen, nur um Reni immer wieder zu überraschen, sei es mit einer neuen Stellung, sei es mit einer Perle exotischer Liebeskunst. Seine eigentliche Arbeit, das Juwelliershandwerk, litt darunter, was aber keiner zu merken schien.

Peirol wusste, dass das nicht ewig so weitergehen konnte. Und damit hatte er vollkommen Recht.

Zuerst dachte er, das Getrommel käme von seinem erhitzten Blut, als er sich in Renis Körper bewegte. Dann merkte er, dass das Gedonnere von draußen kam. Sie lösten sich voneinander, kleideten sich hastig an und verließen den Garten auf verschiedenen Wegen.

Es waren die Trommler von der Kompanie Artillerie, und Magnat Niasbeck stand vor ihnen und wartete darauf, dass sich alle Bewohner des Anwesens versammelten, bevor er mit triumphierender, wenn auch quiekender Stimme die Nachricht kundtat.

Eine Stunde zuvor hatte man Arzamas den Krieg erklärt.

8 Vom Kriege und anderen Verwicklungen

Es traf die Nachricht ein, dass man ein Expeditionsheer aufzustellen im Begriffe sei; ob der Magnat Niasbeck nicht in Erwägung ziehen wolle, für den ersten Ausfall über die Meerenge seine Batterie Artillerie zur Verfügung zu stellen? Niasbeck raste vor Begeisterung.

Klek hörte von der Freude des Magnaten und zog ein Gesicht.

»Ich war einmal im Krieg«, meinte er. »Und ich hatte nicht nur das Glück, auf der Siegerseite zu sein, sondern erst dazuzukommen, als das Ganze schon dem Ende zuging. All die eifrigen jungen Narren, die beim ersten Trompetenschall losgestürmt waren, die waren damals bereits Krüppel, wenn nicht gar tot.« Er spuckte in den kleinen Schmelztiegel, der neben ihm zischte, und kippte dann den Eimer Goldabfälle hinein.

Peirol dachte sich, es sei ja gut und schön für Niasbeck, dem Donner der Kanonen entgegenzueilen – aber warum musste er dabei andere Leute mit hineinziehen? Vor allem andere Leute, die er für Meister im Umgang mit Kanonen hielt? Aber Niasbeck ließ Peirol gar nicht rufen, und bei all den hektischen Vorbereitungen ward der Zwerg ganz übersehen.

Drei Tage später hievte man den Magnaten Niasbeck in seine Equipage, die bereits mit – für seine delikate Verdauung geeignetem – Proviant schwer beladen war; er hatte das Versprechen eingeholt, mit jedem Schiff, das von Beshkirs Nachschub für die Armee brachte, weitere Lieferungen zu bekommen. Jedermann ... Sklave, freier Dienstbote, Angehöriger – ging hinab zum Hafen, um sich zu verabschieden; auch die Männer und Frauen von Niasbecks anderen Anwesen gesellten sich dazu. Peirol sah sich nach einer Möglichkeit um, sich in die Büsche zu schlagen, aber die Wachen waren auf der Hut.

Niasbeck ging die Laufplanke hinauf an Bord des Schiffes, das man ihm und seinen Kanonieren zugeteilt hatte, und schließlich zog eine Galeere das Transportschiff vom Pier.

Kanonen donnerten, Drachen stiegen auf, Frauen weinten, und Kinder, die alt genug waren, um zu verstehen, schluchzten mit ihren Müttern, während andere, sofern sie jünger waren, sich beim Spielen fragten, worum es bei all der Aufregung wohl ging. Ellena und Reni weinten lauter als die anderen und winkten verzweifelt dabei.

Guallauc hatte die Anweisung, zu Hause zu bleiben und Ellena mit dem Haushalt zur Hand zu gehen, und so übernahm er denn den Befehl, als Niasbecks Schiff ausgelaufen war, und führte Sklaven wie Dienerschaft zurück zum Haus.

Jetzt wusste Peirol gar nichts mehr. Wenn Niasbeck ihn seiner angeblichen Qualitäten als Kanonier wegen gekauft hatte, warum befand er sich dann jetzt nicht an Bord dieses Schiffs? Hatte er etwas getan, um den Magnaten gegen sich aufzubringen? Oder hatte er sich, was ihm am liebsten gewesen wäre, bei der Finanzierung des Haushalts als derart unentbehrlich erwiesen, dass Niasbeck keine andere Wahl gehabt hatte, als ihn zu Hause zu lassen, auf dass er die Kosten für die Batterie bestritt?

Er kam zu dem Schluss, dass der folgende Morgen die Antwort darauf bringen würde. Wenigstens, so dachte er müde, als er sich nach dem langen Marsch in Pantoffeln die Füße rieb, hatte ihn nach ihrer Rückkehr auf das Anwesen nicht auch noch Reni zu sich zitiert. Aber als er am Morgen darauf vom Frühstück zur Werkstatt ging, erwartete sie ihn auf dem Weg. »Jetzt, wo Vater weg ist«, flüsterte sie, »werden wir mehr Zeit miteinander verbringen können.« Peirol heuchelte Eifer. »Morgen Abend also? Im Orchideenhaus?« Sie trieb es dort besonders gern, weil sie die Feuchtigkeit und die Hitze mochte, die wie Öl auf ihren Körper wirkte, wenn sie sich gegeneinander bewegten.

»Aber natürlich«, sagte Peirol herzlich und blies ihr einen Kuss zu, dankbar für einen freien Abend, der ihm die Gelegenheit geben würde, wieder zu Kräften zu kommen und neue Gymnastikvarianten zu ersinnen.

Kurz vor der zweiten Mahlzeit kam Guallauc zu ihm. »Meine Herrin, Lady Ellena, hätte gern deine Meinung dazu, ob sie die Krise ausnutzen und Edelmetalle horten soll. Nach dem Essen, in ihren Gemächern.« Peirol musste blinzeln, dann nickte er.

»Ich habe doch keine Ahnung, wie der Markt im Augenblick aussieht«, beklagte Peirol sich nach Guallaucs Weggehen bei Klek. »Wieso sollte sie mich konsultieren wollen? Ich schätze, Kriege geben wohl grundsätzlich, schon wegen ihrer Natur, Anlass dazu, fast alles zu horten. Aber das kann ihr doch jeder sagen.«

»Vielleicht hat Magnat Niasbeck ihr geraten, einen weit gereisten Mann wie dich zu Rate zu ziehen«, meinte Klek schmunzelnd.

»Warum so humorig?«, fragte Peirol argwöhnisch.

»Vergiss nur nicht, was ich dir über Ecken gesagt habe.«

Peirol hörte sich unter den anderen Arbeitern um, was sie über die Preise von Edelmetallen wussten, verließ seine Werkbank dann zeitig, nahm hastig ein Mahl aus Brot und Käse zu sich und legte noch eine saubere Tunika und frische Hosen an. Ein Dienstbote brachte ihn nach oben in Ellenas Gemächer.

Niasbecks Frau empfing ihn an der Tür, sagte dem Dienstboten, er werde nicht länger gebraucht, und führte Peirol dann hinein. Er hörte das Schloss hinter sich klicken. Ellenas Gemächer bestanden aus vier Räumen: einem Salon, in dem er sich befand, einem luxuriösen Schlafzimmer, einem nicht weniger großen Boudoir und einem Bad zwischen Schlafzimmer und Boudoir. Im Salon stand zwar ein Tisch, aber darauf lagen weder die Papiere noch die Kontobücher, die Peirol erwartet hatte.

In dem Augenblick, in dem ihm klar wurde, wie schrecklich naiv er war und was Klek mit den Ecken gemeint hatte, fiel ihm auch Ellenas Aufmachung auf: ein Kleid aus Silbernetz, das ihr gerade zur Mitte der Schenkel reichte. Die Maschen waren nicht eben eng. Und es hatte ganz den Anschein, als trage sie nichts darunter. Sie war barfuß, und ihr blondes Haar fiel in sorgfältig gebürsteten Kaskaden nieder. Sie duftete nach Waldblumen und Moschus und war wunderschön. Womöglich war Peirol seine Bewunderung anzusehen, da Ellena ein leises, kehlig-laszives Lachen ausstieß.

»Setz dich, Peirol vom Hochmoor.«

Er gehorchte und setzte sich auf den einzigen Stuhl am Tisch.

»Möchtest du ein Glas Wein?« Er nickte stumm. Sie goss in einem Eiskübel gekühlten Wein in zwei Gläser, reichte eines davon Peirol. »Gefällt es dir, von der Dame des Hauses bedient zu werden?«

»Ich frage mich nur«, bekam Peirol hervor, »was ich getan habe, um eine solche Ehre zu verdienen.«

Ellena machte es sich auf einer Recamière bequem und zog die Beine unter sich.

»Koste deinen Wein«, sagte sie. Es war kein Vorschlag. Peirol nippte daran, leckte sich die Lippen. Er war etwas bitter für seinen Geschmack, und ihm fiel schlagartig ein ähnlich bitteres Glas Dessertwein ein.

»Die Ehre?«, sinnierte Ellena. »Vielleicht weil du meine unglaublich geile Stieftochter über eine ganze Zeit hast befriedigen können. Deshalb habe ich meinen lieben Niasbeck gebeten, dich noch für eine Weile zu Hause bei Klek zu lassen – um zu gewährleisten, dass das Geschäft weitergeht, wo du doch so viel über Kriege und Knappheit weißt. Nicht dass ich etwas von der Knappheit gesagt hätte, die bei mir ganz oben ansteht.«

Peirol verschluckte sich. Ellena lachte noch einmal. »Reni ist gar nicht gut, wenn es darum geht, etwas zu verbergen, zumal nicht, wo sie, wie ich meine, eine geheime Sehnsucht plagt, von ihrem Vater in einer peinlichen Situation erwischt zu werden. Als ich dahinterkam, dass sie fast jeden Abend für dich die Röcke lüftet, da wurde ich neugierig. Nicht dass du mich nicht schon vom ersten Augenblick an interessiert hättest, als du hier aufgetaucht bist. Ich hatte schon immer eine Schwäche für das Ungewöhnliche.

Im Allgemeinen dauern Renis Liebeleien eine Woche, vielleicht etwas länger, bis der arme Mann – oder die arme Frau – so erschöpft ist, dass ihm alles egal ist, oder meine Stieftochter sein Repertoire in- und auswendig kennt. Gibt es erst mal keine Überraschungen mehr, hat sie auch keine Verwendung mehr für ihn, und er sieht sich auf eines der entfernteren Anwesen geschickt oder verkauft. Es gibt einige wenige Ausnahmen, die es geschafft haben zu bleiben. Sie müssen gelegentlich aus reiner Sentimentalität noch mal ran, aber viele sind es nicht.

Verrate mir dein Geheimnis, Peirol. Bist du vielleicht gar bestückt wie ein Hengst?«

»Ich ... ich glaube nicht«, sagte er und lief bis über die Ohren rot an; er kam sich wie ein Riesentrottel vor.

»Hmm«, machte Ellena. Sie kam herüber zu ihm und zog ihn mit sanfter Gewalt auf die Beine. »Dein Gesichtsausdruck«, stellte sie amüsiert fest, »gleicht arg dem eines Rehkitzes, das ich mal gesehen habe – es hatte sich in einem Netz verstrickt.«

Peirol wurde nun denn doch zornig, und als er seine Stimme wiederfand, erklärte er: »Wärt Ihr das etwa nicht, Herrin, sähet Ihr Euch in eine Situation wie diese gelockt, flößte man Euch einen von Tejends Liebestränken, wie ich wohl annehme, ein? Und zeigte Euch, wärt Ihr noch bei Verstand, ein Blick in die Zukunft, dass das Beste, was Ihr Euch erhoffen könnt, die Rückkehr in Jirls Sklavenstall ist?«

Ellena wurde nicht etwa zornig, vielmehr lachte sie eine ganze Weile. »Ach, mein armes, kleines Wichtlein. Zunächst einmal: Meinst du, dass ich nicht über etwas mehr Gerissenheit verfüge als dieses Kind? Wenn ich mich entschließe, meinem Gatten Hörner aufzusetzen, wie ich das von Zeit zu Zeit durchaus tue, wenn jemand unser Gefängnis auf dem Land hier besucht und die Umstände es erlauben, so gehe ich außerordentlich umsichtig zuwege. Ich mag vielleicht nicht so viel zu verlieren haben wie du, aber wenn man mich ertappt, meinst du etwa, Niasbeck würde mich nicht ebenso rasch loswerden wie seine letzte Frau?

Ich habe nicht den geringsten Wunsch, in das Bordell zurückzukehren, dem zu entfliehen ich gescheit genug war.«

Möglich, dass der Zaubertrank seine Wirkung tat, jedenfalls begannen Peirols Gedanken zu schwimmen.

»Niasbeck hat Euch da kennen gelernt?«

»Natürlich nicht«, antwortete sie. »Der ärmste Schatz würde doch in Ohnmacht fallen, hätte er Grund zur Annahme, ich könnte je mit einem anderen zusammen gewesen sein. Nein, ich hatte gehört, dass er nach einer Tutorin für seine Reni sucht und mich für die Position beworben. Ich gab mich als Tempelunschuld vom Lande aus. Aber ich habe rasch auch eine zweite Position gefunden.« Ellena schenkte ihm noch ein Glas ein. »Ich bin froh, dass du nicht mehr dreinschaust, als stünde dir die sofortige Hinrichtung bevor. Das Rehkitz, von dem ich gesprochen habe? Ich habe es aus seinem Netz befreit, und der kleine Kerl ist davongelaufen. Zuweilen hatte ich hier und da den Eindruck, ihn wiederzusehen, wenn ich ein Pferd mietete, um aufs Land zu reiten. Siehst du, Peirol? Ich bin sehr romantisch.«

Peirol bezweifelte trotz all der Lust, die in ihm aufzuwallen begann, jemals jemanden kennen gelernt zu haben, der weniger romantisch gewesen wäre als sie, kam aber zu dem Schluss, es wäre nicht das Klügste, das hier zu sagen.

»Eine Frage«, sagte sie. »Würdest du ein Kind zeugen, wäre er oder sie dann auch ein Zwerg?«

»Nein«, erwiderte Peirol. »Oder jedenfalls nicht unbedingt. Ich habe von Leuten wie mir gehört, deren Kinder ähnlich waren wie sie, aber nicht allzu oft. Ich war, so weit man zurückdenken konnte, der Einzige in meiner Familie. Deshalb dachte mein Vater ja auch, ich sei von einem Inkubus gezeugt«, schloss er bitter.

Ellena stieß einen scharfen Laut aus. »Da sind wir uns ja ähnlicher, als wir ahnen konnten«, meinte sie. »Mein Vater hat mich, nachdem er … es drei Jahre lang mit mir getrieben hatte, in die Prostitution verkauft. Wieso sind Eltern nur solche Arschlöcher?«

Peirol, der darauf keine Antwort wusste, schüttelte den Kopf.

»Da haben wir uns doch glatt die Stimmung verdorben«, sagte sie. »Ist wohl meine Schuld. Möchtest du einen Kuss, Zwerg?« Peirol wollte einen und nahm sich einen. Ellena wandte den Kopf ab.

»Ich beginne einige deiner Talente zu sehen. Du küsst außerordentlich gut. Komm hier rüber.« Sie führte ihn zum Diwan.

Sehr spät in der Nacht flüsterte Ellena: »Du hältst mich für völlig herzlos, was? Aber mir geht es um mehr, als meine niederen

Gelüste zu befriedigen, auch wenn das sicher dazugehört. Ich möchte ein Kind, und ich fürchte, Niasbeck ist unfähig, Nachwuchs zu zeugen. Wir haben es oft genug versucht, auch mit der Hilfe eines Zauberers. Deshalb habe ich dich auch gefragt, ob Zwerge stets Zwerge zeugen. Hättest du ja gesagt, ich hätte Vorsichtsmaßnahmen getroffen. Aber da dies nicht der Fall ist ... ich hätte nichts dagegen, einen Sohn mit deinen Zügen zu haben, deinem Haar, deiner Kraft.«

»Und was würdet Ihr Eurem Gatten sagen, wenn Ihr so plötzlich schwanger würdet?«

»Was den Zeitpunkt angeht«, erwiderte Ellena, »so ist er ja noch nicht lange genug fort, und ich habe schon dafür gesorgt, dass er noch einige Male bei mir war, bevor er ging. Außerdem habe ich ihm weisgemacht, dass es in meiner Familie zu Frühgeburten kommt. Ich wollte bereit sein für den Fall, dass mir nach dem einen oder anderen Abenteuer sein sollte.«

»Ihr denkt wirklich an alles«, sagte Peirol, und es war nicht als Kompliment gedacht.

»Ich versuche es. Und jetzt reich mir das Kissen. Mir fällt da etwas ein, das unserer Aufmerksamkeit bedarf.«

Als die Nacht sich ihrem Ende zuneigte, stieß Ellena Peirol, der eingeschlafen war, in die Seite. »Komm, mein Hengst, mach, dass du rauskommst. Du hast auf den Fluren nichts zu befürchten, und falls du doch jemandem begegnest, so grüße ihn nicht, noch sprich ihn mir an. Ich finde dich mehr als zufrieden stellend, und ich denke, solange diese Narren darauf bestehen, in den Krieg ziehen zu müssen, sollten wir für eine Welt voll Liebe sorgen. Komm übermorgen wieder, und ich werde dir einige andere Dinge zeigen, von denen du womöglich noch nichts weißt.«

Peirol zog sich an. Als er die Tür erreichte, sagte sie: »Noch etwas, Liebster. Du darfst deine Liaison mit Reni ruhig fortführen. Ich finde es amüsant zu wissen, dass du ihr Dinge zeigst, die ich dir beigebracht haben könnte.«

So ging es denn eine Zeit und eine halbe, als der Sommer sich in den Herbst zu neigen begann. Peirol war sehr stolz darauf, sowohl seine beiden Affären fortsetzen als auch, wenn auch mehr schlecht als recht, seinen Dienst an der Werkbank versehen zu können.

Er hatte angenommen, die Beshkirser würden aufgrund des Krieges weniger Gedanken an Putz und Flitterkram verschwenden, aber da hatte er sich vollkommen geirrt. Ständig war jemand in der Werkstatt, den Profit aus dem Verkauf von Rüstungsgütern in der Tasche, um Gemmen zu kaufen, je protziger und teurer, desto besser. Peirols Entwürfe waren die gefragtesten. Der Zwerg fand überdies die Zeit, die Hälfte der Steine in seinem Beutel zu spalten und zu schleifen, die Steine, die er in dem unterirdischen Tempel von Thyone gefunden hatte.

Er fragte sich, was als Nächstes passieren würde, sah jedoch nichts als Katastrophen und Verhängnis vor sich. Schier verzweifelt sann er auf eine Fluchtmöglichkeit, eine Möglichkeit, aufs Festland zu kommen, an den verfluchten Armeen vorbei, weiter nach Restormel.

Aber er sah keine Möglichkeit – jedenfalls keine, die die Katastrophe nicht noch schneller herbeigeführt hätte.

Es kam die Nachricht von der manoleonischen Halbinsel, dass die Armee gelandet und schwer angeschlagen sei, sowohl durch konventionelle Kriegführung als auch durch Magie; man habe sie nördlich des Brückenkopfes zurückgeschlagen. Sie hatten sich gesammelt und ihre alten Positionen wieder zurückerobert, bewegten sich nun gen Süden, auf Arzamas zu.

Und dann traf eine weitere Nachricht ein: Sein Meister Niasbeck brauchte Peirol vom Hochmoor, den ehemaligen Mann der Artillerie.

Der Krieg hatte die knochige Hand nach ihm ausgestreckt, und Peirol war dankbar dafür.

9 Von Kanonen und Schlachten

In dem Hafen, in dem sie landeten, wimmelte es nur so von Schiffen; ganze Kolonnen von Viktualien und Nachschub an Gerät wurden gelöscht. Schließlich fügte sich unter gebellten Befehlen alles in Reih und Glied und trottete dann, schwer beladen, durch das Fischerdorf – in dem sich mittlerweile Huren, Schurken und Opportunisten drängten, das Treibgut, das bei Kriegen nun einmal hinter den Linien zu finden war – ins Landesinnere, immer dem Donnern der Kanonen nach. Peirol war diesmal zur Abwechslung keiner von der getretenen Herde; Guallauc wartete mit einem Paar Pferde auf ihn.

»Magnat Niasbeck braucht dich dringendst. Er ist höchst unglücklich darüber, auf Lady Ellena gehört zu haben. Beshkirs braucht dich weit mehr als ein schlichter Juwelier. Jetzt ist nicht die Zeit, an sich selbst zu denken, sondern nur an die Heimat.«

Peirol fand es erfreulich, dass ihn endlich jemand eines anderen Talentes wegen als seiner animalischeren benötigte.

»Die Armee steht der Hauptstreitmacht von Arzamas' Kräften gegenüber, nur fünfzehn Werst nördlich der Stadt«, erklärte Guallauc, »und die Lords haben Niasbeck gesagt, wenn wir hart genug zuschlagen, so werden ihre Linien zerfallen, und wir können die Stadt nehmen. Und hier kommst du ins Spiel, denn wir brauchen einen erfahrenen Mann mit Verstand, der von Geschütz zu Geschütz geht, um das Feuer dort zu platzieren, wo es am nötigsten gebraucht wird. Magnat Niasbeck ist angesichts seiner, nun ja, physischen Umstände ganz offensichtlich zu solch athletischen Leistungen nicht mehr imstande.«

Sie ritten also nach Süden, durch das Trümmerfeld des Krieges. Die Dörfer, durch die sie kamen, waren jedes Gegenstands beraubt, der nur irgendwie von Wert, essbar oder brennbar war, und dann angesteckt worden. Sie sahen nur einige wenige Zivilisten, und sie waren alt und bettelten; sie hatten nichts mehr, was man ihnen hätte stehlen können, und somit auch keine Angst. Peirol war dankbar dafür, dass er sich vor seinem Abmarsch aus Beshkirs selbst hatte ausrüsten dürfen, und so hatte er es wohlig warm in seinem mit Decken gefütterten Ölzeug und versuchte den Blicken all der Zugrundegerichteten auszuweichen, die es am Straßenrand gab. Es gab jedoch Dinge, die sich ihm einbrannten. So eine Reihe drängender und schiebender, halb betrunkener Männer vor einer Hütte. Peirol sah den Grund dafür: eine abgerissene Hure von kaum mehr als fünfzehn Jahren mit toten Augen – jemandes Tochter, die nicht schnell genug davongelaufen war.

Eines Nachts kam ein miauendes Kätzchen an ihr Feuer. Peirol hielt ihm ein Stück Fleisch hin, und die kleine Katze schnappte es sich und verschlang es, um sich dann ein weiteres zu holen. Peirol fütterte es noch zweimal, dann kam das Tier ein viertes Mal, biss ihn ordentlich und schoss davon.

Ein Krater, das halbe Rohr einer Kanone gleich daneben, gebrochene Wagenräder und Holzteile einer Protze, der verrottende Kadaver eines Pferdes, für einen Eintopf auf dem Feld geschlachtet; an einem der oberen Äste eines entblätterten Baumes hing ein merkwürdiges Etwas, in dem Peirol schließlich schluckend den verrottenden nackten Unterleib mitsamt den Beinen eines Mannes erkannte.

Einmal sahen sie einen Haufen abgerissener Banditen oder Partisanen mit beshkirscher Kavallerie auf den Fersen, ein andermal einen Zug Musketiere, die einen gefesselten Mann an eine nahe gelegene Mauer führten, die bereits blutbespritzt war; hinter ihnen ein hartgesichtiger Priester, der mitnichten ein letztes Gebet für ihn sprach.

Fünf Tage nach Peirols Landung auf der manoleonischen Halbinsel trafen sie auf die Armee.

Arzamas hielt die Höhen, eine sichelförmige Kette niederer Hügel, die sich um die Stadt zog. Von diesen Hügeln aus senkte sich das Land allmählich in ein Tal. Jenseits dieses Tals befanden sich die Linien Beshkirs', so erklärte Niasbeck. Nicht nur hielt der Feind die Höhen, er hatte darüber hinaus Geschütze auf ausgezeichneten Positionen, mächtige Singerinnen und Basilisken, weit mächtiger und vor allem von größerer Reichweite als alles, was es in Beshkirs' Arsenal gab. Die Armee musste die feindlichen Linien zerschlagen und die Offensive aufrechterhalten, um zu verhindern, dass die Arzamienser sich hinter die Mauern der Stadt zurückzogen.

»Dann nämlich kommt es zu einer Belagerung«, erklärte Niasbeck, »und der Angreifer ist dabei immer im Nachteil – oder jedenfalls steht es so in den Abhandlungen, die ich gelesen habe, und auch die Großlords der Armee sagen es mir. Ein solcher Alptraum könnte sich über Jahre, Jahrzehnte, hinziehen und ist eher zum Scheitern verurteilt als vom Erfolg gekrönt, zumal wenn Arzamas neue Verbündete bekommt, die uns umzingeln und auslöschen könnten.«

Das Problem war nicht nur, dass man bergauf angreifen müsste, in die Kanonen hinein, sondern auch die Magier von Arzamas, die eben jenseits der Reichweite der beshkirschen Artillerie ihre Zauber gewirkt hatten. Auch ihre Magie war der Beshkirs' überlegen, und Gegenzauber hatten bislang keine Wirkung gezeigt. Diese drei Umstände, zusammen eine tödliche Kombination, hatten bereits vier Attacken zunichte gemacht. Die Hügel waren mit Kadavern von Männern und Pferden übersät, ohne dass die Beshkirser näher als dreihundert Klafter an den Feind herangekommen waren.

»Es ist eine Pattsituation«, sagte Niasbeck. »Und der Winter kommt mit Riesenschritten heran – ich habe es ihnen immer und immer wieder gesagt, wir hätten den Krieg im Frühjahr beginnen sollen, anstatt diese absurde Expedition gegen die Sarisser auf die Beine zu stellen. Die Chancen verschieben sich zunehmend zugunsten dieser Bastarde aus Arzamas.

Wir müssen etwas unternehmen, und da ich im Grunde meines Herzens der Überzeugung bin, dass die Kanone der Schlüssel zu jedem Sieg ist, wusste ich, es war Zeit, dich kommen zu lassen, um mich deiner Erfahrung anzuvertrauen.«

»Hmmmm«, machte Peirol in dem Versuch, weise zu klingen. »Als Erstes muss ich einige Zeit bei der Batterie zubringen und mich dann mit dem Schlachtfeld vertraut machen.«

»Du hast vier Tage«, sagte Niasbeck. »Nicht einen mehr, die Zauberer sagen schlechtes Wetter vorher.«

Vier Tage, überlegte Peirol. Aber falls ihm etwas einfiel, das dem Krieg ein Ende machte, so würde Arzamas kapitulieren, und die Dankbarkeit der Beshkirser wäre groß genug, dass er seine Freiheit verlangen könnte; Niasbeck konnte sich einem solchen Ruf nicht widersetzen. Oder es ergäbe sich während der Siegesfeier eine Möglichkeit, sich in die Büsche zu schlagen.

Da es seitens der Arzamienser nicht zu Gegenattacken kam, stand die Batterie nicht an der Front, sondern in einer Senke etwa dreihundert Klafter dahinter. Peirols Ansicht nach war das Leben der Artilleristen nicht weniger hart als das irgendeines Zinnschürfers im Moor. Der Feldzug hatte seinen Tribut gefordert. Von den sechzig Mann waren nur noch vierzig am Leben. Drei hatte der Feind getötet, acht hatte man schwer verwundet nach Hause geschickt, und die anderen waren an der einen oder anderen Seuche oder am Ausfluss gestorben. Es sei Ersatz unterwegs, sagte ihm der Unterführer der Batterie, ein junger Lord namens Poolvash. Vielleicht befanden sie sich bereits bei jenen, die Peirol auf dem Weg passiert hatte. Poolvash … Peirols Verstand nagte an dem Namen; er fragte sich, wo er ihn schon gehört hatte, bis ihm schlagartig einfiel, dass dies doch der Edelmann gewesen war, den der Wahnsinnige Quipus in Stücke geschossen hatte, worauf man ihn auf die Galeere geschickt hatte. Dieser Poolvash musste der Sohn des anderen sein. Peirol beschloss, die Vergangenheit ruhen zu lassen.

Die Uniformen der Artilleristen in Scharlach, Grün und Weiß hatten die erste Begegnung mit den Hagelbüchsen, kleinen zu

Orgelgeschützen kombinierten Kanonen, die Schrapnell verschossen, nicht überstanden, und die nunmehr klügeren Artilleristen hatten ihren Putz in der Farbe der Erde um sie herum eingefärbt. Die Kanonen schienen in bester Verfassung, den Pferden ging es fast ebenso gut, und Wagen und Lederzeug waren in passablem Zustand.

Tags darauf ging Peirol nach vorne durch die Linien in die Gräben der Infanterie, primitiven Löchern, die mit Schösslingen und jedem Tuch oder Fetzen Leinwand bedeckt waren, das sich nur hatte auftreiben lassen; er studierte die feindlichen Stellungen. Er hätte nicht sagen können, was er daraus schließen sollte, schließlich hatte er noch nie welche gesehen. Die Linien zogen sich um die Hügel, und die Erde um sie herum war aufgerissen und kahl. Die Infanterie um Peirol war nicht weniger aufgerieben als das Land selbst: harte, starre Augen, hastige Bewegungen, kaum dass ein Wort fiel. Alles schien halb verhungert, aber Peirol sah überall unberührte Rationen.

Peirol setzte seine Beobachtungen fort, bis ein Sturm ausbrach und ganze Regenwände ihm die Sicht versperrten, dann ging er wieder zurück zur Artillerie. Hatten sie ihm zuvor noch Leid getan, zusammengekauert unter Leinwand mit nichts als Lagerfeuern, um sie warm zu halten und sich etwas zu kochen, so wurde ihm nun klar, dass es immer noch größeres Elend gab als etwa das, in dem die verdrossenen Infanteristen sich suhlten.

Das Problem war einfach. Sie mussten den Feind töten, um den Krieg zu gewinnen, und das konnten sie nur, wenn sie ihm nahe genug kamen, um die Geschütze einzusetzen, sich dann näher hinarbeiteten, um Musketen und Bogen einsetzen zu können, dann nahe genug für die Speere – und schließlich mit Schwert, Pistole und Dolch über ihn her. Aber in seine Nähe kamen sie nur, wenn sie schlimme Ausfälle in Kauf nahmen. Eine Art Patt, in der Tat.

Die beste Lösung bestünde darin, größere Geschütze mit größeren Reichweiten heranzuschaffen, aber diese standen in Beshkirs. Peirol dachte daran, die Kanonen seiner Batterie mit mehr Pulver zu laden, musste dann aber daran denken, was laut Quipus mit überladenen Geschützen geschah. Er verspürte nicht den Wunsch, Lord Poolvashs Schicksal zu wiederholen, und konnte sich vorstellen, dass auch dessen Sohn nicht danach war. Er dachte an Quipus' Geplapper zurück, was die Kanonen der Sarisser und ihre Schussleistung anbelangte –, dass jemand behauptet hätte, sie mischten Schießpulver mit Salzwasser, was freilich unmöglich war. Selbst Peirol wusste, dass nasses Pulver nicht brannte, geschweige denn explodierte.

Er fragte sich, wieso ihn die eine wie die andere Seite überhaupt interessierte. Die Beshkirser waren erwiesenermaßen Abschaum, und in Arzamas kannte er keine Menschenseele. Aber sobald der Krieg vorüber war, oder besser noch, sobald es ihm gelang, für genügend Chaos zu sorgen, ihm zu entfliehen, konnte er sich wieder auf die Suche nach dem Reichsstein machen.

Peirol kam eine andere Idee. Er ging sie von mehreren Gesichtspunkten her durch und kam dann zu dem Schluss, dass sie funktionieren könnte. Das einzige Problem war, dass Peirol dabei mit Leichtigkeit umkommen könnte; er war sich überdies ziemlich sicher, dass Niasbeck nicht damit einverstanden wäre, die Mission einem Kanonier von »geringerer Fertigkeit« zu übertragen. Aber etwas Besseres wollte ihm nicht einfallen, und so ging er damit zu ihm.

Der Magnat war beeindruckt, vor allem von Peirols Mut. Wie der Zwerg gedacht hatte, ging Niasbeck davon aus, Peirol würde von vorne führen. Er ging mit Peirols Idee zu den Köpfen der Armee, denen er sie natürlich als seine eigene präsentierte. Peirol hatte um etwas Zeit gebeten, um die Mission vorbereiten zu können. Er und Poolvash Junior – wie Peirol ihn insgeheim nannte – wählten die beiden stabilsten Kanonen aus, die beiden besten Pferde, die schnellsten Teams und führten diese »Freiwilligen« dann hinter die Linien, sodass sie nicht zu sehen wären; dann wurde gedrillt, immer und immer wieder. Obwohl Pulver knapp war, gestattete man ihnen, die Geschütze auf Ziele abzufeuern, die von

Größe und Entfernung her denen glichen, die sie schließlich vor sich haben würden.

Poolvash sagte Peirol endlich, besser würden sie nicht mehr; jeder weitere Drill würde die Männer nur erschöpfen und, wichtiger noch, die Pferde. Peirol beugte sich dem, wie er hoffte, überlegenen Wissen der anderen. Nun gab es nichts weiter zu tun, als in ihre Zelte zurückzukehren und auf die Lords der Armee zu warten.

Zwei Tage später kam die Entscheidung. In drei Tagen wollte man eine große Attacke befehlen, und Magnat Niasbecks Artilleristen wurde die Ehre zuteil, die Schlacht zu beginnen.

Langsam und unter Nieselregen begann es zu dämmern. Peirol hatte nicht geschlafen und glaubte auch nicht, dass viele der anderen im Zelt ein Auge zugetan hatten. Er hatte dagelegen, in voller Montur wie die anderen auch, und hatte keine große Toilette zu machen, als sich etwas schlammiges Wasser ins Gesicht zu spritzen und sich mit einem seifigen Finger über den Gaumen zu fahren. Magnat Niasbeck saß vor seiner Kutsche, auch er in voller Montur. Er nickte zum Gruß. Keinem war danach, etwas zu sagen. Alles war grau: die Welt, der Dreck, die Armee und ihre Standarten. Selbst der Tod, so dachte Peirol, ist wohl grau.

Die Köche der Batterie bereiteten ein gehaltvolles Mahl, und Peirol stellte zu seiner Überraschung fest, dass er sehr hungrig war. Er begann sich eben seinen Zinnteller zu beladen, als ein alter Hilfskanonier ihm Einhalt gebot. »Esst nur leicht, Herr«, empfahl er. »Wenn Ihr Euch einen Schnitt in den Bauch einfangt, dann erleichtert Euch dies die Genesung – oder jedenfalls ist die Schweinerei nicht so groß.« Peirol reichte seinen Teller einem Rekruten und aß selbst nur in sauren Wein getunktes Brot.

Trommelwirbel hallten von den Hügeln, und die Armeen gingen für den Angriff in Formation. Peirol meinte sie nach vorn wanken zu sehen, als seien sie begierig auf die Umarmung des anderen und zögerten dennoch. Geschütze donnerten von den

Linien der Arzamienser herüber, ein Glückstreffer ließ den Dreck aufspritzen, und eine Reihe Späher fiel um.

Peirol ignorierte die ineinander gelegten Hände eines Mannes und zog sich mit der Kraft seiner Arme in den Sattel. Er trug nur Pistole und Dolch. Sollten schwerere Waffen vonnöten sein, dann war die Schlacht fast sicher verloren, und es gäbe mehr als genug Tote um ihn herum, um sich eine Waffe zu suchen.

»Jetzt, mein Herr?«, fragte Poolvash.

»Los«, sagte Niasbeck. »Und gewinnt diese Schlacht und diesen Krieg für Beshkirs.«

Poolvash führte die Knöchel an die Stirn; Peirol dachte daran, sich vor seinem Meister zu verbeugen, dann ritten sie zu den beiden Geschützen, die sie erwarteten. Die Lafettenschwänze – aus schwerem Holz mit aufwendigem Emaillezierrat, im Bogen nach hinten verlaufend und dann geschweift – lagen bereits auf den Protzen, zweirädrigen Karren, die dafür sorgten, dass die Lafetten den Boden nicht berührten. Sechzehn Pferde, das Zweifache der sonst üblichen Zahl, waren vor die Protzen gespannt. Beim Vormarsch liefen die Kanoniere neben den Geschützen her.

Der Regen verstärkte sich, und Peirol wusste nicht, ob es feindlicher Zauber oder einfach Zufall war. Er verpasste den Befehl, hörte aber die Peitschen knallen, dann kam Bewegung in den Zug; er rutschte durch Pfützen, holperte über die Wagenspuren, die Straße hinab in Richtung der Front. Angst schlug über ihm zusammen, als er einen Kanonier anhalten sah, fluchtbereit – dann folgte der Ruf eines Feldwebels: »Es ist nur ihr verdammter Zauber, Jungs. Marschiert weiter!« Der Artillerist erholte sich, blieb aber, ganz blass im Gesicht, etwas zurück.

Peirol verrenkte sich den Hals, um durch den Dunst über das Tal hinwegzublicken, und sah ein Häufchen Männer um einige Standarten herum stehen, Männer in Roben, die etwas skandierten – Zauberer. Sie befanden sich, wie man ihm gesagt hatte, an genau derselben Stelle wie beim letzten Angriff, fast in der vordersten Linie des Feinds.

Mitten im Auf und Nieder seines Pferds hob er einen Zweig, in den er zwei Kerben geschnitzt hatte, und spähte noch einmal über das Tal. Wenn einer der Bäume da drüben genau zwischen die beiden Kerben auf dem Zweig passte, dann wären sie in Schussweite. Peirol hatte das auf seinen Reisen gelernt, wenn er auch nicht mehr wusste von wem.

Sie erreichten die beshkirschen Linien. Die Infanteristen blickten erschrocken auf, als sie die Kanonen an ihnen vorbeiziehen sahen, vorbei sogar an den Kundschaftern, bis die beiden Geschütze dem Feind näher waren als irgendein beshkirscher Soldat. Ein gewaltiges Surren hob an, und eine Kanonenkugel kam auf sie zugeflogen. Peirol fand, sie sah aus wie ein harmloser Ball, den sich jemand als Souvenir einfangen mochte – bis er sie einen Mann zu einem blutigen Klumpen zerdrücken sah, während Fragmente seinen Kameraden so sauber enthaupteten wie ein Bauer ein Huhn.

Der Baum hatte bereits die richtige Größe in Peirols Maßstab, aber Poolvash befahl schon zu halten, noch bevor er den Befehl geben konnte. Auf der Stelle wurden die Pferde von den Rossknechten zum Stehen gebracht, die Seile, die die Lafettenschwänze auf den Protzen hielten, wurden gelöst, und die Geschütze, die schon geladen waren, wurden unter großer Kraftanstrengung in Feuerstellung gebracht. Die Munitionswagen wurden herbeigeschafft und, in sicherer Entfernung, hinter ihnen abgestellt.

»Kanoniere, auf eure Positionen!«, brüllte Poolvash. »Ziel … die Gruppe Männer auf dem Hang gegenüber.« So war das eben in der Armee, immer das Offensichtliche aussprechen, obwohl jedermann an den Kanonen wusste, was anzuvisieren war. Die Kanoniere knieten nieder, richteten die Geschützachse, indem sie über Stoßbodenkante und Mündungswulst sahen, und gestikulierten dann: hinauf oder hinab. Mit Hilfe von Hebeln bewegten sich die Kanonen präzise, bis sie beide auf die Magier der Arzamienser auf dem anderen Hügel gerichtet waren.

Peirol befiel Übelkeit, und er fragte sich, warum er hier war, wo Poolvash doch durchaus in der Lage zu sein schien, die Männer zu befehligen und sich umbringen zu lassen, wenn etwas schief lief; am liebsten hätte er seinem Pferd die Absätze in die Flanken gestoßen und wäre in Sicherheit galoppiert. Noch einmal rebellierte sein Magen, und er wusste, es war ein weiterer Zauber unterwegs.

Arzamanische Kavallerie trabte an der Flanke an und rückte stetig durch den Schlamm auf sie zu mit dem Befehl, die unverfrorenen Artilleristen auszulöschen, bevor sie Schaden anrichten konnten.

Von hinter ihnen kam Trompetenschall, und die beshkirsche Armee setzte sich in Marsch, um zum Angriff überzugehen. Die beiden Kanoniere, ganz auf ihren Dienst konzentriert, achteten nicht darauf und erklärten die Geschütze für feuerbereit.

»Von den Geschützen – tretet zurück! Feuer!«, rief Peirol. Die Kanonen brüllten auf, und weißer Rauch kam aus ihren Rohren. Peirol ritt etwas nach vorn, wo die Luft klar war, sah, dass auf der Seite der Magier einige Männer zu Boden gegangen waren.

»Etwas nach rechts«, schrie er und fragte sich, ob das wohl nach einem militärischen Befehl klang. Hilfskanoniere wischten die Kanonen aus, schütteten Pulver in die Mündung, schoben den Pfropfen hinab und rammten dann die Kugel hinein.

»Zielt rechts«, rief ein Kanonier. »Fertig! … Fertig!«

»Von den Geschützen – tretet zurück! Feuer!«

Diesmal trafen die Kanonen genau. Die kleine Leinwandenklave der Magier wurde in Stücke gerissen, und die Steinkugeln, die auf dem Fels aufschlugen, schickten Splitter umher. Zauberer, die gerade mitten in der Beschwörung waren, ihre Gehilfen und ihre Dienerschaft wurden auseinandergeworfen, zerfetzt.

Aus dem Augenwinkel nahm Peirol eine Bewegung wahr, und er fuhr herum, erhaschte gerade noch einen Blick auf etwas Schreckliches, Rotes. Männer schrien auf, als sie die Dämonen sahen. Dann waren die Dämonen auch schon wieder fort, als wären sie nie dagewesen. Die Kanonen krachten, wieder genau ins Ziel, und weitere Männer starben, und der Zauber, den Peirol um sich gespürt hatte, verschwand.

»Kanoniere … neues Ziel … angreifende Reiter zur Rechten … ladet Schrapnell!«

»Fertig! Fertig!«

»Feuer!«

Die Steinkugeln, mehr als drei Dutzend pro Geschütz, fuhren wie eine Sichel in die Kavalleristen, die kaum noch fünfundzwanzig Klafter entfernt waren. Pferde bäumten sich auf, schrien wie Frauen, schillernde Eingeweide schlängelten sich über den Schlamm, Männer stürzten, starben, schrien noch lauter als ihre Reittiere. Dann war die Infanterie an den Kanonen vorbei und griff mitten in das verheerende Feuer der schweren arzamanischen Geschütze hinein an, aber Peirol und seine Batterie waren in Sicherheit. Niasbecks Kutsche kam quietschend auf sie zugefahren, die beiden anderen Geschütze seiner Batterie kamen hinter ihm drein. Niasbeck beugte sich heraus und kreischte irgendeinen patriotischen Unsinn.

Die Armee traf im Marschtempo auf die feindlichen Linien, und die Arzamienser wichen ein wenig zurück und sammelten sich in dem Augenblick, als die Beshkirser zum Angriff riefen. Aus dem Marschtempo wurde ein Laufschritt, aus dem Laufschritt ein Gerenne, das nicht mehr aufzuhalten war; die arzamanischen Linien brachen, wichen ungeordnet zurück. Erneut ging die Batterie in Feuerstellung, und man schoss auf jede feindliche Formation, die man nur sah.

Peirol hörte sich etwas vom Sieg schreien, dass der Krieg vorbei sei, als der beshkirsche Moloch sich den Hügel hinaufschob. Er ritt an den gefallenen Männern in Sternenroben und ihren Assistenten vorbei. Kohlebecken, Truhen mit Ausrüstung – rachsüchtige Infanteristen klappten sie auf und ruinierten alles; die Luft war vom Pulverdampf ganz dick. Der Zauber der Arzamienser war gebrochen, und jetzt musste man sie endgültig besiegen. Aber ihre Offiziere gewannen die Kontrolle wieder, und die Armee zog sich, trotz der selbstmörderischen Attacke der beshkirschen Kavallerie, nur langsam, widerstrebend zurück. Die Stadttore schluckten sie, man ließ nur eine Nachhut zurück, die tapfer dort zu sterben hatte, wo sie war. Die Armee Arzamas' war in Sicherheit.

Trotz Peirols Plan hatte Beshkirs versagt. Die große Stadt Arzamas war gut versorgt, gut bewacht, so gut wie uneinnehmbar, und jetzt wurde sie belagert; die Soldaten fragten sich, wie viele wohl unter ihren Mauern sterben würden.

10 Von Belagerungen und Verrat

Bis Mitte Winter war Peirol ein erfahrener Soldat – nicht was das Töten anbelangte, nein, aber das Überleben in einer wahnsinnigen Welt, wo jeder darauf aus schien, ihn töten zu wollen.

Die Soldaten hoben rund um Arzamas aufwendige Stellungen aus und schnitten die Stadt von Entsatzungsstreitkräften hermetisch ab. Aber die Stadtmauern überragten die Belagerer, und jeder Soldat, der sich aus den Stellungen wagte, wurde von den mächtigen Steinbüchsen auf den Basteien niedergemacht, Geschützen mit Bohrungen, deren Größe die eines Männerkopfes übertraf; sie verschossen Kugeln von über hundert Pfund.

Auch von Magie wurden die Soldaten geplagt. So mochte eine ganz harmlose Wurzel aus der Grabenwand greifen und einen Mann im Vorbeigehen erwürgen. In der Nacht gingen unheimliche Geschöpfe um, die in keinem Bestiarum, sondern nur in den Fieberträumen eines Zauberers zu finden waren. Manchmal waren es harmlose Alpträume, andere Male, wenn ein geschickter Zauber dem Bann der beshkirschen Magier entging, töteten sie mit Fängen und Krallen.

Selbst die Lords von Beshkirs hätten Peirol am liebsten umgebracht. Ein halbes Dutzend Mal war man vergeblich gegen die Festung angerannt, in selbstmörderischen Frontalangriffen, die schon zerschlagen waren, noch bevor die Leitern aufgestellt werden konnten. Man hatte Stollen gegraben und Gegenstollen, sodass man die Sappeure tief unter der Erde lebendigen Leibes begrub. Peirol erschauerte angesichts dieses Todes, obwohl er auch sonst noch keine Art zu sterben gesehen hatte, die sonderlich appetitlich gewesen war.

Krankheiten wüteten unter den Männern. Mehr als fünfzehn aus der Batterie, darunter auch der junge Poolvash, starben um sich schlagend im Delirium. Andere verloren den Verstand, und diese Männer brachte man fort, faselnd oder schweigend in ihrer eigenen versunkenen Welt. Es war ein Zeichen der Zeit, dass die Ausfälle nicht durch freie Männer ersetzt wurden, aus denen die Batterie bislang bestanden hatte, sondern durch Sklaven, die Magnat Niasbeck frisch gekauft oder von seinen Anwesen abgezogen hatte und die natürlich gleichgültige Krieger waren.

Jeder schien es zufrieden zu sein, dem Zwerg und Sklaven Peirol das Kommando über die Einheit zu überlassen. Kein Offizier von edlem Geblüt riss sich darum, so weit nach vorne zu gehen und dabei den Tod zu riskieren, obwohl die Artilleristen – wie üblich – weit sicherer waren als die Infanterie in der ersten Linie der Front. Die Batterie stand im Süden von Arzamas, fernab der Nachschublinie zum Hafen und damit zur Heimat. Noch weiter im Süden lagen arzamanische Einheiten, aber sie hatten nichts weiter unternommen, als einen gelegentlichen Hinterhalt zu riskieren; sie sorgten nur dafür, dass die Beshkirser nicht weiter in den Süden marschierten. Niasbeck hatte eine kleine Hütte requiriert, sie luxuriös ausgestattet, was nichts anderes hieß, als dass er es sich weit hinter der Batterie mitsamt Dienerschaft gut gehen ließ. Peirol missgönnte es ihm keineswegs – hatte doch der Winter dafür gesorgt, dass die Gicht den Magnaten zum Krüppel machte, obwohl Peirol sich fragte, ob er nicht vielleicht gesünder wäre, verlöre er etwas Gewicht. Die Köstlichkeiten aus Beshkirs trafen jedoch wagenweise ein. Aber wenigstens schickte Niasbeck, ganz im Gegensatz zu einigen der anderen Lords, seinen Männern etwas von diesen reichen Gaben nach vorn.

Nicht dass das viel geholfen hätte. Unter dem Wüten der Stürme zog sich die Belagerung hin. Das Land, einst wunderbar grün, bestand nunmehr aus Elend und Schlamm. Männer starben, wurden manchmal sogar begraben, und die Wahrscheinlichkeit, dass der Steinhagel einer Kanone sie aus ihren seichten Gräbern in die Gesellschaft ihrer alten Kameraden beförderte, war groß. Bei alledem konnten die Menschen noch maulen, die Pferde aber konnten nur ertragen; das Fell ebenso glanzlos wie die Augen, fragten sie sich vielleicht, was sie getan hatten, um diesen Sumpf zu verdienen anstatt grüner Koppeln, auf denen die Sonne schien.

Peirol erschauerte längst nicht mehr beim Anblick einer Leiche, auch nicht eines Fetzens davon, noch nicht einmal, wenn eine Ratte daran fraß. Er fragte sich mittlerweile allen Ernstes, wie manche Menschen dieses Grauen preisen, Geschichten davon erzählen und Epen dichten konnten über diese Katastrophe namens Krieg.

Er hatte vage Erinnerungen an ein anderes Leben, ein Leben voll Frauenstimmen, sauberer Kleidung, blitzendem Schmuck. Hin und wieder holte er die Gemmen hervor, die er noch immer mit sich herumtrug, breitete sie aus, versuchte darin Trost zu finden. Aber es waren blitzende Steine, nichts weiter, in diesem Land des Todes, ohne jeglichen Wert. Er dachte zurück an Abbas, den Zauberer, und Kima, fragte sich, ob er die beiden je wiedersehen, geschweige denn seine Suche nach dem Reichsstein fortsetzen würde, jenem Edelstein, den er längst für einen Mythos hielt. Er dachte an Ellena, an Reni, und seine Enttäuschung wurde noch tiefer, als sich in seinen Lenden dabei noch nicht einmal mehr etwas zu regen begann. Natürlich, hätte ihm jemand die Möglichkeit geboten, zurück auf das Anwesen zu gehen, er wäre trotz all der Gefahren, die dort lauerten, augenblicklich gegangen. Aber er dachte nur selten an jene Tage zurück, und es kam ihm vor, als seien sie nicht erst einige Zeiten, sondern Jahre vorbei.

Das Einzige, was ihn bei Verstand hielt, war die Batterie. Niasbeck mochte Lebensmittel senden, aber es interessierte niemanden, ob die Trommler, Kanoniere, Hilfskanoniere, Zimmerleute und der Rest lebten – und schon gar nicht wie. Peirol verbrachte die Zeit, die er nicht schlief, bis tief in die Nacht hinein damit, sie zu zwiebeln, auf dass sie nicht aufgaben; er sorgte dafür, dass sie ihn hassten, wenn das half, kümmerte sich um ihre offenen Füße, ihre Finger, wenn sie ihnen bei Schneefall erfroren, sorgte dafür, dass die Köche nicht faul wurden und ihnen Schweinetrank auf den Teller klatschten, auch wenn die Zutaten – ungesäuertes Brot, Suppe aus Trockenfleisch und Dörrgemüse, gelegentlich mit etwas Räucherspeck oder Rindfleisch durchsetzt, das schlecht zu werden drohte – selbst für den talentiertesten Koch lausige Grundstoffe waren.

Er fragte sich, warum er all dies tat. Die Götter wussten, dass er kein Soldat, kein Krieger, kein Anführer war und seine Männer brutale Verbrecher, kaum mehr als vom Staat sanktionierte Mordbuben oder Banditen. Mit dieser Frage im Hinterkopf führte er sie weiter, Tag für Tag. Es wäre besser gewesen, hätten sie noch andere Aufgaben gehabt als Gräben auszuheben, ihre Stellungen zu verbessern. Aber die Kanonen waren zu leicht, um in die Mauern von Arzamas zu breschieren, und so hielten sie sie versteckt, warteten darauf, dass man ihnen eine Aufgabe zuwies. Aber es kam keine. Es ging das Gerücht, dass man große Belagerungsgeschütze baute, die jeden Tag eintreffen mussten. Aber es tauchte nicht eines auf.

Das Einzige, was Peirol seinen Männern – und vielleicht auch sich selbst – zur Aufmunterung zu bieten hatte, war das zögerliche Nahen des Frühlings. Abgesehen davon gab es nichts.

Das Grauen packte Peirol, als er sich in eine gelehrte Diskussion mit Gulmit, seinem Chefkanonier, über die verschiedenen Arten von Läusen verwickelt sah, die sie plagten: die lange graue Laus mit dem Fleck auf dem Rücken, die dicke schwarze, die sich in schleimigen Haufen tummelte, die gemeinere Kopflaus – und ob es wohl möglich wäre, sie zu einem Krieg untereinander aufzuhetzen.

Er musste etwas unternehmen, um sein Hirn nicht verkommen zu lassen, mochte sein Körper auch beim nächsten Bombardement das Zeitliche segnen. Er dachte schon daran, Schmuck zu machen, aber wer sollte ihm das Werkzeug dazu schicken? Dann gedachte er der Notizen, die er bei Abbas über das gemacht hatte, was er auf seinen Reisen zu gewärtigen hätte.

Was ihm eine Beschäftigung gab. Er trieb etwas Pergament auf, Tinte und Feder, und durchforstete sein Gedächtnis nach Abbas' Worten. Zuerst wollte sich nichts einstellen, dann ein Blitz, ein Satz hier, ein Wort da. Er zwang seinen Verstand zur Disziplin und erinnerte sich an mehr und mehr; manchmal fuhr er gar mit einer Anweisung des Magiers aus dem Schlaf. So hielt er denn die Pergamentrolle griffbereit, um bei jeder Gelegenheit gerüstet zu sein. Aber das war ihm nicht genug.

Ihm kam noch eine andere Idee, mit der er bereits gespielt hatte: Quipus hatte gesagt, das Schießpulver der Sarisser sei angeblich mit Salzwasser gemischt, um es potenter zu machen. Natürlich war die Schlagkraft der Kanone, die sie gesehen hatten, durch Zauberei, nicht durch Salzwasser verstärkt; das Ganze war nichts weiter gewesen als das Gefasel eines Wahnsinnigen. Aber trotzdem besorgte er sich ein kleines Fass Pulver und begann zu experimentieren. Wochenlang passierte nichts weiter, als dass es zischte, und der Gestank von Salpeter lag in der Luft. Ein leerer Zylinder mit einem Finger Durchmesser, das einst Gewürze enthalten hatte, diente ihm als Versuchsapparat, ein Korken als Messlatte für des Pulvers Potenz. Ein winziges Quentchen normales, trockenes Pulver, zusammengepresst und in Brand gesetzt, schoss den Korken aus dem Zylinder und etwa eine Armlänge hoch in die Luft. Das mit Salzwasser versetzte Pulver bewegte den Korken kaum.

Eines Abends schließlich, er hatte das Pulver mit Salzwasser versetzt, das Salz sorgsam bemessen in kochendem Wasser aufgelöst, bis es den Geschmack des Meeres hatte, so wie er es im Gedächtnis hatte. Aber dann wurde nach ihm gerufen. Es gab Probleme mit einem Quartiermeister; der war an etwas Branntwein gekommen und hatte ihn, statt ihn reihum gehen zu lassen, mit seinen drei besten Freunden geteilt. Sternhagelvoll wie er war, wollte er die Geschütze von ihrer Tarnung befreien, um die gewaltigen Büchsen von Arzamas zum Duell zu fordern. Als er und seine betrunkenen Spießgesellen endlich überwältigt und an die Räder eines Karrens gefesselt waren, auf dass ihnen beim Aufwachen klar würde, dass sie sich etwas hatten zuschulden kommen lassen, war Peirol zu müde, um mit seinem Experiment fortzufahren.

Als er erwachte, fiel ihm ein, dass er einen Versuch in Arbeit hatte, und er sah sich das Pulver an. Es war zu einer Kruste getrocknet, unweit der Lampe, die er in seinem Unterstand hatte brennen lassen. Er dachte schon daran, es wegzuwerfen, entschloss sich dann aber, es doch zu probieren, und rollte die verkrustete Masse, bis sie in kleine Klumpen von der Größe von Pfefferkörnern zerbrach, um das Pulver in den Zylinder zu bekommen. Da er einen weiteren Rohrkrepierer erwartete, stopfte er es in seinen Zylinder, gab einen Pfropfen darauf, stieß ihn hinein und steckte den Korken an seinen Platz. Es kam zu einem hörbaren Knall, der Korken fuhr durch den Unterstand und bohrte sich in eine Erdwand. Peirol stand dumm da und wiederholte dann das Experiment. Es funktionierte, immer wieder. Quipus mochte wahnsinnig gewesen sein, aber verrückt war er nicht. Dieses Pulver war, wahrscheinlich weniger wegen des Salzwassers an sich als aufgrund der Art und Weise, wie es beim Trocknen und Rollen Körner gebildet hatte, deutlich potenter als zuvor.

Die Frage war nun: Wie sollte er mit dieser Entdeckung verfahren? Er war gescheit genug, dieses Wasserpulver nicht im Verhältnis eins zu eins wie normales Schießpulver zu benutzen. Es würde wahrscheinlich die Kanone sprengen oder zumindest das Zündloch ruinieren. Da Schießpulver jedoch ohnehin ständig knapp war, täte er gut daran, etwas davon herzustellen, so dass man mit weniger Pulver auskam, wenn es besonders knapp wurde; außerdem stünde so eine Reserve bereit.

Er entschloss sich, über seine zufällige Entdeckung nichts verlauten zu lassen, noch nicht einmal gegenüber Magnat Niasbeck; er hieß seine Männer, einfach mit dem Mischen zu beginnen. Selbstverständlich hielten sie ihn für übergeschnappt. Aber man hielt den Zwerg mittlerweile für einen Glücksbringer, da die Batterie nicht annähernd so viele Ausfälle hatte wie andere Einheiten. Also gehorchte man, und Peirol sah ihnen dabei genau auf die Finger und gab das trockene, gekörnte Pulver dann in Fässer, die mit einem schwarzen Kreuz markiert waren.

Wie hypnotisiert starrte Peirol einen kleinen gelben Vogel an, der singend auf einem der Stämme saß, die das Dach seines Unterstands bildeten. Es bestand durchaus die Möglichkeit, dass sich der Frühling einstellte und er ihn sogar noch erlebte. Dann kam Guallauc den Hohlweg heraufgeritten, der die Approchen der Batterie vor Einsicht schützte und Bombardement.

»Magnat Niasbeck wünscht dich auf der Stelle zu sehen!«

Peirol sträubten sich die Haare im Nacken. Er hatte versucht, den diensteifrigen Mann für sich zu erwärmen, jedoch ohne Erfolg; Guallaucs Stimme war so herrisch wie eh und je.

»Was ist denn los?«

»Du zauderst, wenn dein Herr nach deiner Gegenwart verlangt?«

»Erinnerst du dich an diesen Mann?«, fragte Magnat Niasbeck, fast säuselnd mit seiner hohen Stimme.

Peirol sah sich den Mann hinter Niasbeck an; er kam ihm irgendwie bekannt vor, nicht mehr.

»Es ist Narack, ehedem einer meiner Haussklaven, der mit dem letzten Kontingent Rekruten gekommen ist. Er hat die letzten zwei Jahre über in der Küche gearbeitet und mir berichtet, dass es nach meiner Abreise zu Unregelmäßigkeiten gekommen sei. Bist du dir solcher bewusst?«

»Welcher Art, Herr?«

»Ich habe dir eine Frage gestellt«, sagte Niasbeck. »Ich erwartete nicht, dass man sie mir mit einer Gegenfrage beantwortet.«

»Tut mir Leid, Herr. Nein, ich weiß von keiner. Was meinen eigenen kleinen Verantwortungsbereich anbelangt, den Ankauf von –«

»Ich spreche von Unregelmäßigkeiten, die nicht finanzieller Natur sind«, unterbrach ihn Niasbeck. »Man könnte auch eine ernstere Bezeichnung dafür finden, wie etwa Verrat.«

»Ich verstehe nicht, Herr?«

»Du hast mich gehört.«

Peirol tat, als überlege er. »Nein, Herr. Ich bin mir gewiss keiner anderen Probleme bewusst, schon gar nicht eines so ernsten, dass man es als Verrat bezeichnen könnte.«

»Das dachte ich mir. Du kannst gehen.«

Peirol verbeugte sich tief und ging eiligst hinaus. Er wusste, was Hochverrat war, wusste, dass man den Begriff im Allgemeinen auf einen Akt der Untreue gegenüber einem Lord oder König anwandte. Verrat war dann wohl ein Akt gegen einen Lord, vielleicht einen Hausherrn. Ehebruch gehörte wohl durchaus dazu. Peirol wusste, dass der Tag der Abrechnung bevorstand.

Sein Schicksal wurde einen Tag später verkündet, von Magnat Niasbeck, vor der versammelten Batterie. Es erschien wie eine Ehre. Wiederum hatte man die Batterie des Magnaten für eine Heldentat auserkoren, einen Versuch, das Patt zu durchbrechen. Es sei kein Zufall, so sagte Niasbeck mit Häme in der Stimme, dass der Held der ersten Aktion, der Sklave Peirol, dazu auserkoren sei, dieses waghalsige Unternehmen zu kommandieren.

Man befahl Peirol, eines der Geschütze nach vorne in eine Position zu bringen, die er selbst vorzubereiten hätte, und dann einen Angriff auf die Mauer von Arzamas zu führen. Ein Raunen ging durch die Reihen, und Peirol musste sich Schweigen ausbedingen; dann rief er nach den Feldwebeln. Ein Wort von dem Gebrumm schnappte Niasbeck auf.

»Narretei, hast du gesagt? Nicht im Geringsten. Es ist die große Finesse meines Planes, zu dem die Lords ihren Segen gegeben haben. Wir alle haben Spechte auf einem Baum einhacken sehen und darüber gelacht. Aber nach und nach entsteht ein Loch, das größer und größer wird. Da meine Batterie für die Präzision ihrer Kanoniere bekannt ist, wird eine Kanone genügen, die – gut verborgen – immer wieder auf ein und dieselbe Stelle einschießt.

Also, du wirst dafür sorgen, nicht wahr? Eine Kanone, zu klein, als dass das mächtige Geschütz auf der Bastei sie treffen könnte, schießt Mal für Mal, Kugel für Kugel, in jede Mauer ein Loch. Haben wir die Mauer erst breschiert, meine Freunde, meine Diener, meine Kameraden, dann ist der Krieg bald zu Ende und Arzamas gehört binnen Tagesfrist uns. Ist der Plan nicht großartig?«

Einige der neueren Soldaten jubelten, aber ihre Hurras verstummten, als sie die verschlossenen Gesichter der Veteranen sahen.

»Ich wusste doch, dass ihr versteht«, meinte Niasbeck und wandte sich mit einem zutiefst bösartigen Grinsen an Peirol. »Dieses Unternehmen wird dir die Belohnung einbringen, die du verdienst.«

Neben Peirol stellte man für diese große Ehre die übelsten Störenfriede und Unzufriedenen der Batterie ab. Wenigstens bestand Gulmit, sein dienstältester Kanonier, darauf, Peirols Schicksal zu teilen.

Eine Woche darauf war Peirol bereit. Er hatte die Erlaubnis eingeholt, eine Position seiner Wahl vorzubereiten und darüber hinaus das Feuerkommando zu geben, wann und wie er es für gegeben hielt. Niasbeck willigte, schier kichernd vor Häme, ein. Es gefiel ihm, einen Sklaven sich am Haken winden zu sehen, wohl wissend, dass er ihm nicht auskam.

Peirol war jedoch zu dem Schluss gekommen, dass es so etwas wie Unabwendbarkeit schlicht nicht gab. Während der endlosen Langeweile der Belagerung hatte er die Musketiere beobachtet, wenn sie nach vorne krochen, jede Möglichkeit der Deckung für einen Heckenschuss nutzend, als gingen sie im Hochmoor auf Schnepfen, die nicht weniger behutsam gejagt werden wollten. Waren sie erst einmal in Position, so lagen die Musketiere geduldig da, die Waffen angelegt, um einen einzigen Schuss auf ihr Ziel auf der Bastei über ihnen abzugeben. Im Allgemeinen schossen sie daneben, aber Peirol war aufgefallen, dass die Erfolgreicheren unter ihnen mit der Zeit auf etliche Abschüsse kamen, während so manch anderer nie etwas traf. Einige nannten es den Instinkt des Jägers. Er hatte sich daraufhin mit diesen Scharfschützen unterhalten und gehört, dass sie ihr Pulver aufs Genaueste bemaßen, ihre Bleikugeln sorgfältig abwogen, sodass sie alle vollkommen gleich waren; jede, die einen sichtbaren Mangel aufwies, wurde aussortiert. Jetzt sah Peirol sich als einen dieser Scharfschützen mit dem Instinkt des Jägers – nur dass er eine elf Fuß lange Halbschlange benutzte, sozusagen eine Muskete mit einer faustgroßen Bohrung, und das auf ein Ziel, das größer war als ein Mensch.

Peirol suchte mit einem seiner Pioniere, einem erfahrenen Maurer, die gesamte Mauer rund um die Stadt ab. Auf halbem Weg hatte der Maurer ihm eine Stelle gewiesen. »Sieht er, wie der Regen die Mauer heruntergelaufen ist, in die Ritzen, und wie der Stein sich hier und da verfärbt hat? Das heißt, dass dort der Mörtel herausgewaschen und lose ist. Schlampige Arbeit. Oder der Baumeister war ein Schwindler und hat den Mörtel billig angemacht oder Sandstein genommen anstatt Granit.« Grinsend rieb er Daumen und Zeigefinger aneinander. »Schön, dass die Arzamienser auch nicht ehrlicher sind als unsereins.«

Anstatt nun eine Position direkt vor der, wie man hoffte, verwundbaren Stelle zu wählen, wich Peirol etwas zur Seite aus. Er schätzte, dass die Wucht des Aufpralls durch einen Winkel gemindert würde, aber seine Position wäre dadurch weniger offensichtlich, womit eine sofortige Zerstörung durch die Steinbüchse weniger wahrscheinlich war. Er fand einen Wasserlauf, in dem knietief der Schlamm stand, und das etwa fünfzig Schritt vor der ersten Linie der Infanterie. Den ließ er von seinen Pionieren trockenlegen, indem sie das Wasser abgruben, und das alles bei Nacht. Die Wände des Wassergrabens, die aus gutem Lehm bestanden, wurden hart geklopft, dann kamen nach vorne zu und auf den beiden Seiten Sandsäcke obenauf. Weitere Sandsäcke bildeten den Boden der Stellung, an die Ränder legte man Planken, auf denen die Männer stehen konnten. Zur Tarnung zog man trockenes Buschwerk um das Ende des Wasserlaufs. Etwa einen Schritt zu beiden Seiten des Endes, also direkt vor der endgültigen Position der Kanone, schlugen sie graue Pflöcke ein.

Seine Zimmerleute bauten eine Wiege ganz speziell für die eine Kanone, eine Wiege, die in einen Trog gesetzt war. In einer weiteren Nacht war sie in Position gebracht, befestigt und durch Sandsäcke gestützt. Während der beiden folgenden Nächte brachte man dann die Kanone selbst, die über eine Tonne wog, durch die Linien nach vorn; dreißig schwitzende Männer, die nicht lauter als flüsternd zu fluchen oder sonstwie Lärm zu machen wagten, um nicht den sofortigen Tod von der Mauer her heraufzubeschwören, die nur etwa hundert Klafter entfernt war. Man schob die Kanone in die Wiege und zurrte sie an ihren Zapfen und Henkeln fest. Zauberer in der ersten Linie beschworen leiernd schlechtes Wetter herauf, während sie arbeiteten, und der Regen, der rund um sie nur so herabprasselte, schluckte jedes Geräusch.

Dann war man soweit. Man hatte ein Dutzend murrende Bogner von der Infanterie abkommandiert, die dafür sorgen sollten, dass nicht etwa ein Spähtrupp der Arzamienser durch die Tore schlüpfte und die Artilleristen niedermachte, während sie mit ihrem Geschütz beschäftigt waren.

Die Kanone wurde mit einer ganz präzisen Menge Pulver geladen, das man zuvor abgewogen und in Tuchsäckchen eingenäht hatte; auf diese Kartuschen stopfte man dann den Pfropfen und auf diesen eine Kugel, auch sie exakt so groß wie ihre Kameradinnen, und stieß das Ganze ordentlich fest. Man schob darauf die Wiege nach vorn ans Ende des Trogs und zielte im trüben Licht auf die Stelle, an der der Pionier die Mängel entdeckt hatte. Die Entfernung von der Mündung zu den Pflöcken zu beiden Seiten des Rohres sowie die zu einem Pflock genau unter dem Rohr wurden exakt notiert. Bis zehn Fuß vor der Mündung der Kanone sorgte man für eine Leinwandröhre, die von Weidenruten gehalten ward.

In einem Eimer mit Deckel neben der Kanone befand sich eine Lunte, und als Peirol flüsternd seine Bereitschaft bekannt gab, hielt ein Mann seinen Mantel über die Kanone, um die Glut zu verbergen, die Gulmit ans Zündloch führte. Die Kanone bäumte sich auf, und Peirol wurde fast taub, während das Mündungsfeuer, das größtenteils von der Haube versteckt wurde, immer noch genügte, um ihn nachtblind zu machen. Die Rohrwiege fuhr wie ein Schlitten nach hinten ans Ende des Trogs, Tuchkissen dämpften den Aufprall, Stricke fingen ihn auf.

Alle lagen sie schweigend da, bis der Pulverdampf sich verzogen hatte. Peirol wartete weiter, bis er sicher sein konnte, dass sie von oben keiner gesehen hatte. Zwei Hilfskanoniere kamen aus der Deckung, wischten das Rohr aus und luden nach; schließlich brachte man das Geschütz wieder in Feuerposition. Man maß die Entfernung zu den drei Pflöcken nach und richtete das Rohr danach aus; die Haube, die der Schuss davongeblasen hatte, wurde wieder aufgestellt. Gedauert hatte das Ganze eine volle Drehung des Glases.

Peirol feuerte noch einmal. Wieder wartete er, lud nach, nahm Maß, feuerte. Insgesamt ließ er fünfmal schießen in jener Nacht, und das in regelmäßigen Abständen. Zweimal bellte die Büchse auf der Mauer der Arzamienser auf, schoss aber blindlings weit über ihre Köpfe hinweg in die Linien ihrer Front. Er hätte noch öfter geschossen, aber die Leinwandhaube war völlig zerfetzt. Gulmit wollte auch so weiterfeuern, was Peirol jedoch verbot. Sie deckten die Kanone ab, tarnten sie, krochen dann wieder hinter die Linien und kehrten zurück zur Batterie.

Eine Mahlzeit erwartete sie, dazu ein eingenickter Guallauc, der überrascht zu sein schien, dass Peirol und seine Leute noch lebten. Er ging, ohne etwas zu sagen, um mit der schlechten Nachricht zu Niasbeck zu gehen.

Als es zu dämmern begann, ging Peirol mit einem Fernglas zurück an die Linien und nahm die Mauer in Augenschein. Der Stein war gebrochen, er hatte eine Delle von der Größe zweier Männerkörper. Nur eine Kugel war ausgerissen und hatte die Delle um ein gutes Stück verfehlt. Ziemlich zufrieden kehrte er zur Batterie zurück, wo er ausgezeichnet schlief. Am späten Nachmittag wachte er lächelnd auf; er hatte von Kima geträumt.

Diese Nacht gingen sie mit einer Haube in Reserve in die Stellung zurück und feuerten achtmal. Auf dem Weg zurück hörte er einen der Hilfskanoniere sagen: »Ich hoffe doch, dass wir uns, wenn die Mauer fällt, die Frauen aussuchen dürfen, auch wenn wir nicht mit der ersten Welle mit reingehen.«

»Was meinst du damit?«, fragte Peirol.

»Na, wenn wir die Stadt plündern, Herr«, erklärte Gulmit geduldig.

»Ich dachte«, sagte Peirol zögernd, »dass die sich, wenn wir die Mauern zertrümmern, ergeben.«

»Kaum wahrscheinlich«, meinte Gulmit. »Erst werden wir die Stadt stürmen müssen, und ich habe von Verteidigern gehört, die auch dann noch nicht gewichen sind und die Stadt noch gerettet haben, trotz der Bresche in der Mauer.«

»Die Stadt stürmen, auf die weiße Fahne warten«, nickte der Hilfskanonier, »dann gehört sie uns zum Plündern. Dann gehört uns alles und jeder.«

Peirol war entsetzt.

»Was ist denn, Herr?«, fragte Gulmit.

»Ich dachte, wenn die sich ergeben, würden sie Tribut zahlen, und, so schätze ich, Beshkirs die Treue schwören.«

»Alles zu seiner Zeit, Herr«, pflichtete Gulmit ihm bei. »Aber eine Zeit lang gehört die Stadt der Armee. Einen Tag, eine Woche – hängt ganz davon ab, wie wütend die Lords über diese verfluchte Belagerung sind, die nun schon ewig geht. Aber das Plündern gehört nun mal dazu, es ist unser Lohn. Er meint doch nicht etwa, dass auch nur ein Soldat in dieser Scheiße leben würde ohne das Versprechen auf so viel Gold, wie er nur stehlen kann, so viele Weiber, wie er nur vergewaltigen kann, was meint er?« Gulmit und der Hilfskanonier lachten lauthals ob Peirols Naivität.

Die Nacht darauf waren es elf Schüsse … dann acht … dann vier, als ein Spähtrupp nach dem Geschütz suchen kam und sie stillhalten mussten … dann sechs … dann zehn. Die Mauer war nun angeschlagen, die äußerste Schicht bröckelte ab, und ein deutlicher Riss war entstanden. Sie mussten nun sorgfältiger feuern, da die Infanteristen hinter ihnen sich über ihre Fortschritte nur zu sehr im Klaren waren und trotz ausdrücklichen Befehls ihrer Offiziere jeden Schuss der Kanoniere bejubelten.

Magnat Niasbeck ließ Peirol zu sich kommen, damit er Bericht über die Fortschritte erstattete. Er hatte die Lippen fest aufeinander gepresst. »Du hast Glück.« Mehr sagte er nicht.

»Ich danke Euch, Herr«, antwortete Peirol. »Das hoffe ich doch, Herr.«

»Keines Mannes Glück währet ewig.«

»Nein, Herr.«

Peirol verließ den Mann, der brütend die Ringe an seinen feisten Fingern drehte.

Drei Nächte später, sie gaben eben den vierten Schuss ab, war ein Knirschen zu hören, dann ein Grollen, und schließlich krachte in nicht allzu großer Entfernung etwas herab. Sie deckten die Kanone auf der Stelle ab, schlichen zurück in die Linien und warteten dort auf die Dämmerung. Das erste Licht des neuen Tages zeigte einen langen Riss in der Mauer, der sich von ihrem Zielpunkt bis hinauf zur Brustwehr zog, wo ein ganzer Abschnitt der Zinnen weggebrochen und abgestürzt war; mit einem Teil der Brustwehr war auch eine der mächtigen Steinbüchsen heruntergefallen. Die Brustwehr war nun zu beiden Seiten stark bewacht, und Peirol sah Männer in aufwendiger Rüstung – Offiziere und Lords – bei der Einschätzung des Schadens. Periodisch sah jemand etwas unter der Mauer, dann donnerten Kanonen und Musketen in Richtung des Ziels.

Peirol gab Befehl, die Kanone in jener Nacht nach hinten zu bringen; dann sprach er bei Magnat Niasbeck vor. »Herr, wir haben die Mission erledigt.«

»Was?«

»Die Mauer ist fast zum Einsturz gebracht. Ein halbes Dutzend Schüsse, vielleicht ein paar mehr, und der ganze Abschnitt bricht ein.«

Niasbeck staunte. »Bist du sicher?«

»Ja, Herr. Ich hielt es für richtig, die Aufgabe nicht zu Ende zu bringen und zu warten, bis die Armee bereit für den Sturm ist, damit den Arzamiensern keine Zeit bleibt, die Mauer zu verstärken oder den Abschnitt abzuriegeln.«

Niasbeck starrte geraume Zeit vor sich hin, dann setzte er ein hartes Lächeln auf. »Gut, Peirol. Du weißt gar nicht, wie recht du getan hast. Du kannst jetzt gehen.«

Während der folgenden vier Tage machte die beshkirsche Armee sich bereit für den großen Sturm. Aber davon bekam Peirol nichts mit, denn binnen einer Stunde nach seinem Erfolgsbericht nahmen ihn königliche Dragoner fest, verschleppten ihn in ein hastig errichtetes Gefängnis und ketteten ihn an die Wand.

»Ist kein tolles Verlies«, sagte einer der Aufseher. »Aber das ist auch nicht nötig, denn für dich kann es nur eine Strafe geben. Du wirst binnen eines Tages gehängt.«

Aber Peirol wurde nicht gehängt. Stattdessen sah er sich von einer Reihe von Aufsehern strengstens bewacht. Ihr Chef erlaubte Männern aus seiner Batterie, ihm Mahlzeiten und Wein zu bringen. Sie fragten, was er denn falsch gemacht, wie er Niasbeck beleidigt hätte, aber Peirol gab keine Erklärung. Sie sagten, sie würden ihm bei der Flucht helfen, die verfluchten Aufseher machten ihnen keine Angst, aber Peirol zählte die Wachen, sagte seinen Männern, nein, er wolle sich nur über einen Tod Sorgen machen, sie sollten ihn seinen Gebeten überlassen. Er wollte nicht, dass sie die Tränen in seinen Augen sahen, denn sie waren tapfere Narren, bereit, selbst den Tod zu riskieren, nur um einen anderen Idioten zu befreien, der nicht gescheit genug gewesen war, sich nicht in Ecken drängen zu lassen.

Merkwürdigerweise hatte Peirol keine Angst, im Gegenteil, Hoffnung keimte in ihm auf. Diese Bastarde aus Beshkirs hatten ihn nun schon oft genug zu töten versucht, erst die Piraten, anschließend auf der Galeere bis hin zu dieser jüngsten Katastrophe. Dies wäre das letzte Mal, und sie würden auch diesmal kein Glück haben, ohne Fakten, ohne etwas Greifbares, das wusste er. Auch betete er nicht; er hatte keine Götter, an die er genügend glaubte, um zu ihnen zu beten. Stattdessen bewegte sich sein Verstand wie ein Mühlrad im Fluss. Er sparte sich das Fett von den Pferdesteaks auf, die seine Männer ihm brachten, versteckte es im Beutel seines Rocks; ihm war eingefallen, was ihm einmal ein Dieb über Aufseher und deren Ketten erzählt hatte.

Am dritten Tag begann man Arzamas mit Geschützen unter Beschuss zu nehmen, und Peirol wurde klar, dass ein Teil von ihm gern dabei gewesen wäre, um den Tod unter die Bastarde zu schicken, die er unlogischerweise für seine missliche Lage verantwortlich machte.

In dieser Nacht kamen einige Männer; Peirol hielt sie für von Niasbeck gedungene Mörder und machte sich auf einen Kampf gefasst. Aber sie lösten die Kette von der Wand der Blockhütte und warfen Peirol auf ein Fuhrwerk. Sein Gesicht lag im Dreck der Ladefläche, und er schmeckte Dung und halb getrocknetes

Blut. Er achtete nicht darauf; zu sehr war er damit beschäftigt, sich zu strecken und zu drehen, um das versteckte Fett aus dem Waffenrock zu bekommen und es in einem seiner Ärmel zu verbergen.

Das Fuhrwerk holperte über unwegsames Gelände, kam dann wieder zum Stehen, und man zog ihn hinaus. Er sah das Flackern von Geschützfeuer, stellte fest, dass er in einer der vorderen Linien vor Arzamas war und das letzte Bombardement mit ansehen konnte, bevor die Mauer schließlich fiel und der Wahnsinn plündernd in der Stadt Einzug hielt.

Er sah noch ein zweites Fahrzeug, eine einachsige Protze, gleich in der Nähe stehen, und auf diese ketteten die Männer Peirol und gingen dann ohne ein weiteres Wort. Er wartete eine Stunde, vielleicht länger, und sah dann, wie sich der Himmel zu verfärben begann.

Peirol hörte das Knarren einer Kutsche, reckte den Hals und sah dann Magnat Niasbeck auf ihn zu watscheln. »Wie ich schon gesagt habe, Peirol, keines Mannes Glück währt ewig«, sagte er.

»Scheint fast so.«

»Vielleicht wüsstest du gern, was als Nächstes kommt.«

»Ich denke, ich lasse mich lieber überraschen.«

»Die Lords von Beshkirs haben mir eine große Ehre erwiesen und damit endlich anerkannt, was ich alles für meine Adoptivstadt getan habe. Mir wurde die Ehre zuteil, die Mauer von Arzamas vollends zu breschieren, mir und meiner Batterie. Ich werde diese Kanone selbst abfeuern, wenn die Lords der Armee eintreffen und den Befehl dazu geben.«

»Die *Batterie* wenigstens hat diese Ehre verdient«, murmelte Peirol.

Niasbeck achtete nicht darauf. »Wenn es heller wird, wirst du deine ehemaligen Kameraden vorbeimarschieren sehen, kaum ein Dutzend Schritt von dir. Dein schreckliches Schicksal wird für ihre Disziplin sorgen, auch wenn sie deine wahren Verbrechen niemals erfahren.

Du wirst sterben, Sklave, für deine Verbrechen, die unsäglich sind, da die Trottel in Arzamas dich ja nicht umgebracht haben, wie ich es geplant hatte. So liegt es dann an mir, dir den Tod zu geben, den du verdienst. Wenn die Mauer fällt, nach ein oder zwei Schüssen, wie du gesagt hast, dann wird die Armee durch die Bresche stürmen und die Stadt verheeren.

Meine Batterie wird noch einen Schuss mehr abgeben. Nachdem die Lords in Arzamas eingezogen sind, um Zeugen des Triumphs zu werden, werde ich dich vor die Mündung einer meiner Kanonen binden lassen, und diese wird einen Schuss abfeuern – zur Feier des Siegs!« Niasbeck lächelte sein schreckliches Lächeln. »Noch nicht mal eine Spur von dir wird übrig bleiben, nachdem der Schuss abgefeuert ist – nur ein paar blutige Fetzen.

Also, in einigen Minuten werde ich meine Batterie aufmarschieren lassen, auf dass die Männer deine Erniedrigung sehen. Sie werden den Wagen hier mit dir nach vorne nehmen, damit ich dich für die letzte Kanonade bei der Hand habe. Du darfst Zeuge meiner Größe werden und wirst erkennen, dass du nichts bist. Binnen einer Zeit wird man sich deiner noch nicht einmal mehr erinnern. Bist du zufrieden mit dem, was du zuwege gebracht hast, Peirol vom Hochmoor?«

Peirol dachte schon daran zu antworten, ließ es aber sein.

Niasbeck trat von einem Fuß auf den anderen, dann stampfte er davon. Sein dramatischer Abgang ward ihm verdorben, als er stolperte und vornüberschlug, wobei er sich das farbige Seidengewand verdarb. Mit Guallaucs Hilfe stand er wieder auf und stieg in seine Kutsche.

Peirol merkte mit trockenem Amüsement, dass er keinen Zorn auf den Magnaten verspürte. Er würde sterben; Reni oder Ellena würde nichts passieren, obwohl alles, was geschehen war, nicht weniger ihre Schuld war als die seine. Niasbeck würde weiterhin zum Hahnrei gemacht, seine Frau und seine Tochter würden Huren bleiben, sich Liebhaber für den Augenblick nehmen, um sie dann wieder zurück auf den Sklavenmarkt zu werfen. Aber so war das eben, und wie konnte Peirol vom Hochmoor so dumm sein, Gerechtigkeit zu erwarten in dieser Welt?

Es wurde heller, und Peirol hörte Pferde und sah die Batterie. Niasbecks Kutsche übernahm die Führung der Formation. Die Männer, die zu Fuß waren, sahen Peirol, und er hörte ihre Rufe und Fragen. Ein Zug der Männer lief auf ihn zu, allen voran Gulmit.

»Wir haben Befehl, die Protze hier anzuspannen, Herr, und sie mitzunehmen. Man hat uns gesagt, dass er sterben soll.«

»Sieht ganz so aus.«

»Was sollen wir machen?«

»Da ist nichts zu machen«, sagte Peirol. »Aber ich danke euch dafür, etwas unternehmen zu wollen – wartet. Mir fällt da noch etwas ein.« Er gab Gulmit einen raschen Befehl, der verständnisvoll nickte.

»Seht zu, dass ihr so weit wie möglich wegkommt, wenn alles bereit ist«, sagte Peirol. »Wenn es überhaupt dazu kommt, macht euch keine Sorgen, dass jemand Fragen stellen könnte.«

»Es wird niemand fragen«, antwortete der Kanonier. »So etwas kommt oft genug vor. Aber was ist mit ihm?«

»Das wird mir meine Chance geben. Also, zieht mich weg, Männer. Ich möchte sicher sein können, einen guten Blick zu haben.«

Die Protze wurde etwa zweihundert Klafter von den Männern gezogen und dann, als die Artilleristen ihre Geschütze aufbauten, auf die Seite gestellt. Statt der sonst üblichen geraden Linie stellte man die Kanonen in einer Diamantformation auf. Peirol schätzte, Niasbeck würde die vorderste der Kanonen abfeuern, und er hoffte, Gulmit wäre in der Lage zu tun, was Peirol von ihm verlangt hatte.

Das Artilleriefeuer rund um die Stellung wurde lauter, und Peirol sah eine Bewegung entlang der Linien, als die Truppe sich auf eine weitere Attacke vorbereitete. Reiter kamen auf die Batterie zu, Männer in aufwendiger Rüstung auf reich geschmückten Pferden. Die Lords der beshkirschen Armee und ihr Stab waren gekommen, um dem Beschuss beizuwohnen. Einige warfen im Vorbeireiten neugierige Blicke auf Peirol, aber keiner stellte eine Frage. Peirol fragte sich, warum diese verfluchten Arzamienser die Lords nicht sahen und einen Kugelhagel herüberschickten; die Magier mussten wohl einen Verwirrzauber gewirkt oder die Szene mit einer Illusion getarnt haben. Die Artilleristen hatten vor den Lords Aufstellung genommen, und Niasbeck hielt eine kurze Ansprache. Peirol war zu weit weg, um zu hören, was er sagte. Man rollte Pulverfässer an die vorderste Kanone, öffnete sie mit Gummihämmern und lud die Kanonen. Peirol konnte die Fässer nicht genau sehen. Einer der Kanoniere kniete nieder und visierte das Rohr entlang.

Magnat Niasbeck machte eine Lunte zurecht.

Peirol hatte das Fett in der Hand und rieb sich das Handgelenk ein. Er zog, machte die Hand dabei so klein wie nur möglich, ganz so, wie der Dieb es ihm gezeigt hatte; spürte das Kratzen des rauen Metalls, zog stärker, ohne darauf zu achten; es war ihm egal, wie viel Haut er abschürfte, dann hatte er einen Arm frei.

Man rief die vertrauten Befehle. Niasbeck hielt die Lunte an das Zündloch, und die Kanone bäumte sich donnernd auf. Der Schuss war nicht schlecht gezielt und krachte etwa zehn Fuß von dem Spalt in die Wand; Peirol stellte sich vor, die Mauer wanken zu sehen.

Peirol hatte sich bereits das andere Handgelenk eingefettet und zog. Der Arm musste etwas stärker sein als der andere, weil er ihn nicht frei bekam.

Wieder wurden die Kanonen geladen und gerichtet. Niasbeck streckte den Arm mit der Lunte aus und hielt sie ans Zündloch.

Peirol hätte zeitlebens nicht sagen können, wie viel er tatsächlich sah von dem, was in diesem Augenblick passierte, und wie viel ein geschulter Verstand ihm eingab, was passiert sein musste.

Eine Flamme schoss aus dem Zündloch und versengte Niasbeck. Peirol glaubte Schreie zu hören, sah ihn rücklings davontaumeln, als das Rohr der Kanone sich öffnete wie eine böse Blume; die Mündung weitete sich, spie rotes Feuer, schwarzer Rauch ballte sich zu einer Kugel, als das besondere Pulver, das er hatte mischen lassen, in die Luft flog – das Pulver, das zu laden er Gulmit befohlen hatte; die Explosion verschluckte den Magnaten.

Peirol sah Gulmit und die anderen Kanoniere davonlaufen, in Gräben springen, sah die Flammen nach den Pulverfässern hinter der Kanone greifen, sah sie Feuer fangen. Er bekam endlich seine Hand frei und warf sich flach auf den Boden, als das Pulver in die Luft flog.

Die Lords der Armee wurden hierhin, dahin geworfen, wie Garnknäuel unter den Pfoten junger Katzen; ihre Adjutanten fielen reihenweise um, als der heiße Wind sie tötete. Eine große, brodelnde Kugel, rot, schwarz und grau, hob sich über die Batterie, die Wucht der Explosion schlug über Peirol hinweg und warf die Protze um.

Er sah nichts mehr, denn er war wieder auf den Beinen, lief nach hinten, rannte wie von Dämonen gehetzt, während die beshkirsche Armee kopflos durcheinander lief, zu Tode erschreckt, einige auf der Flucht, einige im Angriff, die meisten auf Befehle wartend, die nie kamen.

Peirol achtete nicht auf die Männer in seinem Weg, er lief um sie herum, ignorierte die Rufe der Feldwebel, der Offiziere, achtete nicht auf die Musketenkugel, die sich vor ihm in den Schlamm bohrte; er floh vor der beshkirschen Armee, floh von Arzamas in die Unbekannten Länder zwischen den beiden Armeen.

Peirol lief weiter, der Dreck flog nur so unter den kleinen Beinen; er spürte keine Müdigkeit, keine Angst; er atmete die süße Luft der Freiheit.

11 Von Raben und Trostlosigkeit

Schließlich stellte sich Müdigkeit ein, Müdigkeit und Entsetzen, da Peirol sich in einer gefährlichen Wüstenei befand, die von beiden Armeen geplündert und patrouilliert worden war. Er machte eine Bestandsaufnahme, die nur einen Augenblick dauerte. Er hatte seine braun gefärbte Uniform auf dem Rücken, seine Stiefel, die zu seinem Glück in gutem Zustand waren, und seinen versteckten Beutel mit den Juwelen. Sie waren in dieser Wildnis völlig wertlos, denn selbst wenn er jemandem begegnete, der sie wollte, dann brauchte der ihm ja nur das Schwert auf die Brust zu halten oder über die Gurgel zu ziehen.

Sein Körper erinnerte ihn an Hunger und Durst. Peirol fand ein Rinnsal von einem Bach, labte sich und überlegte dabei. Seine Zuversicht war noch ungebrochen. Wenn er sich allein auf seine Klugheit verlassen musste, so sei es denn. Nahrung, Wärme, Waffen, das alles war zu beschaffen. Er wünschte, er hätte sich einen Speer gegriffen oder auch nur ein Schwert von einer der Leichen, an denen er bei seiner wilden Flucht vorbeigekommen war, aber dem war nicht so. Er fand einen kräftigen, fast geraden Stock, der sich als Gehhilfe wie als Waffe benutzen ließ.

In der Ferne hörte er etwas, das er zunächst für das Stöhnen des Windes hielt, bis ihm klar wurde, dass es sich um das Heulen eines Wolfs handelte. Er konnte ihn und sein Rudel im Notfall zu rufen versuchen in der Hoffnung, sie würden seinen Angreifer attackieren – wenn sie nicht zuerst ihn verschlangen. Wölfe nahmen es in dieser Hinsicht nicht so genau.

Die einsame Straße sah ihm mit einem Mal aus wie ein Ort, an dem es Wölfen *und* Bären gefallen könnte, denn auch Bären fanden durchaus Geschmack an kleinen Kerlen mit zerzaustem Blondhaar und verfilztem Bart. Ohne sich weiter aufzuhalten, machte Peirol sich im Laufschritt an seinen Marsch nach Süden.

Das Land war von Plünderern der beshkirschen Armee fein säuberlich ausgeräumt worden; er fand nicht das Geringste, was zu stehlen sich gelohnt hätte. Aber wenigstens war das Land nicht völlig ruiniert, und die Bäume zu beiden Seiten begannen auszuschlagen. Einmal musste er sich verstecken, als eine Dragonerpatrouille eine Nebenstraße entlanggaloppiert kam. Die Dragoner trugen eine Uniform, die weder zu Arzamas noch zu Beshkirs gehörte, und waren ganz offensichtlich in eigener Sache unterwegs. Peirol wartete, bis sie verschwunden waren, und setzte dann seinen Weg fort.

Nach einer Weile kam Peirol an eine Kreuzung, an der einmal sechs Hütten gestanden hatten, die jetzt nur noch ausgebrannte Ruinen waren. Es wurde immer kälter und dunkler, und ihm war nach einem Feuer; er dachte daran, in einer dieser Ruinen Unterschlupf zu suchen. Im letzten Augenblick jedoch sah er davon ab. Jeder andere, der in dieser Einöde unterwegs war, könnte auf denselben Gedanken kommen. Als die Nacht hereinbrach, verweilte er an einem Bach, trank zur Genüge, fand dann einen hohlen Baum, der nicht von Kriechzeug bewohnt war, und richtete sich dort für die Nacht ein. Sie war lang und kalt, und so wie er bibberte, wachte er immer wieder auf. Er ging dann hin und her, schlug die Arme um sich, stieg wieder hinein und schlief erneut ein. Als er wieder erwachte, völlig durchgefroren, hatte es bereits eine ganze Weile zu dämmern begonnen; seine Beine, die das viele Laufen nicht gewohnt waren, taten ihm weh.

Er machte eine Aufstellung all der Dinge, die er wollte, vom eigenen Schloss mit Dienerschaft – Diener, nicht Sklaven! – und so weiter bis hin zu einem Becher heißen Wassers. Es tauchte keine kleine Gottheit auf, die ihm auch nur irgendetwas davon angeboten hätte, und so machte er sich denn wieder auf den Weg.

Er hatte großes Glück an diesem Tag. Er war kaum einen Werst unterwegs, als er das Knarren eines Karrens vernahm. Er versteckte sich, als das Fahrzeug, ein heruntergekommenes Wrack voller Lumpen, um die Wegbiegung kam. Obenauf saß ein Mann, ein bärtiger Bauer, der vielleicht zehn Jahre älter sein mochte als Peirol, vielleicht aber auch nur halb so alt, wenn man bedachte, wie die Welt mit den Armen umging. Sonst tauchte niemand auf noch schien der Mann bewaffnet zu sein. Als er näher kam, trat Peirol aus dem Gebüsch.

»Herr«, begann er. »Ich bitte Euch –«

Der Bauer kreischte: »YAAAAAAH!«, sprang dann von seinem Karren und stürzte den Weg zurück, den er gekommen war. Peirol war bewusst, dass er eine harte Zeit hinter sich hatte, aber er hätte nicht gedacht, dass man ihm das derart ansehen würde. Vielleicht hatte der Bauer aber auch ein Problem mit Zwergen. Wie auch immer, er sprang auf den Karren und durchwühlte ihn. Die Lumpen wären noch zwei Jahre zuvor für ihn nichts weiter gewesen als … nun ja, Lumpen, aber jetzt muteten sie ihn an wie Feiertagsstaat, zumal sie nicht nach Uniformen aussahen. Er fand eine Kinderhose, die aussah, als könnte sie passen, ein Flanellhemd mit nur zwei Rissen und sogar einen ramponierten Filzhut. Besser noch, fand er einen warmen Mantel, dessen einziger Fehler darin bestand, dass seine Farbe dem Gelb von Säuglingskot glich.

Peirol entdeckte, dass der Sitz des Karrens sich anheben ließ. Darunter befand sich die Mahlzeit des Bauern aus Brot, Käse und einer irdenen Flasche Bier. Daneben lag eine abgegriffene Lederbörse. Er öffnete sie, fand darin eine Silbermünze und ein halbes Dutzend Kupferlinge. Er dachte schon daran, sie an sich zu nehmen, da er schließlich kein Geld hatte, hielt dann aber inne.

Er sah sich das Pferd vor dem Karren an, einen ungestriegelten alten Grauen, der ihn ebenfalls ansah. »Na schön«, murmelte er. »Ich weiß, ich weiß.« Er wollte die Börse eben wieder zurücklegen, nahm dann seinen eigenen Beutel heraus und legte einen kleinen Edelstein hinein.

»He, du!«, rief er.

Außer einem leichten Echo war nichts zu hören. »Du hattest die Ehre, dem … ah, Gott des Geistes und der Schönheit Hamma Salbamus zu helfen, und wurdest dafür belohnt!«

Es rührte sich nichts. Das Pferd wieherte. Peirol ließ Tier und Karren stehen und kam sich irgendwie tugendhaft vor, weil er kein gar so schlimmer Dieb war, und setzte, da der Bauer nirgendwo zu sehen war, seinen Weg fort. Immer wieder musste er an das mächtige Paket mit Brot und Käse denken, das ihm im Geiste zu einem Bankett wurde, bis er es nicht mehr aushielt. Da schlug er sich in die Büsche in der Absicht, nur die Hälfte von dem Brot und Käse zu essen und sich den Rest für den Abend aufzusparen. Als er wieder zu sich kam, pickte er die Krumen vom Papier und war leicht angetrunken von dem starken selbstgebrauten Bier.

Zwei Werst später stieß er auf ein Zeichen, das fast von Gebüsch verdeckt und dessen Farbe am Abblättern war. Er spähte hinüber und sah eine Hand, deren Zeigefinger nach links wies, rechts daneben einen, wie es aussah, schwarzen Tropfen und dann ein drittes Symbol, das nicht mehr zu erkennen war, da das Ganze von Wind und Wetter arg mitgenommen war. »Diese Richtung«, das war offensichtlich, und »Wasser«. Womöglich befand sich neben dem Schild ein Weg – er stieß den Fuß in den Staub, fand Pflastersteine und folgte ihnen, musste dazu aber durch die Dornensträucher. Offensichtlich ein Ort, um ein Bad zu nehmen und sich umzuziehen. Es war jedoch mehr – weit mehr: eine längst aufgegebene heiße Quelle, deren nach Moder riechende Holzbauten kurz vor dem Einfallen waren. Er scheuchte etliche Pelztiere auf, vergewisserte sich, dass es nichts zu erbeuten gab, fand einen Badestein, nahm ihn mit an die heißeste Quelle, die er vertragen konnte, und legte sich hinein.

Er schrubbte sich ordentlich, wusch sich, schrubbte sich noch einmal und legte sich wieder in die Quelle, bis es weh tat und er ganz rosig war. Gähnend, nach wie vor satt, dachte er, er sollte vielleicht ein Nickerchen machen, zwang sich aber dann dazu, in seinen neuen Putz zu steigen und weiterzugehen. Ein Tag, der so gut begann, konnte nur so enden. In der Mitte des Nachmittags fand er das erste Anzeichen richtigen Lebens – ein von Dorngesträuch wie von einer Mauer umgebenes Dorf. Mit dem Gedanken an ein Gasthaus, ein richtiges Bett und eine warme Mahlzeit bog er von der Straße ab. Peirol war ein Dutzend Schritte vom Dorftor – abgestorbene Dornsträucher, die man auf einen Holzrahmen geflochten hatte – entfernt, als er die Stimme hörte.

»Bis hierher und nicht weiter.«

Er hielt an. »Guten Morgen«, sagte er munter. »Ich bin Peirol vom Hochmoor und auf der Suche nach einer Unterkunft.«

»Dann sucht weiter, Peirol. Hier gibt's nichts für Euch.«

»Aber ich bin allein – und klein obendrein. Ich kann bezahlen. Wie soll ich Euch Schaden zufügen?«

»Vielleicht bist du verzaubert.«

»Bin ich nicht, ich schwör's.«

»Das Risiko ist uns zu groß. Geht weiter.«

»Aber –«

Zwei Fuß von ihm entfernt fuhr ein Pfeil in die Erde.

»Ah ja«, sagte Peirol. »Und mögen die Götter ebenso gut zu Euch sein wie Ihr zu mir.« Ohne eine Antwort abzuwarten, ging er weiter; seiner guten Laune hatte das kaum Abbruch getan. Das Land wurde besser. Wenigstens hatten sie ihn nicht zu treffen versucht – dachte er.

Er kam an jenem Nachmittag an drei weiteren Dörfern vorbei. Eines davon war von einer Palisade umgeben und reagierte nicht auf seinen Zuruf; die anderen beiden waren leer, verlassen, ausgeräumt.

Am späten Nachmittag dann sah er einen Mann ein Feld bestellen. Er näherte sich ihm vorsichtig, dann rief er ihn an. Der Mann fuhr überrascht zusammen.

»Herr«, sagte er mit bebender Stimme. »Ich will Euch nichts Böses. Ich bin nur ein armer Bauer, der sein unfruchtbares Feld bestellt, um seine sechs, ach was, sieben Kinder durchzufüttern, die keine Mutter haben, die sich um sie kümmert, und das nur mit meiner eigenen Muskeln Kraft, ohne Pferd, das den Pflug ziehen –« »Haltet ein«, unterbrach ihn Peirol: »Ich will Euch ebenfalls nichts Böses. Ich bin ein halb verhungerter Reisender, der in den Süden will, und wünsche nur etwas Speis und Trank oder was auch immer Ihr anbaut. Ich will auch gern dafür arbeiten.«

Der Mann kam aus seinem Kniefall hoch. »Ihr seid allein?«

»Ich bin allein«, antwortete Peirol.

»Und Ihr habt keine Waffen?«

»Ihr seht mich, wie ich bin, noch ärmer dran als Ihr.«

»Nein, nein«, murmelte der Mann. »Nicht ärmer, sicher nicht ärmer, denn man hat mir alles genommen, und ich habe nichts.«

»Was ist mit Euren sieben Kindern?«

»Oh. Oh ja. Die. Die hungern auch.« Der Mann musterte Peirol. »Ein Reisender, der arbeiten will. Das ist dieser Tage selten. Habt Ihr einen Namen?«

»Peirol.«

»Peirol. Das ist ein guter Name. Ich heiße Wym.«

»Kann ich für eine Mahlzeit bei Euch arbeiten?« Peirol hielt den Mann langsam, aber sicher für einfältig.

»Arbeiten, ja doch, Ihr könnt arbeiten, mir helfen, ich werde Euch speisen, Euch mit meinen Kindern, nein, nein, so ist es nicht gemeint, nur dass wir zusammen speisen, nicht dass ich Euch anbiete, Euch von meinem eigenen Fleisch und Blut zu nähren. Ich suche Kartoffeln auf dem Feld hier. Geht Ihr mal voraus und weist mir jede Stelle, wo Knollen liegen könnten, sie werden halb vergraben sein, und wir können sie teilen oder wenigstens will ich Euch etwas abgeben, wenn meine fünf Kinder und ich, halb verhungert wie wir sind, genommen haben, was wir brauchen.«

»Gut«, sagte Peirol. »Denn ich bin sicher, vier Augen sehen mehr als zwei.« Er fragte sich, was ein Bauer, der nichts hatte, mit einer Harke zu schaffen hatte, ob das Feld ihm wohl tatsächlich gehörte oder nicht, kam aber zu dem Schluss, dass es nicht lohnte, sich darob den Kopf zu zerbrechen, ebensowenig wie darüber, wie viele Kinder der Mann nun tatsächlich hatte, und machte sich gebückt ans Werk. Er arbeitete sich vor Wym die Reihe entlang, halb kniend, den Stock in der einen Hand, fand drei, dann vier Kartoffeln, eher unappetitliche und etwas verschrumpelte längliche Knollen, die jedoch besser waren als nichts, grub sie aus, warf sie auf die Seite und hielt auf die nächste viel versprechende Stelle zu.

Aus dem Augenwinkel sah er eine Bewegung, rollte sich instinktiv zur Seite, und schon grub sich Wyms Harke neben ihm in den Kot. Der Mann riss sie frei, hob sie hoch in die Luft, und ihre V-förmige Spitze blitzte scharf auf. Peirol wälzte sich noch einmal zur Seite, riss den Stock herum und schlug Wym damit hart auf die Kniescheibe. Wym heulte auf, ließ die Harke fallen, umfasste das Knie und fiel. Sofort war Peirol auf den Beinen, hatte den Stock mit beiden Händen gehoben und schlug ein-, zweimal zu, dann lag Wym ohne Bewusstsein da. Er musste sich arg zusammennehmen, nicht zuzuschlagen, bis er dem Kerl den Schädel gespalten hatte, dachte dann an die Kinder, dachte, wie es wohl sein musste als Mann, dem man alles genommen hatte.

Trotzdem kniete er nieder und ging die Taschen des Mannes durch. Er fand Flint, Stahl, eine zerbeulte alte Blechdose mit Anmachholz, einen Kamm, ein Klappmesser, ein Dutzend Goldmünzen, eine silberne.

Was machte ein Mann auf einem Feld, ganz allein, mit Gold, fragte er sich. Wenn er Gold hatte, wieso konnte er dann seine Kinder nicht ernähren? Gab es überhaupt Kinder? War Wym eine Art Köder für Banditen oder dergleichen?

Peirol warf einen Blick um den Feldrand, sah aber nicht, dass sich etwas bewegt hätte. Er steckte die Goldmünzen ein und kam sich wie ein Narr vor, das Silber für Kinder dazulassen, die es womöglich nicht einmal gab; er griff sich Wyms Kartoffelsack und lief zur Straße.

In jener Nacht hatte er es warm beim Schlafen mit einem kleinen Feuer an seiner Seite, den Bauch voll gerösteter Kartoffeln. Wenigstens für eine Weile.

Er träumte, aber er wusste, es war kein Traum. Er befand sich in Abbas' Arbeitszimmer, und der Magier blickte ihn finster an.

Hinter dem Magier befand sich ein Fenster, und ein Sturm sandte einen Blitz über den Himmel. »Du machst mir wenig Freude«, grollte Abbas.

»Tut mir Leid«, meinte Peirol. »Was habe ich denn falsch gemacht?«

»Ich habe dich vor über einem Jahr nach dem Reichsstein ausgeschickt, und meine Boten sagen mir, dass du noch immer auf der manoleonischen Halbinsel weilst! Eine Schnecke hätte in dieser Zeit von Sennen dorthin kriechen können, wo du jetzt bist!«

Eine Grundregel im Umgang mit Magiern lautete, stets Respekt zu zeigen, wenn einem ein langes und ruhiges Leben lieb ist. Nichtsdestoweniger explodierte Peirol vor Zorn.

»Ihr sprecht wie ein von den Göttern verfluchter Narr! Herr!«

Abbas zog die Brauen zusammen, und der Sturm wütete um so ärger. »Ich gebe dir Gelegenheit, alles zu erklären, bevor ich dich vernichte.«

»Ein Jahr? Mein Jahr träger Bequemlichkeit, in dem ich von Palast zu Palast gezogen bin? Ich wurde von Piraten gefangen genommen, als Sklave auf eine Galeere geschickt, um ein Haar von Dämonen gefressen, fast ertrunken, einmal mehr zum Sklaven gemacht als … als was, das spielt keine Rolle! Dann habe ich in einem Krieg gekämpft, wäre um ein Haar exekutiert worden, und nun bin ich mitten in einer von allen Göttern verfluchten Wildnis mit nichts als ein paar Lumpen, einigen Kartoffeln und meinem Mutterwitz. Und Ihr lest mir die Leviten dafür, langsam zu sein? Ihr könnt von Glück reden, dass ich noch hier, noch am Leben bin! Ich dachte, deshalb hättet Ihr mir vor einigen Zeiten den ermutigenden Traum geschickt, damit ich die Hoffnung nicht aufgebe!«

»Meine Enkeltochter bat mich darum«, brummte Abbas. »Ich hatte keine Ahnung, wo du zu jener Zeit warst.«

»Eurer Suche ist wohl kaum ein großer Erfolg beschieden«, schimpfte Peirol. »Alles, was Ihr mir gegeben habt, ist verloren, ich wäre selbst fast ein Dutzend Mal gestorben, und … und …

und jetzt bezichtigt Ihr mich der Faulheit!« Den Tränen nahe, verstummte er.

Abbas brummte etwas. »Kima hat mich oft gescholten dafür, mit diesem Unterfangen zu beginnen, bevor ich alle Einzelheiten kannte«, sagte er. »Und weshalb ich das dir gegenüber eingestehe, übersteigt meinen Verstand. Ich entschuldige mich nicht, ich nehme niemals etwas zurück. Aber nehmen wir doch an, ich hätte nichts gesagt, sondern wollte mich nur erkundigen, wie ich dir bei deiner Suche helfen könnte. Immer unter der Voraussetzung, du hast den Mut nicht verloren und aufgegeben.«

Daran hatte Peirol in der Tat schon gedacht, nur hatte ihm kein Plan einfallen wollen. Er ging davon aus, dass Magier auch über große Entfernungen hinweg Rache nehmen konnten.

»Ich habe nicht aufgegeben«, erklärte er. »Und was Euer Angebot angeht, mir zu helfen – ich könnte etwas Gold brauchen, eine Kavallerieeskorte durch die barbarischen Länder, einen Unsichtbarkeitszauber – praktisch alles.«

»Und ich fürchte, ich sehe keine Möglichkeit, dir etwas zukommen zu lassen«, sagte Abbas. »Ich könnte dich niederstrecken, aber dir helfen – der Zauberei sind da Grenzen gesetzt.«

»Wieso beunruhigt Ihr mich dann mit dieser Vision?« Peirol schrie fast.

Abbas starrte ihn hart an. Ohne zu antworten, verschwand er, und Peirol wachte neben einem ersterbenden Lagerfeuer auf. Na wunderbar, sagte er sich. Jetzt hast du deinen einzigen … ja was, Freund vor den Kopf gestoßen. Nein, Abbas ist keinem ein Freund. Kima? Er wusste es nicht, konnte nur hoffen, dass er irgendjemanden hatte, der ihm die Daumen hielt.

Einen Augenblick lang musste er an das geheime, versteckte Tal mit dem murmelnden Bach und dem Teich denken, in dem die Ottern spielten, und er wäre am liebsten in Tränen ausgebrochen.

Tapfere Helden, die ausziehen …

Was für eine Schafscheiße!

Schon früh war er wieder unterwegs, wenn auch schlechter Laune. Er hatte erst eine kurze Strecke zurückgelegt, als er das Krächzen von Raben hörte und zwei dieser Tiere über sich herankommen sah. Sie folgten ihm, flogen zwischen den Bäumen hindurch, und Peirol bewunderte ihre Anmut. Er wusste ihre Gesellschaft zu schätzen; er dachte, sie würden ihn warnen, wäre Gefahr im Verzug.

Aber als der Tag sich hinzog und die Raben keine Anstalten machten, sich abzuwenden, begann er sich doch Sorgen zu machen; er versuchte sich daran zu erinnern, ob die Vögel Glück oder Unglück brachten. Vage fiel ihm ein, dass sie Boten waren, aber für wen oder was, das wusste er nicht mehr. Für Riesen? Zauberer? Dämonen? Dämonen wahrscheinlich nicht – diese Vögel waren zu selbstbewusst, ein Geist könnte das nicht tolerieren. Er fragte sich, ob Abbas sie geschickt hatte, dann fiel ihm ein, dass der Magier wenig Macht hatte in diesem Land.

Er traf auf eine Querstraße, und die Raben schossen diese hinauf, kamen wieder, und flogen abermals davon. Wollte man ihn in eine Falle locken? Vielleicht auch nicht. Peirol jedenfalls nahm die Straße. Kaum einen Viertelwerst später stieß er auf ein winziges Dorf.

Die Häuser waren gepflegt und erst kürzlich getüncht worden. Der Dorfplatz war so grün, als hätte man schon Sommer, nicht Lenz. Trotzdem sah er kein Leben, weder Mensch noch Vieh, noch nicht einmal das Gackern von Hühnern war zu hören. Vielleicht waren alle Bewohner in ihren Häusern.

Seinen Stock bereithaltend, ging er weiter. Er sog prüfend die Luft ein. Sehr merkwürdig. Er roch Moschus, Jasmin, Sandelholz, Düfte, die auf dem Land sonst nicht zu finden waren, Düfte für Räucherwerk und Magie. Die winzigen Härchen in seinem Nacken begannen sich aufzustellen. Die Raben krächzten, kamen ganz dicht an ihn heran und ließen sich dann auf einem nahen Baum nieder wie Zuschauer, die sehen wollten, was da wohl kam.

Nur eines der Häuser rund um den Dorfplatz war ein Geschäft, aber auf dessen eher diskretem Schild wurde ein Mann von einer Art ungeheuerlichem Fabeltier verschlungen. Das ist ja einladend, dachte Peirol. Treffen wir uns doch bei Sonnenuntergang auf ein Glas Wein in der Schenke zum Drachenfraß.

»Guten Morgen«, sagte eine Frau. Es war mit Abstand die angenehmste Stimme, die Peirol je gehört hatte, und er nahm dabei die von Kima nicht aus. Er fuhr herum. Vor einem der Häuser stand eine junge Frau. Ihr dunkelblondes Haar fiel ihr in Kaskaden bis zur Taille. Ihr Gesicht war herzförmig, und ihr Lächeln hatte etwas von wissender Arglosigkeit. Sie trug das schlichte Kleid einer Bauersfrau, das jedoch aus feinster schimmernder pfirsichfarbener Seide bestand, zu ihren Sandalen passte und jede ihrer drallen Rundungen betonte.

»Seid willkommen in meinem Dorf«, fuhr die Frau fort. »Willkommen in Casaubon. Ich bin Kilia.«

»Und ich bin Peirol vom Hochmoor.« Er verbeugte sich tief, und einer der Raben krächzte.

»Die gehören wohl Euch?«

»Meine Freunde«, erklärte Kilia. »Meine einzigen Freunde.«

Peirol blickte sich um. »Was ist mit den anderen, die hier wohnen?«

»Es gibt keine anderen.«

»Warum ist dann alles so sauber, so … nun ja, vollkommen?«

»Weil es so zu sein wünscht«, erwiderte Kilia. »Ich spreche zum Holz, zu den Nägeln, zur Farbe, und sie hören zu.«

»Ich, ah, ich verstehe.«

»Ihr seid alleine unterwegs. Meine Freunde haben es mir gesagt. Wo geht Ihr denn hin?«

»Zu einem fernen Ort namens Restormel«, antwortete Peirol.

»Kenne ich nicht. Nicht dass mich das kümmert, ich bin's hier zufrieden, hier in Casaubon.«

»Es ist sehr schön.«

»Jetzt schon«, sagte Kilia.

»Ist das ein Gasthaus, wo ich Frühstück bekommen könnte?«

»Das könntet Ihr.« Sie lachte. »Es gibt Fruchtsäfte, Gerstensuppe, Schwarzbrot und Käse, die ich selbst … nun, gemacht habe.«

»Hört sich wunderbar an«, meinte Peirol.

»Dann kommt mit.«

Die Schenke war klein, innen nicht weniger sauber als außen, die Holztäfelung schimmerte, die Messinglampen waren poliert. Peirol setzte sich an einen Tisch, und Kilia ging nach hinten, um einige Augenblicke später mit einem Tablett zurückzukommen, als hätte es schon bereitgestanden; sie setzte es ihm vor.

»Könnte ich Euch überreden, das Mahl mit mir zu teilen?«

»Nein«, sagte Kilia. »Ich setze mich zu Euch, aber ich esse allein.«

Peirol machte sich über die Mahlzeit her. Selten hatte er ein so merkwürdiges Essen zu sich genommen. Kilia saß schweigend neben ihm und sah ihn sich genau an, während er kaute. Die Speisen waren schmackhaft, außer einer; bei ihr hatte er den Eindruck, nichts zu kauen, mit einem Hauch von Hüttenkäse vielleicht, aber nicht mehr. Dann, als Kilia sich ihm wieder zuwandte, hatte er den Geschmack von Kräutern im Mund.

»Ihr serviert in Eurer Schenke weder Bier noch Wein?«

»Nein«, bestätigte Kilia. »Noch Fleisch, Fisch, Geflügel oder Eier. Ich nehme der Erde nichts, was sie nicht aus freien Stücken gibt.«

»Käse aus freien Stücken?«, scherzte Peirol. »Einmal, ich war noch ein kleiner Junge, da half ich der Frau eines Mannes, auf dessen Land mein Vater schürfte, Käse aus Schafsmilch herstellen, und es war eine der härtesten Arbeiten, die ich je verrichtet habe. Seither respektiere ich jeden, der das Geschick und die Geduld für diese Arbeit aufbringt.«

»Ich finde es nicht schwer«, sagte Kilia beiläufig. »Wie weit möchtet Ihr denn heute noch kommen?«

Peirol zuckte die Achseln. »Wo immer die Sonne mich findet, wenn sie untergeht, nehme ich an.«

»Es gibt leere Häuser hier.« Sie lächelte.

Er lächelte zurück, so höflich es nur gehen wollte, während er sich fragte, wieso er eine Gänsehaut bekam. »Ich wollte, ich könnte bleiben«, erklärte er. »Aber Restormel kommt nicht näher, sitze ich nur herum.«

»Das habe ich gespürt«, erwiderte sie. »Ihr seid einer von denen, die der wirklichen Welt den Vorzug geben.«

»Wie meinen?«

»Bei mir ist das anders«, sagte sie. »Denn sie hat mir nichts als Unheil gebracht.«

»Tut mir Leid, so schwer von Begriff zu sein«, meinte Peirol. »Aber ich verstehe noch immer nicht.«

»Möchtet Ihr das denn?« Ihr Blick war durchdringend.

Obwohl er nein sagen wollte, antwortete er mit ja.

»Ihr seid fertig mit Eurem Mahl. Dann kommt doch mit hinaus, und ich zeige es Euch.« Peirol folgte ihr auf den sonnigen Platz. »Ich frage noch einmal, wünscht Ihr zu sehen, was wirklich ist?«

»Ich denke doch.«

»Ich frage Euch zum dritten Mal, wünscht Ihr die Welt so zu sehen, wie sie wirklich ist?«

Peirol nickte. Kilia streckte einen Finger aus, hob den Arm, zog dann zwei Halbkreise damit. Die Reihe sauberer Häuschen auf der anderen Seite des Platzes wurde zu einem rußgeschwärzten, vom Regen durchnässten Trümmerhaufen. Gras wuchs zwischen Pflaster, und vor dem größten der Hauser lagen Skelette verstreut: zur Hälfte von Pferden, die anderen von Menschen. Kilia bewegte wieder die Hand, und alles war wieder das bäuerliche Idyll.

»Wie es war, wie es ist, so soll es sein, so lange ich lebe«, murmelte sie.

»Was ist passiert? Seid Ihr eine Hexe?«

»Eine Hexe? Ich weiß nicht. Es gab hier eine, die sich eine Hexe nannte, bevor die Männer kamen, aber aufhalten konnte sie sie nicht.«

»Die Männer?«

»Soldaten. Sie kamen dahergeritten und brachten alle um, ohne Erklärung, ohne ein Wort. Ich sah meinen Vater sterben, hörte meine Schwestern schreien, und so lief ich davon auf die Felder. Aber ein halbes Dutzend, vielleicht mehr, kamen mir nach. Sie fanden mich, schleppten mich zurück und warfen mich auf die Erde, während Casaubon rund um mich herum brannte. Dann haben sie mir lachend wehgetan. Sie sagten, selbst eine, die so hässlich ist wie ich, könnte man nicht verschonen. Ich lag blutend da, ihren Samen in mir, mein Körper zerfleischt. Ich wollte sterben, aber ich wusste, ich würde nicht sterben, sondern leben, und ich spürte die Macht auf mich übergehen. Und so sind denn sie gestorben, alle, schreiend vor Todesqualen, die weit schlimmer waren als die, die sie über mich und meine Leute gebracht hatten. Und ich weidete mich an ihrem Sterben, spürte, wie die Macht in mir wuchs, und es veränderte sich alles, alles wurde wieder so wie zuvor. Ich heilte meinen Körper und beschloss dann, mich selbst zu ändern. Ich wurde schön wie die Schönste hier, obwohl sie von einem Spieß durchbohrt vor mir lag. Bin ich nicht schön?«

»Das seid Ihr«, sagte Peirol aufrichtig und gab sich dabei alle Mühe, das Beben in seiner Stimme zu verbergen.

»Ist Casaubon nicht schön?«

»Das ist es.«

»Nun denn, Peirol vom Hochmoor, warum, meinst du, hat nicht einer, dem ich die Gelegenheit bot, mein Angebot angenommen, die Dinge so zu sehen, wie sie gar nicht sind, einigen sogar, hier bei mir zu leben, in diesem Paradies, das ewig währen wird oder wenigstens, bis ich sterbe, falls ich doch sterben muss?«

»Ich weiß nicht«, erwiderte Peirol. »Vielleicht weil wir Narren sind.«

»Du musst jetzt weiter«, meinte Kilia. »Tut mir Leid, dass du die Straße statt meiner wählst.«

»Vielleicht«, sagte Peirol fast flüsternd, »auch mir.«

Kilia lachte leise, und eine Brise strich Peirol übers Gesicht. Als sie sich gelegt hatte, stand er alleine da. Das Dorf war stehen geblieben in all seiner vollkommenen Schönheit. Das einzige Leben waren die beiden Raben auf ihrem Baum.

Peirol merkte, dass auch sein Magen leer war, und fragte sich, was, wenn überhaupt, er da wohl gegessen hatte. Er nahm seinen Stock auf und ging den Weg zurück, den er gekommen war.

»Ade, Kilia. Ich werde von dir träumen.«

Seine Worte hallten wider, einer der Raben krächzte auf, und Peirol spürte in dem Laut die ganze Traurigkeit dieser Welt.

Vier Tage später erreichte Peirol eine kleine Stadt, deren Tore erstaunlicherweise nicht verrammelt waren. Lachend riefen ihn zwei Wachen an, kamen zu dem Schluss, dass er wohl keine Gefahr darstellte für Tybee, eine Stadt von leidlicher Größe, und gestatteten ihm den Zutritt, wenn er nichts anzustellen versprach. Peirol, der sich wünschte, der Mythos, die Zwerge verfügten über magische Kräfte, möge wahr sein – dann hätte er gewisse Wachposten in Ziegen verwandelt –, betrat grantig die Stadt.

Seine Laune besserte sich rasch, als er die Pflastersteine unter den Füßen spürte, menschlichen Dung und Unrat roch, das Geschrei eines Marktes, die Musik aus einer Schenke vernahm. Er kam zu dem Schluss, dass er eben immer ein Stadtbursche gewesen war, und entschloss sich, eine ruhige Schenke zu finden, in der es sich drei, vielleicht auch sechs Gläser guten Weins, vielleicht sogar Branntweins trinken ließ; dann wollte er sich eine Unterkunft suchen und ein Bad. Er sah ein Schild, das auf die Schenke zum Nackichten Pfriem verwies, und ging darauf zu. Zwei Männer, grobe, schmutzstarrende Kerle mit Dolch und Schwert, beide angetrunken, stellten sich ihm in den Weg.

»Bettelvolk hat hier nichts verloren.«

»Kurz und bündig gesagt«, ergänzte der andere, und beide brüllten auf, was bei ihnen wohl als Lachen durchging.

Peirol sah sich ihr höhnisches Grinsen an, gedachte seiner angeborenen Friedfertigkeit, ließ Revue passieren, was er im letzten Jahr durchgemacht hatte. Und so erwischte das Ende seines

Stocks den ersten der Raufbolde am Knöchel. Der heulte auf, griff danach und sprang hin und her. Ohne zu zögern rammte Peirol dem zweiten das andere Ende des Stocks in den Magen und schickte einen Schlag auf den Hinterkopf hinterdrein. Der Mann fiel mit dem Gesicht in den Dreck und begann zu schnarchen. Der erste, der seinen Spießgesellen am Boden liegen sah, griff nach dem Dolch und bekam den Stock zwischen die Augen, als wäre er eine Lanze. Knorpel knirschten, und er fiel nieder, beide Hände vor dem Gesicht. Peirol ließ ihn stöhnen, während er rasch seinen bewusstlosen Gefährten durchsuchte, bevor er sich auch den anderen vornahm.

Es sagt einiges über das Viertel, dass Passanten zwar mitbekamen, was da vor sich ging, aber keinerlei Anstalten machten, der einen oder anderen der Parteien zur Seite zu stehen.

Peirol brachte der Beutezug einen Beutel Kupferlinge, Silbermünzen und Besteck, die er seiner Beute vom Kartoffelacker hinzufügte. Er dachte schon daran, die beiden Grobiane zu entkleiden, wollte sich aber die Hände nicht schmutzig machen. Stattdessen suchte er eine Waffenschmiede auf. Etwas später kam er mit einem gut ausbalancierten Katzbalger und einem Bandelier heraus, das er sich um die Schulter hängen konnte, sowie einem Gürtel für den Dolch eines der Desperados, der es ihm wegen seiner Balance und des schönen Griffs aus Onyx angetan hatte; sogar einen Wurfpfeil ähnlich dem, mit dem er es dem Eunuchen Libat besorgt hatte, trieb er auf. Man hatte ihm ein Paar Pistolen angeboten, aber der Preis war exorbitant. So blieben ihm denn noch einige Münzen, und man wies ihm die Richtung sowohl zu einem Badehaus als auch zu einem Schneider.

Einige Zeit später kehrte er, frisch gewaschen und rasiert, in einem Leinenhemd und rasch gekürzter Lederhose zurück zum Nackichten Pfriem. Wyms Gold hatte den Schneider ausgesprochen freundlich gestimmt; binnen ein, zwei Tagen lägen zwei weitere Garnituren sowie ein Mantel, dessen Wetterfestigkeit ein Zauber garantierte, für ihn bereit.

Die beiden Flegel waren von der Tür verschwunden, und er trat ein. Der Innenraum war verraucht, roch nach ungeleerten Gläsern, verschüttetem Wein, brutzelndem Fleisch und billigem Duftwasser. Peirol sog ihn sich tief in die Lunge, und seine Laune hob sich merklich an. Er fand einen Tisch, an dem es sich mit dem Rücken zur Wand sitzen ließ, legte seinen neuen Dolch vor sich hin und bestellte gekühlten Roten, einen Schwenker Branntwein und zwei gebratene Kapaune. Selig roch er am Branntwein, nippte am Roten und machte sich dann Gedanken darüber, was als Nächstes kommen sollte – nach einer Nacht in einem richtigen Bett.

Auch diesmal wollte ihm nichts anderes einfallen, als die Suche nach dem Reichsstein fortzusetzen, obwohl Peirol seiner eigenen Ansicht nach besessen, wenn nicht gar verrückt sein musste, bedachte man, was ihm die Suche bisher gebracht hatte. Aber ein Abenteuer war es schon, wenn er es recht überlegte. Peirol fragte sich, ob es nicht bequemer wäre, von Abenteuern aus dem Munde eines Barden zu hören, anstatt selbst daran teilzunehmen. Er nahm noch einen Schluck von dem Rotwein. Sein Geflügel kam, und er aß herzhaft, bis nur noch glänzende Knochen übrig waren; dann bestellte er zum Nachtisch noch Eiskreme und Obst.

Die Totschläger draußen mochten sich getrollt haben, aber jemand musste wohl mitbekommen haben, was ihnen widerfahren war, denn man ließ ihn allein. Mit wiegenden Hüften kam eine Dirne daher und erkundigte sich nach seinem Begehr.

Peirol überlegte; dann kam ihm, ohne dass er hätte sagen können, warum, Kimas Antlitz dazwischen. »Etwas später vielleicht«, sagte er und warf ihr eine Münze zu. Sie lächelte, wobei sie furchtbar schlechte Zähne zeigte, und ging dann anderswo hin – wie auch Peirols Anwandlung von Lust.

Mit vollem Ranzen genehmigte er sich schließlich den Branntwein und bestellte gleich noch einen, aber nur einen, da er sich gut vorstellen konnte, was einem Gast des Nackichten Pfriem widerfahren würde, wenn er bis zur Besinnungslosigkeit trank.

Über einem Tisch in der Nähe hing eine Karte der manoleonischen Halbinsel, und die nahm er sich vor. Er schnitt eine Grimasse, als er sah, wie weit er noch zu gehen hatte, bevor er überhaupt auf dem Festland wäre, geschweige denn Restormel. Dann stach ihm ein kleingeschriebener Name ins Auge. Ihm kam ein Gedanke – oder besser gesagt ein Plan. Er war voll der Bewunderung für sich selbst angesichts seiner Ruchlosigkeit und Arroganz.

Er erkundigte sich bei einem der Schenkenmädchen nach dem Namen, erhielt zur Antwort ein Achselzucken, aber sie verwies ihn immerhin an eine weitgereistere Person, einen Mann, der Handelskarawanen bewachte, die die Halbinsel hinauf- und hinunterzogen. Er gab dem Mann ein Glas aus und bekam dafür die Warnung, die Gegend zu meiden, als gingen Dämonen dort um. Seine Vermutung freilich, was den Namen anbelangte, sah er bestärkt.

Drei Tage später reiste Peirol aus Tybee ab, den Packen voll Kleidung, Kochgeschirr und getrocknetem Proviant, wohl ausgeruht, wenn auch mit einem kleinen Kater und einem schlechten Gewissen wegen des Besuchs in einem recht feinen Bordell.

Vier Tage später sah Peirol auf einem Hügel eine finster dräuende Burg auftauchen. Gleich hinter der Abzweigung, die darauf zuführte, hämmerte ein Bauer hektisch auf das gebrochene Rad eines kleinen Wagens, den er mit einem Hebel auf einen Stapel Stämme gehoben hatte.

»Kann ich helfen, Herr?«

Der Mann sah ihn argwöhnisch an und nickte dann. »Ich danke Euch, denn ich muss verflucht sein, vor diesem Dämonenbau gestrandet zu sein.«

Peirol setzte seinen Packen ab und machte sich an die Arbeit. Er fand es amüsant, dass sowohl er als auch der Kutscher darauf achteten, einander den Rücken nicht zuzukehren.

Als das Rad repariert und wieder angebracht war, zog der Mann den Hebel weg, und der Wagen plumpste zurück auf die Räder.

»Also, ich bin spät dran«, sagte er. »Wollt Ihr nicht mitfahren? Meine Mähre da ist zwar nicht schnell, aber schneller als auf Schusters Rappen geht es allemal.«

»Vielleicht«, antwortete Peirol. Er wies auf die Burg. »Was ist denn das dort drüben?«

»Der Bau eines mörderischen Bastards«, erklärte der Fuhrmann. »Ein Mann ohne Mitleid und Barmherzigkeit, der dieses Land unter seiner Fuchtel hat und sich nimmt, was und wann es ihm nur gefällt.«

Peirol fragte, ob der mörderische Bastard auch einen Namen habe, und erfuhr ihn; er verkniff sich ein Lächeln, als der Fuhrmann weitertobte. »Ja, und die Dämonen mögen mich hören, auf dass ihn einer bei Gurgel und Eiern packt und in Stücke reißt! Fremder, riskiert mir nur nicht die Gastfreundschaft dieses Kerls, denn er kennt keine Freundlichkeit und wird Euch wahrscheinlich umbringen, nur weil er noch keinen Zwerg auf dem Gewissen hat und er sich fragt, ob es wohl dasselbe ist wie der Mord an einem ausgewachsenen Mann.«

»Das ist«, so sagte Peirol, »genau die Art Mann, die ich suche.« Und mit diesen Worten ging er die Straße hinauf in Richtung der Burg, während der Fuhrmann mit offenen Munde dastand; dann gab er seinem spatigen Gaul die Peitsche und fuhr im Eiltempo klappernd davon.

12 Von alten Freundschaften und blutigen Gemmen

Besonders anziehend war die Burg nicht. Massiv und gedrungen stand sie auf dem Hügel, umgeben von sorgfältig gehegten Weinstöcken. Statt mit Schießscharten waren die eckigen Türme mit den konischen Dächern an den Mauerecken mit großzügig verglasten Fenstern versehen. Die Flügel des gewaltigen Tores schlugen auf, und ein Dutzend gerüsteter Reiter galoppierte, die Lanzen im Anschlag, heraus. Peirol blieb stehen und wartete.

Die Männer umzingelten ihn gekonnt, sodass Peirol in der Mitte eines Nests aus Lanzenspitzen zu stehen kam. Ihr Anführer, wie's schien, ein Mann mit zottigem Bart und einer Narbe im Gesicht, wo sein rechtes Auge und der Großteil seiner Nase gewesen sein mussten, ließ ein blökendes Lachen hören, um das ihn ein Leitwolf hätte beneiden können.

»Schön, wenn die Beute zu einem kommt, auch wenn's nichts weiter ist als ein bärtiges Kind.«

»Er ist ein Zwerg, Honoro«, sagte ein anderer.

»Zwerg, Wechselbalg, sei's drum. Welchen Tribut hast du für uns, Kleiner?«, bellte Honoro.

»Nicht einen Kupferling«, erwiderte Peirol.

»Dann hast du dein Leben verwirkt.«

»Vielleicht wollt Ihr Euren Herrn bemühen, dies zu entscheiden – Aulard, den zu sehen ich komme«, sagte Peirol.

Honoro fuhr überrascht zusammen. Auf der Stelle fuhren die Lanzen hoch. »Hast du Geschäfte mit ihm?«

»Ich denke nicht, dass Euch das was angeht«, erklärte Peirol hochmütig. »Wo ich herkomme, da hören Lakaien zu und gehorchen, nicht mehr.«

Zwei oder drei der Reiter lachten. Offensichtlich war Honoro nicht beliebter als so manch andere Banditenanführer auch. Honoro blickte ihn finster an, aber als er Peirols steten Blick sah, senkte er den Kopf. »Verzeiht, Herr.«

»Dann dürft Ihr mich jetzt zu ihm führen«, sagte Peirol. »Womit Ihr in meinen Augen ein guter und ordentlicher Posten wärt.«

Honoro, erst beleidigt, dann gelobt, wusste nicht, was er machen sollte. Schließlich legte er die freie Hand zum Salut an den

Helm, und das Dutzend Männer ritt mit Peirol in der Mitte wieder hinauf zur Burg. Über dem Ausfalltor war ein Motto in den Stein gehauen: NICHT KRAFT MEINER STEINE STEHE ICH NOCH, SONDERN DURCH DEN STAHL MEINES HERRN.

Peirol warf einen Blick hinab in den Burggraben, als sein Pferd über die steinerne Brücke klapperte, und sah dann genauer hin. Es war kein Wasser unten, sondern nur grünes Gras, aber dennoch war der Graben ein noch tödlicherer Wächter als sonst, es patrouillierten nämlich ein halbes Dutzend Bären den Streifen Land. Zwei zerrten an Kadavern, und es lagen noch andere Knochen im Gras.

»Wenn Lord Aulard danach ist oder die Viecher vor Hunger brüllen, dann wirft er einen seiner Gefangenen hinab.«

»Gibt es denn immer Gefangene?«, erkundigte sich Peirol.

»Im Allgemeinen schon«, antwortete Honoro. »Aber wenn keine da sind, dann schnappen wir uns einen Bauern. Die tun's auch. Und wenn wir Glück haben, erwischen wir eine Frau, so dass wir noch vor den Bären unsere Freude haben.«

Lord Aulard war ein vollkommenes Beispiel jener Sorte Mensch, die Peirol immer gefürchtet und insgeheim, auch wenn er sich dessen etwas schämte, auch immer beneidet hatte. Er dürfte ein gewaltiger Säugling gewesen und immer schneller und größer als seine Kameraden gewachsen sein. Knaben und Männer wie er fanden in Peirol immer eine natürliche Beute, und erst als der Zwerg auf die gleichmachende Kraft eines Stocks, eines Steins oder später eines kleinen Messers gekommen war, ließ man ihn unbehelligt kommen und gehen. Jetzt, in seinen Dreißigern, überragte Aulard sein Gefolge, und er wirkte noch bedrohlicher durch den Bart und das lange schwarze Haar. Er trug ein Hemd aus dunkelroter Seide, lederne Reithosen und eine rote Kappe, die unpassenderweise sehr an die eines Hofnarren gemahnte. Neben seinem reich mit Schnitzereien verzierten Stuhl lehnte, in einer Scheide, ein Schwert.

Sein Empfangsraum war mit Waffen und Jagdtrophäen aller

Art behängt, sowohl zwei- wie vierbeiniger Art. Zu beiden Seiten des Raumes brannten Feuer in großen Kaminen.

Ein Diener brachte eine Kristallkaraffe und vier Gläser, zwei davon mit gekühltem Wasser gefüllt. Aulard goss Branntwein in die beiden leeren Gläser. Er tauchte einen Finger in jedes und schnickte einen Tropfen über jede Schulter. »Gib den Göttern ein wenig ab«, erklärte er, »und sie lohnen es dir zehnfach.«

»Natürlich«, bemerkte Peirol. Gut, dachte er. Ein abergläubischer Mensch. Das rückt mein Ziel ein Stückchen näher heran.

Aulard nippte ostentativ an jedem der Gläser, um zu beweisen, dass keines von beiden vergiftet war. »Ich habe Respekt vor Euch, Peirol vom Hochmoor«, sagte er. Seine Stimme war wild und rau, ganz wie es sich für einen Mann seiner Größe gehörte. »Auch wenn Ihr kein fahrender Sänger seid, wie ich gehofft hatte, als meine Männer Euch, ah, hereingeleitet haben.«

»Tut mir Leid, Euch zu enttäuschen, Lord«, erwiderte Peirol.

»Das tut Ihr in der Tat«, meinte Aulard. »Wir haben keine Troubadoure, keine Magier, ja noch nicht einmal eine Hexe, die uns unterhalten könnte. Ihr habt keine Ahnung, wie langweilig meine Frauen werden, wenn es keinen Klatsch gibt, über den sich hier in der Provinz gackern lässt, und nichts als die Jahreszeiten, auf die man sich freuen kann – und wie elend mir dieser Umstand das Leben macht.«

Peirol behielt seine Meinung dazu für sich – Männer, die Frauen als Zierrat schätzten, waren selten der Ansicht, sie könnten etwas gegen die Langeweile tun.

»Schuld daran ist nur dieser dumme Krieg gegen Arzamas, den diese abscheulichen Beshkirser angezettelt haben. Jeder barbarische Hurensohn fühlt sich seither berufen, nach Herzenslust zu rauben und zu plündern. Normalerweise verbringen wir den Winter alle – außer der Garnison, versteht sich – in der Hauptstadt, um wieder einmal zu sehen, wie es ist, ein Mensch und kein Bauerntrampel zu sein. Aber in diesen Zeiten ist das Reisen so absurd gefährlich, dass ich es erst gar nicht riskiere.«

Aber du sitzt hier, wie ein Falke auf dem Turm, der auf jeden zweiten armen Trottel niederstößt, der sich nicht zu Hause verstecken kann, dachte Peirol.

Laut sagte er: »Ich kann das Problem gut verstehen, Lord, und bin ganz Eurer Meinung. Ich war schließlich selbst ein Sklave der Beshkirser, bis es mir zu fliehen gelang.«

Aulard grinste und trank dann einen Schluck Branntwein. »Das bedeutet, Ihr seid ein freier Mann. Ein Sklave, der seinen Häschern davonlaufen kann, sollte sich in meinen Augen automatisch als frei betrachten. Natürlich«, Aulards Augen blitzten auf, »sollte er das Pech haben, anderen Sklavenhändlern ins Netz zu gehen, könnte er sich rasch wieder auf seiner alten Position sehen und den Tag verfluchen, an dem er auch nur einen Werst weiter geflohen ist als unbedingt nötig.«

Peirol erstarrte ob der Drohung, die da anklang, aber seine Stimme blieb ruhig. »Selbst ein entlaufener Sklave kann verborgene Fänge haben, die seine neuen Häscher ihre Tat rasch bedauern ließen.«

Aulard grinste und lehnte sich dann zurück. »Nun denn, Herr, wieso habt Ihr gerade mich aufgesucht?«

»Nun, Herr, ich bin ein Mann, der mit Gemmen handelt«, erklärte Peirol. »Ich habe Euren Namen das erste Mal an Bord eines Schiffes gehört und war sehr beeindruckt von dem, was da gesagt wurde.«

»So hat sich denn mein – nun, ich bin nicht so arrogant, hier von Ruhm sprechen zu wollen, aber sagen wir doch mein Ruf, hat er sich auch im Ausland herumgesprochen?«

»In gewissem Sinne«, antwortete Peirol. »Ich hörte die Geschichten von einer schönen Jungfer namens Lady Zaimis Nagyagite.«

Aulard setzte sich überrascht auf. »Ihr wart mit ihr an Bord der *Petrel*?«

»Das war ich, Herr, und wir wurden beide von beshkirschen Piraten gefangen. Ich wurde Galeerensklave und habe keine Ahnung, was aus der edlen Dame geworden ist; ich hoffe nur, sie hat ihr Missgeschick überlebt und befindet sich jetzt sicher in ihrem Haushalt.«

»Das ist sie«, sagte Aulard. »Jetzt erinnere ich mich auch daran, dass sie etwas von einem Juwelier erzählt hat, einem Zwerg von großem Charme und Wissen, aber sie befürchtete, Ihr wärt umgekommen. Offensichtlich –«

»Offensichtlich«, pflichtete Peirol ihm bei und trank einen Schluck Branntwein.

»Dann lasst mich noch eines fragen, bevor wir zum Geschäftlichen kommen. Was hattet Ihr für einen Eindruck von Milady? Ihr dürft ganz offen sprechen – von Mann zu Mann.« Subtil war Aulard nicht.

»Euer Geschmack, was Bräute betrifft, hat mich denn doch beeindruckt«, meinte Peirol. »Ich fand sie bescheiden, doch gesellig und recht geistreich. Sie verbrachte die meiste Zeit allein, und der einzige Mann, von dem sie sprach, das wart Ihr, ihr Zukünftiger.«

Aulard strahlte.

»Ich bin froh, dass Lady Zaimis ausgelöst wurde«, fuhr Peirol fort. »Bevor die Piraten uns gefangen nahmen, da sagte sie mir, sie würde sich lieber ertränken, als ihre Tugend aufs Spiel zu setzen.«

»Ich habe sie ausgelöst«, erklärte Aulard. »Und für einen hübschen Batzen Gold, das kann ich Euch sagen. Und jetzt spielt sie in der Tat eine Rolle in meinem Hausstand. Eine sehr lebhafte Rolle obendrein. Manchmal …« Aulard ließ seinen Satz ausklingen und trank seinen Branntwein ganz aus. »Ich habe mir das noch einmal überlegt«, sagte der große Mann. »Womöglich ist Euer Geschäft ja ganz unterhaltsam für meine Damen, da Geschmeide sie ja von jeher fasziniert. Ich bin sicher, Ihr wisst, ich habe eine ansehnliche Sammlung davon, was Euch ja wohl zu mir geführt hat.«

»Das hat es, mein Herr.«

»Ich werde Euch von einem Diener zu Eurem Quartier bringen lassen. Zu Abend essen wir ein Glas nach Sonnenuntergang. Ich werde nach Euch schicken.«

»Eine ausgezeichnete Idee, mein Herr«, bemerkte Peirol. »Ich weiß nicht, ob ich Eure Damen zu amüsieren vermag, kann aber gewiss über Diamanten und dergleichen plaudern, und ihre mögliche Verwendung als Geschenke interessiert im Allgemeinen jeden, zumal wenn ein ansehnlicher Profit dabei winkt.«

Er war dabei, seine Falle zu stellen.

Peirol stieg Treppen hinauf, ging Korridore entlang, folgte dem Diener, der seine Satteltaschen trug, aber mehr nach einem Banditen als einem Bediensteten aussah. Plötzlich war aus einem Alkoven eine Stimme zu hören: »Peirol! Ihr seid es tatsächlich!«

Schon hatte Zaimis seine Schultern umfangen und ihn an sich gedrückt, wobei sie immer wieder seinen Namen aussprach, als hätte sie eher einen verloren geglaubten Geliebten und nicht einen zeitweiligen Gefährten im Unglück vor sich. Ihm war eben der Gedanke gekommen, dass ihre Brüste an seiner Backe sich noch besser anfühlten, als er geträumt hatte, da löste sie sich von ihm.

Zaimis war noch schöner, als er sie in Erinnerung hatte; ihr Blondhaar war nun kurz geschnitten, ihr vollkommenes Antlitz bedurfte der Schminke nicht, lediglich auf ihren Lippen sah er einen Hauch von Rouge. Sie trug ein linnenes Gewand, das bis auf den Boden reichte und keusch am Hals geknöpft war.

»Ihr seid in Sicherheit! Ihr seid hier! Ich dachte schon, Ihr wärt tot.«

»Das war ich auch«, entgegnete Peirol. »Aber die Erinnerung an Eure Schönheit hat mich wieder zum Leben erweckt.« Sie kicherte und warf einen Blick auf den finster blickenden Diener. »Er da. Ich nehme an, Milord hat unseren Gast im zweiten Turm untergebracht?«

»Jawohl, Milady.«

»Gut. Dann geh er und erwarte uns da, da ich mit Peirol einige Erinnerungen aufzufrischen habe, die ihn nur langweilen würden.«

Der Mann zögerte, verbeugte sich dann aber und ging.

»Es wäre einfacher gewesen, ihn einfach zu entlassen«, sagte Zaimis. »Aber nicht neben einem Schlafgemach. Mein Lord Aulard traut mir nicht weiter als dem Rest seiner Gemahlinnen, mit anderen Worten überhaupt nicht«, erklärte sie mit einem Anflug von Bitterkeit.

Peirol musste an Edirne denken, den dunkelhäutigen Maat, und eine Nacht voller Gestöhn. »Zu schade«, meinte er scheinheilig. »Denn ein Mann, der einer so offensichtlich ehrenwerten Frau wie Euch nicht traut, ist zu bemitleiden.«

Zaimis blickte den Korridor hinauf und hinab und hakte sich dann bei ihm ein. »Ich dachte, ich hätte sie Euch töten sehen, nachdem Ihr dem unseligen Libat gabt, was er verdient hatte.«

Peirol erzählte ihr, angefangen mit den blutigen Decks der *Petrel*, was passiert war, ließ dabei freilich Einzelheiten aus, die peinlich sein mochten, wie etwa Niasbecks Tochter und Gemahlin.

»Ihr habt das Glück der Götter.«

»Das hoffe ich doch«, sagte Peirol aufrichtig. »Aber es gab Zeiten, in denen ich an ihrer Existenz zweifelte.«

»Tut das nie und nimmer! Ich selbst habe gebetet und gebetet, und jetzt seid Ihr hier und ich weiß, Ihr werdet mir irgendwie helfen.«

»Das würde ich wohl, mit Vergnügen sogar«, erwiderte Peirol, »wenn ich wüsste, was Euch zu schaffen macht.«

»Es ist Lord Aulard«, zischte sie, wobei sie hin und her blickte wie eine gefangene Wildkatze. »Er hat weder mir noch meinem Vater die Wahrheit gesagt, als er um mich warb.«

»Wie schrecklich«, gab Peirol unverbindlich zurück. »Inwiefern?«

»Nun, zunächst einmal hat er nicht gesagt, dass er schon elf Frauen hat«, sagte Zaimis. »Ebenso wenig wie er gesagt hat, dass er nicht viel besser ist als der Pirat, bei dem er mich ausgelöst hat. Schlimmer noch, denn Lord Kanen war immerhin schöner anzusehen als Aulard. Und sein Heim stand nicht mitten in der Wüste wie dieser schreckliche Steinhaufen hier. Ich hätte … ach was, vergesst, was ich sage.«

Peirol fragte sich, was wie wohl hatte machen sollen, und erklärte dann unverbindlich: »Nun, denn, manchmal sind die Dinge eben nicht ganz so, wie wir es erwartet haben. Aber wenigstens bietet Aulard Euch ein sicheres Zuhause, und das ist schon einiges in dieser Zeit.«

»Geschwätz«, entgegnete Zaimis. »Ich habe genügend Selbstvertrauen, um zu wissen, ich käme auch sehr gut alleine zurecht, wenn es sein müsste. Wenigstens hätte ich dann meine Freiheit.«

»Wenn ich nur –«

Zaimis verstummte und sagte dann ruhig: »Aulard ist um einiges mehr, als ich erwartet hatte, mein lieber Peirol. Nicht nur« – sie lächelte affektiert und angewidert zugleich – »hinsichtlich dessen, was Euch Männern so wichtig ist, sondern auch als Beschützer und Kamerad.«

Peirol fragte sich, ob sie wohl wahnsinnig war, spürte dann aber den Druck ihrer Hand an der Schulter und sah ihren Finger zur Seite weisen. Er blickte hinüber, sah aber nichts als einen Wandbehang, auf dem eine Löwenjagd abgebildet war. Dann fiel ihm der tote Löwe auf und dass das Gewebe dort dünner zu sein schien als anderswo. Er sah eine Bewegung hinter dem Teppich – ein Auge? Den Teil eines Gesichts? Dann nichts mehr. Sie gingen weiter.

»Seht Ihr?«, sagte Zaimis grimmig. »Die Wände haben Augen und Ohren, und was immer ich in deren Reichweite sage, berichtet man auf der Stelle meinem heimtückischen Lord, der mich dann ›angemessen diszipliniert‹. Zuweilen mit der bloßen Hand, manchmal mit der Peitsche. Ich … ich gestehe, dass ich das zunächst als erregend, als eine Art des Liebesspiels empfand. Aber dann … wir waren nämlich bis vor zwei Zeiten noch unser dreizehn. Die eine – es ist uns verboten, ihren Namen auch nur zu denken – warf man den Bären vor.« Zaimis erschauerte.

»Ich habe solche Angst, Peirol. *Solche* Angst. Und ich weiß nicht, was ich tun soll. Aber Ihr werdet einen Plan ersinnen, nicht wahr?«

»Welcher Art?«, improvisierte Peirol.

»Euch wird schon etwas einfallen. Hier ist Euer Gemach, gleich da vorne. Ich sehe Euch dann beim Abendessen und hoffe, Ihr bleibt ein paar Tage.« Sie schickte sich zum Gehen an, wandte sich ihm dann noch einmal zu. »Erinnert Ihr Euch an die Nacht auf dem Schiff, bevor die Piraten kamen?«

Peirol verfluchte seine Vorsicht bis zu diesem Tag.

»Ich habe mich da zuweilen närrischerweise etwas gefragt, schließlich dachte ich, Ihr wärt tot, aber jetzt drängt sich mir der Gedanke von neuem auf: Was wäre wohl passiert, wenn ... nun ja, als Edirne damals bei mir klopfte, da dachte ich, Ihr wärt es und öffnete die Tür nur allzu gern. Vielleicht wäre es besser gewesen, wäre es anders gekommen.« Sie lächelte glutvoll, dann war sie fort.

Peirol starrte entsetzt hinter ihr her. Besser? Edirne war bis Sonnenaufgang zugange gewesen. Welche Wunder traute sie Zwergen zu? Er fragte sich nun, ob er nicht besser daran getan hätte, den Rat des Fuhrmannes anzunehmen und weiterzuziehen, anstatt seinen ach so raffinierten Plan zu verfolgen. Warum konnte Zaimis nicht feist, schwanger und glücklich sein!

»Nun, dieser spezielle Rubin«, erklärte Peirol seinem hingerissenen Publikum, »hat eine höchst üble Vergangenheit. Vielleicht, Lord Aulard, sollte ich gar nichts Näheres dazu sagen, ich fürchte, ich bringe Eure Gemahlinnen sonst womöglich noch um den Schlaf.«

»Nur zu«, grollte Aulard. »Ich entscheide, wie meine Frauen schlafen – wenn überhaupt!« Unmanierlich lachte er brüllend auf, und seine Schwertkämpfer, die jetzt als Diener herhalten mussten, schlossen sich seinem Heiterkeitsausbruch an.

Peirol bemerkte, dass nur etwa die Hälfte der zwölf Frauen im Raum die Bemerkung komisch fand. Das Alter des Dutzends

Frauen reichte von Zaimis' zwanzig Jahren bis zu den dreißig der ältesten. Alle, so verschieden ihr Teint auch sein mochte, konnten als große Schönheiten gelten.

Die Mahlzeit war einfach, der Schmaus eines Kriegers: scharf gewürztes Rindfleisch, geröstetes Geflügel und Süßkartoffeln. Aulard aß hastig, wenn auch etwas mechanisch, für die Hälfte der Frauen traf noch nicht einmal das zu – als wäre der Speisezettel Abend für Abend gleich.

Die Frauen riefen nach Geschichten von der großen weiten Welt, von Reisen und Pracht. Peirol gehorchte und log, wann immer es nötig war. Als das Mahl zu Ende war, holte er ein kleines Säckchen heraus und ließ einige Steine auf das Tischtuch rollen. Er hielt den Rubin hoch.

»Also, wie Lord Aulard sicher weiß, besteht die Möglichkeit, die Farbe eines Rubins durch Erhitzen zu ändern. Es vertieft das Rot und lässt es lebendiger werden«, sagte Peirol.

»Eine riskante Geschichte«, meinte Aulard. »Wenn er zu viel Hitze bekommt, zerspringt der Stein.«

»Fürwahr«, pflichtete Peirol ihm bei. »Ich halte es für das Beste, einen Magier dabeizuhaben und ihn den Stein ›erfühlen‹ zu lassen, während er sich erhitzt. Wie auch immer, die Geschichte dieses Steins ist ganz anders. Achtet darauf, dass das Rot eine etwas finstere, brütende Nuance hat. Das liegt daran, dass der Juwelier, der ihn als Erster gespalten hat, schwarze Magie praktizierte, und als der Stein fertig war, hat er für seinen Zauber das Blut einer Jungfrau benutzt.«

Worauf einige *Uuuhs!* zu hören waren, und selbst einige der Schwertkämpfer wurden nervös.

»Dies hat einen finsteren Fluch über ihn gebracht«, fuhr Peirol fort. »Der Mordbube von Juwelier starb, als er das Juwel aus den Händen gab, und es heißt seither, dass jeder, dem der Stein gehört, stirbt, wenn er ihn verkauft oder verschenkt – es sei denn, eine Frau, die ihm nahe steht, stirbt, woran auch immer, und nur in diesem Fall kann ihm nichts passieren.«

Natürlich war mit dem fraglichen Stein keine solche Geschichte verbunden. Es war nur einer der Steine, die Peirol der großen Schlange gestohlen hatte, die Slasks unterirdischen Tempel in den Ruinen von Thyone bewacht hatte.

»Aber was ist mit Euch?«, fragte eine der Frauen.

»Habt Ihr denn nicht schreckliche Angst, der Fluch könnte Euch treffen?«

»Kleine Leute«, so sagte Zaimis, noch bevor Peirol antworten konnte, »verfügen über eigene Kräfte, und ich weiß, dass Peirol sehr, sehr tapfer ist und selbst einem Zauber zu widerstehen vermag.«

Lord Aulard bedachte sie mit einem finsteren Blick. Peirol ging dazwischen, bevor die Situation sich verschlimmern konnte. »Ich danke Euch, Milady. Aber genau betrachtet gehört der Stein ja nicht mir, ich agiere nur als Mittelsmann für den Besitzer. Er ist von sehr edler Geburt, wenn ich auch seinen Namen nicht nennen kann. Ich nehme diesen Stein mit in eine große Stadt, wo ich ihn verkaufen werde, ohne seinen Ruf zu erwähnen.«

»Wird dies nicht das Schicksal einer Person aus dem Hausstand des neuen Besitzers besiegeln?«

»Ich glaube nicht«, erwiderte Peirol. »Mir ist nämlich aufgefallen, dass die Macht von Göttern und Dämonen mehr und mehr abnimmt, je weiter man sich von ihrem Reich entfernt. Wird dieser Fluch auch auf der anderen Seite der Welt seine Wirkung bewahren? Wie gesagt, ich glaube es nicht. Es ist meine Spezialität, Juwelen mit finsterem Ruf an Orte zu verbringen, wo man ihren vollen Wert erkennen dürfte, ohne dass ein möglicherweise falsches Gerücht den Wert des Steins mindert.«

»Ein finsterer Ruf?«, fragte Aulard. »Könnte sich das auch auf Gemmen beziehen, die – sagen wir mal – nicht ganz legal erworben worden sind?«

»Möglicherweise«, gab Peirol zurück. »Ich beurteile meine Kunden nach dem, was ich denke, nicht nach dem, was die Welt sagt.«

Aulard strich sich über den Bart.

Peirol erzählte noch ein Dutzend weiterer Geschichten, eine blutiger als die andere, jede frei erfunden, bis Aulard schließlich zu gähnen begann, sich streckte und seinen Wein austrank. »Zeit, schlafen zu gehen«, verkündete er mit einem Blick den Tisch hinab. »Du, Zaimis. Ich gebe dir heute Nacht die Ehre.«

Aulard starrte Peirol an, als erwartete er eine Herausforderung.

»Gute Nacht, edler Herr«, sagte Peirol.

Aulard grunzte, nahm Zaimis bei der Hand und ging, von zwei Wachen flankiert, hinaus. Peirol fragte sich, warum er sich schämte, gerade so, als hätte ihm Aulard seine Begleiterin entführt. Was völlig absurd war, und so schob er den Gedanken beiseite. Aber er kam ihm immer wieder, als er sich in seiner Kammer hin und her warf.

Die Schatzkammer, das gab Peirol zu, sah anziehend aus mit den vier mächtigen Messingschlössern. Er besann sich jedoch auf das, was er von Dieben gelernt hatte: dass die Größe eines Schlosses für einen geschickten Einbrecher weniger interessant ist als seine innere Komplexität. Er sah sich bestätigt, als Lord Aulard vier gleich schwere, aufwendig gegossene Schlüssel zum Vorschein brachte, deren Bärte eher karg ausgefallen waren.

»Ich habe mir meine Gedanken gemacht, was Euren Beruf anbelangt«, erklärte Aulard, als er die klappernde Eisentür aufstieß. Er stellte die große Lampe, die er mit sich führte, auf den Tisch in der Mitte des Raums. Schubfächer säumten die Wände, und Aulard nahm einige davon heraus. Wie Peirol bemerkte, kamen sie alle aus der linken Wand.

»Ja«, entgegnete Peirol. »Ich war … beeindruckt von dem Juwel, das Ihr Zaimis zum Verlöbnis geschickt habt.«

Die Pause war wohlüberlegt. Aulard musterte ihn aufmerksam. »Beeindruckt? In welcher Hinsicht?«

»Von der raffinierten Art seiner Ausführung.«

»Ich finde Eure Wortwahl interessant.«

Peirol lächelte.

»Lasst mich Euch anders fragen«, sagte Aulard. »Hätte ich Euch das Geschmeide gebracht, von dem Ihr Zaimis gegenüber geäußert habt, es sei unbezahlbar, wenn ich Euch recht zitiere, und Euch darüber hinaus gesagt, es habe ungewöhnliche Qualitäten, wie viel hättet Ihr mir dafür gegeben?«

»Oh, vielleicht ein Dutzend Silberstücke«, antwortete Peirol. »Mehr, wenn ich einen Sammler von … Kuriositäten kennen würde, der an einem so fein gearbeiteten Stück interessiert wäre.«

»Nur ein Dutzend Silberstücke?« Aulard gab sich entrüstet. »Für einen blauen Diamanten?«

»Für einen blauen Stein, um genau zu sein.«

»Es gibt nur wenige im Juweliershandwerk, die in dem Objekt einen bloßen Kristall erkannt hätten.«

»Ich danke Euch, Herr.«

»Besonders beeindruckt bin ich davon, dass Ihr meine bedeutungslose kleine romantische Geste Zaimis gegenüber nicht habt auffliegen lassen. Ich habe schon Männer wegen weniger umgebracht.«

»Das habe ich gehört.«

»Ihr seid nicht nur gescheit, sondern auch vorsichtig.«

»Jemand von meiner Statur lernt das rasch«, erwiderte Peirol.

»Ja, das wird wohl so sein«, sagte Aulard. »Ich bewahre die Juwelen oder das, was Zaimis dafür gehalten hat, in den Schränken rechter Hand auf. Ich finde es sehr beruhigend zu wissen, dass es mich kaum um den Schlaf bringen wird, falls die Gemmen, die meine Frauen in meiner Begleitung in der Stadt so vergnügt tragen, verloren gehen oder gestohlen werden. Oder dass eine Frau, wie das auch schon vorgekommen ist, sich dazu entschlossen hat, ihren eigenen Weg zu gehen, und sie behält. Nicht dass dies meine Rache gemindert hätte, meine Verfolgung desjenigen, der mich öffentlich in Schande brachte, sei es Mann oder Frau«, erklärte Aulard mit dem Anflug eines Knurrens in der Stimme. »Genug des Geplänkels. Euer Beruf gefällt mir, weil ich gewisse Steine besitze, die ich nie werde zeigen können, noch kann ich sie selbst tragen oder eine meiner Frauen. Nur wenige sind mit Legenden verbunden, wie Ihr sie gestern Abend erzählt habt, aber die Gründe, aus denen sie im Verborgenen bleiben müssen, haben Euch nicht zu kümmern.

Meine gegenwärtige Situation lässt es mir wünschenswert erscheinen, über mehr Gold zu verfügen – ich will mir den Krieg zunutze machen und von in Bedrängnis geratenen Nachbarn – nicht gerade Freunde von mir – einige Ländereien erwerben. Ich würde diese Gemmen hier gerne in bare Münze verwandeln, kann aber etwas so Unfeines kaum selbst in die Hand nehmen, noch möchte ich, dass in diesem Zusammenhang mein Name genannt wird.«

»Ich verstehe«, antwortete Peirol und verkniff sich ein Grinsen. Aulard hatte angebissen. »Lasst mich dennoch einige Fragen stellen und eventuell einige Einschränkungen machen. Natürlich wäre ich interessiert. Deshalb bin ich ja letztlich zu Euch gekommen.«

»Das habe ich mir gedacht«, sagte Aulard. »So braucht denn keiner von uns den anderen für einen Narren zu halten. Welcher Art sind Eure Einschränkungen?«

»Lasst mich erst noch eine Frage stellen. Sind die Gemmen, die ich in Kommission nehmen soll, erst kürzlich zu ihrem Ruf gekommen?«

»Keine«, gab Aulard barsch zurück, »ist während des letzten Jahres … erworben worden – außer zweien, und diese gelangten unter Umständen in meinen Besitz, auf die nie jemand kommen wird.«

»Gut«, meinte Peirol. »Eine Einschränkung ist, dass keiner der Steine im Süden oder Osten einen schlechten Ruf haben sollte, da ich in diese Richtung reise. Ich trüge sie nun wirklich nicht gern an den, nehmt das jetzt nicht zu wörtlich, Schauplatz des Verbrechens zurück.«

»Ihr hättet Euch in der Tat um eine bessere Wortwahl bemühen können«, murrte Aulard. »Aber diese Einschränkung spielt ohnehin keine Rolle, da ich die Geschichte dieser Juwelen sehr gut kenne und Euch wohl kaum gern auffliegen sähe.«

Peirol fiel der Diebesjargon auf, der so gar nicht zu einem Edelmann passte.

»Dann lasst mich doch selbst zwei Fragen stellen. Wie groß soll Eure Kommission ausfallen?«

»Dreißig Prozent des Verkaufspreises«, erwiderte Peirol. »Darüber hinaus einen vernünftigen Betrag für meine Unkosten, die – so viel kann ich garantieren – weitere zehn Prozent nicht übersteigen werden.«

»Das ist lachhaft! Ich bin bereit, zehn, vielleicht fünfzehn Prozent zu zahlen, aber nicht mehr.«

»Dann sollten wir in den Empfangsraum zurückkehren, einen letzten Branntwein miteinander trinken, und dann mache ich mich auf den Weg mit dem Gedanken, was für ein huldvoller Gastgeber Ihr seid.«

»Ich könnte Euch den Bären vorwerfen, Euch Eure Juwelen abnehmen und sie meiner Sammlung einverleiben.«

»Das könntet Ihr«, sagte Peirol mit gleichgültiger Stimme. »Aber glaubt Ihr wirklich, dass keine meiner Gemmen verflucht ist? Glaubt Ihr wirklich, ich bin töricht genug, mich ohne gewisse Vorsichtsmaßnahmen in den Bau eines Mannes zu wagen, der sich zur Belustigung Bären hält? Haltet Ihr mich wirklich für einen solchen Narren, völlig allein über diese Straßen zu ziehen?« Peirol starrte Aulard in die Augen, bis der Edelmann den Blick abwandte.

»Nein«, gab Aulard widerwillig zu. »Natürlich nicht. Zwanzig Prozent.«

»Ich bin bekannt dafür, ein schlechter Feilscher zu sein, und so lege ich einen Preis fest und bleibe dabei. Dreißig Prozent habe ich gesagt und gemeint. Aber wegen Eurer Höflichkeit und der Aufregung angesichts der Möglichkeit, einige der Juwelen hier auf dem Tisch zu verkaufen, gehe ich mit den Spesen auf fünf Prozent des endgültigen Verkaufspreises herunter.«

Aulard knurrte wortlos und nickte. Er griff in eine Schale und fuhr mit den Fingern durch die Juwelen. »Das war eine meiner Fragen«, meinte er. »Hier ist noch eine. Wie ich gesagt habe, sind wir beide keine Narren, also meine zweite Frage: Was soll Euch davon abhalten, Euch einfach davonzumachen, habt Ihr meine Gemmen erst einmal verkauft, und nicht mehr zurückzukommen mit meinem Anteil am Gold?«

»Nun«, antwortete Peirol, »meine angeborene Ehrlichkeit.«

Beide Männer lächelten, ohne Humor.

»Genau«, gab Aulard zurück. »Mitten in der Nacht dann kam mir die Lösung. Ihr scheint meine Gattin, Zaimis, zu mögen, und sie fühlt sich von Euch angezogen, wie ich festgestellt habe. Ich halte das für etwas pervers, aber wie ich gelernt habe, ist Frauen derlei Verruchtheit grundsätzlich nicht fremd. Aber das brachte mich auf meine Vorsichtsmaßnahme. Als Erstes gebe ich Euch einen Mann mit: Honoro, dem ich absolut vertraue, weil er mir sein Leben verdankt und mir Bluttreue geschworen hat. Er kann mir das Gold zurückbringen, wenn Euch nicht danach sein sollte, den Weg noch einmal zu machen.

Zweitens werde ich Zaimis als Geisel behalten gegen irgendwelche … Schwierigkeiten. Ich verspreche Euch, wenn Ihr nicht wiederkommt oder besser, wenn ich mein Gold nicht bekomme, dann wird sie einen unvorstellbar langsamen Tod sterben, bis sie zu guter Letzt nach meinen Bären schreit, um sie von ihren Qualen zu erlösen. Ich habe so gewisse Vorstellungen – oder besser Träume –, die ich nur zu gern wahr machen würde, und Zaimis, jung und vollkommen wie sie ist, wäre dafür das ideale Objekt.« Aulards Lächeln war nach innen gerichtet und schrecklich.

»Ich glaube nicht, dass wir uns sehr ähnlich sind«, fuhr er fort. »Ich könnte mir eine solche Drohung mit Gleichmut anhören, da für mich Frauen nie mehr gewesen sind als Amüsement. Aber ich glaube nicht, dass Ihr so denkt, Peirol vom Hochmoor, Ihr seid einer der Leute, die zu beherrschen Leute wie ich bestimmt sind.«

»Ihr neigt zu vorschnellen Urteilen«, sagte Peirol und nahm sich zusammen.

»Aber ich habe fast immer Recht«, versetzte Aulard. »Ich kann Eure Bedingungen annehmen. Könnt Ihr auch die meinen akzeptieren?«

Einen Augenblick später streckte Peirol die rechte Hand aus, und Aulard ergriff sie.

»Sehr gut«, sagte Aulard. »Partner.«

Murmelnd ging Aulard seine Gemmen durch. Peirol fand das Gemurmel sehr aufschlussreich: »Der Sohn von dem Bastard ist noch am Leben ... zu bekannt ... der Zwerg hat gesagt, nichts für den Süden ...«

Aulard entschied sich zuerst für kleinere ungefasste Steine, die man leichter verkaufen konnte, dann größere Gemmen, die schwerer loszuschlagen wären, aber dafür um so mehr Profit brächten. Peirol beschloss, mit den größeren Steinen zu warten, bis er auf eine Stadt von wenigstens der Größe Arzamas' stieß, wo es Leute gab, die reich und anonym genug waren, um sich solchen Schmuck leisten zu können.

Aulard legte vier besondere Stücke beiseite: zwei Diamanten, einen feurigen schwarzen Opal und drittens eine höchst ungewöhnliche Nadel. Sie waren alle sehr groß, wenigstens dreißig *Varjas*, und eines schöner als das andere. Die Fassungen von dreien enthielten noch weitere Steine verschiedener Art.

»Der erste Diamant hier«, sagte er, »bringt seinem Besitzer angeblich Verderben, er hustet sich langsam zu Tode, obwohl er mir nichts getan hat. Dem anderen haftet der Fluch der Unfruchtbarkeit an. Ich gebe zu, noch keine Söhne zu haben, so ist es vielleicht ganz gut, ihn loszuwerden, obwohl ich gar kein sonderliches Interesse daran habe, jemanden zu schaffen, der zu einer Gefahr für mich heranwachsen wird – so wie ich für meinen Vater.

Dieser Opal hier ging durch die Hände einer ganzen Reihe von Banditenführern, bevor ich ihn erwarb, und keinem war das

Glück gewogen, nachdem er getötet hatte, um ihn zu bekommen.«

Er nahm die Nadel auf und betrachtete sie. »Die hier … nein. Die bleibt hier, weil sie das Prunkstück meiner Sammlung ist, nicht vom Aussehen her, aber was ihre Legende angeht. Ich bin nicht abergläubisch, aber sie hat etwas … etwas Merkwürdiges – nicht dass mir etwas passiert wäre.«

»Darf ich sie mir näher ansehen?«, fragte Peirol.

Aulard zögerte, gab sie ihm aber dann. Nie hatte Peirol einen derartigen Stein gesehen. Er mochte vor der Bearbeitung ein brauner Rohdiamant von vierzig oder mehr *Varjas* gewesen sein. Statt eines konventionellen Schliffs gaben seine Facetten ihm die Form eins heulenden Wolfskopfs. Die Nadel war direkt in den Stein gefügt, er hatte keine Fassung, weder Silber noch Gold. Peirol nahm ihn durch die Lupe in Augenschein, gegen das Licht, fand ihn matt, von geringem Feuer, dann sah er Blitze, die aber gleich wieder verschwunden waren.

»Der Stein ist besprochen.«

»Besprochen und mehr«, meinte Aulard. »Ich weiß nicht, welche Sorte Stein es ist. Es ist kein Diamant, dafür ist er viel zu weich. Auch werdet Ihr bemerken, dass das Braun gleichmäßig verteilt ist im Gegensatz zu den braunen Liebhabersteinen in meinem Besitz; er hat keine blassen Stellen, und das Braun wird Schwarz dort, wo die Wolfsaugen sind.«

»Interessant«, gab Peirol zu. »Und ziemlich wertvoll für den richtigen Käufer – mit ziemlicher Sicherheit ein Mann. Abgesehen davon, dass es eine bemerkenswerte Arbeit ist, warum wollt Ihr ihn nicht verkaufen?«

»Wie gesagt, ich bin nicht abergläubisch«, antwortete der abergläubische Aulard. »Dieser Stein gibt dem Magier, in dessen Besitz er sich befindet und der den richtigen Zauber kennt, die Fertigkeit, Schattenwesen heraufzubeschwören, die er zu seinen Dienern machen kann, ohne dass sie ihm etwas tun. Der Mann, von dem ich den Stein … erworben habe, war kein Magier und kannte keinen dieser Zauber, sodass ich seit langem zögere, sie zu tragen.«

Peirol fragte sich, was Aulard wohl tun würde, wenn er ihm sagte, dass man ihn als Kind selbst einen Wechselbalg genannt hatte und dass er in der Lage war, richtige Wölfe zu rufen, so wie er es in den Ruinen von Thyone gegen Koosh Begee und seine Verbrecher getan hatte.

»Noch einmal, er ist verflucht und bringt Unglück – eine Wahrheit, keine Legende. Grund genug, ihn nicht zu tragen, sondern hier in der Schatzkammer zu lassen, wo er von Bannzaubern umgeben ist. Hier kann er nichts anrichten. Ich behalte ihn, weil … wegen seiner Einzigartigkeit.

Keiner meiner Frauen gefällt er, außer Zaimis, und ich denke, sie hat das nur aus einer Laune heraus gesagt.«

»Kein Problem«, erklärte Peirol und gab ihm die Nadel zurück. »Eure übrige Auswahl wird mehr als genug bringen, um Euch weit reicher zu machen, als Ihr es jetzt seid. Behaltet sie in Eurer Schatzkammer, bis Ihr einen reichen Magier findet.«

Aulard lächelte verkniffen. »Dann scheint ja alles bestens zu gehen. Ich bin zufrieden. Deshalb lege ich auch noch etwas drauf. Wenn Ihr zuwege bringt, was Ihr behauptet, ich verspreche Euch, ich schenke Zaimis einen meiner besseren Steine – einen echten diesmal, keinen Kristall. Aber ich würde vorschlagen, dass Ihr ihr das nicht sagt. Frauen geraten leicht durcheinander.«

Einen Tag später, nach einem ordentlichen Festschmaus, bei dem Aulard sich furchtbar betrank und in einem Anfall von Wollust gleich zwei seiner Frauen – eine davon Zaimis – mitnahm, waren Peirol und Honoro bereit. Aulard hatte aus der Nacht keinerlei Schäden davongetragen und gab sich höchst jovial. Er ließ seine Gefolgsleute zusammenrufen und stellte sich auf die Treppe des Burghofs. Er wünschte Peirol eine gute Reise, gute Geschäfte und eine rasche Wiederkehr – »um keine Missverständnisse aufkommen zu lassen«.

Er lachte derb und warf dabei Zaimis, die ein wenig blass um die Nase schien, einen ostentativen Blick zu. Aber sie lachte herzlich, und Peirol konnte sich vorstellen, dass sie sich ihrer Rolle als Geisel bewusst war. Er hatte keine Gelegenheit gehabt, sie allein zu sprechen, und so nicht erfahren, welche Art »Plan« sie gebraucht hatte.

Aulard nahm Honoro beiseite und flüsterte ihm etwas zu, wobei er immer wieder zu Peirol herübersah. Dann sagte er laut: »Und du bist der Beste, den ich habe«, klopfte ihm dann auf den Rücken, und die beiden stiegen auf. Jeder hatte sein Reittier, dazu ein Packpferd mit Proviant.

Peirol hatte Aulards Juwelen in einem Beutel unter seinem Rock. Er hatte ein Panzerhemd gefunden, das ihm genau passte, und Aulard hatte es ihm geschenkt. Seine eigenen Gemmen trug er wie immer in dem Beutel, den er sich hinters Knie gebunden hatte. Peirol verbeugte sich vor Aulards Frauen, meinte Zaimis zwinkern zu sehen, dann verneigte er sich vor Aulard. Schließlich stiegen er und Honoro in den Sattel und ritten auf die Landstraße hinab.

Peirols Plan hatte geklappt wie am Schnürchen. Seine Verstellung hatte Aulard dazu veranlasst, ihm genügend Reichtümer mitzugeben, um ihn bequem nach Restormel zu bringen, wenn er hier und da ein Geschäft abschloss. Der Gedanke, dass Zaimis eine Art Geisel sein sollte, behagte ihm gar nicht, aber er ging davon aus, dass sie nicht in Gefahr wäre, ja womöglich sogar als etwas Besonderes behandelt würde, solange er tat wie geheißen und Aulard einen ordentlichen Profit erwirtschaftete, der sich mit Honoro nach Hause zurückschicken ließ.

Peirol zog eine Karte zu Rate, die Aulard ihm gegeben hatte; Isfahan, so beschloss er, sollte die erste Stadt sein, in der er ein Geschäft abwickeln wollte. Um dorthin zu gelangen, mussten sie zwei Wochen südwärts reiten, fast bis an die Spitze der manoleonischen Halbinsel.

Zwei Tage von Aulards Burg entfernt wurde das Land reicher. Die Bauern auf den Feldern flohen nicht mehr beim Anblick bewaffneter Reiter, und sie begegneten gar Reitern, die noch nicht einmal Waffen trugen. Es gab mehr Dörfer, einige mit Gasthäusern, obwohl sowohl Honoro als auch Peirol sehr vorsichtig waren, bevor sie sich den Luxus eines richtigen, vor dem Wetter geschützten Bettes gestatteten.

Fünf Tage von Aulards Burg entfernt sagte Honoro etwas Merkwürdiges, und das ganz ruhig, fast ebenso zu sich selbst wie zu Peirol. »Schwüre sind Schwüre, und Versprechen sind Versprechen, aber guter Stahl ist das Einzige, auf das man wirklich vertrauen kann.«

Peirol fragte, was er damit meinte, aber der narbige Schurke schüttelte einfach den Kopf.

In dieser Nacht lagerten sie unweit der Straße in einem verlassenen und halb verfallenen Kuhstall. Honoro hatte mit dem Bogen einen großen Vogel geschossen, den Peirol ausnahm, mit Reis und mit Würzkräutern füllte, die man unterwegs gepflückt hatte; dann kam er auf einen Spieß, um ihn über dem kleinen Feuer zu rösten. Honoro holte eine Feldflasche Wein von seinem Packpferd und goss zwei Lederbecher voll. Sie setzten sich, streckten sich gelegentlich aus nach dem langen Tag zu Pferde, den man in durchaus geselligem Schweigen nebeneinander her geritten war.

Mit einem Mal sagte Honoro: »Was wollt Ihr denn mit Eurem Anteil an dem Geld machen?«

»Wie meinen?«

»Mit Eurer Hälfte von dem, was Ihr für die Juwelen von dem Arschgesicht kriegt«, sagte Honoro deutlich, als spreche er mit einem begriffsstutzigen Kind.

Peirols Herz setzte einen Augenblick aus, und er warf einen Blick nach seinem Schwertgurt, der auf der anderen Seite des Feuers auf seiner Schlafrolle lag. *Zu weit, zu weit.*

»Ich verstehe noch immer nicht«, meinte Peirol. »Wir kehren

mit den fünfundsechzig Prozent dessen, was wir herausschlagen, zurück – möglicherweise auch Ihr allein.«

Honoro starrte ihn fassungslos an, dann lachte er auf. »Verflucht komisch«, kicherte er. »Wirklich verflucht komisch. Ihr seid der Wanderer, der Missgestaltete, einer, dem niemand bei rechtem Verstand auch nur einen Augenblick lang über den Weg trauen würde, der, wenn er gescheit ist, Aulards Gemmen verkaufen und weiterreiten und den Dummkopf auslachen würde, den er übers Ohr gehauen hat. Ich bin der treue Gefolgsmann, der, den Aulard vor dem Galgen gerettet hat, der einen Eid auf Leben und Tod geleistet hat, ihm ehrlich zu dienen, so lange er lebt, ein Schurke, wenn auch einer, der diesem Handel nie untreu geworden ist – weil er auf die richtige Gelegenheit gewartet hat. Wir könnten nicht verschiedener sein.«

»Der Grund, aus dem ich mache, was ich mache«, erklärte Peirol, »ist der, dass Lord Aulard gesagt hat, Lady Zaimis wird einen schrecklichen Tod sterben, kehre ich nicht zurück.«

»Ist Zaimis Eure Schwester? War sie einst Eure Buhle?«

»Weder noch«, gab Peirol zu.

»Was geht sie Euch dann an? Sie ist nichts weiter als eine törichte Schlampe, die eine gute Partie zu machen glaubte, als ihr Vater sie mit Aulard verlobte. Ich weiß, sie ist der Ansicht, er hätte sich nicht an seine Versprechen gehalten, aber was geht's Euch an? Seit wann sagt ein Mann einer Frau die Wahrheit, wenn er doch nichts weiter will als zwischen ihre Beine? Wieso gebärdet Ihr Euch als Gentleman? Oder als Narr?«

»Ich weiß nicht«, meinte Peirol. »Vielleicht habe ich genug Leichen gesehen und will nicht für eine weitere verantwortlich sein.«

»Dann solltet Ihr Euch auf der Stelle selbst das Leben nehmen«, schlug Honoro vor. »Denn was ist das Leben anderes, als dass die Starken von den Schwachen nehmen? Wisst Ihr nicht, dass der Mensch durch tierisches Verhalten am Leben bleibt?«

»Nein«, entgegnete Peirol. »Das weiß ich nicht.«

»Na schön«, seufzte Honoro. »Ich schätze, es hat wohl keinen

Sinn, mit Euch zu streiten, schließlich ist mein Vorschlag offensichtlich genug. Wir reiten weiter, und wenn unser Geschäft getan ist, teilen wir das Gold, und Ihr könnt mit Eurem Anteil machen, was Ihr wollt. Und vergesst nicht, ich würde Euch hier umbringen, bräuchte ich nicht Euer Wissen, um einen guten Preis zu erzielen.«

Honoro trank seinen Becher aus. »Nein«, fuhr er fort, »ich habe es mir überlegt. Angenommen, Ihr seid ein Mann, der zu seinem Wort steht, dann muss Euch das, was ich Euch eben gesagt habe, zu meinem Feind machen. Ich habe unter so harten Bedingungen nur deshalb so lange überlebt, weil ich entweder vor meinen Feinden geflohen bin, wenn sie mir zu stark waren, oder …«

Ein langer Dolch blitzte in Honoros Hand. »Tut mir Leid, Zwerg«, sagte er im Aufstehen. Peirol war ebenfalls auf den Beinen.

»Versuch erst gar nicht zu kämpfen«, erklärte Honoro. »So kann ich dir einen leichten Tod garantieren, und du brauchst nicht zu leiden –«

Honoro stolperte und stieß dabei einen merkwürdigen Laut aus. Seine Hand öffnete sich, und der Dolch klapperte auf die Steine. Er riss den Mund auf, und etwas Blut lief heraus. Peirol sah es mitten in seiner Brust metallisch blitzen, dann kam das Blut.

Peirol wurde klar, dass der Blitz eine Pfeilspitze war. Honoro blökte einmal, drehte sich halb um die eigene Achse, brach dann über dem Feuer zusammen und war mausetot.

13 Von Rache und Rauchkreaturen

Zaimis trat aus der Dunkelheit, einen kleinen Sportbogen in der Hand. Sie trug eine Reithose, Reitstiefel und eine Jacke mit Kapuze, alles in braunem Leder.

»Habe ich … ist er …«

»Tot, in der Tat, Milady«, sagte Peirol, dem ein unangenehmer Gestank in die Nase stieg. Er sah, dass Honoros Leiche zu rösten begann. Er zerrte sie aus dem Feuer, drehte sie dabei versehentlich um und sah das verkohlte Gesicht. Zaimis stieß einen Laut aus und begann sich unter Zuckungen zu erbrechen.

Peirol zog die Leiche ins Gebüsch, rettete den Vogel, trat dann hinüber zu der nunmehr schluchzenden Zaimis, hob den Arm und umarmte sie. Sie legte ihm den Kopf an die Schulter und weinte noch heftiger.

»Ihr habt mir das Leben gerettet«, murmelte Peirol beruhigend. »Bitte, hört auf zu weinen.«

Langsam ließ das Geschluchze nach, und sie hob den Kopf. »Ich habe noch nie jemanden getötet … auch wenn der Bastard da es in Kauf genommen hätte, dass man mich zu Tode quält.«

»Leute zu töten sollte man sich auch nicht zur Gewohnheit werden lassen«, pflichtete Peirol ihr bei. »Kommt, lasst mich ein Tuch und etwas Wasser holen und Euch das Gesicht waschen. Trinkt etwas Wein. Setzt Euch und erzählt mir, wie Ihr geflohen seid.«

Zaimis zog die Nase hoch und nickte gehorsam. Selbst mit abgewischtem Gesicht und roten Augen war sie für Peirol noch immer eine der schönsten Frauen, die er je gesehen hatte. Sie trank den Becher Wein etwa zur Hälfte aus, und Peirol goss ihr den Rest der Flasche ein, stand dann auf und holte eine weitere aus Honoros Packen.

»Jetzt verstehe ich, welcher Art der Plan war, den Ihr von mir wolltet«, sagte er. »Tut mir Leid, dass mir keiner einfallen wollte.«

Zaimis schüttelte den Kopf. »Das spielt keine Rolle. Mein Vater hat immer gesagt, ein guter Plan ist einer, der einem im Augenblick einfällt, und daran habe *ich* mich gehalten.« Peirol konnte ihr die leichte Betonung des *ich* nicht verübeln. »Aulard wurde sehr laut, nachdem Ihr beide abgereist war. Er prahlte mit den Ländereien, die er kaufen wollte, und dass er die Nachbarn ins

Elend zu treiben gedachte. Er bestellte ein besonderes Mahl.« Zaimis erschauerte. »Ich werde womöglich nie wieder Rind sehen können. Ich schwöre, es ist alles, was der Mann isst. Wie auch immer, wir setzten uns zu Tisch. Da kam mir meine Idee, und so gab ich ihm etwas Pulver in den Branntwein.«

»Welche Art Pulver?«

»Mein Kindermädchen verstand sich ein wenig auf die Hexerei«, erzählte Zaimis. »Sie hat Kräuter gesammelt, einige als Gewürze, andere für schwarze Magie. Sie hat mir beigebracht, sie zu erkennen, zu trocknen und zu verwenden. Das, welches ich Aulard verabreicht habe, sollte eine abführende Wirkung haben. Ich denke, ich habe ihm wohl zu viel gegeben, weil ich mich von argem Geächze und Gestöhn aus seinem Schlafgemach aufgeweckt sah. Ich lief mit den anderen hin, um zu sehen, ob ich etwas tun konnte, und da saß er auf dem Nachttopf und jammerte, die Gedärme fielen ihm aus dem Hintern. Was er denn getan hätte, um derlei Unbill zu verdienen. Nie mehr würde er so viel essen. Dann stöhnte er weiter. Ich schwöre, wenn Männer je litten wie die Frauen, Monat für Monat …

Wie auch immer, niemand achtete weiter auf mich, also nahm ich seine Schlüsselkette vom Haken. Dann zog ich mir meine Reitkluft an und ging hinunter. Der ganze Haushalt war in hellem Aufruhr, alle waren sich sicher, dass der Herr starb, und die Köchinnen machten verschiedene Tränke, um ihn zu heilen. Ich hätte ihnen sagen können, dass das Kraut seine Wirkung im Lauf des Tages verlieren würde und er wieder der Alte wäre, wenn auch etwas schwach. Aber ich sagte nichts, sondern ging in seine Schatzkammer und nahm, was ich brauchte.

Ich schloss die Schatzkammer wieder ab und ließ die Schlüssel auf den Boden fallen, sodass er glauben würde, er hätte sie nur verlegt, auf dass er für einige Zeit nicht nach der Schatzkammer sehen ging. Dann nahm ich einen Packen aus der Rüstkammer, stopfte Proviant aus der Speisekammer hinein, ging in die Stallungen und sattelte mein Pferd.

Die Götter waren auf meiner Seite, denn die Tore standen offen, weil einige der Wachen zum nächsten Dorf gegangen waren, um die Hexe zu holen. Ich ritt, so schnell es gehen wollte, und machte die ganze Nacht nicht Halt und auch den folgenden Tag nicht, außer um mein Pferd ausruhen zu lassen und Hafer zu kaufen, wo immer es ging. Ich fragte Reisende und Dorfwächter, ob sie einen kleinen Mann mit einem Begleiter gesehen hätten, und einige hatten Euch im Vorbeireiten bemerkt.

Heute stellte ich fest, dass ich Euch fast aufgeholt hatte, schließlich war ich so schnell geritten, wie es nur ging, ohne mein Pferd zuschanden zu reiten. Ich habe Euch in der Dämmerung vor mir auf der Straße erspäht, mich aber zurückgehalten, bis ich Euch ein Lager aufschlagen sah. Dann habe ich mich mit dem kleinen Bogen hier herangeschlichen. Als ich noch ein Mädchen war, habe ich mit meinen Schwestern auf hölzerne Vögel geschossen und war dabei sehr gut.

Ich dachte, ich könnte Honoro vielleicht entwaffnen oder mich möglicherweise heranschleichen, wenn er eingeschlafen war, Euch aufwecken, und wir könnten zusammen fliehen. Stattdessen …«

Sie begann aufs Neue, Tränen zu vergießen, und wieder tröstete Peirol sie, sagte ihr, sie hätte sich nichts zuschulden kommen lassen und dass er stolz auf sie sei.

Zaimis trank noch etwas Wein, bekam dann einen Schluckauf. »Ihr habt Recht, Peirol. Jetzt müssen wir zusammen fliehen.«

Peirol fiel ein, was Aulard darüber gesagt hatte, jeden zu verfolgen, der ihn der Schande preisgab. Er führte Zaimis' Pferd in den Kuhstall, nahm dem Tier den Sattel ab, fütterte und tränkte es. Während er dies tat, kam ihm ein schauerlicher Gedanke.

»Sagt mal, Zaimis, Ihr erwähntet da etwas davon, genommen zu haben, was Ihr braucht? Was genau war das denn?«

»Etwas, das sicherstellen würde, dass ich weder zu betteln noch zu huren bräuchte«, erwiderte Zaimis. »Etwas für mich – und für Euch, wie ich hoffe.« Sie nahm einen kleinen Packen von ihrem Sattel, öffnete ihn, und zwei Hand voll Gemmen warfen den Schein des Feuers zurück auf Peirol.

»Ich war dem Bastard auf die Schliche gekommen«, fuhr sie fort. »Und ich wusste, dass all die Schübe rechter Hand nur Glasperlen enthielten und die echten Gemmen auf der linken Seite waren. Ich habe Euch zwei Hand voll gebracht«, erklärte sie. »Und außerdem das hier.«

Sie legte das Revers ihrer Jacke um, und Peirol bekam die Nadel mit dem Wolfskopf zu sehen. »Es ist immer mein liebstes Stück gewesen, und Aulard schuldet es mir dafür, mir die beiden besten Jahre meines Lebens gestohlen zu haben, ohne mir etwas dafür zu geben.«

»Euch ist doch klar, dass er hinter uns her sein wird.«

»Natürlich«, antwortete Zaimis. »Aber ich bin jetzt bei Euch, und ich weiß, dass jemand so Kluges wie Ihr für meine Sicherheit sorgen wird.«

Peirol versuchte, nicht zu stöhnen.

Er weckte Zaimis vor Morgengrauen auf. Sie hatten aneinander geschmiegt geschlafen, in seine Decke gerollt. Zaimis hatte etwas zu viel Wein getrunken und zu Peirols Überraschung gesagt, dass sie Hunger verspüre. Er selbst hatte kaum eine Keule abgenagt, während die Frau den Rest des Vogels verschlang, als hätte sie eine Woche nichts gegessen. Dann hatte sie sich schlafen gelegt, angekleidet für den Fall, dass sie aufwachen und schnell los müssten. Sie hatte gekichert und etwas über die Liebe gesagt, dann war sie auf der Stelle eingeschlafen. Peirol hatte sich Sorgen um Aulards Jagd auf sie gemacht, bis ihm klar wurde, dass dies nicht zu vermeiden war. Schließlich nickte auch er ein, und er schlief gut.

Sie wuschen sich, aßen Brot, das Peirol in einem Dorf gekauft hatte, und ritten dann mit frischen Pferden davon. Honoros Pferd war ein launisches Vieh, und so ließen sie es auf einer Wiese laufen. Was seine Leiche anging, so hatten sie weder Zeit noch Lust, eine Bestattungszeremonie abzuhalten.

»Wo gehen wir hin?«, fragte Zaimis.

»Wir gehen nach Isfahan, eine große Stadt fünf Tage von hier, schätze ich, wenn wir uns ordentlich ins Zeug legen«, antwortete Peirol. »Wir können dort die Gemmen verkaufen und dann entscheiden, was wir als Nächstes tun.«

»Ist die Stadt denn groß genug, dass wir uns dort vor Aulard verstecken können?«

»Ich weiß nicht«, meinte Peirol. »Aber mit dem, was Ihr Aulard« – fast hätte er *gestohlen* gesagt – »genommen habt, neige ich dazu, uns eher auf den Reichtum zu verlassen als auf Anonymität.«

»Ich wusste doch, dass es richtig war, mein Leben in Eure Hände zu geben«, bemerkte sie.

Peirol, der schon huldvoll abwiegeln wollte, warf einen Blick zurück über das weite Tal, das sie durchquerten. In weiter Ferne, etwa dort, wo sie genächtigt hatten, war eine Staubwolke zu sehen. Reiter. Und sie kamen rasch heran. Zaimis wurde blass.

»Vielleicht sind es nur Kaufleute, die es eilig haben, zum Markt zu kommen«, sagte Peirol. »Aber lasst uns weiterreiten.« Er dachte daran, sich zu verkleiden, in einem Dorf Halt zu machen und neue Kleidung zu kaufen. Aber daran würde man sich todsicher erinnern, und außerdem ließ sich, was seine Erscheinung anlangte, einfach nichts tun. Wäre er ein richtiger Zwerg gewesen, so hätte er sich als Junge verkleiden können, als Sohn des vermeintlichen Mannes, mit dem er reiste. Aber nicht bei seinem Aussehen.

»Was sollen wir tun?«, fragte Zaimis. »Gibt es in diesem Land Polizei? Eine Armee?«

»Ich weiß nicht.« Er sagte ihr nicht, dass sowohl Polizisten als auch Soldaten nur ihr Untergang gewesen wären. Er wusste nicht, welche Rechte die Frauen in diesem Land hatten, bezweifelte aber, dass sie ihre Gatten ausplündern durften. Jetzt, wo Honoro tot war, würde Aulard sie eben beide zu Dieben erklären. Das Beste, worauf sie hoffen könnten, war ein Ende als baumelnde Leichen an einem Baum an der Straße. Das

Schlimmste … Peirol musste an die Bären denken und Aulards Drohung, dass Zaimis sich den Tod unter ihren Pranken wünschen würde. Bevor es dazu kam – nun, er hatte einen Dolch und, wie er hoffte, die Kraft, sie beide damit in den Tod zu schicken.

Sie ritten in die Hügel, wo es heiß und staubig war. Er glaubte, auf der Kuppe eines fernen Hügels ein Gebäude zu sehen und hoffte, es möge eine Burg sein, wo sie Unterschlupf finden könnten, und sei es gegen Geld. Eine Stunde darauf sah er, dass es in der Tat eine Burg war. Sie kamen um eine Wegbiegung und fanden sich, wie es den Anschein hatte, vor einem Jahrmarkt wieder. Auf den Wiesen wanden sich merkwürdige Pflanzen an dünnen Seilen in die Höhe. Männer und Frauen gingen auf Stelzen zwischen den Pflanzen umher. Sie trugen leuchtend bunte Kleidung, und zwischen ihnen liefen Kinder mit Körben herum.

Verwirrt ritt Peirol auf eine der Wiesen, und schon stelzte eine leutselige Frau auf sie zu. »Guten Tag, Freunde«, sagte sie. »Es bringt Reisenden Glück, bei uns mitzumachen, und Brot, Käse und Bier haben wir mehr als genug.«

»Danke«, erwiderten Zaimis und Peirol im Einklang, und Zaimis fügte hinzu: »Aber wir haben es eilig und noch einige Werst zurückzulegen.«

»Jammerschade, denn die Ernte geht gut voran.«

»Was erntet ihr denn?«, fragte Peirol.

»Hopfen«, antwortete die Frau, »zum Würzen der feinsten Biere, die unser Bezirk produziert.«

»Danke für die Auskunft«, meinte Peirol. »Noch etwas. Diese Burg dort drüben? Könntet Ihr mir etwas über ihren Herrn sagen?«

»Er war ein böser Mensch«, erklärte die Frau mit Nachdruck. »Aus einem bösen Geschlecht. Und die Götter, vielleicht auch seine Dämonen, haben ihn niedergestreckt und seine Burg in einer sturmlosen, klaren Nacht zerstört.«

»Wisst Ihr, ob die Ruinen einem genügend Schutz bieten können?«

»Ihr seid herzlich willkommen, bei uns zu bleiben«, bot die Frau an.

»Nein, das können wir nicht«, sagte Peirol. »Ah …«

»Wir haben ein Gelübde abgelegt«, mischte sich Zaimis raffiniert ein, »jeden Tag eine bestimmte Anzahl von Werst zu reisen, und ich fürchte, dass selbst diese Burg womöglich nicht fern genug ist.«

»Ihr solltet dort ohnehin nicht verweilen«, meinte die Frau. »Denn der Fluch des Lords ist noch dort, und merkwürdige Kreaturen – Schattenwesen – gehen in der Ruine um und sind das Verderben eines jeden, der sie zu betreten wagt. Ich habe sie nicht gesehen, aber die Schwester vom Großvater meines Vetters. Nein, Reisende, in diesen Mauern passieren ungeheuerliche Dinge.«

»Ich danke Euch, meine Dame«, sprach Peirol und verbeugte sich im Sattel. »Wir werden Euren Rat gewiss beherzigen und die Burg in sicherer Entfernung umgehen, um dann im nächsten Dorf abzusteigen, wo wir wohl Unterkunft finden werden.«

Er grub eine Münze aus seiner Börse und warf sie ihr zu. Sie fing sie mit einer Hand, ohne ins Schwanken zu kommen. »Ich danke Euch, aber ich habe nichts getan, um eine Belohnung zu verdienen.«

»Nehmt das Geld«, bat Zaimis, »und trinkt ein Bier im Gedenken an durstige Wanderer, die keine Zeit zum Verweilen haben.«

»Oh. Jetzt verstehe ich. Ihr habt einen Fluch auf Euch geladen! Nein, nein. Münzen von Leuten Eures Schlages bringen nur Unglück.« Sie warf Peirol die Münze zurück. »Dann macht, dass Ihr weiterkommt«, sagte sie, mit einem Mal unfreundlich. »Denn meine Leute hier haben Ärger genug.«

Eine Stunde später ragte die Burg über ihnen auf; wie Dolche streckten sich die Zacken der Zinnen in den nachmittäglichen Himmel.

»Hier geht's hinauf«, meinte Peirol und wies auf eine Stelle, wo sich einst, zwischen zwei Reihen hoher Bäume, ein Weg hinaufgewunden haben mochte.

»Zur Burg?«

»Genau.«

»Aber was ist mit dem Fluch?«

»Ich glaube nicht an Schattenwesen«, erklärte Peirol. »Aber dafür um so mehr an Aulard.«

»Aber warum habt Ihr dann der Frau ... ach so: Aulard wird fragen und in die falsche Richtung gewiesen«, lächelte Zaimis. »Gescheiter Zwerg.«

»Das hoffe ich doch.«

Wer oder was auch immer die Burg zerstört hatte, es war recht gründlich geschehen. Nur ein Teil der Ringmauer stand noch, dazu zwei runde Türme, die ein Teil von ihr waren. Alles andere, auch der Burghof in der Mitte, war kaum mehr als ein Steinhaufen. Peirol und Zaimis führten ihre Pferde über die Granittafel, auf die die Burg gebaut war, bis zur hinteren Mauer, wo sie die Tiere gesattelt in einer Nische anbanden.

»Und jetzt?«, fragte Zaimis.

»Jetzt«, antwortete Peirol, »suchen wir uns ein Guckloch, und dann werden wir sehen, wie gescheit der Zwerg ist.«

Es dämmerte bereits, als sie weit unter ihnen einen Pulk Reiter auftauchen sahen. Im Trab ritten sie an der Abzweigung zur Burg vorbei.

»Gescheit, in der Tat«, bemerkte Zaimis. »Wenn sie vorbei sind, was machen wir dann?«

»Ich weiß nicht so recht«, erwiderte Peirol. »Dass es in der Ruine umgehen soll, macht mir keine Sorgen. Es gibt auf der ganzen Welt keinen Steinhaufen, in dem nicht irgendwelche schauerlichen Gespenster ihr Unwesen treiben, die zuletzt der Onkel von der Tante der Großmutter irgendeines Vetters gesehen hat. Vielleicht bleiben wir die Nacht hier und sehen uns dann nach einer Straße von Ost nach West um und anschließend nach einem anderen Weg in den Süden. Oder vielleicht könnten wir es besonders schlau angehen – wie ich es einmal bei einem Fuchs gesehen habe. Wir folgen dem guten Aulard. Der kommt doch nie auf den Gedanken, denselben Weg zurückzureiten, und seine Verbrecherbande dürfte jeden Banditen verscheuchen, der auf uns lauern könnte.«

»Gescheit, gescheit, gescheit. Vielleicht sollten wir uns Gedanken über eine angemessene Belohnung für einen gescheiten Zwerg machen.« Zaimis beugte sich vor und fuhr ihm mit der Zunge ins Ohr. »Vielleicht sollten wir die Nacht wirklich hier verbringen.«

Peirol wollte sich ihr eben zuwenden, um sie zu küssen, als er sah, dass die Reiter zurückkamen.

»Bei allen Göttern!«, fluchte Peirol. »Und dabei haben wir unsere Spur so gut verwischt!«

»Vielleicht ist er nur gründlich und sieht auf den Nebenstraßen nach«, vermutete Zaimis hoffnungsvoll.

»Nein«, entgegnete Peirol. »Seht Ihr, wie er seine Vorreiter hat ausschwärmen lassen? Wenn ich mir den Hals verrenke, sehe ich, dass sie die Bögen bereithalten.« Er blickte genauer hin. »Er hat eine Frau bei sich. Ob er wohl eine seiner Gemahlinnen mitgebracht hat? Und warum?«

»Ich kann mir nicht denken, wen … Augenblick, Aulard hat nach einer Hexe geschickt, als er krank war.«

»Und die hat uns hier gerochen«, ergänzte Peirol.

»Haben wir einen anderen Plan?«

Peirol schüttelte den Kopf. »Nicht die Spur.«

»Dann laufen wir doch weg.«

»Nein«, erklärte Peirol. »Die würden uns nur niederreiten. Und außerdem weiß ich nicht, wo wir hinlaufen sollten.« Er rieb sich das Kinn. »Das Beste, was mir einfallen will, ist, bis Mitternacht zu warten, dann zu Fuß davonzuschleichen und querfeldein zu gehen. In der Hoffnung, dass sie nicht gerade die besten Fährtenleser sind.«

»Aulard ist ein großer Jäger«, meinte Zaimis düster. »Wenn wir uns ruhig verhalten, vielleicht denkt er dann, wir sind nicht hier.

Oder wenn ein Fluch auf dieser Ruine liegt, vielleicht verwirrt dieser das Gespür der Hexe.«

»Vielleicht«, sagte Peirol und blickte wieder hinaus. Die Reiter – es waren elf, dazu die Hexe und Aulard – hielten vor der Burg an, stiegen ab und begannen, ihr Lager aufzuschlagen.

Aulard schritt zu der Stelle, wo einst das Burgtor gewesen war, und stand dann, die Hände in die Hüften gestemmt, da. »Versteckt euch ruhig in eurem Nest«, rief er. »Ich weiß, dass ihr da drinnen seid. Aber es dunkelt schon, und ich will nicht riskieren, dass einer meiner Männer über einen Stein stolpert oder euch die Gelegenheit gibt, ihm ein Messer in den Rücken zu rammen. Ich gebe euch diese Nacht, damit ihr euch all die Foltern ausmalen könnt, die ich für euch geplant habe. Nach dem Morgengrauen werde ich euch holen kommen. Angenehme Träume.« Er brüllte vor Lachen und ging dann zu den anderen, die gerade ein glimmendes Lagerfeuer entfacht hatten.

»Ich werde nicht hier auf meinen Tod warten«, erklärte Zaimis.

»Ich auch nicht«, pflichtete Peirol ihr bei. »Wir versuchen, uns in den frühen Morgenstunden davonzuschleichen.«

Aber dazu sollte es nicht kommen.

Sie warteten in einer steinernen Zelle, die Peirols Ansicht nach einmal als Stallung für ein geschätztes Pferd gedient hatte, da sie größer war als eine normale Box. Oder, so dachte er, da der Erbauer der Burg ja angeblich unter dem Einfluss von Dämonen gestanden hatte, könnte dort auch ein fabelhaftes Ungeheuer angekettet gewesen sein. Er entschloss sich, nicht weiter darüber nachzudenken. Wenigstens befand sich die Zelle an der Außenmauer, in der ein Loch klaffte, das groß genug war, um sich hindurchzuquetschen und dann den hinteren Hang hinabzufliehen.

Keiner von beiden schlief; ihre Waffen hatten sie bei der Hand. Es war eine klare Nacht mit zunehmendem Mond, aber Peirol hätte sich doch Donner und Regen gewünscht. Aber die Götter achteten auch diesmal nicht auf die Gebete des Zwergs.

Die Nacht zog sich hin; sie schien Jahre zu dauern. Von Zeit zu Zeit kroch Peirol hinaus, um nach Aulards Feuer zu sehen. Es war heruntergebrannt, und er schöpfte schon Hoffnung, als jemand trockenes Holz auflegte. Es loderte auf, und er sah zwei Wachposten auf und ab gehen.

Es war etwa gegen Mitternacht, so schätzte Peirol, als er es das erste Mal heulen hörte. Zaimis schlug im Mondlicht die Augen auf. Peirol lächelte ihr beruhigend zu. Wenn es in den Hügeln Wölfe gab, so war das die geringste ihrer Sorgen. Er überlegte, ob er es riskieren sollte, sie zu rufen. Würden sie wohl kommen und Aulard anfallen? Es hatte einmal geklappt, aber das war reines Glück gewesen, und er fürchtete sich davor, es noch einmal zu tun. Es war weit wahrscheinlicher, dass die Tiere die bewaffneten Menschen mit dem Feuer umgehen und sich über die beiden harmlosen Gestalten hermachen würden, die da am Davonlaufen waren, dachte er; nur zu gut erinnerte er sich daran, wie sehr Wölfe Mäuse als Appetithappen vor dem Hauptgang schätzten. Er versuchte auszumachen, in welcher Richtung das Rudel sich wohl befinden mochte, stellte aber verwirrt fest, dass das Geheul sehr schwach war, aber von überall zu kommen schien.

So viele Wölfe gab es nicht auf der Welt, das wusste er. Es musste eine Täuschung sein, die auf die Steine rund um sie herum zurückzuführen war, welche die Laute in verschiedene Richtungen warfen. Wieder war das Geheul zu hören, dieses Mal noch lauter.

»Kommen sie näher?«

»Ich weiß es nicht.«

Peirol holte das Schwert aus der Scheide und blickte auf den Burghof hinaus. Es war sehr hell dort, genauso wie in den Ruinen von Thyone, dachte er, und die Wölfe waren deutlich zu sehen. Peirol erschauerte instinktiv, und Zaimis, die es sah, wimmerte auf.

Im Mondlicht draußen bewegte sich etwas. Etwas glänzte wie die Hitzeschlieren über einem Schmelzofen. Peirol konnte nicht erkennen, was es war, jedenfalls nicht genau. Es veränderte ständig die Gestalt. Einmal hielt er es für einen Menschen, dann wieder für irgendein Tier.

»Seht doch«, flüsterte Zaimis, als neben dem ersten Wesen ein zweites zum Leben erwachte; dann waren es mit einem Mal ein halbes Dutzend weitere. Peirol hörte leises Raunen, das jedoch eher von Affen als von Wölfen zu stammen schien. Dann schob sich ein Wolkenfetzen über den Mond, und die Kreaturen bewegten sich auf die steinerne Zelle zu.

Mit einem Mal glaubte Peirol an Schattenwesen.

Wie von einem sachten Wind herübergeweht, trieben die Kreaturen auf sie zu. Dann hob eine davon das Gesicht – die Schnauze? – gen Himmel und heulte laut auf, und die anderen stimmten mit ein. Zaimis schrie, und die Kreaturen kamen näher heran.

Peirol fragte sich, ob Stahl sie wohl verletzen könnte, oder ob er magische Waffen bräuchte, die leider im Augenblick etwas knapp waren.

Eines ihrer Pferde, das auf der anderen Seite angebunden war, nahm Zaimis' Schrei auf; auch das Tier hatte die widernatürlichen Ungeheuer gesehen. Einmal mehr heulte das Rudel gemeinsam auf, und Peirol dachte schon daran, den Ruf zu erwidern in der Hoffnung, sie zu verwirren. Doch dann fiel ihm plötzlich die Nadel ein, die Zaimis trug, der Wolfskopf, der laut Aulard dazu gut war, Schattenwesen zu rufen. Vielleicht hatte er sie angelockt. Oder vielleicht kamen sie einfach, wann immer sich eine Beute bot. Nur hatte er keinen Zauber; er wusste doch nichts von Magie.

»Die Nadel«, bekam er hervor. »Gebt mir die Wolfsnadel!«

Zaimis starrte ihn an, dann begriff sie und nahm mit zitternden Fingern die Nadel von ihrer Jacke. Peirol warf sie hinaus auf den Burghof, wie er einen flachen Stein über einen Teich geschleudert hätte, mitten in das Rudel von Schattenwesen. Dann stieß er ein Geheul aus, den Hilfeschrei eines Wolfs aus dem Hochmoor, jenen Schrei, der das Rudel dazu bringen sollte, jeden zu zerfleischen, der ihrem Gefährten Böses wollte. Die Schattenwesen zögerten, wankten von Seite zu Seite, wichen zurück. Eines von ihnen bückte sich, und Peirol glaubte zu sehen, dass es die Nadel aufhob.

Peirol sah Fackelschein in einem der Risse, die die Außenwand durchzogen. »Was ... bei allen Göttern ... wo bei allen Dämonen kommen die denn her?« Die Stimme gehörte Aulard. Jemand schrie, und ein Speer flog in hohem Bogen über den Burghof, durchbohrte eines der Schattenwesen und krachte klappernd gegen die Mauer. Eine Muskete knallte, und Peirol sah im Mondlicht Pulverdampf aufsteigen.

Die Schattenwesen drehten sich um und bewegten sich auf die Fackeln zu. Peirol sah sechs oder mehr bewaffnete Männer neben Aulard. Pfeile zischten den Kreaturen der Nacht entgegen und fuhren durch sie hindurch.

Peirol und Zaimis eilten zu ihren Pferden. Die Schattenwesen rückten Aulard und seinen Männern zu Leibe, und dann kam auch schon der erste Schrei, ein tiefer Schrei aus der Kehle eines von panischer Angst befallenen Mannes. Peirols Hände lösten bebend die Zügel, dann zog er die Pferde zu einem nahen Spalt in der Wand. Im nächsten Augenblick waren sie auch schon draußen, als die Wolken weiterzogen und der Mond wieder strahlend zu leuchten begann.

Peirol hörte Stahlgeklirr, einen weiteren Schrei, Musketenschüsse, zornige Rufe, und über allem Lärm hinweg erklang Aulards wahnsinniges Toben.

Sie sprangen in den Sattel, mühten sich den steilen Felshang hinab; die Pferde gaben sich alle Mühe, nicht auszurutschen, obwohl sie nicht weniger von Angst erfüllt waren als ihre Reiter, während hinter ihnen in der Nacht Triumphgeheul und Todesschreie anschwollen.

14 Von Liebe und Erlösern

Vor dem kleinen Steinhäuschen, das die Brücke bewachte, über die es in die von einer Mauer umgebene Stadt Isfahan ging, zügelten Peirol und Zaimis ihre Pferde. Zwei Wachen kamen heraus, sauber, wenn auch nicht eben kriegsmäßig. »Wir grüßen Euch, Reisende«, sagte der eine.

»Und wir grüßen Euch. Es ist schön, wieder einmal eine richtige Stadt zu sehen«, erwiderte Peirol, der einmal mehr dankbar für Abbas Sprachzauber war.

Sie waren zwei Tage lang hart geritten, nachdem sie Aulard entkommen waren; schließlich konnten sie sich nicht sicher sein, ob die Schattenwesen, was immer sie waren, ihm und seinen Banditen auch wirklich den Garaus gemacht hatten. Erst als sie keine Staubwolke hinter sich auftauchen sahen, hatten sie ihr Tempo verlangsamt. Sie waren durch zwei Dörfer gekommen, die groß genug waren, um den einen oder anderen Händler zu ernähren, der an Gemmen interessiert war. Peirol hatte ein paar der kleinen Steine verkauft, einige andere eingetauscht und schließlich etliche Goldmünzen Profit gemacht. Zaimis hatte ihn gefragt, warum er sich die Mühe machte, und Peirol hatte ihr erklärt, es sei so lange her, dass er sich geschäftlich betätigt hätte, dass er nicht sicher sein könne, ob er sein Metier noch beherrschte, oder ob ein rotznasiges Straßengör ihn beim Feilschen zu übervorteilen vermochte.

Da es keine eigentlichen Gasthäuser gegeben hatte, hatten sie in keinem der Dörfer lange verweilt. Peirol dachte, er würde lieber im Freien schlafen, als eine lachhaft hohe Summe für das von Flöhen bewohnte Federbett eines Bauern zu zahlen, das zudem so klumpig war, dass man hätte meinen können, man habe es nicht nur mit den Federn, sondern gleich auch noch mit den Hühnern gefüllt. Wenn man ihnen nicht gleich anbot, mit den

Schweinen auf der Erde zu schlafen. Zaimis blickte Peirol von Mal zu Mal merkwürdiger an. Er konnte sich denken, warum, sagte aber nichts, sondern wartete auf den rechten Augenblick.

Dieser kam nach einer weiteren Tagesreise hinter dem letzten Dorf, in dem sie gehandelt hatten. Es war ein heißer Tag gewesen. Kurz vor Einbruch der Dunkelheit hatten sie ein verborgenes Plätzchen unweit einer Quelle gefunden, die von einem kleinen Teich umgeben war. Er schlug das Lager auf, versorgte die Tiere, und dann trugen die beiden trockenes Holz zusammen. Er schichtete gleich neben der Quelle Feuerholz auf und steckte es an. Peirol füllte einen der Pferdeeimer aus dem Teich und stellte ihn auf Steine, die er in die Flammen gelegt hatte, um das Wasser zu erhitzen.

»Nun denn, meine Dame, Euer Bad erwartet Euch«, sagte er mit einer Verbeugung.

»Ach, deshalb habt Ihr mir keine Avancen gemacht! Ihr denkt, ich stinke!«

»Das tut Ihr auch, Milady. Nicht weniger als ich selbst.«

»Ihr seid mir wirklich ein Romantiker, Peirol vom Hochmoor. Jetzt weiß ich, warum ich auf der *Petrel* nicht gewartet habe, bis Ihr an meine Kabinentür klopft. Ihr hättet mich wohl erst auf Flöhe durchsucht, bevor Ihr mich küsst!«

Peirol wackelte mit den Brauen. »Wenn Ihr so gut sein wollt, Euch zu entkleiden, während ich mich züchtig abwende.«

»Warum die plötzliche Keuschheit? Wir schlafen doch nun seit Tagen nebeneinander.«

»Es gibt für alles eine richtige und eine falsche Art.« Peirol wandte sich ab, hörte das Rascheln von Kleidung. Seinem Körper nach zu urteilen, war dies in der Tat der richtige Zeitpunkt.

»Und jetzt?«

»Nehmt die Kelle und macht Euch nass.«

Er hörte es plätschern.

»Und jetzt?«

»Jetzt nehmt die Seife und schäumt Euch ein.«

»Ich verstehe Eure Anweisungen nicht, Meister«, sagte Zaimis mit schmollender Stimme. »Vielleicht solltet Ihr mir besser zeigen, wie es geht. Natürlich ohne zu gucken.«

»Als Bademeister ist mir das kein Problem.« Peirol blickte betont zur Seite, nahm ihr die Seife ab, schäumte ihr Rücken und Beine ein.

»Ihr wisst, dass Ihr einen Flecken vernachlässigt habt.«

»Ihr meint hier.«

»Mhm«, hauchte sie. »Ja, der bedarf der besonderen Aufmerksamkeit. Und jetzt habe ich genügend gelernt, sodass es wohl an der Zeit ist, Bademeisterin zu werden, und Ihr habt meinen Anweisungen zu gehorchen.«

»Wie Ihr wünscht, Milady.«

Nun wurde die Reise zum Idyll. Peirol wollte nicht, dass sein Glück nach all der Mühsal wieder zu Ende ging. Aber als er sich noch einen Tag vor Isfahan wähnte, wachte er mit der Erinnerung an einen Traumfetzen auf. Er war einmal mehr in Abbas' Arbeitszimmer gewesen, und der Magier hatte in seinem großartig geschnitzten Stuhl gesessen, schweigend, die Arme verschränkt, und ihn angestarrt, und das mit einem höchst unfreundlichen Blick.

Danach waren sie wieder schneller geritten, nunmehr an der breiten, ebenen Küste entlang, sobald sie diese erreicht hatten. Und so waren sie schließlich nach Isfahan gekommen. Die Stadt füllte ein Tal, ja einen Canyon, der sich von den Hügeln herunterzog, um sich dann zum Meer hin zu einer kleinen Bucht auszuweiten. Das Hafenviertel, die Geschäfte, die Lagerhäuser waren verlassen. Fischerboote lagen am Strand, und an den Pieren waren verrottende Kauffahrer vertäut.

Der Zugang zum Canyon war durch eine steinerne Bastei abgeriegelt, und die Canyonwand entlang hatte man Wachtürme errichtet. Sie ritten auf das Wachhäuschen zu, wo man sie begrüßte.

»Willkommen in Isfahan«, sagte nun auch der andere Wächter. »In der Schrift von Makonnen steht geschrieben, es sei gut, einem Fremden zu geben, da er der Erlöser sein könnte.« Peirol blinzelte. Der Wächter nahm seinen Schwertgurt ab und reichte ihn Peirol hinauf. »Und für die Dame habe ich diese neuen Kupfermünzen«, fuhr er fort. »Aber die Schrift von Makonnen sagt auch, es sei besser, von Herzen zu geben anstatt aus der Börse.«

Eine verblüffte Zaimis nahm die Münzen an.

»Ah …«, bekam Peirol hervor. »Ich danke Euch, aber …«

»Es ist der Brauch«, erklärte der erste Wächter, »ein Geschenk mit einem Geschenk zu erwidern, denn in der Schrift von Makonnen heißt es, nur wer nichts hat, wird den Erlöser erkennen.«

»Oh. Na dann.« Peirol reichte ihm den Schwertgurt zurück. »Ah … wie mein Priester einmal gesagt hat: Ein Mann sollte das Werkzeug seines Metiers immer in Reichweite haben.«

»Ich danke Euch«, sagte der Wächter. »Und Euer Priester war ein weiser Mann, trotzdem ist es schade, dass er keine Gelegenheit hatte, von Makonnen zu lernen, und somit dazu verurteilt ist, von Dämonen zerrissen zu werden wie alle Ungläubigen, wenn der Erlöser kommt.«

»Wir auch?«, fragte Zaimis.

»So heißt es in der Schrift Makonnen.«

»Wer ist dieser Makonnen denn?«

»Er ist der Mann, der gekommen ist, den Weg für den Erlöser zu ebnen«, erwiderte einer der Wachen. »Wir haben das Glück, dass er sich entschlossen hat, bei uns zu bleiben, bis dieser Tag kommt.«

»Und wann ist das?«

»Er naht rasch«, sagte der andere Wächter. »Aber Makonnen sagt, dass man nach dem genauen Tag nicht fragen darf, aber er ist nicht mehr fern. Ihr habt also immer noch die Möglichkeit zu konvertieren, Hosianna zu singen und dabei zu sein, wenn der Erlöser kommt.«

»Wie ich bemerkt habe, scheint der Hafen verlassen zu sein«, meinte Peirol. »Ist heute ein besonderer Feiertag für Makonnen oder dergleichen?«

»Was die größeren Schiffe angeht«, erklärte einer der Wächter, »so ist der Seehandel so gut wie zum Erliegen gekommen, seit diese verdammten Sarisser als Piraten die Meere unsicher machen. Makonnen hat geschrieben, dass auch das ein Zeichen für die letzten Tage sei. Aber warum sollten wir uns Sorgen machen, wenn der Tag des Erlösers unmittelbar bevorsteht, an dem wir alle sein werden, was wir sein sollen, und keines Menschen Verlangen unerfüllt bleibt?«

»Wir haben wirklich großes Glück, vor einer so aufregenden Zeit hier einzutreffen«, bemerkte Peirol. »Wir fühlen uns doppelt so willkommen in Eurer Stadt. Zu wissen, wie wir erleuchtet werden.«

Die Wachen salutierten, und sie ritten in Isfahan ein.

»Was passiert, wenn dieser Erlöser gar nicht auftaucht?«, fragte Zaimis.

»Ich fürchte, das wird in der Tat ein schrecklicher Tag«, antwortete Peirol. »Wir sollten unsere Geschäfte erledigen und von dannen sein, bevor das passiert. Hoffen wir, dass nicht die ganze Stadt von dieser Dummheit erfasst ist, obwohl ich es befürchte. Ich meine, wie soll ich hier Geschäfte machen, wenn jeder einfach alles verschenkt?«

Isfahan war alt, sehr sauber, gut geplant und solide gebaut; die Straßen wanden sich durch den Hauptcanyon und in Seitenschluchten hinein. Es gab Bäume und Parks, grüne Oasen mit Teichen, die die Hitze milderten, die vom lohfarbenen Gemäuer der Gebäude zurückgeworfen wurde sowie von den hohen Wänden des Canyon über der Stadt.

Zaimis schüttelte den Kopf. »Ich wollte nicht in dieser düsteren Stadt wohnen. Man hat hier doch kaum mehr als ein paar Stunden Sonnenschein am Tag. Und ich müsste immer denken, dass die Wände auf mich zukommen.«

Sie hielten einen Kaufmann an, der wohlhabend aussah, und

fragten ihn, wo wohl ein gutes Gasthaus zu finden wäre. »In der Schrift von Makonnen heißt es, dass eine bescheidene Unterkunft mit jemandem, den Ihr liebt, besser ist als die beste Herberge«, antwortete er. »Aber ich würde Euch das Haus zur Zufriedenen Ente empfehlen.«

Er beschrieb ihnen den Weg, und sie ritten weiter. Peirol bekam im Vorbeireiten Fetzen der einen oder anderen Unterhaltung mit:

Ein kleines Mädchen zu ihrer Freundin: »Obwohl's mein Lieblingsspielzeug ist, schenke ich es dir, weil Makonnen meiner Mutter gesagt hat, dass Geben allemal besser ist als Besitzen.«

Eine Frau, barfüßig, mit nichts weiter am Leib als eine Reithose, zu einem Arbeiter: »Ich will dir meinen Körper gern bis zur Abenddämmerung geben, denn nach den Worten Makonnens ist es die oberste Aufgabe der Frau, einem Mann Glück zu schenken.«

Zaimis schnaubte verächtlich, aber Peirol sah sich durch die Antwort des Arbeiters etwas ermutigt: »Und ich für meinen Teil will Wein kaufen und Euch vielleicht ein paar Kupferlinge geben, die ich von meinem Vorarbeiter bekam, dem ich das Geschenk eines halben Tagwerks gemacht habe.«

Eine gut gekleidete Frau zu ihrer Freundin: »Ich sehe dich meinen Hut bewundern, den du unbedingt als Geschenk akzeptieren musst, da laut der Schrift von Makonnen ein glücklicher Mensch eine Augenweide für alle ist.«

Was Peirol nicht eben ermutigte, aber die letzte Unterhaltung gab ihm wieder Hoffnung; er hörte eine dicke Frau und eine nicht weniger dicke Gemüsehändlerin: »Natürlich gebe ich Euch den Kohl! Sagt Makonnen nicht, dass es keine größere Freude als die anderer gibt?«

»Und ich gebe Euch aus eben demselben Grund sechs Kupferlinge dafür.«

»Acht würde mein Glück noch erhöhen.«

»Aber ich bin sicher, Ihr wollt im Grunde nur sieben, denn sagt

Makonnen nicht, der gute Mensch ist stets mit weniger zufrieden, als er es sich erträumt?«

»Dann eben sieben.«

Zaimis fand den Unsinn langsam, aber sicher lustig. Aber Peirol war sich da nicht so sicher.

Das Haus zur Zufriedenen Ente war ein Gasthaus von einiger Größe mit einem Innenhof und eigenem Stall. Die Gebäude waren aus Stein wie der Rest der Stadt auch, aber man hatte sie mit Holz verkleidet, mit Schnitzereien versehen und in fantastischen Farben bemalt.

Sie fanden in der Nähe einen Geldwechsler, und Peirol unternahm den Versuch, eine seiner kleineren Gemmen in die Währung der Gegend einzutauschen, indem er den Trick der Gemüsehändlerin anwandte. Er schien zu funktionieren – er bekam ein Dutzend Goldmünzen, das Doppelte in Silber und drei Kupferlinge; aber der Geldwechsler gab ihm einen erschreckenden Rat:

»Nur zu gut, dass ich mir aus der Schrift Makonnens gemerkt habe, was ich mir vorlesen ließ, und weiß, dass man einen Fremden gut behandeln und bei sich zu Hause aufnehmen muss. Aber ich muss Euch warnen. Wenn Ihr ein Mann seid, der in teurem Geschmeide reist, so wird Isfahan Euch wohl enttäuschen, da die Schrift von Makonnen sagt, dass teure Vergnügungen, die nichts bedeuten, bei der Heraufkunft des Tages des Erlösers weggegeben werden sollen, und dazu gehören nun einmal Juwelen, Gold, Tänzerinnen, Rennpferde und Häuser.«

Das bereitete Peirol nun wirklich Sorgen. Der Wirt der Zufriedenen Ente jedoch murmelte nur etwas von Makonnen und seiner Größe, bevor er einen Preis nannte, der in den alten Tagen auch für das beste Gasthaus gereicht hätte; und er war herzlich glücklich darüber, eben jenen Betrag als Geschenk anzunehmen, dass er sich weitere Moralpredigten sparte.

Die Räumlichkeiten waren recht zufrieden stellend: ein riesiges Schlafgemach, ein Empfangsraum, den Peirol als Laden benutzen konnte, und ein gar noch größeres Bad mit heißem wie kaltem Wasser, das, mittels Hebeln reguliert, aus Messingrohren sowohl in ein mehrstufiges Wasserbecken wie in eine Badewanne lief.

Zaimis wartete, bis der Wirt, der ihre Satteltaschen neben einen geräumigen Schrank gestellt und dafür eine Münze akzeptiert hatte, gegangen war. Dann lief sie zum Bett hinüber und prüfte die Matratze.

»Ich weiß nicht so recht, ob ich noch weiß, wie man es in einem Bett treibt. Vielleicht solltet Ihr herkommen, auf dass wir uns gemeinsam zu erinnern versuchen.«

»Das könnte mir glatt gefallen, Milady.«

Er stieg neben sie auf das Bett. Zaimis lächelte, legte sich zurück, und Peirol nahm sie in die Arme.

»Ich denke doch«, meinte er, »dass die Erinnerung sich wieder einstellt. Also, dann helft mir doch mal mit diesen Knöpfen hier.«

»Ach, was für ein gescheiter Mann Ihr doch seid!«, kreischte Zaimis kurze Zeit darauf.

Peirol stellte fest, dass er befördert worden war – vom Zwerg zum Mann; falls dies eine Beförderung war angesichts von *Männern* wie Niasbeck oder Aulard.

Tags darauf ließ man Schneiderinnen kommen, während Peirol das Haus verließ, um Geschäfte zu erledigen. Er erkundigte sich nach den besten Juwelieren Isfahans, und man wies ihm den Weg. Der erste Juwelier kam ihm mit weiteren von Makonnens Platitüden und schien einfach nicht interessiert. Schließlich machte er Angebote für drei der besseren Steine, die Peirol ihm gezeigt hatte, Angebote, die jedoch kaum mehr als einige Kupferlinge Profit gebracht hätten. Peirol, der höflich zu bleiben versuchte, bekam ein Dankeschön für den Mann hervor und ging.

Der Angestellte des Juweliers, ein Bursche mit einem gerissenen Ausdruck auf dem Gesicht, folgte ihm nach draußen und erkundigte sich, wo er abgestiegen sei. Peirol sah ihn misstrauisch an.

»Im Haus zur Zufriedenen Ente«, antwortete er. »Im Obergeschoss mit den vergitterten Fenstern. Ich sollte hinzufügen, dass ich einen sehr leichten Schlaf habe, wenn ich überhaupt schlafe, und aufgrund meiner Vergangenheit habe ich die Eigenheit, mit einer gezückten Klinge in der Hand zu schlafen.«

»Nicht doch, nicht doch«, protestierte der Angestellte. »Ich bin kein Kundschafter für Diebe. Aber ich kenne einen Mann, genauer gesagt einige Männer und Frauen, die die Begeisterung meines Herrn für Makonnen nicht teilen. Obwohl«, so fügte er hastig hinzu, »alle ausgesprochen religiös sind und den Erlöser ungeduldig erwarten. Aber sie denken, sagen wir mal, dass es ganz gut ist, sich auch noch für andere Dinge zu interessieren.«

»Ihr, Herr«, meinte Peirol, »seid entschieden zu klug, um lange ein Verkäufer zu bleiben.«

Der Verkäufer verbeugte sich. »Ich danke Euch.«

«Ich bin nicht sicher, dass ich das als Kompliment gemeint habe. Aber ich gebe Euch zehn Prozent des Profits von jedem, der mich aufgrund Eurer Empfehlung aufsucht.«

Peirol fand einen weiteren Steinschleifer, der etwas mehr an einem Geschäft interessiert war, und machte einen kleinen Profit. »Und möge Makonnen uns beide segnen«, sagte der Händler, als er Peirol mit einer Verbeugung verabschiedete.

»Möge Makonnen die Fußfäule bekommen – bis unter seine verfluchten Knie«, entgegnete Peirol. Aber er sagte es leise und erst nachdem er sich umgesehen hatte, ob es auch keiner hörte. Er ging zurück in das Gasthaus, suchte sich einen Platz in der Ecke und hielt sich an einem Bier fest, während er sich fragte, was Zaimis sie beide wohl wieder kosten mochte. Außerdem überlegte er, ob sie es weiter versuchen oder weiterreiten sollten.

Der Wirt, der sich wie eine Marionette verbeugte, führte einen bestens gekleideten Mann an Peirols Tisch, den er ihm als Nushki vorstellte. Peirol stand auf, machte eine aufwendige Verbeugung, bat ihn, sich doch zu setzen, und bestellte dann eine Flasche guten Weins. Der Mann wartete, bis der Wein probiert und für gut befunden war, dann nippte er an seinem Glas.

»Ich bin voller Freude, in diesen aufregenden Tagen des Erlösers zu leben«, erklärte Nushki.

»Wie wir alle.«

»Ich muss jedoch sagen, es gibt da gewisse ... ungewöhnliche Umstände, die unmöglich jemand hätte vorhersagen können.«

»Die da wären?«, fragte Peirol.

»Etwa die Schwierigkeit, sagen wir mal, Handel zu treiben.«

»Ich stoße auf dasselbe Problem.«

»Ich habe so etwas läuten gehört«, sagte Nushki diplomatisch. »Aus ebendiesem Grund hat mir ein gewisser Verkäufer aus meinem Bekanntenkreis Eure Ankunft zur Kenntnis gebracht. Da Ihr offensichtlich fremd in Isfahan seid, wisst Ihr vermutlich nicht, dass die Bewohner dieser Stadt außerordentlich erregbar sind.«

»In welcher Hinsicht?«

»Wenn es darum geht, sich hinreißen zu lassen«, antwortete Nushki. »Und, schlimmer noch, zornig zu werden, wenn – oder besser – falls sich der Anlass für diese Begeisterung nicht so entwickelt wie erwartet. Ich erinnere mich noch, als ich ein Junge war, da erfasste die Stadt eine Begeisterung für exotische Nusssträucher, und die Leute zahlten fantastische Summen für die neuesten und merkwürdigsten. Als jeder mindestens einen hatte, war man es natürlich bald leid, auf Kredit zu verkaufen, und der Markt wurde übersättigt, die Preise brachen ein. Der Mann, der die Mode ausgelöst hatte, wurde zerstückelt, sein Herz und seine Genitalien vor seinen Augen verbrannt, während er schrie. Dann rebellierte der Mob, und kein Mensch weiß, wie viele Hundert dabei umgekommen sind!

Mein Vater, der ein weiser Mann war, weshalb ich ja auch mein Geschäft mit einem Minimum an Risiko finanzieren konnte, hatte das alles kommen sehen. Wir flohen noch vor Beginn der Unruhen aus der Stadt, nachdem er so viel seiner Besitztümer wie möglich zu leicht transportablem Gold gemacht hatte. Wir stiegen in einem Gasthaus einige Werst vor Isfahan ab, und wir konnten gerade noch den Rauch von den Bränden sehen. Als wir zurückkehrten, hatte sich die Lage beruhigt, aber die Stadt war zu einem Viertel zerstört.

Sie hatten unser Haus abgebrannt und einige der Geschäfte meines Vaters. Aber aufgrund seiner Weitsichtigkeit hatte mein Vater sich rasch wieder etabliert. Und da er flüssig war, konnte er auf dem darniederliegenden Markt so manche Gelegenheit beim Schopf packen.«

»Ich schätze mal«, warf Peirol ein, »Nusssträucher gehörten nicht dazu.«

»Um ehrlich zu sein, ich kann Nüsse bis auf den heutigen Tag nicht essen. Aber wie auch immer, ich habe mir überlegt, was heute so passiert, und natürlich ist es ein Fehler, sich auch nur Gedanken über Makonnens Größe und den Erlöser zu machen, aber ein weiser Mann sorgt eben vor.«

»Eines der Güter, die sich am leichtesten transportieren und wieder zu Gold machen lassen, sind hochwertige Gemmen«, sinnierte Peirol.

»Aus ebendiesem Grund dachte ich mir, wir hätten da womöglich ein gemeinsames Interesse.«

»Ein ausgezeichneter Gedanke«, grinste Peirol. »Vielleicht sollten wir uns in meine Räumlichkeiten zurückziehen und die Angelegenheit dort weiter bereden, und Ihr könntet Euch einige interessante Beispiele meiner Kunst ansehen.«

»Es wäre mir eine Freude.«

Als sie an die Treppe gelangten, wies Nushki ganz beiläufig auf sechs Bewaffnete, seine Leibwache, und sagte ihm, sie hätten im Schankraum leider nicht alle Platz gehabt, sodass einige weitere dazu gezwungen gewesen wären, nach hinten hinaus, neben den Stallungen, und vorne auf der Straße zu warten.

Peirol bedachte ihn mit einem eisigen Lächeln. »Ihr werdet mich nicht weniger ehrlich finden als die, mit denen Ihr sonst Geschäfte macht.«

»Daran habe ich gar nicht gedacht«, meinte Nushki und komplimentierte ihn die Treppe hinauf.

Eine Stunde später war Peirol um zwei Beutel Gold reicher, und ein entzückter Nushki hatte eine Hand voll Steine, einer davon Aulards fluchbeladener Opal.

Während der nächsten Tage suchten weitere Männer und Frauen Peirol auf, alle nicht weniger teuer gekleidet und nicht weniger besorgt, was Makonnens Prophezeiungen anbelangte und das, was passieren würde, wenn etwas schief ging; keiner verließ Peirol ohne Juwelen. Sie ließen ihn schwören, auf keinen Fall etwas zu sagen, da jeder, der Makonnen missfiel, in einen Park verbracht und dort zu Tode gesteinigt ward. Einige Hundert Leute hatten bereits Makonnens Missvergnügen zu spüren bekommen. Peirol gab dieses Versprechen nur allzu gern.

Er hatte die Hälfte seiner Gemmen verkauft, als der Ruf kam. Vier Männer in schlichter Kleidung, aber gut bewaffnet, kamen ins Gasthaus und gaben Bescheid, man habe Peirol vom Hochmoor und seine Begleiterin für ein seltenes Privileg auserkoren. Makonnen selbst sei bereit, ihnen sofort eine Audienz und seinen Segen zu gewähren. Die Pferde warteten draußen.

»Das bedeutet Ärger«, flüsterte Zaimis.

Peirol wollte kein Argument einfallen, mit dem er die Männer solange hätte vertrösten können, bis ihm die Flucht gelungen war. Außerdem, so hoffte er, würde sich dies doch als Segen erweisen.

Dem war nicht so.

Makonnens Haus stand hoch oben im Canyon, ganz in der Nähe der Wand, die die Stadt umschloss. Einer der Ersten, die den Glauben an den Erlöser akzeptiert hatten, ein Patrizier, hatte es ihm geschenkt – *geschenkt*! Makonnen sah in ihm nun einen seiner engsten Berater. Seine ehemaligen Freunde, wie etwa Nushki, verachteten ihn natürlich als Verräter an seiner Klasse. Aber sie sprachen das nicht aus. Isfahan war gespalten in die Gläubigen, die mit Feuer und Flamme dabei waren, nämlich die meisten der Bauern und viele Angehörige der Oberschicht, eine sehr, sehr stille Opposition, und schließlich in all die, die einfach weiter ihren Geschäften nachgingen und das Schlimmste befürchteten.

Peirol hatte erwartet, dass der Wohnsitz Makonnens mit Beute vollgestopft wäre, alles »Geschenke« an ihn. Stattdessen war er kahl wie die Zelle eines Büßers, auch wenn die wenigen Möbel alle aus den feinsten Hölzern und edelsten Metallen waren. Makonnens Haushalt bestand durchweg aus Frauen, alle gut aussehend, die meisten jung. Nicht jede davon schien dort glücklich zu sein.

»Diese von allen Göttern verdammten Kerle!«, flüsterte Zaimis, und Peirol konnte ihr nicht widersprechen.

Ein bärtiger Würdenträger stellte sich als Kuphi vor. »Ihr solltet es als große Ehre betrachten, von Makonnen – Dem Der Vor Dem Erlöser Gekommen Ist – persönlich gerufen zu werden, um ihm ein Geschenk machen zu dürfen.«

»Welche Art Geschenk wäre denn angemessen?«, fragte Peirol in der Hoffnung, der Tribut bestünde aus einem oder zwei großen Diamanten, nicht mehr.

»Das kann ich nicht sagen«, meinte Kuphi. »Aber ich weiß, dass es Makonnens Wunsch ist, dass die Stadt ein großes Geschenk für den Erlöser vorbereitet, wenn dieser kommt, und ich habe etwas von einem Modell der Welt gehört, ganz aus Gold und Gemmen, was demnach das Mindeste wäre.«

Gemmen. Peirol verzog innerlich das Gesicht.

»Ich verstehe«, erklärte er. »Ich freue mich aufrichtig auf die Audienz, denn ich habe da eine Frage spiritueller Natur, die an mir nagt und die mir wohl nur ein Mann von der Weisheit Makonnens beantworten kann.«

»Vielleicht«, erwiderte Kuphi, »wünscht Ihr mich zu fragen, da ich in spirituellen Dingen nicht ganz unbeschlagen bin. Vielleicht könnte ich sie Euch beantworten, sodass Makonnen sich nicht mit Angelegenheiten befassen muss, die nicht auf seiner Ebene sind. Womit ich Euch keineswegs beleidigen möchte, denn schließlich halten wir, wie Makonnen lehrt, alle unsere Seelen für so tief wie die Ozeane und haben damit vielleicht Recht.«

»Nein, nein«, sagte Peirol. »Ich weiß, diese Frage kann nur von Makonnen selbst beantwortet werden. Wenn nicht, so sehe ich mich gezwungen, sie mir für die Ankunft des Erlösers aufzubewahren.«

»Ich, ah … verstehe«, bemerkte Kuphi. »Ich bitte Euch, wartet doch einen Augenblick, und man wird Euch zu Tisch bitten. Makonnen selbst spricht das Gebet.«

Er verbeugte sich und ging.

»Dann will man uns also speisen«, sagte Zaimis. »Schweine vor dem Schlachttag?«

»Ich ziehe Lämmer vor dem Scheren vor.«

»Du kannst es dir leisten, so zu denken«, sagte Zaimis. »Alles, was du verlierst, sind unsere Gemmen. Ich werde womöglich die Leibeigene dieses Mannes und darf den Rest meines Lebens auf dem Rücken verbringen, die Beine in die Luft gestreckt – oder wenigstens bis er meiner müde wird. Ich habe es wirklich satt, ein Besitz zu sein.«

Peirol nickte düster.

»Und was ist wohl die große Frage, die Makonnen zu stellen du gar nicht erwarten kannst?«, fragte sie. »Und warum hast du nicht schon gemeinsam mit mir darüber nachgedacht?«

»Weil ich sie noch nicht kenne«, flüsterte Peirol grimmig. »Vielleicht lautet sie, warum bei allen Höllen die Götter mich nicht zum Zauberer gemacht haben, sodass wir von hier weg fliegen könnten. Also sei endlich still und lasse mich überlegen.«

Einige Minuten später erklang aus einem anderen Teil des Hauses ein eher misstönender Gong, eine Frau trat in den Raum und winkte ihnen zu, ihr zu folgen. Sie betraten einen weiteren fast kahlen Raum, leer bis auf eine lange Tafel mit Stühlen ringsum. Zwei Dutzend würdiger Herren standen hinter den Stühlen, und sie alle nickten Peirol und Zaimis zu. In einer Ecke des Raums saß eine junge Frau mit Feder und Papier.

Auf jedem Platz standen Schüsseln, ein Löffel und ein Krug Wasser, dazu ein halber Laib Brot, in der Tischmitte eine große dampfende Schüssel. Peirol schnupperte, roch aber nichts als Gemüse, was natürlich nicht weiter verwunderlich war. Es hatte Leuten, die von spirituellen Dingen schwafeln, schon immer gut angestanden, alles Irdische zu verachten. Von den Frauen abgesehen, gelang das Makonnen bisher recht gut.

Ein weiterer Gong ertönte, und Makonnen trat in den Raum. Peirol hatte irgendeine Art bärtigen Scharlatan mit langen Haaren erwartet, einen Dorfgauner, der auf eine gute Idee gekommen war. So einer wäre mit einer einzigen Gemme zu bestechen gewesen. Aber Makonnen war jung, Mitte dreißig, sauber rasiert, das Haar glatt nach hinten gekämmt; er sah gut aus, wenn auch so mancher die Nase für ein wenig zu groß und zu spitz gehalten hätte. Passend zu der asketischen Umgebung trug er eine weiße Tunika, die am Hals eng geknöpft war, weiße Reithosen und schlichte weiße Sandalen.

Zaimis musterte den Mann durchaus mit Interesse.

Makonnen trat an den einzigen leeren Platz am Tisch, breitete die Arme aus, die Handflächen nach oben gedreht, und hob sie. »Dieser Tag ist gesegnet«, intonierte er mit angenehm milder Stimme, »bringt er uns doch einen Tag näher an die Ankunft des Erlösers. Ich erhebe die Stimme zum Gebet an ihn und die Götter und Himmel, von denen er kommt, um uns Ruhe, Frieden und Überfluss zu geben, ein Leben im größten Überfluss, an dem alle teilhaben sollen. Denn habe ich nicht selbst geschrieben: ›Nur in der Gnade des Erlösers können wir uns an etwas erfreuen, und nur mit ihm vereint werden wir wahres Glück erfahren‹? Ich möchte dem jetzt etwas hinzufügen, indem ich sage …«

Das Gebet zog sich hin. Peirol sah die junge Frau hastig mitschreiben, während Makonnen sprach. Als das Gebet beendet war, hatte das Gericht in der Tischmitte zu dampfen aufgehört.

»Setzt Euch doch, meine Berater, meine Gäste«, sagte Makonnen. »Und erlaubt mir, uns zu bedienen.« Er ging rund um den Tisch und füllte die Schalen. Niemand begann zu essen, bis Makonnen sich setzte und den Löffel hob; erst dann folgte jeder seinem Beispiel und aß hastig drauflos. Peirol kostete das Gericht und stellte fest, dass es ein Linseneintopf von nicht einmal besonderer Qualität mit viel zu vielen Tomaten und nicht genug Knoblauch war. Er hatte besser gegessen, aber auch weit, weit schlechter.

Er aß langsam, achtete mehr auf Makonnen als auf das Mahl. Peirol hielt den Mann für klug genug, die üblichen Fallen vermieden zu haben, in die Betrüger sonst zu geraten pflegten. Er fragte sich, warum nie einer auf den Gedanken kam, dass auch die Jungen Schwindler sein könnten. Schließlich muss ein alter Scharlatan irgendwann anfangen. Er wusste wirklich nicht, was er tun könnte, und dann fiel ihm etwas auf. Es war ein merkwürdiges Glitzern in Makonnens Augen, und er sah nichts und niemanden direkt an, sondern über ihre Schultern oder Köpfe hinweg. Er hatte diesen Blick schon einmal auf dem Antlitz religiöser Fanatiker gesehen. Langsam kam ihm eine Idee.

Makonnen hatte seine Schüssel etwa zur Hälfte geleert, als er den Löffel weglegte. Auf der Stelle hörten auch alle anderen auf. Zaimis hatte ihren Löffel gerade gehoben, und Peirol hatte eben den Mund voll. Sie trat ihn und legte ihren Löffel weg, ganz offensichtlich erfahrener mit formellen Banketten als der Zwerg. Wenn das Makonnens Art war, so war es nicht weiter verwunderlich, dass seine Berater das Mahl so heftig in sich hineingeschaufelt hatten. Makonnen machte noch nicht einmal eine Geste, und trotzdem schwärmten Frauen herbei und räumten den Tisch ab.

»Ich begrüße meine Besucher«, sagte Makonnen, ohne dass er sich erhoben hätte. Er blickte beim Sprechen ein wenig an Peirol und Zaimis vorbei. Sie duckten die Köpfe in der Hoffnung, damit angemessen Respekt zu zeigen. »Ich habe Euch vor allem deshalb hierher gebeten«, fuhr er fort, »weil ich immer neugierig bin, was Fremde angeht, die in meine … des Erlösers Stadt kommen.«

Aha. Ein Versprecher, dachte Peirol.

»Meine Agenten haben mir berichtet, dass Ihr beide, obwohl Ihr aus fernen Ländern kommt, mehr als respektvoll wart, was die Ankunft des Erlösers angeht, und dass Ihr meinen bescheidenen Lehren, die man Euch zutrug, mit großem Interesse lauschtet. Das ist sehr gut. Ein weiterer Grund, aus dem ich Euch eingeladen habe, ist der, Euch zu fragen, ob Ihr nicht Teil meiner Familie zu werden wünscht, in der jeder jedem gibt und dadurch seinen Wert in den Augen des Erlösers erhöht. Jeder von Euch könnte ein großes Geschenk geben, das Euch die höchste Gunst des Erlösers sichert – so wie sie meinen Freunden hier gewiss ist und, wie ich hoffe, auch meiner Wenigkeit.«

Die Berater beeilten sich, ihm ins Wort zu fallen: »Aber natürlich ist sie das.« »Ihr seid der Erste unter uns.« Und dergleichen Phrasen mehr, wie Speichellecker sie seit jeher im Munde führen. Makonnen wartete einen Augenblick, bis der Stimmenchor verebbte.

»Aber«, sprach Makonnen, »bevor wir die Angelegenheit näher erörtern und vielleicht um entsprechende Führung beten, habt Ihr, wie ich hörte, eine Frage in einer spirituellen Sache, die Ihr mir zu stellen begehrt. Ich wäre entzückt, sie zu hören, aber Ihr dürft nicht vergessen, dass ich nichts weiter bin als der Bote des Erlösers, und die bescheidenen geistigen Kräfte, die ich mitbekommen habe, stammen von ihm, da sein großer Verstand das Wenige, was er mir gegeben hat, leicht entbehren kann, und« – Makonnen zögerte, fand den Faden dann aber wieder – »so ist es gar nicht so unvorstellbar, dass die Antwort auf Eure Frage warten muss, bis der Erlöser selbst unter uns weilt. Was freilich keine große Last ist, schließlich brauchen wir, wie ich in meinen Träumen und Visionen erfahren habe, nicht mehr allzu lange zu warten, obwohl wir natürlich alle wissen, dass das, was für Götter und große Wesen nur ein Augenblick ist, für einen Menschen ein Leben sein kann.«

Wieder pflichtete man ihm im Chor bei.

»So stellt denn Eure Frage, seid so gut«, verlangte Makonnen.

»Ich bin sicher, Ihr wisst«, begann Peirol raffiniert und spürte, wie ihm die Hände zu schwitzen begannen, »dass wir aus einem fernen Land kommen und Isfahan nur zu passieren gedachten auf unserem Weg in andere Länder, in die wir auf Geheiß unserer Götter unterwegs sind.«

»Ich habe schon gehört«, warf Makonnen ein, »dass Ihr nicht aus freien Stücken unterwegs seid.«

Hab ich dich, du verlogener Bastard!

Zaimis schaffte es auf bewundernswerte Weise, keine Miene zu verziehen.

»Wir wissen nichts vom Erlöser noch von Euch selbst. Aber noch bevor wir von Euch hörten, Makonnen, gleich nach unserer Einreise in dieses Land, in dem Isfahan als Paradies gilt, von dem man träumt, haben wir doch bemerkt, dass man uns recht merkwürdig behandelt.«

»Was nicht weiter überrascht«, unterbrach ihn Makonnen. »Ihr beide – die eine so schön, der andere so ungewöhnlich – müsst mittlerweile an neugierige Blicke gewöhnt sein.«

»Das sind wir natürlich«, erwiderte Peirol. »Aber hier war das doch ganz anders. Schließlich begegneten wir in einem Dorf einer äußerst beschlagenen Hexe.«

»Ich selbst halte nur wenig von der Magie«, erklärte Makonnen. »Wie ich geschrieben habe, ›Trifft der Erlöser erst einmal ein, wird dergleichen Hokuspokus mitsamt aller Illusion dahinschwinden, und wir alle können uns bei klarem Tageslichte erfreuen.‹«

Peirol wartete, bis seine Claque fertig war.

»Ich weiß darüber wenig, da ich nicht über das Talent verfüge. Aber diese Hexe, die uns später von Eurer Ankunft und dem tröstlichen Wissen erzählte, das Ihr als Geschenk mitgebracht habt, erklärte, weshalb man uns mit solcher, nun, ich hoffe, das hört sich jetzt nicht zu großspurig an, aber es ist das einzige Wort, das mir einfallen will, mit solcher *Ehrfurcht* begegnet. Sie sagte, es liege dies an einer Legende, oder besser an einem Gedicht aus dem Volke, das den Titel ›Der Zwerg und die Dame‹ trägt. Sie sagte, es sei sehr alt – Hunderte von Jahren.«

»Da ich wie Ihr in diesem Land nicht zu Hause bin«, sagte Makonnen, »kenne ich die Legende nicht. Ihr etwa, Kuphi? Vor meiner Ankunft leitete Kuphi das Kollegium der Bildung, und es heißt, dass er alles weiß.«

»So hieß es damals«, gab sich Kuphi bescheiden. »Aber dann traf ich Euch, Makonnen, und sah die Tiefe meiner Unwissenheit ein.« Makonnen lächelte geschmeichelt. »Nun, denn, was die Legende angeht ...« Kuphi legte die Stirn in Falten und tat so, als überlege er. »Ich habe sie vor vielen, vielen Jahren gehört, entweder in meiner Kindheit oder als junger Student. Ich fürchte, die Einzelheiten sind mir entfallen. Aber es handelt sich ganz entschieden um eine sehr alte Volkslegende unseres Landes.«

Peirol verkniff sich ein Grinsen. »Die Hexe hat uns einen Vers beigebracht, der jedes Abenteuer des Zwergs und der Dame einleitete; sie sagte, er bleibe immer gleich. Ich habe ihn als Kuriosum auswendig gelernt. Aber als ich dann von Euch und dem Erlöser erfuhr, da habe ich mich entschlossen, Euch nach unserer Ankunft in Isfahan aufzusuchen und nach seiner Bedeutung zu fragen, da hinter einer so alten Legende doch nun sicher mehr stecken muss. Meine Freundin hier und ich, wir haben gelobt, den Vers niemandem gegenüber zu erwähnen, bis Ihr Eure Weisheit darauf verwandt hättet. Der Vers geht folgendermaßen, und ich denke, ich kann ihn wörtlich zitieren:

Erst das Orakel
Es bereitet den Weg.
Dann das Warten auf
Die Dame und den Zwerg
Die, beide entrückt,
Aus der Ferne kommen
Mit buntem Geschmeid'.
Ins Herz des Landes
Ohne zu wissen
Sie bringen Zeugnis

Von dem, der den ewigen Frieden bringt,
Und der eine Zeit nach ihnen folgt
Eine Zeit und einen Tag.

Die Aufregung war beachtlich. Männer sprangen auf die Beine und warfen dabei Stühle um. »Aber das nennt doch den Tag für die Ankunft des Erlösers!«, bekam Kuphi hervor, während unter den anderen konfuses Geplapper ausbrach. Auf den Gesichtern einiger zeigte sich Verwirrung, bei anderen aufkeimende Hoffnung, bei wieder anderen Angst.

Peirol hatte Geschichtenerzähler in Schenken von Leuten sprechen hören, die vor Schreck ganz grün geworden seien, und es immer für eine schamlose Übertreibung gehalten, bis er Makonnen sah. Sein ohnehin schon weißes Gesicht wurde leichenblass und nahm eine ausgesprochen merkwürdige Färbung an. Er sprang auf, hob die Hand, um die anderen zum Schweigen zu bringen, aber man beachtete ihn nicht.

Einer der Männer war auf die Knie gesunken und betete, aus voller Lunge schreiend, das Gesicht tränenüberströmt.

Makonnen schrie ebenfalls, und schließlich trat Ruhe ein. »Wiederholt mir den albernen Vers.«

Peirol tat wie geheißen.

»Es scheint offensichtlich, Makonnen«, befand Kuphi. »Die Ankunft des Erlösers, Halleluja, ist uns geweissagt, und ich bin in arger Verlegenheit, nicht von selbst auf diese Legende gekommen zu sein, denn es hätte Euch Eure Aufgabe nun gewiss vereinfacht, nicht dass wir –«

»Ruhe, hab ich gesagt!«

Makonnen trat ans Fenster, warf einen Blick auf die Schutzmauer hoch über ihm. Die einzigen Laute im Raum waren das Schlurfen seiner Sandalen. »Nun denn«, sagte er. »Wie ich geschrieben habe, wird die Ankunft des Erlösers überraschend kommen, sogar für mich. Diese Legende scheint ein Versprechen in sich zu tragen, obwohl ich mir noch nicht sicher bin, wie das aussieht, und ich muss erst einige Zeit beten und darüber nachdenken, was ihre Bedeutung angeht – wie Ihr anderen auch. Ich bitte Euch, meine Berater, nichts von alledem verlauten zu lassen, weder zu Verwandtschaft noch Bekanntschaft. Widrigenfalls fällt meine strengste Missgunst auf Euch.

Was Euch beide angeht, so muss ich Euch dafür danken, mir diese Legende zugetragen zu haben.« Er hörte sich an, als gurgle er vor Glück mit Glasscherben. »Ich bin nicht in der Lage, Euch noch heute Abend die richtige Interpretation zu geben. Aber vielleicht bin ich ein andermal, wenn wir über Eure Geschenke an den Erlöser sprechen, so weit. In der Zwischenzeit kehrt in Euren Gasthof zurück und erzählt nichts von heute Abend noch von dieser Legende, niemals und zu niemandem, bis ich es Euch gestatte.«

»Selbstverständlich, großer Makonnen«, gab Peirol zurück. »Ihr werdet bemerkt haben, dass ich die Angelegenheit bis zu dieser Stunde noch nicht angesprochen habe.«

»Dessen bin ich mir sicher. Meine Wachen werden Euch zurück zu Eurem Gasthof begleiten und während der folgenden Tage bereitstehen, um Eure Sicherheit zu gewährleisten.«

Sie gingen unter Bücklingen, und die vier Begleiter folgten ihnen zurück zur Zufriedenen Ente.

Während des Ritts beugte Zaimis sich zu ihm herüber. »Du bist ein schneller Denker.«

»Ich danke Euch, Milady.«

»Und ein miserabler Dichter.«

»Still jetzt. Deine Stimme trägt.«

Die Wachen bauten sich vor dem Gasthof auf.

»Was nun?«

»Ich gehe mit Gold zum Wirt, begleiche die Rechnung und bezahle ihn gut genug, um unsere Pferde bereitzuhalten, ohne es den Totschlägern des Wahren Denkers zu sagen. Du packst.«

»Wir fliehen?«

»Sobald die Umstände es erlauben.«

»Und das wäre wann?«

»Ich schätze morgen Nachmittag.«

Aber so lange dauerte es gar nicht. Gegen Mitternacht wimmelte es auf den Straßen nur so vor Leuten, von denen einige schrien, andere sangen; einige hatten Fackeln dabei, andere waren betrunken, hier und da wurde gerauft. Peirol sah vom Fenster ihrer Kammer aus zu, dass die Wache von einem Vorgesetzten abgezogen wurde. Es war offensichtlich, dass einige von Makonnens Beratern den Mund nicht gehalten hatten.

»Wir reiten jetzt«, beschloss er, und schon gingen sie, die Satteltaschen über den Schultern, die Treppe hinab. Die Pferde standen bereit, und Peirol hievte sich in den Sattel.

Er warf dem Wirt noch mehr Gold zu. Der Mann verbeugte sich tief, wobei er immer wieder nach der Straße blickte, auf der das Spektakel zunahm. »Mögen die Götter mit Euch sein«, bekam er hervor.

»Ich fürchte, mein Freund, die sind mit Euch«, meinte Peirol; dann bahnten sie sich einen Weg durch den Wahnsinn in Richtung des Stadttores. Zweimal hörte Peirol, dass man sie anrief, einmal sah er jemanden nach dem Schwert greifen. Aber er hatte seine eigene Klinge bereit, und der Mann kam nicht näher. Das Tor stand offen, und die Wachen starrten ins Herz der Stadt, ohne auf die Leute zu achten, die sie verließen.

Peirol vom Hochmoor und Zaimis verließen Isfahan, und sie ließen eine mächtige Botschaft des Geistes zurück.

15 Von der Straße und Banditen

Ich glaube nicht«, bemerkte Peirol, »dass ich viel für Götter übrig habe noch die Leute, die sich mit ihnen abgeben. Sie haben mir nichts als Kummer gebracht.«

»Und ich bin mir nicht sicher, dass ich Männer mag«, erklärte Zaimis. »Aus denselben Gründen.«

»Aber was ist mit mir?«

»Du bist anders.«

»Weil ich ein Zwerg bin?«

»Das auch. Ich meinte damit, dass dir tatsächlich etwas an Frauen zu liegen scheint.«

»Aber natürlich«, erwiderte Peirol. »Wem nicht?«

»Oh, ich glaube, der Mann auf dem Schiff dürfte doch wohl zu dieser Sorte gehört haben – außer im Bett. Wie hieß er gleich wieder, Edirne?«, versuchte Zaimis sich zu erinnern. »Leider ist das genau die Sorte, die mich nun mal anzieht, wie's scheint. Aulard. Makonnen. Mein Vater. Einige andere Jungs, Männer, deren Namen dir nichts sagen würden. Es ist eine lange Liste«, seufzte sie traurig, dann hellte sich ihre Miene auf. »Du weißt, wenn dieser schreckliche Makonnen getan hätte, was er meiner Ansicht nach plante, dann wäre er nicht lange genug auf der Welt gewesen, um den Erlöser noch persönlich kennen zu lernen – nicht dass ich auch nur einen Augenblick lang dachte, dass es den außerhalb von Makonnens Fantasie gibt.«

Peirol hob eine Braue.

»Ich hätte den Bastard vergiftet, bevor er auch nur die Hand über mein Knie gebracht hätte«, fauchte sie wild.

Peirol spürte, wie sich ihm die Nackenhaare sträubten. Er hätte gewiss nichts dagegen gehabt, hätte sie gesagt, sie hätte ihn erstochen oder aus dem Fenster gestoßen, auch wenn Letzteres vermutlich als Selbstmord gegolten hätte. Aber Gift? Das schien ihm infam auf dieselbe Art, wie er Schlangen verabscheute, möglicherweise aus ein und demselben Grund.

»Sprechen wir nicht weiter davon«, meinte er. »Denn wir haben Makonnen und die anderen hinter uns gelassen.«

Sie beugte sich herüber und umarmte ihn. »Du bist ein schöner Narr, immer hoffst du auf das Beste. Vielleicht ist das dein Problem.«

»Warum sollte ich es anders machen?«, fragte Peirol vernünftig. »Das Schlimmste scheint doch immer von selbst zu passieren. Und ist es nicht einfacher, frohen Mutes als trübsinnig zu sein?«

Zaimis erschauerte. »Wie du schon sagtest, lassen wir hinter uns, was hinter uns ist.«

Sie machten in zwei kleineren Städten Geschäfte; Peirol war mit den Profiten zufrieden. Noch einmal fragte Zaimis ihn, warum ihn das kümmerte, und er zitierte eine der Maximen des Meisterjuweliers Rozan: »Besser ein schneller Kupferling als langsames Gold.«

Sie begegneten niemandem aus Isfahan. Die wenigen Reisenden, die sie einholten, sagten, sie hätten die Stadt gemieden, nachdem sie den Aufruhr innerhalb der Mauern gehört hatten und Flüchtlinge in alle Richtungen davonlaufen sahen.

Ein kleiner Junge, dessen Eltern im selben Gasthaus wohnten wie sie, kam an Peirols Tisch vorbei, nachdem dieser ein erfolgreiches Geschäft mit einem örtlichen Sammler getätigt hatte: einer, der den Wert von Halbedelsteinen kannte, aber nicht den der Hand voll wertvoller Gemmen, die er lediglich poliert, aber nicht geschliffen hatte.

Der Junge bestaunte Peirols Steine, und der Zwerg zeigte ihm, wie die Gemmen geschliffen wurden und wie man mit der Lupe umging. Zaimis wurde zunehmend ungeduldig. Schließlich rief die Mutter den Jungen zu sich.

»Warum in aller Welt musstest du das tun? Wir haben seit Stunden nichts gegessen oder getrunken, und ich bin am Verhungern. Hast du gedacht, die Eltern des Jungen seien reich oder etwas Ähnliches?

»Nein«, antwortete Peirol. »Mir fiel nur ein Juweliersgeselle namens Ty Lanherne ein, der vor langer Zeit einmal zu einem anderen Jungen freundlich war.«

»Was?«

»Lass es gut sein. Komm, wir suchen uns etwas Kaltes.«

Zwischen den beiden Städten änderte sich Zaimis' Laune schlagartig. Sie war kurz angebunden, gereizt, rasch erzürnt. Peirol fragte wiederholt, was er falsch gemacht hätte, und was immer es sei, es tue ihm Leid. Zaimis erklärte, es sei nichts, nur eine Laune. Und mit der Zeit legte es sich wieder. Trotzdem ertappte er sie immer wieder dabei, dass sie ihn ansah, als schätze sie seinen Wert ab.

»Merkst du etwas?«, fragte Peirol freudig. »Wir haben die manoleonische Halbinsel hinter uns.«

»Na und?«, antwortete Zaimis leicht gereizt. »Ich habe eine Blase am Hintern, was nicht weniger wichtig ist. Um genau zu sein, mehrere, weil sie nicht vergeht.«

»Ich dachte, wir kommen nie aus diesem Land heraus«, meinte Peirol. »Was uns hier alles passiert ist … wenn ich nie wieder hierher komme, so ist das noch früh genug.«

»Tja«, räumte Zaimis ein. »Ich gebe zu, es war für mich auch nicht gerade wunderbar. Obwohl ich dich nie kennen gelernt hätte, hätte man mich nicht hierher geschickt.«

»Wie wahr, wie wahr.«

Sie tränkten die Pferde an einem kleinen Dorfbrunnen, und eine alte Frau warnte sie davor, dass die Gegend voll Banditen wäre. Eine Karawane sei vor kurzem vorbeigekommen, und der sollten sie sich um ihrer Sicherheit willen besser anschließen. Peirol hielt das für eine ausgezeichnete Idee, und am Nachmittag hatten sie die Händler eingeholt. Es waren ihrer zwanzig, Männer mit harten Gesichtern, die Pistolen und Schwerter griffbereit, ihre Ware unter Leinwand versteckt.

Zaimis und Peirol erschreckten sie, so wie sie von hinten angeritten kamen, und einige Pferde gingen hoch; besorgte Rufe waren zu hören, als die Händler herumfuhren, die Hände auf den Waffen; dann sahen sie, dass es nur zwei waren, die da ankamen. Peirol bat, sich ihnen anschließen zu dürfen, aus Sicherheitsgründen, und er wäre bereit, dafür zu bezahlen, wenn sie in der nächsten Stadt wären und er einige Geschäfte tätigen könnte. Er wollte weder die Goldsäcke erwähnen noch die wertvollen Steine hinter seinem Knie.

»Womit handelt Ihr denn?«, fragte einer der Männer, der noch immer die Pistole auf ihn gerichtet hielt.

»Was immer mir einen Profit bringt, genauso wie Ihr.«

»Das glaube ich nicht«, mischte sich ein anderer Mann ein. »Zunächst einmal schicken die Banditen in diesem Land gern Spione voraus, die sich als Reisende ausgeben und sich einer Karawane wie der unseren anschließen, um sie dann an ihre wahren Herren zu verraten. Zweitens habt Ihr eine Frau bei Euch, und wir haben einen Eid geschworen, nie eine Frau mitzunehmen, auf dass es nicht zu Problemen unter uns kommt.

Und Ihr, Zwerg, mögt die Waffen eines Mannes mitführen, aber ich bezweifle, ob irgendein Bandit in Euch eine Bedrohung sähe. Noch dass er länger als einen Herzschlag bräuchte, um Euch aufzuspießen. Wir würden uns selbst schwächen, wenn wir Euch beschützten.«

»Genau«, sagte ein Dritter. »Reitet weiter, ihr zwei.«

»Dann habt Dank für Eure Gastfreundschaft«, sagte Peirol, und er und Zaimis ritten an der Karawane vorbei. Die Händler starrten sie argwöhnisch an.

Zaimis drehte sich im Sattel um, legte die Hände zu einem Trichter zusammen und rief zurück: »Dafür, Ihr Schweinehunde, sage ich Euch auch nicht, welches der Dörfer, die Ihr heute passiert habt, einen vergifteten Brunnen hatte, und ich hoffe, Ihr kotzt Euch heute Nacht die Seele aus dem Leib!«

Sie gab ihrem Ross die Sporen, und sie galoppierten davon, als ein Pfeil auf sie zugesurrt kam.

An jenem Abend aßen sie einen Vogel, den Peirol unterwegs bei einem Bauern erstanden hatte, und tranken dazu Wein aus ihren Satteltaschen. Dann liebten sie sich, zuerst langsam, dann wild. Sie lagerten oberhalb der Straße, im Gesträuch verborgen, überblickten aber von dort aus nach wie vor das Tal; Zaimis hatte den Kopf auf Peirols Brust gelegt. Die Sonne ging unter, und ein Teil von ihr war, einer leuchtenden Münze gleich, noch über den Hügeln zu sehen.

»So lässt es sich aushalten«, murmelte Peirol schläfrig. »Hier zu liegen mit dir, eine unbekannte Straße, die sich vor uns auf Städte und Menschen zu windet, die uns unvertraut sind.«

»Es ist wirklich schön so«, erwiderte Zaimis. »Aber was, wenn es regnet? Was, wenn es heiß und staubig ist und wir kein Wasser mehr haben und die Pferde uns ständig zu beißen versuchen? Was passiert, wenn ein Dorf uns abweist, weil du ein Zwerg und höchstwahrscheinlich ein wahnsinniger Zauberer bist?«

»Das ist weniger gut«, gab Peirol zu. »Aber wenn es das Schlechte nicht gäbe, wie wüssten wir dann das Gute zu schätzen?«

»Ich käme schon zurecht«, meinte Zaimis. »Das ist also dein Traum: eine Straße, die ewig weitergeht, und immer eine neue Gemme, mit der es sich handeln lässt, und Leute, mit denen du deinen Geist messen kannst? Meiner ist es nicht.«

»Wie sähe denn deiner aus?«

»Ich weiß nicht«, erklärte Zaimis nach einiger Zeit. »Vielleicht eine Welt, in der ich nicht für jeden Kerl zu springen brauche, der scharf auf mich ist und genügend Macht hat, seinen Willen auch durchzusetzen. Vielleicht wäre ich gern eine Königin. Nein, keine Königin, weil ich es nicht aushalten könnte, den Problemen anderer zuzuhören, die zu mir kommen. So zu tun, als wäre es mir nicht egal, wenn es einem Bauern die Ernte verhagelt, oder wenn ein Kaufmann von Piraten gefangen und gegen Lösegeld festgehalten wird. Wenn der König des Nachbarlands mein Land will und das, was ich zwischen den Beinen habe, noch dazu.

Ich reise gern, komme gern herum, wenn es angenehm ist wie jetzt. Oder vielleicht mag ich einfach die Veränderung gern, weil ich mich dann nicht langweile. Das war einer der Gründe, aus denen mein Vater mich verheiraten wollte, ohne zu sehr darauf zu achten, wer mein Gatte sein würde. Vielleicht wäre ich gern eine Piratenkönigin mit meiner eigenen geheimen Insel, auf der mich keine rachdurstige Flotte je finden würde. Ich hätte meine Männer, die mir zugetan wären, und wenn mir danach ist, dann mache ich einen zu meinem Liebhaber, und wenn ich seiner müde bin, dann gibt es keine Tränen, keine Ressentiments, keinen Zorn. Und alle würden meinen Namen kennen und fürchten, aber keiner würde wissen, wer ich wirklich bin.«

»Ein merkwürdiger Traum«, meinte Peirol.

»Es gibt Leute, die halten mich für eine merkwürdige Frau.«

In jener Nacht hatte Peirol einen richtigen Traum. Wieder stand er in Abbas' Arbeitszimmer, und der Magier starrte ihn an. Aber diesmal war sein Ausdruck freundlich.

»Du hast dich wacker gehalten, Peirol vom Hochmoor«, sagte Abbas. »Ich habe zwei Nächte gebraucht, um dich mit meinem Zauber zu finden, so weit bist du gereist, seit ich das letzte Mal an dich gedacht habe. Du bist ein gutes Stück weit gekommen, und wenn meine Karten stimmen, hast du zwei Drittel des Weges nach Restormel hinter dir. Meine Gedanken und besten Wünsche begleiten dich.«

Abbas verschwand. Peirol wachte langsam auf. Er war zunächst froh, bis er merkte, dass diesmal weder der Duft von Jasmin oder Rosen in der Luft lag, noch ein Hauch von Kima zu spüren war. Er hatte ein schlechtes Gewissen. Er fragte sich, ob die Tochter des Zauberers Zaimis gespürt hatte, die eingerollt neben ihm lag, und ärgerte sich. Das war doch absurd. Er war doch ihr gegenüber keine Verpflichtungen eingegangen, die über einen Hauch von Romantik hinausgeführt hätten. Und das war nun zwei Jahre her. Höchstwahrscheinlich wurde sie eifrig von hundert der reichsten Söhne Sennens umworben. Mit ihren achtzehn Jahren war sie womöglich bereits mit einem verheiratet, das erste Kind schon unterwegs.

Aber er tat sich schwer, wieder einzuschlafen, und wachte im

Morgengrauen auf, traurig, mit einem schlechten Gewissen. Es gelang ihm, Zaimis nicht anzubrummen, und sie ritten weiter in einen Tag hinein, der verhangen war, feucht; Fliegen surrten um die Pferde herum. Zaimis war nicht besser aufgelegt, und Peirol fragte sich, ob sie wohl dachte, sie hätte am Abend zuvor zuviel gesagt.

Mittags trat sein Ross Peirol auf den Fuß, und er verschüttete einen Becher Wein. Er fragte sich finster, was ihnen sonst noch passieren würde an diesem lausigen Tag. Eine Stunde später fielen Banditen über sie her.

Es waren achtzehn, heruntergekommene Kerle mit bösen Augen, ein Alptraum. Ihre Pferde und Waffen jedoch waren gepflegt und auf Hochglanz poliert. Ihr Alter reichte vom Halbwüchsigen bis zum Mittfünfziger, alles Männer. Ihr Anführer war ein Schrank von einem Kerl, dessen Bart und langes Haar zu Zöpfen geflochten und hier und da mit bunten Bändern geschmückt war. Er trug einen fleckigen Staat, offensichtlich war er der Ansicht, dass teure Kleidung nicht zu waschen, sondern zu tragen sei, bis sie abfällt. Irgendwann in seiner Laufbahn hatte man ihm eine Keule übers Gesicht gezogen, da dieses leicht eingebeult war und seine platte Nase ein wenig zur Seite stand. Er trug vier Pistolen in einer Schlinge über der Brust, ein Schwert und zwei Dolche.

Sein Unterführer trug ein makelloses weißes Linnenhemd, Lederhose und Weste, beides ohne Flecken. Sein Bart war dunkel und sauber gestutzt. Bewaffnet war er mit einer einzigen reich gravierten Pistole und einem Dolch. Aus irgendeinem Grund erinnerte er Peirol an den längst toten Maat der *Petrel*.

»Interessanter Fischzug«, sagte der große Kerl. »Eine Schönheit und ein Zwerg, eh? Welche Reichtümer habt ihr dabei?«

»Nicht viel«, antwortete Peirol. »Eine Hand voll Gold als Reisegeld.«

»Wirf es mir her.«

Peirol holte einen kleinen Beutel hervor, den er für solche Notfälle bei sich trug, und reichte ihn hinüber. Der Mann wog ihn in der Hand. »Ihr seid keine Edelleute, sonst wäre der Beutel ein Gutteil größer. Was treibt ihr denn für Geschäfte?«

»Wir sind auf der Flucht«, versuchte Peirol zu lügen. »Aus einer Stadt namens Isfahan, auf der Suche nach einem besseren Ort.«

»Ich kenne es nur von der Karte her«, meinte der große Mann. »Die Frage ist, was wir jetzt mit euch machen? Ihr braucht euch nicht mehr um ein besseres Leben zu sorgen, sondern nur noch darum, ob ihr überhaupt eines habt.«

Ein Bandit leckte sich die Lippen. »Sie könnte uns ein Weilchen glücklich machen.«

Schon hatte Zaimis die Hand am Dolch. »Du wirst der Erste sein, den ich zum Kapaun mache, wenn du's versuchst.«

Der Mann mit dem dunklen Bart lachte. »Sie sieht mir gerade so aus, als wäre sie dazu in der Lage, Barman. Wie auch immer, sie wird nicht alle unterhalten, nicht so lange ich Silber für die Auktion habe.«

»Oder wenn ich von meinem Recht als Anführer Gebrauch mache«, sagte der Schrank. »Sie gäbe eine feine Matratze für einen dicken Kerl wie mich ab.«

Die Banditen fanden das komisch und lachten ordentlich.

»Was für tapfere Kerle«, höhnte Peirol, der wünschte, er hätte seine Zunge besser unter Kontrolle. »Achtzehn gegen zwei.«

»Um genau zu sein«, warf der mit dem schwarzen Bart ein, »achtzehn zu anderthalb.«

Wieder lachten die Banditen

»Was soll denn nun mit uns passieren?«, fragte Peirol.

»Im Allgemeinen gibt es drei Möglichkeiten«, erwiderte der Bärtige. »Übrigens heiße ich Manco und bin Urgas rechte Hand. Ihr braucht euch nicht unnötig mit Namen abzugeben, es sei denn, wir beschließen, dass ihr uns eine Weile begleitet. Wie gesagt, es gibt drei Möglichkeiten. Die erste ist für die ärmeren Reisenden, die ziehen wir aus und benutzen sie, wie wir es für richtig halten, und lassen sie dann in ihrem Blut liegen.

Die zweite besteht darin, dass ihr uns eine Weile amüsiert,

dann verkaufen wir euch auf dem nächstbesten Sklavenmarkt. Ich kann mir gut vorstellen, Lady, dass Ihr wisst, welche Art von Amüsement das wäre. Wir könnten Euch für eine Weile kaufen, heute Abend am Lagerfeuer, oder wenn die Jungs hier an einem Strang ziehen, würden Eure Dienste allen zur Verfügung stehen, wenn sie uns überbieten.«

»Ein hässliches Los«, sagte Urga. »Besser, Ihr wählt einen von uns und hofft, er hat genug Silber, um Euch auszulösen.«

»Die dritte ist die beste«, sagte Manco, »falls ihr Leute habt, die ein Lösegeld zahlen können. Je größer die Summe, die sie zu bezahlen bereit sind, desto besser der Zustand, in dem wir euch zurückgeben. Ihr seht, die Möglichkeiten sind unparteiisch und fair. Also, wenn ihr jetzt eure Waffen herausgeben wollt, dann bringen wir euch ins Lager und stimmen ab.«

Peirol überlegte, ob er Manco seinen Wurfpfeil ins Gesicht schicken und Urga den Dolch in den Wanst bohren konnte, um dann in der Verwirrung davonzugaloppieren, als Zaimis den Kopf schüttelte. »Keine dieser Möglichkeiten sagt mir zu.«

»Das sollen sie auch nicht«, rief ein Bandit.

»Was ist mit Leuten, die sich euch anschließen wollen?«

Die Kerle brüllten vor Lachen.

»Viele Mäuse«, grölte Urga, »wünschen sich Katzen zu sein beim ersten Miau.«

»Die, die wir in unserer Bande akzeptieren«, sagte Manco, »sind unseren Mitgliedern als Schurken von Ruf bekannt. Wir nehmen es da sehr genau, teils um Spione fernzuhalten, die uns an die Braunen Männer verraten könnten, aber auch aus praktischeren Gründen, denn je mehr Kameraden wir sind, desto öfter müssen wir teilen.«

»Angenommen«, sagte Zaimis, »jemand gibt euch etwas, etwas von weit größerem Wert als ein Lösegeld? Wäre das ein ausreichender Preis?«

Urga lachte hustend, aber Manco strich sich über den Bart. »Ihr interessiert mich, Milady. Schon mal, weil Ihr nicht mit dem

Schicksal hadert im Gegensatz zu den meisten anderen Eures Geschlechts. Aber auch wegen dem, was Ihr da sagt. Fahrt fort.«

»Nein«, entgegnete Zaimis kühn. »Ihr habt noch nicht gesagt, dass wir ins Geschäft kommen können.«

»Das könnten wir«, sagte Urga. »Und ich gebe Euch mein Wort, dass Euch nichts geschehen wird, wenn – und ich sage noch mal – *wenn* das, was Ihr uns gebt, wahrhaft wertvoll ist.«

»Bei Eurem Wort bin ich mir nicht so sicher«, meinte Zaimis. »Aber seines« – sie warf einen Blick auf Manco – »würde ich akzeptieren.«

»Dann will ich auch mein Wort geben, vor meinen Kameraden hier«, erklärte Manco, der sich zu amüsieren schien. »Und was Euren Beitritt zur Bande anbelangt, wir haben durchaus ein paar Frauen dabei, aber nicht als Reiter.«

»Wir hatten zwei«, mischte sich Barman ein. »Bevor du dazu kamst, Manco. Zwillinge. Das waren vielleicht Rangen! Die haben sich von keinem Kerl anfassen lassen, und bei einem Überfall kannten sie keine Gnade. Aber die braunen Bastarde haben sie geschnappt und garottiert vor, wie vielen, vier Jahren?« Ein anderer Bandit bemerkte: »Ich erinnere mich noch an sie. Gute Kämpferinnen. Wir haben also nichts gegen Frauen als vollwertige Mitglieder der Bande. Solange sie kämpfen können.«

»Ich weiß ein Schwert zu führen«, sagte Zaimis. »Wie auch mein Gefährte hier. Und schießen kann ich auch einigermaßen.«

»Das ist alles gut und schön«, knurrte Urga gereizt. »Aber wir sitzen hier neben der Straße und faseln uns einen Wolf. Was, genau, habt Ihr denn nun für uns?«

Peirol war nicht weniger verwirrt als die anderen.

»Zwanzig Händler«, sagte Zaimis. »Bis an die Zähne bewaffnet, mit einer versteckten Ladung. Argwöhnische Männer, ich gehe also davon aus, dass das, was auch immer sie bei sich haben, wertvoll ist.«

»Zwanzig«, überlegte Urga. »Wir sind uns achtzehn. Dazu noch mal um die zwanzig im Lager. Das ist knapp.«

»Nicht, wenn ich euch sagen kann, wie ihr sie angreifen könnt, wo sie am verwundbarsten sind.«

Urga zögerte.

»Was haben wir zu verlieren?«, meinte Manco. »Wir können nach den anderen schicken, uns den Plan der Frau hier anhören und ihnen dann auflauern, wenn die Sache Hand und Fuß hat. Und wir können uns endgültig entschließen, wenn die Händler – falls überhaupt – auftauchen.«

»Die kommen«, sagte Zaimis. »Ich gebe euch mein Wort darauf. Sie sind etwa einen halben Tag hinter uns, und es gab keine Stadt, in der sie hätten anhalten, noch eine Kreuzung, an der sie hätten abzweigen können, seit wir ihnen begegnet sind.«

Urga sah die Banditen an. »Nun?«

»Sehen wir uns doch an, was die Frau zu bieten hat«, bemerkte einer der Banditen. »Etwas anderes, etwas Neues.«

»Und wenn's nicht so kommt, wie es sollte«, sagte Barman, »dann bleiben uns immer noch Mancos drei Möglichkeiten, oder vielleicht nicht?«

Die Banditen hatten sich in einem trockenen Flusslauf versteckt und an der Straße nach beiden Seiten hin Wachposten aufgestellt; zwischen diesen und der Hauptstreitmacht lagen Grüppchen im Hinterhalt. Zaimis und Peirol warteten hinten bei den Pferden, von zwei Männern bewacht.

»Du sagst gar nichts mehr.«

»Ich weiß nicht, was ich sagen soll«, knurrte Peirol.

»Bist du böse auf mich, dass ich bereit bin, diese Bastarde von Händlern zu verraten?«

Peirol hätte es nicht getan, aber was spielt das noch für eine Rolle. »Nein«, antwortete er ehrlich. »Nein, ich bin nicht böse auf dich.«

»Was ist denn dann?«

»Ich bin wohl einfach überrascht.«

Zaimis blickte ihn an, und ihre Augen waren hart. »Überrascht, dass ich keine Lust habe, mich von den Bastarden vergewaltigen zu lassen oder zur Matratze für diesen widerlichen Hurensohn da zu werden, der wahrscheinlich ein Jahr nicht mehr gebadet hat?«

»Ich hätte das nicht zugelassen«, sagte Peirol.

»Aber wären wir auch noch am Leben gewesen, nachdem du deinen Plan umgesetzt hättest?«

»Nun seid mal still da«, herrschte sie einer der Banditen an. »Bringt Euer Boot nicht ins Wanken, Weib!«

Peirol war froh darüber, schweigen zu können, da ihm das, was er ihr aufrichtigerweise hätte sagen müssen, ganz und gar nicht gefiel. Er fragte sich, was Zaimis an den Händlern aufgefallen war und welchen geheimen Plan sie Manco zugeflüstert hatte, während sie auf die anderen Banditen gewartet hatten.

Die Zeit zog sich in die Länge; das Summen der Fliegen auf der Lichtung war ohrenbetäubend, die Sonne unerträglich heiß. Ein Mann kam von der Straße her, winkte den beiden Wächtern zu, und sie trotteten ins Gebüsch. Peirol hörte Hufgeklapper, und einen Augenblick später erklang eine Trompete. Es folgte ein lautes Krachen, dann noch eines – als würden Bäume umfallen. Dann Rufe und Musketenfeuer, Männer schrien, Pferde wieherten auf. Wieder erschallte die Trompete, weitere Schüsse folgten. Peirol meinte, jemanden um Gnade heulen zu hören, dann brach das Flehen jäh ab. Pferdehufe donnerten los, und es folgten drei einzelne Musketenschüsse. Dann herrschte einmal mehr Stille, und die Fliegen waren wieder zu hören.

Peirol sah Manco.

»Ihr zwei! Kommt runter hier!«

Sie gehorchten. Auf der Straße lagen zwanzig Leichen verstreut, dazu einige Pferde. Vor und hinter dem Ort des Massakers hatte man Bäume gefällt, um die Straße zu blockieren. Die Banditen waren damit beschäftigt, die Packen der Pferde zu plündern. Barman tanzte um eine Leiche und schwenkte dabei ein Paar erbeutete Stiefel. »Genau meine Größe, und was für Prachtstücke, was für Prachtstücke, was für Prachtstücke!«

Urga lud seine vier abgeschossenen Pistolen. Einer der Banditen lag mit dem Gesicht nach unten im Gebüsch; ein anderer saß wiegend da, während ihm das Blut zwischen den Fingern hervorlief.

Manco verbeugte sich. »Sehr gut, Milady. Ihr hättet ein Mann werden sollen, ein Krieger. Ihr habt gesagt, sie schützten sich nicht nach hinten, und so war es denn auch. Und Ihr habt uns einen Schatz beschert, der weit größer ist als ein Lösegeld für Euch, ganz wie Ihr versprochen habt.«

»Was hatten sie denn dabei?«, fragte Peirol neugierig und versuchte, dabei nicht auf die Leichen zu sehen.

»Gewürze aus dem tiefen Süden«, erwiderte Manco. »Sie sind wertvoller als ihr Gewicht in Gold. Die lassen sich fraglos in jeder Stadt verkaufen, in der wir nur wollen. Ich bezweifle, dass man nach alledem noch groß über die drei Möglichkeiten reden muss. Ich für meinen Teil jedenfalls nicht.«

Wie Peirol sah, hatte Zaimis ein zufriedenes Lächeln aufgesetzt, die Lippen leicht geöffnet und feucht.

»Was nun?«, fragte Peirol. Zaimis schien die Zügel fest in der Hand zu haben. »Warten wir auf ihre Abstimmung? Und was dann? Büxen wir bei der ersten Gelegenheit aus?«

»Zuerst einmal«, sagte sie, und sie hatte dabei wieder das Lächeln auf dem Gesicht, das ihm bereits während des Überfalls aufgefallen war, »wollen wir doch mal sehen, was passiert, wenn die Beute verteilt ist.«

Das Lager der Banditen war geschickt hinter einem kleinen Dorf versteckt, in einer felsigen Wildnis voller Vulkanhöhlen, in die man durch eine lange Schlucht kam, die kaum breit genug für zwei Männer war. Die Banditen konnten kommen und gehen, wie es ihnen beliebte, der kleine Laden im Dorf konnte sie mit Nachschub versorgen, und jeder, der sich über die Seitenstraße in das Dorf verirrte und wohlhabend genug wirkte, war ihre Beute.

Einige schliefen in den Höhlen, andere hatten sich primitive Hütten gebaut. Als die Bande nach dem Überfall nach Hause kam, brannten bereits Feuer, und man hatte zwei Kälber geschlachtet und aufgespießt. In Töpfen, um die sich die Frauen der Banditen kümmerten, dampften scharf gewürzte Bohnen und eine dicke Suppe, während in der Asche Maiskolben rösteten. Peirol sah drei, vier Kinder herumtollen und fragte sich, was aus ihnen wohl werden würde, ob sie überhaupt das Erwachsenenalter erreichten, als ihm einfiel, dass Banditen oft nur fünf Jahre lebten, bis sie entweder am Galgen landeten oder unter dem Schwert fielen. Man holte Schläuche und Flaschen hervor, in denen es alles gab von Schnaps über Wein bis hin zu so manch anderem unbekannten betäubenden Gebräu.

Zaimis fragte Urga, wann man darüber abstimmen wolle, ob sie der Bande beitreten durften. Urga zog die Stirn in Falten und sagte: »Ganz gewiss nicht mehr heute Nacht. Heute Nacht feiern wir erst mal den Sieg und unsere neuen Reichtümer. Aber Ihr habt nichts zu befürchten.« Er blickte sie lüstern an. »Ich bin schließlich da, um Euch zu beschützen.«

Zaimis bedachte ihn mit einem Blick, der seinen Bart in Brand setzen sollte, sprach aber erst wieder, als sie und Peirol allein waren. »Der Mann wird noch zum Problem«, meinte sie. »Was der will, weiß ich genau.«

»Scheint doch offensichtlich«, pflichtete Peirol ihr bei.

»Deshalb hat man ja auch noch nichts über die Abstimmung gesagt. Ich wette, er denkt, man wird unsere Hilfe in ein, zwei Tagen vergessen haben und dann sind wir nichts weiter als jede andere arme Haut, die sie gefangen haben. Aber falls er sich das einbildet, steht ihm eine Überraschung bevor«, schloss sie grimmig.

»Soll ich mit Manco reden?«

»Nein«, sagte Zaimis. »Aber vielleicht mache ich das später selbst. Auf jeden Fall werden wir nicht zulassen, dass man unsere Abmachung vergisst.«

Peirol verzog das Gesicht, aber er musste zugeben, dass Zaimis weit überzeugender sein konnte als er. Sie breiteten etwas abseits von den anderen ihre Schlafrollen aus. Peirol führte ihre Pferde an den Rand des Lagers, tränkte, fütterte und striegelte sie; dann sorgte er noch dafür, dass man sie nicht losbinden konnte, ohne dass sie Lärm machten. Er füllte zwei Teller mit Speisen, besorgte eine Flasche Wein und nahm die Mahlzeit mit hinüber zu Zaimis. Sie aßen und sahen dabei zu, wie die Bande sich den Ranzen vollschlug und sich betrank.

Drei Männer brachten Instrumente – Mandoline, Flöte und Trommel – zum Vorschein, und während sie aufspielten, tanzten die Banditen dazu. Einige tanzten mit den Frauen aus dem Lager, andere miteinander, und alles schrie ausgelassen in den finsteren Himmel. Peirol bekam kaum mit, dass Zaimis sich davonschlich, er sah sie erst, als Manco sie in den Feuerschein führte, wo er mit ihr zu tanzen begann. Keiner der beiden kannte die Tänze des anderen, aber so behände wie sie beide waren, lernten sie rasch. Peirol gefiel es gar nicht, wie die beiden tanzten; ihre Schritte glichen ihm zu sehr einer Balz.

Barman setzte sich neben ihn, reichte ihm eine Flasche mit einem starken Getränk. Peirol dachte schon daran, einen tiefen Zug zu tun, begriff dann aber, dass das töricht gewesen wäre; einen Schluck jedoch ließ er durch die Kehle laufen, während er so tat, als trinke er mehr.

»Wenn das die meine wäre, Zwerg«, bemerkte Barman, »dann wäre ich gar nicht glücklich, so wie die sich an Manco reibt.«

»Wir sind Freunde«, erklärte Peirol und versuchte, sich möglichst beiläufig anzuhören. »Nichts weiter. Was wir machen, geht nur uns etwas an.«

Barman zuckte die Achseln und trank.

»Ich hätte da eine Frage«, sagte Peirol. »Ich habe nun schon zweimal jemanden von Männern und Bastarden in Braun sprechen hören. Wer sind die denn?«

»Sie tun so, als wären sie arme Bettler, die von Ort zu Ort ziehen, dabei um milde Gaben bitten und Gutes tun: Wenigstens tun das die Jungen, die Neuen, die vielleicht anfangs noch an den Mist glauben, den sie verzapfen. Sie sind angeblich eine Art Priester, schätze ich, aber sie gehören alle zu einer Sekte, und ich will verflucht sein, wenn ich weiß, zu welchen Göttern sie beten oder ob sie überhaupt welche haben.

Es gibt noch andere in Braun, aber die reiten mit Soldaten, die nach ihrer Pfeife tanzen; sie geben vor, für Gesetz und Ordnung zu sorgen. Aber das einzige Gesetz, an das die glauben, ist das, das ihnen etwas einbringt. Ein garstiges Pack sind sie. Falls du denen in die Klauen fällst, bist du geliefert. Zuerst gibt's ein Tribunal im nächsten Dorf, dann den schlimmsten Tod, der ihnen nur einfallen will. Falls du einer von uns wirst, ist es besser, mit dem Schwert in der Hand zu sterben, als mit dem Tod zu enden, den die dir gewähren. Ich brauche wohl nicht zu sagen, dass jede Beute, mit der sie dich erwischen, bei ihnen bleibt.«

»Wo kommen sie denn her?«

»Von weit weg. Aus einer großen Stadt, die man über eine Meerenge erreicht. Restormel. Ich habe sie nie gesehen, und ich glaube nicht, dass außer Manco einer dort gewesen ist. Es heißt, sie sind die wahren Herrscher dieser Stadt oder des Landes. Ich weiß es nicht.«

Peirol vergaß Zaimis. »*Restormel?* Ihr habt davon gehört? Wie weit ist es von hier?«

»Wer weiß? Wen kümmert es, wenn die den Braunen Männern gehört? Über eine Woche, vielleicht mehr als zwei. Einen Monat? Vielleicht einen Monat auf dem Ozean, vielleicht drei Wochen. Verflucht, ich beginne den Schnaps zu spüren.«

»Haben die Braunen Männer auch einen Namen?«

»Ja. Sie nennen sich … ah … die Männer von Lysyth.«

»Nur Männer?«

»Na, jedenfalls hat noch keiner Frauen in Braun gesehen«, erklärte Barman. »Wenn ihre Edelleute mit der Armee reiten, passiert nichts, ich meine, die halten sich für was Besseres als unsereins. Aber die Dorfmädchen erzählen Geschichten, dass die, wenn's finster wird, auch nicht anders sind als wir – solange keiner in der Nähe ist. Tun nur recht heimlich, wenn's darum geht, einen wegzustecken.«

»Habt ihr je vom so genannten Reichsstein gehört?«

»Nein, verflucht noch mal. Und wenn, dann schätze ich, dass es ein Edelstein ist, und ich würde mir schon überlegen, wie ich ihn klaue.«

Peirol fragte ihn nach Einzelheiten über Restormel, aber Barman sagte ihm, mehr wisse er nicht. »Und außerdem solltest du deine Zeit nicht mit Restormel verschwenden, oder deine Freundin da landet in Mancos Bett, noch eh du dich versiehst.« Er stand auf. »Und wo wir schon davon reden, ich werde mal selbst eine besuchen gehen. Mich um mich selbst kümmern. Hier, Zwerg, ich lass dir die Flasche da. Vielleicht brauchst du sie ja.«

Peirol nahm sie zwischen die Beine und sah Manco und Zaimis zu, deren Tanz immer erotischer wurde, als Zaimis sich ihm näherte und dann wieder entzog, wann immer Manco sie zu umarmen versuchte.

Urga kam aus dem Finstern getaumelt. »Jetzt bin ich dran.« Manco lief rot an; seine Hand griff zum Dolch, dann zog er sie aber wieder zurück. »Du bist dran«, sagte er zähneknirschend.

Urga versuchte, wie Manco zu tanzen, und damit geriet die Tanzerei zur Komödie, als Zaimis ihn umflatterte wie ein Schmetterling, der einen Bären zu reizen versucht. Die Banditen brüllten vor Lachen. Urga war rot vor Zorn. Er beherrschte sich jedoch und gab vor, mit den anderen zu lachen. Finster blickte er die drei Musiker an, worauf die Musik etwas planlos verklang.

»Es ist spät«, meinte er. »Wir hauen uns besser hin. Morgen werden wir uns überlegen, wo wir mit den Gewürzen auf den Markt gehen. Morgen, Jungs, werden wir alle reich!«

Er riss jemandem eine Flasche aus der Hand, nahm sie am Hals und schleuderte sie weit in die Dunkelheit hinaus. Peirol hörte sie an den Felsen zerschellen. Zaimis verbeugte sich tief vor Urga, dann vor Manco, und lief dann um das Feuer herum neben Peirol. Ihr Gesicht war schweißnass, und sie lachte. »Das war ein Spaß!«

Sie sah Peirols Miene. »Was ist denn los?«

Peirol hätte fast etwas erwidert, fing sich aber gerade noch. »Nichts, nichts. Ich habe nur deine Fertigkeit im Tanzen bewundert ... und dann über andere Dinge nachgedacht. Über unsere Suche.«

»*Deine* Suche«, korrigierte sie ihn. »*Unsere* Reise. Und das hat bis morgen Zeit oder den Tag darauf. Komm, Peirol. Heute Nacht will ich dich lieben.«

Sie gingen vom Feuer weg zu ihren Bettrollen. Zaimis, schier unersättlich, verging sich geradezu an Peirol, und der Zwerg hatte alle Mühe, mit ihr mitzuhalten. Schließlich schlief er dann ein, und als er aufwachte, war sie nicht da. Einige Augenblicke später legte sie sich wieder neben ihn. »Du bist wach?«

»Mhm. Wo warst du denn?«

»Wo, meinst du, bin ich wohl gewesen, wenn man Wein getrunken hat wie ich? Komm her, kleiner Zwerg. Wenn du wach bist, dann wollen wir keinen Augenblick versäumen.«

Schließlich schien sie dann müde zu werden, und sie schliefen ein.

Schreie rissen ihn aus dem Schlaf. Die Morgendämmerung hatte bereits eingesetzt. Peirol setzte sich auf, sah zwei Frauen heulend um das sterbende Lagerfeuer springen. Männer wankten auf sie zu, hörten sich an, was sie zu sagen hatten, dann heulten auch sie.

»Was ist denn?«, fragte Zaimis erschreckt.

»Ich weiß nicht. Aber zieh dich rasch an. Irgendwas stimmt da nicht.«

Und so war es auch. Urga war während der Nacht gestorben. Die Banditen kamen zusammen, einige noch halb betrunken, andere verkatert und benommen, und das Wehklagen der Frauen tat ein Übriges, um sie zu verwirren. Manco stand schweigend da und erfuhr, dass eine von Urgas Frauen - er hatte drei, von denen keine in der Nacht mit ihm geschlafen hatte – ihn zu wecken versucht hatte, damit er einen Trank nahm, der ihm den mit Weindämpfen gefüllten Kopf klären sollte.

»Aber er lag bloß da, auf dem Bauch, und als ich ihn umgedreht und sein Gesicht gesehen habe, Götter, Götter, Götter, mein Lebtag habe ich nie so was Scheußliches gesehen, nichts, nichts, nichts, niemals!« Darauf brach sie in Tränen aus. Peirol fiel auf, dass die beiden anderen Frauen sie um ihre Vorstellung beneideten und versuchten, es ihr gleichzutun.

Die Bande schlurfte vor Urgas Hütte, eine der Lavahöhlen, die er mit Seide und teuren Teppichen ausgehängt hatte. Nur dass sie nicht annähernd so roch, wie sie aussah. Offensichtlich hatte Urga, womöglich aus religiösen Gründen, etwas gegen das Baden gehabt. Es gelang Peirol, durch das Gedränge zu schlüpfen und einen Blick auf den toten Banditen zu werfen. Die Frau hatte nicht übertrieben – Urgas Gesicht war schrecklich verzerrt, und seine zu Klauen gekrümmten Hände krallten sich noch immer in seinen Bauch.

Ein Durcheinander von Fragen kam auf. Theorien: Urgas Herz habe versagt, er sei einfach zu fett gewesen. Nein, es sei der Wein gewesen. Nicht der Wein – hatte denn keiner gesehen, wie er fraß? Kein Mensch konnte sich derart mit Fleisch vollstopfen, ohne zu Grunde zu gehen. Ach was, ich habe ihn schon mehr essen und trinken sehen. Es muss wohl was mit dem Fleisch gewesen sein oder was.

Peirol sagte nichts. Er war der Einzige, der einen Mann so wie Urga hatte sterben sehen, und er kannte den Grund.

Manco machte ein besorgtes Gesicht, rief allen zu, nach draußen zu gehen, sagte dann, es gäbe in einer Drehung des Glases, noch bevor er zu stinken begann, eine Beerdigungszeremonie. Man würde seine Leiche dem Feuer anheimgeben, da keiner wusste, ob Urga religiös gewesen war.

»Und dann«, rief einer der Banditen, »machen wir eine Abstimmung und wählen uns einen neuen Anführer.«

»Manco!«, rief jemand, und eine Menge der Männer stimmten ihm lauthals zu.

Das sorgte für neue Aufregung unter den Banditen, die wie Kinder herumliefen, um alles vorzubereiten; einige holten große Mengen Feuerholz aus dem Dorf vor dem Tal, andere hämmerten ihrem toten Häuptling eine richtige Bahre zurecht. Mancos besorgte Miene verschwand. Er ließ sie herumlaufen, ohne etwas zu sagen. Der Anflug eines Lächelns trat auf sein Gesicht.

Zaimis trat auf ihn zu, verbeugte sich. »Eine Frage, Manco.«

»Fragt nur, Zaimis.«

»Wenn Ihr Anführer werdet, werdet Ihr Euch dann noch an Euren Schwur erinnern, was uns anbelangt?«

»Ich weiß nicht, ob ich gewählt werde.«

»Man wird Euch wählen«, sagte Zaimis entschieden. »Wer sonst könnte diesen Haufen denn führen?«

Manco blickte sie an, dann Peirol. »Falls es dazu kommt, werde ich auf der Stelle abstimmen lassen, ob Ihr Euch uns anschließen könnt, und ich sage es noch mal, es wird keine Probleme geben. Und wenn wir Euch aufnehmen, hättet Ihr dann vielleicht nicht noch weitere Ideen für die Bande? Das eine oder andere, was Ihr auf Euren Reisen so gesehen habt, was uns Gold einbringen könnte? Das würde bei der Wahl wirklich zählen.«

»Das habe ich«, sagte Zaimis, und einmal mehr hatte sie ein Lächeln auf dem Gesicht, ihre Lippen waren feucht, und ihre Augen glänzten. »Ihr dürft versichert sein, dass ich – wir welche haben. Nicht wahr, Peirol?«

»Ich, ah ... ja, natürlich, Zaimis«, beeilte sich Peirol zu sagen. »Da wären die Juweliere, mit denen wir Geschäfte gemacht haben, ich bin sicher, die könnte man berauben oder, besser noch, gefangen nehmen, um ein Lösegeld zu bekommen. Tut mir Leid. Ich bin's noch nicht so recht gewöhnt, wie ein Bandit zu denken.«

»Wie ein Bandit«, wiederholte Zaimis. »Oder wie ein Pirat. Aber du wirst es lernen. Wir werden es lernen.«

»Da bin ich ganz sicher«, meinte Peirol, und sein Ton troff nur so vor Aufrichtigkeit. Er fragte sich, wie er nur so hirnlos gewesen sein konnte, Zaimis für dumm zu halten – schon damals auf der *Petrel*, als er sie kennen gelernt hatte. Er war der Dumme. Er schwor sich, mit seinem Urteil nie wieder so vorschnell zu sein.

Es brauchte zwei Drehungen des Glases, bis alles gebührend arrangiert war. Alle Banditen, selbst die Posten, die über die Schlucht wachten, die ins Lager führte, versammelten sich zur Bestattung ihres obersten Häuptlings. Jemand, der behauptete, früher einmal Akolyth eines Priesters gewesen zu sein, bevor man ihn mit der Hand in der Armenkasse erwischt hatte, sagte, er würde sich ein Gebet einfallen lassen. Die Musiker standen bereit, und die Trauernden klagten lauthals; sie genossen den Augenblick, zumal als man wieder Schnaps und Wein zu trinken begann. Erst kam die Zeremonie, dann das Feuer, dann die Zusammenkunft für die Wahl und schließlich ein großes Fest. Die Musiker begannen aufzuspielen, und das Wehklagen erklang zu den Göttern hinauf – oder hinab.

Niemand bemerkte es, als Peirol heimlich zwei Pferde losband. Das eine hatte er schon gesattelt, kaum dass er sich von Manco hatte lösen können. Jetzt führte er sie, außer Sichtweite der Banditen, vom Lager weg, wo ihn sein Packen erwartete.

Als er die Schlucht hinter sich hatte, stieg er in den Sattel und zwang die Pferde in einen werstverschlingenden Trab. Er bezweifelte, dass der Beutel Gold, den er in Zaimis' Bettzeug versteckt hatte, sie davon abhalten würde, Alarm zu schlagen.

Peirol hatte ein solch schmerzverzerrtes Gesicht in der Tat schon gesehen, damals in Sennen, als ein Dieb seine Frau um einer jüngeren Hure willen verlassen hatte. Die Geschmähte war zu einer Hexe gegangen und hatte sich Gift gekauft.

Er fragte sich, wie lange Manco wohl als Banditenkönig überleben würde und wie lange es dauern mochte, bis Zaimis ihre Königin wurde.

Ihm kam ein Gedanke, der noch beunruhigender war: Wie lange hätte es angesichts ihrer wachsenden Unzufriedenheit mit

Peirol und seiner Lebensweise wohl gedauert, bis sie ihn – ihr Kräutersäckchen befingernd – mit dem Gedanken angesehen hätte, was sich mit dem Beutel Diamanten hinter seinem Knie wohl alles anfangen ließ?

Er schluckte trocken und konzentrierte sich dann darauf, so viele Werst wie nur möglich hinter sich zu bringen.

16 Von Diamantenminen und Männern in Braun

Peirol erreichte die Hauptstraße, wandte sich auf dieser nach Osten, überholte eiligst ein Dutzend Wagen voll Bauern auf dem Weg zum Markt und setzte seinen Weg dann im Galopp fort.

Ein Werst weiter führte die Straße an einem Stück brackigem Sumpfland vorbei. Peirol stieg ab, führte seine widerspenstigen Pferde in den Schlamm, fand eine verborgene Stelle im Dickicht und legte sich hin. Wenn er die Zweige auseinanderbog, konnte er gerade noch die Straße sehen.

Die Bauernwagen knarrten vorüber. Er wartete weiter.

Er hatte gerade seinen achtzehnten Moskito getötet, als Pferde vorbeigaloppierten. Er erkannte einige davon, glaubte Manco an der Spitze und Zaimis neben ihm zu sehen. Er wartete weiter und schlug weiteres Viehzeug tot. Schließlich kamen die Banditen wieder zurück, die Pferde erschöpft und schweißnass. Er hörte schrille Vorwürfe, verstand aber nicht, wer da wen wessen bezichtigte. Er konnte sich ihr Gemurmel vorstellen, ob Peirol wohl ein besserer Reiter sei als sie, oder ob sie vielleicht eine Abzweigung verpasst hätten. Womöglich hatte er ja die Bauern oder Dörfler bestochen, damit sie logen. Sie würden vielleicht noch auf der Straße in Richtung Westen nachsehen.

Peirol arbeitete sich zurück auf die Straße und ritt wieder los, trieb seine Tiere hart an, ging dann neben ihnen her, ritt im Schritttempo, im Trab, um schließlich wieder zu gehen. Es dämmerte, aber er dachte nicht daran, Halt zu machen. Er erreichte ein Dorf, in dem ihn gelber Lichtschein und ein Gasthaus empfingen. Drinnen hätte es zu essen gegeben und Futter für seine Pferde.

Peirol ritt weiter und machte erst Halt, als er und seine Pferde zu lahmen begannen. Er wandte sich von der Straße einem Bach zu, ließ die Pferde trinken, zog sie dann weg, auf dass sie ihm nicht zusammenbrachen, sattelte sein Reittier ab und ließ die Tiere dann grasen. Peirol riss Hände voll Gras aus, um sein Reittier so gut wie möglich zu striegeln, bevor er es wieder sattelte. Das Pferd wieherte zornig auf und schnappte nach ihm; Peirol hatte ein schlechtes Gewissen. Aber besser ungemütlich als tot. Das Schwert griffbereit, lehnte er sich an einen Baum und wünschte sich, Pistolen zu haben wie die Banditen. Er zwang sich dazu, im Stehen zu schlafen. Ein Dutzend Mal schreckte er auf, merkte aber, dass es nur ganz normale Waldgeräusche gewesen waren, und ließ sich wieder in eine friedlose Benommenheit fallen.

Noch vor dem Morgengrauen ritt er weiter. Im nächsten Ort legte er schließlich eine Pause ein, tränkte und fütterte die Pferde, zwang sich selbst dazu, im Dorfkrug etwas zu essen, ohne Eile, als wäre nicht eine Menschenseele hinter ihm her. Er ritt den ganzen Tag, hielt in einem Dorf an, um einen Beutel Getreide, Brot, Käse und eine kleine Flasche Wein zu erstehen. Wieder schlief er draußen und hielt das auch die beiden folgenden Nächte so. Schließlich kam er zu einer kleinen Stadt. Jetzt konnte er sich entspannen. Er glaubte nicht, dass Männer, auf die ein Kopfgeld ausgesetzt war, sich in eine Stadt wagten, egal wie reich ihre Beute sein mochte.

Am nächsten Morgen, er beglich gerade die Rechnung, kam es draußen zu einem Aufruhr. Ein Dutzend Lanzenreiter tauchten auf, gefolgt von ebenso vielen Musketieren und schließlich zwei Männern in Braun. Sie waren mittleren Alters, ihre Gesichter hochmütig, ja arrogant. Hinter ihnen ritt ein weiteres Dutzend Lanciers daher. Es mussten dies die Braunen Männer sein, die Männer von Lysyth.

Der Wirt stand neben ihm und sah, ohne sich auch nur das Geringste anmerken zu lassen, zu. Als die Braunen Männer vorbei waren, spuckte er hinter ihnen her. »Bastarde«, murmelte er.

»Wie das?«, fragte Peirol. »Ich bin fremd hier.«

»Sie führen sich auf, als gehörten alle Städte, Dörfer und Ländereien insgeheim ihnen, und sie warten nur auf den Tag, um alles zu übernehmen. Sie schicken ihre verfluchten Bettler, die sie fahrende Priester nennen, über die Meerenge von Restormel – das ist die Stadt, die sie insgeheim beherrschen. Angeblich, um gute Werke zu tun, den Bauern auf den Feldern zu helfen, Straßen zu bauen, Brücken instand zu setzen und so was.

Sie sind alle verfluchte Spione, denn hinter ihnen drein kommen die Älteren, Leute wie die, die gerade vorbeigekommen sind. Die wissen immer, wann sie handeln müssen, wann zu kaufen, wann zu verkaufen ist, wann Hungersnot oder Fettlebe herrscht. Sie haben eine Streitmacht hinter sich, wie Ihr gesehen habt. Wenn ein Dorf, eine Stadt nichts mit ihnen zu tun haben will, dann finden sie immer einen Vorwand für eine Beleidigung, einen Tort, und der nächste Besuch erfolgt mit Kanone und Schwert.

Unser verfluchter König, so weit weg, wie er ist, will nichts tun. Er ist genauso schwach wie der junge Bengel von einem König in Restormel und die Hure, die in seinem Namen regiert. Eines Tages werden die Braunen Männer ihren Platz einnehmen, und dann landen wir alle unter ihrer Fuchtel.

Nicht dass die denken, es könnte mit ihrer Art was nicht stimmen, natürlich nicht. Im Gegenteil, die wissen ja so gut, so verflucht gut, was richtig ist und was falsch! Und ist ihr verfluchtes Restormel nicht die reichste Stadt womöglich der ganzen Welt, was ja wohl Beweis genug dafür ist, dass die ganze Menschheit ihrem ach so demütigen Rat zu folgen hat! Scheiße!«

Der Wirt, der rot angelaufen war wie das Tuch um seinen Hals, stapfte wieder ins Haus.

Es war mittlerweile Sommer geworden, und es herrschte angenehmes Wetter. Peirol zwang sich, nicht einfach weiterzustürmen, so erpicht er auch darauf sein mochte, das Ende seiner Suche zu erleben, falls der Reichsstein tatsächlich in Restormel war. Er hatte schließlich keine Ahnung, wie er danach suchen sollte, wenn er Restormel erst mal erreicht hatte; er hoffte auf einen beratenden Traum von Abbas. Aber ein solcher blieb aus.

In dem einzigen Traum, an den er sich erinnern konnte, war er ein winziges Wesen in einem riesigen leeren Raum. Über ihm befand sich ein großer Diamant, der das Licht in vielen Farben reflektierte, und wenn einer der Strahlen rings um ihn herum auftraf, dann versengte er den Boden wie Feuer. Schwitzend wachte Peirol auf, und seine Beine bewegten sich, als sein Körper noch immer den tödlichen Lichtstrahlen auszuweichen versuchte.

Der Satz »Tapfere Helden, die ausziehen …« kam ihm wieder in den Sinn, und diesmal ganz ohne Ironie.

Peirol handelte in zwei weiteren Städten, und als er seine alte Begeisterung zurückkommen spürte, feilschte er um so härter. Unendlich dankbar war er für Abbas' Sprachzauber; dieser bescherte ihm nicht nur eine Vertrautheit mit den Sprachen, denen er begegnete, sondern auch die Fertigkeit, Ironie und Betrug zu spüren.

Aulards Gemmen waren nunmehr alle verkauft, ersetzt durch Gold oder Juwelen von ähnlich finsterer Tradition. Etwas von dem Gold verwandte er darauf, sich ein Paar schöner Pistolen zu kaufen, jede mit einer Bohrung, in die sich zwei Finger stecken ließen. Darüber hinaus erstand er Pistolengurt, Pulver, Pulverflasche, Kugeln sowie Formen und Bleibarren, um neue Kugeln gießen zu können. Ihm fiel ein, was er vor nun schon so langer Zeit Abbas in Sennen über Pistolen gesagt hatte, und fragte sich, ob wohl alles anders gekommen wäre, hätte er die von Abbas mitgenommen. Wohl kaum.

Die Straßen waren jetzt besser, und es gab Karten, gute Karten, sodass sich sein Vorankommen nach Restormel genau verfolgen ließ. Er begegnete unterwegs mehreren Männern in Braun.

Einmal ritt eine Kompanie Soldaten vorbei mit drei Männern aus Lysyth in der Mitte und beanspruchte die ganze Straße, die vor ihnen lag. Ein Wagen wich nicht schnell genug aus, und schon sank die Peitsche eines Soldaten und klatschte über den Widerrist des Kutschgauls. Dieser wieherte, von Panik ergriffen, und bäumte sich auf, sodass der Wagen in den Graben kippte. Die Soldaten lachten, aber die Männer in Braun behielten ihren nüchternen Ausdruck bei, als wären sie nur körperlich auf der Erde und hätten den Kopf voller wichtiger, spiritueller Dinge.

An einem anderen Tag ritt Peirol auf zwei Männer in Braun zu, die zu Fuß unterwegs waren. Sie waren jünger als Peirol. Der eine wandte sich ihm zu und hielt Peirol, als er vorbeiritt, wortlos seinen Bettelnapf hin. Er wollte ihn schon ignorieren, als er den Ausdruck auf dem Gesicht des Mannes sah. Es war keineswegs flehend; er forderte seinen Tribut. Peirol fand einige Kupferlinge in seiner Börse, ließ sie in die Schüssel fallen und bekam dies mit einem knappen Nicken quittiert.

Falls der Reichsstein sich in Restormel befand und er einem Macht und Reichtum verschaffte, in wessen Besitz wäre er dann wohl? Des Kindskönigs und dessen Gefolges, wer immer sie sein mochten? Oder, was wahrscheinlicher war, im Besitz der Braunen Männer, falls sie so mächtig waren, wie der Wirt gesagt hatte?

Wann immer er auf eine Mahlzeit oder für die Nacht Halt machte, versuchte er, das Gespräch auf diese Männer von Lysyth zu bringen. Wer oder was war Lysyth? Was glaubten diese Männer? Welchem Gott oder welchen Göttern huldigten sie? Aber keiner wusste Bescheid.

Peirol saß zufrieden in der Ecke einer großartigen Taverne. Sie war riesig, für eine weit größere Stadt geeignet als die, in der er jetzt seinen Geschäften nachging. Er tauchte ein in das Gelächter, die trunkenen Hurrarufe und den falschen Gesang und ließ sie die Stille und die Eisigkeit der Wälder fortspülen. Vielleicht, so dachte er, wenn er – mit dem Reichsstein, versteht sich – nach Sennen zurückkehrte und Abbas ihn reich machte, vielleicht konnte er dann eine Taverne wie diese aufmachen. Sie würde nie schließen, und es würde dort pausenlos musiziert und gelacht, und es gäbe muntere Weiber wie die, die ihn gerade bediente. Die Preise wären niedrig bei ihm, es gäbe das beste Bier, und er hätte immer etwas am Spieß. Wenn die Frauen selbst mit den Kunden ins Geschäft kommen wollten, so ginge ihn das nichts an.

Es ist jammerschade, überlegte Peirol, bewegte den Branntwein im Mund und dachte dabei an das große Federbett oben, in dem er sich in Kürze aalen konnte; er würde allein schlafen, denn ihm war nicht nach Gesellschaft, das Fenster einen Spaltbreit geöffnet, um auf das Prasseln des Regens lauschen zu können; es war bedauerlich, dass Kima aus der Oberschicht stammte. Sie würde in einer derartigen Investition eine Dummheit sehen und selbst ganz gewiss nie eine so laute Kaschemme aufsuchen. Was soll's, dachte Peirol, schon ein klein wenig angetrunken, vielleicht lernt sie einen solchen Ort ja lieben. Oder … auch nicht.

Ihm gegenüber, in einer Nische wie der seinen, überblickte einer der Braunen Männer den Raum so gesetzt, als gehöre er ihm. Vor ihm stand ein winziges Gläschen Wein.

Peirol winkte einer Serviererin, die herübergeeilt kam, und gab ihr seine Anweisungen. Sie blickte ihn merkwürdig an, brachte dem Mann von Lysyth dann aber einen Schwenker vom besten Branntwein des Hauses. Er machte ein überraschtes Gesicht, dann zog er die Stirn in Falten. Peirol hob sein Glas zum Toast. Der Mann in Braun sprach mit der Frau. Sie verneigte sich, brachte das Tablett mit dem Glas dann finsteren Blicks wieder herüber zu Peirol.

»Der Erhabene«, zischte sie, »sagte … nun, wollt Ihr wirklich wissen, was er gesagt hat?«

»Allerdings.«

»Er sagte, und ich gebe Euch seine Worte genau wieder, ›Sagt dem Kindmann da drüben, sein Gold wäre besser auf Almosen für die Notleidenden verwandt als auf Betäubungsmittel für seinen armen Geist.‹«

»Nun, dann tragt den Branntwein wieder hinüber und sagt dem Dreckskerl, er soll ihn sich – ach was, lasst es gut sein, ich trinke ihn selbst«, erklärte Peirol.

»Ist wohl Eure erste Begegnung mit denen«, meinte die Frau. »Sind alles hochnäsige Bastarde. Und sie könnten wirklich was in den – na ja, Ihr wisst schon wohin, brauchen. Einen Kaktus zum Beispiel.«

Peirol knirschte mit den Zähnen, nahm einige Silbermünzen, trat an den Armennapf und warf sie ostentativ hinein. Dann ging er wieder an seinen Platz und lächelte den Mann von Lysyth an, dann hob er sein Glas. Er weigerte sich, sich von dem selbstgefälligen Drecksack den Abend ruinieren zu lassen. Der Mann blickte durch ihn hindurch, als wäre Peirol unsichtbar.

Bei einem Juwelier kam Peirol eine merkwürdige Geschichte zu Ohren: Weiter im Süden, abseits der Straße nach Restormel, gebe es große Diamantenfelder, die man erst kürzlich entdeckt habe und die einen Besuch wert seien. Der Juwelier fügte hinzu, die Minenarbeiter seien »ungewöhnlich«, und der Zwerg dürfte sehr an »ihren Gebräuchen interessiert sein«. Misstrauisch fragte Peirol, ob es sich denn um Kannibalen handele. »Nein, nichts Gefährliches«, erklärte der Juwelier. »Nur … nun ja, eben interessant.«

Peirol hätte einige ungeschliffene Steine brauchen können, bevor er nach Restormel kam, vor allem wenn sie sich billig ab Mine erstehen ließen. Und was die besagten merkwürdigen Gebräuche anging, so waren ihm nun schon so viele Leute mit merkwürdigen Sitten untergekommen, und doch waren seine Knochen noch nicht angenagt, seine Haut noch intakt. Er zog Erkundigungen bei anderen Edelsteinhändlern ein, um sicherzugehen, dass ihn der Juwelier nicht zum Narren gehalten hatte, bevor er sich auf den Weg in die Wildnis im Süden machte. Er fand hier und da eine Ansammlung von Hütten, kaum genug, um als Dörfer gelten zu können. Alle wussten hier über die Bergarbeiter Bescheid; einige hatten sogar den einen oder anderen Stein zu verkaufen. Aber diese waren im Allgemeinen nur poliert, und die wenigen primitiven Versuche, die Steine zu schleifen, hatten diese gänzlich ruiniert; so dankte er denn höflich und setzte seinen Weg fort.

Zwei Tage später stieß er auf die erste Mine. Er hatte sie schon gehört, bevor er sie sah, eine große Grube, die man in der Nähe eines Hügels in ein geräumtes Feld gegraben hatte. Die Grube war voller Männer und Frauen, die alle bei der Arbeit waren und dabei laut sangen. Nach einer Weile jedoch kam er dahinter, dass sie beteten. Er sah neben der Grube einen Mann ausruhen, ritt zu ihm hinüber und erfuhr, was los war.

»Warum beten die denn, so bewundernswert das sein mag.«

»Wenn wir laut genug beten«, antwortete der Mann, »dann legen uns die Götter die Diamanten in die Grube. Aber wenn wir nicht heilig, nicht hingebungsvoll genug sind …« Er wies auf die Umgebung, und Peirol bemerkte ein halbes Dutzend aufgegebener Minen rings umher.

»Ihr wählt die Grube mit Hilfe eines Gebets?«

»Das oder mit einem Priester, aber größtenteils durch das Flehen unserer Arbeiter.«

»Beten ist alles? Ihr überlegt Euch nicht, wo Ihr Diamanten gefunden habt, und sucht Euch dann einen ähnlichen Ort?«

»Das wäre ein Sakrileg«, erklärte der Mann. »Außerdem ist das Land hier reich an diesen Steinen, auf die die Leute aus der Stadt so scharf sind. Wieso sollten wir die Methoden in Frage stellen, mit denen die Götter uns zu diesen Reichtümern führen?«

Peirol dankte dem Mann, tippte dem Pferd mit den Zügeln an den Hals und trabte weiter.

Fünf Tage später ritt er aus einem dichten Bambusdschungel auf freies Land hinaus – und mitten ins Chaos. Es war ein Dorf, größer als die, durch die er bislang gekommen war. Seine Bewohner waren auf der Straße und schrien: »Ungläubiger!« »Heide!« »Götterlästerer!« Die Worte galten einem der Männer in Braun. Er war jung, nicht viel älter als zwanzig, trotz seines kahl geschorenen Hauptes gut aussehend auf eine aristokratische Art; und er wirkte ziemlich mitgenommen.

Der Mann rief zurück, er sei doch nur ein Botschafter der Unsichtbaren, der Wahren Götter, der sie vor Verdammnis und Vernichtung zu schützen versuche. Eine stämmige Frau schlug ihn, und er ging in die Knie. Schließlich bemerkte jemand Peirol und stieß einen Schrei aus. Die Bauern sahen den Zwerg, und es waren erstaunte Rufe zu hören.

Eine alte Frau wackelte aus der Menge. »Wer seid Ihr? Seid Ihr ein Sterblicher?«

»Gewiss«, antwortete Peirol. »Meint Ihr, die Götter würden einen Verunstalteten wie mich zum Boten wählen?«

»Das würden sie«, rief jemand. »Ist schließlich nicht Rivak als Riese zu uns gekommen? Oder hat nicht Tulm ihre größten Wunder ohne Arme und Beine gewirkt? Und der große Cohl kam als Aussätziger.«

Beifälliges Gemurmel. Einige verneigten sich vor Peirol.

»Ich danke Euch«, entgegnete Peirol. »Aber ich versichere Euch, ich bin nur ich selbst. Darf ich fragen, was dieser Mann von Lysyth Anstößiges getan hat?«

»Er ist ein Gotteslästerer«, erklärte die Frau. »Ein Verbrecher, der bestraft werden muss.«

»Und das auf die schlimmste Art«, mischte sich eine andere hämisch ein. »Wir werden ihn an den Pfahl binden, den Ihr dort drüben seht, und ihm dann langsam die Haut vom Leib ziehen. Unsere Hexe hat ihn besprochen, auf dass er das Bewusstsein nicht verlieren oder sterben kann, bevor sie ihn lässt. Wenn er dann blutend da hängt, schneiden wir ihm Zehen und Finger ab, außerdem die Genitalien, die wir dann vor seinen Augen kochen, bevor er sie essen muss. Dann setzen wir seine Zerstückelung fort, Glied für Glied, so wie wir unsere Lämmer schlachten, wenn unsere Götter uns sagen, dass es Zeit für ein Opfer sei.

Wir brennen ihm die Augen aus, schneiden ihm die Zunge ab, treiben ihm Pflöcke in die Ohren, bis er nicht mehr ist als ein rot blutendes Ei. Dann machen wir ihm ein Loch in die Wirbelsäule, lassen sie auslaufen und saufen ihn aus, und dann darf er sterben – vielleicht.«

Peirol versuchte, keine Miene zu verziehen. »Das hört sich recht gründlich an«, meinte er milde. »Ich nehme an, dass Ihr in dieser Gegend nicht viele Gotteslästerer habt. Ich schätze, dieser Tod bedeutet, dass Ihr ihn Euren Göttern opfert.«

»Natürlich«, erwiderte die alte Frau unwillig. »Haltet Ihr uns für Barbaren?«

»Gewiss nicht«, sagte Peirol. »Und ich nehme an, das Opfer ist einverstanden mit dem, was Ihr tut?«

Verwirrung kam auf.

»Einverstanden?«, fragte die alte Frau. »Der Mann müsste doch ein Narr sein, wäre er mit einem solchen Tod einverstanden.«

»Nicht wo ich herkomme«, sagte Peirol. »Unsere Priester bringen Leute schlimmer zu Tode, aber wegen des großen Ruhms mangelt es uns nie an Freiwilligen.«

Die Dorfbewohner sahen einander erstaunt an. »Ihr müsst aus einem sehr heiligen Land kommen, Zwerg.«

»So heißt es jedenfalls«, erklärte Peirol und versuchte sich an einer frommen Miene. »Aber ich würde mir nicht anmaßen, mich mit einer von den Göttern gegebenen Heiligkeit zu schmücken, denn ich weiß, dass man sich die geistige Erleuchtung Tag für Tag hart zu erarbeiten hat, anstatt sich arrogant im vermeintlichen Heil zu aalen.«

»Seid Ihr denn selbst ein Priester?«

»Nein. Nur ein schlichter Kaufmann. Aber ich habe schon immer ein Interesse an religiösen Dingen gehabt. Sagt mir doch eines. Darf ich dem Opfer einige Fragen stellen, um mich weiterzubilden, bevor die Zeremonie beginnt?«

»Es ist nicht wirklich eine Zeremonie«, brummte jemand. »Wir bringen den braunen Bastard schlicht und ergreifend um. Ihn den Göttern zu weihen, ist nur das Salz in der Suppe.«

»Dann macht schon«, drängte ein anderer. »Aber macht schnell. Es ist Mittag, und wir wollen ihn noch vor Mitternacht tot sehen.«

»Sagt mir, Mann von Lysyth«, fragte Peirol. »Welcher Sünde habt Ihr Euch, Eurer Ansicht nach, schuldig gemacht?«

»Keiner«, sagte der Mann und raffte sich auf. »Ich diene den Unsichtbaren Göttern ohne Gestalt oder Form. Wir müssen ihnen huldigen, auf dass die Welt nicht zerstört und alles in ihr ins ewige Feuer geworfen wird. Deshalb ziehe ich – und andere wie ich – aus in die Öde, um das Wort zu verkünden und zu tun, was wir können, um den Umnachteten zu helfen.«

»Dir gebe ich gleich einen Umnachteten«, knurrte ein stämmiger Mann und schickte sich an, den Braunen zu schlagen. Peirol hob die Hand.

»Habt Ihr einen Namen?«

»Ja«, antwortete der Mann. »Solltet Ihr nach Restormel kommen, so könntet Ihr zum Großen Tempel gehen und dort melden, dass Ossetia, der Sohn des Hohepriesters Warleggen und der Lady Broda, Enkel des Obersten Priesters Kaitbai für seinen Glauben gestorben ist, in Erfüllung seiner Pflicht.«

»Ihr scheint von edler Herkunft.«

»Meine Familie hat sich im Dienst der Götter ausgezeichnet, das ist wahr.«

Peirol musterte Ossetia bedächtig. »Vergebt mir, Leute. Ich stelle meine Frage in schlichter Unwissenheit, sie soll keinen beleidigen. Wärt Ihr bereit, ein Lösegeld für Ossetia hier zu akzeptieren, gutes rotes Gold vielleicht, oder etwas ähnlich Wertvolles für sein Leben?«

Einige riefen nein, andere ja, wieder andere möglicherweise, aber sie alle wurden übertönt von Ossetias herzhaftem Ruf: »Nein! Das wäre Feigheit, und kein Mann von Lysyth stirbt als Feigling!«

»Schweigt, Ossetia«, sagte Peirol. Er sah die alte Frau an. »Bei all dem Durcheinander konnte ich die Antwort auf meine Frage nicht verstehen.«

»Bisher«, meinte die Frau zögernd, »haben wir in der Tat solche auslösen lassen, die nur leicht gegen unsere Gebräuche verstoßen haben, schließlich sind wir ein wahrhaft tolerantes Volk. Aber ich sehe nicht, wie wir den hier hergeben sollen, schließlich haben die anderen, denen wir das Leben geschenkt haben, bereut, als sie ihres Wegs zogen, und der Mann hier bleibt fest in seiner sündigen Art.«

»In meiner Rechtschaffenheit«, rief Ossetia.

»Hm«, machte Peirol und strich sich dabei übers Kinn in dem Versuch, großen Ernst vorzutäuschen. »Angesichts der Heiligkeit von Euch Dörflern möchte ich mich nicht länger verstellen. Ich bin, wie Ihr, ein großer Feind der Männer in Braun. Sie haben mir all das geraubt, was ich auf meinen Reisen erworben habe, und als ein Mann, der die Götter studiert, sehe ich ihre ungeheure Arroganz gar nicht gern. Als ich Euch dem hier zusetzen sah, tat mein Herz einen Sprung, obwohl ich sagen muss, wäre er in meinen Händen, er würde den Tod, den Ihr für ihn vorschlagt, als recht gelinde empfinden.«

»Ihr könnt noch schlimmer?«, fragte jemand ungläubig.

»Ich kann noch schlimmer«, bestätigte Peirol entschieden. »Denn wie der Mann da so richtig sagt, ich habe selbst einige magische Talente, wenn auch nur geringe im Vergleich zu den Zauberern meiner Heimat, weshalb ich ja als Kaufmann durch die Welt ziehe. So kann ich zum Beispiel in den Knochen eines Menschen ein Feuer entfachen, das ihn langsam verzehrt, Tag für Tag, während er sich in Todesqualen windet. Wie Eure Hexe weiß auch ich Zauber, die den Tod verhindern.

Es ist nur einer von vielen Toden. Für einen anderen könnte ich Dämonen heraufbeschwören, die ihn hernehmen wie Männer die Frauen, aber mit Dornengemächten, die ihn zerfleischen, anstatt ihm Lust zu bereiten. Ein solcher Mann, den Dämonen anheim gegeben, wird jenseits aller Götter sterben – was auch immer nach Ansicht der Männer von Lysyth nach dem Tode kommt, es trifft nicht mehr zu. Stattdessen wird seine Seele zum Spielball der Dämonen, Tag für Tag, Jahr für Jahr, bis ans Ende der Zeit.«

Die Bauern schwiegen erschüttert. Ossetia funkelte ihn herausfordernd an.

»Aber diese Gedanken», so fuhr Peirol bedächtig fort, »gefallen mir nicht, da mein Glaube auf Gerechtigkeit besteht. Ihr seid es, Ihr Männer und Frauen, die diese Kreatur aus der Tiefe gefangen habt, und wenn man Euch der Freude beraubt, ihn zu töten, so sollt Ihr doch davon profitieren. Aus diesem Grunde habe ich wegen eines Lösegeldes gefragt. Lasst mich einen Vorschlag machen. Ich bin Kaufmann, Händler, wie ich schon gesagt habe. Ich kam, um die Steine zu kaufen, die Ihr aus der Erde holt. Aber ich könnte Euch ein größeres Geschenk machen, wenn Ihr mir diesen Ossetia hier für einen Augenblick zum Sklaven geben wollt, denn ich werde ihm einen Tod geben, wie ihn bisher kein Mensch gestorben ist.«

»Was bietet Ihr uns?«, fragte ein junger Mann.

»Ich habe erfahren, wie Ihr bei der Suche nach Edelsteinen vorgeht. Ich könnte Euch ein Gebet lehren, welches verhindert, dass Ihr Eure Zeit in gesteinslosen Feldern verschwendet, die Euch nur Blasen und Schmerzen bescheren, ein Gebet, das Euch fast immer direkt zu den unterirdischen Lagern führt, wo es Diamanten im Überfluss gibt, sprecht Ihr es nur mit genügend Hingabe und zum rechten Zeitpunkt am rechten Ort.«

»Würde das nicht eine Beleidigung der Götter darstellen? Schicken sie uns die Diamanten denn nicht, wenn wir genügend Ernst bewiesen haben?«, fragte jemand. »Was sagst du, Abdi?«

Eine Frau trat vor, weder alt noch jung, aber mit dem Leuchten der Autorität im Blick. Peirol vermutete in ihr die Dorfhexe. Sie hielt die Hände nach Norden und Süden, wandte sich dann um und streckte sie, mit geschlossenen Augen, einmal mehr. Sie öffnete die Augen, senkte die Hände. »Ich sehe keinen Grund«, sagte sie mit ruhiger Altstimme, »weshalb die Götter etwas dagegen haben sollten. Sie fanden es auch nicht anstößig, dass wir zum Graben Schaufeln hernahmen statt der bloßen Hände, um nur ein Beispiel zu nennen. Und wer weiß, zu welcher Zeit es den Göttern beliebt, auf unseren Feldern zu säen? Ich ganz gewiss nicht.«

»Zwerg, wärt Ihr bereit«, sagte die alte Frau, die ihn als Erste angesprochen hatte, raffiniert, »im Dorf zu verweilen, während wir das Gebet lernen und uns davon überzeugen, dass es auch funktioniert? Denn wenn das nicht der Fall sein sollte, dann müssten wir Euch für einen Gotteslästerer halten wie diesen Wurm hier und Euch dasselbe Schicksal bescheren.«

»Ich bringe Euch das Gebet bei«, erwiderte Peirol, dem das Herz in die Hose rutschte. »Und ich bleibe bei Euch, um Euch Gelegenheit zu geben, es nicht nur einmal, sondern gleich dreimal auszuprobieren, denn nicht immer gewähren die Götter einem den Erfolg schon beim ersten Versuch.«

»Wenn es funktioniert, dann brauchen wir uns nicht mehr hungernd die Seele aus dem Leib zu schaufeln, während andere Dörfer reich werden«, sagte ein Mann leise.

»Unsere Kinder bräuchten nicht mehr zu hungern«, schnaufte eine der Frauen.

Die alte Frau sah sich um. »Für diese große Wohltat«, erklärte sie, »geben wir Euch das Leben dieses Mannes in Braun. Wenn es funktioniert. Wenn nicht …«

Abdi, die Hexe, wurde ausersehen, das geheime Gebet zu lernen. Bis diese Entscheidung getroffen war, hatte Peirol eine Seite mit Geschwafel gefüllt, das er ihr beibringen wollte. Während sie es auswendig lernte, ritt Peirol die Gegend ab und machte sich sorgfältige Notizen. Er hatte einige schwer bewaffnete Männer als Wachen dabei, die dafür sorgen sollten, dass er sich nicht aus dem Staub machte.

Ossetia hatte es während dieser Tage nicht leicht. Man hielt ihn in einem Bambuskäfig, und jeder, der vorbeiging, war angehalten, ihn zu bespucken oder mit Unrat zu bewerfen. Zu essen gab man ihm Abfälle, und zweimal am Tag übergoss man ihn mit einem Eimer Wasser, was gleichzeitig Wäsche und Labung war.

Als Abdi das Gebet auswendig konnte, hieß Peirol sie, sich eine Stunde vor Sonnenaufgang bereitzuhalten. Die beiden gingen darauf, von Wachen flankiert, etwa einen Werst aus dem Dorf, bis Peirol die von ihm gewählte Gegend erreicht hatte.

»Die Götter, die uns in meinem Land Diamanten gewähren, haben eine ausgeprägte Vorliebe für Gelb«, erzählte er ihr. »Ich denke doch, dass dies auch für diese Gegend hier gilt. Seht Ihr die gelbliche Lehmerde dieser steinigen Wüstenei? So etwas gefällt ihnen. Also, Ihr nehmt nun eine kleine Kelle, die für die Grabungen steht, die Euer Dorf durchführen wird, und scharrt für jeden Eurer Füße ein Loch, knöcheltief. Dies dient dazu, Euch mit unser aller großen Mutter, der Erde, zu verbinden, in der die Diamanten vorkommen. Wenn Ihr Euch ihres Segens gewiss sein könnt, solltet Ihr bei Euren Grabungen auf blaue oder graue Steine stoßen. Wenn nicht, dann sucht Euch ein anderes gelbes Feld und versucht es einmal mehr.

Also, diese Männer hier und ich, wir werden uns jetzt entfernen, und Ihr wiederholt das Gebet dreimal laut gen Himmel. Dann könnt Ihr Schürfer rufen, und Ihr macht Euch ans Werk.«

Peirol und seine Wächter entfernten sich. Eine Weile darauf kam sie zu ihm. »Mir wurde keine Erleuchtung zuteil.«

»Weil Ihr noch nicht gegraben habt«, entgegnete er.

Abdi hieß einen der Männer, die Dorfbewohner mit ihren Werkzeugen, Wasser und Nahrung für ein Tagwerk holen zu gehen. »Welche Art Grube sollen wir graben?«, fragten sie.

»Dieselbe Art wie immer.«

Die Männer und Frauen machten sich an die Arbeit. Es war nicht besonders warm, aber Peirol schwitzte leicht. Aber die Sonne war noch keinen Fingerbreit über den Horizont geklettert, da schrie die erste Schürferin schon freudig auf, kam auf Abdi und Peirol zugerannt. Sie hatte einige unscheinbar matte, fettige Steinchen auf der hohlen Hand.

»Und hier habt Ihr's«, sagte Peirol. »Ihr hättet an meinem Gebet nie zweifeln dürfen.«

Die Dörfler brachen in Jubel aus. Die alte Frau kam zu Peirol herüber. »Es gibt auch so etwas wie Glück«, meinte sie. »Würdet Ihr es riskieren, noch zu verweilen, um zu sehen, ob das Gebet auch ein zweites Mal wirkt?«

»Ich habe drei Versuche versprochen«, erwiderte Peirol, und jetzt war es an ihm zu beten, obwohl er nicht wusste, zu wem. Der zweite Versuch brachte nur einige armselige Steinchen, aber es waren Diamanten. Peirol hieß sie, es noch einmal zu versuchen, und diesmal war das Feld reich an edlem Gestein. Er bekundete sein Interesse, gleich mit ihnen Geschäfte zu machen. Die ekstatischen Dörfler feilschten noch nicht einmal, sondern nahmen einfach, was immer er ihnen an Gold oder Silber bot. Als seine Satteltaschen sich unter der Last ungeschliffener Steine bauchten, machte Peirol sich zur Abreise bereit.

»Ich danke den Göttern für Euer Kommen«, sagte Abdi. »Und was das geheime Gebet anbelangt und die Bedingungen, unter denen es anzuwenden ist …« Sie beäugte ihn nachdenklich. »Natürlich würden mich meine eigenen Leute steinigen, fragte ich mich, was wohl passieren würde, fände ich ein Feld gelben Lehms und würde dort graben, um sicherzugehen, dass ich auch bläulichen Stein unter den Füßen habe, um dann irgendeinen Unsinn zu brabbeln, bevor ich graben lasse.«

»Ein Los, das einem Ungläubigen wohl gebührte«, antwortete Peirol und verkniff sich dabei ein Lächeln.

»Für das, was Ihr uns gebracht habt, ohne Rücksicht darauf,

was es damit auf sich hat, Peirol vom Hochmoor, nehmt Euren Sklaven und geht.«

Peirol ließ Ossetia fesseln und auf sein Packpferd setzen, und unter dem Jubel der Dorfbewohner ritten sie schließlich los. Eine Stunde später machte der Priester den Mund auf.

»Wisse, Dämon, dass du keine Freude an den Schreien deines Sklaven haben wirst, denn ich weiß, ich kann den schlimmsten Foltern widerstehen, ohne meinen Glauben aufzugeben noch meine Kraft.«

»Ich bin froh, dass Ihr Euch da so sicher seid«, erwiderte Peirol. »Und diesen Sklavenunsinn könnt Ihr Euch übrigens schenken. Ich werde Euch freilassen, ich lasse Euch laufen, ich setze Euch frei oder wie immer man es in diesem Land nennt, einem Narren die Freiheit zu geben.« Ossetia machte große Augen. »Wir halten am nächsten Fluss«, fuhr Peirol fort, »dort könnt Ihr Euch den Schmutz vom Leib waschen und Eure Gewänder gleich mit. Mir ist gar nicht danach, mit einem nach Restormel zu reisen, der so schlecht riecht wie Ihr.

Und übrigens, wenn wir in die nächste Stadt kommen, so borge ich Euch das Geld für ein neues Gewand oder was immer Ihr tragen wollt, das Ihr mir natürlich zurückgeben werdet, sind wir erst einmal in Restormel. Ebenso wie das Gold für Eure Mahlzeiten und das Quartier. Vielleicht können Zauberer dergleichen umsonst gewähren. Aber wir armen Händler müssen dafür sorgen, dass die Buchführung stimmt.«

Als sie dann nach Norden ritten, um sich anschließend nach Osten zu wenden, waren Peirol Ossetias Fragen durchaus willkommen, jedenfalls jene, die dessen Meinung über Peirol in eine bestimmte Richtung lenkten: Selbstverständlich sei er kein Magier, ja, noch nicht einmal ein Mann, dem die Götter ein besonderes Talent mitgegeben hatten. Seiner Ansicht nach sei dies eine Angelegenheit für jene, die einen ordentlichen Ruf hatten, sein

Los sei es lediglich zu dienen. Nun, er habe etwas von einem Edelmann, sei der zweite Sohn, um genau zu sein, weshalb er ja auch reise, anstatt sich um die Familiengüter zu kümmern. Nein, ein Händler zu sein, wenigstens nicht einer, der mit bestimmten Dingen wie etwa Gold oder Gemmen handle, gelte in seiner Heimat durchaus nicht als Schmach.

Warum er nach Restormel reise? Nun, in erster Linie natürlich, um seine Sehenswürdigkeiten zu sehen, die man in Peirols Heimat seit langem rühme. Er hoffe, während seines Aufenthalts dort dem Adel einige der interessanten Gegenstände zu zeigen, die er aus Gemmen und Edelmetallen hergestellt habe.

Wie lang er denn zu bleiben gedenke? Wer wolle das sagen? Wenn er willkommen sei, wenn die Stadtväter der Ansicht wären, er habe etwas beizutragen zur Größe der Stadt, wer weiß? Ein Jahr, für immer? Gewiss nicht länger, als Restormel ihn haben wolle.

Im Gegenzug dafür fand er so einiges über Restormel und den Orden von Lysyth heraus. Lysyth war der Name einer großen Schlacht, die vor Jahrhunderten geschlagen worden war, aber Ossetia wusste wenig über sie – oder jedenfalls sagte er nichts. Einmal fragte Peirol, so beiläufig er nur konnte, ob er schon einmal etwas von einem so genannten Reichsstein oder so ähnlich gehört habe.

Ossetia bekam schmale Lippen. »Von dergleichen zu sprechen ist streng verboten, denn sich mit kindischen Legenden abzugeben, dazu haben die Männer von Lysyth schlicht keine Zeit.«

Peirol hätte am liebsten wilde Kapriolen geschlagen. Er war nahe, sehr nahe am Ziel.

Sie erreichten die Meerenge und machten die Überfahrt zur Insel auf einer luxuriösen Fähre. Zwei Galeeren eskortierten sie. Ossetia meinte, die Sarisser hätten nicht nur ihre Beutezüge so weit in den Osten unternommen, es ginge überdies auch das Gerücht, sie hätten gar schon hinter Restormel Länder angegriffen und erobert. Peirol besah sich die Galeeren und die schwitzenden Sklaven, schauderte und schlug vor, doch etwas zu essen.

Zwei Tage später lief die Fähre in Restormel ein.

17 Von religiösen Raupen und armen Reichen

Restormel lag einen Werst flussaufwärts der breiten Mündung des Sugat, am steilen Nordufer des Flusses, dessen Hügel leicht zu verteidigen waren. Hier weitete der Fluss sich zu einem der Gezeiten unterworfenen See, den man im Lauf der Jahrhunderte, in denen Restormel wuchs und gedieh, zu einem bewundernswerten Hafen ausgebaggert hatte, vor Piraten und Winterstürmen geschützt. Im Lauf der Zeit hatte man durch Zauberei die Marschen am Südufer trockengelegt und gefestigt und Häuser mit bis zu acht Stockwerken darauf erbaut. Dort wohnte der Großteil der Armen von Restormel.

Restormel herrschte über die große Insel, auf der die Stadt lag, und war riesig, doppelt so groß wie Sennen; man schätzte seine Bevölkerung auf zwei, drei, nein, vier Millionen Einwohner. Peirol bezweifelte, dass selbst die Sarisser bei all ihrer Stärke die Stadt einnehmen könnten. Die meist hölzernen Häuser, die über drei oder mehr Geschosse verfügten, stützten sich gegenseitig ab. Die Straßen darunter, einige so schmal, dass ein Mann die beiden Seiten mit ausgestreckten Armen zu berühren vermochte, wanden sich wie Schlangen. Es sei dies absichtlich so gehalten, klärte Ossetia Peirol auf. »Als die Menschen noch abergläubisch waren, bauten sie so, um zu verhindern, dass Dämonen in den Straßen Amok liefen, da jeder weiß, dass Dämonen nicht sehr wendig sind.«

»Ich frage mich, wie man das wohl festgestellt hat«, meinte Peirol. »Hat eine Reihe von Zauberern böse Geister heraufbeschworen, um sie zu prüfen, bis endlich einer der Magier entkam, indem er in ein Labyrinth floh?«

Ossetia, der, wie Peirol bereits festgestellt hatte, mit Humor nicht eben gesegnet war, sah ihn merkwürdig an.

Da Land knapp war, hatte Restormel nur eine Hand voll offener Plätze, aber dafür gab es eine gepflasterte Uferpromenade mit Musikpavillons, Rednerbühnen, Kübelpflanzen und Statuen von Fabelwesen und Helden, an denen vorbei sich die Bevölkerung ergehen konnte.

Das Erste, was Peirol auffiel, als die Fähre sich Restormel näherte, war die Zahl der Türme – jeder davon ein Tempel, wie er von Ossetia erfuhr. Die Götter von Restormel mochten unsichtbar sein, ein Mangel an ihnen herrschte jedenfalls nicht. Ossetia sagte, es gebe keinen größeren Lohn für einen Bürger, als den Göttern einen Tempel zu bauen oder ein Haus zu stiften, je größer desto besser.

»Und dort«, sagte Ossetia stolz, »befindet sich das Herz meines Ordens.«

Er wies auf einen großen hellbraunen achteckigen Turm hoch über den anderen Türmen von Restormel.

»Erinnert er an etwas Besonderes?«, fragte Peirol höflich.

»An unseren großen Sieg von Lysyth, wo wir uns unseren Namen verdient haben«, antwortete Ossetia.

»Sieht gar nicht so groß aus«, bemerkte Peirol. »Kommt Ihr abwechselnd zusammen oder gibt es große Katakomben, in denen Ihr Eure Zauber wirkt?«

»Ihr beliebt zu scherzen, nehme ich an«, entgegnete Ossetia ohne Lächeln. »Der Turm ist nur ein … ein Symbol. Wir haben Paläste und Refugien überall in Restormel.«

Peirol fragte sich, wieso Ossetia wohl etwas gezögert hatte, bevor er das Wort »Symbol« aussprach, tat es dann jedoch achselzuckend ab, als er auf die andere Seite der Hügelkuppe blickte, wo der Königspalast stand, dessen mächtige Mauern die Stadt überragten. Dort, so sagte Ossetia Peirol, sei das Domizil der Königinwitwe und ihres königlichen Mündels.

Die Fähre machte fest, und die Laufplanken fielen auf den Kai. Händler eilten von Bord, Reisende sahen sich nach Verwandten oder Freunden um, Schauerleute machten sich daran, die Ladung zu löschen. Eine der Galeeren war am Abend zuvor vorausgeeilt, um die Nachricht ihrer Ankunft zu überbringen, sodass Ossetia ebenfalls Ausschau hielt. Ein bärtiger alter Mann neben einer etwas mitgenommenen Karosse winkte wie wild. Der Mönch brach in Tränen aus und fiel ihm in die Arme, fing sich aber dann soweit, den Mann als Turmaf vorstellen zu können, das Oberhaupt der Dienerschaft und dienstältester Gefolgsmann der Familie. Ossetias Familie erwarte ihn mit Ungeduld, sagte Turmaf, und man habe ein großes Fest ausgerichtet, sie müssten also sofort nach Hause. Ihr Gepäck wurde in die Kutsche geladen, die Pferde dahinter angebunden, und sie fuhren die steilen kopfsteingepflasterten Straßen hinauf in die Stadt. Das Zweite, was Peirol an Restormel auffiel, war die große Zahl der Religionsanhänger, die es hier gab. Er sah vielfarbige Roben in Weiß, Rot, Grün, Schwarz, das bereits vertraute Braun der Männer von Lysyth und andere. Einige der Gläubigen führten Prozessionen durch, andere skandierten, andere beteten, wieder andere sangen.

»Wir sind stolz«, erklärte Ossetia, »allen Unsichtbaren zu dienen, die sich uns zu offenbaren belieben, ständig erscheinen glücklichen Propheten neue Wesenheiten. Dort habt Ihr ein Beispiel«, er wies auf ein Dutzend Männer in rot gestreiften Roben, die Weihrauchkessel schwenkten. »Ich weiß nicht, wem sie dienen, da ich Roben wie die ihren noch nie gesehen habe, als ich vor einem halben Jahr zu meiner Mission aufbrach.«

»Was hindert«, fragte Peirol, der an Makonnen denken musste, »einen falschen Propheten, der nur auf seinen persönlichen Vorteil aus ist, daran, zu behaupten, der große Gott Hula-Hula habe ihn erleuchtet, und alle sollten ihm dienen?«

»Dies«, erwiderte Ossetia und schürzte die Lippen, »ist eine der Aufgaben meines Ordens. Denn wenn auch alle Unsichtbaren Götter gleich sind, wie wir es predigen, so haben doch einige größere Macht als andere. Der Gott, dem ich diene und der nur unter den Eingeweihten genannt werden darf, hat uns mit der Macht und dem Recht ausgestattet, die Behauptungen dieser Leute zu prüfen – mit Magie, Intellekt und, falls nötig, mit physischen Mitteln.«

Das sind ja nette Gottheiten, dachte Peirol. Wie die meisten. Und ihre Jünger scheinen noch netter zu sein. Aber er sprach seine Gedanken nicht aus. Noch sagte er, als sie einen Platz überquerten, auf dem er nicht weniger als vier Prozessionen in vier verschiedene Richtungen ziehen sah, dass diese gewundenen Kolonnen ihn eher an eifrige Raupen erinnerten.

Sie wurden auf einen winzigen Platz abgedrängt, als ein halbes Dutzend bewaffneter Reiter den Weg für eine prächtige Karosse frei machten, die fast zu groß für die Straße war. Auf dem Leitpferd saß ein Postillion mit einer Trompete, auf den Trittbrettern der Karosse standen vier Lakaien, zwei Kutscher saßen auf dem Bock. Die Karosse, die ganz in Blattgold und rotem Email gehalten war, drosselte das Tempo, und der Postillion stieß in die Trompete, um den Weg frei zu machen, der wohl irgendwie blockiert war.

Peirol fragte sich, wer dieser hohe Würdenträger wohl sein mochte. Als er durch das Fenster der Kutsche spähte, sah er eine sehr junge dunkelhaarige Frau in einer schwarzen Seidenrobe, die dem Schlafgemach einer Buhle alle Ehre gemacht hätte. Sie musterte ihn interessiert, gestattete sich ein Lächeln und beugte sich ein wenig vor, auf dass ihr tief ausgeschnittenes Kleid so viel wie nur möglich preisgab. Sie sah Ossetia, und ihre hochmütige Art wich einem Kichern. »Ossetia, mein Liebster! Ihr seid zurück!«

Ossetia verneigte sich, ohne zu antworten.

»Ich *muss* Euch besuchen«, sagte sie, als die Karosse sich langsam vorbeischob, »ich langweile mich dieser Tage so ganz ohne Abenteuer, vielleicht tut es mir gut, wenigstens von den Euren zu hören. Und ich *muss* einfach Euren Freund kennen lernen, der sehr ... interessant wirkt.« Dann war die Kutsche vorbei.

»Wer war das denn?«, fragte Peirol.

»Ein Vampir«, erwiderte Ossetia grimmig.

»Am helllichten Tag? Eure Vampire sind von weit kühnerem Schlag als die Blutsauger unserer Legende. Und hübscher.«

»Es war nicht wörtlich gemeint«, knurrte Ossetia. »Oder ja, vielleicht doch. Es war Sereng, die mittlerweile die Baronesse Sereng sein dürfte, da sie mit Baron Agar von Sancreed verlobt war, als ich Restormel verließ. Sie ist ein Jahr älter als ich, aber wir waren Spielkameraden. Als sie älter wurde, spielte sie mit einigen meiner Freunde andere Spiele, sie saugte sie nach Herzenslust aus und ließ sie mit gebrochenem Herzen zurück. Ich nehme an, ich hatte wohl Glück, die Führung der Unsichtbaren Götter zu haben, sodass ich nur kurze Zeit in Versuchung geriet. Ich glaubte damals schon nicht, dass der Baron in der Lage wäre, ihr ihre Mätzchen auszutreiben. Gelangweilt ohne Abenteuer – so sieht sie aus!«

Angesichts der Vehemenz seiner Worte bezweifelte Peirol, dass Ossetia nur vorübergehend versucht gewesen war. »Ich nehme an, ihr Gatte ist reich, gichtig und alt«, meinte er. »Und zweifelsohne eifersüchtig und leicht zum Hahnrei zu machen.«

»Wie kommt Ihr denn darauf?«, fragte Ossetia irritiert. »Im Gegenteil, der dürfte so um die dreißig sein und galt als einer der besten Offiziere unserer Armee. Er reitet jeden Morgen aus und ist geradezu besessen vom Sport, je härter, desto besser. Ich halte ihn aber in der Tat für den besitzergreifenden Typ.«

»Aha«, sagte Peirol. »Damit hat sich die Ballade, die ich mir ausgemalt habe. Ganz offensichtlich sind sie wohlhabend.«

»Gewiss«, bestätigte Ossetia. »Der Baron stammt aus einer der reichsten Familien, er ist eng verwandt mit der Königinwitwe.«

»Ich möchte diese Sereng unbedingt kennen lernen«, erklärte Peirol.

»Warum? Hörst du denn nicht zu, Zwerg? Sie muss dich wohl nicht ganz gesehen haben, da ich sehr wohl weiß, was ihr gefällt und dass sie Athleten und Kriegern zugetan ist.«

Anstatt kahl geschorenen Mönchen, dachte Peirol.

»Vorsicht«, sagte er milde. »Ich habe sowohl einen Namen als auch einen Titel, und ich habe es gar nicht gern, wenn man mich für eine namenlose Missgeburt hält. Werdet mir nicht arrogant, nur weil wir in Eurer Welt sind. Vergesst nicht, wo Ihr wart – in einem Bambuskäfig voll Unrat – und wo ich war; das ist schließlich noch gar nicht so lange her.«

Ossetia funkelte ihn an, senkte dann aber den Blick. »Ihr habt Recht«, sagte er und zwang sich zur Demut. »Es ist dies eine meiner schlimmsten Sünden, der Stolz, von meinem Rang aus zu sprechen, ob es nun gerechtfertigt ist oder nicht. Und ich bete stündlich darum, lernen zu dürfen, dieser Überheblichkeit eingedenk meiner Stellung vor den Göttern nicht nachzugeben.« Sonderlich überzeugend klang das aus dem Munde des Enkels von Kaitbai, dem Höchsten Priester, allerdings nicht.

»Ich würde diese Baronesse Sereng trotzdem gern kennen lernen«, beharrte Peirol, der dabei an das Blitzen der Ringe an ihren Fingern dachte, ganz zu schweigen von den Armbändern, den Ohrringen und dem Kollier. »Wir haben womöglich einiges gemeinsam.«

Ossetia schnaubte und blickte ostentativ zum Fenster hinaus.

Die Kutsche fuhr durch das Tor des Anwesens von Hohepriester Warleggen und Lady Broda, das etwa vier Werst hinter Restormel lag. Sie waren einer unbefestigten Straße gefolgt, die sich einen Werst lang durch frisch abgeerntete Orangenbäume, durch die Gärten des Anwesens, vorbei an den weitläufigen Nebengebäuden bis vor ein eingeschossiges Herrenhaus zog, das weiß gestrichen und rundum von einer offenen Veranda umgeben war.

»Wie weit erstreckt sich der Besitz Eurer Eltern denn noch?«

»Das Anwesen«, sagte Ossetia, sorgsam darauf bedacht, das Wort nicht zu betonen, »zieht sich noch zwei Werst weiter nach Norden und noch einmal zwei Werst ins Land hinein. Wir haben noch andere Ländereien weiter weg von der Stadt, auf denen ebenfalls Ackerbau betrieben wird.«

Sie bogen auf die Zufahrt zum Herrenhaus ein, als ihnen auch schon zur Begrüßung ein Schwarm jubelnder und schreiender Dienstboten entgegengelaufen kam. Alle schienen sie sich aufrichtig zu freuen, Ossetia zu sehen, was Peirols Wertschätzung für ihn durchaus etwas hob. Sie sahen sich ins Haus geführt, einen riesigen, offenen Bau mit hohen Decken aus verschiedenen, von Hand bearbeiteten Hölzern. Wie Peirol bemerkte, wiesen einige der Bodenfliesen Risse auf, und hier und da schälte sich die Tünche an der Wand. Peirol begann an einem Vorschlag zu arbeiten, von dem er hoffte, Ossetias Eltern fänden ihn interessant.

Es war ein üppiges Mahl mit sieben Gängen, wobei hinter jedem der Anwesenden je zwei Diener postiert waren. Außer Ossetias Vater und Mutter waren noch zwei halbwüchsige Brüder und eine Schwester von neun Jahren zugegen. Ossetias Eltern boten einen interessanten Kontrast. Lady Broda war groß, eine Hünin fast, während der Hohepriester Warleggen ein dünnes, ausgemergeltes Kerlchen war, kaum einen Fuß größer als Peirol. Er aß aber, als hätte er ein gefräßiges Feuer in sich, während Lady Broda in jedem Gang nur herumstocherte, bevor sie einem Diener zunickte, den Teller abzuräumen.

Nach dem Essen begab sich alles auf eine breite Veranda, wo man süße Weine und Obst reichte. Ossetias Geschwister zappelten schier vor Ungeduld, bis Warleggen Ossetia endlich nach seinem Ergehen jenseits der Meerenge fragte, und das so beiläufig, als erkundige er sich nach einem Besuch in der benachbarten Stadt.

Man musste Ossetia in seinem Orden beigebracht haben, klar

und knapp Bericht zu erstatten, und das ohne Emotionen – als wäre alles, das Predigen, die Misserfolge, die Bekehrungen und Gefahren nicht ihm selbst, sondern einem anderen passiert. Natürlich war seine Warte die, dass die Ungläubigen schrecklich seien, nicht etwa die alternative Erklärung, sie hätten es einfach nicht gern gehabt, dass sich jemand in ihre privaten spirituellen Angelegenheiten mischte. Schließlich kam Ossetia zu seiner Gefangennahme und den Misshandlungen im Dorf der Diamantenschürfer.

»Ich wusste, ich war verloren«, erzählte er. »Und dann haben mir die Götter diesen Mann hier geschickt, Peirol vom Hochmoor, um mich zu retten.« Er führte detailgetreu so gut wie alles auf, was Peirol getan hatte, und versuchte seine eigene Rolle dabei keineswegs hochzuspielen. Er erzählte ihnen, dass Peirol seit ihrer Flucht aus dem Dorf all seine Ausgaben ausgelegt habe, und fügte hinzu, er sehe sich in dessen tiefster Schuld.

»Selbstverständlich«, sagte Warleggen, »werden wir Euch das Geld erstatten.«

Lady Broda zuckte zusammen, als mache sie sich Sorgen, welche Wirkung das auf die Konten der Familie haben könnte.

»Ich danke Euch«, erwiderte Peirol. »Es war jedoch ein Scherz, als ich Eurem Sohn von den immensen Zinsen sprach, die ich verlangen würde, wenn wir erst wieder im Schoße seiner Familie seien. Aber auch wenn ich anfänglich an Rückerstattung dachte, selbstverständlich nur die ursprüngliche Summe, so habe ich es mir mittlerweile anders überlegt.«

»Ach?« In Warleggens Stimme schwang Misstrauen mit.

»Lasst es mich so präzise formulieren, wie ich nur kann. Ich bin neu in Restormel und wünschte mir so viel guten Willen, wie ein Außenseiter nur erwarten kann, nicht nur bei den Menschen, sondern auch bei den Göttern, die dieses Land beherrschen.«

»Die Unsichtbaren Götter herrschen in *allen* Ländern«, sagte Ossetia fest. »Das ist die Wahrheit.«

»Ich entschuldige mich für meinen Irrtum«, beeilte sich Peirol zu sagen. »Ihr müsst ja Recht haben, sonst würden wir ja alle wegen Ketzerei bestraft. Ich würde also diesen Unsichtbaren Göttern zu Ehren die Summe, die ich zur Befreiung Eures Sohnes aufwenden musste, gern als Opfergabe eines Neulings sehen, der in Eurer Gunst zu leben hofft. Falls das zulässig ist.«

Ossetia blickte seine Eltern an. Warleggen saß schweigend da und überlegte. »Ja«, sagte er schließlich. »Ja, ich denke, das wäre wohl akzeptabel. Und ich danke Euch sowohl in meinem Namen wie auch als Priester des Ordens von Lysyth.«

»Aber wir bleiben gewiss in Eurer Schuld«, erklärte Lady Broda.

»Die ist bereits beglichen, indem ich Euch kennen lernen durfte, und, wie ich hoffe, durch die Freundschaft Eures Sohnes«, meinte Peirol. »Obwohl da durchaus eine kleine Angelegenheit wäre, bei der Ihr mir behilflich sein könntet. Ich bin Händler, wie Ihr wisst. Vielleicht weniger Händler als Künstler, da mir der Handel es erlaubt, meinem Interesse an seltenen Steinen zu frönen. Ich bin mir des Umstands bewusst, dass der Handel in Restormel für Edelleute nicht als schicklicher Zeitvertreib gilt, selbst für einen minderen Lord wie mich, aber ich möchte doch denken, dass eine so großartige Stadt es nicht als Skandal sähe, wenn ein Außenseiter seinen eigenen Gebräuchen nachgeht, ohne gegen die seiner Gastgeber zu verstoßen.«

»Eure Logik ist durchaus korrekt«, sagte Warleggen. »Der Umstand, dass Ihr Handel treibt, so muss ich Euch allerdings sagen, dürfte einer persönlichen Audienz bei König Proclus, der Königinwitwe Jeritza oder dem Inneren Rat meines eigenen Ordens von Lysyth entgegenstehen. Der eine oder andere mag diese Leute übermäßig traditionell nennen, und so manchem erscheint ihr Verhalten vielleicht etwas arrogant.

Ich stelle hier lediglich Fakten fest, Peirol vom Hochmoor, und hoffe, Ihr nehmt nicht Anstoß daran. Aber es sind dies auch schon die einzigen Einschränkungen, die mir einfallen wollen, und ich sehe keinen Grund, warum man Euch, sofern Ihr Euch so edel verhaltet wie bisher, nicht sogar bei Hofe vorstellen sollte.«

Peirol stand auf und verbeugte sich. »Das wäre mir natürlich eine große Ehre.« Er setzte sich wieder. »Um meine Bitte weiter auszuführen, ich nehme doch an, dass die Edelleute von Restormel sich nicht von denen unterscheiden, die ich andernorts kennen gelernt habe, und im Besitz von Geschmeide sind.«

»Aber natürlich«, sagte Lady Broda. »Wie auch die meisten Männer von Lysyth. Wir sind alle menschlich.«

»Solch Prunk, sofern geschmackvoll zur Schau gestellt, dient der höheren Ehre der Unsichtbaren Götter«, erklärte Warleggen, und Ossetia nickte beifällig.

»Ich beabsichtige«, sagte Peirol, »einen Laden zu eröffnen, in geeigneter Lage, wo ich Geschmeide wieder instand setzen, Steine umschleifen oder Gemmen neu fassen könnte, die nicht mehr in Mode oder der Gunst ihrer Besitzer verlustig gegangen sind. Außerdem habe ich eine erkleckliche Zahl ungeschliffener Steine bei mir, mit denen ich meine eigenen einzigartigen Entwürfe umsetzen will. Ich könnte außerdem daran denken, Gemmen schlicht zu kaufen, wenn sie jemand nicht länger will. Ich würde aber wohl kaum so vulgär sein, für meine Dienste zu werben, so dass ich darauf angewiesen bin, meine Meriten von zufriedener Kundschaft unter die Leute getragen zu sehen.

Falls mir die Unsichtbaren Götter gewogen sind, würde ich mich gern bei ihnen revanchieren. Aber ich möchte natürlich keine so vulgären Opfer wie Ochsen und Getreide darbringen, wie ich sie die Bauern ihren Göttern habe anbieten sehen, sondern gebe lieber diskret. Das Problem, das ich dabei sehe, besteht darin, wie ich derlei Opfer bringen soll, sagen wir mal zehn Prozent meines Profits, ohne Gefahr zu laufen, dass sie in den falschen Händen landen oder man sie anderweitig ausgibt.«

»Die Lösung ist einfach«, schlug Ossetia eifrig vor. »Gebt sie einfach den Männern von Lysyth.«

»Das wäre eine Möglichkeit«, überlegte Peirol. »Aber sie scheint mir etwas ... unpersönlich.«

Lady Broda beugte sich vor. »Mein Sohn, würdet Ihr mir ein

Glas Wasser aus der Küche holen? Dieser Wein behagt meinem Gaumen im Augenblick gar nicht.«

»Natürlich, Mutter«, antwortete Ossetia. Broda wartete, bis er verschwunden war.

»Fahrt fort«, verlangte sie, ihre Stimme nun nicht weniger scharf als die eines Händlers.

»Vielleicht«, überlegte Peirol, »ließe sich mein Problem dadurch lösen, dass ich die Spenden einfach Euch übergebe, Lord Warleggen, schließlich seid Ihr ein Hohepriester, und Ihr kümmert Euch um die Verteilung.«

Warleggen zog die Stirn kraus und wollte schon etwas erwidern, aber Lady Broda kam ihm zuvor. »Das ist fürwahr eine gute Idee. Fünfzehn Prozent, sagtet Ihr, glaube ich?«

»Könnte gut möglich sein«, meinte Peirol. Er hob sein Glas zu einem Toast. »Ich danke Euch, Milady. Und ich danke Euch, Lord Warleggen. Nicht nur behandelt Ihr einen Fremden ganz wunderbar, Ihr habt auch gleich noch einige meiner Probleme gelöst.«

Und so ging denn Peirols Plan, den er sich ausgedacht hatte, als er den kahl geschorenen Mann mit dem Mob ringen sah, auf, und die Familie Warleggen wurde seine Agentur in Restormel.

Peirol mietete einen winzigen Laden mit einer Wohnung im Obergeschoss eines Hauses in einer der Straßen, die von Restormels Hafenviertel heraufführten, eine Straße mit teuren Schneidern, Waffenschmieden, Möbelschreinern und anderen Handwerkern, die für die Reichen arbeiteten. Wichtiger jedoch war, dass er ein Fenster hatte, das nach hinten auf eine Gasse hinausging, die nicht mit der Straße verbunden war. Peirol kaufte sich einen Strick und kleine runde Holzstäbe und baute sich eine Strickleiter, die er unter seinem Bett versteckt hielt. Er ersetzte die verloren gegangenen Werkzeuge, kaufte dazu eine magisch angetriebene Drehbank, die nur alle sieben Tage neu besprochen werden musste, stellte Vitrinen auf, legte Teppiche aus, und er war bereit.

Das Geschäft ließ nicht lang auf sich warten. Kundschaft kam, begutachtete seine Arbeiten, kaufte und verkaufte. Peirol war bald so beschäftigt, dass er einen Verkäufer einstellen musste, dem er denselben arroganten Hochmut an den Tag zu legen beibrachte, wie er selbst ihn pflegte – genauso wie man laut Meisterjuwelier Rozan mit Reichen umzugehen hat. Es gab natürlich noch andere Juweliere in Restormel. Aber weder schienen die über das rechte Maß an Servilität noch über das Lager, die Fertigkeiten oder das Wissen zu verfügen. Er ignorierte diese Konkurrenten aufs Herzlichste, und sie standen ihm darin in nichts nach.

Peirol war etwas ungeduldig, er wollte endlich nach dem Reichsstein fragen, hielt seine Ungeduld jedoch in Zaum. Zwei Zeiten vergingen. Er ging kaum unter Leute, suchte sich eine stille Taverne, in der er etwas trinken konnte, und drei, vier diskrete Restaurants. Er freundete sich mit niemandem an, suchte auch keine Freundschaften, sorgte gewissenhaft für die pünktliche Übergabe des »Opfers« an Ossetias Eltern. Ossetia kam hin und wieder vorbei, und sie gingen zusammen essen. Einige Frauen und auch der eine oder andere Mann bekundeten Interesse an Peirols Schlafgemach, aber er wies die Angebote mit einem Scherz zurück.

Restormel erschien ihm wie eine Falle, die nur darauf wartete, über einem unvorsichtigen Zwerg zuzuschnappen; er tat also gut daran, seine Laster an die Kandare zu nehmen – wenigstens für eine gewisse Zeit.

Er erkannte die Frau schon beim Eintreten und ging auf sie zu, um sie zu begrüßen, wobei er sich tief verbeugte. »Baronesse Sereng«, sagte er. »Es ist mir eine große Ehre.«

»Der Mönch Ossetia hat mir gesagt, wo ich Euren Laden finde … Oh! Ihr seid ein …«

»Ein Zwerg, Baronesse.«

»Das ist mir gar nicht aufgefallen, als Ihr in der Kutsche saßet, und ich bin – nun …« Sie verstummte verwirrt.

»Und Ihr seid sehr schön«, bemerkte Peirol wendig. Offensichtlich hatte Ossetia Recht gehabt: Sereng fühlte sich vom athletischen Typ angezogen, und Peirols Stummelbeine hatten seine Attraktivität für sie ruiniert. Sie dagegen war in der Tat schön; das Haar fiel ihr in Locken über die Schultern, sie trug ein rotes Samtkleid, möglicherweise noch tiefer ausgeschnitten als das Kleid, das sie damals getragen hatte, welches vorne mit weißen Spitzenrüschen besetzt war.

»Ich, ah, ich danke Euch«, erwiderte sie und versuchte, sich wieder zu fangen. »Ich, ah, ich komme wegen meiner Brosche, deren Spange gebrochen ist, und kein Mensch scheint sie reparieren zu können, ohne den Stein in der Mitte zu beschädigen.«

»Darf ich sie mal sehen? Ich danke Euch.« Er nahm eine Lupe zur Hand und begutachtete den Schmuck. Die Spange war erst jüngst gebrochen; die Bruchstellen glänzten noch metallisch. Eine ausgezeichnete Ausrede, zu einem Juwelier zu gehen, da eine Frau das Schmuckstück ihrem Gatten zeigen konnte. »Das ist überhaupt kein Problem. Ich werde die Arbeit selbst erledigen, auf der Stelle, wenn Ihr darauf warten wollt.«

»Nein, nein, ich komme noch einmal vorbei.«

»Ich fürchte, ich kann Euch unmöglich gehen lassen, ohne Euch die Gemmen zu zeigen, die ich von weither mitgebracht habe, Baronesse. Es ist alles, was ich Euch abverlangen möchte.«

»Nun … na gut. Ein paar Minuten habe ich schon.«

Peirol zeigte ihr Juwelen und plauderte dabei munter, spielte auf den einen oder anderen Skandal an, von dem man ihm erzählt habe, ohne ihn hier wiederholen zu können, erzählte einige Geschichten von seinen Reisen, ließ sie von ihren Freunden erzählen. Sie erzählte traurig, ihr Gatte glaube, sie gebe zu viel für Putz aus, was auch der Grund dafür sei, weshalb sie Peirol nichts von seiner Ware abkaufen könne. Peirol antwortete ihr, dass Männer eben so seien: Sie hätten kein Verständnis für das, was wichtig sei, seien aber stets bereit, sich ein neues Schwert zu kaufen, eine Pistole oder ein Pferd.

Sie wurde freundlicher, und Peirol reparierte die Brosche.

»Einen Gefallen müsst Ihr mir tun«, sagte er und nahm ein Armband heraus, das sie besonders bewundert hatte. »Bei mir zu Hause behelfe ich mir des Öfteren mit einem Modell – nein, das ist wohl nicht das richtige Wort, aber mir fällt kein anderes ein. Ich meine damit eine Frau, die nicht nur schön sein muss, sondern auch lebhaft und geistreich; sie muss der höchsten Gesellschaftsschicht angehören, sich bei Bällen und anderen Ereignissen zeigen. Ich gebe – oder besser *borge* – diesem Modell ein Geschmeide. Für jede Zeit ein anderes oder auch öfter, falls sie sehr oft ausgeht. Sie trägt meine Ware auf Feiern und Festlichkeiten, und ihre Freunde können sie bewundern – in der Hoffnung, dass sie sie fragen, wo etwas Ähnliches zu haben ist.

Falls mein Modell eines der Stücke zu kaufen wünscht, die ich ihm geliehen habe, gebe ich es ihm zum Selbstkostenpreis, nicht mehr. Und da ich mich gern für einen großzügigen Mann halte, sorge ich, wenn mir etwas Wunderbares widerfährt, dafür, dass auch die Frau, die dies ermöglicht hat, ihre Belohnung bekommt.«

»Und der Gatte bräuchte gar nichts davon zu wissen«, hauchte sie.

»Warum sollte sich ein Gatte mit einem Zwerg unterhalten?«

»Ich sehe Euch mit einem Mal ganz und gar nicht als Zwerg, Peirol«, sagte Sereng.

Peirol verneigte sich, schloss das Armband um ihr Handgelenk und wurde dafür mit einem Kuss auf die Backe belohnt. Sereng sprang hinaus in die Herbstsonne, hielt das Schmuckstück ins Licht, dessen Strahlen von den Gemmen reflektiert wurden, und lachte wie ein kleines Mädchen dabei. Eine charmante Frau, dachte Peirol. Und, wenn Ossetia Recht hatte, nicht weniger gefährlich als eine Schlange.

Trotzdem ...

Zwei Männer in Braun fragten den Verkäufer nach Peirol dem Zwerg. Peirol fragte, womit er ihnen dienen könne.

»Ich heiße Damyan, und wie ich gehört habe, sucht Ihr nach einem Zauberer«, erklärte einer der beiden. »Wir sind vom Orden von Lysyth, Beschützer von Restormel, und wir sind natürlich neugierig, weshalb ein Fremder der Magie bedarf. Wir wollen uns vergewissern, dass sie auch zum Wohle aller eingesetzt wird.«

»Dürfte ich fragen«, sagte Peirol, »wie Ihr von meiner Suche erfahren habt? Obwohl ich mich freimütig dazu bekenne.«

»Die Männer von Lysyth geben ihre Quellen niemals preis.«

»Ich verstehe. Ihr sagt, Magie hat zum Wohle Restormels Verwendung zu finden. Nun, man kann zu Recht behaupten, meine Pläne sehen ebendies vor«, fuhr Peirol fort und erklärte, er brauche einen Thaumaturgen, um ihm bei der Ausführung seiner Entwürfe zu helfen. Er sagte ihnen, wie er die Herzen seiner Steine mit magischem Feuer zu erfüllen gedachte, und er hätte mit Hilfe der Magie die Schönheit seiner Steine auch in manch anderer Hinsicht erhöht.

»So erscheinen Eure Edelleute noch größer, noch glorreicher, und der Name Restormels wird noch lauter gerühmt«, endete er, »was wohl alles dem Wohle der Stadt dienen dürfte.«

»Mein erster Gedanke ist«, meinte Damyan, »dass Eure Idee einer Unziemlichkeit gefährlich nahe kommt.« Der andere Mann nickte bedächtig.

»Vielleicht habe ich mich nicht richtig ausgedrückt«, erklärte Peirol. »Ich bin sicher, Ihr seid Euch darüber im Klaren, dass ich die Gunst des Hohepriesters Warleggen genieße, und als ich mich bezüglich der Idee mit ihm beriet, sah er da keinerlei Probleme. Lasst mich Euch jedoch ein spezielles Beispiel dafür geben, was mein handwerkliches Geschick und ein hiesiger Magier für die Männer von Lysyth zu tun vermöchten.«

»Wollt Ihr uns etwa bestechen?«

»Gewiss nicht«, widersprach Peirol unwillig. »Ich will nur meine Absicht klarstellen. Natürlich wäre es Blasphemie, auch nur anzudeuten, jemand sollte hier ein Ebenbild der Unsichtbaren Götter herstellen – ganz im Gegensatz zu einigen heidnischen Nationen, durch die ich gekommen bin –, was für Eure bewundernswerte Kultiviertheit spricht. Aber bestünde nicht die Möglichkeit, die Pracht dieser Wesen, sagen wir mal, durch einen Kristall oder sogar einen großen Stein anzudeuten, böte man mir einen an? Ihn ordentlich zu schleifen, sodass das Licht sich in ihm sammelt. Und dann mit Magie dafür zu sorgen, dass das Feuer wieder hervorbricht, als käme es aus dem Nichts.

Hängt so etwas in einem Tempel auf, und es wäre prachtvoll, überträfe sogar die bunten Glasfenster, die ich in Euren Tempeln gesehen habe. Meditierte *ich* über ein solches Objekt, ich denke, ich käme den von mir verehrten Göttern noch näher, würde noch religiöser, und all dies zur größeren Herrlichkeit Restormels. Es ist dies nur ein Beispiel für meinen Vorschlag.«

Damyan überlegte. »Wenn Hohepriester Warleggen dies für gut befindet – und Eure Idee bringt mich noch auf andere Gedanken –«

»Die ich«, so unterbrach ihn Peirol, »mir gern anhören will, wenn Ihr sie zu teilen beabsichtigt, und ich hoffe, wir können zu einem Arrangement kommen, das ein solches Projekt auch finanziell möglich macht.«

»Nein, nein«, erklärte der Mönch, »ich habe mich getäuscht, als ich dachte, Ihr könntet zu Bösem fähig sein, ebenso wie die irregeleitete Seele, die Euch uns gegenüber erwähnt hat. Nichts hier hat den Geruch der Ketzerei oder etwas Gefährlichem. Macht nur weiter, Peirol, und ich hoffe, Ihr habt Erfolg, denn der Gedanke, ein so feuriges Symbol in einer unserer Kirchen oder auch in einem Kloster zu haben, hört sich wirklich wunderbar an.«

Peirol begleitete die beiden hinaus, und als er wieder in das Geschäft trat, wischte er sich über die Stirn. »Übernehmt den Laden«, befahl er dem Verkäufer.

»Ja, Herr. Darf ich fragen, wohin Ihr geht?«

»In die Taverne, in der sie den dreifach destillierten Branntwein ausschenken, um darüber zu meditieren, welcher Juweliersbastard da versucht hat, mich ins Verderben zu stürzen.«

Er verbrachte viel Zeit mit Ossetia und fand dabei mehr über die Männer von Lysyth heraus. Er fragte, welche weltliche Autorität sie noch hatten, abgesehen von der Trennung der echten von den falschen Götterentdeckern. Ossetia erklärte ihm, ihre Macht sei praktisch uneingeschränkt, verfügten sie doch über die Fähigkeit, zu sehen, was für Restormel gut war, und die Autorität, jene aufzuspüren und zu bestrafen, die der Stadt nur schaden würden.

»Ich nehme an, es gibt bestimmte Vorschriften, wenn man einen Mann oder eine Frau, die Böses wollen, beim Orden denunzieren will?«

»Gewiss.«

»Und dann nimmt der Orden sich des Schurken an«, vermutete Peirol, »und macht ihm den Prozess?«

»Nachdem er verhört wurde und gestanden hat.«

»Welcher Mittel bedient man sich denn, um ein solches Geständnis zu bekommen?«

»Darüber weiß ich wenig, ich bin ja kaum mehr als Novize, was das Tun des Ordens angeht. Es gibt spezielle Mitglieder, die ihr Leben der Aufdeckung der Wahrheit widmen, und ich weiß, sie arbeiten mit Gebeten, Kontemplation und in Extremfällen auch körperlicher Gewalt.«

»Folter?«

Ossetia nickte zögernd.

»Ich nehme an, dass man den Denunzianten belohnt?«

»Ja, mit einem Anteil am Gut des Schuldigen, nachdem der die Feuer- oder in leichteren Fällen eine Haftstrafe erhalten hat. Sein Eigentum wird übrigens immer eingezogen, zur höheren Ehre von Lysyth und Restormel.«

»Ah ja«, sagte Peirol. »Was hält einen denn von einer falschen Anschuldigung ab, aus Eifersucht, sagen wir mal?«

»Falls der Beschuldigte unsere … Untersuchung überlebt, ohne ein Geständnis abzulegen, und es keine weiteren Beweise gibt«, erklärte Ossetia, »dann bekommt er dafür das Hab und Gut desjenigen, der ihn angezeigt hat. Aber dazu kommt es nur selten.«

»Das kann ich mir denken.«

Einige Tage später kam Peirol an einer kleinen Apotheke vorbei, deren Tür, wie er bemerkte, versiegelt war – mit zwei aufwendig geschnitzten Bohlen, die an den Türrahmen genagelt waren. Dazwischen sah er ein braunes Pergament:

DIESES GESCHÄFT
IST IM NAMEN DES GESETZES BESCHLAGNAHMT
DURCH DIE MÄNNER VON LYSYTH
SEIN BESITZER VOR GERICHT GESTELLT
VERURTEILT UND EXEKUTIERT
ER HAT SEINE HABE VERWIRKT
ZUM HÖHEREN RUHME DER GÖTTER VON RESTORMEL

Er war der Einzige, der stehen blieb. Alle anderen eilten vorbei, wobei sie geflissentlich woanders hinsahen.

Peirol kaufte ein kleines, aber sehr schnelles Segelboot, das von einem Mann allein zu bedienen war. Außerdem bezahlte er für Segelstunden und kreuzte jeden Tag eine Stunde auf dem See vor der Stadt umher, bis es nicht länger völliger Selbstmord gewesen wäre, darin zu fliehen. Er schnitzte ein Geheimfach in die Hinterseite einer Luke und versteckte Gold und Gemmen darin. Schließlich heuerte er einen Mann an, es von Restormel zu einem kleinen, östlich von der Stadt gelegenen Fischerdorf zu segeln, das bekannt war für seine Ehrlichkeit. Weiteres Gold verschaffte ihm Trockenproviant und Fässer mit Wasser; schließlich ließ er das Boot auf Rollen aus dem Wasser ziehen.

Peirol hätte lieber irgendwo ein schnelles Pferd versteckt, aber wie hätte er damit über die Meerenge und nach Hause kommen sollen? Wenigstens gab ihm das Boot – wie auch die Strickleiter – das Gefühl, nicht gar so gefangen zu sein.

Außerdem füllte er den Beutel hinter seinem Knie wieder auf und schnürte ihn sich um.

Die Freundinnen von Baronesse Sereng schwärmten zuhauf in seinen Laden, und Peirol hatte seine liebe Mühe, immer wieder mit neuen, verblüffenden Kreationen aufzuwarten. Er sah sich gezwungen, ein weiteres Gebäude anzumieten, in einem ärmeren Viertel, und ein halbes Dutzend Handwerker anzumieten, die die groben Arbeiten für ihn übernahmen; ja er kaufte sogar insgeheim fertige Arbeiten von kleineren Juwelieren, sofern sie akzeptabel waren.

Er lauschte dem Klatsch seiner reichen Kundschaft, lachte herzhaft oder tat angenehm überrascht; er zeigte Mitgefühl, was ihre Probleme anging, anstatt ihnen zu sagen, es sei schließlich nicht das Ende der Welt, im selben Kleid gesehen zu werden wie eine andere, und bot Lösungsvorschläge für ihre Nöte, ohne sich jemals überheblich anzuhören. Baronesse Sereng kam häufig vorbei, meistens alleine, flirtete mit ihm, suchte sich ihr neuestes Geschmeide aus und ging nach einem kurzen Aufenthalt wieder. Falls sie ein Vampir war, so hatte Peirol nicht ihre Blutgruppe, was er durchaus als schade empfand.

Peirol wusste nun eine ganze Menge über Restormel, über die wahren Machenschaften seiner Herrscher: dass der König nach einem Sturz von der Brustwehr seines Palastes gestorben war, ohne einen Erben zu hinterlassen. Der Adel von Restormel hatte daraufhin ein Kind, einen entfernten Vetter des Königs, erkoren, den Thron zu übernehmen. Bis er alt genug war, setzte man die Königinwitwe als Verweserin ein. Das Kind jedoch war ganz unvermutet an einer Krankheit gestorben. So hatte man erst jüngst einen noch entfernteren Verwandten, den gerade fünf Jahre alten Proclus, zum Thronfolger ernannt. Bis zu dessen Volljährigkeit, so war man sich einig, sei es das Beste, wenn die Königinwitwe

Jeritza Reichsverweserin blieb. Jeritza herrschte über Restormel und die Insel gleichen Namens mit Hilfe der Armee und einem Gremium von Funktionären, die von ihrem Hof ernannt worden waren. Die Männer von Lysyth galten allgemein als die ehrlichsten ihrer Berater, da sie nicht als Individuen, sondern im Namen des Ordens stahlen. All dies war höchst interessant, und Peirol fragte sich, wo wohl der nächste rechtmäßige Thronfolger herkommen würde, wenn auch dem kleinen Procul etwas zustieß. Ihm fiel auf, dass er, wann immer er die Braunen Männer zur Sprache brachte, so gut wie gar nichts erfuhr. Noch interessanter waren die drei Reaktionen, die er auf die Erwähnung des Reichssteins bekam: Ausdruckslosigkeit, ein rascher Themenwechsel oder, wie es zwei-, dreimal passierte, eine leise und höfliche Aufforderung, das Thema doch bitte nicht mehr zu berühren. Die Personen, die auf letztere Art reagierten, genossen grundsätzlich höchstes Ansehen bei Hofe, und eine davon war die Baronesse Sereng. Er wusste nicht so recht, wie er Druck auf sie ausüben sollte, damit sie ihm sagte, was sie wusste – falls er sich dies nicht nur einbildete.

Der Mann hätte für eine Skulptur eines großen Helden oder Kriegers Modell stehen können. Er war fast doppelt so groß wie Peirol, trug eine Uniform aus Seide und weichstem Leder, von oben bis unten mit Goldbesatz. Schwert und Dolch dagegen sahen trotz ihrer aufwendigen Gravuren ordentlich abgenutzt aus.

»Zwerg«, knurrte er, »ich denke, Ihr versucht, meine Frau zu verführen.«

18 Von Ehen und Geheimnissen

Peirol konnte sich schon denken, wer der Schrank von einem Kerl sein mochte, war aber nicht so dumm, Öl ins Feuer zu gießen, indem er ihn mit dem Namen begrüßte. »Wie meinen?«

»Ihr wisst genau, was ich meine! Es hinter meinem Rücken mit meiner Frau treiben zu wollen!«

Peirol hörte, wie seinem Verkäufer der Atem stockte, und als er sich die Stellung auszumalen versuchte, musste er sich selbst ein Lachen verbeißen. »Dürfte ich Euren Namen erfahren, Herr?«

»Werdet mir nicht frech, Ihr – Ihr halber Mann!«

»Ich nehme das als Beleidigung«, entgegnete Peirol. »Ein solches Benehmen kann so mancherorts als Herausforderung gesehen werden. Ich bitte Euch, Euch zu erkennen zu geben. Nur ein Spitzbube oder ein Schuft werden einem dies verweigern.«

»Ich bin, wie Ihr verdammt genau wisst, Baron Agar.«

»Unter anderen Umständen wäre es mir eine Freude, Eure Bekanntschaft zu machen. Eure Gattin, die edle Baronesse, hat mir sehr geholfen, in Restormels Gesellschaft Aufnahme zu finden.«

»Ihr gebt es also zu?«

»Ich gebe gar nichts zu, Baron Agar«, erklärte Peirol. »Und ich habe einen Vorschlag. Gehen wir doch, Ihr und ich, zu einem Zauberer. Setzen wir doch, sagen wir mal, fünftausend Goldmünzen, jeder von uns, und engagieren ihn, meine Sünden zu erschnüffeln. Eine große Stadt wie Restormel hat doch sicher einen Zauberer, der sich auf diese Kunst versteht. Und wer immer sich geirrt hat, soll seinen Einsatz an eine wohltätige Einrichtung verlieren, die der andere nennt – abzüglich der Gebühr für den Magier.

Darüber hinaus soll derjenige, dessen Unrecht erwiesen ist, das Eingeständnis seiner Verleumdung öffentlich in Restormel anschlagen lassen. Und falls laut den Gebräuchen und Gesetzen Restormels darüber hinaus eine Buße anfällt, so soll er sich dem Urteil der zuständigen Behörde stellen. Ist das nicht ein besserer Plan, als wenn Ihr herumlauft und eine großartige und edle Dame mit Schmutz bewerft? Ich denke doch, dass eher Ihr es seid als ich, der da jemanden hintergeht.«

Agar trat einen Schritt zurück, während sein Zorn sichtbar verrauchte – als liefe Wasser aus einer zersprungenen Vase. Peirol wartete ab, während der Baron sich den Gedanken durch den Kopf gehen ließ. »Ihr«, sagte Agar kraftlos, »wärt bereit, Euch – ah! Aber Ihr seid doch selbst Magier, der einen anderen doch gewiss zu behindern weiß.«

»Seid kein Narr«, erwiderte Peirol. »Wenn ich ein Magier wäre, hätte ich Euch dann nicht gleich das erste Mal, als ich Eure Gemahlin sah, mit einem Zauber belegt, Euch, sagen wir mal, in einen Weberknecht verwandelt und in den Herd geworfen? Oder vielleicht mit einem Zauber, der Euch verdorren ließe, auf dass es um eure großartigen Talente als Athlet – oder vielleicht auch im Schlafgemach – geschehen sei?«

Agar wurde blass. »Nein, ich denke, ich meine, ja, wenn Ihr ein Zauberer wärt, so würdet Ihr dergleichen tun, denke ich.«

»Aber ich bin keiner und habe es nicht getan«, pflichtete Peirol ihm bei. »Also, wollen wir uns nun auf die Suche nach einem Magier machen?«

Agar zögerte. »Vielleicht, nun ja, besser nicht, nein, das möchte ich nicht … Ich muss mir das erst überlegen!« Er stürmte wieder hinaus. Peirol sah ihn, vier Gefolgsleute auf den Fersen, davongaloppieren; dann ging er nach oben und vergewisserte sich, dass seine Strickleiter bereit lag.

Tags darauf kam Sereng ins Geschäft, wie immer heiter und zum Flirten aufgelegt. Augenscheinlich hatte Agar ihr gegenüber nichts gesagt, vielleicht war sie aber auch nur eine ausgezeichnete Heuchlerin. Wie gewöhnlich brachte sie ein Schmuckstück zurück und suchte sich kichernd ein anderes aus; sie sagte, sie würde Peirol in einer Woche wieder besuchen, da ein Maskenball anstehe, und da solle sie ja vielleicht etwas ganz Besonderes zur Schau tragen.

Eigentlich, meinte Peirol, hätte er gedacht, sie solle doch bereits am nächsten Tag wiederkommen; er habe da eine Idee, die jedoch ganz und gar ungewöhnlich sei, sodass er ihrer Zustimmung bedürfe, bevor er sich in die Unkosten stürze, das Geschmeide auch tatsächlich herzustellen. Sie machte große Augen und erklärte sich rasch einverstanden.

Nachdem Sereng gegangen war, eilte Peirol aus einem Seiteneingang, sprang in den Sattel eines Pferdes, das er dort abgestellt hatte, und ritt, in einen grauen Umhang mit Kapuze gehüllt, hinter ihr drein. Ihre Kutsche ratterte durch die gewundenen Straßen, weg vom Hafen in ein Arbeiterviertel. Vor einem großen zweigeschossigen Backsteinhaus, das einen etwas schäbigen Eindruck machte, blieb sie stehen. Sereng stieg aus und trat hinein, während die Kutsche weiterfuhr. Peirol band sein Pferd an, wollte das Haus schon betreten, lauschte dann aber auf den Lärm von drinnen, denn es drangen dumpfe Schläge, Geklirr und Schreie heraus.

Er musste daran denken, was Ossetia ihm über ihre Vorlieben erzählt hatte, ging auf die Rückseite des Hauses und wartete dort. Etwa zehn Minuten darauf wurde seine Geduld belohnt, und er folgte Sereng zu ihrem endgültigen Ziel. Er war bestürzt, wenn auch nicht allzu sehr.

Peirol kehrte zu dem Backsteingebäude zurück und ging mit einem kleinen Beutel Münzen hinein. Als er wieder herauskam, war der Beutel leer und keine Frage mehr offen. In Gedanken kehrte er wieder zu seinem Laden zurück, um sich auf den nächsten Tag vorzubereiten.

Als, ebenso quirlig wie neugierig, die Baronesse hereinkam, schlug er ihr vor, ihn doch in die Taverne um die Ecke zu begleiten. Sereng zog kokett eine Braue hoch. »Eine Schenke, mein Herr?«

»Eine Schenke in der Tat«, erwiderte Peirol. »Denn was ich Euch vorzuschlagen habe, das sagt sich am besten bei einem Glas Wein.«

»Ich bin«, meinte Sereng, »eine verheiratete Frau, und ich bin sicher, Ihr habt das nicht vergessen.«

»Oh, durchaus nicht, durchaus nicht«, antwortete Peirol, und sein Ton fiel etwas grimmiger aus, als ihm recht war.

Die Bediensteten der Taverne waren bereits ordentlich bestochen, damit sie nicht auf Peirol oder seine Gäste achteten, und es erwartete sie eine kleine abgetrennte Nische im hinteren Teil. Peirol hatte sich vergewissert, dass Agar nichts Idiotisches machte, wie etwa Sereng beschatten zu lassen. Er bestellte ihr einen Wein, dazu einen Branntwein für sich selbst.

»Also«, begann Sereng, »was ist an dem Schmuckstück so einzigartig, dass Ihr es mir in dieser romantischen Umgebung präsentiert, als wären wir junge Leute, die ein Paar werden wollen?«

»Das Schmuckstück für nächste Woche, Milady«, erklärte Peirol, »ist noch nicht gemacht. Das Schmuckstück, über das ich hier sprechen möchte, ist Euer Ruf.«

»Wie bitte?«

»Ihr habt mich schon verstanden«, gab Peirol zurück und versuchte, seinen Zorn zu zügeln. »So liebreizend und charmant Ihr auch seid und bei allem, was Ihr für mich in anderer Hinsicht getan habt, ich bin im Augenblick gar nicht zufrieden mit Euch, ganz und gar nicht. Ich verabscheue die Art und Weise, in der Ihr mich als Deckmantel für Eure – sagen wir mal – Freizeitgestaltung benutzt.«

»Was soll denn das heißen?«, zischte Sereng ganz reizend.

»Es interessiert mich nicht sonderlich, von wem Ihr Euch besteigen lasst«, meinte Peirol müde, »noch ob es sich um Männlein oder Weiblein handelt, oder ob es Euch am liebsten zu dreien ist. Aber es schmeckt mir gar nicht, wenn Euer Gatte, der mir viel zu groß, zornig und gut bewaffnet ist, als dass mir in seiner Gegenwart wohl sein könnte, wutschnaubend zu mir kommt und mich bezichtigt, Euer Liebhaber zu sein.«

»Wie könnt Ihr es wagen?« Sereng war halb auf den Beinen.

Peirol glaubte fast, dass ihr das Drama gefiel.

»Setzt Euch, Baronesse«, sagte er, nach wie vor ruhig. »Und falls Ihr den Wein verschwendet, indem Ihr ihn mir ins Gesicht schüttet, so versohle ich Euch den Hintern. Und jetzt setzt Euch schon. Gut. Trinkt den Branntwein hier. Ihr seht mir mit einem Mal recht erschüttert aus. Und um weiteres Theater zu vermeiden, das Euch noch einfallen könnte, so lasst mich Euch sagen, dass ich Euch gestern Nachmittag zu einer gewissen Sporthalle im Arbeiterviertel gefolgt bin. Ich ging hinter das Haus und hatte das Vergnügen, Euch mit einem Mann und einer Frau Eures Alters, beide von außerordentlich athletischem Wuchs, in ein nahe gelegenes Gasthaus gehen zu sehen, in dem es große Schlafgemächer zu mieten gibt. Jedenfalls wart Ihr nicht unten im Schankraum, als ich einen Blick riskierte. Ich habe mich erkundigt.

Es mag Euch freuen, dass man mir in dem Gasthaus nicht sagen wollte, wie oft Ihr das Etablissement zu besuchen beliebt und mit wem. In der Sporthalle jedoch war man, hatte erst etwas Geld den Besitzer gewechselt, um so williger, mir von Euren Gewohnheiten zu erzählen. Verzeiht mir, wenn ich Euch in Verlegenheit bringe, aber wusstet Ihr, dass man Euch dort die ›Turnerin‹ nennt?

Ja, ich dachte mir schon, Ihr könntet einen Branntwein vertragen. Einen Augenblick, ich gehe Euch noch einen holen.«

Als Peirol zurückkam, sah er Sereng mit Tränen experimentieren. »Was … was soll ich denn für Euch tun? Ich tue alles, um zu verhindern, dass mein Gatte … oder sonst jemand … davon erfährt … obwohl alles ein schreckliches Missverständnis sein muss, es muss wohl in Restormel jemanden geben, der mir täuschend ähnlich sieht.«

»Zweifelsohne«, entfuhr es Peirol.

»Was wollt Ihr von mir?« Sereng tat einen tiefen Atemzug, wechselte die Stimmung und fuhr sich mit der Zunge über die Lippen. »Ich kann Euch Dinge zeigen, die Euch sehr glücklich machen würden.«

»Ihr, meine Liebe«, erwiderte Peirol sanft, »werdet mich in der Tat glücklich machen. Aber nicht so, wie Ihr Euch das denkt.«

»Wollt Ihr Geld statt – wollt Ihr stattdessen Geld?«

»Ganz und gar nicht.«

»Was dann?«

»Ich möchte einzig und allein, dass Ihr mir, so rasch und heimlich wie nur möglich, alles über den Reichsstein herausbekommt.«

Tags darauf kam Ossetia vorbei, völlig aufgelöst, und nahm Peirol mit hinaus, ohne mit ihm in die Schenke zu gehen. »Da ich Euch mein Leben verdanke«, sagte er, »möchte ich Euch diese Warnung zukommen lassen. Man hat Euch beim Orden von Lysyth denunziert. Ich wie auch mein Vater, wir waren bei einigen Würdenträgern und haben ihnen von Euren Tugenden erzählt und dass Ihr nicht nur uns, sondern auch dem Orden ein guter Freund seid. Ich denke, man wird Euch, wenigstens für den Augenblick, nicht verhaften, jedenfalls nicht ohne weitere Beweise.«

»Wer hat mich denunziert?«

Ossetia schüttelte den Kopf. »Das zu sagen ist verboten.«

»Dann sagt mir doch wenigstens, ob es ein Mann war oder eine Frau.«

»Ein … ein Mann«, gab Ossetia widerwillig zu. Peirol nannte ihm einen Namen. Ossetia nickte.

»Ich danke Euch für die Warnung«, erklärte Peirol. »Und dankt Eurem Vater für den guten Leumund.«

»Was wollt Ihr denn nun tun? Ich weiß – ich bin sicher, Ihr seid unschuldig. Ich … wir werden alles tun, um Euch zur Flucht zu verhelfen, falls Ihr Euch zu fliehen entschließt.«

»Da ich unschuldig bin, sehe ich keinen Grund davonzulaufen«, entgegnete Peirol. »Ich denke jedoch, ich sollte mich sofort darum kümmern und dafür sorgen, dass die Angelegenheit ein für allemal erledigt ist.«

»Wie denn?«

»Als Erstes werde ich zu meinem hiesigen Zauberer gehen.«

Peirol fertigte ein kleines Wachsobjekt an, nahm es mit zu seinem Zauberer, der ihm sonst seine Gemmen besprach, und ließ ihn einen kleinen Zauber wirken. Der Zauberer hielt die Idee für ausgesprochen komisch. Wenn es funktionierte, so dachte sich Peirol, würde es ihm wohl genauso gehen.

Am nächsten Tag hatte Peirol den Laden gerade geöffnet, als Baron Agar hereingeschlichen kam. Peirol schickte seinen Verkäufer einen Teller Konfekt holen und sagte ihm, er sollte sich dabei ruhig Zeit lassen. »Ja, Baron?«

»Wie konntet Ihr?« Agar hörte sich verzweifelt an. »Ihr habt gesagt … Ihr seid kein Magier.«

»Vielleicht habe ich gelogen«, erklärte Peirol. »Ich könnte natürlich leugnen zu wissen, wovon bei allen Höllen Ihr da faselt. Aber ich habe eine bessere Frage: Wie konntet Ihr mit einer Lüge zu den Männern von Lysyth gehen? Habt Ihr keine Ehre, Herr? Habt Ihr keine Moral? Habt Ihr denn keinen Anstand?«

Agar lief rot an, wollte ihn schon anbellen, fing sich aber dann.

»Ich habe Euch doch gesagt«, fuhr Peirol fort, »dass ich nicht mit Eurer Frau schlafe. Ich habe Euch doch angeboten, dies durch einen Magier bestätigen zu lassen. Anstatt mir zu glauben oder mich zu fordern wie ein Mann, fallt Ihr mir in den Rücken wie ein Schuft.« Agar sagte nichts. »Aus diesem Grunde vielleicht tauchte ein gewisses kleines Wachsobjekt vor Euer Tür auf, in einer Schachtel, die nur Ihr öffnen konntet und ohne Zeugen. Ich nehme an, Ihr wart, als Ihr die Schachtel aufgemacht habt, schockiert über die … die Anstößigkeit dessen, was sich darin befand.

Ich kann mir ferner denken, dass Ihr etwas schockiert wart, als das Ding zu rauchen und wie eine kleine Kerze zu brennen begann, bevor es verschwand. Habt Ihr dabei nicht auch einen gewissen Teil Eures Körpers schrumpfen gespürt? Wie er schlaff wurde und runzelig, als gehörte er einem Greis? Habt Ihr versucht, ihn zu zwingen, damit er Euch steht wie ein stolzer Soldat, und habt versagt? Habt Ihr ihn erprobt – mit Eurer charmanten Frau?

Ihr braucht mir nicht zu antworten. Womöglich kenne ich die Antwort ja und konnte mir vorstellen, dass Ihr mich besuchen kämt, weil Ihr dachtet, ich hätte Euch dieses kleine Verhängnis zukommen lassen, und dass Ihr willens wärt, alles zu tun, um zu verhindern, dass einem Mann wie Euch so etwas Entsetzliches widerfährt? Herr, Ihr habt nichts anderes bekommen, als Ihr verdient.

Ich habe einen anderen Vorschlag«, sprach Peirol weiter, dem seine Eloquenz Freude machte. »Ich schlage vor, dass Ihr mit mir zu den Männern von Lysyth geht, auf dass man uns befragt. Ich, Herr, bin ausgebildet und erfahren im Umgang mit Schmerz. Ihr seid Soldat, und so habt Ihr wohl dasselbe Talent. Lasst sie uns in ihre Verliese bringen und feststellen, wer von uns beiden, was die Anschuldigungen gegen mich anbelangt, lügt. Wie ich erfahren habe, verwirkt jemand, der vor ihnen einen Fehler eingesteht, sein Hab und Gut.

Seht Euch um. Was Ihr hier seht, ist alles, was ich habe. Ich bin willens, es zu riskieren, um Euch als Lügner zu entlarven. Was besitzt Ihr? Wie viele Werst Ackerland, wie viele reiche Burgen, wie viele Pferde gehören Eurer Familie? Seid Ihr bereit, dies alles zu verwirken? Wer riskiert am meisten in diesen Kerkern?

Seid Ihr schon mal gefoltert worden? Nein? Ich schon«, log Peirol. »Es war nicht uninteressant. Soll ich Euch sagen, was Sie mir angetan haben mit Feuer, Eisen, Leder und Stricken? Ich habe ihnen einmal widerstanden. Ich denke, ich kann es noch einmal. Habt Ihr auch so viel Selbstvertrauen?«

Agar wurde von Wort zu Wort bleicher. »Es ist ein anderer Schmerz als der, mit dem man als Soldat konfrontiert wird«, hakte Peirol nach. »Ich kann es keinem empfehlen und würde niemandem solche Qualen wünschen. Aber wenn man mir auf so hinterlistige Art kommt, dann spiele ich nach denselben Regeln wie mein Feind. Vielleicht solltet Ihr jetzt nach Hause gehen. Und wozu auch immer Ihr Euch entschließt, vergewissert Euch, dass ich keinen Zauber über Euch verhängt habe, wenigstens keinen, der sich hält.

Anschließend, so denke ich, solltet Ihr zu den Männern in Braun zurückkehren, um ihnen über Euren Irrtum Bescheid zu geben und dass Ihr Eure Anschuldigung zu widerrufen gedenkt. Ich bin sicher, wenn Ihr Eure Entschuldigung mit Gold unterstreicht, wird man die Angelegenheit vergessen.«

Agar hatte die Hand auf dem Knauf seines Schwerts. Peirol lachte ihm ins Gesicht, ein hartes Lachen. Seine Hand schlich sich unbemerkt zu dem Wurfpfeil hinter seinem Gurt. Agar fuhr herum und rannte fast hinaus.

Peirol rieb sich das Gesicht, als er sein Ebenbild in einem Spiegel ganz in der Nähe sah. »Ich wusste gar nicht«, sagte er, obwohl niemand da war, »was für ein kompletter Dreckskerl ich sein kann.« Es hörte sich nicht so an, als genierte ihn das.

»Der Reichsstein«, flüsterte Sereng, »gibt den Männern von Lysyth Macht über Restormel. Aber sie konsultieren ihn nur in Zeiten großer Krisen, und es heißt, dass man Angst hat vor seiner Macht.«

»Einiges davon wusste ich bereits«, sagte Peirol. »Wie sieht er aus?«

»Ich habe ihn nie gesehen und auch sonst niemand, den ich kenne. Ich weiß nur, es ist ein Edelstein von einiger Größe und Qualität.«

»Ist es ein klarer Stein, der Farben einfängt und reflektiert, viele Farben, nicht nur die, die wir kennen? Ist er rund und hat weit mehr Facetten als irgendein anderer Diamant?« Peirol hörte sich ganz aufgeregt an.

»Ich weiß es nicht. Ihr scheint mehr darüber zu wissen als ich.«

»Wo ist er?«

»Auch das weiß ich nicht«, erklärte Sereng. »Aber es gibt da einen Mann, einen Sänger, der einmal ein Akolyth bei den Männern war. Er trinkt zu viel, und wie ich gehört habe, kann er den Mund nicht halten wie vernünftige Leute. Er heißt Yasin.«

»Sehr interessant.«

»Das ist alles, was ich herausfinden konnte«, meinte Sereng. »Bitte, Peirol, verlangt nicht, dass ich weiter frage. Ein Brauner Mann kam zu mir und sagte, er habe von meiner Neugier gehört. Er ließ mich wissen, es sei für eine Adelige wie mich nicht gut, mich für derlei Dinge zu interessieren. *Bitte*, Peirol, ich möchte auf keinen Fall eines ihrer Verliese von innen sehen.«

»Ich hoffe, ich habe damit genügend Informationen, und ich danke Euch«, erwiderte Peirol. »Wenn dem so ist, dann befreie ich Euch von Eurer Schuld.«

»Warum fragt Ihr überhaupt nach dem Stein?«

»Wenn ich nach Hause zurückkehre«, antwortete Peirol, »dann möchte ich von meinen Reisen erzählen. Ich bin Juwelier, und als ich die Gerüchte über den großen Stein hörte, da wollte ich meinen Kollegen natürlich davon berichten können. Das ist alles.«

Sereng blickte ihn scharf an, und Peirol wurde klar, dass er sich besser eine glaubhaftere Lüge einfallen lassen sollte. Er beschloss, das Thema zu ändern.

»Darf ich Euch jetzt«, sagte er, »noch eine andere Frage stellen, die nichts mit Juwelen zu tun hat?« Sereng nickte. »Es ist eine recht persönliche Frage«, meinte er. »Ist Euer Gatte, Baron Agar, in jüngster Zeit, ah … sagen wir mal, besonders romantisch gewesen?« Sereng errötete und wandte sich ab.

»Aha«, machte Peirol. »Reine Neugier. Also, was die Gemme angeht, die ich für Euch entwerfe …«

Während er ihr das Geschmeide beschrieb, ging Peirol der kleine Phallus nicht aus dem Kopf, den er angefertigt hatte. Er hatte zwei Zauber sprechen lassen, aber nur auf die Schachtel; der eine hielt jeden anderen außer Agar davon ab, sie zu öffnen, der andere sorgte für die Flamme, nachdem sie geöffnet war. Alles andere hatte sich in Baron Agars Kopf abgespielt – oder was dafür galt. Peirol fand das interessant.

Es bedurfte einiger Nachforschungen, um Yasin zu finden, und die Spur führte Peirol gesellschaftlich immer tiefer, wenn es auch physisch nach oben ging, da die Armen von Restormel nicht nur die Mietskasernen auf den ehemaligen Marschen auf der anderen Seite des Sees bewohnten, sondern auch die Hügel der Stadt. Die Taverne ähnelte arg den Diebeshöhlen von Sennen: finster, verraucht, voller Nischen, in denen sich bei einem Krug über illegale Geschäfte flüstern ließ; ohne Zweifel gab es ein halbes Dutzend Ausgänge für den Fall, dass die Stadtwache jemanden suchen kam.

Yasin war ein großer, kräftiger Mann mit einem zornigen, abgehärmten Gesicht. Er war peinlich sauber und trug sorgfältig geflickte Kleidung, die womöglich einst die Robe eines Priesters gewesen war. Er trug einen ordentlich gestutzten Bart und das Haar so kurz wie ein Gefangener. Seine Stimme war voll herrlicher Nuancen, von einem rauen Bass bis fast hinauf zu einem Falsett; er begleitete sich auf einem vielsaitigen Instrument, das flach auf seinem Schoß lag. Seine Lieder handelten von der Vergangenheit und der Gegenwart, die meisten der aktuellen verstohlene Seitenhiebe gegen den Adel, gegen die Reichsverweserin, gegen die leidige jüngste Angewohnheit der Könige, einfach zu sterben, und selbst gegen die Männer in Braun.

Sein Publikum bestand größtenteils aus Arbeitern oder Leuten, die ihren Unterhalt im Zwielicht verdienten, darüber hinaus aus einer Handvoll Adeliger, die sich gern einmal unter das gemeine Volk mischten. Yasin hatte eine Flasche neben sich stehen, und als er den Auftritt beendet hatte, da war sie leer. Er setzte sie noch einmal an, hatte aber trotzdem kein Glück. »Scheiße.« Er machte sich auf den Weg hin zum Tresen, wo Peirol wartete. »Schreibt es an«, brummte er dem Wirt zu.

»Geht auf meine Rechnung«, korrigierte ihn Peirol und ließ eine Goldmünze hinüberrollen. »Was immer nach Eurem Geschmack ist.«

»Jedenfalls nicht dieser Schweinetrank«, erklärte Yasin mit einem finsteren Blick auf die leere Flasche, bevor er sie über die Schulter warf, ohne auf den Aufschrei zu achten, als sie auf dem Tisch eines ahnungslosen Gastes zerbrach. »Den Zehnjährigen! Den habe ich getrunken, als ich noch … besser dran war. Zwei Gläser, Mann. Wenn ich Euch schon nicht den nächsten ausgeben kann, so lasst mich wenigstens Eure Großzügigkeit mit Euch teilen.«

»Nicht nötig«, meinte Peirol. »Ich habe meinen Branntwein hier.«

Yasin ignorierte das Glas, das man ihm vorsetzte, und trank die Flasche zu einem Viertel leer. »Uff«, seufzte er. »Das ging runter wie Öl. Ich habe ganz vergessen, wie richtiger Branntwein schmeckt.«

»Ihr singt gut«, sagte Peirol.

»Ich weiß«, erwiderte Yasin. »Ich schätze, wenn ich an Götter glaubte, ich wäre dankbar dafür, dass ich die Stimme noch habe, bedenkt man, wie ich sie beanspruche. Was wollt Ihr also, kleiner Mann? Ich sag's Euch gleich, Lieder über Zwerge kenne ich keine. Kleine Könige sind alles, zu was es bei mir in der Richtung langt.«

»Ich bin nicht interessiert an Liedern über mich oder meinesgleichen«, entgegnete Peirol. Er beugte sich weiter vor. »Ich habe gehört, Ihr fürchtet Euch vor niemandem.«

»Das ist eine Lüge«, widersprach Yasin. »Ich fürchte meinen Zimmerwirt, wenn ich keine Münze für die Miete meines Zimmers finden kann. Ich fürchte alle meine drei Exfrauen. Manchmal, wenn ich meine Sinne beisammenhabe, fürchte ich … andere.«

»Männer, die Braun tragen?«

»Sie könnten in diese Kategorie fallen.«

»Ihr wart doch selbst einer.«

»Deshalb fürchte ich sie ja auch.«

»Mich interessieren Lieder – oder Geschichten – über etwas, was man den Reichsstein nennt.«

Angst huschte über Yasins Gesicht. Er trank die Flasche in einem Zug zur Hälfte leer. »Ich bin nicht betrunken genug, um mich daran zu erinnern, ob ich ein Lied über den weiß.«

»Ich komme von weit her«, meinte Peirol, »und bin an seltenen Edelsteinen interessiert. Warum erlauben die Herrscher von Restormel nicht, dass man ihn ausstellt?«

Yasin senkte die Stimme. »Die Herrscher von Restormel – die wahren Herrscher von Restormel – wissen, wo er sich befindet und wo er zu sehen ist, und die interessiert es nicht, was andere denken oder wollen. Außerdem haben sie selbst Angst davor.«

»Die Männer von Lysyth?«

Yasin antwortete nicht, sondern trank. Dann starrte er Peirol in die Augen, und sein Blick war nüchtern und kalt. »Nein. Ich bin nicht betrunken, bei weitem nicht. Netter Versuch, kleiner Mann.«

Peirol nahm eine weitere Goldmünze aus seiner Börse und warf sie dem Wirt zu. »Sorgt dafür, dass mein Freund hier sich den Magen nicht mit billigem Fusel verderben muss.« Er rutschte von seinem Hocker. »Ich bezweifle, dass ich von Euren Liedern müde werde, Yasin. Ich sehe Euch dann ein andermal.«

Peirol war auf halbem Weg nach Hause, als die beiden Männer aus einer Gasse stürzten. Der eine hatte einen Totschläger, der andere trug einen Dolch in jeder Hand. Peirol bekam den Totschläger auf den linken Arm, der sogleich taub war, wich dem Mann mit den Messern jedoch blitzschnell aus. Flüsternd fuhr sein Dolch aus der Scheide an seiner Schulter, während er die Pistole zog, dankbar dafür, dass er die Lunte angezündet und geschützt hatte. Der Mann mit den Messern kam heran, während der andere davonsprang. Der Messerstecher riss das Maul auf, als Peirols Klinge ihm in die Lunge fuhr und wieder heraus; dann taumelte er rücklings davon.

Der Totschläger traf nur Luft, und Peirol zog den Luntenhalter. Er hatte den Mann nur an der Schulter treffen wollen, verfehlte sein Ziel jedoch und sorgte unterhalb des Brustkorbs für ein ziemliches Loch. Dampfend rutschten Gedärme auf die Pflastersteine, ehe der Mann kreischend fiel.

Der Mann mit dem Totschläger stieß ein lang gezogenes Gurgeln aus, dann war er tot. Peirol sah nach dem anderen, aber auch der lebte bereits nicht mehr. Er ging ihre Beutel durch, fand einige wenige Kupferlinge, weiter nichts. Eine einfache Erklärung für all das verwarf er jedoch voller Hohn.

In jener Nacht träumte er von Kima, die er am moosigen Ufer eines Teichs sitzen sah. Sie war nackt, und die Sonne glänzte auf ihrem geölten, rasierten Leib. Sie trug eine gelbe Blume im Haar. Sie sah Peirol an und lächelte.

»Ich bin hier«, sagte sie, »in dem Tal, von dem du mir erzählt hast, obwohl ich es im richtigen Leben noch nie gesehen habe. Es ist ein Zauber, den mein Großvater für mich gewirkt hat. Eile nach Hause, Peirol, denn Abbas hat mir verboten zu heiraten oder mich mit Männern zu treffen, solange du lebst. Es ist keine Strafe für mich, Peirol. Ich habe von dir geträumt. Ich hoffe, meine Träume sind nichts im Vergleich zu dem Peirol aus Fleisch und Blut, wenn du wiederkehrst.«

Sie kam behend auf die Beine, streckte die Arme aus, und Peirol ging auf sie zu.

Dann befand er sich in Abbas' Arbeitszimmer. Der Magier machte ein besorgtes Gesicht. »Guten Tag, Peirol vom Hochmoor«, sprach er mit hallender Stimme. »Ich versuche, dich nun schon seit einer Woche zu erreichen, aber ohne Erfolg. Es ist da etwas ... jemand ... der uns blockiert. Ich dachte, ich könnte tiefer eindringen, mit Hilfe eines ... eines anderen Symbols ... auf dass dies gelingen könnte. Und offensichtlich geht es. Ich spüre, dass Magie meinen Zauber umwirbelt, und ich muss große Kraft aufwenden, um ihn mir nicht brechen zu lassen. Jemand hat da einen großen Zauber gewirkt – möglicherweise mehr als nur ein Zauberer. Sei vorsichtig. Ich denke, du bist dem Reichsstein zum Greifen nah, und wer immer ihn besitzt, er ist besorgt. Oder vielleicht hast du auch den Zweig berührt, der eine Falle offen hält. Ich kann es nicht sagen. Ich spüre außerdem, dass –«

Abbas verschwand, und Peirol befand sich wieder neben dem Teich, als Kima in seine Arme sank. Er spürte die Wärme ihres Körpers, ihre Brüste berührten gerade eben seine Wangen, ihre Brustwarzen wurden hart.

Dann erwachte er in seiner Wohnung in Restormel. Er trat ans Fenster, blickte hinaus, konnte aber in der Dunkelheit vor dem Morgengrauen niemanden sehen. Peirol ging wieder zu Bett, hatte aber nach wie vor das Gefühl, jemand oder etwas beobachte ihn.

Ihm kam ein anderer Gedanke, und er grübelte leicht angewidert über Abbas' grenzenlose Gier nach dem Reichsstein nach und dass er alles benutzte, sogar seine eigene Enkelin, um seine Ambitionen zu verwirklichen. Vielleicht sagte Kima die Wahrheit, was ihre Gefühle anging. Er schnaubte ungläubig. Sollte er es nicht besser wissen nach all der Zeit und nach so viel Verrat?

»Ein kleines Geheimnis«, begann Peirol, als ihm etwas belämmert klar wurde, was er gesagt hatte, während Yasin unter lautem Lachen Bier über den Tisch prustete; glücklicherweise verfehlte er ihn.

»Lasst es mich auf andere Weise erzählen«, erklärte er. Er hatte es sich zur Gewohnheit gemacht, in Yasins Lieblingsschenke zu kommen, um mehr über den Reichsstein herauszufinden. Yasin schienen nicht nur die freien Getränke gerade recht zu kommen, sondern auch der geistige Schlagabtausch.

»Es gab einmal einen König, vor langer Zeit und weit, weit

weg, dem dieser Reichsstein gehörte«, begann Peirol. »Er trug ihn, so die Legende, an einem biedenhändigen Zepter, stolz darauf, ihn aller Welt zu präsentieren.«

»Und genau deshalb kam einer daher und hat ihm das Ding geklaut«, fügte Yasin hinzu.

»Nun ja«, meinte Peirol. »Die Männer mit den schwarzen Schiffen.«

Yasin blickte ihn überrascht an. »Das hieße also, wenn es nicht zwei schwarze Flotten gibt, dass die den Stein eine Zeit lang hatten, und dann haben wir hier aus Restormel denen das Ding bei der Schlacht von Lysyth geklaut.«

»Interessant, findet Ihr nicht?«

»Wäre ich ein argwöhnischer Geist, was ich nicht bin«, antwortete Yasin, »schließlich bin ich nur ein bescheidener Sänger schlechter Lieder und ein Trinker noch schlechteren Gebräus, aber wäre ich einer, so möchte ich glatt auf den Gedanken kommen, Ihr seid gekommen, um den Stein für seinen rechtmäßigen Besitzer zurückzuholen. Ein treffliches Abenteuer, Stoff für große Balladen.«

»Zwerge taugen nicht für Balladen«, stellte Peirol fest. »Und die Stadt, die dieser König beherrschte, vor nun so langer Zeit, liegt in Ruinen, niemand außer Wölfen und Schlangen lebt in dieser Wüstenei. Ich schwöre, das ist die Wahrheit.«

»Und natürlich«, gab Yasin zurück, »glaube ich als bescheidener Mensch alles, was man mir so erzählt.« Sein Lächeln verschwand, und seine Miene wurde bitter. »Nur deshalb konnte ich so dumm sein, den Männern von Lysyth die Treue zu schwören. Damals habe ich noch an die Wahrheit geglaubt, und sie dachten, sie kennen den Weg zu ihr.«

»Wie auch immer«, fuhr Peirol fort, »meine Frage ist die: Warum sollte ein Herrscher den Stein ganz offen zeigen, während ihn andere verstecken? Restormel hat doch nun wirklich keine Invasoren zu fürchten, noch nicht einmal die Sarisser, vor denen die übrige Welt in Angst und Schrecken zu leben scheint.«

»Regel numero eins«, erwiderte Yasin, »lautet wie gesagt: Aus den Augen, aus die Lust, um originell zu sein. Wenn dem wirklich so ist. Aber ich habe da einen besseren Kopfzerbrecher. Und wir sind uns dabei wohl einig, dass ich über den Reichsstein nichts weiß, korrekt? Wie auch immer, bedenkt Folgendes: Wenn der Reichsstein demjenigen, der ihn besitzt, Macht und Reichtum verleiht, was bekommt *er* dafür?«

»Was?«

»Denkt darüber nach, kleiner Mann. Nichts ist umsonst auf dieser Welt. Nehmt nur die Diamanten, die Ihr verkauft. Sie nehmen Licht auf, korrekt? Dann werfen sie es in verschiedenen Farben wieder zurück, um das Auge Ihres Besitzers zu erfreuen, korrekt? Aber sie haben doch auch etwas davon, richtig?«

»Was denn?«, fragte Peirol. »Ich habe nun fast mein ganzes Leben mit Steinen zu tun, und ich habe noch nie erlebt, dass mir ein Diamant für einen Sonnenstrahl gedankt hätte.«

»Ahhh«, knurrte Yasin. »Solche Gespräche hoffte ich zu finden, als ich dem Orden beitrat. Einer der Gründe, weshalb ich ihn wieder verließ, war der, dass ich Antworten wie die Eure eben bekam. Ein Diamant oder jeder andere geschliffene Stein absorbiert doch wohl Hitze, wenn er in die Sonne kommt, oder nicht?«

»Natürlich.«

»Nun, wer will sagen, dass das seine kleine steinerne Seele nicht glücklich macht?«

»Ihr seid betrunken.«

»Bin ich nicht, schon gar nicht bei dem Schneckentempo, in dem Ihr hier die Runden ausgebt. Ich erklär's Euch mal ganz einfach: Der Reichsstein, falls es ihn gibt, wurde von einem Gott oder Dämon geschaffen. Oder es war ein ganz normaler weltlicher Stein, der von einem Gott, einem Dämon oder einem Magier mit einem Zauber versehen ward.«

»Klingt wahrscheinlich«, räumte Peirol ein.

»So zieht er also gewisse Dinge – Gefühle, Gedanken, was auch immer – an, und der Besitzer des Steins kann das Wissen, das er so gewinnt, für seine eigenen Zwecke nutzen. Womöglich indem er über dem Stein meditiert.«

»So heißt es in der Legende.«

»Und was behält der Stein?«

»Ich verstehe noch immer nicht.«

»Na schön«, seufzte Yasin. »Versucht es mit einem anderen Vergleich. Als Ihr noch ein Kind wart, so habt Ihr doch sicher Seifenblasen gemacht, nehme ich an. Erst habt Ihr den Ring in Seifenlauge getaucht, dann geblasen, sachte, regelmäßig, und die Blase wuchs an. Im rechten Augenblick habt Ihr den Ring gedreht, und die Blase entschwebte im Wind. Was ist passiert, wenn Ihr zu arg geblasen habt?«

»Die Blase zerbarst natürlich.«

»Nun denkt mal an diesen Reichsstein. Denkt an all die Jahrhunderte, die er nun, na schön, zugehört hat – all dem Bösen, all den Plänen der Menschheit, womöglich zuvor schon den Machenschaften der Götter, denn wenn es Götter gibt, dann müssen deren Gelüste und Kabalen wohl größer als die des Menschen sein. Langsam, ganz langsam, hat der Reichsstein sich angefüllt, so wie einer Eurer Steine in der Sonne heißer und heißer wird. Was passiert, wenn er voll ist?«

Peirol betrachtete Yasin eine ganze Weile. »Das ist nicht das Gerede eines Betrunkenen«, meinte er schließlich. »Es hört sich fast so an wie die Theorie einer Person, die mit dem Reichsstein zu tun hatte. Vielleicht nicht Ihr, aber vielleicht jemand aus dem Orden.«

»Vielleicht jemand sehr altes, sehr seniles, der einem jungen Akolythen gegenüber den Mund nicht hat halten können«, sagte Yasin und wandte dabei den Blick von Peirol. »Jemand, der mit seinem Tod ein großes Loch im Leben eines Knaben hinterlassen hat.« Er senkte die Stimme. »Das bis heute nicht wieder gefüllt ist, weder durch Mann noch Frau.«

Am nächsten oder übernächsten Tag, Peirol aß auf einer der Steinbänke zu Mittag, sah er Ossetia durch das Gedränge kommen. Er stand auf und winkte. Ossetia blickte ihn erst an, wandte sich dann aber ab, als hätte er nichts gesehen, und ging weiter, gar noch schneller als zuvor. Merkwürdig, dachte Peirol; und im Geiste hörte er das Rinnen des Sandes im Glas.

Yasin war betrunkener als gewöhnlich in jener Nacht oder, genauer gesagt, an jenem Morgen. Er hatte den Mann hinter dem Tresen angeknurrt, den Wirt, ja selbst Peirol, bevor er auf die niedere Bühne hinaufstolperte. »Bevor ich meine üblichen Lieder zu Gehör bringe, möchte ich etwas singen, was mir gerade erst wieder eingefallen ist. Ein Lied aus meiner Knabenzeit – ja, ich war auch mal ein Knabe, und ein verflucht hübscher Bengel dazu. Falls jemand lacht, dann fällt mir womöglich noch ein anderer Teil meiner Kindheit ein, und ich gebe eine Lektion, wie man mit einem Rasiermesser umgeht.«

Die Taverne, so spät es auch schon sein mochte, war voll. Diebe halten sich an andere Zeiten als die Bürger. Aber es war mit einem Mal mucksmäuschenstill.

»Es ist kein sehr gutes Lied«, fuhr Yasin fort. »Und ich bin mir gar nicht sicher, ob ich es überhaupt ganz gelernt habe, da die Verse von verschiedener Länge sind. Und reimen tut sich auch nicht alles. Man nennt so was ein Volkslied, deshalb ist es auch so beschissen. Und ich will auch nicht jedesmal den Refrain singen, wie sich's eigentlich gehört, damit ihr euch nicht langweilt. Ich singe es für einen guten Freund. Genau genommen zwei gute Freunde, aber nur einer ist hier. Der andere ist tot. Seit langem schon.«

Er strich mit der Hand über die Saiten:

»Wir sahen sie kommen
Auf unser schlimm gebeutelt Land

Auf schwarzen Schiffen
Die Hände rot

Ihre Dämonen noch finstrer
brachten sie uns den Tod, O.

Und es führte sie ein Stein, Burschen
Es führte sie ein Stein.

Schiffe fuhren aus, sich ihrer zu wehren
An den Gestaden die Boote zerbrachen
Zehntausend Mann und auch nicht ein Nachen
sollten je wiederkehren.

Mit blut'gen Klingen landeten sie
Und marschierten das Gestade hinan
Abgerissene Greise warfen sich ihnen entgegen
Ein verlorenes Häuflein, nicht mehr.

Und es führte sie ein Stein, Burschen
Es führte sie ein Stein.

Unter den Blitzen des Juwels kam man
Den Tod in der Hand
Nur die Schar Greise stand gegen sie an
Ohne Angst zu sterben im nassen Sand.

Ein kühner Magier trat auf den Plan
Und wirkte einen mächtigen Bann
Gegen den Stein und seine Wichte
Gegen den keines Sterblichen Schwert ankam.

Und es führte sie ein Stein, Burschen
Es führte sie ein Stein.

Der Zauber packte den Stein
Wandte ihn in ihrer Hand

Flammen tosten ihnen entgegen
Und durchkreuzten ihren Plan.

Sie stolperten davon
Sie wandten sich ab
Ließen den Stein liegen
Und liefen zu ihren Schiffen hinab.

Schwarz vor Leichen lag der Strand
Als ihre Schiffe flohen
Ihre Dämonen umsprangen
An jenem Tag brennend den Stein.

Die Alten brachten den Stein
Auf seinen rechten Platz
Zum Erhalt unserer Huld
Zum Schutz gegen die Schiffe in Schwarz.

Und jetzt führt uns ein Stein, Burschen
Es führt uns ein Stein.«

Yasin verstummte, fuhr mit dem Handrücken über die Saiten und lachte hart auf. Peirol hatte, als Yasin zu singen begann, eine Bewegung bemerkt: Zwei Männer an einem Tisch in der Nähe der Tür standen auf und gingen hinaus.

Yasin sang noch ein Dutzend anderer Lieder, allerdings etwas lustlos, und erntete so nur kargen Applaus. Er kam zurück an den Tisch. »So«, meinte er. »Ich denke, damit habe ich es geschafft. Heute Nacht bin ich betrunken genug, um mich die Dämonen um die Männer von Lysyth zu scheren. Also, soll ich Euch nun zeigen, wo der Reichsstein versteckt ist?«

»Wenigstens«, sagte Yasin, als sie in die klare Nachtluft traten, »ist es ein hübscher Spaziergang dorthin, wo der Stein versteckt ist, und keine Belastung für's Herz. Ich habe von jenem gewissen alten Mann erfahren, wo er ist. Bevor ich nicht im Dienste des Ordens ergraut wäre, sollte ich – ich und die anderen – das Geheimnis gar nicht erfahren, erst wenn man nichts anderes mehr kennt und will.« Merkwürdigerweise war er wieder stocknüchtern, als er die Taverne verließ. »Machen wir doch einfach einen Spaziergang, und ich zeige Euch alles«, fuhr er fort, »und Ihr werdet Euch noch dafür verfluchen, so ein holzköpfiger Ausländer gewesen zu sein, der nicht gesehen hat, wo er die ganze Zeit über war. Und dann könntet Ihr mir noch einen ausge –«

Wie ein Schwarm kamen sie aus der Nacht. Peirol hatte gerade noch Zeit, die Pistole zu ziehen und in die Menge zu feuern; ein Mann schrie auf und ging zu Boden. Jemand stieß ihn um, und als er wieder auf die Beine kam, war die Pistole dahin; dafür hatte er bereits den Dolch in der Hand. Ein Mann schwang ein Korbschwert, und Peirol unterlief die Klinge, stieß ihm sein Messer ins Herz und befreite sich mit einer Pirouette, als der Mann fiel.

Er hörte Yasin einen Schrei ausstoßen, und ein weiterer Mann fiel.

Ein Schleier legte sich über seine Augen, ein Dunst, den er später als rot in Erinnerung behielt, was jedoch nicht hatte sein können. Er versetzte einem der Angreifer einen Kopfstoß, hatte einen Augenblick Luft und zog sein Schwert. Er schlug eine Finte mit der Klinge, stieß seinem Gegner jedoch den Dolch in den Unterleib, und dessen Schrei war ihm wie Musik in den Ohren. Jemand schrie auf vor Angst, und er hatte einen Mann vor sich, mit dem Rücken zu ihm, der das Schwert zum Todesstoß zurückgenommen hatte. Peirol spießte ihn durch den Nacken auf. Der Mann drehte sich herum, entriss Peirol dabei das Schwert, und als er fiel, sah der Zwerg die gerötete Klinge aus dem Mund des Kerls ragen.

Jemand schlug auf Peirol ein und erwischte ihn am Arm, aber es war nur eine oberflächliche Wunde, und er duckte sich um einen anderen Angreifer herum und schubste diesen in den ersten. Die beiden taumelten rücklings davon, und Peirol schnitt dem ersten die Gurgel durch, riss dem Mann eine Pistole aus dem Gürtel und schoss dem zweiten damit ins Gesicht.

Er sah eine andere Pistole auf der Erde liegen und hatte sie auch schon in der Hand, als ein weiterer Kerl auf ihn losging, ein schnaufender Mann, der bereits blutete. Peirol zog an der Serpentine, aber die Waffe zischte nur, das Pulver war nass. Brennend fuhr ihm eine Klinge über den Schenkel. Er schrie vor Schmerz auf, schlug instinktiv mit dem Heft seines Dolches zu, fuhr dem Mann mit dem Daumen ins Auge, und der Kerl sprang zurück. Peirol tötete ihn mit dem Dolch, griff sich sein Schwert von der Erde, ohne zu wissen, woher er wusste, dass es das seine war, aber es war keiner mehr übrig, den er hätte töten können. Er hörte die Schritte von Männern, von mehr als einem, die flohen.

Peirol sah Yasin auf dem Boden liegen, eine abgebrochene Schwertklinge in der Brust. Der Zwerg hob eine noch geladene Pistole auf und hielt sie bereit, als er sich über den Sänger kniete.

»Schweinevögler«, stöhnte Yasin. »Ich hätte wissen sollen, dass sie zuhören.«

Peirol fragte sich, wessen Bande von Schweinevöglern es wohl gewesen war.

»Ich wette«, keuchte Yasin, »als gescheiter Zwerg, der Ihr seid, gebildet und was weiß ich, kommt Ihr selber drauf –«

Er starb ohne einen weiteren Laut. Peirol raffte sich auf. Er schluckte mühsam. Er fand seine Pistole, lud sie wieder, fand noch eine andere, die nicht geladen war, und sah sich unter den Leichen um.

Einer – er nahm an, es war der, den er erschossen hatte, als das Handgemenge begann, da er etwas abseits der anderen Leichen lag – trug eine braune Kutte. Eure Schweinevögler, nicht meine, dachte er. Aber er sah noch zwei andere, die zu gut gekleidet waren für Gossenstrolche, und begann wieder zu zweifeln. Vielleicht hatten sich die Schweinevögler zusammengetan.

Ja, dachte er. Ja, Yasin. Ich bin in der Tat dahinter gekommen, wo der Reichsstein ist. Jetzt brauchte ich ihn nur noch zu stehlen, bevor sie mich umbringen.

19 Von Reichssteinen und Erdbeben

Es war wirklich ein alter Trick, verflucht noch mal, dachte Peirol, und starrte den achteckigen braunen Steinturm hinauf, der dem Gedenken an die Schlacht und den Orden von Lysyth gewidmet war. Man versteckt etwas vor aller Augen. Dann fragte er sich, wie viele diesen verfluchten Reichsstein schon gewollt hatten.

Der Turm war etwa hundert Fuß im Durchmesser und dreihundert hoch. Er hatte einen kleinen, vergitterten Eingang, und er nahm an, dass es innen eine Wendeltreppe gab, die von irgendeinem bösen Ungeheuer bewacht wurde. Da sein Blutdurst im Augenblick durch den Kampf noch nicht gestillt war, hätte er nichts dagegen gehabt, einem oder zwei Ungeheuern zu begegnen – oder besser noch einem der Männer in Braun. Er rieb sich den bandagierten Schenkel und hoffte, die oberflächliche Wunde würde ihm die Muskeln nicht noch mehr verspannen, als sie es ohnehin schon waren.

Jetzt war das Schloss geknackt und – und dann sah er, völlig reglos, die beiden Wachen im Dunkeln neben dem Eingang stehen. Er hoffte, dass sie eingenickt waren, anstatt professionell und auf der Hut. Vielleicht sollte er einen Kiesel werfen, sie aufwecken, dafür sorgen, dass sie ihre Pflicht taten und eine Runde um den Turm drehten, der etwa hundert Fuß im Kreismesser maß. Dann sah er die Patrouille – noch einmal zwei Mann – in sein Gesichtsfeld kommen, und er murmelte unglücklich einen Fluch.

Peirol blieb in der Gassenmündung und überlegte eine Weile. Er wusste, die größten Chancen hätte er, wenn er den Turm auf der Stelle angriff, bevor man Zeter und Mordio schrie ob eines angreifenden Zwerges. Aber das schien unmöglich ohne gewisse Ausrüstungsgegenstände und wenn er davon ausging, dass die Wache auf der Hut war.

Der Morgen graute, und Peirol wich tiefer in die Gasse zurück, starrte dabei den Turm an, wünschte sich ein Teleskop, um jede Spanne davon zu untersuchen, als stünde er direkt davor. Dann sah er, wie er hineinkam. Oder zumindest hoffte er es. Es war nur etwas riskant.

Es wäre besser, aus Restormel zu fliehen, sein Boot zu nehmen und nach Westen zu segeln. Aber was würde ihn erwarten? Abbas' Zorn, wenn er es zurück nach Sennen schaffte, oder, wahrscheinlicher noch, ein Seeungeheuer, das er ihm in dem Augenblick schickte, in dem er herausfand, dass Peirol seine Suche aufgegeben hatte?

Außerdem ...

Außerdem wäre dies der Diebstahl des Jahrhunderts. Peirol dachte an all die Toten, die beschwerliche Reise, die Schmerzen – und wurde zornig. Den Dämon würde er tun und auch nur ans Aufstecken denken! Er würde wiederkommen. Nach Einbruch der Dunkelheit. Peirol schlich sich davon, in Richtung seines Ladens und seines Quartiers, um sich das Gold für all die Besorgungen zu holen, die nötig waren.

Ganz so saumselig waren die Männer in Braun allerdings nicht. Zwei Patrouillen bewaffneter Reiter zu je zehn Mann, an der Spitze ein Priester oder Mönch mit Kapuze, ritten im Schritttempo Streife in seinem Bezirk. Vorsichtig schlich er sich zu einem Haus in der Nähe seines Ladens, kletterte auf das Dach und spähte hinüber. Man hatte bereits das aufwendig geschnitzte Kreuz vor seine Tür genagelt, und das braune Pergament flatterte in der Brise des frühen Morgens. Peirol hoffte, die Männer von Lysyth hatten sich seinen Verkäufer nicht gegriffen; nicht dass der sich in einer ihrer Folterkammern zu Tode schrie, wo er doch gar nichts wusste.

Er dachte, er könnte vielleicht durch die Gasse gehen und riskieren, die Regenrinne hinunter in seine Wohnung zu klettern, entschloss sich aber, noch ein Weilchen zu warten. Und das war gut so, denn für einen Augenblick erschien ein Mann am Fenster und verschwand dann wieder. Aber dieser Augenblick hatte Peirol genügt, um Damyan zu erkennen, den Mann von Lysyth, der ihn als Erster der Häresie bezichtigt hatte.

Damit war sein Refugium dahin. Peirol dachte an sein Werkzeug, sein Gold und Silber, die Edelsteine, geschliffen, roh, dann zuckte er die Achseln und vergaß all das. Juwelen, Gold und dergleichen waren zu ersetzen.

Ein Leben nicht.

Der Schmied sah ihn merkwürdig an, nahm dann jedoch sein Silber, ohne eine Frage zu stellen. Peirol steckte die Gegenstände, die er sich hatte anfertigen lassen, in den Rupfensack, der bereits die anderen Einkäufe enthielt. Er hatte einen Laden gefunden, in dem er unauffällige graue Kleidung gekauft hatte, dann schlich er sich in Gassen durch Restormel, soweit es nur irgendwie ging.

Peirol fragte sich, weshalb man nicht Zeter und Mordio schrie, bis ihm klar wurde, dass die Männer von Lysyth, denen wohl kaum daran gelegen sein konnte, dass er jemand anderem als der »zuständigen Behörde« in die Hände fiel, der Ansicht sein mochten, ein großer Lärm könnte den Zwerg dazu veranlassen, in die Wildnis zu fliehen. Zweifelsohne waren die Stadttore und die Anlegestellen der Fähren aufs Beste bewacht. Peirol wusste nicht, wie er aus Restormel fliehen sollte, nachdem … wenn … falls er an den Reichsstein käme. Darüber würde er sich Gedanken machen, wenn es so weit war.

Es gab noch andere Probleme. Er hatte noch einige Stunden bis zum Einbruch der Dunkelheit, und ein blonder Zwerg auf den Straßen würde mit Sicherheit aufgegriffen. Peirol wischte sich den

Schweiß von der Stirn. Der Tag war noch immer dampfig und schwül. Er überlegte, wo er sich verkriechen könnte, bis ihm eine Taverne einfiel, in die er einmal durch Zufall geraten war und die er rasch wieder verlassen hatte.

Er befand sich auf halbem Wege zu seinem Ziel, als die Erde leicht erzitterte. Er dachte, es käme ein Fuhrwerk gefahren, aber es war keines zu sehen. Ein Rattenpärchen huschte aus einem der Häuser, richtete sich mitten auf der Straße auf und blickte ihn unerschrocken an.

Wieder hob das Gerüttel an, und auf der anderen Straßenseite fiel ein Blumentopf von einem der oberen Fenster und zerschellte auf dem Kopfsteinpflaster.

Das Schild war ausgesprochen diskret:

Zum Allzu

Menschlichen Lohn

Darunter war das Bild einer Neunschwänzigen Katze zu sehen. Peirol sah sich unbeobachtet und ging hinein.

Drinnen stand ein junger Mann, recht muskulös. Er trug eine lederne Reithose, seine Brust war bloß und rasiert.

»Euer Begehr?«

»Ein ruhiges Séparée. Eiswasser. Kann man speisen bei Euch?«

»Später gibt es Gebratenes.«

»Ich werde ein Weilchen hier sein, ich esse also später.«

»Ihr wisst, wir haben im hinteren Teil weitere Einrichtungen, falls Euch um größere Diskretion ist. Es lassen sich auch andere Arrangements treffen.«

Peirol warf dem Mann zwei Goldfüchse zu und folgte ihm eine lange Reihe von Nischen entlang. An der Hose des jungen Mannes fehlte der Hintern. Im Vorübergehen warf Peirol einen Blick in die besetzten Nischen. Nur in einer war eine Frau zu sehen, und auch sie trug Leder. Vor ihr auf dem Tisch lag eine Daumenschraube. Die anderen Gäste waren durch die Bank Männer, die als Soldaten oder Seeleute verkleidet waren, einer war sogar so kühn, als Mann von Lysyth zu kommen. Auf den Tischen lagen die Werkzeuge ihrer romantischen Tête-à-têtes und taten ihre Vorlieben kund: eine Peitsche, Schlingen, lange Nadeln, kleine Schraubzwingen, Lederriemen, Gummigerät.

Der junge Mann führte Peirol in eine Nische. Peirol zog seinen Dolch und legte ihn auf den Tisch. Der junge Mann warf einen Blick auf die Klinge und erschauerte, sagte aber kein Wort.

Die Stunden schlichen dahin. Drei oder vier Männer kamen vorbei, die den Zwerg interessiert beäugten, aber als sie den Dolch sahen, gingen sie rasch weiter. Gelegentlich hörte er einen Schrei oder ein Lachen aus einer der Nischen oder aus dem hinteren Teil des Hauses.

Der Braten war noch blutig, was ganz gut in die Umgebung passte. Appetit hatte er kaum, zwang sich aber zu essen. Er hätte gern Wein dazu getrunken, war aber nicht so dumm, und drei Stunden nach Sonnenuntergang warf er noch einmal zwei Goldmünzen auf den Tisch und ging wieder, ohne sich zu beeilen.

Peirol beobachtete die Wachen um den Turm, zählte dreimal die Zeit mit, als sie ihre Runde machten. Dann, als sie wieder verschwanden, stürzte er los. Er musste sich unsichtbar gemacht haben, bis er etwa bis dreihundert gezählt hatte. Er band den Rupfensack zusammen, sodass er wie ein Rucksack zwischen seinen Schulterblättern hing; er enthielt sein Schwert, seine Pistolen und die anderen Gegenstände, die er besorgt hatte. In seinem Schwertgurt steckte ein kleiner Hammer.

Der Turm war aus großen, gut gefügten Steinen erbaut. Als Peirol den Bau studiert hatte, waren ihm die Ritzen dazwischen breit genug erschienen, um die Finger hineinzubekommen, und er hatte sich nicht getäuscht. Es würde nicht seine leichteste Kletterpartie werden, aber er hatte auch schon schwierigere geschafft. Einen Augenblick lang zitterte wieder die Erde, und er meinte, ein fernes Grollen zu hören. Vielleicht ein Sommergewitter in dieser merkwürdig feuchten Herbstnacht. Streunende Katzen jaulten wehmütig in Vorahnung eines Sturms. Er zog die Schuhe aus, stopfte sie in den Packen, holte tief Luft und machte sich an die Besteigung der Wand.

Er kletterte langsam, rhythmisch, hielt den Körper dabei ein gutes Stück von der Wand; abwechselnd mit Finger und Zehen nach Nischen tastend, stieg er hinan. Der Stein rieb ihm die Haut wund, und er wusste, er würde bluten, wenn er oben war. Als er bis dreihundert gezählt hatte, war er bereits unsichtbar, gut zwanzig Fuß über der Erde. Er hörte ein leises Schlurfen, als Wachen vorbeikamen, erstarrte, und kletterte dann, nach wie vor zählend, weiter; jedesmal, wenn die Patrouille unter ihm vorbeikommen musste, hielt er an.

Zweimal hielt er inne, hielt sich nur mit den Zehen und den Fingern einer Hand, während er mit der anderen in den Sack griff und einen der eisernen Dorne herausholte, die er sich beim Schmied hatte machen lassen; leise klopfte er ihn in eine Ritze, einen weiteren darüber, stellte sich darauf und kletterte weiter. Sie sollten beim Abstieg einen anderen Zweck erfüllen.

Einmal fuhr Peirol zusammen, als unter ihm Hunde zu jaulen begannen. Aber niemand schlug Alarm, und er kletterte weiter, ohne nach oben zu sehen; er wollte nicht wissen, wie weit er es noch hatte; ebenso wenig wie er nach unten blickte, weil er nicht wissen wollte, wie tief er fallen würde. Dann ertastete seine nach oben gestreckte Hand glattes Gestein und Metall. Auch die Spitze des Turms wies acht Ecken auf und war in gleichmäßigen Abständen von den Kanten nach hinten versetzt. Acht Fenster, die in acht Richtungen wiesen, schienen ihm Einlass zu gewähren. Vor ihnen befand sich ein einzelner Eisenstab, der einen vor dem Herausfallen schützte. Peirol glitt darüber hinweg und zwang sich dazu, nicht innezuhalten, bis er durch die staubigen getönten Fenster blicken konnte und drinnen keine Wachen sah.

Natürlich nicht, dachte er. Magische Ungeheuer tauchen immer erst auf, wenn ihre Beute vor ihnen steht.

Er ließ sich gegen den Stein sinken, grub in seinem Packen nach dem Schwert und einer kleinen Flasche Wasser, das mit Branntwein abgeschmeckt war; er tat einen tiefen Zug. Er gönnte sich eine Pause, aber nachdem er bis hundert gezählt hatte, suchte er sich eines der Fenster aus. Er sah keine Möglichkeit, es zu öffnen, und kletterte einmal rund um den Turm; auch die anderen Fenster waren nicht mit Haken versehen.

Warum sollten sie auch? Juwelen brauchen keinen Ausblick.

Er hatte nicht angenommen, dass sie aus Glas wären, da er keine Reflexion gesehen hatte, und so hatte er weder Glasschneider noch Kitt mitgebracht. Vorsichtig tippte er mit dem Knauf seines Dolches gegen eine Scheibe und spürte, wie sie nachgab.

Da kann ich ja froh sein. Es würde den Scheißkerlen ähnlich sehen, armdicke Scheiben einzusetzen.

Er tippte einmal, zweimal, schlug dann hart zu; das Glas brach und klirrte dann innen, einen Fuß tiefer, auf Stein. Peirol wartete, ob einer Alarm schlug, und brach dann den Rest der Scheibe heraus.

Das ist ja kinderleicht. Viel zu leicht.

Das Schwert in der einen Hand, den Dolch in der anderen, schlüpfte er hinein. Im Zwielicht erspähte er, mitten im Raum, ein Podest mit einer Kuppel, die einem Mann wohl bis an die Brust gehen mochte, für ihn aber in Kopfhöhe war.

Peirol ging darauf zu, und als er sich bewegte, veränderte sich die Welt. Er sah Licht, aber er wusste, dass keiner es sah außer ihm – ein trübes Schimmern. Es war, als gehe er unter Wasser oder besser noch unter Öl, so trübe wie sein Sichtfeld war. Er trat langsam vor; jede seiner Bewegungen war ihm bewusst; er konnte sich nicht schneller bewegen. Er spürte einen Druck auf den Ohren, der gar nicht unangenehm war. Dann stand er vor dem Podest.

Er lehnte sein Schwert dagegen, steckte den Dolch in die Scheide, und da er aus irgendeinem Grund wusste, was zu tun war, hob er die Kuppel vorsichtig an.

Damit hatte er, genau in Augenhöhe, den Reichsstein vor sich. Als er hineinstarrte, begann dieser zu glühen, warf das Licht zurück, und Peirol spürte ein Summen in den Knochen.

Er hob den Reichsstein auf und drehte ihn in alle Richtungen.

»Doppelt so groß wie meine beiden Fäuste zusammen.«

Größer noch!

»Ein klarer Stein, der Farben fängt und zurückwirft, viele Farben, nicht bloß die sechs, die wir kennen, Farben, wie es sie sonst auf dieser Erde nicht gibt.«

Der Stein lebte, und Farben, wie Peirol sie noch nie gesehen und für die er keine Namen hatte, die ihm noch nicht mal ein Künstler hätte benennen können, schossen heraus und gegen die steinernen Wände rings herum.

»Er ist rund, vollkommen geschliffen. Es heißt, er hat tausend Facetten ...«

Nichts kam aus dem Dunkel, um ihn anzugreifen.

Der magische Wächter, den jede Gemme haben muss, die etwas auf sich hält, ist wohl auf ein Bier gegangen – oder ein Menschenopfer, dachte er bei sich. Er versuchte, sich das Lachen zu verbeißen, schob sich den Stein unter den Arm und ging dann, genauso langsam wie zuvor, bewusst wieder zu dem erbrochenen Fenster zurück; dann trat er hinaus.

Unter ihm jaulte eine Katze auf, und ihr folgten andere in ganz Restormel. Er achtete auf den Lärm nicht mehr als auf den Begeisterungstaumel in seinem Kopf.

Wir sind erst auf halbem Wege. Jetzt gilt es zu fliehen.

Er holte den Stein unter dem Arm hervor und wollte ihn eben in den Packen stecken, als er es sich anders überlegte. Er sah ein weiteres Mal tief in den Stein, und wieder leuchteten die zahllosen Farben auf. Er blickte hinaus auf den Platz und die Gebäude unter ihm. Er sah die Wachen ... dort ... da drüben ... und hier ... ein halbes Dutzend versteckte sich in jenem Haus. Er kannte ihre Befehle, und hätte er es gewollt, so hätte er sie beim Namen nennen können.

Peirol hob den Blick, sah hinaus über die Hügel der Stadt, hinauf zum königlichen Palast, der fast einen Werst entfernt war. Er sah den jungen König sich im Schlaf hin und her werfen, träumte mit ihm, träumte von Angst und Tod. In einem anderen Zimmer saß eine dicke Frau, wach, obwohl auch ihre Gedanken Träume gewesen sein könnten: eine Prozessionshymne, der Höchste Priester, ein Diadem, das auf ihr Haupt niedersank.

Peirol zwang seinen Verstand zurück in seine Nähe; er kannte die Gedanken, die Träume all der Leute, die unter ihm schliefen, sei es in einer Hütte oder in einem Herrenhaus.

Er wandte sich ab. Was er über den Stein gehört hatte, entsprach der Wahrheit. Irgendwo in ihm gelüstete etwas nach dem Wissen, das der Stein ihm geben könnte, der Rest seines Wesens jedoch kreischte vor Entsetzen; er zog die Unwissenheit, um nicht zu sagen, die Unschuld vor. Das wollte er Abbas überlassen. Sollte er den Reichsstein haben, wenn ihm danach war. Peirol wollte nur seinen Frieden und sein Leben zurück. Hastig stopfte er den Stein in den Rupfensack und wickelte ihn in die Tücher, die er mitgebracht hatte. Peirol holte ein Seil aus dem Sack und ließ es über den Handlauf in die Tiefe. Er steckte das Schwert in die Scheide, schulterte den Sack, schlang das doppelt genommene Seil dann über die Schulter, den Rücken, zwischen den Beinen hindurch und um einen Schenkel. Dann begann er zu gehen, langsam, rückwärts, die Wand des Turms hinab. Er hatte Männer gesehen, die so etwas geschwind hatten machen wollen, hatte sie ausrutschen und in den Tod stürzen sehen.

Einfach, wie einfach, meine Götter, wie einfach das doch war …

Ein Schrei: »He! Seht mal! Da oben!«

Ein anderer rief: »In Dreiteufels Namen! Das ist er!«

Er sah seinen Schatten, als Lampen und Fackeln zum Leben erwachten. Ein Knall, und eine Musketenkugel jaulte kaum drei Fuß neben ihm vom Stein. Eine weitere Muskete krachte, aber wohin die Kugel ging, wussten die Götter.

»Im Namen aller Götter! Schießt den Kerl ab!«

Peirol erkannte die Stimme von Baron Agar. Eine Salve donnerte, und ein Schwarm Kugeln pfiff ihm um die Ohren. Er spürte einen sengenden Schmerz an der Seite, hätte beinahe das Seil losgelassen, wusste, er war getroffen, bis er merkte, dass es ein Steinsplitter gewesen war, den ein Abpraller losgerissen hatte.

Er konnte nichts weiter tun, als weiter nach unten zu steigen. Sein Fuß fand einen der Dorne, die er eingeschlagen hatte, dann den nächsten. Methodisch zog er das Seil von dem Eisenstab über ihm, legte es doppelt um den obersten Dorn und ging weiter. Beim letzten Dorn, so entschloss er sich, würde er sich umdrehen und einen Sprung mitten unter sie riskieren; wenn er Glück hatte, konnte er dem Handgemenge entgehen und fliehen. Oder wenigstens einige von ihnen mitnehmen – Baron Agar allen voran.

Dann kam ein ungeheurer Lärm auf, ein Ächzen, ein Grollen, und der Turm geriet ins Wanken. Einen Augenblick hing er frei in der Luft, baumelte hin und her, wäre um ein Haar gefallen. Er erholte sich, obwohl der Turm nach wie vor zitterte, und das Grollen zerrte an seiner Seele. Es waren nur noch dreißig Fuß bis auf das Kopfsteinpflaster, nur dass es sich zu bewegen schien, als wären da keine Steine mehr, sondern ein Meer. Der Turm begann heftig zu wanken, als das Erdbeben an Restormel zu zerren begann.

Ein Brausen hob an, die Erde tat sich auf, ein Riss zog sich quer über den Platz und hätte beinahe zwei laufende Männer verschluckt. Peirol ließ sich hinab bis ans äußerste Ende des Seils, sprang dann und landete mitten in dem Riss, in weichem Schlamm, wie sich herausstellte, während die Erde um ihn herum bebte. Die Nachtluft schimmerte, bewegte sich, als die Häuser rund um ihn wankten. Der Mann, der eben noch geschrien hatte, starrte Peirol ausdruckslos an, begann dann zu winseln, während die Erde sich wogend aufzuwerfen begann.

Peirol sah den Turm zerspringen, eine Kaskade von Steinen kam herab, und alles, was er sich fragen konnte, war: Bin ich das gewesen? Habe ich das durch den Diebstahl des Steines getan? Oder war es eine andere Zauberei? Lachten die Götter über ihr neues Spiel?

20 Von Meereswogen und Verderben

Peirol wälzte sich an die Basis des Turms, als die Steine rings um ihn herum niederstürzten. Er hörte einen Schrei, der mittendrin abbrach, dann nichts mehr. Vom Schock halb taub, aber ein mächtiges Singen in den Ohren, raffte er sich trotz der bebenden Erde wieder auf. Er wollte den Göttern entgegenschreien, doch damit aufzuhören, auf dass die feste Erde wieder still stünde, anstatt wie ein Meer zu wogen, das war doch Wahnsinn. Selbst die Sterne über ihm schienen sich zu bewegen. Dann hörte es mit einem Mal auf. Und das Geschrei hob an.

Peirol spähte durch den Dunst auf die Steine des Turms, die auf dem Platz verstreut lagen; die Gebäude standen schief, überall lagen Balken und Möbel herum. Die Stadt unter ihm lag im Dunkel, bis schließlich hier und da Flammen emporzuzüngeln begannen. Die Nacht war strahlend klar, nicht eine Wolke war zu sehen; benommen blickte Peirol sich um.

Dort drüben, auf der Hügelkuppe, stand der Königspalast, in den er mit Hilfe des Reichssteins geblickt hatte – oder besser, er hatte dort gestanden. Seine Steine rollten noch immer den steilen Hügel herab und zermalmten Gebäude auf ihrem Weg. Es war, als hätte ein Kind den mächtigen Palast aus Pappe gebaut und dann aus schierer Langeweile zerknüllt.

Er kam wieder ein wenig zu sich und merkte, dass der Stein sich noch immer sicher in dem Rupfensack auf seinem Rücken befand. Hastig nahm er das Schwert, steckte es in die Scheide auf seinem Rücken, schlug einen Feuerstein an, setzte die Lunten seiner beiden Pistolen in Brand, deckte sie ab und steckte die Waffen in seinen Gürtel.

Ein weiterer Erdstoß folgte, kürzer diesmal, aber gewaltiger als das Beben zuvor. Peirol gab sich alle Mühe, nicht den Halt zu verlieren, strauchelte aber dennoch und kam zu Fall. Als er aufstand, wellte sich die Erde auf der anderen Seite des Flusses, und er sah die hohen Mietskasernen erst wanken und dann lautlos in sich zusammenfallen. Einen Augenblick später schwappte das Krachen ihres Zusammenbruchs über ihn hinweg.

Ein Mann in Uniform, dem Gold an seiner Rüstung nach zu urteilen ein Offizier, wankte, das Schwert in der Hand, auf ihn zu. Peirol ging in Ausgangsstellung, aber der Mann stellte keine Bedrohung dar. Er schluchzte, als hätte er seine Liebsten verloren, und murmelte zerstört: »Was machen wir, was machen wir, was sollen wir tun?«

Peirol rüttelte ihn mit der freien Hand, und der Mann verstummte und stand dann schwankend da.

»Es brennt«, rief Peirol. Der Offizier nickte. »Gibt es hier Feuerkompanien?« Wieder ein Nicken. »Bringt mich hin. Holt Eure Männer und bringt mich hin.« Einige Befehle rufend, ging der Mann zurück in den brodelnden Staub.

»Hier«, sagte der Offizier. »Hier war die Kompanie.« Das Gebäude, in dem die Feuerwehr untergebracht gewesen war, war über ihnen zusammengebrochen, die Wagen jedoch standen unbeschädigt vor dem Trümmerhaufen.

»Wo sind die Pferde?«, fragte Peirol.

Der Offizier blickte stumpf auf die dreißig Mann, die er um sich versammelt hatte.

»Da hinten, schätze ich«, sagte einer und wies auf etwas, was einst eine Stallung gewesen sein mochte. »Unter dem Schutt.«

»Wisst Ihr, wie man mit den Geräten umgeht?«, fragte Peirol den Offizier.

»Ja … doch, ich habe einmal eine Vorführung gegeben. Es gibt Leitungen, an die die Schläuche auf den Wägen anzuschließen sind, aber die dürfte das Erdbeben zerrissen haben, es hat also keinen Sinn«, erklärte der Mann. »Aber jeder der Wagen hat einen Kessel.«

»Kommt schon«, rief einer. »Ziehen wir die Scheißdinger zum Hafen und füllen sie auf.«

Peirol wies auf den, der gerufen hatte. »Genau! Macht das! Sofort. Ihr übernehmt den Befehl!«

Der Mann blickte den Zwerg an und rief seinen Kameraden dann zu, ein Geschirr aufzutreiben, dann könnten sie – bei allen Göttern! – die Wagen hinunterziehen, *drei von Euch an die Bremsen, hier!*

Peirol ging hinunter in die Stadt. Er wusste nicht genau, wohin er ging, was er eigentlich machte, aber sein Verstand sagte ihm immer wieder, dass womöglich er für diesen Alptraum verantwortlich war und er etwas als Entschädigung tun müsste.

Peirol fand andere Soldaten und Männer der Stadtwache, denen er befahl, sich nach anderen Feuerkompanien umzusehen und deren Wagen zu füllen. Er sagte einem halben Dutzend Männer, die noch ihre Musketen in der Hand hatten und ihre Sinne beisammen zu haben schienen, sie sollten mit ihm kommen.

Sie kamen in eine Straße, deren eine Seite in Flammen stand, während auf der anderen Plünderer, die bereits angetrunken waren, in Läden einbrachen. Die Männer, die er bei sich hatte, schien das nicht zu stören. Peirol sah einen Mann am Kleid eines schreienden Mädchens zerren, zog seine Pistole und erschoss ihn, ohne auch nur mit der Wimper zu zucken.

»So ist's recht«, murmelte einer der Männer neben ihm, als Peirol nachlud.

»Ihr und drei andere«, befahl Peirol. »Macht schon, schnappt Euch drei, vier der Bastarde. Bringt sie her.« Die Männer gehorchten. »Stellt sie an die Wand.«

Einer der Plünderer setzte sich zur Wehr, und Peirol richtete seine Pistole auf ihn. Der Mann begann zu winseln.

»Nein, nein«, wimmerte ein anderer.

»Erschießt sie«, sagte Peirol, die Musketen hoben sich und drei davon gingen los. Zwei Plünderer lagen reglos da, der andere krümmte sich mit einer Kugel in der Lunge. Peirol schoss ihm eine Kugel in den Kopf. »Geht und sucht weitere Männer der Wache oder Soldaten, irgendjemanden, der seine Sinne beisammen hat«, befahl er. »Macht es so wie ich mit jedem Bastard, der jemandem zu schaden oder etwas anderes zu stehlen versucht als Brot. Wenn Ihr auf Weinfässer trefft, zerschlagt sie. Es ist noch genug Zeit, sich zu betrinken, ist das hier erst alles vorbei.«

Peirol ging weiter abwärts. Überall, wo er hinsah, brachen jetzt Feuer aus, und die Schreie der Verschütteten, der Verletzten, der Rasenden gellten rund um ihn auf.

Er blickte eine Straße hinab, sah Männer und Frauen Verletzte auf improvisierten Bahren dahertragen und sie in die Mitte der Straße legen, während zu beiden Seiten die Häuser einfielen. Andere Männer und Frauen kümmerten sich um sie, ohne auf die Feuer zu achten. Am anderen Ende der Straße schoss eine Feuersäule in den Himmel, und Peirol spürte die Explosion im Gesicht.

Ein hoch gewachsener bärtiger Mann in der Kutte eines Ordens, den Peirol nicht kannte, ging auf das Feuer zu, breitete die Arme aus und rief eine Beschwörungsformel – ein Magier. Das Feuer streckte einen Finger aus, verschlang ihn und brüllte vor Freude auf. Dann sprang es die Straße herauf, griff sich Männer und Frauen, die Verletzten wie die, die sie versorgten, ließ sie einen Augenblick in den Flammen tanzen und spuckte sie dann schwarz, verkohlt, vergessen wieder aus.

Peirol setzte seinen Weg fort, fragte sich, weshalb er so ruhig war. Nach allem, was recht war, hätte er schreien sollen, hin und her laufen, wie es auch alle andere zu tun schienen, aber er verspürte keine Panik an sich zerren. Ihm wurde klar, dass er vage in die Richtung seines Geschäfts gegangen war, wandte sich deshalb ab und ging auf das Wasser zu. Er kam an einer Leiche vorbei, einem Soldaten, hielt einen Augenblick an, nahm ihm die Kartusche nebst Gürtel ab, gab den Reichsstein hinein und band sich das Ganze fest um.

Peirol erreichte die große offene Strandpromenade, wo er auf weiteren Wahnsinn stieß. Menschen drängten sich auf dem Terrain, auf dem sie früher spazieren gegangen waren, Picknicks veranstaltet, sich verliebt hatten; jetzt liefen sie ziellos durcheinander, halb im Schock, halb in Panik. Hier und da waren Statuen umgefallen, unter einigen davon schauten Leichen hervor.

Peirol erkannte einen Mann zu Pferde, den Hohepriester Warleggen, und hielt auf ihn zu. Ein weiteres Beben, ein ausgesprochen heftiges, das fast eine Minute dauerte, warf ihn jedoch zu Boden. Peirols Ansicht nach kam dieses aus einer anderen Richtung, vom Meer. Er kam hoch, auf Hände und Knie, und rappelte sich auf.

Das Gute daran, ein Zwerg zu sein, dachte er höhnisch, ist, dass man nicht allzu tief fällt.

Irgendwie war Warleggen im Sattel geblieben. Er erblickte Peirol. »Helft mir!«

»Wobei?«

»Die Leute hier herunterzuschaffen, auf offenes Gelände, weg von den Häusern! Wir müssen das Feuer ausbrennen lassen, dann können wir uns Gedanken um den Wiederaufbau machen!«

»In Ordnung«, sagte Peirol, wandte sich ab, um zu gehorchen, und starrte dann mit offenem Mund hinauf auf den Gezeitensee. Das Wasser wich zurück und hinterließ eine kahle Schlicklandschaft; es lief rascher ab, als der Fluss es zu ersetzen vermochte. Peirol vermutete eine Art merkwürdiger Tide, bis ihm eine Geschichte einfiel, die ihm seinerzeit ein Seemann von der *Petrel* erzählt hatte.

»Seht zu, dass Ihr wegkommt!«, schrie er Warleggen zu. »Schafft sie auf einen Hügel!«

»Was?«

»Das Meer! Das Beben hat es erwischt!«

»Seid Ihr des Wahnsinns, Zwerg? Und jetzt tut, was ich Euch befehle!«

Peirol wollte schon widersprechen, aber dann fiel ihm ein, was der Seemann sonst noch gesagt hatte, und er wusste, dass dazu keine Zeit mehr war; also rannte er los und verfluchte zum tausendsten Mal seine kurzen Beine. Er lief eine Straße hinauf, weg von dem Platz; zu beiden Seiten brannte es, und er wandte sich noch nicht einmal nach dem ungeheuren Tosen um, das hinter ihm anzuschwellen begann. Seine Lunge stand in Flammen, seine Beine wurden zu Gummi, aber er rannte, bis er schlicht nicht mehr konnte, erst dann blieb er keuchend stehen; andere rannten an ihm vorbei, ließen Kinder im Stich und was immer sie an Hab und Gut in den Armen gehabt hatten, als sie diese jüngste Spielart des Verderbens auf sich zurasen sahen.

Eine riesige Welle schwappte auf Restormel zu, eine Welle weit höher als die Häuser im Hafen, eine Wasserwand, die sich schneller heranschob, als ein Pferd zu galoppieren vermochte. Peirol rannte weiter, ohne eine Ahnung davon zu haben, wie er dies schaffte, dann krachte auch schon tosend die Welle heran, und es war nichts anderes mehr zu hören. Ein Wind stieß ihm in den Rücken, hätte ihn fast umgeworfen, und als er zurückblickte, sah er das Meer schäumend über dem Hafen stehen; schier bis in den Himmel spritzte die Gischt. Die Statue eines Soldaten oder was auch immer stürzte um, und Peirol meinte, bildete sich vielleicht auch nur ein zu sehen, wie Warleggen und sein Ross von der Welle erst mitgerissen und dann begraben wurden.

Die Welle raste heran, verschlang Menschen, Wagen, Pferde, Häuser, kam dann die Straße herauf auf ihn zu. Peirol sah einen Laternenpfahl und umklammerte ihn, und schon schwappte das Meer auf ihn zu, erreichte schäumend seine Schultern, wich dann zurück, zerrte an ihm, versuchte seinen Griff zu lösen. Eine Frau mit einem Säugling im Arm trieb auf ihn zu, ging unter und war verschwunden.

Peirol blickte auf die Strandpromenade hinab, die blitzblank gespült war, sah, dass der Schutt der Stadt nun die Bucht verstopfte. Er stand benommen da, als ihm der Rest der Geschichte des Seemanns einfiel, und schon rannte er abermals los, weiter den Hügel hinauf. Zweimal noch kam die Welle herein, und jedesmal starb mit ihr ein Teil Restormels.

Schließlich begann es mit einem harten Zwielicht zu dämmern, und es war noch schrecklicher, alles zu sehen – die Trümmer einer zerstörten Stadt.

Es kam zu einem weiteren Nachbeben, das aus einer Reihe kleinerer Erschütterungen bestand. Peirol blickte über die Bucht auf die Ruinen der Mietskasernen. Er sperrte den Mund auf, als er eine weitere Möglichkeit sah, wie die Erde dem Menschen zusetzen konnte: Das Land rund um die Mietshäuser, das ehedem Marschland gewesen war, wurde flüssig, und die Gebäude, die als Ruinen stehen geblieben waren, fielen um und wurden von einem geleeartigen Schlick aufgesogen, verschluckt, bis nichts weiter als eine brodelnde Fläche zu sehen war.

Peirol fand einige Männer und befahl ihnen, die Feuer zu löschen, die sich noch immer ausbreiteten. Er stieß auf Frauen und Männer, denen er sagte, sie sollten Krankenstationen einrichten; andere hieß er, mit allen Mitteln den Plünderern das Handwerk zu legen. Einige derer, die froh waren, mit Ingrimm zu Muskete oder Hellebarde greifen zu können, waren Frauen; auch einige Kinder waren dabei.

Dann war es fast schon wieder dunkel, wie ihm vage bewusst wurde, während er an einem Steinblock zerrte, um ein Kind, ein Mädchen, freizubekommen, das ihn – über Tränen und Angst längst hinaus – nur noch anstarrte. Jemand schrie, stieß ihn weg, und als er sich zur Seite warf und nach der Pistole griff, stürzte ein Gesims herab und zermalmte das Kind.

Als Nächstes erinnerte Peirol sich daran, eine Flasche zu füllen, die er irgendwo mitgenommen hatte; er dachte an seinen Befehl, was das Trinken anging, aber es war ihm egal, er trank die Flasche halb leer und füllte sie dann aus dem eingeschlagenen Fass wieder auf.

Dann war es Nacht, dann wieder Tag, und er verlor die Übersicht.

Er pumpte, was das Zeug hielt, Wasser aus einem der Feuerwagen auf ein Feuer, dann fing der Wagen selbst Feuer, und er und einige andere liefen davon.

Er stand über der Leiche von Ossetia, in dessen Brust ein Dolch stak; ein anderer Toter lag in der Nähe, aus Peirols Pistolenlauf kam noch Rauch.

Eine alte Vettel bot ihm ihren Körper an, weil er als Zwerg Glück bringe, sodass er gut für sie wäre – so sah sie vielleicht noch einen weiteren Tag.

Jemand erzählte ihm, der junge König sei bei dem Erdbeben umgekommen, aber die Königinwitwe sei, den Göttern sei Dank, noch am Leben und wohlauf; Peirol konnte kaum an sich halten vor Lachen.

Ein halbes Dutzend Männer zog gemeinsam an einem Balken; ein Mann grub sich aus den Trümmern frei, stand lächelnd auf, sagte »Danke, Freunde«, tat ein paar Schritte und fiel tot um.

Er versuchte zu schlafen, aber Alkohol war das Einzige, was ihm Erleichterung zu verschaffen schien; die Nahrung, die zu essen er sich gezwungen hatte, erbrach er wieder.

Irgendwann bemerkte er, dass es nie Nacht war, nie Tag; es gab nur das Feuer und die Flammen, die Sonne, die Dunkelheit.

Ein hoher Stapel ging in Flammen auf, Balken hätte man meinen können, aber es waren Leichen, und ein süßlicher Geruch, der ihm merkwürdig an geröstetes Lamm erinnerte, breitete sich über ganz Restormel aus.

Er stand am Hafen, die Stadt nach wie vor in hellen Flammen, dachte sich, dass wenigstens hier und da ein Bezirk in Sicherheit war, merkte dann aber, dass diese nur deshalb im Dunkeln lagen, weil es dort nichts mehr gab, was brennen konnte.

Er trieb es mit einer Frau in einem ausgebrannten Haus; sie weinten beide, und er wusste weder warum noch wer sie war.

Ein halbes Hundert Männer jubelten ihm zu, als sie vorbeiliefen, einige mit Äxten, einige mit nassen Säcken, um irgendwo einen neuen Brand zu verhindern.

Alles, woran er sich noch erinnerte, war, dass er arbeitete, wenn es ihm jemand befahl, oder dass er anderen sagte, was sie tun sollten, wenn er sah, dass etwas getan werden musste. Der Rest ging unter in einem Dunstschleier aus Schmerzen, Branntwein und Blut.

Dann rief jemand etwas aus, und es war, als wäre nichts passiert, als wäre keine Zeit vergangen, seit er von dem Turm der Männer von Lysyth herabgekommen war.

»Ihr! Zwerg!«

Er befand sich auf einem kleinen Platz, er hatte keine Ahnung, warum und wo er hinging. Auf der anderen Seite des Platzes saß zu Pferde ein rußverschmierter Mann, Baron Agar von Sancreed. »Ihr Bastard, meine Frau ist tot, und nur wegen Euch!«

Peirol starrte ihn verwirrt an, als Agar von seinem Pferd rutschte, sein Schwert zog und auf Peirol zugestolpert kam. »Jetzt sterbt Ihr, sterben werdet Ihr«, schrie Agar. »Zieht Euer Schwert und kämpft, Ihr Hurensohn von einem Dämonen!« Dann lief er auf ihn zu.

Peirol griff an seinen Gürtel, holte eine Pistole heraus, spannte den Hahn, legte an und drückte ab, als er merkte, dass die Lunte ausgegangen war. Er runzelte die Stirn ob seiner Nachlässigkeit, holte die andere Waffe heraus, sah, dass Agar fast schon heran war, aber er hatte mehr als genug Zeit, ordentlich zu zielen, und die Pistole ging los. Es riss Agar den Kopf nach hinten, ein roter und grauer Schleier breitete sich aus, dann rutschte er seitwärts weg und landete auf dem Gesicht, während sein Schwert noch durch die Luft flog.

Peirol starrte die Leiche an, hatte keine besonderen Gefühle dabei, drehte sich langsam um und hörte einen anderen Schrei. Er sah den Rest von Agars Männern, fragte sich, wie es ihnen gelungen war, seit dem Hinterhalt am Turm zusammenzubleiben, und ob sie wohl nach ihm gesucht hatten – nach ihm und dem Reichsstein. Er erkannte den Mönch Damyan.

»Greift ihn Euch«, kreischte der Mönch und stürzte mit gesenkter Hellebarde auf ihn zu. »Er ist der Spross eines Dämons, er hat den Reichsstein ge –!«

Peirol war in aller Ruhe in die Knie gegangen, hatte einen gespaltenen Pflasterstein aufgehoben und ihm Damyan mitten ins Gesicht geworfen, noch bevor der Satz zu Ende war. Der Mann schrie auf, drehte sich um, ging zu Boden und zuckte mit den Beinen.

Eine Muskete ging los, und eine Kugel pfiff ihm um die Ohren. Peirol lief los, im Zickzack, auf ein rauchendes Gebäude zu. Eine weitere Kugel prallte vom Pflaster ab, dann war er auch schon in der Ruine, rannte hindurch, spürte das Feuer unter den Füßen, lief auf eine Straße zu, die noch in Flammen stand, hörte das Geklapper seiner Verfolger hinter sich. Er lief an einem eingestürzten Haus vorbei, sprang über einen brennenden Balken, und war entkommen – der Rauch und das Feuer seine Freunde, Peirol ein kleines Pelztier, dessen Bau eine zerstörte Stadt war.

Dann war er wieder am Hafen, und es dämmerte einmal mehr; er fragte sich, wie viele Male in den letzten Tagen – wie viele Tage es auch immer gewesen sein mochten – er immer wieder in diesem großen Kreis gelaufen war. Gar nicht so weit von ihm entfernt war ein kleines grünes Boot festgemacht, eines der Boote, in denen die Leute auf die andere Seite der Bucht übersetzten, zu den Mietskasernen, die von den zurückkehrenden Marschen geschluckt worden waren. Er sprang hinein, überrascht, dass ihn keiner anrief, fand einen Riemen, stieß sich hinaus in die Strömung, spürte das Stoßen der kurzen Wellen am Rumpf, versuchte stromabwärts vom Land weg zu steuern, hinaus auf die offene See. Er warf einen Blick zurück auf Restormel, das noch immer brannte und wo der Rauch wie eine Decke am Himmel hing, eine Stadt, die sich noch immer im Todeskampf wand, und setzte sich vorsichtig, um das Boot nicht zum Kentern zu bringen.

Die Sturzflut hatte das Dorf überhaupt nicht berührt. Peirols Boot stand nach wie vor auf den Rollen, und es gab Männer im Dorf, die ihm dabei helfen würden, es zu Wasser zu bringen. Er konnte sich nicht mehr daran erinnern, ob er geschlafen oder gegessen hatte. Er musste wohl, da er sich wohlauf fühlte, obwohl alles irgendwie abgerückt schien, als sehe er es durch getöntes Glas.

Leute starrten ihn an, seine zerrissene Kleidung, seine einsatzbereiten Waffen, aber sie waren besorgt, freundlich, stellten ihm Fragen, wunderten sich. Aber er hatte kaum was zu sagen; er wollte nur Proviant kaufen und zu trinken, sofern sie etwas hergaben; wollte, dass sie ihm halfen, sein Boot zu Wasser zu bringen und ihm den westlichen Kurs durch die Meerenge wiesen, damit er nach Sennen kam. Nachdem er erst einmal durch die Meerenge wäre, die Insel Restormel hinter sich hätte, dann würde er die Segel streichen und sich den Gestank – Feuer, Rauch und Tod – vom Körper waschen. Dann würde er schlafen.

Wenn er in Sicherheit war.

21 Von Sennen und einem gewissen Tal

Das arg mitgenommene winzige Segelboot kreuzte in den inneren Hafen von Sennen und hielt auf eine Fingerpier neben den geschäftigen Handelskais zu. Peirol strich die Segel, ließ das Boot sachte gegen die Pier treiben, ging von Bord und machte das Fahrzeug an einem der Poller fest.

»Ausgezeichnet gemacht, Herr«, sagte ein Nichtstuer.

Peirol nickte ihm dankend zu und stieg in die kleine Kabine des Bootes hinunter. Er legte den Schwertgurt an, wand sich unter dem nunmehr ungewohnten Gewicht, schnallte sich die Kartusche um, die den Reichsstein enthielt, und ging die Pier hinauf. Es kam ihm gerade so vor, als schwanke die Erde unter ihm wie das Deck, das vier Zeiten lang seine Welt gewesen war.

Nach all der Zeit war es kein Wunder, dass er mit dem Boot

umgehen konnte. Peirol war von dem Fischerdorf aus südwestlich gesegelt, immer an der Küste entlang. Viermal hatte er in kleinen Häfen angelegt, um Proviant aufzunehmen, und war rasch wieder auf das Meer hinausgefahren.

Das Meer war alles andere als sein Freund, nur nicht so unwirtlich wie so mancher andere Ort, der ihm einfiel. Ein Sturmwind hatte ihm fast den Mast gebrochen, er wäre fast durchgekentert, zweimal hatte er die Segel der Galeeren von Beshkirs und einmal eine kleine Flotte von Sarisser-Schiffen gesehen. Aber entweder hatten sie ihn nicht gesehen, oder er war ihnen, was wahrscheinlicher war, die Mühe nicht wert gewesen, und sie waren weitergesegelt.

Peirol hatte den Reichsstein nicht berührt, ja noch nicht einmal angesehen, seit er die Ruinen von Restormel verlassen hatte; zu sehr hatte er sich vor dem gefürchtet, was er ihm bescheren könnte.

Er war die manoleonische Halbinsel hinabgesegelt, hatte seiner Qualen als entsprungener Sklave gedacht; er war an Isfahan vorbeigekommen, an Tybee, durch die Meerenge zwischen Parasso und der Halbinsel. Anstatt die Route der *Petrel* zu nehmen, hatte er es riskiert, geradewegs nach Westen zu segeln, über das Meer von Cotehl. Hier hätte er beinahe das Boot verloren, aber der Sturm hatte nur kurze Zeit gewährt. Nachts hatte er die Straße von Susa passiert, hatte tagsüber den Schutz von unbewohnten Inseln gesucht, und die Piraten unter den Dörflern hatten ihn nicht gesehen. Dann, bei ruhigem Lenzwetter, hatte er es geschafft, das Meer von Ismai'n zu überqueren, hatte die Ruinen von Thyone gesehen und war flussauf nach Sennen gesegelt.

Peirol dachte kurz daran, auf ein Glas Bitterbier, Sennens Spezialität, einzukehren, das er nie so recht genossen hatte, bebte aber schon ob der glücklichen Heimkehr, freute sich darauf, neuen Putz zu kaufen, ein Mahl.

Er dachte daran, einen Laden zu suchen, in dem es einen grünen Seidenschal geben mochte wie jenen, den Kima ihm zum Abschied geschenkt hatte und den ihm vor nun schon einigen Jahren ein beshkirscher Pirat gestohlen hatte, aber er würde nicht so mitgenommen aussehen, wie das Original mittlerweile hätte aussehen müssen. Außerdem war sie zweifelsohne längst mit einem anderen zusammen.

Er verwarf all diese Gedanken. Er war – wie lange – weg gewesen? Zuerst galt es, endlich seine Aufgabe zu erfüllen.

Das Gitter zu Abbas' Turm war geschlossen und die beiden Kanonen schussbereit aufgefahren, sodass die Rohre durch Zwischenräume im Rost wiesen; daneben standen Pulverfässchen und lagen Kugeln bereit.

»Haus ahoi!«, rief Peirol. Er bekam keine Antwort. Er rief noch einmal.

Ein winziges Guckfenster öffnete sich in der Tür hinter dem Gitter. »Peirol vom Hochmoor? Bist du das wirklich?«

»Ich bin es, Zauberer, und ich bin mit dem zurück, wonach Ihr mich ausgeschickt habt.«

»Warte.«

Gehorsam stand Peirol geraume Zeit da. Er begann schon grantig zu werden, als die Tür aufschwang und Abbas herausgeeilt kam. Der Zauberer hatte sich irgendwie verändert. Sein schwarzes Haar nebst Bart wies graue Strähnen auf, und sein Bauch war enorm angewachsen. Seine Augen jedoch leuchteten wie immer, und er bewegte sich mit der Agilität eines jungen Mannes.

Auf der anderen Seite hatte sich natürlich auch Peirol verändert. Er bemerkte die Pistole in der Schärpe von Abbas' Kutte. Etwa zehn Fuß vor Peirol blieb der Zauberer stehen. »Ich rufe dich einmal, ich rufe dich zweimal, ich rufe dich dreimal als Peirol vom Hochmoor an«, sang er. »Falls du ein falsches Bild bist, ein Dämon, ein Geist, so fordere ich dich auf, dich dem Kampf mit mir zu stellen oder dich aufzulösen.«

»Ich bin nur Peirol. Kein Dämon. Was ist denn, Abbas?«

Der Zauberer musterte ihn sorgfältig, bewegte dabei die Lippen in einer Beschwörung. »Ja«, sagte er schließlich. »Ja, du bist Peirol. Willkommen zu Hause, Junge. Willkommen daheim!« Er drückte gegen einige der Nägel am Gitter, das daraufhin aufschwang, und Abbas schloss Peirol in die Arme.

»Also«, erklärte Abbas schließlich. »Damit habe ich meine Pflichten als Gastgeber wohl erfüllt.«

Peirol leerte das zweite Glas Bier, schob den leeren Teller beiseite. Er fragte sich, wo Kima war, aber auch, ob er es wirklich wissen wollte. »Das habt Ihr.«

»Darf ich ihn dann jetzt sehen?«

Etwas zögernd öffnete Peirol die Schließe des Gürtels und reichte dem Zauberer die Kartusche. Mit zitternden Fingern öffnete Abbas die Bänder und machte die Tasche auf. Ohne es zu wollen, fuhr Peirol zusammen, als das Farbenspiel im Arbeitszimmer des Magiers zu funkeln begann. Abbas drehte den Stein in den Händen, hielt ihn, als wiege er nichts. Einmal lachte er, das Gackern eines Geizkragens fast, als er hineinstarrte und dabei die Lippen bewegte. Dann fing er sich wieder und blickte auf.

»Ja«, flüsterte er. »Ja, du hast mir meinen Traum gebracht. Dafür, Peirol vom Hochmoor, werde ich dich so reich und mächtig machen, wie es nur irgendein Mensch auf dieser Erde ist – außer mir!«

»Ich denke«, erwiderte Peirol, dem langsam, aber sicher nicht mehr wohl war in seiner Haut, »das habe ich verflucht noch mal auch verdient.« Er goss sich ein weiteres Glas Bier ein, nippte daran.

»Ich schulde dir eine Abbitte«, meinte Abbas, der höflich zu sein versuchte, obwohl der Stein seinen Blick immer wieder anzog.

»Wofür?«

»Vor vielen Zeiten erschien ich dir in einem Traum, das letzte Mal, als es mir gelang, mich mit dir in Verbindung zu setzen. Ich habe dir von einem großen Zauber erzählt, der sich da aufbaue, von großer Magie.«

»Ich erinnere mich.«

»Ich habe dich verloren und konnte dich nicht mehr wiederfinden, auch mit allen Mitteln nicht, die mir zur Verfügung standen, auch denen nicht, die zuvor gewirkt hatten.« Peirol erinnerte sich an Kima nackt in einem grünen Tal. »Aber es wollte nichts kommen. Ich wusste nicht, was dir passiert war. Aber der große Zauber lebte weiter, und dann spürte ich ihn nach Westen ziehen, und ich dachte, du wärst vielleicht gescheitert und dass, wer immer den Zauber gewirkt hatte, mich gespürt hat und das Verhängnis nun auf mich zukam, der ich dich ausgeschickt hatte, den Stein zu stehlen. Er kam näher und näher, und so bereitete ich mich auf die Verteidigung vor. Du hast die geladenen Kanonen gesehen, dazu hatte ich gewisse … dienstbare Geister, körperliche wie ätherische, die ich für den Ernstfall bewaffnete. Und dann hatte ich noch die Pistole bei der Hand, die mit einer magischen Kugel geladen ist.

Deshalb habe ich dich am Tor angerufen. Aber du hast dich als echt erwiesen, Peirol, und ich spüre die Gegenwart des Zaubers nicht mehr.«

Mit einem Mal wurde Peirol alles klar: Der große Zauber, den Abbas da gespürt hatte, war kein von Menschen gewirkter, es war der Reichsstein an sich. Er erinnerte sich an Yasins Warnung in Bezug auf den Stein, der sich mit Bösen angefüllt habe und womöglich überladen sei wie eine Seifenblase, bevor sie platzt.

»Ich weiß nicht, was aus dem Zauber geworden ist, aber es spielt keine Rolle«, fuhr Abbas fort. »Es ist dies nun mal die Natur der Geisterwelt, dass sie nicht nach unseren Maßstäben gemessen werden kann und nicht nach unseren Regeln spielt. Ich habe gelernt, das Unfragbare nicht in Frage zu stellen.«

Fast hätte Peirol von seiner Erkenntnis berichtet, von Yasins oder besser von der Theorie eines unbekannten toten Priesters. Aber er sagte nichts.

»Vergib mir, Peirol«, sagte Abbas. »Ich tue mich schwer, von etwas anderem zu sprechen als dem Reichsstein. Ich möchte, dass du mich für einige Zeit alleine lässt, damit ich meinen Schatz in Augenschein nehmen kann. Außerdem wartet unten jemand, der dich sehnlichst an einen gewissen Ort zu begleiten wünscht.«

An einem Baum, den er in Erinnerung hatte, weil er verdreht war wie die Hand eines Menschen, lenkte Peirol die Pferde von dem schmalen Weg und dann langsam den Hügel hinab, durch grünes Gebüsch und kniehohes Gras, das sich zu beiden Seiten ausdehnte.

»Ich sehe, warum nie jemand dein Tal gefunden hat«, sagte Kima. »Ich weiß selbst nicht mehr, wo ich bin.«

Peirol gestattete sich einen weiteren Blick nach hinten. Sie war wirklich sehr schön; in den Jahren, in denen er sie nicht gesehen hatte, war sie erblüht. Sie trug grüne Reitkleidung, fast in derselben Nuance wie ihre Augen, und sie hatte einen grünen Schal um den Hals gleich dem, den sie ihm vor Jahren geschenkt hatte.

Sie ritten durch einen Schirm aus Gesträuch, und dahinter breitete sich das winzige Tal vor ihnen aus. Der Teich nährte sich aus einer sprudelnden Quelle, hier und da begannen bereits die Wildblumen zu blühen. Peirol hörte ein Platschen und sah einen Fisch in die Luft springen, um einem jagenden Otter zu entfliehen. Abgesehen von dem Gesang der Vögel herrschte Stille.

»Liebe Götter«, hauchte Kima. »Das ist ja genauso, wie ich es mir erträumt habe – nein, besser noch. Es ist zauberhaft. Aber richtiger Zauber, nicht die Art, wie sie mein Großvater wirkt.«

Sie rutschte aus dem Sattel, trat an den Teich und blickte hinein. »Selbst die Fische sind zauberhaft«, sagte sie. »Hier ist ein rot und weiß gestreifter. So einen habe ich noch nie gesehen.«

Peirol stieg ebenfalls ab, trat hinter sie und riskierte es, ihr den Arm um die Taille zu legen und ihr einen Kuss auf den Rücken zu drücken. Sie legte die Hände über die seinen und schob sie nach oben, bis sie auf ihren Brüsten zu liegen kamen, die größer waren, als er sie in Erinnerung hatte.

»Das ist auch etwas, wovon ich geträumt habe«, flüsterte sie, während sie seine Finger an die Knöpfe führte. Sie öffneten sich wie von selbst, und sie schlüpfte aus der Bluse und ließ sie ans Teichufer fallen. »Nun denn«, sagte sie. »Setz dich da drüben ins Moos.«

Peirol gehorchte. Kima setzte sich auf einen Stein, zog die Stiefel aus, die ihr bis an die Schenkel reichten, öffnete die Reithose und stieg heraus. Wie in seinem Traum war sie rasiert, eingeölt und trug nur den Schal. »Bin ich so schön, wie du es dir erhofft hast?«

»Noch schöner«, flüsterte Peirol heiser.

»Willst du mich?«

»Mehr als alles auf der Welt.«

»Mehr als den Reichsstein?«

»Den habe ich nie gewollt.«

»Gut«, sagte sie und kam auf ihn zu. »Jetzt deine Sandalen ... ja, und diese schrecklichen Seemannshosen ... dein Hemd. Lassen wir alles verbrennen. Ah, Peirol. Du bist ja ... mehr als ich mir erträumt habe. Wie lange hast du schon ohne auskommen müssen?«

»Seit ... seit einer Ewigkeit.«

»Steh auf. Ja, und nimm meine Hand. Da drüben, unter dem Baum. Wir wollen, dass es ewig dauert, mein Liebster.«

Peirol lehnte sich zurück, schloss die Augen, und ihre Lippen, ihre Hände liebkosten seine Brust und bewegten sich dann nach unten.

»Jetzt«, sagte sie. »Jetzt will ich dir beiwohnen.«

Den Rücken im Moose, rollte sie sich ein wie eine Katze. Peirol trat zu ihr hin, kniete nieder und küsste sie; tief drang seine Zunge in ihren Mund. Kima seufzte, umschlang ihn und lehnte sich, Peirol halb über ihre Brust gelegt, weiter zurück. Er roch Rosen, Jasmin. »Jetzt liebe mich.«

Nackt lagen sie da, Seite an Seite im Moos.

»Ich habe ein Picknick in den Satteltaschen«, sagte Peirol.

»Zu essen bekomme ich jederzeit«, meinte Kima.

»Nun, was mich anbelangt, so kannst du auch mich jederzeit haben.«

Sie lachte, streichelte ihn. »Mit wie vielen Frauen bist du zusammen gewesen, seit ich dich kennen gelernt habe? Ich spüre eine, vielleicht eine weitere.«

»Ich weiß nicht mehr. Nicht mehr als unbedingt nötig.«

»Es macht mir nichts aus«, erklärte Kima. »Einer von uns muss schließlich die Erfahrung mitbringen.« Sie setzte sich auf. »Du lachst!«, beschwerte sie sich.

»Ich habe geschnaubt.«

»Glaubst du mir nicht?«

»Ich glaube dir jedes Wort«, erklärte Peirol.

»Ich könnte sehr böse werden!«

»Warum? Ich habe dir doch gesagt, ich glaube dir.«

Kima legte sich wieder hin. »Na schön«, sagte sie schmollend, »aber es waren nur ... vier, vielleicht fünf. Und keiner, nachdem ich dich kennen gelernt habe. Na ja, keiner außer einem, zwei, und da hatte ich zu viel Wein getrunken. Spielt das eine Rolle?«

»Nein«, antwortete Peirol wahrheitsgemäß. »Nein, überhaupt nicht.«

»Es wird auch keine mehr geben«, sagte Kima. »Ich werde die treuste Gattin sein, die du je gesehen hast.«

Peirol ließ sich nichts anmerken.

»Wie viele Kinder willst du?«, fragte sie. »Drei? Vier?«

»Das habe ich mir noch nie überlegt«, erwiderte Peirol, der etwas bleich wurde.

»Kannst du dir vorstellen, welche Macht unsere Kinder haben werden? Ich habe erfahren, dass sie nicht notwendigerweise sein werden wie du, obwohl ich sicher bin, ich werde versuchen, sie nicht weniger zu lieben als die anderen, falls es dazu kommt. Ich weiß, du spottest wahrscheinlich, aber die Söhne und Töchter der Nachkommen eines Zauberers und eines Zwergs – nun, ich weiß, obwohl ich nicht weiß, woher ich es weiß, dass sie große Macht haben, vielleicht als Zauberer, vielleicht als Könige!«

»Dreh dich auf den Bauch«, verlangte Peirol, der unbedingt das Thema wechseln wollte. »Ich habe auch eine gewisse Macht, die ich dir zeigen will.«

Kima gehorchte. »Oh, das hast du, das hast du!« Dann kreischte sie auf.

»Sag mal«, fragte Peirol, »ob dein Großvater wohl etwas gegen das einzuwenden hat, was wir gemacht haben?«

»Warum sollte er? Er ist nicht weniger an einem Erben interessiert als ich.«

»Ach.«

»Außerdem wohnst du jetzt bei uns und in meinem Schlafzimmer; meinst du, wir könnten es da geheim halten?«

»Ach.«

Sie ritt näher an ihn heran. Sie erreichten die Außenbezirke von Sennen. »Etwas, mein künftiger Gemahl, frage ich mich doch. Was willst du machen, wenn wir verheiratet sind?«

Peirol entschied sich für die sicherste Antwort. »Es Tag und Nacht treiben.«

»Haha. Ich meine, willst du noch immer dieses alberne Geschäft eröffnen – wie irgendein Kaufmann?«

»Ich *bin* ein Kaufmann.«

»Nicht mehr, nicht mehr. Du bist jetzt der Gatte von Kima, der Enkeltochter von Abbas, dem Herrscher von Sennen.«

»Wie bitte?«

»Jetzt, wo Großvater den Stein hat, meinst du, da wird er sich seiner nicht bedienen? Ach, Peirol, es wird so was von aufregend sein, zu sehen, wie er die Stadt vollkommen macht – zu etwas, was die Götter für einen Traum halten werden.«

»Ja«, meinte Peirol zögernd. »Aufregend.« Er musste an den Traum denken, in dem die Männer von Lysyth Restormel verwandelt hatten, und was passiert war.

»Nun, da willst du doch wohl kein dummer Ladenbesitzer sein«, fuhr Kima fort. »Vielleicht kannst du ja deine Entwürfe machen mit jedem Stein, den du nur haben willst, und die, die zu tragen ich müde bin, kannst du Kaufleuten geben, die können sie für dich verkaufen. Nicht unter deinem eigenen Namen, versteht sich.«

»Natürlich nicht«, sagte Peirol etwas benommen. Dann fragte er: »Was ist mit Reisen?«

»Oh, ich denke, das wäre wunderbar«, begeisterte sich Kima. »Wir könnten uns irgendwo eine Villa bauen, vielleicht unweit von Thyone, und dann vielleicht auch noch ein Landhaus weiter oben, wenn es im Sommer in der Stadt zu heiß wird. Ein Anwesen, wo wir Pferde züchten können, wo unsere Kinder Werst um Werst ausreiten können. Ich hab's! Wir bauen eine winzige Blockhütte, dort hinten an unserem Teich, wo wir beide und vielleicht ein Dienstbote hingehen können, wenn wir mal wegwollen.«

Peirol dachte an das Tal, an die Bäume, die man für die Hütte fällen würde, das Moos eingeebnet fürs Fundament, an einen Arbeiter, der den Otter seines Fells wegen abschoss.

»Das habe ich nicht gemeint«, erklärte er und dachte an ein Gespräch mit Zaimis zurück. »Ich habe gemeint, *richtig* zu reisen. Irgendwo hinzugehen, wo wir noch nie gewesen sind, nur wir beide, wo wir uns fragen, was hinter der nächsten Anhöhe liegt. Vielleicht auf der Suche nach anderen Juwelen, die ich bearbeiten kann, auf dass du sie trägst.« Ihm wurde klar, dass sich in den letzten Satz ein harter Unterton eingeschlichen hatte, und er hoffte, dass Kima es nicht bemerkt hatte.

»Aber warum denn«, fragte Kima entsetzt, »warum sollte jemand so etwas tun? Das hört sich gefährlich an!«

»Ja«, sagte Peirol. »Das tut es, nicht wahr?«

22 Von Reißnadeln und von der Straße

Peirol beugte sich über einen Felsblock, hoch auf einem Hügel, von dem aus Sennen zu überblicken war. Hinter ihm standen drei Pferde, eines gesattelt, zwei mit Packen. Es dämmerte rasch. Der Fluss war ein breites silbernes Band, das auf die offene See hinausführte, vorbei an den Ruinen von Thyone. Er blickte über Sennen hinweg hinauf zu dem finsteren Finger von Abbas' Turm.

Er war gerade einmal zwei Wochen in Sennen gewesen, hatte, obwohl ihm gar nicht wohl dabei war, im Turm gewohnt, auch wenn der alte Mann ihn, wann immer er Peirol bemerkte, geistesabwesend »Schwiegersohn« rief. Dass er einen Zauberer zum Schwiegervater haben sollte, beunruhigte ihn noch mehr.

Kima hatte die ganze Zeit über entweder Peirol begeistert erzählt, wie ihre Zukunft aussehen würde, oder sie war mit nicht weniger Begeisterung mit ihm im Bett und lernte eifrig die Tricks von Reni, Ellena und Zaimis, zeigte ihm aber durchaus auch etliche eigene. Das wenigstens war wunderbar, besser als irgendetwas, was er je gekannt hatte. Aber dennoch …

Vor drei Nächten hatte Abbas voller Freude verkündet, die Zeit sei nahe, den Reichsstein zum ersten Male einzusetzen – in drei Tagen, im Morgengrauen. Sie hatten alle etwas zu viel Wein getrunken, und Kima hatte Abbas gedrängt, Peirol doch zu sagen, was er plante. Der Zauberer hatte zunächst gezögert, hatte dann aber begeistert erzählt.

»Als Erstes«, begann er, »kümmere ich mich natürlich um meine Feinde, die wenigen, die zu besiegen ich bisher nicht die Macht hatte. Ich habe mich mehrere Male an die Herrscher der Stadt gewandt, um sie darüber auszuhorchen, was sie von meinen Ideen über den Staat halten. Einige sind durchaus dafür. Mit einigen anderen, den Gefügigeren oder Dummen, kann ich vermutlich leben. Andere jedoch sind zu beseitigen, entweder weil sie zu festgefahren oder weil sie zu ehrgeizig sind. Sennen als ganzes, als lebendes Gebilde muss sich ändern, da es über seine gegenwärtigen Grenzen hinauswachsen wird, und dem darf niemand im Weg stehen.

Es gibt einige, die der Ansicht sind, Sennen müsse sich in anderen Richtungen entwickeln als die, von denen ich weiß, dass sie richtig sind, oder sie wollen, was noch schlimmer ist, dass die Stadt auf alle Zeit der Sumpf bleibt, der sie heute ist. Auch sie sind zu beseitigen. Es wird dies die erste Änderung, für die ich sorgen werde. Bis ihr beide erwacht, wird Sennen eine neue Stadt sein.«

»Und dann?«, fragte Peirol.

»Dann werde ich mich zum Herrscher erklären«, sagte Abbas. »Denn mit dem Stein vermag keiner etwas gegen mich.«

»Nein«, sagte Peirol. »Ihr werdet alleine herrschen.«

»Erzähle ihm, Großvater, was du sonst noch zu ändern gedenkst, sitzt du erst einmal auf dem Thron.«

»Ich brauche keinen Thron, nichts von dem irdischen Drum und Dran wie Sammet und anderen Tand«, sagte Abbas. »Was ich hier habe, das reicht völlig aus.«

»Mir nicht!«

»Dann bauen wir euch eben einen Palast, wie die Welt noch keinen gesehen hat«, schlug Abbas umgänglich vor. Lachend schenkte er sich Wein nach. »Dann werde ich Sennen neu aufbauen. Wir werden kein Verbrechen mehr haben, keine Verbrecher. Der Stein kann sie aufspüren, sie bestrafen, wie sie es verdienen, ohne dass Richter, Verfahren oder Gefängnisse nötig wären. Die Kranken, die Krüppel, die Missgestalteten – außer Peirol, versteht sich, und die armen Leute, die wie du sind –, aber die anderen werden unseren Anblick nicht länger stören. Die Armen, jedenfalls die unter ihnen, die willens sind zu arbeiten, und das hart, werden eins mit dem übrigen Sennen. Die Elendsviertel, die Mietskasernen, das Diebesviertel, all das wird geschliffen, es werden dort neue Häuser, von mir entworfene Häuser, errichtet.

Sennen wird eine Stadt, in der alle zusammenarbeiten, zu meinem und ihrem höheren Ruhm. Es wird eine Stadt, um die uns alle Menschen, wo auch immer sie sein mögen, beneiden. Ich gehe sogar noch weiter. Die Götter selbst werden neidisch sein!«

Kima blickte Peirol eingehend an. Er wich ihrem Blick aus, stand auf und hob das Glas. »Auf das neue Sennen! Auf Euch, Abbas!«

Am Abend darauf hatte Peirol mit Kima über eines seiner Probleme gesprochen. Er sei ein Schlafwandler und fürchte, eines Nachts in eine der Fallen oder magischen Wächter zu laufen, von denen er wusste, dass Abbas sie im Turm aufgestellt hatte. Kima sagte ihm, er hätte nichts zu befürchten – die Wächter seien ganz auf Eindringlinge abgestimmt. Sie drei wären völlig sicher, egal wohin sie gingen, egal zu welcher Zeit. Sie könnten den Turm und das Grundstück sogar verlassen. Ihr Großvater sei wohl kaum so töricht, eine Falle zu bauen, in die er womöglich selbst lief.

»Außerdem«, fügte sie hinzu, »habe ich vor, dafür zu sorgen, dass du zu müde bist, um noch groß schlafwandeln zu können.«

Lachend rollten sie aufs Bett und verloren die Kleidung dabei.

Tags darauf war Peirol in Sennen gewesen, hatte für Pferde und Packen gesorgt, einen Stall am Stadtrand gefunden, um alles zu verstecken. Alles, was noch zu kaufen blieb, war ein kleines Werkzeug, das er bei einem Juwelierskollegen besorgte, der ausgesprochen neidisch war auf Peirols neues Los.

Der letzte Tag war ruhig vergangen, friedlich, Kima und Peirol hatten leicht gegessen. Abbas hatte gefastet. Er sagte ihnen, am folgenden Tag, dem Tag, der den Beginn wirklicher Macht markiere, würde es ein Fest geben. Es wäre obendrein ein guter Tag, ihre Hochzeit bekannt zu geben.

Kima kreischte vor Freude, Peirol gab vor, sich nicht weniger zu freuen.

»Ich denke«, verkündete sie, als sie allein waren, »wir sollten aufhören, es ständig zu treiben, bis wir verheiratet sind.«

»Warum?«

»Weil ich möchte, dass du – und ich auch – in unseren Flitterwochen nicht weniger danach fiebern als bei unserem ersten Mal am Teich.«

»Ich finde, das ist eine ausgezeichnete Idee«, stimmte Peirol ihr zu, und Kima hatte ihn etwas überrascht angesehen, bevor sie in ein glückliches Lächeln ausbrach. Er bezweifelte, ob er in jener Nacht überhaupt dazu in der Lage gewesen wäre.

»Ich werde es genießen, deine Gattin zu sein, Peirol. Ich sehe nicht, wieso wir uns je streiten sollten.«

Nachdem Kimas Atmung regelmäßig geworden war, hatte Peirol sich angezogen, alles außer Schwertgurt und Schuhen, die er mitnahm und neben der Tür liegen ließ.

Er bewegte sich vorsichtig, bediente sich all der Fertigkeiten, die er sich bei den Dieben abgeguckt hatte, schlich an Abbas' Schlafgemach vorbei, hinauf in sein Arbeitszimmer im oberen Teil des Turms.

Peirol sah sich nach dem Reichsstein um, konnte ihn aber nirgendwo sehen, geriet einen Augenblick in Panik, bis er einen Juwelenkoffer auf einem der Tische erblickte, einen Koffer, den er noch nie gesehen hatte.

Er öffnete den Koffer und nahm den Reichsstein heraus, wandte den Blick dabei aber ab. Peirol nahm das kleine Werkzeug, eine Reissnadel, aus seinem Beutel, mit der er den Stein an einer Facette entlang anriss. Er prüfte die Rille mit dem Fingernagel und riskierte es, sie zu vertiefen.

Durch das Fenster sah er unter ihm eine Lampe angehen, und er legte den Reichsstein rasch wieder zurück auf den Tisch.

Peirol suchte sich eine Ecke, duckte sich, bis der Lichtschein aus Abbas' Schlafgemach wieder erlosch.

Ganz leise, wie eine Maus denkend, schlich er sich nach unten, nahm Schwert und Schuhe mit und ging zur Haustür. Er entriegelte sie lautlos, schlüpfte hinaus und zog die Tür hinter sich zu. Das Haupttor gab ein Klicken von sich, als er in der Folge gegen die Nägel drückte, die Kima ihm beigebracht hatte, und er verriegelte es auf diese Weise wieder. Er zog Schuhe und Schwertgurt an und lief los in Richtung der fernen Stallungen.

Jetzt saß er da, wartete, auf einer Anhöhe über der Stadt. Der Himmel wurde grau, hellte sich auf.

Peirol spürte, wie sich ihm der Magen zusammenzog. Abbas dürfte schon auf sein. Er hoffte, dass er Kima schlafen ließ; Abbas ließ nicht gern Außenstehende in die Nähe, wenn er große Zauber wirkte. Er hoffte, der Zauberer spürte nicht, dass Tür und Tor entriegelt worden waren und Peirol verschwunden war.

Es wurde immer heller.

Peirol, der nicht über die Gabe verfügte, spürte, wie ihn eine Gänsehaut überlief, obwohl dies womöglich Einbildung war, aber er wusste, dass Abbas seinen Zauber wirkte.

Am fernen Horizont erhellte ein Lichtstrahl die Welt, der erste Bote der Sonne.

In diesem Augenblick explodierte ein größerer Feuerball oben auf Abbas' Turm, wuchs wie eine entstehende Sonne, blendete Peirol für einen Augenblick. Es war nicht das Geringste zu hören.

Als er wieder sehen konnte, war der Morgen ein Stück weiter vorangeschritten, und Vögel sangen.

Weit entfernt auf der anderen Seite der Stadt, er sah es so deutlich, als stünde er gerade dreihundert Klafter entfernt, stand Abbas' Turm. Nur dass sein oberstes Geschoss rußgeschwärzt, zerstört, weggesprengt war.

Peirol war sich fast sicher, dass der Raum, den er und Kima geteilt hatten, unterhalb des beschädigten Teils war.

Yasin und sein namenloser Mentor hatten ganz Recht gehabt. Der Reichsstein war voll gewesen, voll von all dem Bösen, das er bei den Menschen und vielleicht auch bei den Göttern gesehen hatte. Vielleicht war es das gewesen, was zu dem Erdbeben und den Sturzfluten von Restormel geführt hatte. Vielleicht hatte die Katastrophe den Stein auch noch weiter mit Tod und Kummer gefüllt.

Vielleicht wäre er so oder so explodiert, als Abbas' Zauber ihn traf.

Oder vielleicht auch nicht.

Vielleicht hatte die Kerbe, die Peirol ihm beigebracht hatte, den Kristall des Steines geschwächt, so wie er einem beim Spalten entgegen der Oktaederflächen mit dem ersten sachten Schlag des Spalthammers auf den Messerrücken zerspringen kann.

Oder vielleicht auch nicht.

Peirol ging vielerlei durch den Kopf. Er könnte zurück nach Sennen gehen. Es würde mit Sicherheit eine Belohnung geben für das, was er getan hatte, sollte es ihm einfallen, sich dazu zu bekennen.

Er könnte sich einen Zauberer suchen, der die Wahrheit seiner Aussage bestätigte. Es würde ihn reich machen, geehrt. Begehrenswert, selbst als Zwerg.

Was Kima anbelangte ... Peirol wurde klar, dass er ein Narr gewesen war, sich aus einer Unterhaltung, die kaum mehr als einen Augenblick gedauert hatte, eine Person zu erschaffen. Es war ihr kaum zum Vorwurf zu machen, nicht in die Form seines Traums zu passen. Und was ihre Ambitionen anging, waren sie etwa schlimmer als die anderer Töchter von edlem Geblüt? Im Laufe der Zeit würde sie ihm, falls sie überlebt hatte, zweifelsohne verzeihen.

Oder vielleicht auch nicht.

Bei *diesem* Gedanken schauderte ihn.

Er sah sich zwar nicht als tapferen Helden, aber was den Aufbruch zu einer neuen Reise anging ...

In Gedanken stieg Peirol vom Hochmoor auf sein Pferd. Irgendwo da draußen, in der Wildnis, die ihn, voller Briganten und

Halsabschneider, mit offenen Armen empfing, lagen die Diamanten von Osh.

Oder gar noch größere Wunder.

Peirol lachte auf, tippte dem Pferd mit den Zügeln gegen den Hals, und das Tier wandte sich nach Osten und fiel in einen eifrigen Trab.